KB023054

클락헨

Clock-Hen

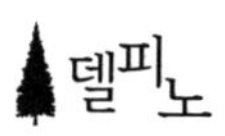

클락헨

제1판 1쇄 2020년 11월 18일
제1판 2쇄 2021년 6월 15일

지은이 임야비
펴낸이 이경재

펴낸곳 도서출판 델피노
등록 2016년 8월 11일 제2020-000082호
주소 서울시 양천구 신정중앙로 86, 덕산빌딩 6층
전화 0505-937-5494
팩스 0505-947-5494
이메일 delpinobooks@naver.com
ISBN 979-11-972275-0-9 (03810)

책값은 뒤표지에 있습니다.
파본은 구입하신 서점에서 교환해 드립니다.
이 도서의 국립중앙도서관 출판예정도서목록(CIP)은
서지정보유통지원시스템 홈페이지(http://seoji.nl.go.kr)와 국가자료종합목록
구축시스템(http://kolis-net.nl.go.kr)에서 이용하실 수 있습니다.
(CIP제어번호 : CIP2020045979)

CONTENTS

I. Feierlich, misterioso

II. Scherzo: Bewegt, lebhaft – Trio: Schnell

III. Adagio. Langsam, feierlich

$$4\pi r^2$$

$$= 4 \times 3.14 \times (6400)^2$$

$$= 12.56 \times 4096 \times 10^4$$

$$\fallingdotseq 510000000$$

#1

산란일이 새겨진 달걀을 낳는 닭이 출현했다.

사람들은 그리 놀라지 않았다.

'수천억 마리의 닭이 수조 개의 달걀을 낳다 보면 그런 돌연변이 하나쯤은 생길 수 있겠지', '이제 그런 닭이 나올 때도 됐다' 정도로 생각했다. 몇 년 전, 다리가 네 개인 병아리, 머리가 둘인 닭, 사람만 한 브라질 닭 등이 기사화되었지만 크게 관심을 두지 않았던 것과 비슷한 반응이었다.

모니터 화면에 구골(Googol; 10^{100}) 개의 점을 무작위로 찍는 컴퓨터 프로그램이 있다고 가정해보자. 화면이 꽉 채워지면 결과물을 종이에 출력한다. 그리고 다시 빈 화면에 새로운 세션을 시작한다. 이 프로그램을 구골의 속도로 구골 번 반복 실행한다. 쏟아져 나온 출력물의 대부분은 의미 없는 그림이 될 것이다. 그러나 그중 몇 개는 반 고흐의 해바라기나 베토벤의 악보가 될 수도 있으며, 셰익스피어나 성경의 한 구절이 될 수도 있고, 어떤 생물의 유전자 지도나 난해한 수학 방정식의 해가 될 수도 있다. 더 나아가 자신과 똑같이 무작위로 점을 찍는 컴퓨터 프로그램이 될 수도 있다. 이것은 허무맹랑한 공상이 아니라 존재 가능한 확률의 이야기이다. 그 결정적인 증거가 어떤 한 점으로부터 진화해온 바로 우리, 지금의 인류다.

어쨌든, 학계에서도 날짜가 찍힌 달걀을 낳는 돌연변이 닭의 출현은 엄청나게 낮은 확률이지만, 아예 불가능한 일은 아니라고 생각했다. 학자들은 구골분의 일의 확률로 생긴 이 검은 암탉을 '클락헨-오리진; ClockHen-Origin'이라고 명명하였다.

*

내 사랑 앤에게 바친다.

그리고

피터에게 진실한 감사와 영원한 사랑을 바친다.

#2

인적이 뜸한 고성(古城)의 지하에서 우연히 발견된 단 한 마리의 돌연변이 클락헨-Origin. 이 검은 암탉은 달걀들과 함께 교황급 경호를 받으며 클락헨 연구소의 전신인 국립 축산연구원으로 옮겨졌다. 클락헨은 머리 꼭대기 볏부터 발톱 끝까지 검은색이었다. 달걀은 모두 검고 짙은 색이었는데, 껍질에는 또렷하게 년, 월, 일의 6자리 숫자가 표기되어 있었다. 이 달걀들은 모두 유정란이었다. 일반 닭의 부화 시간의 1/3에 불과한 단 7일 만에 전부 부화했는데, 모두 노란색 병아리였다. 클락헨-Origin의 남편 즉, 최초의 수탉인 클락칵을 찾기 위해 고성의 인근을 샅샅이 뒤졌으나, 그 흔적조차 찾을 수 없었다.

국립 축산연구원으로 옮겨진 클락헨-Origin은 엄선된 사료를 충분히 공급받았다. 그러자 하루에 2개씩 유정란을 낳기 시작했다. 부화한 병아리들(클락헨-Origin-1세대)은 게걸스레 사료를 먹어 치웠다. 병아리들은 깃털 색이 점점 검어지더니 2주 만에 어미와 똑같은 검은 성계가 되었다.

최초의 종(種)이 자손을 남기기 위해서는 근친 교배밖에는 방법이 없다. 오랜 회의를 거쳐 조심스럽게 클락헨 남매간 근친 교배를 시행했다. 이어서 곧 산란이 시작되었는데, 1세대가 근친 교배로 낳은 모든 유정란 껍질에 6자리 산란 일자가 정확하게 표기되어 있었다. 산란 일자 표기 형질은 2세대, 3세대까지 100% 유전되었다. 세대가 거듭될수록 클락헨의 덩치는 점점 커졌다. 뱃속에 창자와 자궁밖에 없는 듯, 클락헨은 엄청난 양의 사료를 먹어

치웠고 점점 더 많은 달걀을 낳았다.

기적 같은 일이 너무나도 순조롭게 진행되었다. 산란율은 갈수록 증가했다. 연구소장과 연구원들은 이 검은 닭에 대한 확신이 섰다. 연구소장은 농림축산식품부 장관에게 달려가 클락헨에 대해 보고를 한 후, 연구소 확장 및 인력 지원을 긴급히 요청했다. 장관은 대통령에게 클락헨이 가져올 무궁무진한 미래 가치에 대해 보고했다. 클락헨이 완성된다면 이 기술을 바탕으로 밀, 벼, 옥수수 같은 곡물이나 소, 돼지 같은 가축에 적용할 수도 있고, 이것으로 전 세계 식량 산업의 헤게모니를 쥘 수 있다고 설득했다. 대통령은 곧바로 지원을 승인했다. 이후 모든 과정은 신속하게 진행되었다. 인적이 뜸했던 국립축산연구원은 수개월 만에 70만㎡의 부지와 400명의 직원이 근무하는 지금의 거대한 클락헨 연구소로 탈바꿈했다. 연구소 안에는 폐쇄된 축구장을 개조한 초대형 메인축사 1곳과 대형 보조축사 3곳이 있었다. 그리고 지상 8층 규모의 시립 준종합병원을 리모델링한 최첨단 연구동과 부속 건물들이 들어섰다.

연구소가 어느 정도 자리 잡자 클락헨-Origin의 폐경이 왔고, 그로부터 한 달 뒤 자연사했다. 하지만 그 후손들의 개체 수는 20만 마리가 넘었다. 연구소는 가까운 미래에 '전설의 시조'가 될 클락헨-Origin을 박제 처리해 영구 전시하기로 했다. 명패에는 '클락헨-Origin 모든 닭의 조상'이라고 쓰여 있었다.

*

나는 클락헨 연구소의 선임연구원이다. 생물학, 유전학으로 박사 학위를 받았고, 세부 전공은 조류였다. 대학에서 조교수를 하고 있을 때 이곳을 방문할 기회가 있었다. 근무하던 대학에서 차로 5시간이나 걸리는 외지고 작은 도시였지만, 최첨단 연구소를 품은 드넓은 자연과 전원적인 여유에 완전히 매료되었다. 때마침 연구소에서 경력직 선임연구원을 모집하고 있었다. 친구도, 연인도, 자식도 그리고 꿈도 없던 나 같은 은둔 생활자가 택할 수 있는 최고의 선택지였다. 번잡한 대도시 탈출을 호시탐탐 노리고 있었던 나는 한 치의 망설임 없이 이곳으로 이직했다.

이곳을 먼저 설명해야겠다. 단 한 마리의 돌연변이 닭, 클락헨이 발견되자 정부와 기업은 달걀 유통구조에 놀라운 혁신을 가져올 것이라고 확신했다. 일일이 달걀 표면에 조심스럽게 연월일을 표시할 필요가 없어질 것이고, 모든 소비자는 싱싱한 달걀을 안심하고 먹을 수 있기 때문이었다. 연구소 설립 결정은 신속했고, 정부는 거액의 예산을 투입했다. 외곽에 있던 작은 국립축산연구원은 바로 옆에 있던 스포츠 콤플렉스와 시립 병원을 매입했다. 단기간에 집중적인 공사로 클락헨 연구소는 지금의 거대한 형태를 갖추게 되었다.

기존 스포츠 콤플렉스 중에서 가장 큰 축구장은 '메인축사'로, 검은색의 클락헨과 대비를 이룰 수 있도록 전체를 백색으로 도장했다. 이곳에서 수백만 마리의 클락헨, 클락칵들이 자유롭게 뛰어다니며 교미를 하고 유정란을 산란했다. 체조 경기장, 다용도 체육관, 실내 수영장이었던 세 대형 건물은 각각 '1, 2, 3 보조축사'로 개축되었다. 제1 보조축사에서는 산란계들만 모아 놓고 무정란을 생산했다. 산란율, 사료 섭취율, 수명, 폐사율 등이 세대별 개체별로 꼼꼼하게 기록되었다. 제2 보조축사는 메인축사에서 특이한 돌연변이가 발생하면 그 즉시 잡아와서 격리 사육하는 곳이었다. 옮겨진 돌연변이 클락헨은 곧바로 클락칵과 교미를 시켰고, 후대로 전달되는 유전적 특징을 집중적으로 관찰했다. 제2 보조축사 안에는 이러한 격리 관찰 유닛이 6개가 있었으나, 돌연변이가 늘어나자 유닛을 12개로 증설했다. 제3 보조축사는 거대한 부화기가 전체 공간에 1/3 정도를 차지했고, 나머지는 예비 공간으로 남겨두었다. 보조축사들 역시 온통 흰색이었다.

축구장 북쪽에는 내가 하루 대부분을 보내는 연구동이 있다. 연구동은 오래전부터 이곳에 있던 8층짜리 시립 병원을 개보수한 것으로 수술실, 해부실, 조직검사실은 물론 CT, MRI도 갖추고 있었다. 지금 내가 있는 8층에는 연구원들의 개인 연구실, 직원 식당, 유전자 검사실, 냉동 질소 탱크, 동위원소 검사실 그리고 방사선 치료실이 있다.

연구원과 일반 근무자들은 대부분 시내에서 출퇴근했지만, 나 같은 독신자에게는 연구동과 붙어 있는 깔끔한 7층짜리 관사 아파트가 제공되었다. 나는 전망이 좋은 꼭대기 층에 살았다. 안방에는 북쪽 숲으로 난 전면 유리창과 발코니가 있었다. 전나무, 보리수나무, 플라타너스, 참나무로 빽빽한 초록 숲은 연구소 전체를 크게 빙 둘렀다. 발코니에 서서 아래쪽을 바라보면 하얀 전원주택 한 채가 초록 숲에 파묻혀 있었다. 이 고풍스러운 석조 주택의 정문에는 장미가 아치형 터널을 이루고 있었다.

거실의 널찍한 전면 유리창으로 남쪽을 내려다보면 드넓은 연구소가 한눈에 펼쳐졌다. 그리고 고개를 살짝 들면 대성당 너머에 우리가 '시계태엽산'이라고 부르는 노란색 산이 보였다. 이 산은 클락헨의 사료 즉 옥수수 알갱이를 쌓아 놓은 거대한 인공산으로, 연구소 정문에서 남쪽으로 난 도로를 따라 차로 20분가량 걸리는 거리에 있었다. 시계태엽산은 인근 고속도로, 항구, 공항으로부터 접근이 용이한 요지에 있었다. 각지에서 모인 엄청난 양의 옥수수들은 산의 고도를 늘 일정하게 유지해주었다. 햇살이 좋은 날이면, 시계태엽산의 어두운 노란색은 마치 햇병아리 수백만 마리가 모여 있는 것처럼 샛노란 색이 되었다.

이곳의 풍경은 건물들의 흰색, 클락헨의 검은색, 병아리들과 시계태엽산의 노란색, 숲과 초원의 녹색뿐이었다. 나는 이 네 가지 색이 주는 단조로운 평화를 매우 좋아했다.

#3

닭. Gallus gallus domesticus라는 학명을 가진 우리에게 매우 친숙한 가금류다. 인류와 4000년을 함께 한 조류이지만, 막상 우리는 닭이라는 생물을 제대로 알지 못한다. 이 말을 좀 더 정확히 하면 '우리는 '식재료로서의 닭과 달걀'에 대해 친숙하지만, '생물로서의 닭과 달걀'에 대해서는 잘 알지 못한다'가 될 것이다. 더 솔직해지자면 '알고 싶어 하지 않는다'가 맞겠다. 맛있는 닭고기와 배부른 달걀 요리를 즐길 때 끔찍하고 잔인한 대량 도축의 장면을 떠올리기 싫고, 윤리적으로 죄인이 되는 듯한 불편함을 피하고 싶기 때문이다. (스테이크와 소시지를 좋아한다고 소와 돼지의 도축 과정까지 알 필요는 없지 않은가?)

하지만 클락헨의 경이로움을 설명하기 위해서는, 기존의 닭에 대해 자세히 알아야만 한다. 음식이 아닌 생물로서의 닭과 달걀에 대해 간단하게나마 알아보자.

가축 닭의 자연 수명은 약 6~10년이다. 달걀(유정란)은 어미 품속에서 3주 후에 병아리로 부화한다. 이 병아리가 다 자란 성계(成鷄)가 되기까지 약 3개월이 걸린다. 이후 교미와 산란이 시작된다.

암탉은 매일 1개씩 달걀을 낳는다. 암탉은 달걀을 품고(포란(抱卵); incubation), 병아리를 돌보는(육추(育雛); brooding) 일종의 모성 본능이 있는데 이를 취소성(就巢性; Broodiness)이라고 한다. 여성이 출산 후 수유 기간에 생리가 중단되는 것처럼 암탉은 취소 기간에는 산란하지 않는다.

성계가 된 수탉은 보통 20마리 정도의 암탉과 교미를 한다. 전형적인 하렘(Harem) 번식 형태인데, 이 비율이 깨지면 수탉끼리 피비린내 나는 싸움이 벌어진다. 수탉은 새벽을 알리는 자명종 시계 역할을 하고 나선 온종일 먹고, 교미하고, 싸우기만 한다.

달걀은 수정 여부에 따라 유정란과 무정란으로 나뉜다. 유정란은 병아리로 부화할 수 있는 달걀이다. 교미를 통해 수탉의 정자를 받아들인 암탉은 난관(卵管) 옆에 있는 정자소(精子所; 정자 주머니)에 정자를 한 달간 보관한다. 암탉은 배란된 난자를 보관된 정자와 수정시켜서 유정란을 낳는다. 즉 암탉은 병아리로 부화할 수 있는 달걀을 낳기 위해 매번 수탉과 교미할 필요가 없다.

무정란은 정자와 수정하지 않은 난자가 배출된 것으로, 인간 여성으로 따지면 '매달' 하는 생리에 해당한다. 즉 암탉은 배란과 생리를 '매일' 한다고 생각하면 된다. 생리로 배출된 난자가 아이가 될 수 없듯이, 무정란은 병아리로 부화할 수 없다.

지금 지구상에 살아 있는 닭의 수는 약 200억 마리로 추정된다. 시시각각 살아 움직이는 숫자를 정확히 파악하는 것은 불가능하다. 매일 부화하는 병아리와 매일 죽어 나가는 닭이 수십억 마리기 때문이다. 그래서 움직임이 없는 죽은 숫자로 살아 있는 닭의 수를 가늠하는 것이 더 정확하다. 죽은 숫자 중 하나는 '500억'으로 전 세계에서 1년 동안 도축되는 닭의 수이고, 다른 하나는 '1조 2,000억'으로 한 해에 인류가 먹어 치우는 달걀의 수다.

약 4000년 전, 식량 부족에 허덕이던 인류는 고기와 달걀을 동시에 얻을 수 있는 이 새를 울타리 안에 들여놓았다. 사람을 해치지 않아 키우기 쉬웠다. 잡식성으로 곡물과 나뭇잎은 물론 지렁이, 도마뱀, 쥐까지 가리지 않고 잘 먹었기 때문에 들인 공에 비해 얻는 게 훨씬 많은 훌륭한 단백질 공급원이었다. 하지만 4000년 전의 야생 닭은 지금의 닭과는 매우 다를 것이다.

상상의 동물, 과거의 새인 '야생 닭'에 대해 가장 궁금해하는 두 가지는 '야생 닭은 하루에 몇 개의 달걀을 낳았을까?'와 '야생 닭은 날 수 있었을까?'다. 오랜 시간 인간의 비호를 받으며 가축화가 진행되어서, 야생 닭의 정확한 외양과 특징을 알 방도는 없다. 하지만 유추는 가능하다.

어느 한 시점으로부터 진행되는 미래를 주의 깊게 관찰하면, 첫 시점의 과거도 유추할 수 있다. 예를 들어 우리가 관측한 시점에 목격한 숫자가 '1'이라고 치자. '1'이 시간이 흐름에 따라 '2, 4, 8, 16, 32…'로 간다고 하면, 우리가 본 시점 이전에는 거꾸로 '1/2, 1/4, 1/8, 1/16, 1/32…'의 진행을 따랐을 것이다. 즉, 우리가 본 '1' 직전에는 1/2이었고, 그전에는 1/4, 또 그전에는 1/8이었을 거라고 유추해볼 수 있다.

이런 수열로 생각해 보면, 우리가 알고 있는 지금의 닭('1'), 즉 하루에 달걀을 하나 낳는 닭은 예전에는 이틀에 한 알씩(1/2) 낳았고, 그전에는 4일에 한 알씩(1/4) 낳았으며, 또 그전에는 8일에 한 알씩(1/8) 낳았던 어떤 새였다고 추측할 수 있다. 아마도 야생 닭은 다른 새들처럼 가끔만 알을 낳았을 것이다.

지금의 닭이 날지 못하는 것에 대한 가설은 많다. 그중 가장 지지를 받는 가설은 야생닭이 가축화 이후 사냥할 필요가 없어지고 또 천적으로부터 도망 다닐 필요가 없어지자, 날개가 점점 퇴화하여 비행 능력을 상실했다는 주장이다. 먼 옛날의 야생 닭은 날 수 있었는지도 모른다.

본디 생명체는 모든 에너지를 생존과 번식에 나누어 쓴다. 만약 둘 중 하나가 차단되면, 한쪽으로 에너지가 몰리게 된다. 즉 생존에 걱정이 없는 생명체는 번식에만 온전히 힘을 기울여 더 많은 후손을 남기는데 몰두한다.

인간은 늘 닭의 후손인 달걀을 원했기에 울타리와 사료로 닭의 생존을 보장해주었다. 그때 진화의 방향이 살짝 틀어졌을 것이다. 생존을 위한 투쟁이 없어졌기 때문에 가축 닭은 모든 에너지를 번식에만 쏟아부었다. 비행을 포기하면서 저축한 진화적 에너지를 모두 알을 낳는 데 썼을지도 모른다.

한걸음 뒤에서 이것을 본다면 마치 닭이 인간에게 잘 보이려고 진화한 것처럼 보인다. 결코 아니다. 생존이 확보된 가축 닭은 온 에너지를 이용해 자신의 유전자 복제에 힘쓰고 있을 뿐이다. 하지만 유전자는 허겁지겁 복제만 할 뿐, 그 이후 달걀의 운명을 알지 못한다. 인간은 이 점을 이용해 닭을 완전히 가축화했다.

이상이 우리가 알고 있는 '닭', '(클락헨 이전의) 기존의 닭', '가축 닭', '하루에 한 개씩 알을 낳고 날지 못하는 조류 닭'의 일반적인 정의다.

*

흰색, 노란색, 초록색, 검은색뿐인 연구소는 시각적으로는 단조롭지만, 청각적으로는 매우 다채로운 곳이었다. 그래서 이곳을 처음 방문하는 사람들은 일상적인 도시 생활에서는 들을 수 없는 소리에 당황하곤 했다. 그 근원지는 축사로부터 울려오는 수많은 닭의 소리, 연구소 남쪽에서 밀려오는 으스스한 '쿵', '까아악' 소리, 그리고 북쪽의 전원주택에서 연구동까지 은은하게 퍼지는 클래식 음악이었다. 도시 사람들이 자동차 도로의 소음을 인지하지 못하는 것처럼, 연구소에서 오래 근무한 사람들은 이 네 가지 소리를 크게 불편해하지 않았다.

'구구구구'

축구장을 개조한 메인축사와 1, 2, 3 보조축사로부터 울리는 닭들의 소리는 한 음정처럼 들렸다. 노란 병아리들의 귀여운 울음소리, 클락칵들이 날개를 푸드덕거리며 다투는 소리, 클락헨들이 부지런히 모이를 쪼는 소리가 한데 뭉친 혼성 합창이었는데, 이 각기 다른 주파수들이 살포시 공명하면서 부드러운 중음의 알토 성부가 되었다. 이 거대한 합창 소음에 좀처럼 적응하지 못했던 초기 직원 몇몇이 연구소 운영회의에 메인축사 지붕 설치 공사 안건을 내놓았었다. 하지만 일조량이 차단되면, 산란율에 영향을 줄 수 있다는 이유로 기각됐다.

'쿵 쿵 쿵 쿵'

이 묵직한 소리의 발원지는 남쪽 정문으로 난 도로변에 위치한 6층짜리 가건물이었다. 이곳은 살아 있는 클락헨과 병아리를 대량으로 처리하는 살처분장이었다. 가로 세로가 각 6m이고 깊이가 10m인 거대한 콘크리트 방에 처리할 클락헨들과 병아리들을 쏟아 넣는다. 그러면 산 클락헨들과 병아리들이 서로 뒤엉켜 바닥부터 차곡차곡 쌓인다. 그 높이가 5m에 이르면 천장에 설치된 6X6㎡, 두께 3m의 정사각형 무쇠 프레스가 곧 사체가 될 덩어리들의 부피를 줄이기 위해 무서운 가속도로 떨어진다. 떨어진 프레스는 천천히 다시 천장 쪽으로 올라간 후에 이 과정을 세 번 더 반복한다. 이렇게 프레스가 네 번을 찧으면 사체 덩어리는 두께 1m의 블록으로 압축된다. 무쇠 프레스 소리는 연구동까지 들렸다. 매일, 하루에도 몇 번씩 저음 베이스의 스타카토로 '쿵', '쿵', '쿵', '쿵' 소리가 났다.

'꺄아악'

'쿵'과 '쿵' 소리 사이에는 항상 '꺄아악~' 하는 고음 소프라노의 디미누엔도가 들렸다. 처음 '쿵' 소리에 이어지는 고음은 매우 높은 음정에서 긴 디미누엔도가 이어졌다. 두 번째 '쿵' 소리에 이어지는 고음은 첫 고음보다 음량도 줄고 음정도 떨어졌다. 세 번째 '쿵' 소리에 이어지는 고음은 고운 결의 트레몰로처럼 작게 들렸고, 마지막 '쿵' 소리에 소프라노는 침묵했다.

대성당의 종소리처럼 주기적으로 들리는 이 두 소리는 마치 파이프 오르간의 가장 낮은 음과 가장 높은 음을 번갈아 치는듯한 울림이 있었다. 이 떨림은 늘 신비롭고 또 웅장했다.

나 역시 살처분장의 작동 기전을 알게 된 후 며칠 동안은 이 소프라노와 베이스의 기괴한 2중창에 등골이 서늘했었다. 하지만 스스로 깨우친 극복 방법은 의외로 간단했다. 압사되어 직육면체 모양으로 빼곡하게 눌린 검은 닭과 노란 병아리들을 시각적으로 떠올리지만 않으면 되었다. 그러자 검은 닭의 '백조의 노래'는 일상이 되어 버렸다.

'슈베르트의 가곡'

네 번째 소리는 피터의 전원주택에서 들려오는 너무나 아름다운 클래식 음악이었다. 연구소가 들어오기 한참 전에 지어진 석조 전원주택은 연구소 관사 아파트와 담벼락 하나를 사이에 두고 있었다. 이곳에는 한때 유명했지만 돌연 은퇴한 테너가수 피터가 혼자 살고 있었는데, 그는 집에 틀어박힌 채 대부분의 시간을 음악감상에 할애했다. 항상 사방으로 난 전면 유리창을 활짝 열어 놓고 높은 볼륨으로 음악을 틀었다. 거대한 스피커에서 발원한 음악은 주택을 삼면으로 에워싼 울창한 숲에 부딪힌 후, 더욱 증폭되어 연구동으로 넓게 퍼졌다. 이런 자연적 공명 때문에 음악은 원곡보다 훨씬 부드럽고 또 아름답게 들렸다. 레퍼토리는 주로 독일 음악이었는데, 특히 테너가 부르는 슈베르트의 가곡을 자주 선곡했다.

나는 클래식 음악을 오랫동안 즐겼기에, 잔잔하게 음악이 흐르는 이 분위기를 아주 좋아했다. 하지만 언젠가는 이 음악 소리의 중단을 요구하는 연구소 직원들의 항의로, 내 일상의 즐거움이 끝장나고 말 것이라는 불안함을 마음 한편에 지니고 있었다. 그러던 어느 날, 구내식당에서 클락헨 연구소가 설립되기 전인 국립축산연구원 시절부터 이곳에서 근무하던 선배로부터 이 음악 소리에 대한 자세한 사연을 듣게 되었다.

선배는 전원주택의 성악가 이름은 피터이며, 그는 연구소 주변의 상당한 토지를 소유하고 있다고 했다. 정부가 클락헨 연구소를 세울 때 연구소장의 관사로 쓰려고 전원주택을 매입하려 했으나 피터는 단호하게 거절했고, 정부의 끈질긴 회유가 계속되자 그는 정부에게 연구소 설립에 필요한 자신의 나머지 토지를 기부에 가까운 헐값에 넘기되, 전원주택과 주택을 에워싼 숲은 건드리지 않는다는 조건과 음악감상을 방해하지 않는다는 조건을 내걸었다고 했다. 정부는 이 호탕한 제안에 재빨리 도장을 찍었고, 만약 음악 때문에 직원들의 항의가 발생할 시에는 적당히 무마하라는 지시를 연구소 운영위원회에 내렸다고 귀띔해주었다. 그런데 음악 자체가 너무 좋았고, 계절과 날씨에 맞춘듯한 선곡도 기가 막혔으며, 무엇보다도 직원들은 이 클래식 음악이 '구구구구'와 '쿵-꺄아악' 소리를 상쇄해주는 청각 정화 기능을 한다고 생각했기에 정부가 예상했던 항의는 단 한 번도 없었으며, 앞으로도 없을 것 같다고 내게 이야기해주었다.

연구소의 배경음악처럼 울리는 이 4가지 소리는 백색 소음처럼 모두에게 둔감해졌다. 그러나 나에게 이 소리는 닭과 기계와 사람이 동시에 부르는 4성부의 다성(多聲) 음악처럼 들렸다. 독창과 합창, 찰나와 영원, 물렁함과 단단함, 경계와 영역, 인간과 동물, 유기체와 무기체, 생명과 죽음이라는 대조적인 주제들을 가지고 정교하게 작곡된 이중 푸가(Fuga)였다. 훔친 사탕을 몰래 빠는 아이처럼, 나는 이 고도의 청각적 유희를 남몰래 흠뻑 즐겼다. 종종 전원주택에서 피터가 틀은 테너의 멜로디, 무쇠 프레스의 베이스 충격음, 소프라노의 절규 그리고 클락헨 알토 합창단의 4성부가 완벽한 화음을 이루는 순간이 있었다. 그럴 때마다 나는 희박한 확률을 뚫고 기적적으로 탄생한 음악적 조화에 소름이 돋곤 했다.

#4

지난 100년간 집짐승 닭은 산업화되었다. 이전에 닭과 달걀은 각 가정에서 소규모로 키워 자급자족하던 식량이었다. 그러나 자본주의의 파도는 가축을 집 마당에서 교외의 공장으로 내몰았다. 닭을 사육하는 번거로움을 대신해주는 양계 산업이 출현한 것이다. 이제 사람들은 닭고기와 달걀을 시장에서 사 먹기 시작했다.

탄수화물(곡물 사료) 2kg을 넣으면 단백질(고기) 1kg이 나오는 이 산업이 큰 돈벌이가 되자 곧바로 거대 자본이 투입되었다. 규모가 커지고 분업화가 이루어지면서 축산업이었던 양계산업은 제조업과 같은 2차산업으로 탈바꿈했다. 규모화는 효율성을 요구했고, 분업화는 전문성을 요구했다. 그 결과 양계 농가는 세분화, 자동화된 공장이 되었다. 인간은 효율성을 위해 닭의 품종을 개량했고, 쓰임새에 따라 이름을 붙였다. 부여된 이름에는 각각의 운명이 각인되었다.

세분화된 다섯 공장과 쓰임새에 따른 닭의 이름들은 다음과 같다.

1. 산란 농장은 한마디로 달걀 공장이다. 이곳에는 사료를 적게 먹지만 알을 많이 낳는 고효율 암탉들만 있으며, 수탉은 단 한 마리도 없다. 암탉들은 보통 작은 케이지 안에 서너 마리씩 넣어 사육된다. 이 좁은 곳에 갇혀 평생 무정란만 낳는 암탉을 산란계(産卵鷄)라고 한다. 산란계가 낳은 무정란은 케이지 아래에 연결된 통로로 바로 빠져나온다. 그래서 산란계는 취소

성, 즉 모성 본능을 발휘할 기회이자 생리(무정란)를 한 번 건너뛸 휴식조차 박탈당한다. 이렇게 무정란 공장은 산란계가 매일 매일 생리를 할 수 있도록 최적화되어 있다. 난자를 다 써 버린 산란계의 폐경이 오면 노계(老鷄; 늙은 닭)로 처리된다. 노계는 육계로 쓰려 해도 식감이 좋지 않기 때문에 보통 살처분된다.

2. 고기를 얻기 위해서 키우는 닭을 육계(肉鷄)라고 하고, 이 닭들만 전문적으로 키우는 곳을 육계 농장이라고 한다. 육계용 병아리들은 평사에 풀어 놓고 사육하는데, 너무 넓으면 활동량이 많아 살이 덜 오르기 때문에 늘 적절한 밀도를 유지해야 한다. 육계는 최소한의 사료 공급으로 최단 시간 안에 성계가 되는 개량 품종이다. (순식간에 훌쩍 자라버리는 이러한 닭을 '팝콘 치킨'이라고 한다. 옥수수 알갱이가 터져 팝콘이 되는 것을 빗댄 표현이다) 공급 사료 대비 닭고기 중량 그래프의 최대 효율 점은 보통 5~7주 사이 1.5~2.5kg이다. 이 지점에 도달하면 모조리 트럭에 실어 육계 가공공장으로 납품한다.

3. 육계 가공공장은 살아 있는 육계를 도축해 닭고기로 만드는 공장이다. 매우 높은 위생 상태가 요구되며, 대부분 전자동화가 구축되어 있다. 스위치를 켜면 컨베이어벨트에 거꾸로 매달린 닭은 자동으로 죽고, 가공되고, 포장된다. 효율이 높은 공장은 1시간에 약 7,000마리를 도축할 수 있다.

4. 부화 농장은 거대한 인공 부화기를 이용하여 대량의 유정란을 병아리 군단으로 만드는 공장이다. 공장은 부모의 DNA(품종)에 따라 산란계 라인과 육계 라인으로 엄격하게 구분되어 있다. 산란계 라인에서 부화한 수평아리들은 알을 낳을 수 없으므로 곧장 솎아내져 그라인더에 분쇄 처리된다. 육

계 라인에서는 암수에 상관없이 크기가 작고 힘이 없는 병아리들을 솎아낸다. 약한 병아리는 성계로 빨리 자랄 수 없기 때문에 즉각 살처분된다. 각각의 라인을 무사히 통과한 병아리들은 이미 정해져 있는 자신의 쓰임새에 따라 산란계 농장과 육계 농장으로 옮겨진다.

5. 종계 농장. 종계(種鷄)는 대(代)를 이어 유정란을 낳는 일명 '씨받이' 닭이다. 종계는 인간에게 유리한 형질을 가진 건강한 닭으로 매우 엄격한 기준 아래 선별된다. 종계 농장도 농림축산식품부의 까다로운 위생 기준을 준수해야 하며, 정기적인 시설 관리 검사를 통과해야 한다. 대부분의 종계 농장은 전염병의 유입을 막기 위해 일반인의 출입이 제한된다.

종계 농장은 산란계를 낳는 종계 우리와 육계를 낳는 종계 우리로 나뉜다. 우리 안에서는 가장 우등한 유전 형질을 지닌 닭만이 살아남을 수 있다. 조금이라도 이상한 형질이 발견되는 닭은 이상 형질이 자손에게 퍼지지 않도록, 그 즉시 우리에서 솎아내져 살처분된다. 여기서 살아남은 종계들은 일반적인 산란계나 육계와는 달리 매우 특별한 대우를 받는다. 최고급 영양 사료가 제공되며, 우리도 자연 친화적으로 조성된다. 넓은 평지에 종계 암탉과 종계 수탉이 적정 비율로 섞여 있어서, 마음껏 뛰어놀고, 교미하고, 유정란을 낳는다. 이 유정란들은 대를 이을 일부만 남겨 놓고, 모두 부화 농장으로 보내진다.

정리해보자.

암탉의 운명은 세 가지다. 교미 후 엘리트 유정란만 낳다가 죽는 종계, 처녀로 엄청난 수의 무정란만 낳다가 지쳐 죽는 산란계, 성계가 되자마자 도계장으로 끌려가 도살되는 육계.

수탉의 운명도 세 가지다. 산란계 수평아리는 부화 후 감별사에 의해 성별이 확인되자마자 그라인더 속으로 던져진다. 수명이 한 시간이 채 안 된다. 육계 수평아리는 그나마 5~7주까지 살지만, 교미 한 번 못해보고 거꾸로 매달려 진공 포장된다. 가장 운이 좋은 종계 수평아리는 정자 제공용 개체로 성계가 된 후 암탉과 교미만 하면 된다. 하지만 교미에 흥미가 떨어지면 아무짝에도 쓸모없어지므로 곧바로 살처분된다.

가축화, 산업화된 닭은 인간이 지정해준 운명에서 절대 벗어날 수 없다.

하지만 산란계나 육계가 종계로 신분 상승할 방법이 있다. 바로 희귀 돌연변이의 발생이다. 보통 우리가 생각하는 돌연변이는 치명적인 기형이자 질병의 개념이다. 그러나 이것은 돌연변이 중 대다수를 차지하는 '불리한 돌연변이'에 한하는 경우다. 희박한 확률로 나타나는 '유리한 돌연변이'는 자신과 그 자손들에게 생존과 번식이라는 은총을 내릴 수 있다.

*

나는 2살 때 난황낭 종양이라는 희귀 난소암 진단하에 양측 난소를 모두 적출하는 수술을 받았다. 사춘기에 접어들 무렵, 대학병원 의사는 평생 매일 오후 5시에 복용해야 할 여성 호르몬 알약에 대해 친절하게 설명해주었다. 약 덕분에 나는 이차 성징을 겪는 또래의 친구들처럼 가슴도 커졌고, 생리도 시작했다. 어머니가 챙겨주신 파우치 안에는 호르몬 약과 생리대가 늘 함께 있었다. 그때부터 나는 출혈과 지혈을 동시에 지니고 다녔다.

내가 처음으로 나의 결손을 눈치챈 것은 보건 선생님의 성교육 시간이었다. 보건 선생님은 여러 가지 피임 방법을 설명해주었다. 그중 주기적으로 먹는 피임약이 있었는데, 그 약의 이름이 내가 먹고 있는 알약과 똑같았다. 하굣길 내내 숙였던 머리가 혼란스러웠다. 그날 저녁, 부모님에게 학교에서 있었던 일과 복잡해진 생각을 차분하게 말씀드렸고 부모님은 젖은 눈으로 내 머리를 촉촉하게 쓰다듬어 주셨다. 너무 어렸기에 부모님이 나지막하게 설명하신 미래의 격렬한 상실에 크게 동요하진 않았다. 하지만 이때부터 친구들을 멀리했고, 대신 독서, 음악, 미술 그리고 동물 인형에 애정과 집착을 쏟기 시작했다.

출판사에 근무하셨던 아버지와 서점을 운영하셨던 어머니 덕분에 독서를 많이 했다. 문학과 예술에 흥미를 느꼈고, 재능도 제법 인정받았다. 고전들과 각종 예술 서적을 탐독한 후에 이것들을 새롭게 엮어 쓴 내 소설은 지역 신문에 연재되었고, 나중에는 엮어서 책으로도 출간되었다.

어릴 적부터 피아노는 꾸준히 쳤다. 피아노 연주를 할 때면 세상에서 완전히 분리되는 느낌을 받았다. 그 고립감에 중독되어 열심히 연습하고 정성들여 연주했다. 내 모습을 유심히 지켜본 동네 피아노 선생님이 콩쿨을 권유했다. 아무 기대 없이 나간 콩쿨에서 나는 3위에 입상했다.

이 방면으로 진로를 선택할 수도 있었지만, 돌연 유전학을 전공하기로 마음먹었다. (이 결심의 이유를 여기에 분석해 쓰는 것은 힌두신 시바의 고해성사보다 복잡할 것이다) 그리고는 삐뚤어지고 싶어 안달이 난 사춘기 소녀들처럼, 내 진로에 대해 내뱉듯이 말하고 다녔다. 그러나 그것은 사춘기의 연기였다. 내가 복용하는 호르몬 약은 매우 정량적이어서, 내 감정의 진폭을 전혀 흔들어 놓지 못했다. 그래서 또래의 모든 친구가 겪는 질풍노도가 내게는 오지 않았다. 불안감과 소외감 때문에, 나는 필사적으로 반항을 연기했다.

예상치 못한 나의 결심을 들은 친척들과 가까운 이웃들은 동정이 살짝 묻어있는 응원의 말을 해주거나, 두 손을 모아 입을 가리며 상투적인 감동의 시선을 보냈다. 그들은 아이를 가질 수 없는 내가 유전학을 공부하기로 마음먹은 것에 대해 조심스럽고 격식 있는 반응을 보였다. 나는 타인의 말과 시선과 반응을 기민하게 포착했다. 월경 첫날의 축축해진 생리대처럼 기분이 찝찝해졌지만, 나는 결코 내색하지 않았다.

옆집에 살던 정신과 의사 홈즈 부인이 나에 대한 어설픈 심리분석을 자랑처럼 퍼뜨리고 다닌다는 소문을 듣게 되었다. 그녀는 내 동의도 없이 '신체적 결손을 학문으로 승화한다'라는 싸구려 삼류 소설의 주인공으로 나를 택한 것이었다. 너무 울화가 치밀어 내출혈로 객혈할 뻔했다. 따지고 싶었지만, 나는 어른처럼 잘 참아냈다. 홈즈 부인을 우연히 마주칠 때도 역겨운 티를 티끌만큼도 내지 않았다. 그렇게 나는 그녀보다 우월했고 또 승리했다. 나는 고흐, 베토벤, 버지니아 울프, 니체, 브루크너처럼 역경을 이겨내고 더 강해졌다. 나는 스스로 위대해졌다고 생각했다.

책으로 읽었다. 사랑이라는 선물은 인간 내부에서 발생하는 영원하고 고귀한 가치라고. 그런데 선물의 포장지를 한 겹 벗겨 놓고 보면, 사랑이란 인체 내 호르몬 변화에 의한 한시적인 욕정이란 생각이 들었다. 이제 선물 상자를 열어보면 그 안에는 유전자가 자기복제를 위해 미리 짜놓은 자세한 프로그램이 들어 있을 것이다. 그 프로그램은 호르몬을 이용해 인간의 감정과 이성을 지배한다. 그리고서 궁극적인 목표인 '이성을 찾아 네 DNA를 복제해라!'라는 명령을 실행한다. 남들에게 사랑이란 내분비기관에 의한 흥분 현상이었지만, 나는 이 오묘한 감정의 수직적 기복을 약물 조절 실패에 따른 부작용 정도로 결론 내렸다.

당시에 나는 사랑의 본질을 오류 없는 공식으로 파악했고 또 확신했다. 이렇게 나는 배꼽 아래에서 움트기 시작한 짝짓기 욕망을 냉정하게 물리쳤고, 침착하고 평온한 내 수평적 삶으로 침잠했다. 그래서 나는 연애를 시도조차 하지 않았고, 결혼할 생각도 일찌감치 접었다. 알라의 목탁소리 같지만, 내가 불임이기 때문에 그런 결심을 한 것은 결코 아니었다.

대학에서 동물행동학을 배울 때 동기들은 수컷의 저돌적인 유혹과 구애급식, 암컷의 교미 거부와 애교(수컷으로부터 먹이를 받아내기 위해 암컷이 하는 일시적 퇴행 행동) 그리고 이 게임의 엔딩인 교미에 흥분했다. 하지만, '사랑-욕정-성교'라는 구조와 '감정-호르몬-DNA'라는 기전을 확립한 나는 그들의 유치한 호기심에 묘한 우월감을 느꼈다.

내 관심은 짝짓기보다 훨씬 고차원적일 것 같은 '모성본능'에 쏠렸다. 솔직히 어미의 마음이 어떤 것일지 미치도록 궁금했다. 알을 품고, 갓 태어난 새끼를 구석구석 핥고, 젖을 주는 어미를 보면서 나는 남몰래 함박웃음을 지었다. 어린 시절 인형 안는 것을 유독 좋아했던 나를 떠올리며, 나에게도 모성이라는 본능이 흔적처럼 남아 있을 가능성을 상상해보았다. 하지만 그럴 때마다 이성은 '네가 평생 느끼지 못할 감정에 대한 현재의 보상 기전'이라는 차가운 경고성 메시지를 보냈다. 그러나 모성 관찰이 내게 주었던 행복한 감성은 냉철한 심리분석을 녹여버릴 정도로 따듯했다.

부모님과 친척 외에는 아무도 나의 결손을 알지 못했지만, 스스로 위축되는 예민한 성격 때문에 대학 시절 내내 친구가 없었다. 하지만 전혀 불편하지 않았다. 전공인 유전학에 집중하면서 예술과 미학에 관한 관심은 급속도로 식었다. 불후의 소설을 한 권 써보겠다는 작가의 꿈도 저 멀리 사라졌다. 그러는 사이에 나는 박사 학위를 취득했고, 어느새 조교수가 되어 있었다.

#5

유전자 입장에서 보면 돌연변이는 종종 일어나는 복제 과정의 실수에 불과하다. 하지만 인간 입장에서 본 진화는 이 실수 중 하나에서 시작된다. 만약 닭이 계속 야생종이었다면, 돌연변이 중에서 '자연선택'된 개체가 번성했을 것이다. (이 야생종에서 자연선택을 받아 진화한 닭은 우리가 현재 알고 있는 닭과는 매우 다를 것이다) 그러나 가축화, 산업화된 닭의 자연은 곧 인간이다. 인간이 인공 부화기, 사료 공급, 축사 울타리를 제공함으로써, 닭의 생존과 생식을 보장해주었기 때문이다. 그래서 닭의 돌연변이 종은 자연선택이 아닌 '인간선택'을 받아 진화를 시작했다.

'유리한 돌연변이'는 더 많은 유전자를 퍼뜨리고 싶어 하는 닭의 욕망과 더 많은 달걀과 닭고기를 얻기 위한 인간의 욕구가 딱 맞아떨어지는 교차점에 위치한다.

그렇다면 '유리한 돌연변이'는 무엇인가? 이해를 위해 쉬운 예를 들어보자. 기존 닭과는 달리 하루에 무정란을 2개씩을 낳는 산란계나, 2주 만에 성계로 자라나는 육계가 나타났다고 치자. 바로 이것들이 '유리한 돌연변이'의 적확한 예다. 이 지점에서 인간은 주저 없이 이 '유리한 돌연변이'를 종계로 선택할 것이다. '자연선택이' 아닌 '인간선택'을 받은 돌연변이 종계는 인간의 비호를 한몸에 받으며 크게 번성한다. 반면 기존의 닭은 같은 양의 사료를 공급했을 때 돌연변이보다 효율이 떨어진다는 이유로 '자연에 의한 도태'가 아닌 '인간에 의한 도태' 처분을 받는다. 인간에 의한 도태란 모조리 잡아

먹거나 살처분해서 더는 번식하지 못하게 대(代)를 끊어버리는 멸종을 의미한다.

이런 식으로 유리한 종만을 크게 번식시키고 상대적으로 비효율이 돼버린 기존의 종을 없애버리는 행위를 '솎아내기'라고 한다. 성공한 솎아내기를 '품종개량'이라고 한다. 인간의 솎아내기는 유구한 세월의 지혜가 축적된, 가장 단순하면서도 매우 확실한 품종개량 방법이다.

클락헨-Origin이 나타나기 오래전부터 닭은 인간의 입맛에 맞게 '맞춤진화'를 계속해 왔다. 사실 인류는 신석기 시대 때부터 부지불식간에 솎아내기를 이용한 품종개량을 해오고 있었다. 지금 우리가 '닭'이라고 지칭하는 생물은 '야생 닭'의 오랜 진화와 부단한 품종개량의 결과물이다.

물론 신석기인들이 품종개량이란 개념을 정확하게 인지하고, 솎아내기를 체계적으로 시행하지는 않았을 것이다. 그러나 더 많은 식량을 확보하고 싶었던 인류의 욕망을 가축사육이라는 공식에 대입해보면 품종개량이라는 해를 쉽사리 얻을 수 있다.

기전은 단순하다. 닭이 가축화된 후 인류는 더 많은 알을 낳고 더 크게 자라고 더 튼튼한 닭은 잡아먹지 않고 종계로 삼는다. 종계가 낳은 달걀은 부화시켜서 다시 종계로 키웠고, 최대한 교미를 많이 시켜서 그 씨를 대대손손 퍼뜨리도록 한다. 반면 종계로 선택받지 못한 닭의 유정란은 먹어 버리거나, 일부는 부화시켜서 성계까지 키운 후 통통하게 살이 오른 육계로 잡아먹었다. 나머지 암탉은 무정란생산용 산란계로써, 케이지에 가둔 후 달걀 자판기처럼 이용하다가 폐경 후 탈진해 죽으면 질기고 맛없는 노계로 잡아먹었다. 이런 식으로 종계로 선택받지 못한 닭은 멸종하게 된다. 이처럼 인간의 생존에 조금이라도 더 유리한 닭을 선택하는 행위가 반복되면서 닭의 품종은 자연스럽게 개량되었다.

약 4000년 넘게 솎아내기를 한 결과 근래의 닭은 그들의 먼 조상과는 완전히 다른 형질을 가진 새가 되었다. 똑똑해진 인류의 탐욕이 점점 커지면서 품종개량의 시도도 잦아졌다. 산란율이 높아지면서 돌연변이의 출현 확률도 높아졌고, 성장률이 빨라지면서 돌연변이의 형질을 확인하기도 쉬워졌다. 그 결과 솎아내기는 예전과는 비교할 수 없을 정도로 자주 그리고 체계적으로 실행됐다. 아마도 인류가 4000년 동안 닭에게 행한 솎아내기가 1000번이라면, 그중 900번은 양계 산업이 본격화된 마지막 100년 동안 실행되었을 것이다.

그렇다면 희박한 확률로 발생하는 돌연변이 닭 중에서 어떤 특징을 가진 닭을 가장 우선으로 선택했을까? 당연히 '달걀을 많이 낳는 닭'이었다. 이것이 솎아내기의 '제1 선택 기준'이다.

솎아내기의 구체적인 방법을 설명하기 위해서, 4000년 전에 살았던 가상의 암탉 'Han'을 가정해보자. Han은 한 달에 한 개씩 알을 낳는 닭이었다. 그러던 어느 날 Han의 자손 중 하나가 1주일마다 유정란을 낳았다. '유리한 돌연변이'다. 이 기특한 닭을 'Hän'이라고 하자. 그런데 이게 우연일 수도 있고, 이 귀한 형질이 자손에게 전달되지 않는 단발성 돌연변이일 수도 있다. 그러니 조심스럽게 Hän을 Han의 우리로부터 격리한 후, Hän이 낳은 달걀을 부화시켜 성계가 될 때까지 키운 후 교미를 시킨다. Hän의 자손들 즉 Hän-2세대들이 어미의 형질을 그대로 이어받아 1주일에 1개의 유정란을 낳고, Hän-3세대, Hän-4세대, Hän-5세대까지 모든 Hän의 자손들이 1주일에 한 개씩 유정란을 순조롭게 낳는다면 대성공이다. 그런데 Hän-6세대의 3마리가 기존의 Han처럼 한 달에 1개씩만 유정란을 낳는 것이 관찰된다면, 즉시 그 3마리의 Hän-6세대와 그들이 낳은 달걀을 먹어 치워버린다. 이 매뉴얼을 반복한다. 이런 식으로 순수한 혈통이 유지해 Hän-20세대를 지나 Hän-30세대까지 모든 Hän이 1주일에 1개씩의 유정란을 낳는다고 하면, 이것은 형질 유전에 성공한 것이라 할 수 있다.

이제 모든 인간은 Hän을 키우고 싶어 한다. 그리고 한 달에 알을 하나밖에 못 낳는 Han과 그의 자손에게 사료를 주는 것은 비효율의 극치가 된다. 인간은 다수였던 Han의 교미를 강제로 막아 버린다. 인간은 Han과 Han이 낳은 달걀을 먼저 잡아먹을 것이다. 이제 Han의 빈자리는 Hän으로 빠르게 메꿔진다. 즉 한 달에 한 개의 달걀을 낳는 Han은 멸종되고, 더는 이 세상에 존재하지 않게 된다. '솎아내기'다.

이제 '닭'이라 함은 'Hän과 그 자손들'로 정의된다. Hän은 4배의 산란율, 순수 형질의 안정적 복제(형질의 대물림), 경쟁 형질(Han의 유전자)의 소멸, 인간의 비호(사료 공급, 축사 울타리) 아래 빠른 속도로 번성하게 된다.

영원할 거 같은 Hän의 왕국은 매일 1개의 유정란을 낳는 '단 한 마리'의 돌연변이 닭 'Hen'이 나타나면서 급격하게 무너진다. Hän이 멸종하는 과정은 Hän이 Han을 쫓아냈던 과정과 완벽하게 동일하다. 이런 '솎아내기'의 연속으로 인류는 '제1 선택 기준' 즉 '산란율이 높은 닭'을 완성해 갔다.

제1 선택 기준이 '산란계의 효율'이라면, '제2 선택 기준'은 '육계의 효율'이다. 동일한 사료를 공급하는데 달걀에서 병아리로, 병아리에서 성계로 빨리 성장하는 돌연변이가 있다면, 이는 인간이 취식할 닭고기의 양이 순식간에 불어난다는 것을 뜻한다.

여기서 잠깐 심각한 비효율이자 성에 차지 않는 유전학의 문제점을 짚고 넘어가자. 부모에게 물려받은 형질이 제대로 장착되었는지는 그 자손이 성체가 되어 자손을 낳아야만 확인할 수 있다. 닭으로 예를 들어보자. 닭의 생활사 즉 '달걀-부화-병아리-성계-산란-폐경-죽음'의 시간이 너무 길면, 세대 간에 특정 형질이 제대로 전달되었는지를 판가름하는 데 너무 많은 시간이 소요된다. 위의 Hän에 적용해서 생각해보자. Hän-20세대 달걀 하나가 병아리로 부화하는 데 1년이 걸리고, 이 병아리가 산란이 가능한 성계가 되고 Hän-21세대 유정란을 낳는데 총 14년이 소요된다고 가정해보자. 그러면 Hän-20세대부터 Hän-30세대까지의 관찰 기간은 총 165년이 걸릴 것이다.

진화와 유전학을 이해할 때 항상 부딪히는 어색한 개념이 있다. 다름 아닌 '시간' 개념이다. 진화에 적용되는 시간은 지수와 로그가 춤추는 큰 숫자들이다. 그래서 우리의 일상적인 시간 감각으로 파악하는 일은 쉽지 않다. 하지만 묘책이 있다. 공식에 아주 작은 값과 아주 큰 값을 대입한 후에 그 결과를 상상해보자. 그러면 이해가 수월해진다.

P라는 아주 작은 가상의 생물과 Q라는 매우 거대한 가상의 생물을 가정해보자.

먼저 P라는 작고 단순한 생물은 암수가 있으며 유성생식을 한다. 갓 태어난 새끼는 1시간 만에 성체로 성장을 완료하고 곧바로 교미와 산란을 시작한다. 이후 1시간 동안 새끼 100마리 낳고, 산란이 끝난 시점부터 1시간 후에 죽는 생활사를 가진다고 치자. 이 P라는 생물의 생활사는 3시간이다. 즉 태어나서 1시간째에 자식을 낳고, 2시간째에 첫 자식이 성체가 되어서 손주가 태어나는 것을 보게 되며, 3시간째에 첫 손주가 커서 첫 증손주를 낳는 순간 죽는다. P와 같은 생물이 진짜 존재한다면, 이는 유전학자들에게는 꿈의 실험 생물이 될 것이다. P를 거대한 우리에 충분한 사료와 함께 몰아넣는다. 그리고 그때그때 관찰되는 특이한 돌연변이를 솎아내어 다른 우리로 격리한다. 이제 유전학자들은 단 몇 시간 만에 새로운 돌연변이 형질의 유전 여부를 확인할 수 있을 것이다. 이렇게만 된다면 품종개량은 매우 용이해진다. 더불어 유전학계의 박사학위 논문도 P개체의 증식 속도만큼 쏟아져 나올 것이다. (그러나 논문 통과율은 유리한 돌연변이가 발생하는 확률로 수렴될 것이다)

이제 반대로 Q라는 매우 거대하고 복잡한 생물을 상상해보자. Q는 태어난 후 성체가 되기까지 1000년이 걸리고 성체가 된 후 약 100년 뒤에 교미한다. 임신 기간은 10년이며 자식은 늘 하나만 낳는다. 이런 생활사라면 진화 관찰이 거의 불가능하지만, 그렇다고 여기에 진화가 없다고는 말할 수 없을 것이다. Q의 진화를 밝혀낼 주인공은 Homo sapiens sapiens를 구골번 솎아낸 Homo sapiens^{100}일 것이다. 물론 인류가 아닐 수도 있다.

형질의 관찰자이자 품종의 개량자인 인간은 이 기나긴 시간을 결코 참지 못한다. 길어야 100년밖에 못 살며, 조급증이 심한 인류는 늘 신속한 결과를 원한다.

고로 닭고기의 양으로 보나, 빠른 결과 확인으로 보나, 제2 선택 기준은 응당 '개체의 빠른 성장'이 될 수밖에 없다.

이제 제1 선택 기준을 충족한 'Hen' 안에서 제2 선택 기준으로 솎아내기를 시작한다. Hen은 높은 산란율 때문에 개체 수도 많고, 돌연변이 발생률도 이에 비례해서 높아진다. 이 중 부화가 빨리 되는 형질과 성계로 빨리 자라는 형질을 골라서 솎아내면 된다. 즉 '달걀-부화-병아리-성계-산란-폐경-죽음'의 단계 중에서 앞의 2구간(달걀-부화, 병아리-성계)이 짧아지면 요건을 충족하는 것이다. 제1 선택 기준의 솎아내기와 마찬가지 기전으로 Hen의 부화 기간은 21일까지 차츰 짧아지고, 성장 완료 시점과 산란 시작 시점은 3개월로 점점 단축된다.

이 지점에서 선택 조건이 하나 더 추가된다.

육계는 어차피 성계가 되자마자 도계되므로, 생활사의 뒤쪽 구간을 고려할 필요가 없다. 하지만 산란계의 경우는 다르다. 산란계 생활사의 최종 구간 즉 '폐경-죽음' 구간은 DNA의 관점, 닭의 관점, 인간의 관점 모두에서 아예 필요가 없는 구간이다.

먼저 진화와 DNA는 더 이상 번식하지 못하는 개체들에겐 아무런 관심이 없다. 비정하지만, 이것은 아무도 부인할 수 없는 유전학의 절대 법칙이다.

다음은 닭의 관점. 우선 자연 상태의 닭 무리에서는 산란이 끝난 어미 닭이 번식에 기여하는 바가 컸다. 낳은 알을 품어 병아리로 부화시키고, 병아리에게 먹이를 구해주며, 새끼를 노리는 포식자와 격렬하게 싸우기도 한다. 그러나 이러한 포란, 육추, 부화, 사냥, 급식, 보호, 방어를 인간이 인공 부화기, 사료 공급, 축사 울타리로 대신해준다. 인간의 비호는 폐경된 할머니 암탉이 하는 것과는 비교도 할 수 없을 정도로 과학적이고 완벽하다. 어미를 모르는 병아리의 입장에서 늙은 닭은 관심 밖의 생물이다.

마지막으로 인간의 관점. 인간에게 있어서 늙은 닭은 달걀을 낳지 못하며 육계로도 쓸 수 없는 덩어리일 뿐이다. 이 덩어리들은 사료를 축내고 축사의 공간만 차지한다. 면역력이 약해 치명적인 감염병에 걸릴 확률이 높고, 이 전염병을 축사 전체에 퍼뜨릴 수도 있다. 사육되는 닭의 자연은 곧 인간이다. 인간은 어떤 선택을 하겠는가? 당연히 인간은 종 전체의 안녕을 위해 산란이 끝난 닭을 즉시 살처분한다. 잔인하게 들리겠지만, 늙은 닭의 죽음은 애도의 대상이 아니다. 늙은 자신의 빠른 죽음으로, 자신이 소비할 사료를 자손들에게 나누어 준다고 생각하면 한결 마음이 편해질 것이다.

이런 이유로 성장이 빠른 돌연변이 솎아내기 작업을 할 때, 차(次) 순위로 '산란이 끝나면 빨리 죽어버리는 형질'인 제3 선택 조건으로 추가한다.

이렇게 '산란율이 높고', '성장이 빠른' 닭은 무서운 속도로 개체 수를 늘려나갔다. 당연히 전체 돌연변이 발생률도 '유리한 돌연변이' 발생률도 높아졌다. 빨라진 성장 덕분에 인간은 이 돌연변이 형질의 안정적인 대물림 여부를 단시간에 파악할 수 있었다. 대규모 솎아내기는 체계적으로 반복되었다. '불리한 돌연변이'를 낳은 어미와 그 자손은 즉시 살처분되었으며, 유리한 돌연변이의 형질은 격리되어 세심한 관찰과 집중적인 보호를 받았다. 운 좋게 2가지 선택 조건을 동시에 만족시키는 - 즉 어미 세대보다 산란율도 높고 성장도 빠른 - 돌연변이가 나타나기도 했다. 더불어 '폐경 후 폐사'라는 제3 선택 조건도 차츰 정착되어갔다.

4000년에 걸친 솎아내기는 대성공을 거두었고, 닭의 산란율과 성장률은 계속 높아졌다. 그리고 이 성공의 원리는 인간이 제4, 제5, 제6의 선택 조건과 그 이상의 수많은 요구 조건을 실현하게 해줄 든든한 기초가 되었다.

*

대학교수 시절, 내 소박한 행복인 모성 관찰이 주변의 모두를 불편하게 한다는 사실을 깨닫는 사건이 있었다. 이 경험은 내가 유전학으로 진로를 선언했을 때, 주변으로부터 받았던 내상보다 훨씬 치명적이었다.

어느 주말 저녁. 사촌 동생의 출산 축하 파티에 초대받았다. 사촌 동생은 태어난 지 100일 된 자신의 아기를 품에 안은 채 무척 행복해했다. 나는 사촌의 모성을 관찰하며 은밀한 행복을 느끼고 있었다. 사촌 동생으로부터 조심스럽게 아이를 건네받을 때, 내 시야에 들어온 아이 엄마와 주변에 있던 다른 친척들의 얼굴에 일제히 애처, 동정, 미련, 우월, 불편 같은 표정이 희미하지만 재빠르게 겹쳐졌다. 이 미세한 표정근들의 변화는 내 시선이 미세하게 치켜 올라가는 것을 감지하고는 순식간에 사라졌다. 그들은 들키지 않았다고 생각했던 것 같았다. 하지만 그 찰나에 목격했던 그 표정들을 지금도 나는 선명하게 기억하고 있다. 내 결손 때문에 주변 사람들이 내 눈치를 봐야 하는 상황이 너무나도 거북했다. 나는 벌거벗은 술래였다. 30분 뒤쯤 몸이 좋지 않다는 핑계를 대고 사촌의 집에서 뛰쳐나왔다.

팽팽했던 고무줄이 목구멍에서 툭 끊어졌다. 날쌔게 말려 올라간 채찍이 안구 뒤편을 때리자 눈알이 터져 눈물이 샜다. 익사할 정도로 많이 울었다. 내가 인간의 모성에 관심을 두는 행위가 남들에게는 불편을 주고, 나에게는 상처가 되리라 생각했다. 내가 나에게 모질었던 때였다. 예민해진 나는 바짝 움츠러들었고, 더욱더 사람을 멀리했다.

그 뒤로 나는 동물의 모성만을 탐하기로 마음먹었다. 그리고 주말마다 대학 근처에 있던 동물원에 다니기 시작했다.

#6

정부는 농림축산식품부 차관의 직속 기관으로 '클락헨 지원국'을 신설했고, 연구소는 지원국 산하 정부 기관이 되었다. 연구소 대강당에서 열린 첫 '차관 보고회'는 차관과 공무원들에게 유전학적인 원리를 설명하느라 반나절이 넘게 걸렸다. 하지만 참석한 모두는 보고회 내내 클락헨이 가져다줄 미래 가치에 흥분을 감추지 못했다. 첫 차관 보고회는 기립 박수와 함께 성공적으로 끝났다. 정부는 클락헨 연구소에 아낌없는 격려와 지원을 다시 한 번 약속했다. 첫 보고회 이후, 차관은 정기 보고를 받기 위해 월 3~4회 정도 연구소로 직접 방문했고, 그때마다 기업인들과 각계의 전문가들을 대동했다.

차관 보고회 때마다 연구소장과 수석연구원들이 주축이 된 '연구 위원회'가 그사이에 이루어진 클락헨의 품종개량에 대해 발표했다. 발표가 끝나면 연구소를 총괄 관리하는 '운영위원회'의 보고 및 요청 사항이 있었다. 성과 발표와 보고서는 전문 지식이 없는 기업 관계자들을 배려해서 다음과 같이 최대한 쉽게 작성되었다.

제28차 차관 보고회

연구 위원회 보고

클락헨-Origin-22세대

I. 산란일자(6자리) 표기율: 99.9995%

II. 산란율, 성장률, 수명 (제1, 2, 3 선택 조건 형질)

1. 산란율: **8.2알**/24시간 (2세대 전 대비 0.7알/24시간 향상)

2. 성장률: 부화 소요 시간: **약 4.5일** (2세대 전 대비 0.5일 단축)

성장 완료 시간: **약 10.5일** (2세대 전 대비 1일 단축)

3. 수명: **평균 80일** (2세대 전 대비 5일 단축)

III. 관찰된 총 돌연변이 형질 (발생률: 0.0039%)

1. 관찰된 불리한 돌연변이 형질

1) 산란날짜 표기상 '연'과 '월'은 있지만 '일'이 표기가 안 되는 개체 – 5마리

→ 개체 및 개체가 산란한 불량 달걀 모두 살처분 완료

2) 수명이 88일 이상 (산란 종료 후에도 자연사하지 않는 개체) – 13마리

→ 개체가 산란한 달걀 및 부화한 병아리 모두 살처분 완료

3) 심장 기형 - 부화 후 바로 폐사 – 10마리

→ 폐사한 10마리 모두 해부 관찰 실행. 심장과 기도의 동반 기형이 발견됨.

4) 성체가 된 클락칵에서 발가락이 2개뿐인 개체 – 7마리

→ 교미 못 하게 메인축사에서 즉시 격리 후 모두 살처분 완료

2. 관찰된 유리한 돌연변이 형질

1) 부화 시간이 4일인 개체(이전 세대 대비 1일 단축) – 5마리

→ 격리해 3세대 정도 관찰 후 형질이 안정적으로 유전되는 것이 확인되면, 이 개체와 자손들을 종계로 선택하고 나머지 클락헨들은 모두 대량 살처분 예정

IV. 향후 연구 계획

1. 위 III-2.-1)에서 언급한 부화 시간이 4일로 단축된 클락헨을 집중 관찰

2. 앞으로도 클락헨 품종개량에 제1 선택 기준인 '산란율 향상', 제2 선택 기준인 '성장률 향상(성장시간 단축)'에 가장 큰 역점을 둘 것임. 아울러 제3 선택 기준 (산란 종료된 개체의 수명 단축)에도 지속적인 개량(솎아내기)을 병행할 예정임.

운영위원회 보고 및 요청 사항

I. 보고

1. 전체 연구소 설립 공정의 92% 완료.
2. 메인축사, 1, 2, 3 보조축사, 연구동 및 기타 건물–무독성 친환경 페인트(백색) 도장 완료
3. 제7차 전체 방역 완료 - 방역으로 인한 클락헨 폐사는 없음.

II. 요청 사항

1. 인원 충원
- 개체 수가 급격하게 늘어남에 따라 면밀한 관찰을 위한 인력이 부족(특히 야간 교대반)
- 기타 관리직 인력 부족 (수송부, 전력부, 경비부, 전산부, 미화부 등)

2. RFID(Radio Frequency Identification) 도입
- 클락헨의 개체 수가 기하급수적으로 늘고 있기 때문에 효율적인 개체 수 측정, 탈주 예방 등의 철저한 관리와 신속한 통계 처리를 위해 도입이 시급함.
- 부화하는 모든 병아리의 날갯죽지에 소형 RFID를 Auto Injection Gun을 사용해 삽입하면, 모든 개체가 고유한 일련번호를 가지게 됨. 이를 곳곳에 설치된 RFID 리더기로 인식하여, 모든 정보를 중앙 전산실에서 취합. 이 시스템이 구축된다면 클락헨 전체의 방대한 정보를 24시간 모니터링 할 수 있음.

3. 사료 확보

- 현재까지 사료 공급은 원활한 상태임. 그러나 클락헨의 성장률이 급격하게 빨라지다 보니 사료 소비량이 가파르게 상승하고 있음. (현재 클락헨 한 마리가 소비하는 사료량은 10세대 전 클락헨의 약 2.8배임)
- 만약 예상치 못한 이유로 사료 공급이 중단될 시 대규모 아사(폐사) 사태가 발생할 것임. (연구소가 지금까지 이룩한 성과가 일순간에 물거품이 될 수 있음)
- 충분한 비축량 확보 및 원활한 사료 공급을 위한 계획을 미리 수립해야 할 것으로 사료됨.

4. 운송용 대형 트럭 추가 도입
- 솎아내기의 빈도가 점점 증가하고 또 대량(30만 마리 이상)으로 실시되기 때문에 살처분할 클락헨을 옮길 대형 트럭이 매우 부족함. 트럭은 사료 운송용으로도 쓰이므로 최소 10대 이상 도입이 시급함.

5. 매립지 부족 - 연구소 외부에 대규모 매립지 공사 시급
- 살처분될 닭들은 살처분장에서 블록 압축처리 후 연구소 남쪽 임시 야지에 매립 중임.
- 살처분되는 닭, 병아리, 달걀의 양이 급격히 늘어나고 있으므로 대형 매립지 확보가 시급함.

6. 전력 공급
- 향후 연구소가 100% 완공되면 전력 소비량이 급격히 증가할 것으로 예상됨.
- 충분한 예비전력 확보 및 비상시를 대비한 자체 발전 시설 요청

– 경청해주셔서 감사합니다 –

정부는 연구소의 요구 사항에 굉장히 협조적이었다. 모든 결재는 신속했고 실행은 즉각적이었다. 정부의 회신 공문은 다음과 같이 내려왔다.

제28차 차관 보고회 이후 후속 조치

송신: 농림축산식품부 클락헨 지원국 / 수신: 클락헨 연구소

1. 기 28차 차관 보고회에서 브리핑한 귀 연구소의 성과를 치하하고 연구소장 이하 모든 직원의 노고에 아낌없는 격려를 보냅니다.

2. 정부는 학계, 양계협회, 식품기업 등 각계각층 전문가들의 다양한 의견을 수렴해 클락헨 품종개량의 올바른 방향을 설정하여, 연구소 임직원들이 클락헨 업무에만 집중할 수 있도록 제반 시설 지원 및 복지에 만전을 기할 것입니다.

3. 운영위원회 요청 사항에 대한 조치

1) 인원 충원 건 - 승인 완료. 다음 주부터 신규 인력(62명) 부서 배치 후 근무 예정
2) RFID 도입 건 - 즉각 시행할 것. (특별 예산 확보 완료) 연구소장에게 전권 위임
3) 사료 공급 건
   (1) 배합 사료협회 및 대형 사료업체 3곳과 업무협약 완료 - 다음 주부터 1차분 공급예정
   (2) 국내 옥수수 농장 7곳과 수의계약 완료
   (3) 해외 대규모 옥수수 농장 - 해당국 대사관을 통해 영사가 직접 접촉 중
4) 대형 트럭 건 - 기업 협찬으로 15톤급 4대, 8톤급 17대 총 21대 수령 - 익일 배치 예정
5) 매립지 건 - 현재 사료야적지 인근 부지에 공사예정. (면적: 12,000㎡, 깊이: 20m)
6) 전력 공급 건 - 전력공사에 협조 공문 발송. 자체 발전 시설 건설은 차후에 논의하기로 함

4. 홍보실 신설

구성 : 총 3인. 실장 1명, 실원 2명.

업무 : 연구소의 연혁 기록. 관련 자료 보관. 관보, 연감, 교육자료 발행 및 관내 행사 기획. 전 부서는 신설되는 홍보부 업무에 적극 협조 바랍니다.

5. 제29차 보고회를 차주 금요일 1시에서 목요일 1시로 변경합니다.

차관님 외에 참석인원은 식품영양학과 교수 1명, 양계협회 임원 3명, 식량구호단체 2명 등 총 8명이며, 제반 시설(매립지 등)선정을 위해 국토부 공무원이 금일 방문 예정입니다. 업무에 참고하시기 바랍니다.

– 이상 –

모든 것이 의도한 대로 진행되었다. 산란율이 높아지면서 돌연변이도 많이 발생했고, 자연히 유리한 돌연변이 확보도 수월해졌다. 동시에 성장 속도도 빨라져서, 솎아내기는 전과는 비교할 수 없을 정도로 자주 진행되었다.

유리한 돌연변이라고 확정되면 곧바로 다음 세대의 종계로 선택되었다. 동시에 여집합의 클락헨은 모조리 살처분되었다. 종계로 선택된 클락헨이 낳은 유정란들은 모두 병아리로 키워졌고, 개체 수를 불리기 위해 그다음 세대에서도 반복되었다. 그래서 대량 살처분으로 텅 빈 메인축사는 새로운 종계의 자손들로 금방 채워졌다.

각지에서 공급된 옥수수 사료들이 쌓여, 사료 야적지는 야산만큼 높아졌다. 새롭게 완성된 거대한 매립지에는 살처분장에서 블록으로 압축된 클락헨 사체들이 차곡차곡 쌓여갔다.

*

연구소에서 나의 업무는 크게 세 가지였다.

첫 번째는 클락헨의 감각 기관 연구였다. 연구소가 나를 스카우트한 이유이자, 가장 연구 성과를 기대하는 부분이었다. 클락헨은 오감이 모두 엄청나게 발달해 있었는데, 내가 맡은 부분은 시각과 청각이었다. 클락헨은 세대가 거듭될수록 시력과 청력이 향상되었다. 일주일마다 새로운 세대의 시력과 청각을 측정해 기록하고, 눈과 귀를 해부했고, 망막과 내이를 절편으로 만들어 현미경으로 관찰했다. 클락헨-Origin-70세대 즈음에 시신경의 민감도는 매와 같았고, 청신경의 해상도는 박쥐와 비슷했다. 바로 옆 연구실은 후각과 미각을 연구하고 있었는데, 클락헨의 후각은 거의 개와 비슷한 수준이라고 보고했다.

두 번째는 클락헨의 시간 인지 기전을 밝히는 연구였다. 이 연구는 내가 연구소로 오기 전부터 가장 많은 연구원이 매달렸던 대형 프로젝트였다. 처음 참석한 컨퍼런스에서 나는 팀의 막내로 회의실의 맨 끄트머리 의자에 앉았다. 회의 시작 10분 만에, 이 팀이 결과 도출을 완전히 포기했다는 것을 눈치챘다. 일조량-송과선 가설, 미토콘드리아 가설, 체내시계 톱니 가설 등이 가장 그럴듯했으나, 정확한 인과 관계를 실험적으로 증명할 수 없었다. 해부학적 관찰을 위해 클락헨을 죽이는 순간, 그 내부의 시간이 끝나버리기 때문이었다. 즉 관찰하는 순간 그 성질이 바뀌어 버리는 것이다. 그러자 그 유명한 '중첩 고양이'를 거쳐 양자역학 이야기까지 흘러나왔다. 생물학이나 유전학 학회 바닥에서 누군가 양자역학을 언급했다는 것은 결론이 철학과 신학으로 승천해버리기 전에 서둘러 연구를 접자는 암묵적 합의였다. 결국 연구소장은 프로젝트의 명맥만 유지해 놓고, 이곳의 연구 인력을 빼내어 품종개량 연구에 투입했다. 클락헨 시간 인지 연구는 끝내 그 기전을 밝혀내지 못했다.

세 번째는 감염관리실과 함께 진행하는 조류 전염병 모니터링이었다. 클락헨은 유전적 다양성이 아예 없기 때문에 우연히 발생한 신종 바이러스에 몰살될 가능성이 늘 존재했다. 그래서 조류 전염병 모니터링은 축사 방역과 더불어 연구소에서 가장 신경을 많이 쓰는 분야였다. 매주 무작위로 선별된 클락칵 10마리, 클락헨 20마리, 병아리 10마리, 폐사한 개체 100마리에 대한 철저한 검사가 이루어졌다. 이 일은 내가 맡기 전부터 매우 엄격하게 시행되었는데, 광범위한 검사에서 모두 음성이었다. 매번 같은 결과가 반복되는 단순한 업무였다. 그러나 한순간의 실수로 연구소 존폐가 결정될 수 있었기에 늘 꼼꼼하게 결과를 확인했다. 물론 내가 맡은 후로도 모든 전염병에 대해 양성 결과가 나온 적은 단 한 번도 없었다.

클락헨-Origin은 야생에서 발견되어서 그런지 알려진 모든 조류 전염병에 대한 항체를 가지고 있었다. 그 자손들 역시 면역학적으로 완벽했다. 매년 되풀이되는 조류독감에 대한 뉴스로 밖이 떠들썩할 때도, 클락헨은 단 한 마리도 독감에 걸리지 않았다. 조심에 조심을 더해야 하는지라 검사의 범위를 조류 질병뿐 아니라 인수 공통 전염병 전반으로 확대했다. 바이러스와 세균뿐만 아니라 진균류, 기생충까지 범위를 넓혔다. 결과는 모두 음성이었다. 클락헨은 무서울 정도로 건강하다.

모든 업무가 교수 때보다 간단했고 스트레스도 없었다. 나는 2주 만에 적응을 마쳤고, 이곳으로 이직한 것에 행복해했다. 한 달이 지나자 시간적 여유가 넘쳐났다. 그리고 단순한 일과에 점점 무료해지기 시작했다. 나는 옛 보물 상자의 열쇠를 찾기로 마음먹었다. 거기에서라면 다시 활력이 생길 것 같았다.

소설을 다시 써보려 했으나, 굳어버린 손가락이 좀처럼 움직이지 않았다. 작문 자체가 힘들었다. 수년간 유전학만 파고드는 바람에, 머릿속에서 G, A, T, C 4개를 뺀 나머지 22개의 알파벳이 모조리 삭제된 느낌이었다. 문장은커녕 단어 하나 쓰기 힘들었다. 수평적인 삶을 살았기에 마땅히 쓸 흥미로운 주제도 없었다. 그래서 쓰기가 수월해질 때까지 우선 듣기, 읽기 그리고 말하기를 먼저 하기로 했다. 좋아하는 음악을 실컷 들었고, 읽고 싶었던 두꺼운 책들을 대량으로 주문했다. 거실에 피아노도 들여놨다. 내 천성상 말하기를 잘 못 하니, 피아노 연주로 표현 연습을 대신하기 위해서였다. 음악감상과 독서와 피아노 연주. 나는 이것들을 실컷 맞이했다. 언젠가 다시 소설을 쓸 수 있기를 꿈꾸며, 말을 막 배우기 시작한 아기처럼 혼자 옹알이를 했다.

그리고 봄. 나는 연구소 인근에 있는 작은 동물원을 찾아냈다.

#7

제39차 차관 보고회

대량 솎아내기가 빈번해지면서 폐기해야 할 클락헨과 달걀의 수가 주체할 수 없을 정도로 증가했다. 연구소는 관내에 살처분 클락헨을 육계로 활용할 수 있는 전문적인 연구 기관 설립을 정부에 요청했다. 정부 역시 대찬성이었다. 며칠 후 식품영양학 전문가로 꾸려진 '식용 클락헨-영양평가 연구실'이 구)국립축산연구원 건물에 개설되었다. 클락헨 연구소 부설기관인 이 연구실은 '클락헨 달걀 분석실'과 '클락헨 육질 분석실'로 나누어져 있었다. 달걀 분석실에서는 세대별로 무정란과 유정란의 영양성분과 맛을 평가했다. 육질 분석실에서는 세대별 클락헨을 성장 단계별로 분류하여 도계한 후 고기의 양, 단백질 함량 등을 기록했다. 정부는 차관 보고회 때 영양평가 연구실의 보고도 추가해달라고 요청했다.

제42차 차관 보고회

클락헨 달걀은 일반 달걀보다 단백질 함량이 30%나 높았다. 가장 중요한 요소인 맛은 일반 달걀과 비슷했다.

반면, 클락헨 고기는 형편없었다. 클락헨은 더 많은 산란과 더 빠른 성장을 위해 섭취한 영양분을 생식기 계통과 내장 기관에 집중했다. 그래서 근육 기관인 날개와 다리는 작고 약했으며, 근조직은 매우 엉성했다. 뼈는 몸통이 커지는 속도와 무게를 견디지 못했다. 골격을 구성하는 주요 성분인 칼슘

이 죄다 달걀껍데기를 만드는 데 쓰이는 바람에 속이 텅 비어버린 뼈는 작은 충격에도 쉽게 부러졌다. 그래서 클락헨 고기를 삶으면 뼈가 녹아버리고 살(근육)이 전부 흩어져 곤죽이 되어 버렸다. 고기의 식감은 밀가루 반죽과 비슷했고, 맛은 무미(無味)였으며 냄새는 조금 역했다. 수탉인 클락칵(Clock-Cock) 고기는 근육량만 더 많을 뿐, 육계로서의 가치는 클락헨과 비슷한 수준이었다.

초기 실험 결과는 참담했다. 클락헨 육계는 상품성이 전혀 없었다. 하지만 모두가 뛰어난 육질의 클락헨을 양산할 수 있을 것이라 확신했다. 그런 가능성을 조금이라도 높이고 또 앞당기기 위해선 산란율, 성장률을 더 높이는 것이 최우선이었다. 정부는 육계 품질에 대한 모니터링은 계속하되, 육질 개선을 위한 본격적인 개량은 산란율과 성장률이 어느 정도 완성된 후에 진행하기로 했다.

제48차 차관 보고회

제48차 보고회에서 연구 위원회가 발표한 클락헨-Origin-55세대는 정확히 2시간마다 1개의 달걀을 낳았다. 달걀은 2일 만에 부화하여 5일 만에 성계가 되었고, 단 한 번의 교미로 하루에 12개씩의 달걀을 3주간 낳고 폐경과 동시에 자연사했다. 쉽게 말해 클락헨-Origin-55세대의 생활사는 달걀로 태어나서 7일 만에 성계가 됨과 동시에 첫 자식(유정란)을 보고, 이후 21일 동안 약 250개의 달걀을 낳다가 28일째 증손주가 고손주 달걀을 낳는 것을 보고 죽는 것이다.

보고회 말미에 수석연구원 리처드가 중요한 제안을 했다. 클락헨의 산란율과 성장률은 신이 내려주신 기적 같은 선물이니, 지금 시점에서는 이 신기루 같은 은총을 영구히 인류의 것으로 안착시키는 것이 급선무라는 요지였다. 리처드는 자칫 무리한 솎아내기로 인해 클락헨 유전자의 피로가 누적된다면, 우리가 지금까지 힘들게 얻어낸 우수 형질을 실낙원처럼 단번에 잃어버릴 수 있다는 우려를 표명했다.

제안의 핵심은 산란율과 성장률을 현재 상태로 고정해 놓고, 그 형질이 안정적으로 후세에 전달되는지를 약 20세대에 걸쳐 관찰해보자는 것이었다. 더불어 리처드는 앞으로 하루에 15개의 알을 낳거나 부화를 1일 만에 해버리는 '유리한 돌연변이 형질'까지도 솎아내어 살처분하자는 구체적인 실행 방안을 제시했다. 그는 바벨탑의 경고를 예로 들면서, 미리 만들어 온 통계그래프 자료를 나눠주었고, 이 '20세대에 걸친 형질 보존'이 성공한다면 하늘의 은총을 영원히 지상의 것으로 만들 수 있다고 확신했다.

수석연구원 리처드의 굵고 낮은 목소리는 구약성경 창세기를 인용하는 교황의 미사처럼 성(聖)스러운 분위기를 만들었지만, 열광적인 부흥을 받지는 못했다. 서로 눈치만 보고 있을 때 가장 먼저 격렬한 아멘을 외친 사람은 양계협회 위원장이었다. 그는 개량이 지금과 같은 속도로 지속된다면, 머지않아 클락헨은 달걀을 낳는 대신 출생일자가 이마에 새겨진 검은 병아리를 낳게 될 것이라고 말했다. 덕분에 교황청 미사같이 엄숙했던 회의장의 분위기가 조금 이완되었다. 밝아진 분위기에 한껏 고무된 양계협회 위원장은 지금 멈추지 않으면 지구상에 달걀이 영원히 사라질 것이고, 그러면 우리는 두 번 다시 오믈렛이나 마요네즈를 먹지 못할뿐더러 부활절도 없어질 것이라고 덧붙였다. 곧바로 다른 수석연구원들이 욕심을 한시적으로 접자는 리처드의 제안에 동의했다. 그러자 책임연구원, 선임연구원들도 무더기 찬성표를 던졌다.

농림축산식품부 차관과 연구소장은 수석연구원 리처드의 제안을 흔쾌히 통과시켰다. 앞으로 클락헨-Origin-56세대부터 75세대까지는, 지금의 상태를 상회하는 유리한 돌연변이를 솎아내어 살처분하는 방법으로 현재의 산란율과 성장률을 고정하기로 했다. 즉 클락헨-Origin-55세대의 4가지 표준 '부화 2일, 성계가 되는 데 5일, 매일 12개씩 3주간 산란, 수명 28일'에서 살짝만이라도 벗어난 클락헨은 자손들과 함께 죽음을 면치 못하게 되었다.

'20세대에 걸친 형질 보존 계획'은 클락헨-Origin 출현 직후부터 숨 가쁘게 달려온 모든 연구원에게 포상 휴가와 같은 여유를 선사했다.

*

연구소에서 차로 30분 거리에 있는 시립동물원을 찾아냈다. 교수 시절에 다니던 대형 테마파크 동물원보다 한참 수준이 떨어지는 작고 낡은 동물원이었지만, 나는 이곳을 너무 사랑했다. 어찌나 자주 들락거렸는지 정문 수위 할아버지와 눈인사를 할 정도가 되었다. 동물 종류도 많지 않았기 때문에, 하루 총 입장객 수는 이곳에 사는 동물들의 수보다도 적었다. 아이들의 환호성과 울음소리 그리고 곳곳에 설치된 스피커에서 최신 동요가 쩌렁쩌렁 울리는 테마파크 동물원에서는 마음 편히 동물을 관찰하기 어려웠다. 하지만 조용하고 아담한 시골 동물원에서는 그 누구의 시선도 신경 쓰지 않고 마음 편하게 동물들을 볼 수 있었다.

내가 특히 좋아하는 장소는 인도 코끼리 우리였다. 이곳에는 코끼리 부부와 장난기 넘치는 검푸른 아기 코끼리 한 마리가 늘 붙어 다녔다. 온화한 어미 코끼리는 전체가 검었지만, 긴 코에는 살짝 푸른 빛이 감돌았다. 어미는 자기 새끼한테 한시도 눈을 떼지 않았다. 어미 코끼리는 코와 귀로 육아를 했다. 긴 코로 먹이를 입에 넣어주기도 했고, 더울 때는 그늘로 데려가 소방 호스처럼 물을 뿌려주기도 했다. 같이 낮잠을 잘 때 어미는 새끼의 작은 몸통 위로 자신의 큰 귀를 이불처럼 덮어주곤 했다.

온화한 어미 코끼리의 이름은 '비쉬누'고 귀여운 아기 코끼리의 이름은 '크리슈나'였다. 온종일 잠만 자는 아빠 코끼리는 '브라흐마'였다. 수위 할아버지는 동물원이 만성적자로 진즉에 문을 닫으려고 했지만, 현재 있는 동물들을 이사시키는 비용이 막대해서 동물들이 다 죽을 때까지 버티기로 했다는 사정을 이야기해주었다. 그런데 동물원이 꾸역꾸역 운영되는 진짜 이유는 예전에 시의회가 클락헨 연구소 측에 이 동물원을 팔려고 했었고, 현재 그 대답을 기다리고 있기 때문이라고 귀띔해주었다. 할아버지는 개구쟁이 '크리슈나'가 앞으로 60년은 충분히 살 거 같아서 자기가 실직자가 되는 일은 없을 거라고 하며 껄껄 웃곤 했다.

어미 코끼리 비쉬누를 바라보는 시간은 나의 모성 관찰 욕구를 완벽하게 충족시켜줬다. 코끼리는 일주일에 두세 번씩 와서 한 시간 넘게 바라보고 있는 나에게 아무런 관심도 없었다. 가끔 비쉬누와 눈을 마주칠 때도 비쉬누와 브라흐마의 표정에는 나를 향한 애처, 동정, 미련, 우월, 불편이 존재하지 않았다. 코끼리들은 내 사정을 알지도 못했고, 궁금해하지도 않았다. 그래서 나는 그들의 삶에 전혀 상관없는 나의 결손을 굳이 코끼리의 언어로 이야기해줄 필요가 없었다.

이 동물원에서 나는 지금껏 나의 모성 관찰을 방해했던 두 가지 요소를 완전히 배제할 수 있었다. 하나는 타인의 시선이고, 다른 하나는 그 시선에 대한 나의 불편함이었다. 이 두 가지 장애물이 사라지자, 내 마음 구석에 단단히 붙어 있던 질투와 상실감이라는 찌꺼기를 깨끗이 떼어낼 수 있었다. 행복해진 나는 변수와 편견이 완전히 통제된 순수한 관찰자가 되었다. 그렇게 나는 '모성'이라는 오페라의 VIP 좌석을 차지했다.

2시 44분의 봄날은 천천히 서쪽으로 몰리고
삶의 잔잔한 지평선 위로 시간이 포개졌다.
수평은 느려지고 초록은 느긋했다.

모성은 처음 누워본 침대처럼 포근한 것이라고
너는 지금 행복하다고
부푼 내 흉골이 들숨으로 노래해주었다.

#14

'20세대에 걸친 형질 보존 계획'은 개량 없이 유지만 하는 과정이었으므로 연구소 업무는 훨씬 수월해졌다. '부화 2일, 성계가 되는 데 5일, 매일 12개씩 3주간 산란, 수명 28일'이라는 4가지 기준에 부합하지 않는 클락헨만을 단순하게 솎아내면 되었다. 그러나 지금까지 계속 증가하는 방향으로만 유도했던 산란율과 성장률은 계획 시행 첫 8세대(클락헨-Origin-56세대부터 63세대까지) 동안 쉽게 수그러들지는 않았다. 조금이라도 부화 기간이 짧아지거나 성장이 빨라지면 그 즉시 교미를 못 하게 격리한 후 한꺼번에 죽여버렸다. 또 하루에 13개 이상으로 산란하는 개체도 낳은 달걀들과 함께 바로 살처분되었다. 그러자 지금까지 못 봐왔던 해괴한 돌연변이 발생이 급증하기 시작했다. 풍선 효과처럼, 팽창하려는 강한 힘을 어떤 한 방향에서 강하게 억누르자 다른 방향으로 그 힘이 뻗쳐나갔다. 쉽게 분수대에서 하늘을 향해 힘껏 솟구치는 물줄기(유전자의 복제 욕망) 위에 두꺼운 철판을 덮어 놓으면(인간의 억제-솎아내기), 그 물줄기가 수평의 동서남북으로 퍼지는 것(희귀한 돌연변이 발생증가)과 같았다.

알 하나에서 병아리 4마리가 동시에 부화하기도 했고, 아기 머리만 한 달걀에서 부화한 병아리는 흑염소만큼 커지기도 했다. 클락캌은 정액을 오줌처럼 질질 흘리고 다녔다. 심지어는 클락캌이 알을 낳기도 했다. (하지만 이 알은 매우 작았고, 부화하지 못했다) 다리 4개에 큰 날개까지 달린 키메라 같은 병아리도 나타났다. 메인축사로부터 제3 보조축사의 인공부화기로 옮기는 카트 위에서 스스로 알을 깨고 나오는 '자동 부화' 병아리들도 있었다.

식용 클락헨-영양평가 연구실은 노른자가 2개 이상인 쌍란의 비율이 최고 9배까지 증가했다는 통계 보고서를 제출했다.

이 시기에 클락칵들의 성욕은 심각한 수준이었다. 클락칵은 죽은 클락헨의 사체에도 교미했고 심지어 갓 부화한 암평아리에게도 사정했다. 발정이 극에 달한 클락칵들끼리 일종의 동성애를 한다는 보고도 있었다.

성욕만큼 식욕도 폭발했다. 충분한 사료를 공급하고 있음에도 불구하고, 늘 배고파하며 안절부절못했다. 축구장의 잔디를 뿌리째 뽑아 먹었고, 곳곳의 기물까지 파손했다.

다행히 이런 이상 현상들은 다음 8세대 (클락헨-Origin-64세대부터 71세대까지) 사이에 서서히 감소했다. 돌연변이 발생률은 63세대 때 정점을 찍은 후에 감소 추세로 돌아섰고, 71세대 때는 형질 보존 계획 이전 수준까지 떨어졌다. 하지만 클락헨은 마치 똥 마려운 강아지처럼 안절부절못했고, 눈이 충혈되었다. 클락칵들의 볏은 붉고 빳빳하게 울혈되어 하늘을 향해 솟구쳐 있었다. 어떤 스트레스를 받는지 공격성이 증가하긴 했으나, 크게 문제가 될 정도의 수준은 아니었다.

마지막 4세대(클락헨-Origin-62세대부터 75세대까지)에 이르러 산란율/성장률/수명이 완전히 고정되었다. 이전 16세대에서 보이던 기이한 돌연변이들도 더는 발생하지 않았고, 공격성도 줄면서 이전의 차분한 상태로 돌아왔다. 외형과 형질상 클락헨 어미와 새끼는 모녀지간이 아니라 쌍둥이에 가까워졌다. 이제 클락헨 유전자의 증식은 '복제Replication'보단 '복사Copy'라는 표현이 더 어울렸다. 이렇게 수석연구원 리처드가 제안한 '20세대에 걸친 형질 보존 계획'은 성공적으로 완료되었다.

직후 열린 제55차 차관 보고회의 연구 위원회 보고는 다음과 같다.

제55차 차관 보고회

연구 위원회 보고

클락헨-75세대 ('20세대에 걸친 형질 보존 계획' 종료 세대)

I. 산란일자(6자리) 표기율: 99.99999%

II. 산란율, 성장률, 수명

1. 산란율 : **12알**/24시간 (20세대 전과 동일)
2. 성장률 : 부화 시간: **2일** (20세대 전과 동일)
   성장 완료 시간: **5일** (20세대 전과 동일)
3. 수명 : **28일** (20세대 전과 동일)

III. 관찰된 총 돌연변이 형질 (발생률: 2.1%)

1. 관찰된 불리한 돌연변이 형질
   1) 하루에 13개 이상의 알을 낳는 개체 – 총 15마리 (13알–9개체/14알–4개체/15알–2개체) → 개체, 산란한 달걀 모두 살처분 완료
   2) 1일 만에 부화하는 달걀을 낳은 개체 – 9마리
   → 개체 9마리, 부화한 병아리 21마리 및 부화하지 않은 유정란 모두 살처분 완료
   3) 자동 부화하는 개체 – 154마리
   → 병아리 및 부모 개체 모두 살처분 완료
   4) 기도(氣道)폐쇄 기형 - 부화 후 바로 폐사 – 22마리
   → 폐사한 22마리 해부 관찰 실행. 더 많은 사료 섭취를 위해 발생학적으로 비대해진 식도가 기도(울대) 기형을 유발한 것으로 추측됨.
   5) 형태학(Morphology)상 이상 –16마리 (부리가 지나치게 뾰족하고 긴 개체 –8마리, 발톱이 지나치게 날카롭고 강한 개체 –8마리)
   → 교미 못 하게 메인축사에서 즉시 격리 후 모두 살처분 완료

2. 관찰된 유리한 돌연변이 형질

1) 전혀 울지 않고 소리도 내지 않는 개체 –8마리 (클락헨–4마리, 클락칵–4마리)

→ 종종 재채기를 함. 유리/불리를 떠나 흥미로운 돌연변이 개체임. 연구 목적으로 제2 보조축사 12번째 유닛으로 격리해서 형질 유전 여부 관찰 및 해부 관찰 시행예정임.

Ⅳ. 식용 클락헨–영양평가 연구실

1. 달걀 분석실

→ 노른자가 2개 이상인 쌍란 발생 비율이 55세대에 비해 2.2배(기존 닭의 4.9배) 증가함.

→ 유정란/무정란 모두에서 단백질 및 비타민 함량의 급격한 증가가 있었음. 맛은 동일

2. 육질 분석실

→ 모든 세대, 모든 주령(週齡)의 클락헨/클락칵을 도계하여 다양한 방법으로 조리 시도

→ 20세대 전의 육질과 동일함. 현재 상태로는 육계 활용 불가

Ⅴ. 향후 연구 계획 및 제안

1. 현재 연구소 내에 있는 99.9%의 클락헨은 유전적 형질이 균질하고 안정적인 상태임. '20세대에 걸친 형질 보존 계획'은 성공적으로 마무리되었음.

'부화 2일, 성계까지 5일, 매일 12개씩 3주간 산란, 수명 28일'을 클락헨의 고유한 특성으로 정의해도 될 것임.

2. 산란율/성장률은 고정되었으니, 이를 기반으로 품종개량의 '제4 선택 기준' 선정이 시급함.

→ 상품성을 높이기 위해 육질 개선(근육량 증가)을 최우선으로 선정해야 할 것으로 사료됨.

운영위원회의 보고까지 끝난 후에 농림축산식품부 차관은 형질 보존 계획을 제안한 수석연구원 리처드에게 정부의 공로패를 수여했다. 단상에 올라 감사의 말을 전하던 리처드는 또 다른 제안을 했다. 클락헨-Origin-75세대는 단 한 마리였던 클락헨-Origin으로부터 엄청난 진화를 거듭했고 또 형질 안정화까지 이루었으니, 이제 Origin을 떼고 새로운 이름을 붙이자는 것이었다. 차관은 리처드에게 생각해 놓은 이름이 있냐고 물었다. 그는 대답 대신 '클락헨-Genesis'라고 쓰여 있는 슬라이드를 스크린에 띄웠다. 연구원 모두 큰 박수를 보냈고, 차관은 클락헨-Origin-76세대부터 공식 명칭을 '클락헨-Genesis'로 명명하자고 그 자리에서 결정지었다. 리처드가 내려간 후 단상에 오른 차관은 이번 보고의 '불리한 돌연변이'와 '유리한 돌연변이' 개념이 매우 헷갈린다고 했다. 사실 하루 만에 부화하거나 하루에 13개의 달걀을 낳는 것은 클락헨에게는 유리한 것이고, 벙어리가 된 클락헨은 닭의 입장에서 보면 불리한 기형이 맞지 않느냐면서 말을 이어갔다. 듣고 있던 연구소장이 앞으로는 '인간에게 유리한 돌연변이', '닭에게 유리한 돌연변이', '설정된 목표에 부적합한 돌연변이' 식으로 앞에다 주체를 붙이겠다고 하자 차관은 고개를 끄덕였다.

4주 후 클락헨-Origin-76세대가 자연사하자, 3마리를 박제로 만들었다. 이 박제들은 '클락헨-Genesis'라는 명패와 함께 클락헨-Origin 박제의 아래 칸에 놓였다.

*

앤과 처음 만난 날을 생생하게 기억한다.

어느 날 차관 보고회가 끝나고 작은 다과회가 열렸다. 북적거리는 사람들 틈새로 세련된 여자가 수첩을 들고 이 사람 저 사람을 인터뷰하고 있었다. 나는 공무원들과 형식적인 인사를 마치고 나서 혼자 창가 쪽에 기대어 멀찌감치 있는 리처드를 바라보고 있었다. 그는 샴페인 잔을 든 채 연구원들에게 둘러싸여 있었다. 그 광경을 유심히 바라보며 와인 한 모금을 마시려고 잔을 드는 순간, 누군가가 불쑥 쨍하고 내 잔에 가볍게 기습 건배를 했다. 반사적으로 고개를 돌렸다. 조금 전까지 바쁘게 취재하던 여자는 아무 일 없다는 듯이 와인 잔을 들고 리처드를 응시하고 있었다.

"저 수석연구원 좀 주임 신부(神父)님 같지 않나요? 목소리가 너무 저음이라 졸려 죽는 줄 알았어요."

나와 눈도 마주치지 않은 채로 그녀가 말했다. 이 쿨한 첫 만남의 세련됨을 이어가야 한다는 생각에 나도 태연하게 리처드 쪽으로 시선을 돌리며 대답했다.

"교황에 더 가깝던데요."

그녀는 스마일 이모티콘 같은 미소를 지으며 내 쪽으로 고개를 돌렸고 와인 잔을 살짝 들며 말했다.

"안녕하세요? 앤입니다. 얼마 전 신설된 홍보실의 실장입니다."

만난 지 10초 만에 이 여자는 내 마음을 사로잡았다. 앤의 얼굴은 통통한 볼살 덕분에 작고 사랑스러운 하트 모양이었다. 단 한 번도 속상해본 적이 없었을 거 같은 하얀 피부와 옅은 홍조를 띠는 앞볼 때문에 꼭 귀여운 토끼 인형 같았다. 내 소개를 하려는 참에 그녀는 불쑥 한 손을 내 귀에 대고 속삭였다.

"7층 사시죠? 며칠 전에 엘리베이터 안에서 한 번 뵀어요. 전 2층에 산답니다. 초면에 실례지만 생리대 좀 빌릴 수 있을까요? 갑자기 터져서요. 2장이면 더 좋아요."

이 흰 토끼의 붉은 곤란함에 나까지 볼이 빨개졌다.

"저쪽 구석으로 가시죠."

곤란한 상황마저 너무 귀여워서 하마터면 와락 품에 안을 뻔했다.

이 여자와 아주 친해질 것 같은 예감이 들었다. 나 같은 성격의 사람들은 거절당할 게 두려워 남에게 먼저 다가가지 못한다. 그래서 먼저 호감을 나타내며 다가오는 사람 중에서 내가 좋아할 사람을 선택하는 방식으로 인간관계를 맺는다. 이런 소극적인 방어기제는 행여 누군가에게 들킬까 봐 두개골 안쪽에 매우 작은 글씨로 새겨져 있다. 앤은 친구관계가 성립할 수 있는 4분의 1의 확률 안에 있었다.

우린 다과회장 구석으로 슬쩍 자리를 옮겼고, 서로 등진 채 반대방향을 바라봤다. 나는 가방 속 파우치에서 물건 2개를 몰래 꺼냈고, 마약 거래하듯이 뒷짐으로 건네주었다.

"이 은혜는 클락헨 100세대까지 잊지 않을게요."

"고작 2년이군요."

이 재치와 순발력 넘치는 대답에 그녀의 호감을 살 수 있다고 확신한 나는 스스로 좀 우쭐했다.

"고마워요. 언제든 반대 상황이 오면 나를 찾아요. 2년 안에."

그녀는 종종걸음으로 자리를 뜨면서 오른손으로 걸스카우트 경례를 보냈다. 나는 소녀들끼리나 할 법한 은밀한 동맹놀이에 꼬물거리는 설렘을 느꼈다.

며칠 뒤 혼자 직원식당에서 밥을 먹고 있을 때 앤이 식판을 들고 내 테이블에 앉았다. 얼굴의 홍조가 없어서 그런지 하얀 피부는 한층 더 비싸진 것 같았다. 맨살에서 풍기는 냄새엔 상쾌한 호의(好意)가 있었다. 무엇보다 앤의 목소리는 공기를 거느리는 품격과 듣는 사람 따위는 전혀 의식하지 않는 날것의 건방짐이 있었다. 사투리를 감추기 위해 의도적으로 내는 가성, 혼나는 게 무서워 몸을 배배꼬아가며 주파수를 왜곡하는 요들이 아니었다. 남자 앞에서 조금이라도 더 어려 보이기 위해 유아적 퇴행을 하는 싸구려 고음은 더더욱 아니었다. 이 날것은 이제껏 단 한 번도 '가식'이란 것을 해본 적이 없었기 때문에 그 개념조차 알지 못했다. 이러한 '고귀한 무지(無智)'는 나중에 우연히 가성을 알게 된다고 하더라도, 그것에 '귀함'이나 '천함'을 연결짓지 않는다. 이 날것에겐 '귀함'과 '천함'의 개념조차 없기 때문이다.

'고귀한 무지'는 성별에도 무관심했다. 앤의 목소리는 '성(性)'을 구별할 수 없는 하얀 음성이었다. 성(聖) 십자가 합창단의 소년과 라 트라비아타의 소프라노가 합쳐진 음성은 단 한 번도 침략을 받아 본 적이 없어서 오염과 오욕의 역사가 전무한 백색의 '성(城)' 같았다.

그 높은 울림은 너무나 자연스럽고 당당하여 참과 거짓, 선과 악, 성과 속, 남과 여의 상위 개념이었다. 모든 고귀한 것은 고귀한 사람을 위해 있는 것처럼, 그녀의 목소리는 자신의 가치를 스스로 규정했다. 소프라노 앤은 곧바로 내가 지닌 모든 것 위에 군림했다. 나는 고작 '발생학적 여성'이었다. 호르몬 복용으로 조작된 이차 성징을 가까스로 겪었기 때문에 내 목소리는 낮은 음정의 알토였다. 나는 고귀한 것에 대한 성스러운 복종을 서둘렀다.

앤은 식사 전 기도와 성호를 마치자마자 활짝 웃으며 노련했던 밀거래에 크게 고마워했다. 나도 간단한 내 소개를 했다. 앤의 주도로 식사 내내 우리는 마치 오래된 친구처럼 즐거웠다.

“사실 어제 그 교황이 제 남편이에요.”

“어! 남편분이 리처드였군요. 우리 연구소에서 가장 존경받는 수석연구원이죠. 제가 어제 실례를 했네요. 미안해요.”

“뭘요. 제가 먼저 운을 띄웠잖아요? 그리고 집에서는 훨씬 더 교황 같아요.”

앤은 내 또래였고 5년 전 결혼했으며 아이는 없었다. 남편 리처드는 클락헨 연구소가 생기기 전 이 자리에 있던 시립 병원의 산부인과 의사이자 발생학자였다. 클락헨 연구소가 급하게 밀고 들어오면서 시립 병원이 먼 곳으로 이전하게 되었지만, 그는 유전학과 발생학 분야의 연구성과를 인정받아 클락헨 연구소에 의사 겸 수석연구원으로 눌러앉았다. 앤은 원래 신문사 기자로 리처드와는 오랫동안 주말 부부로 지냈다. 그러던 중 남편에게 연구소에 홍보실이 신설된다는 이야기를 듣고 바로 이곳으로 이직하여 살림을 합쳤다.

다음 날. 앤이 먼저 사내 메신저로 연락했다. 점심 같이 먹자고. 몰래 호감을 느낀 사람이 먼저 다가와 친해지려고 하는 것만큼 설레고 기쁜 일이 또 있을까? 나는 내게만 들리는 환호성을 질렀다.

두 번째 점심에서 우리는 연구소 생활의 무료함에 관해 이야기했다. 도시 생활을 하던 앤은 외진 연구소의 직원이자 주민이 되어버려서 너무 심심하다고 했고, 나 역시 혼자 살기 때문에 시간이 아주 많다고 했다. 나는 주말마다 근처 시립동물원에 인도 코끼리를 보러 간다고 이야기했다. 앤은 맞장구를 치며 그 코끼리 가족을 자신도 아주 좋아한다고 했다. 나는 크리슈나와 비쉬누에 대해 자세히 설명해주었다.

우리는 매일 점심을 함께했다. 나는 늘 먼저 가서 자리를 잡고 앤을 기다렸다. 앤을 기다리는 시간은 늘 행복했다. 그러다 앤이 입구로 들어올 때면, 죽어있던 구내식당 전체가 살아나는 것 같았다. 이야기를 나누면 나눌수록 앤에게서 동성(同性)과 이성(異性)을 동시에 느꼈다. 앤은 늘 나를 설레게 했다.

어느 날 점심을 먹고 난 후 앤은 금요일 저녁에 나를 집으로 초대하고 싶다고 했다. 나는 흔쾌히 초대에 응했다. 전날 밤 나는 다음 날 앤네 입고 갈 옷을 미리 골라 옷장 문고리에 걸어놓고 잠들었다.

고대하던 저녁이 왔다. 약속시간에 늦지도 않았는데 빠른 걸음으로 2층까지 내려가다가 하마터면 크게 넘어질 뻔했다. 그 바람에 들고 있던 치즈 케이크가 좀 부서졌다. 현관에서 앤과 리처드가 반갑게 맞이해줬다. 가까이에서 본 리처드는 우리보다 스무 살은 많아 보였다. 금발에 갈색 눈동자였는데, 한쪽 눈은 의안이었다. 목소리는 첼로나 트롬본의 중후한 저음이었다. 자상한 중년 의사의 전형으로 생긴 그는 악수를 청하며 익숙한 얼굴인데 잘 생각이 나지 않는다고 말했다. 앤은 이곳의 직원만 400명이 넘으니 아마도 식당이나 차관 보고회에서 몇 번 마주쳤을 것이라고 하며 식탁으로 안내했다.

부부와의 식사는 매우 즐거웠다. 나는 오랜만에 느껴보는 살가움에 몸서리치게 행복했다. 식사 후 와인 한 병을 놓고 앤은 파릇했던 대학 시절 이야기, 거칠었던 기자 시절 이야기, 연애 시절의 애환과 프러포즈 이야기를 쏟아냈다. 리처드는 해군 군의관 시절 남태평양을 항해했던 모험담, 대학병원 레지던트 시절의 고된 기억, 기적적으로 결혼한 이야기, 연구소 생활의 전원적인 만족감, 클락헨 개량에 대한 성취감 등등에 대해 쉬지 않고 떠들었다.

장거리 연애 이야기가 나오자 리처드가 두 번째 와인을 가져왔다.

"우리는 장거리 연애를 오래 했어요. 결혼 후에도 주말 부부였고."

"아. 그때가 좋았는데." 리처드의 음성에는 농담과 진심이 절묘하게 버무려져 있었다.

"뭐라고요?" 앤이 남편을 째려봤다.

"처음에는 앤이 집으로 오는 금요일이 기다려지고 앤이 돌아가는 월요일 아침이 너무 아쉽더라고. 그런데 시간이 흐를수록 점점 금요일이 아쉬워지고, 월요일이 기다려지더라니깐."

리처드의 농담에 앤은 뾰로통을 넘어 어이가 없다는 표정을 지었다. 일본 만화의 소녀 캐릭터 같았다.

"농담이야, 장난!"

귀여운 티격태격 때문에 둘의 금슬이 더 좋아 보였다.

두 번째 와인을 딸 때 즈음에는 나도 용기를 내어 수다를 떨고 싶었다. 이야깃거리가 별로 없었지만, 이 행복한 소란스러움을 조금이라도 거들어야 한다는 생각에 조바심이 났다. 화장실을 다녀오며 거실의 책장을 둘러봤다. 거의 실물 크기인 로댕의 '생각하는 사람' 조각이 책장 앞을 지키고 있었다. 살림을 합친지 얼마 안 되어 정리가 덜 된 탓인지 리처드의 의학서적, 비교해부학, 유전학, 종교학, 밀리터리 서적들과 앤의 성경, 교양서, 고전 문학, 소설, 예술 관련서, 콘사이스 사전 등의 책들이 분류 없이 한데 뒤엉겨 꽂혀 있었다. 이 장서들을 보고 문득 대화의 꼭지가 생각났다. 간극. 나의 취미와 직업 사이의 간극이었다. 이것으로 대화의 물꼬를 트자고 마음먹었다.

자리로 돌아와서, 나는 어렸을 때 문학과 예술 방면에 관심이 많았지만, 어찌하다 보니 지금 닭을 연구하고 있다고 운을 띄웠다. 자조 섞인 웃음을 지으며 내 이야기를 시작했다. 부부는 참 재미없는 취미 이야기를 흥미롭게 들어줬다. 내가 예전에 썼던 연재소설에 관해 이야기하자 앤은 자신도 원래 작가가 되고 싶었다고 말했다. 앤이 내 예전 소설에 관심을 보이는 것 같기에, 나는 이제 그 책은 세상에 존재하지 않는다고 말해주었다. 하지만 언젠가는 독자 한 명 없을지언정 꼭 소설이나 시(詩)를 다시 쓰고 싶다고 말했다.

"내가 첫 독자가 되고 싶어요. 다음 작품을 쓰면 무조건 나에게 제일 먼저 보여줘야 해요."

앤은 오랜 기자 생활로 원고 교정과 출판엔 일가견이 있으니, 내 기약 없는 다음 작품이 탈고된다면 곧바로 자신에게 넘겨달라고 떼를 썼다. 나는 예의상 던진 듯한 이 가벼운 앙탈을 흔쾌히 받아주었다. 내 취미 이야기는 피아노 연주와 클래식 음악 쪽으로 넘어갔고, 대화의 주제는 자연스럽게 전원주택으로 넘어갔다.

"그 음악 소리는 클락헨 연구소 설립 이전 그러니깐 내가 여기 있던 시립병원에 근무하고 있을 때부터 들렸어요. 예전에는 입원 환자들 때문에 민원이 잦아서 지금보단 작게 틀었는데, 이제 병원이 없어지니 더 크게 트는 것 같아요. 하지만 연구소에서 이 음악을 싫어하는 사람은 아무도 없어요. 모두 라디오 클래식 음악 채널을 틀어 놓은 것처럼 느끼죠. 그렇지 않아요?"

"저는 너무너무 좋더라고요." 나는 리처드의 의견에 격하게 동의했다.

"그런데 그거 아세요? 시립 병원 때부터 지금까지 그 누구도 전원주택의 테너를 본 적이 없어요. 모두가 이름만 알죠. 아마 피터일 거여요."

리처드의 말에 앤이 끼어들었다.

"오! 이건 완전히 소설의 소재감인데요? 사연을 듣고 나니 라디오 DJ의 신비스러움 때문에 앞으론 그 음악이 더 좋아질 거 같네요."

세 번째 와인은 리처드의 익살스러운 문워크와 함께 무대 중앙으로 등장했다. 부부는 이 좋은 금요일 저녁의 분위기를 눈곱만큼도 망치지 않기 위해, 내 결혼 여부나 연애에 대한 질문을 일부러 회피하는 것 같았다. 나는 부부의 사려 깊음을 재빨리 눈치챘고, 또 세심한 배려에 감복했다. 내가 먼저 말하는 것이 그들의 배려에 대한 보답이라고 생각했고 적절할 때를 찾고 있었다. 너무 일찍 말하면 그들이 내게 암묵적 강요를 했다고 생각하여 자책할 위험이 있다. 그렇다고 너무 늦게 이야기하면 신나는 여행길에 불편한 짐을 3명이 힘들게 지고 가는 꼴 같았다. 나는 다른 주제를 이야기하던 중에 결혼은 물론 연애조차 해본 적이 없다고 슬쩍 묻혀서 말했다.

리처드는 와인을 벌컥벌컥 마시면서 연구소 남자들이 닭을 너무 오래 연구하더니 머리까지 닭대가리가 되어 버렸다며 흥분했다. 그는 후배 연구원들 중에 아직 인간의 뇌세포가 남아 있는 청년들이 많다며 뚜쟁이 역할을 자청했다.

"누구? 헉슬리요?" 앤이 리처드를 째려보며 물었다.

"응. 헉슬리 똑똑한 친구야. 내 직속 후배기도 하고. 머리가 아주 비상해."

"헛소리 말아요. 그 사람은 절대 안 돼요. 사람이 너무 기괴해요."

부부의 섣부른 계획에 나는 거절의 손사래를 10번쯤 쳤다.

와인을 다 비우고 나서야 파했다. 나는 취기를 좀 깨기 위해 계단을 통해 1층으로 내려왔다. 금요일 밤이어서 그런지 연구소와 아파트는 더 조용했고 신선한 밤공기를 타고 '구구구구', '쿵', '꺄아악' 소리가 작지만 선명하게 들렸다. 이 소리를 한꺼번에 큰 들숨으로 머금은 후 숨을 꾹 참고 옥외계단으로 7층까지 걸어 올라가 보기로 했다. 행복했던 오늘을 복기했다. 이렇게 말을 많이 해본 적이 언제였었는지 기억나지 않았다. 또 생각해 보니 앤은 와인을 거의 마시지 않았다. 내가 반병 리처드가 2병 반을 마신 거 같았다. 덜컥 내가 취해서 말실수는 하지 않았는지 겁이 났는데, 아무리 생각해봐도 나보다는 리처드와 앤이 말을 훨씬 많이 했던 거 같아 혼자 안심과 소심의 미소를 지었다. 4층쯤 올라왔을 때, 더는 숨을 참지 못하고 큰 날숨을 내쉬었다. 이때 고요한 밤을 타고 음악 소리가 들렸다. 계단 난간에 기대어 내려다본 숲 속 전원주택에서 노란 불빛과 함께 슈베르트 백조의 노래 중 제4곡 세레나데(Ständchen)가 속삭이듯 흘러나왔다.

Leise flehen meine Lieder Durch die Nacht zu dir;
In den stillen Hain hernieder, Liebchen, komm zu mir!
고요하게 애원하는 내 노래는 밤을 타고 그대에게로 갑니다.
조용한 이 숲으로 내려와요. 사랑이여, 내게로 와요.

완벽한 4성부가 완성되었다.

다음 날 느지막이 일어났는데 앤의 문자 메시지가 와있었다. 내 집에 놀러 오겠다는 거였다. 리처드는 어제 숙취로 현재 코마에 빠져 있으니 버려버리고 둘이 놀자는 것이었다. 너무 좋았지만, 침착하고 도도하게 아무 때나 올라오라고 답장을 남겼다. 앤은 10분도 안 되어 헐레벌떡 티백 2개와 치즈케이크 2조각을 들고 올라왔다.

"우리 루이보스티 마시자! 그리고 집도 구경시켜줘!"

#15

클락헨-Genesis 보고회 이후 정부의 후속조치 공문은 좀처럼 내려오지 않았다. 연구소는 앞으로의 방향에 대한 빠른 결정을 재촉했다. 그러자 차관은 딱딱한 공문 형식이 아닌 가벼운 회람 형식으로 단체 이메일을 보냈다. 이메일의 내용을 요약하면 다음과 같다.

⑴ 농림축산식품부 장관이 지금까지의 클락헨 연구성과를 대통령에게 보고했고, 클락헨이 미래에 가져다줄 엄청난 국익에 대해 대통령은 큰 관심을 보였음.

⑵ 장관과 대통령은 클락헨을 단순한 품종개량, 위대한 학문적 성과에서 멈출 게 아니라, 이를 더 확대 발전시켜 인류의 식량난을 해결할 국가 주도산업으로 육성할 계획을 세우고 있음.

⑶ 이에 관계장관회의가 열렸고, 범정부적으로 클락헨 연구소에 집중적이고 체계적인 지원과 부처 간 협력을 약속함.

⑷ 다만 세부적인 행정절차 때문에 실행에 3~4주 정도 시간이 소요될 것으로 예상됨.

⑸ 이 기간에 모든 품종개량 시도는 보류하고, 클락헨-Genesis의 현재 형질만 유지할 것.

⑹ 클락헨의 육질 개선이 최우선 선택 조건으로 선정될 가능성이 큼. 이에 정부의 확정 공문이 하달되기 전까지 연구소는 품종개량 방법에 대한 다양한 아이디어를 취합해주길 바람.

(7) 금일부터 모든 민간단체와 협회 그리고 사기업 관계자의 클락헨 연구소 출입을 금지함.

연구원들은 환호했다. 우선 정부의 선택 조건보류 때문에 '형질 보존 계획'이 연장되었기 때문이다. 형질 보존은 품종개량-솎아내기보다는 훨씬 업무량이 적어서 3주 더 여유로운 생활이 보장되었다. 또 다른 연구원들은 정부의 지원이 대폭 늘어난다면 연봉도 더욱 파격적으로 인상되리라고 기대했다. 순수한 학문적 열의가 넘치는 연구원들은 앞으로 무궁무진하게 진화할 클락헨의 잠재력에 흥분했다. 그들은 클락헨이 마치 인간의 줄기세포와 같아서 클락헨-Genesis를 100번만 잘 솎아내면 용(龍)도 만들 수 있다고 농담 삼아 얘기했다. 연구소장은 일주일에 2번씩 전 연구원이 참석하는 자유로운 아이디어 발표회를 열었다.

4주 후에 후속조치 확정 공문이 내려왔다. 예상한 대로 가장 핵심 내용은 클락헨 육계의 상품성을 높이자는 내용이었다. 우선 식용 클락헨-영양평가 연구실에 요리사, 영양사, 식품가공 전문가를 증원했다. 관계 장관 회의에서 결정된 대규모 지원 계획과 세부 지시사항도 하달되었다.

정부는 대통령 지시에 따라 클락헨 연구소 전체를 국가 중요시설로 지정하고, 인근 경비를 육군 제4사단에 맡겼다. 그리고 클락헨 및 달걀의 외부 반출을 금지했고, 연구결과나 기타 내부 사안이 외부에 유출될 시 엄중한 법적 책임을 묻겠다고 했다. 모든 연구원과 일반 직원들은 보안 서약서에 의무적으로 사인해야 했고, 모든 서류와 파일은 군의 일급기밀 보안절차에 준해 관리해야만 했다. 강화된 보안 조치에 따라 연구소의 출입구는 남측 정문 한 곳으로 제한됐고, 직원 ID카드나 사전에 승인된 방문증 없이는 출입이 금지되었으며, 연구소에서 나갈 때는 위병소에서 차량 내부와 소지품 검사를 엄격하게 시행하기로 했다.

홍보실의 역할도 분명하게 선을 그었다. 우선 국내외 모든 언론매체와의 접촉을 금했다. 연구소에서 모인 모든 자료와 사진은 홍보실에서 통합하여 보관하되, 이를 '극비'와 '추후 공개 1, 2, 3단계'로 분류하라고 명령했다. 그리고 추후 클락헨이 완성되어 전 세계에 런칭될 때 함께 배포될 선전용 자료 및 연구소의 연감(年鑑)을 학술용, 정부용, 비즈니스용, 교육용 등의 여러 버전으로 미리 만들어 놓으라고 지시했다.

매립지에는 효율이 높은 초소형 발전소가 들어서기로 했다. 이 발전소는 환경부 공모에서 대상을 받은 친환경 에너지 벤처기업의 작품이었다. 발전소는 클락헨 매립지의 넘치는 부패 매립가스를 전력으로 바꾼 후 매립형 케이블을 통해 연구동의 전력을 충당하기로 했다.

연구소는 넘치는 의욕과 새로운 활기로 한껏 고무되었다. 연구소장은 즉시 수석연구원들을 소집해서 클락헨의 근육량 증가를 위한 아이디어를 취합했다.

*

전날 밤의 좋은 분위기가 그대로 이어졌다. 앤은 내 책장과 CD 음반장을 이리저리 둘러보았다. 거실 피아노 위에 놓인 동물 인형들은 너무 소녀 취향인 것 같아 좀 부끄러웠다. 중천에 뜬 햇살이 거실을 노랗게 물들였다. 둥근 티테이블에 앉아 차와 케이크를 곁들인 완벽한 오후를 즐겼다. 어제 그렇게 떠들었는데도 서로 할 이야기가 너무 많았다. 그러던 중 앤이 자신은 문과 출신이라, 유전학과 솎아내기 원리를 이해하기 힘들며 그 때문에 홍보실 업무에도 곤란함이 많다고 하소연했다.

"리처드가 집에서 설명해주지 않아?"

"교황님의 설교는 너무 지루하고 어려워. 꼭 미사 집전 같아. 그래서 서로 포기 상태야." 앤은 귀여운 한숨을 내쉬며 말했다.

"만약 원한다면 내가 아주 쉽게 설명해줄 수 있어." 나는 찻잔과 케이크를 테이블 양쪽 끝으로 밀어 놓고 일어났다. 피아노 위에 있던 카드 한 벌을 가지고 테이블로 돌아오자 앤은 어리둥절한 표정을 지었다.

"이 교수법은 내가 교수 때 유전학과 신입생들에게 가르쳐 주던 방법이야. 원래 수업은 슬라이드로 했었는데, 지금 없으니 트럼프 카드로 대신하자고."

카드를 모두 꺼내서 조금 분류한 뒤에 앤 쪽에 하트 카드 2장을 펼쳐 놓고 내 쪽에는 4장을 뒤집어 놓았다.

"카드 점 같은 거야? 기대되는데? 아무튼, 교수님 잘 부탁드립니다!"

"시작은 하트로 하자. 하트는 생명이니깐. 자. 네 쪽의 2장이 부모야. 하트 부모지. 그리고 내 쪽의 4장은 자식들이고. 이걸 잊지 마. 앤 쪽이 부모, 내 쪽이 자식들."

"그런데 자식들은 왜 뒤집어 놨어?"

"아직 다 크지 않아서 자식들이 무슨 모양인지를 모르잖아. 조바심내지 말고. 유전학은 아주 긴 시간의 학문이야. 자 그럼 이제 10년이 지났다고 치고 카드를 뒤집어 봅시다."

"당연히 하트 4장 아니야?"

"물론입니다." 나는 내 쪽의 카드를 뒤집으며 4장의 하트 카드를 확인시켜주었다. 그리고 앤 쪽의 카드를 회수하고, 내 쪽의 하트 카드 2장을 앤 쪽으로 밀어 올렸다.

"이제 새로운 하트 부모가 또 4명의 자식을 낳겠지? 하트 3이 될 수도, 하트 킹이 될 수도 있지만, 하트는 하트잖아. 이런 식으로 수없이 반복하게 되면 하트의 특징은 한 번에 4마리의 자식을 낳는 속성과, 10년이 지나면 자식이 하트 모양인지 확인할 수 있는 생물이라고 규정 할 수 있게 되지. 이런 속성과 모양의 특징을 '형질', '유전형질'이라고 하는 거야."

"이해가 쏙쏙 됩니다. 교수님. 근데 돌연변이는?"

"자. 이제 하트 부모 사이에서 또 4마리가 태어납니다." 나는 카드를 추려서 내 쪽에 4장을 뒤집어 놓았다.

"자 또 10년이 지났고 이제 뒤집어 보면… 엇! 하트 3장에 이상한 게 하나 있네요. 다이아몬드입니다."

"다이아몬드가 하트 입장에서 보면 돌연변이군."

"그렇죠. 학생. 돌연변이는 유전자 복제의 실수로 발생해. 하지만 모든 진화는 이 실수에서 출발하지." 이번에는 앤 쪽에 좀 전의 다이아몬드 카드와 하트 카드를 한 장씩 놓고, 내 쪽에는 6장의 카드를 뒤집어 놓았다.

"이제 하트와 다이아몬드를 결혼시켜봤어. 그랬더니 6마리를 낳는 현상이 벌어졌지."

"그렇다면 이게 하트에는 없고, 다이아몬드에만 있는 유리한 돌연변이 형질이겠군."

"그렇지. 자신의 유전자를 최대한 많이 퍼뜨리려는 이 생물에겐 아주 유리한 돌연변이지. 하지만 아직 속단하기엔 일러. 또 10년을 기다려야 확인할 수 있거든."

"긴 시간의 학문이라는 게 이해가 되네."

"자 이제 10년이 지났습니다. 뒤집어 볼까요?" 뒤집은 카드는 하트 4장과 다이아몬드 2장이었다.

"다이아몬드 6장이 아니네?"

"수백 년간 유지, 반복해온 하트의 왕국은 쉽게 무너지지 않아. 그런데 앤. 이 카드들이 인간이 사료를 줘서 기르는 가축이고, 또 맛있는 생물이라면, 이 지점에서 앤은 어떤 선택을 하겠어?"

"당연히 네 쪽의 다이아몬드 두 장을 결혼시키겠지."

"오케이. 굿!" 내 쪽의 다이아몬드 2장을 앤 쪽으로 밀어 올리고 나머지 카드는 다시 회수했다. 그리고 카드 뭉치에서 6장을 골라서 뒤집어 놓았다.

"10년 지났다고 하고, 얼른 뒤집어봐. 이젠 다이아몬드 카드 6장이겠지?"

"조급해하긴." 나는 뒤집혀 있던 4장의 다이아몬드 카드와 2장의 하트 카드를 보여주었다.

"아직도 하트 카드가 남아 있군."

"응. 그런데 여기서 중요한 결정을 해야 해. 다이아몬드 부모가 낳은 이 2장의 하트 카드는 어떻게 해야 할까?"

"흠, 잘 모르겠는데?" 나는 내 쪽에 있던 하트 카드 2장을 빼서 카드 뭉치에 섞어버렸다.

"사료를 생각해봐. 인간은 4마리 밖에 못 낳는 하트 카드를 더는 원치 않아. 같은 사료가 들어간다면 당연히 6장의 자식을 낳는 다이아몬드 카드를 선택하겠지. 남은 하트 카드 2장은 절대로 결혼시키지 않아. 둘 사이에 자식을 낳으면 또 하트가 생기니깐. 하트는 이제 생기는 족족 다 잡아먹히게 돼.

이게 바로 솎아내기야." 나는 테이블 위에 대여섯 장의 다이아몬드 카드를 뿌렸다.

앤은 무릎을 치며 말했다.

"잔인하지만 놀랍네. 다이아몬드의 형질은 6마리의 자식을 낳고 10년 뒤에 확인할 수 있는 거지? 그러면 이제 하트가 다이아몬드로 품종개량이 된 거네? 하트는 솎아내 사라져 버리고."

"그렇지. 이게 바로 산란율 향상이야. 산란율이 4마리에서 6마리로 향상된 거지."

"하트가 좀 불쌍해지네." 가식 없는 앤의 불쌍한 표정은 너무나도 귀여웠다. TV 가요 순위 프로그램에서 대본에 적힌 안타까운 상황을 연기해야만 하는 소녀 아이돌 MC가 카메라 앞에서 조건 반사적으로 볼에 바람을 넣고 입술을 삐죽 내밀며 지어대는 가식적 안타까움과는 결과 급이 다른 것이었다.

"좋은 지적이야. 하트가 왜 없어졌을까? 아까 우리는 부모로 다이아몬드만 선택했고, 하트는 결혼 전에 잡아먹었지. 이게 '인간선택'이야. 카드라는 생물이 만약 가축이 아니라 야생 동물이라면 '자연선택'을 받았을 거야. 첫 다이아몬드 하나가 나타났을 때 우리의 개입 없었다면, 이 테이블 위에 다이아몬드 대 하트의 비율은 6:4에서 7:3 정도의 비율로 일정하게 유지되었을 거야."

나는 테이블 위에 가득한 다이아몬드 카드를 다 회수하고 다시 2장의 다이아몬드 카드를 앤 쪽에 놓았다.

"이젠 행운의 클로버가 나올 차례인가? 아니면 다이아몬드 왕국을 한참 반복해야 하나?"

"응. 그런데 클로버의 출현은 하트에서 다이아몬드 돌연변이가 출현한 만큼 오래 걸리진 않아. 하트보다 애를 많이 낳으니깐, 돌연변이 확률도 그만큼 높아지겠지." 나는 카드를 골라서 내 쪽에 6장을 뒤집어 놓았다.

"자 10년이 흘렀다 치고 뒤집어 봅시다." 앤이 서둘렀다.

"아니야." 나는 말을 끊고 6장의 카드 중 미리 배치해 놓은 1장의 클로버 카드만 뒤집었다.

"클로버의 행운은 바로 성장률이야. 클로버 돌연변이는 1년 만에 다 성장을 해버리지. 게다가 한 번에 6마리씩 낳는 다이아몬드의 형질도 그대로 물려받았고." 나는 나머지 5장의 다이아몬드 카드를 천천히 뒤집으며 말했다.

"엄청난 행운이네. 같은 사료를 먹고 이렇게 빨리 성장한다면 다이아몬드보다 훨씬 유리하겠는데? 이제 다이아몬드 왕국이 망하는 건 시간 문제군."

"삽시간에 무너지지. 클로버는 유전자 복제에서 '많이'에 '빨리'까지 장착한 거야. 아까 다이아몬드와 비슷한 과정이니깐 생략하고. 자 이걸 봐."

나는 클로버 2장을 앤 쪽에 놓고 내 쪽에 4장의 클로버와 2장의 다이아몬드를 펼쳐 놓았다.

"이젠 자식들 카드를 뒤집어서 감출 필요가 없겠지? 워낙에 빨리 성장해 버리니깐."

"응. 그래 뭔가 수월해진 느낌이네."

나는 카드를 내려놓고 의자 등받이에 기대어 차를 한 모금 마셨다.

"너무 숨 가쁘게 진화를 해왔으니 잠깐 쉬자고."

"명강의야!" 앤도 테이블 끝에 놓인 차를 들으며 말했다.

"차 마시면서 중요한 개념을 짚고 넘어가 보자고. 이렇게 빨리 뒤집을 수 있는 카드, 즉 성장이 빨라서 형질 확인을 하는 데 걸리는 시간이 짧은 개체는 유전학자들에게 매우 중요해. 아까 하트나 다이아몬드 카드처럼 그 결과를 확인하는 데 세대당 10년씩 걸린다면, 10세대에 걸친 돌연변이 교배의 결과를 확인하는 데 100년이 걸리겠지. 하지만 클로버 카드처럼 1년 만에 뒤집힌다면, 유전학자는 빠른 결과를 얻게 되는 거야."

"유전학자들에게도 좋지만, 번식을 많이 하려는 카드에게도, 또 카드를 식량으로 삼는 인간들에게도 좋은 거 아닌가?"

"그렇지. 유전학자들은 이런 유리한 돌연변이를 연구해 인류에 기여하는 거야."

테이블 위 내 쪽에는 4장의 클로버와 2장의 다이아몬드 카드가 놓여 있었다. 나는 찻잔을 놓고 몸을 테이블 쪽으로 굽혀서 앤에게 질문했다.

"자 학생. 이젠 어떤 선택을 하실 건가요?"

"당연히 다이아몬드 2개는 잡아먹고 클로버끼리만 결혼시키면 되겠지."

"그렇지. 너는 지금 또 인간선택을 한 거야. '많이'에 '빨리'에 '인간선택'까지 추가되면 다이아몬드 왕국은 찰나에 사라져."

"이렇게 다이아몬드가 멸종하고 클로버 왕국이 탄생하는군. 형질은 6장의 카드를 낳고 1시간 만에 뒤집히는."

나는 카드를 전부 회수한 후 앤 쪽에 클로버 카드를 2장씩 총 4장을 놓았다.

"이제 클로버를 대량 사육하게 되지. 2쌍의 부모로부터 각각 6개씩의 클로버가...."

클로버 카드가 부족했다. 나는 서랍을 뒤져 카드 두벌을 더 가지고 왔다. 그리고 4장의 카드 밑에 총 11장의 클로버 카드를 깔고, 스페이드 한 장을 찾아서 맨 끝에 놓았다. 하필 스페이드 에이스였다.

"근데 이 상황 꼭 클락헨 같네?" 앤이 손톱으로 스페이드 에이스 카드를 톡톡 치며 말했다.

"그러게! 아무거나 고른 게 하필 스페이드 에이스네. 이건 다른 에이스들보다 모양이 좀 커. 나는 전혀 생각 못 했는데.... 역시 문과 출신, 기자 출신이라 예리하군."

"과찬의 말씀."

앤은 널려 있는 클로버 카드를 모아서 나에게 주며 말했다.

"새로운 그리고 유리한 돌연변이 스페이드 카드는 7일 만에 뒤집히겠죠? 교수님?"

나는 스페이드 에이스를 집어 들고 말했다.

"그렇지! 그리고 이 스페이드 에이스가 클락헨으로 말하면 종계가 되는 거야."

클로버가 사라진 테이블 위에는 스페이드 에이스만 덩그러니 놓여 있었다. 그것을 앤 쪽에 밀어 놓고, 카드 뭉치에서 3장을 골라 에이스 옆에 뒤집어 놓았다.

"이제 이 한 마리 종계는 3마리 암탉들과 교배를 하지. 바람둥이의 탄생."

스페이드 에이스 옆에 좀 전에 골라 놓은 스페이드 3, 스페이드 7 그리고 스페이드 퀸 카드를 나란히 펼쳐 놓고 앤을 살짝 쳐다보았다.

"뭐야! 이건! 푸시킨 읽었구나?" 앤이 말했다. 나는 앤을 사랑할 수밖에 없었다.

"차이콥스키도 들었지. 그런데 오페라는 진짜 별로야."

"스페이드 암탉 3마리는 각각 몇 장을 낳지?" 호기심 가득한 학생 앤이 보채듯이 물었다.

"12장씩." 나는 스페이드 3과 7 카드 아래에 각각 12장의 스페이드를 깔았다.

테이블은 검은 스페이드 카드로 가득 찼다. 카드들은 겹쳐졌고, 양쪽 끝으로 치워 둔 치즈케이크 접시와 찻잔 위에도 놓였다. 24장을 깔고 스페이드 퀸 밑에 11장을 깔고 나니 한 장이 비었다. 남은 카드 뭉치에서 검은색 조커를 하나 골라 마지막 칸을 채웠다.

"자. 이제 하트, 다이아몬드, 클로버가 사라졌으니, 트럼프의 정의가 바뀔 거야. 이제 '트럼프'라 함은 스페이드 모양에 여러 숫자가 적힌 카드가 돼버린 거야"

"이제는 카드 점을 칠 수 없게 되었군." 앤이 씁쓸한 미소를 지었다.

이때 앤의 휴대폰에 메시지 알람이 울렸다. 메시지를 확인한 앤은 의자에 걸어놓은 카디건을 입으면서 말했다.

"교황께서 이제야 일어나셨나 보네. 오늘도 너무 즐거웠어. 덕분에 속아내기를 완벽하게 이해했어. 홍보실 글을 쓰는 데 아주 큰 도움이 될 거 같아. 고마워!"

"오늘 저녁은 우리 집에서 하는 게 어때?" 이성의 검열 없이 말이 튀어나왔다. 나답지 못했다. 게다가 촌스러운 조바심까지 대놓고 묻어있었다.

앤은 애석하다는 미소를 지으며, 리처드가 젊었을 때 근무했던 대학병원의 홈커밍데이 캠핑이라 오늘 오후부터 일주일간 휴가를 간다고 했다.

"내일은 동물원에 갈 거지?" 앤이 현관 앞에서 말했다.

"응. 물론이지. 캠핑 잘 다녀와."

"그 먼 곳까지 내가 운전을 해서 교황님을 모셔야 하네. 암튼 크리슈나와 비쉬누에게 내 안부 전해줘."

내 총명한 토끼는 깡총 뛰어 현관문 턱을 넘었다.

그때야 내가 얼마나 앤에게 무방비로 열려 있었는지를 깨달았다. 동시에 더 긴 시간을 함께하지 못한 아쉬움, 남편의 호출에 나를 팽개치고 바로 달려가는 앤에 대한 섭섭함, 매달리듯 제안한 식사 약속이 단칼에 거절된 민망함, 숙고하지 않고 말부터 뱉어낸 내 성급함에 대한 자책, 그리고 혹시 앤이 나를 친해지고 싶어 안달이 난 외톨이라 생각할지도 모른다는 두려움 등으로 속이 까매졌다.

다시 홀로 남은 거실 창가에 서서 샛노란 시계태엽산을 바라보았다. 아직 온기가 남아 있는 차를 마시며 며칠간 내가 느낀 감정들을 되새김해보았다. 우정, 사랑, 모성, 꿈. 이런 감정들을 직접 경험해본 적이 한 번도 없었기에 나는 몹시 혼란스러웠다.

트럼프로 어질러진 검은 테이블을 치우며 시립동물원에 가기로 마음먹었다.

#16

우선 다리의 근육량을 늘려 보기로 했다.

첫 시도는 사료의 영양성분을 바꿔 보는 방법이었다. 옥수수 사료에 단백질 성분, 칼슘, 인(燐) 그리고 스테로이드, 테스토스테론계 호르몬도 추가했다. 고가의 새로운 사료를 병아리 때부터 먹여서 성계가 되는 7일째 그리고 3주차에 다리의 굵기를 측정했고, 근육 생검으로 근육 세포의 치밀도도 분석했다. X-ray와 골밀도 검사기로 뼈의 상태도 검사했다. 결과는 좋지 않았다. 기존 사료를 먹은 클락헨들에 비해 다리 굵기는 다소 증가했지만, 통계적인 의미를 보일 정도는 아니었다. 가장 치명적인 문제점은 그나마 굵어진 다리라는 특징이 자손에게 전혀 대물림되지 않는다는 점이었다. 획득형질은 유전되지 않았다.

연구소장은 위의 '사료 영양성분 개선안'을 곧바로 폐기했다. 그리곤 클락헨-Genesis를 탄생시킨 고전적인 솎아내기 방법을 다시 이용하기로 했다. 다리가 굵어지는 형질을 가진 돌연변이를 찾아낸다면, 굳이 비싼 사료를 먹이지 않고도 목적을 달성할 수 있다. 그러나 이 과정에 방법론적인 문제점이 대두되었다. 첫 번째 문제점은 수많은 클락헨들 중에서 다리가 조금이라도 더 굵은 개체를 어떻게 찾아내느냐는 것이었다. 두 번째 문제점은 다리가 굵은 클락헨을 겨우 찾아냈다고 하더라도, 자손이 굵은 다리 형질을 제대로 물려받았는지 아닌지를 어떻게 판가름할 수 있냐는 것이었다. 이 두 가지 측정상의 문제점을 해결하기에는 너무 많은 시간과 인력이 필요했다. 이 난국을 돌파하기 위해 다양한 의견들이 제시되었다. 메인축사에 설치된 CCTV와 영상 식별 장치를 연동하여 자동으로 다리 굵기를 측정하자는 제안은 정확도가 너무 떨어져 기각되었다. 클락헨들이 일렬로 통과할 수 있는 작고 긴 통로에 X선 촬영기를 설치해 근육량을 측정하자는 의견이 채택되었다. 하지만 클락헨은 방사선이 발생하는 통로 입구로 좀처럼 들어가려 하지 않았다. 직원들이 강제로 밀어 넣으려 했으나, 클락헨들은 심하게 울부짖으며 강하게 몸부림치는 바람에 직원 몇 명이 부상을 당했다. 이 계획 역시 폐기되었다. 지금까지 승승장구로 품종개량에 성공했던 연구소는 큰 난관에 부딪혔다. 이 시기에 열린 보고회에서 차관은 내내 깊은 한숨을 내쉬었다.

이 난제를 해결한 사람은 클락헨-Genesis를 확립한 수석연구원 리처드였다. 그의 연구 제안서는 딱딱하고 형식적인 연구 기획서가 아니라 유려한 문체의 설교 같았다.

'우리는 클락헨의 다리 근육 발달을 인간의 입장, 즉 더 많은 살코기의 획득으로만 생각하고 있었다. 이 편협한 시각이 연구방법에도 적용되어 지금의 한계에 부딪힌 것이다. 발상을 전환해보자. 클락헨의 DNA는 왜 자신이 타고 있는 로봇에게 다리라는 근육 기관을 만들었을까? 그리고 DNA가 다리를 더 굵고 강하게 만들려 한다면 그 목적은 무엇인가? 인간에게 더 많은 양의 고기를 선사하기 위해서? 당연히 아닐 것이다.

DNA의 궁극적인 목적은 무엇인가? 다들 잘 알다시피 자신의 복제를 최대한 많이 퍼트리는 것이다. 이를 위해 DNA는 개체를 최대한 오래 생존하게 하고, 최대한 많이 교배하는 방향으로 프로그래밍할 것이다. 이 프로그램이 개체의 본능 또는 욕구다. '최대한 오래 생존'은 '식욕'이며, '가능한 많은 교배'는 바로 '성욕'이다. 개체, 즉 동물의 몸은 이 욕구 충족을 위한 물리적 수단-로봇일 뿐이다. 다리는 개체의 물리적 이동 기관이다. 다리의 발생학적 존재 이유는 식욕과 성욕을 충족시키기 위한 것이다. DNA는 다리 근육을 발달시켜 경쟁자보다 더 빨리 달리게 할 것이다. 즉 굵은 다리를 가진 개체는 제한된 먹이와 암컷을 차지하는 게임에서 승리하여 더 많은 자신의 DNA를 퍼뜨릴 것이다. 그리고 그 자손들은 높은 확률로 굵은 다리 형질을 물려받을 것이다.

우리는 DNA의 목적(복제), 그 목적을 위해 프로그램된 개체의 본능(성욕, 식욕), 그 욕구를 행동으로 실천할 개체의 기관(다리)이라는 3단계 중에서 기관(다리)에만 초점을 맞췄다가 난관에 봉착했다. 이를 돌파할 해법은 전 단계인 욕망(식욕, 성욕)을 이용하는 것이다.

내가 제시하는 구체적인 방법은 다음과 같다.

현재 클락헨-Genesis는 기아상태가 180분 지속되면 폐사한다. 가장 강한 공복을 느끼는 시간은 사료 공급 중단 후 90분이고, 이때 클락헨의 식욕은 최대치에 이른다. 이때 다리 근육 이외에 모든 변수를 통제한 공평한 레이스를 시작하는 것이다. 동일하게 굶긴 동일한 주령(週齡)의 클락헨들을 출발선에 일렬로 세워 놓고 적당한 거리의 결승선에 사료를 놓아둔다. 클락헨들은 출발선이 개방되자마자 사료를 향해 미친 듯이 뛰어갈 것이다. 레이스가 끝나면 순위 안에 든 클락헨은 결승전으로 올려보내고, 탈락한 클락헨은 트럭에 실어 살처분장으로 보내버리기만 하면 된다. 최종 결승전에서 메달권에 든 클락헨들은 경쟁자들보다 '굵은 다리' DNA를 갖고 있을 확률이 높을 것이다.

클라칵들은 성욕을 이용하는 것이 더 좋을 것이다. 동일하게 6시간 금욕한 클락칵들을 출발선에 세워 놓고 결승선에 발정이 난 클락헨을 묶어 놓기만 하면 된다.

남녀 육상 단거리 금메달리스트를 종계로 선택해 교배시키면, 클락헨-Genesis의 특성상 몇 주 만에 수많은 육상 꿈나무 병아리들이 태어날 것이다. 이 병아리들이 성계가 되면 같은 방법으로 다시 육상대회를 열면 된다. 이 대회로 우리는 '굵은 다리' 개체를 손쉽게 골라낼 수 있을뿐더러, 그 재능이 자손에게 전달되는 것까지도 수월하게 판별할 수 있게 된다. 더불어 이 육상경기를 높이뛰기나 스카이다이빙 등으로 응용하면 '큰 날개' 형질 또한 손쉽게 얻을 수 있을 것이다.

벼랑 위에서 자기 새끼를 밀어 떨어뜨린 다음에 기어 올라오는 놈만 키우는 습성(형질)을 가진 '잔인한 사자'의 후손은 그런 습성이 없는 '순한 사자'의 후손보다 더 강하고, 더 사냥을 잘하며, 더 많은 암컷을 거느릴 것이다. 자연스럽게 새끼를 벼랑에서 떨어뜨리는 형질은 초원에 빠르게 퍼질 것이다. 그리고 '잔인한 수사자'와 '잔인한 암사자' 사이에서 태어난 '더 잔인한 사자'는 자신의 새끼를 더 높은 벼랑에서 밀 것이다. 이 회로를 얼마간 돌려보면, 초원은 모두 '더더더 잔인한 사자'로 가득 차고 '순한 사자'는 사라진다는 결론을 쉽게 얻을 수 있다.

일반 명사 '사자', 우리가 익히 알고 있는 '사자'라는 동물은 실상 '더더더 더더더더 잔인한 사자'의 줄임말이다. 진화는 이 글을 쓰고 있는 지금도 진행되고 있지만, 우리의 짧은 시각은 긴 시간이 빚어낸 결과들만 보고 있을 뿐이다.

우리가 '더더더더 ~~한' 클락헨을 얻고 싶다면, 클락헨들을 벼랑 끝에서 살짝 밀어주기만 하면 된다.'

연구소 전체가 유레카를 외쳤다. 이 천재적인 제안은 발표 다음 날 즉시 시행되었다.

*

프롤로그

코러스 등장

비슷한 처지의 맑은 연인 한 쌍이
선율이 아름답던 초록의 이곳에서
오래된 욕망이 새 욕망을 부를 때
흰 손을 검은 피로 더럽히게 됩니다.

욕망과 번식의 불운한 자궁에서
가련한 이들과 함께 밤이 터져 나와
발버둥 쳐보지만 애처롭게 홀로되며
죽음으로 이 홍수를 묻어 버립니다.

어두운 사랑의 외로운 발걸음과
끝없는 대범람의 아득한 공포 속에서,
착란과 포기만이 서로의 배려였던
아련한 이야기가 이곳에 쓰입니다.

누군가 이것을 읽어만 주신다면,
우리의 과오를 바로 잡아주소서.

1막

1장

여 주인공의 차 안. 말없이 운전하고 있다. 라디오에서 남성 DJ의 멘트가 나온다.

라디오 DJ: 다음 들으실 곡은 셰익스피어의 작품 베로나의 두....

여 주인공: (갑자기 오른손바닥으로 핸들을 치며) 아! 왜 그리 성급했지? 앤에게 저녁 약속을 너무 느닷없이 물어봤어. 나답지 않게. 하릴없는 애로 보였을까?

한산한 왕복 4차선 도로에서 검은색 승합차는 일정 거리를 유지하면서 계속 따라온다.

여 주인공: (룸미러를 힐끗 보며) 저 차는 아까부터 뭐지? 은근 신경 쓰이네.

검은색 승합차는 속도를 늦추더니 시야에서 벗어난다.

여 주인공: 내가 너무 예민한 건가? 별거 아닌 거에 너무 뾰족해진 거 같아. (오른손바닥으로 핸들을 가볍게 치며) 혼자 들떠서 설레지 말자. 괜히 나만 상처받을 수 있어.

말없이 운전을 계속한다. 라디오에서 음악이 흐른다. 곡은 슈베르트의 가곡 '실비아에게' (An Silvia) D. 891. 얼마 후 차를 주차하고 사이드 브레이크를 올린다.

여 주인공: (조수석의 가방을 챙기며) 오늘은 2시간만 있다 와야겠다. 비쉬누와 크리슈나에게 앤을 만났다고 이야기해줘야지.

2장

시립동물원의 코끼리 우리 앞. 여 주인공이 난간에 기대어 서 있다. 우리에는 아기 코끼리 한 마리와 비슷한 덩치의 흰색 코끼리가 장난을 치며 놀고 있다. 흰색 코끼리는 상아가 덧니처럼 여러 개가 나 있다. 왼쪽 구석에 검은 옷을 입은 남자 1, 2가 있고, 오른쪽 구석에는 마르고 키가 큰 남 주인공이 서 있다.

여 주인공: 안녕 비쉬누. 크리슈나는 그사이에 또 몰라보게 컸구나. 옆에 있는 흰 애는 누구야? 못 보던 아기 코끼리인데?

경비 할아버지: (빗자루로 바닥을 쓸며 등장) 아. 3일 전에 들어왔어. 크리슈나가 외로울까 봐.

여 주인공: 아 그래요? 잘됐네요. 동물원이 문 닫을 일은 이제 더 없겠네요.

경비 할아버지: 그렇지. 얘가 색도 흰색이고 생긴 것도 특이한데.... 암컷인지 수컷인지 나는 잘 모르겠어.

여 주인공: (멀어지는 경비 할아버지를 향해 소리치며) 이름은요?

경비 할아버지 대답 없이 퇴장.

여 주인공: (코끼리를 향해) 크리슈나 너도 또래 친구가 생겼구나. 좋겠다. 나도 친구가 생길 거 같아. 그런데 아직 나 혼자 생각일지도 몰라. 너도 친구에게 섣불리 네 모든 걸 열어주지는 말려무나. 나처럼 혼자만 애탈 수 있거든.

주인공에게 다가오던 검은 옷의 남자 1, 2가 여 주인공과 눈이 마주치자 황급히 시선을 돌린다. 이 장면을 남 주인공이 유심히 보고 있다.

여 주인공: (말없이 코끼리를 바라보다가) 오늘은 왠지 일찍 집으로 돌아가야 할

거 같아. 어제 술도 마셨고. 그런데 너희 엄마는 어디로 갔니? 오늘은 비쉬누가 보이질 않네? 아무튼, 안녕 크리슈나. 안녕 크리슈나의 친구. 다음 주엔 나도 친구랑 같이 올게.

여 주인공이 퇴장하자 검은 옷의 남자 1이 뒤따라 나간다. 검은 옷의 남자2는 어디론가 전화를 짧게 건 후에 여 주인공이 퇴장한 방향으로 황급히 달려간다.
잠시 생각하던 남 주인공도 같은 방향으로 퇴장한다.

3장

동물원 야외 주차장.
텅 빈 주차장에 여 주인공의 차와 검은색 승합차 2대만 나란히 주차되어 있다.

여 주인공: 저 차는 아까 그 차인데.... 이 한산한 주차장에 하필 딱 내 옆에 주차해놨지?

여 주인공이 자기 차 문을 열려고 하는 순간, 검은 승합차의 옆문이 열리고 복면을 쓴 검은 옷의 남자 1, 2가 여 주인공을 붙잡아 승합차 안으로 밀어 넣는다.

4장

검은 승합차 안. 모두 복면을 쓰고 있다. 뒷좌석에 납치범 두목이 복면을 쓴 채 앉아 있다.

여 주인공: (비명을 지르며 발버둥 친다) 누구세요? 살려주세요!

납치범 두목: 박사님. 진정하세요. 해치지 않습니다. 단지 드릴 말씀이 있어서요.

여 주인공이 비명을 계속 지르자 검은 옷의 남자 2가 입을 틀어막는다.

납치범 두목: 박사님. 소리 지르지 마세요. 저는 테러범이나 납치범이 아닙니다. 놀라지 마세요. 클락헨 연구원에게 접근하기가 너무 힘들어서 이런 방법을 쓸 수밖에 없었습니다. 이해해주세요. 알겠으면 고개를 끄덕이세요. 그럼 손을 풀겠습니다.

여 주인공: (고개를 끄떡이자 검은 옷의 남자 2는 여 주인공의 입을 막았던 손을 푼다) 소리 안 지를게요. 네. 뭐든지 말씀하세요.

납치범 두목: 단지 제안하려는 것뿐입니다. 바로 풀어드릴 겁니다. 놀라셨다면 죄송합니다. 그런데 이런 방법밖에 없었다는 걸 이해해주세요.

여 주인공: (벌벌 떨며) 네. 네. 살려주세요.

납치범 두목: 네. 물론이죠. 해치지 않습니다. 박사님 제발 진정하세요. 그리고 제 얘기를 딱 1분만 들어주세요.

여 주인공: (침을 삼키며) 네. 다 들어 드릴게요. 제발 여기서 나가게 해주세요.

납치범 두목: (침착하게) 걱정하지 마세요. 제 얘길 잠깐만 들어주세요.

여 주인공: (숨을 헐떡이며) 누구시죠? 돈을 원한다면 다 드릴게요.

납치범 두목: 박사님. 박사님. 진정하세요.

여 주인공: (겁에 질려 눈물을 터뜨린다) 저를 놓아주세요. 제발.

납치범 두목: 제 얘기를 들으실 준비가 되셨습니까?

여 주인공: (훌쩍거리며 깊은숨을 내쉰다) 네. 말씀하세요. 뭐든지.

납치범 두목: 간단합니다. 박사님.

여 주인공: 네. 말씀하세요.

납치범 두목: 박사님. 연구소 내에서 벌어지고 있는 클락헨 품종개량에 대해 들었습니다. 저희가 제시하는 것은 간단합니다. 클락헨 유정란 4알만 몰래 반출해주시면 평생 돈 걱정 안 하게....

이때 큰 충돌음과 함께 차량 전체가 크게 흔들린다.

여 주인공: 꺅! (창문에 부딪히면서 입술에서 피가 조금 난다)

검은 옷의 남자 2: 으악!

검은 옷의 남자 2는 창가에 머리를 부딪치고 기절한다. 검은 옷의 남자 1은 바닥으로 쓰러진다. 이때 승합차의 옆문이 조금 열리고 그 틈으로 가늘고 긴 팔이 들어온다. 손으로 안쪽의 문손잡이를 잡으려 빠르게 더듬거린다. 여의치 않자 두 손을 틈에 넣어서 문을 강제로 벌린다. 이 과정에서 남 주인공의 손에서 피가 난다. 결국 문이 열린다.

남 주인공: 제 손을 잡아요!

5장

동물원 야외 주차장. 승합차 뒤편에 흰색 승용차가 처박혀서 흰 연기를 내고 있다. 남 주인공이 여 주인공의 손을 잡고 승합차 반대방향으로 도망친다.

검은 옷의 남자 1: (양복 안주머니에서 권총을 꺼내며) 거기 서!

세이렌 소리가 요란하게 들린다. 군용 트럭과 경찰차가 급하게 들어온다.
트럭에서 경비 소대장과 병사들이 재빠르게 내려 검은 옷의 남자 1에게 일제히 총을 겨눈다.

소대장: 모두 그 자리에서 멈춰! 바닥에 엎드려! 안 그러면 발포한다!

달리던 남주인공과 여 주인공은 손을 잡은 채 바닥으로 고꾸라진다. 쫓아오던 검은 옷의 남자 1은 총을 떨구고 양손을 머리 뒤로 올린다.

소대장: 바닥에 엎드려!

병사들은 재빨리 검은 옷의 남자 1과 승합차를 포위한다. 소대장은 넘어져 있는 남 주인공과 여 주인공을 일으켜 세운다.

소대장: 괜찮으십니까? 안심하세요. 상황 종료입니다.

승합차에서 납치범 두목과 검은 옷의 남자 2가 차례로 끌려 나와 체포된다.

남 주인공: (잡은 손을 놓으며) 이제 손을 놔도 되겠네요.
여 주인공: (남 주인공에게) 다행이에요! 손 괜찮으세요?
남 주인공: (여 주인공을 빤히 바라보며) 입술 괜찮아요?
여 주인공: (황급히 입술의 피를 닦으며) 네. 말할 수 있는 걸 보니 붙어 있네요.

막

#17

레이스는 메인축사에서 열렸다. 이른 새벽부터 많은 연구원이 축구장 관중석에 앉아 이 장관을 지켜보았다. 1,000마리씩 조를 짠 여자부-클락헨 경주에서는 예선, 본선, 결승을 거쳐 최종 400마리가 선택되었다. 관중석에서 이를 지켜보던 연구소장은 즉각 400마리의 다리 굵기를 직접 재보라고 지시했다. 얼핏 육안으로도 400마리 클락헨의 다리 굵기는 굉장히 두꺼웠다. 오후에는 남자부-클락칵 경기가 열렸다. 섹스에 굶주린 남자부 경기는 여자부 경기보다 훨씬 박진감 있었다. 예선을 통과해도 교미는 허락되지 않았다. 본선과 결승에서도 이 성욕 에너지를 온전히 간직한 채 달려야 했기 때문이다. 결승전에서 최종적으로 클락칵 20마리가 선택되었다. 이 20마리 클락칵은 400마리 클락헨과 함께 제2축사로 옮겨졌다. '굵고 빠른 다리'의 우승자들에겐 무한정의 사료와 무제한의 교미가 허락되었다. 챔피언 420마리가 스타디움을 빠져나간 후 운동장은 살육의 장으로 변했다. 패배자들은 무자비하게 트럭에 실려 살처분장으로 향했다. 클락헨-Genesis 400마리와 클락칵-Genesis 20마리로 구성된 새로운 종계들이 탄생했다.

제2축사에서 챔피언 클락헨들은 교미를 통해 유정란을 낳았고, 모두 인공 부화시켰다. 전체 개체 수는 금방 회복되었다. 예상대로 자손들의 다리 굵기는 기존의 클락헨보다 훨씬 굵었다. 이후 서바이벌 레이스는 매주 진행되었고, 클락헨의 다리 굵기는 2.7배 증가했다. 이 중 30마리를 무작위로 골라 근육 생검과 골밀도 측정을 한 결과 근육 세포의 치밀도는 4배, 골밀도는 6배 이상 증가했다. 식용 클락헨-영양평가 연구실은 식감, 맛, 영양에 있어서 시중에 유통되는 일반 닭과 거의 비슷한 수준에 도달했다고 소장에게 보고했다. 하지만 다리가 굵어짐에 따라 발톱도 길어지면서 날카로워졌다. 다리 굵기와 발톱 길이는 분리할 수 없는 형질이라고 결론 내리고, '다리가 굵지만, 발톱은 짧은 형질'의 개발은 논의하지 않기로 했다.

'굵은 다리'가 완성된 후 '큰 날개' 개발이 연이어 시작됐다. 마찬가지로, 리처드가 제안한 개념이 바탕이 되었다. 상업적 가치로 봤을 때, '큰 날개 형질'은 '굵은 다리'보다 훨씬 중요한 품종개량이었다. 우리가 알고 있는 닭가슴살은 닭의 대흉근인데, 이 근육은 가슴에서 날개로 동력을 전달하는 근육이다. 그래서 닭이 날개를 많이 이용할수록, 닭가슴살은 커질 수밖에 없다. 동시에 인간의 전완(前腕)부에 해당하는 근육인 날개살(버팔로윙)도 커질 것이다.

첫날. 메인축사 운동장에는 굵은 다리 레이스 때보다 더 많은 연구원이 팝콘을 들고 관중석을 찾았다.

시설부 직원들이 가로 20m 세로 20m 높이 5m의 거대한 이륙 플랫폼을 만들었다. 공정한 출발을 위해 이륙 플랫폼에 자동 개폐 철조망을 설치했다. 이 플랫폼으로부터 전방 15m에 사료가 수북이 쌓인 가로세로 각각 3m 높이 4m의 착륙 플랫폼을 세웠다.

우람한 허벅지를 자랑하며 예선 1조 클락헨-Genesis 선수들 500마리가 이륙 플랫폼 위로 입장했다. 90분을 굶은 클락헨들은 이륙허가가 떨어지자마자 검은 날개를 펼쳐 사료가 쌓인 착륙 플랫폼을 향해 매섭게 날아올랐다. 두 플랫폼 사이에 위치한 직원 30명이 착륙 플랫폼에 도달하지 못하고 추락한 탈락자들을 붙잡아 곧바로 트럭에 실었다. 동일한 경기를 클락칵-Genesis 선수들도 치뤘다. 치열한 토너먼트를 거쳐 클락헨 400마리와 클락칵 20마리가 최종 생존의 영광을 안았다. 생존한 클락헨들의 날개살과 가

승살은 당연히 경쟁자들보다 크고 두꺼웠다. 같은 서바이벌 비행 경주를 '굵은 다리 레이스'와 마찬가지로 몇 주에 걸쳐 시행하여 솎아낸 결과 닭가슴살은 3.2배, 날개살은 2.8배 증가하였다. 그러나 이 과정에서 '굵은 다리-긴 발톱' 형질처럼 분리할 수 없는 '큰 날개-긴 깃털-뾰족한 부리'의 연관성이 발견되었다. 긴 깃털은 비행 시 양력을 최대화하고, 뾰족한 부리는 공기 저항을 최소화하므로 큰 날개 유전자와 떼려야 뗄 수 없는 이웃 형질이라고 결론지었다. 긴 발톱, 뾰족한 부리는 클락헨의 근육량 증가라는 엄청난 이득에 비하면, 무시할 수 있는 동시 발현 형질이었다.

다리-날개 개량 과정을 거치면서긴 발톱, 뾰족한 부리처럼 달갑지 않은 표현형도 생겼지만, 의외의 큰 수확도 있었다. 바로 '사료 효율의 극대화'였다. 클락헨들은 개량을 거듭할수록 식욕도 증가해서, 하루에 먹어 치우는 사료량이 엄청났다. 이쯤 되면 옥수수 산의 해발 감소를 걱정할 판이었다. 그런데 개량된 클락헨-Genesis는 엄청난 고효율로 섭취한 대부분의 탄수화물을 달걀과 근육의 단백질로 전환하고 있었다. 뜻밖의 수확에 연구소 전체가 크게 고무되었다.

*

2막

1장

동물원의 야외 주차장. 요란한 불빛들. 군부대가 분주히 사고를 정리하고 있다.

소대장: 이제 좀 괜찮으십니까? 신분증 좀 부탁드립니다.

여 주인공: (아이디 카드를 보여준다) 네. 여기요. 클락헨 연구소의 선임연구원입니다.

이 대화를 듣고 남 주인공은 고개를 돌려 여 주인공과 소대장을 바라본다.

소대장: 그러시군요. 요즘 연구소 주변에 클락헨 유정란을 반출하려는 산업스파이, 브로커들이 연구원들에게 몰래 접근하고 있답니다.

여 주인공: 그렇군요. 너무 놀랐어요. 이 남자분 아니었으면 정말 큰일 날 뻔했어요.

소대장: 네. 이 남자분이 미심쩍은 상황을 파악하시고, 저희에게 일찍 신고해주셔서, 빨리 출동할 수 있었습니다.

여 주인공: (남 주인공에게) 아까 너무 정신이 없어서 제대로 인사도 못 드렸어요. 진심으로 감사합니다. 구해주셔서 정말 감사합니다.

남 주인공: 아닙니다. 그 사람들이 동물원 입구에서부터 수상하게 계속 뒤쫓더라고요.

여 주인공: 아직도 놀란 가슴이 진정이 안 되네요. 차도 크게 망가지셨는데 성함이랑 연락처라도....

소대장: 귀가가 힘드시면 저희가 모셔다드리겠습니다.

여 주인공: 아니요. 감사합니다. 좀 진정되면 제 차를 운전해서 돌아갈 수 있을 거 같아요.

소대장: 네. 그럼 그렇게 하시죠. 저희도 사단에 보고하겠지만, 박사님도 연구소에 오늘 일을 말씀하시는 게 좋을 거 같습니다.

여 주인공: 네. 바로 보고하겠습니다. 다시 한 번 감사합니다.

소대장: 그러면 조심히 돌아가세요. 나머지 차량 파손 보상이나 제반 사항은 경찰에서 처리할 겁니다. 하얀색 승용차는 저희가 견인 처리해드리겠습니다.

소대장은 손짓으로 병사들을 집합시킨다.

여 주인공: 제가 집까지 모셔다드릴게요.

남 주인공: 아니요. 괜찮습니다.

여 주인공: 그래도 집에는 가셔야 하잖아요. 생명의 은인이신데 제가 집까지는 모셔드리는 게 도리인 거 같아요.

남 주인공: 네. 그럼 신세 좀 지겠습니다.

여 주인공: 네. 집이 어디쯤이시죠?

남 주인공: 클락헨 연구소 근처입니다.

2장

차 안. 여 주인공이 운전을 하고, 남 주인공은 옆에 앉아 팔로 머리를 기대고 창밖을 바라보고 있다.

여 주인공: 아직도 너무 놀라서 마음이 진정이 안 되네요. 단것을 좀 먹어야겠어요. 글로브박스에 초콜릿이 있는데....

남 주인공: (글로브박스에서 초콜릿 통을 꺼내 몇 알을 건네준다) 저도 좀 먹을게요.

여 주인공: 네. 기꺼이.

남 주인공: 제가 운전할까요?

여 주인공: 아닙니다. 큰 신세를 졌는데 운전까지 시킬 수는 없죠. 진정시킬 겸 음악 좀 들을게요.

라디오를 켠다. 슈베르트 미완성 교향곡 2악장이 흘러나온다.
둘은 아무 말 없이 초콜릿만 우물거린다. 여 주인공은 정면을 응시하고, 남 주인공은 계속 창밖을 바라보고 있다. 연구소 근방에 이르자 검문소가 나타난다.

3장

초병 1: 잠시 검문이 있겠습니다. 좀 전에 근방에서 큰 사고가 있어서 검문검색이 강화되었습니다. 양해 부탁드립니다. 운전자분 그리고 동승자분 신분증을 가지고 차에서 내려주세요.

둘 다 차에서 내린다. 여 주인공은 연구소 아이디 카드를 초병에게 보여준다.

초병 2: 아! 상부로부터 연락을 받았습니다. 괜찮으십니까?

여 주인공: 네. 괜찮습니다.

초병 1: 동승자분도 신분증 부탁드립니다.

남 주인공: (머뭇거리며) 아니 왜 나까지?

초병 2: 협조 부탁드립니다. 연구소 인근이 국가 중요시설로 지정되어서 저희는 명령에 따라야 합니다. 형식적인 절차니, 협조 부탁드립니다.

남 주인공: (뒷주머니에서 지갑을 꺼내 연구소 아이디 카드를 초병 1에게 보여준다) 피터입니다.

초병 1: (남자의 아이디 카드를 본 후) 아, 피터 씨! 몰라 봬서 죄송합니다. (위병소를 보며) 열어! 통과! 죄송합니다. 얘가 아직 신병이라서요.

둘은 다시 차에 탄다.

4장

다시 차 안.

여 주인공: 연구소분이신가요?

남 주인공: 아, 아닙니다.

여 주인공: 우리 아이디 카드를 가지고 계시던데. 어느 부서죠?

남 주인공: 연구소 직원은 아닙니다.

여 주인공: 혹시....

남 주인공: 네?

여 주인공: 아니요.

(사이)

여 주인공: 지금 나오는 음악 좋아하세요?

남 주인공: 네. 슈베르트. 미완성.

여 주인공: (조수석으로 얼굴을 돌리며) 혹시… 전원주택의 성악가 피터 맞죠?

남 주인공: 여기서 우회전이요.

여 주인공: 테너 맞죠?

남 주인공: (머뭇거리며) 네....

여 주인공: 놀랍네요. 우리 연구소에서 굉장히 유명하세요. 항상 틀어주시는

음악 잘 듣고 있어요. 어젯밤 늦게 트신 백조의 노래도 너무 좋았어요.

남 주인공: 아… 네. 밤이라서 작게 틀었는데 들렸나 보군요. 늘 연구소에 폐를 끼쳐 미안하게 생각하고 있어요. 그런데 클래식 음악 좋아하시나 봐요?

여 주인공: 네. 연구소에선 당신을 본 사람이 아무도 없다고 들었어요. 피터 씨를 뵙다니! 게다가 제 목숨까지 구해주시고. 정말 영광이네요.

남 주인공: 아이고 영광은 무슨. 제가 오랫동안 혼자 살고 있어서요. 혼자가 편해서 사람들을 잘 안 만납니다. 원래 외출도 거의 안 하는데, 동물원에 흰 코끼리가 새로 들어왔다고 해서 보러 갔었어요.

여 주인공: 크리슈나의 친구요?

남 주인공: 네. 코끼리 이름도 아시는군요.

여 주인공: 네. 저는 주말마다 코끼리를 보러 동물원에 가요. 지금 생각해 보니, 그 동선이 납치범한테 읽혔나 봐요. 오늘 이런 큰일을 당한 거 보면.

남 주인공: 크리슈나의 새로운 친구 이름은 '칼키'입니다. 인도 코끼리여서 그런지, 힌두교의 신 이름으로 통일해서 붙이는 거 같아요.

여 주인공: 그러게요. 댁에 다 왔네요.

5장

전원주택 앞. 정문에는 장미가 아치식으로 터널을 이루고 있다.
정문의 왼쪽으로 연구소의 담벼락과 관사 아파트가 보인다.
둘이 차에서 내린다.

여 주인공: 장미 향기가 달콤하네요.

남 주인공: 네. 지금이 딱 장미가 피는 철이네요. 너무 많이 펴서 연구소 쪽 담으로도 넘어갈 거 같아요.

여 주인공: 방해가 되지 않으시다면 꼭 사례하고 싶습니다. 그런데 오늘은 제가 좀 혼란스럽네요. 연구소에 오늘 사고를 보고도 해야 할 거 같고요. 다음번에 꼭 식사라도 대접하고 싶어요.

남 주인공: 네. (주머니에서 지갑을 꺼내 명함 준다) 태워다 주셔서 감사해요. 음악도 잘 들었습니다. 얼른 돌아가셔서 좀 쉬세요.

여 주인공: 다시 한 번 오늘 일 감사합니다. 그리고 혹시 연구소에 신상이 알려지는 게 싫으시다면 제가 보고할 때 이름을 빼고 말할게요. 물론 저도 비밀을 지키고요.

남 주인공: 아닙니다. 그렇게까지 않으셔도 돼요. 배려 감사합니다. 우려하시는 부분에 대해 저는 크게 신경 안 쓰니 걱정하지 마세요. 많이 놀라셨을 텐데 어서 들어가서 쉬세요.

남 주인공은 가볍게 목례하고 자기 집 대문 쪽으로 돌아서고, 여 주인공은 차로 돌아간다.

여 주인공: (갑자기) 피터!

남 주인공: 네? (여 주인공 쪽으로 발길을 돌린다)

여 주인공: (머뭇거리며) 아.... 왜 불렀는지 까먹었네요.

남 주인공: 하하. 생각날 때까지 기다릴까요?

여 주인공: 아! 이 말을 하려고 했어요. 연구소 직원 모두가 당신이 틀어주는 음악을 아주 좋아합니다. 폐라는 생각 절대로 하지 마세요.

남 주인공: 아. 네 감사합니다. 다행이네요. 음악 잘 들어주셔서 감사합니다.

여 주인공: 좋은 밤, 좋은 밤 보내세요.

막

#18

메인축사는 늠름한 자태를 뽐내는 굵은 다리-큰 날개 클락헨-Genesis로 가득 찼다.

이즈음 칼슘 보충을 위해 달걀 껍데기를 옥수수 사료에 섞어보았는데, 클락헨-Genesis들은 아무런 탈 없이 사료를 먹어 치웠다. 이후 시행한 검사에서 골밀도가 대조군에 비해 유의미하게 증가하였다. '달걀 껍데기를 먹는 클락헨'이라는 개념은 '셀프-재활용'이라는 특수한 의미가 있었다. 적은 양이지만 공급할 사료의 양과 버려야 할 달걀 껍데기를 동시에 줄일 수 있기 때문이었다. 즉 시계태엽산은 조금 '덜' 낮아졌고, 매립지는 조금 '덜' 메꿔졌다.

이에 착안한 연구소장은 수석연구원들을 호출해 회의를 열었다. 회의 참석자 중에는 연구소에서 트럭 운전을 하는 운송부 직원 한 명이 포함되어 있었다. 연구소장은 수석연구원들에게 운전기사를 소개한 후, 클락헨 연구소 인근 지역의 항공지도 슬라이드를 띄웠다. 이어서 운전기사가 클락헨-Origin 때부터 지금까지 매일 반복해왔던 트럭의 운행 동선을 설명했다. 트럭은 연구소 안에서 살처분할 닭, 병아리, 달걀을 싣고 남문을 통과해 살처분장에 다 쏟아 넣은 후, 프레스로 압축이 되면 이 블록들을 다시 싣고 10분 거리의 매립지 구덩이에 버린다고 했다. 이후 빈 트럭으로 바로 옆에 있는 사료 야적지에 들러 옥수수 사료를 가득 싣고 연구소로 돌아와 메인축사와 보조축사의 사료 탱크에 부어 넣는다고 설명했다. 이런 식으로 트럭의 적재함에는 살처분된 클락헨의 사체 찌꺼기가 남아 있을 수밖에 없으며, 의도치 않게 옥수수 사료와 혼합되었을 것이라고 말했다. 연구소장은 운전기사를 내보내고 자신이 준비한 슬라이드를 띄었다. 슬라이드 첫 장에는 큰 글씨로 'Cannibalism; 동종포식(同種捕食)'이라고 쓰여 있었다.

어느 날 연구소장은 연구위원회의 달걀 껍질 배합 사료를 먹는 클락헨에 대한 보고를 받은 직후 운영위원회의 트럭 적재함 오염에 대한 보고를 받았고, 이때 번뜩 동종포식 아이디어가 떠올랐다고 했다. 닭은 사료, 씨앗, 잎사귀 등을 먹지만 벌레, 도마뱀, 쥐도 잡아먹는 잡식성이다. 게다가 인간의 음식물 쓰레기에 섞여 있는 고기도 육종을 가리지 않고 잘 먹었다. 연구소장은 클락헨에게 죽은 클락헨을 먹여보자고 제안했다. 리처드를 포함한 수석연구원들은 거부감이 좀 있지만, 마다할 이유가 전혀 없다며 소장의 의견에 동의했다.

수석연구원 리처드가 동종포식 실험을 설계했다. 실험은 몇 단계로 나누어 진행되었다. 우선 클락헨-Genesis 10마리와 클락칵-Genesis 5마리를 90분 굶긴 후 옥수수 사료에 클락칵 사체블록을 8:2로 섞어서 공급해봤다. 사료는 1분 만에 사라졌다. 두 번째는 공복요소를 배제하고 옥수수 사료와 사체블록을 5:5로 섞어서 놓아봤다. 결과는 마찬가지였다. 세 번째는 옥수수 사료를 빼고 사체블록만을 뿌려봤다. 뾰족해진 부리 덕분에 뼈까지 으스러뜨려 먹어 치웠다. 마지막으로는 갓 잡은 클락헨 한 마리를 12조각으로 잘라 피가 뚝뚝 흐르는 상태로 던져주었다. 굵은 다리-큰 날개의 클락헨/클락칵-Genesis 15마리는 아무런 거부감 없이 형제의 뼈, 내장은 물론 깃털까지 삼켜버렸다. 조각을 차지 못한 클락칵은 강한 공격성을 나타냈고, 배고픈 클락헨은 동료의 배설물까지 핥아먹었다. 조각낸 닭은 깃털 하나 남기지 않고 증발했다. 제2 축사에서 이 광경을 지켜본 연구소장은 손뼉을 치며 일어났다. 자리를 뜨면서 동종포식을 한 성계의 산란율, 성장률, 수명, 영양상태, 근육량, 골밀도 등을 면밀하게 측정한 후 결과를 보고하라고 지시했다. 3주 후 보고된 동종포식의 결과는 연구소장이 원했던 답안지였다. 전 세대의 산란율, 성장률, 수명은 그대로였고, 전신 근육량과 골밀도는 20% 이상 증가했다. 동종포식 클락헨은 순식간에 완성되었다.

동종포식은 세 가지 중요한 의미를 제시했다.

첫째는 연구소 운영에서 효율의 극대화를 이뤄냈다는 점이다. 솎아져 살처분이 결정된 클락헨과 달걀들, 산란이 끝나 폐사한 산란계, 늙어서 성욕이 고갈된 클락칵, 90%의 수평아리, 약추(弱雛; 병들고 약한 병아리), 부화하지 못한 불량란은 잘게 갈려 다음 세대를 위한 사료가 되었다. 이러한 '클락헨 순환'은 마치 무한동력, 영구기관(Perpetual-Motion Machine)과 비슷했다. 동종포식을 실행하자마자 살처분량과 매립량이 획기적으로 줄어들었다. 그 결과 낮은 언덕이 될 뻔한 시계태엽산은 높은 고도를 계속 유지하게 되었고, 평지가 될 뻔한 매립지 또한 깊이를 유지할 수 있었다. 이젠 매립지 포화나 사료 소비량 걱정 없이, 솎아내기를 시행할 수 있게 되었다.

둘째는 클락헨 근육량의 비약적인 증가였다. 굵은 다리-큰 날개의 형질에 육식까지 하니 클락헨-Genesis 육계의 중량은 일반 닭의 2.5배에 달했다. 이는 곧 상품성의 극대화를 뜻했다.

셋째는 클락헨의 전 세계 런칭이 한층 더 앞당겨진 점이다. 클락헨은 달걀을 많이 낳고 단시간에 육계로 자라지만, 먹어 치우는 사료량이 많다는 치명적인 단점이 있었다. 그래서 사료를 넉넉히 확보하지 못한 민간에서는 적잖은 곤란함이 있을 거라 우려했었다. 하지만 동종포식을 이용하면 공급할 옥수수 사료량을 상당량 줄일 수 있기 때문에 이런 우려를 일축할 것이다.

또 하나 주목해야 할 점은 제55차 차관 보고회 때 언급되었던 '전혀 울지 않고 소리도 내지 않는 개체'였다. 이 흥미로운 돌연변이는 '굵은 다리-큰 날개-동종포식' 개체에서도 꾸준히 발생했다. 이 형질은 클락헨에게나 인간에게나 딱히 이득을 줄 만한 것은 없었다. 이것이 채택되었을 때 얻는 것이라곤 연구소가 꽤 조용해진다는 것, 그리고 나중에 클락헨이 런칭된 후 전 세계 양계장이 고요해진다는 것뿐이었다. 동종포식으로 솎아내기에 부담이 없어진 연구소는 결정을 보류했다. 그리고 이 돌연변이를 우선 제2 축사에 격리하고 형질을 유지하면서 정부의 결정에 따르자고 결론 내렸다.

이후 열린 '굵은 다리-큰 날개-동종포식' 결과 보고회에서 차관은 흥분을 감추지 못했다. 보고회가 끝나고 차관은 식용 클락헨-영양평가 연구실에 가공 육계 연구에 박차를 가하라고 지시했고, '울지 않는 클락헨' 형질의 선택은 연구소장에게 일임했다. 말미에 차관은 연구소의 큰 성과 덕분에 자신이 차기 농림축산식품부 장관 내정자가 되었다고 말했다. 축하의 박수가 쏟아졌고 차관은 수석연구원 리처드를 지목하며 Genesis 이후의 이름을 미리 생각해두라고 얘기했다. 그리고 조만간 연구소 내에서 성대한 디너파티를 열자고 제안했다. 운영위원회에서 의견을 모아 전 직원이 즐길 수 있는 뷔페, 공연, 게임, 직원 장기자랑 등을 잘 기획해 보라고 지시했다. 필요 경비는 전부 국고에서 지원해주기로 약속했고, 행사 기획은 홍보실에 일임했다.

*

앤과 리처드는 돌아오자마자 내 집에 들렀다. 앤은 현관문에 들어서자마자 나를 안고 울먹였다. 리처드 역시 나의 안부를 묻고는 두 번 다시 이런 일이 생기지 않도록 운영위원회에 강력하게 일러둘 거라 했다. 내 터진 입술을 본 앤은 화들짝 놀랬다. 앤은 핸드백에서 보습 립밤을 꺼내 내 입술에 발라주었다. 나는 이제 완전히 괜찮으니 전혀 걱정하지 말라고 슬픔과 분노에 격앙된 부부를 안심시켰다.

며칠 뒤쯤 점심시간에 앤이 내 연구실로 놀러 왔다. 한 손에는 두꺼운 3공 파일, 다른 손에는 허니티 2개가 들려 있었다. 나는 전기 포트의 플러그를 꽂았다.

"입술은 아직 덜 나았네."

"거의 나았어. 그런데 그때 발라준 보습 립밤 효과 좋던데?"

"마침 새것 있네. 하나 줄 테니 가져가서 자주 발라. 난 사무실에 또 있어." 앤은 호주머니에서 립밤을 꺼내 내 핸드백에 넣었다.

"고마워." 전기 포트의 스위치를 켰는데 '팍' 소리와 함께 불꽃이 튀었다.

"조심해. 이 층으로 발전소 전기가 직접 들어와서 전압이 너무 세더라고."

"하아.... 종종 이러는데 그럴 때마다 놀라네." 나는 찻잔을 내놓았다.

"그나저나 피터를 만났다는 소문이 접수되었습니다. 그것도 영화의 한 장면처럼 만났다던데?"

"응. 그날을 생각하면 아직도 가슴이 뛰어."

"왜 피터 때문에?"

앤의 장난에 나는 얼굴이 붉어졌다.

"잘생겼어? 키는? 나이는?" 앤은 웃거나 장난을 칠 때 볼살이 더 도톰해진다.

"나이는 우리랑 비슷한 거 같아. 마르고 키가 커. 팔다리도 길고. 그리고 얼굴은 너보다 더 하얀 거 같아."

"목소리는? 전직 테너 가수였으니깐 목소리도 중후할 거 같은데?"

"아니야. 굉장한 미성(美聲)이었어. 뭐랄까 좀 성(聖)스러운 느낌?" 나는 찻잔에 물을 따랐다.

"좋다는 얘기야?" 앤이 찻잔을 '호' 불며 물었다.

"흠.... 처음 들어보는 목소리였어. 마치 입천장이 없어서 목소리가 눈으로 나오는 거 같았어."

"무슨 말인지 하나도 모르겠다. 직접 들어봐야 알겠는데?"

앤은 연구소 전체에서 피터를 본 사람은 나밖에 없다면서, 취재하듯이 아주 세세한 상황까지 꼬치꼬치 캐물었다. 나 역시 아는 게 별로 없었지만, 취재에 적극적으로 협조했다.

"그런데 왜 이렇게 자세하게 물어보는 거야? 연구소 사보에 기사라도 내려는 거야?"

"아니. 네가 피터에게 반한 거 같아서. 기자로서의 촉이야. 그런데 이거 거의 맞아."

"무슨 소리야!" 화들짝 놀라는 바람에 허니티가 책상 위로 좀 쏟아졌다.

앤은 얼른 티슈를 뽑아 책상 위를 닦으며 말했다.

"원래 낭만적인 것에는 끈적한 게 넘치지."

"이상한 소리 하지 말고." 나도 티슈를 뽑아 책상 위를 같이 닦았다.

"그게 다야?"

"뭘 더 원하십니까? 기자님?"

"이건 인트로는 끝내주는데 이어지는 전개가 몹시 지루한 연극을 보는 느낌인데?" 앤은 젖은 티슈를 공처럼 뭉쳐서 자유투 포즈로 구석 휴지통을 조준했다.

"아! 맞다. 그리고 연구소로 틀어주는 음악 이야기를 조금 했어. 연구소 사람들 모두가 좋아한다고. 그리고...." 나는 가방에서 피터가 준 명함을 꺼내 앤에게 보여줬다. 앤이 던진 티슈공은 휴지통에 정확하게 들어갔다.

"골인! 연락처라니! 너도 전화번호 알려줬어?"

"아니. 그럴 정신이 없었어. 구해준 거에 관해 사례해야 할 거 같아서 내가 물어봤어."

"굿! 그래서 언제 만나기로 했어?"

"아직 연락 안 했는데?"

내 대답을 듣자마자 앤은 난생처음으로 돌고래를 본 아이처럼 나를 쳐다보더니, 이내 깊은 한숨을 내쉬었다. 그 숨이 너무 세서 찻잔에 파도가 일었다.

"아이고! 이 쑥맥아! 이거 생각보다 심각하네. 요조숙녀 아가씨. 내 말 잘 들어요. 이런 기회는 두 번 다시 오지 않아. 이번 기회를 놓친다면 나처럼 평생 교황을 모시고 살 수도 있다고."

"나 남자와 단둘이서 식사해본 적이 없어. 뭔가 사례해야 하는데, 전화할 용기가 안 나네. 또 피터가 나와의 식사를 귀찮아할 수도 있고...."

앤은 내 앞으로 다가와서 두 손을 꼭 잡고 내 눈을 지긋이 바라보았다. 앤의 눈이 젖어있었다.

"아니 왜 글썽거려?"

"감격해서. 설레서. 용기를 가지라고 이 쑥맥 아가씨. 힘들면 언제든지 리처드와 내가 출동해줄 테니깐 미리 겁먹지 말고. 지금. 지금 당장 전화해서 약속을 잡아." 앤의 휴대폰 벨이 울렸다. 홍보실에서 찾는 전화였다.

"자리를 너무 오래 비워놨네. 나 갈게. 지금 당장 피터에게 전화해. 그가 먼저 연락하고 싶어도 그는 네 전화번호를 모른다고. 게다가 식사를 대접해야 하는 쪽은 피터가 아니라 너라고." 앤은 연구실 방문을 열면서 명령조로 얘기했다.

“아! 잊을 뻔했네.” 나가려던 앤이 멈칫하더니 3공 파일 속에서 낡은 책 한 권을 꺼내 나에게 건넸다.

“이건 무사 귀환 선물이야. 홈커밍데이 때 후배 기자를 시켜서 3권이나 찾아냈지. 너무 고마워하진 말고. 작가님!”

≪에피파니Epiphany≫

고등학교 때 내가 지역 신문에 연재했던 소설의 단행본이었다.

#19

시립동물원 납치미수사건은 연구소 운영위원회에서 공론화되었다. 그간 민간은 물론 해외에서까지 클락헨 및 달걀을 밀반출하려는 시도가 계속 있었고, 이에 따라 연구소 직원들의 신변이 위협받는 상황도 적지 않게 발생하고 있었다. 운영위원회 회의에 참석한 육군 제4사단 사단장은 사태의 심각성을 인지하고 연구소 안팎의 경비를 중대급에서 대대급으로 편성하기로 했다. 우선 현재 연구소 내에 상주하고 있는 1개 소대 병력을 1개 중대급으로 확대하기로 했다. 그리고 연구소 인근의 살처분장, 사료 야적지, 매립지, 매립가스 발전소까지 병력을 배치하고 연구소와 인근 지역을 24시간 순찰하기로 했다. 사단장은 이 약속을 3일 안에 완료하겠다 하고 회의장을 떠났다.

이후 연구소장은 회의 참석자들에게 미리 배포한 법무부 공문을 읽었다. 연구소가 국가 중요시설로 지정되면서 보안 서약 위반 시 이에 따르는 법적인 처벌이 강화되었다. 기존의 추상적인 '엄중한 처벌'에서 구체적인 '국가기밀누설죄'로 변경되었다. 특히 언론매체 접촉금지와 홍보실의 보안준수를 더욱 강조했다. 보안이 한층 더 강화되고 처벌이 구체적으로 명기된 보안서약서는 법무부에서 세부 양식이 완료되는 즉시 공지할 것이며, 전체 직원은 내용을 숙지하고 서명 후 일괄 제출하라고 지시했다.

이어 운영위원회는 연구소 내 모든 건물의 외장 페인트에 대해 논의했다. 클락헨과 직원들을 위해서 선택한 흰색 친환경 페인트는 무해하고 냄새가 없는 장점이 있지만, 때가 너무 잘 타는 단점이 있었다. 연구동 건물의 도장이 벗겨지기 시작했고, 보조축사의 벽면은 회색이 되었다. 이 안건은 도장작업을 하는 데 인력과 시간이 너무 많이 소요되어 클락헨 런칭 이후로 보류

되었다.

대강당에서 전 직원이 참석하는 연구소 전체회의가 열렸다. 수석연구원 리처드는 가장 상석인 연구소장 바로 옆자리에 배석했다. 정례적인 클락헨 개량 동향 보고가 끝나고, 오늘의 주요 주제인 육계 클락헨 보고가 이어졌다. 식용 클락헨-영양평가 연구실장은 통조림과 달걀이 가득 실린 카트를 밀면서 연단에 섰다. 실장은 라벨이 붙어 있지 않은 알루미늄 캔을 들어 보이면서 클락헨-Genesis 가슴살 시제품이라고 소개했다. 회의장은 들썩였다. 실장은 연구소 인근의 식품 가공업체에서 클락헨-Genesis로 가공 생산한 것이라 했다.

뒤쪽 스크린에는 기존의 닭고기와 클락헨 고기의 영양성분 분석표 슬라이드가 띄어져 있었다.

일반 육계와 클락헨-Genesis의 영양성분 비교 (raw, skin include, per 100g)				
Nutrition Facts	단위	일반육계	클락헨	비교
칼로리(Calories)	kcal	215	355	↑65%
단백질(Protein)	g	18.7	31.2	↑66%
탄수화물(Carbohydrates)	g	0	0	-
총 지방(Total Fat)	g	15.1	20.1	↑33%
포화 지방(saturated Fat)	g	4.3	3.9	↓10% *
단일 불포화 지방 (Monounsaturated Fat)	g	6.2	7.5	↑21%
다가 불포화 지방 (Polyunsaturated Fat)	g	3.2	4.8	↑50%
콜레스테롤(Cholesterol)	mg	75	92	↑23%
철분(Iron)	mg	0.9	1.5	↑67%
칼슘(Calcium)	mg	12	21	↑75%
아연(Zinc)	mg	1.54	2.12	↑38%
나트륨(Na, Sodium)	mg	75	79	↑5%
칼륨(K, Potassium)	mg	229	242	↑6%

일반 달갈과 클락헨 달걀의 영양성분 비교				(per 100g)
Nutrition Facts	단위	일반달걀	클락헨	비교
칼로리(Calories)	kcal	142	201	↑42%
단백질(Protein)	g	12.7	21.0	↑65%
탄수화물(Carbohydrates)	g	1	2*	↑100%
총 지방(Total Fat)	g	11.0	20.0	↑82%
포화 지방(saturated Fat)	g	3.0	2.5	↓17% *
단일 불포화 지방 (Monounsaturated Fat)	g	4.0	6.0	↑50%
다가 불포화 지방 (Polyunsaturated Fat)	g	1.4	2.2	↑57%
콜레스테롤(Cholesterol)	mg	373	361	↓3% *
철분(Iron)	mg	1.8	3.4	↑89%
칼슘(Calcium)	mg	56	99	↑77%
아연(Zinc)	mg	1.29	2.50	↑94%
나트륨(Na, Sodium)	mg	126	144	↑14%
칼륨(K, Potassium)	mg	126	131	↑4%
콜린/레시틴 (Choline/Lecithin)	mg	225	667	↑196%
비타민 A (Vitamin A)	㎍	160	330	↑106%
비타민 B (Vitamin B1,B2,B3,B5,B6,B9)	mg	2.28	5.17	↑127%
비타민 B12 (Vitamin B12)	㎍	1.1	2.3	↑109%
비타민 D (Vitamin D)	㎍	2.0	3.4	↑70%
비타민 E (Vitamin E)	mg	1.05	3.01	↑187%

영양평가 연구실장은 식품은 양, 영양, 맛, 안정성 네 가지가 가장 중요한 요소라고 강조했다. 클락헨은 우선 개체 수에서 일반 닭을 압도하거니와 단일 개체로 비교를 해보아도 얻을 수 있는 고기의 양이 월등히 많았다. 무엇보다도 영양성분의 증가량은 발표한 슬라이드와 같이 놀라운 수치였다. 단백질, 철분, 칼슘 성분은 일반 육계보다 65% 이상 높았다. 더욱 고무적인 것은 심혈관계질환을 증가시킬 수 있는 포화지방산의 함량은 줄었다는 점이었다. 그동안 가장 큰 문제가 되었던 맛도 일반 육계에 압승을 거뒀다. 근육량이 증가하면서 식감이 좋아지고 누린내와 역한 냄새가 사라졌다. 맛이

라는 것이 주관적일 수밖에 없지만, 클락헨을 주령(週齡), 일령(日齡)으로 세분화한 후 다양한 조리 방법으로 분석한 결과라며 주장을 이어갔다. 가장 식감이 좋을 때는 클락칵, 클락헨 모두 부화 후 5일째 즉 성계가 되어 교미나 산란을 시작하기 직전이라는 결론을 얻었다. 이는 식용 클락헨-영양평가 연구원들 전원이 블라인드 테스트로 시식해본 결과라고 했다. 맛보는 사람의 미각 차이가 있겠지만, 클락칵 고기에서는 살짝 소고기의 풍미가 났다고 보고했다. 가장 중요한 안정성 평가를 위하여 식약처와 농축산물 품질관리원에 식품안정성 평가를 총 363회 의뢰하였고, 안전성 심사 위원회로부터 모든 샘플의 합격 통지를 받았다고 힘주어 말했다.

이어서 클락헨 달걀에 대한 보고가 계속됐다.

우선 클락헨 달걀의 크기는 일반 달걀의 왕란(Jumbo)보다 큰 85g이었다. 무정란과 유정란의 차이는 거의 없었다. 산란 개수에 대한 비교와 설명은 의미가 없기에 아예 생략하고, 100g당 영양성분을 분석했다. 모든 요소에서 일반 달걀보다 월등했다. 가장 주목할 만한 부분은 콜레스테롤과 포화지방산 함량이 감소했다는 점이었다. 게다가 콜레스테롤 상승을 억제해주는 레시틴 성분은 3배나 더 함유되어 있어서, 달걀 섭취 시 혈중 콜레스테롤 상승에 대한 걱정은 아예 안 해도 될 정도였다. 요약하면 가뜩이나 고영양 덩어리인데 인체의 해가 될 만한 부분은 쏙 빠진 것이나 다름없었다. 더불어 칼슘, 철분, 아연 등의 미네랄 성분과 각종 비타민 성분은 평균 2배 정도 증가했다. 연구실장은 클락헨-Genesis 병아리는 단 2일 만에 부화하기 때문에 달걀 안에 고영양분이 응축된 것으로 추측했다.

맛에서 주목할 부분이 있었다. 달걀에 미량으로 포함된 탄수화물은 기존의 2배로, 나트륨은 14% 증가했는데, 이 때문에 희미하게 짠맛이 났고, 이 짠맛이 단맛을 증폭시켰다. 그래서 클락헨 달걀은 일반 달걀보다 살짝 짜고 또 달았다. 이 조미료 같은 감칠맛이 달걀이 들어가는 모든 요리에 풍미를 배가시켰다. 연구실장은 클락헨 달걀이 시중에 런칭되면, 아무도 기존의 달걀을 먹지 않게 될 것이라 확신했다.

마지막으로 사료 효율에 대한 보고가 이어졌다.

고기 1kg을 생산하기 위해 소는 8~10kg, 돼지는 3~4kg, 닭은 2kg의 곡물이 필요하다. 원래도 닭은 고효율의 단백질 공급 가축이었다. 그런데 클락헨-Genesis는 단지 1.7kg의 사료만 필요했다. 가장 중요한 점은 사료의 성분인데 공급된 1.7kg 중에는 옥수수, 콩 등의 곡물뿐 아니라 클락헨 사체, 폐사한 병아리 사체, 달걀 껍데기, 사람이 먹다 남긴 음식물 쓰레기도 포함되어 있다는 점이었다. 음식물 쓰레기 처리에 혁명을 가져올 수 있는 결과였다.

식용 클락헨-영양평가 연구실장은 마지막 결론 슬라이드를 띄웠다.

평가요소	양	영양성분	맛	안전성
단위	(1EA 당)	(100g당)	블라인드 테스트 (총 10인)	식약처, 품질관리원
클락헨 고기	↑86%	↑34%	72% 향상	합격(100%)
클락헨 계란	↑36%	↑76%	86% 향상	합격(100%)

연구실장은 연단을 내려가면서 다음 주부터 연구동 구내식당에서 클락헨 가슴살, 날개살(버팔로윙), 다리살(드럼스틱) 요리와 클락헨 달걀 요리가 제공될 것이라 공지했고, 시식 후 설문조사에 적극적으로 응해달라고 부탁했다. 그리고 계약을 맺은 식품 가공업체에서 너무 많은 양을 생산하는 바람에 재고가 아주 많으니, 원하는 직원은 마음껏 가져가도 된다고 했다. 남는 통조림, 부위별 포장 가공육, 달걀은 전부 구내식당 냉동창고에 보관하기로 했다. 연구소장은 곧 역사에 남을 식량의 초판본이니 충분한 수량을 잘 보

관해두라고 지시했다.

다음으로 홍보실의 연구소 디너파티 계획 브리핑이 이어졌다. 소장은 홍보실에 기념비적인 첫 클락헨 가공육, 통조림을 연구소 연감에 자세히 기록해두라고 당부했다.

각 부서의 보고가 모두 끝난 후 연구소장은 미리 준비한 연설문 종이를 들고 연단에 섰다. 소장은 자신이 차기 농림축산식품부의 차관으로 임명되어 정들었던 연구소를 떠나게 됐다고 운을 띄웠다. 앞으로 정부를 도와 하루라도 빨리 클락헨을 전 세계에 런칭할 수 있도록 최선을 다하겠다고 했다. 차기 연구소장은 수석연구원 리처드가 맡게 될 것이라고 했다. 마지막으로 곧 있을 연구소 디너파티 때 연구소장 이취임식도 겸하자고 하며 마이크를 리처드에게 넘겼다.

리처드는 큰 박수와 환호를 받으며 연단에 섰다. 리처드는 간단한 감사 인사를 한 후에 곧바로 자신이 이끌어 나갈 연구소의 비전과 연구 방향을 낮고 굵은 목소리로 제시했다.

첫째는 형질 유지였다. 정부의 런칭 결정은 시간이 오래 걸릴 중대 사안인 만큼 그전까지는 지금의 클락헨 형질을 안정적으로 유지하자고 했다. 아직 진행 중인 벙어리 형질만 이어나가고, 표준에 조금이라도 벗어나는 돌연변이 형질은 전부 솎아내기로 결정했다.

둘째로 사료 효율 극대화를 언급했다. 현재 클락헨-Genesis의 공급 사료량 대 획득 고기양은 1.7:1인데 이것을 최종 1:1까지 낮춰보자는 것이었다. 일차적으로 다양한 시도를 거쳐 1.4를 달성한 다음에 궁극의 목표인 1:1까지 최선을 다해 도전해보자고 힘주어 말했다.

셋째는 전 직원이 참여하는 품종개량 아이디어 공모 제도였다. 연구원뿐만 아니라 일반 직원들 심지어 경비대대 군인들까지도 자유롭게 의견을 낼 수 있으며, 심사를 거쳐 선택된 최종 선정자에게는 높은 인사고과점수와 함께 큰 상금도 수여할 것이라고 했다.

넷째는 연구원들의 논문에 대한 것이었다. 런칭이 되면, 연구원들이 지금까지 힘써온 클락헨에 대한 연구결과물들을 학위 취득 및 논문 개제에 곧바로 이용할 수 있는 방편을 마련하겠다고 약속했다. 현재는 보안규정 때문에 클락헨의 품종개량, 빠른 진화, 연구결과, 통계치를 논문이나 저널에 공개할 수 없지만, 런칭 이후에는 이를 자유롭게 발표, 개재할 수 있도록 정부와 함께 보안규정을 손볼 것이라고 했다. 리처드는 연구원들부터 큰 박수를 받았다.

마지막으로 클락헨 연구소 전 직원의 급여 인상과 복지향상을 약속했다. 연구소가 지금껏 이룩한 성과가 엄청나므로, 정부에서 이 사안에 대해 매우 긍정적으로 검토하고 있다는 희소식을 전했다. 그런 의미에서 이번 디너파티는 축제처럼 전 직원이 마음껏 즐기자고 했다. 전 직원이 신임 연구소장 리처드에게 기립박수를 보냈다.

*

L. v. Beethoven: String Quartet No. 14 in c# minor, op.131

I.

"휘유우우…." 수화기 너머 앤의 높은 한숨이 차분하게 내려앉았다. 내가 피터에게 연락하는 것을 계속 주저하자 늘 명랑했던 앤의 목소리는 명상톤이 되었다.

"모르겠어. 후우우우. 앤 내 말을 좀 들어봐. 전화해서 무슨 얘길 해야 할지 모르겠어." 앤의 한숨에 변명하느라 알토였던 내 목소리가 살짝 높아졌다.

답답해서 연구실의 창문을 열었다. 깜깜한 창밖으로부터 피터의 음악이 서늘한 바람과 함께 슬그머니 흘러들어왔다. 베토벤의 현악 사중주 14번 c# 단조였다. 수화기 너머에서 앤은 계속 나를 리드했다. 이때 짧은 노크 후에 방문이 척 열리더니 문틈으로 리처드가 고개를 내밀었다.

"주말에 우리 집에서 식사 어때?" 나는 수화기를 한 손으로 막고 앤과 통화 중이라는 제스처를 리처드에게 보냈다.

"오우케이." 리처드는 중후한 표정을 지으며 방문을 조심스럽게 닫았다.

앤은 피터에게 전화를 걸지 않으면 오히려 그게 피터에 대한 큰 실례라고 다그쳤다. 나는 남자와 단둘이 만나 그 긴 시간 동안 뭘 해야 할지 좀처럼 감이 오지 않았다. 구해주셔서 감사하다는 이야기가 끝나면 더는 대화가 불가능할 것만 같았다. 어색함과 불편함의 예기 불안이 나를 덮쳤다.

"너는 그 사람에게 감사의 표시를 하는 것뿐이야. 피터가 널 좋아한다는 보장이 있어? 이거 완전 공주님 나셨네." 앤은 쏘아붙였다. 그리곤 최후의 한 수.

“네가 정 어색하다면 우리 집으로 초대해서 넷이 식사를 하는 건 어떨까? 리처드는 연구소 대표로 피터에게 감사하는 명목으로, 나는 네 친구 자격으로. 모양 좋지?”

나는 부부에게 너무 폐를 끼치는 거 같아 극구 사양했지만, 앤은 마음을 정한 것 같았다. 리처드가 좀 전에 내 방에 들른 이야기를 했다. 앤은 리처드도 피터를 몹시 궁금해하니 4인의 식사는 거의 완벽한 하모니가 될 거라 했다. 나의 예기 불안은 반감되었지만, 비워진 틈으로 어떤 떨림이 밀려 들어왔다. 남자에게 선물을 줘 본적이 한 번도 없었기에, 피터에게 줄 감사의 선물에 대해서 앤의 조언을 구했다. 앤은 받을 사람의 취향을 분석하지 말고, 함께 좋아할 만한 것을 고르라고 했다. 그래야 다음번 만남 때 선물 이야기를 하며 자연스럽게 대화가 이어질 수 있다고 했다.

피터가 볼륨을 올렸는지, 공기가 더 차가워져서인지 음악이 더 또렷하게 들렸다.

“그럼 그날 내가 음식을 해서 2층으로 가지고 내려갈게.” 조금이라도 폐를 덜 끼치려는 마음에 내가 제안했다.

“그런데 너 요리할 줄 알아? 차라리 내가 준비하는 게 넷을 위해 더 좋을 거 같은데?” 목소리에서 수화기 너머 앤의 표정이 보이는 듯했다. 다시 내 방문이 열렸다. 이번에는 노크도 없었다.

“피터를 초대해서 넷이서 식사하지?” 나는 다시 수화기를 한 손으로 막고 지금 앤과 바로 그 이야기를 하고 있다고 했다.

“오~우~케~이~.” 리처드는 좀 전보다 더 조심스럽게 문을 닫고 퇴장했다.

앤은 연어 스테이크를 준비할 테니, 당장 피터에게 초대 연락을 한 후 선물이나 준비하라고 지시했다. 나는 앤에게 큰 고마움을 전했다.

차가운 밤으로부터 4개의 반올림이 밀려 들어왔다. 창문을 닫고 4명의 식사 자리 약속을 명함에 적혀 있는 이메일로 보냈다. 승낙의 답장은 바로 왔다. *attacca*

II.

당일 날 아침. 앤에게 전화를 걸었다. 요리할 때 고양이 손이라도 보태기 위해 3시간 정도 일찍 내려가겠다고 했다.

"나 아직 리처드랑 같이 시장이야. 연어랑 음식 재료 사러 왔어. 피터가 오는데 클락헨 닭가슴살 통조림을 올릴 순 없잖아?" 나는 다시 한 번 감사를 표했지만, 앤은 귓등으로도 안 듣는 듯했다.

"5시 약속이니깐 4시쯤 우리 집으로 내려와." 앤은 바쁜지 황급히 전화를 끊었다.

나는 피터에게 줄 감사의 선물을 포장했다. 내가 운전하여 데려다줄 때 조수석에서 초콜릿을 맛있게 먹는 것 같았다. 그래서 카카오 함량이 높은 근사한 고급 초콜릿을 하나 준비했다. 음반도 두 장 준비했다. 하나는 슈베르트의 겨울 나그네. 테너 피터 피어스가 부르고, 벤저민 브리튼이 피아노 반주를 한 유명한 음반이었다. 피터는 겨울 나그네를 다양한 음반으로 여러 번 틀었었지만, 이 음반은 단 한 번도 틀은 적이 없었다. 다른 하나는 레너드 번스타인이 빈필을 지휘해 녹음한 베토벤 현악 사중주 14번 c# 단조였다. 며칠 전 내가 초대 이메일을 보낼 때 피터가 틀었던 음악이었다. 이 두 음반은 희귀 음반이어서 분명 피터에게 없을 거라 확신했다. 그리고 내가 매우 재미있게 읽은 오스카 와일드 양장본 전집과 클림트가 그린 '피아노 앞의 슈베르트' 그림 액자를 포장했다. 앤의 말대로 내가 좋아하는 걸 그도 좋아하길 바라며, 큰 선물용 쇼핑백에 책, 음반, 액자와 초콜릿을 차곡차곡 정성스럽게 담았다.

3시 45분에 나는 선물용 쇼핑백과 디저트로 먹을 수제 아이스크림을 들고 2층으로 내려갔다. 와이셔츠를 입은 리처드가 현관문을 열어주었다. 부엌에서는 지글거리는 소리가 요란했다.

"지금 입은 것이 혹시 최종 복장?" 앞치마 바람의 앤이 나를 훑어보며 물었다. 청바지에 후드티를 입고 있었다. 나는 아이스크림을 냉장고에 넣은 후 팔을 걷어붙이고 부엌으로 향하며 감자는 내가 굽겠다고 했다.

"응. 감자로 맞기 전에 당장 다시 올라가서 제일 예쁜 원피스 입고 오세요. 검은색 입지 마. 심플하고 산들거리는 긴 원피스로 입고 다시 내려와. 너 같은 금발의 파란 눈은 무조건 흰색 원피스인 건 알지?" 내가 주저하자 한쪽 눈에 안대를 한 채 '타임스'지를 읽던 리처드가 거들었다.

"앤 말을 듣는 게 좋을 겁니다. 나도 이 식사를 위해 아침 일찍부터 시장에 다녀왔더니 몹시 피곤하고 허리까지 아파요. 킹과 퀸의 명령에 복종하세요."

다시 7층으로 올라가 흰색 원피스를 겨우 찾아내선 급하게 갈아입었다. 깜빡하고 놓고 간 장미 꽃다발을 들고 다시 2층으로 내려왔다. 요즘 밤 날씨가 좀 서늘한데 옷이 너무 하늘거리는 것 같아 어색했다.

"합격!" 리처드가 다시 내려온 나를 보자 소리쳤다. 부엌에 갔더니 앤은 그 사이에 녹색 홈드레스로 갈아입고 요리에 집중하고 있었다. 헐렁한 드레스였지만 감출 수 없는 고귀한 부피로 충만했다. 일을 거들려고 하자 앤은 흰옷엔 유난히 기름이 많이 튄다며 한사코 나를 저지했다. *attacca*

III.

약속 시각 5분 전에 초인종이 두 번 울렸다. 현관문을 열자 일찍 뜬 달과 함께 서늘한 냉기가 밀려 들어왔다. 피터는 말쑥한 정장 차림이었고 넥타이는 하지 않았다. 그의 큰 키와 하얀 피부 때문에 마치 석상이 저녁 식사에 초대된 거 같았다. 잠시 긴장감이 돌 정도로 모두가 어색한 순간이었다. 서둘러 앤이 나섰다. 서로의 소개를 하고 거실의 4인용 식탁으로 부드럽고 자연스럽게 피터를 안내했다. *attacca*

IV.

부부의 우아한 주도로 딱딱한 어색은 금방 부드러워졌다. 앤이 자리 배치를 했는데 부부가 나란히 앉고, 맞은편에 나와 피터가 나란히 앉게 되었다. 꼭 부부동반 모임 같아서 나는 자리에 앉자마자 얼굴이 따듯해졌다. 앤에 이어서 리처드가 대화를 주도했다. 연구소를 대표해서 영웅적인 구출 작전에 감사하다는 말을 전했다. 나는 리처드가 곧 차기 연구소장이 될 거라고 거들었다. 리처드는 호탕하게 웃으면서, 노련한 손놀림으로 Dom Pérignon 샴페인을 무음(無音)으로 땄다.

“피터 씨. 음악 잘 듣고 있습니다.” 앤이 샴페인 잔들을 식탁 위에 배치하며 말했다.

“네. 감사합니다. 그런데 연구소에 폐가 되지 않을까 늘 걱정입니다.”

“전혀 아니어요. 저는 DJ 피터의 팬이랍니다. 오호! 피터팬(Peter-Fan)이네요.”

이 재치있는 한마디로 체한듯한 어색함은 완전히 소화되었다. 앤은 바게트와 푸아그라 파테 그리고 야심 차게 준비한 코브 샐러드를 식탁에 올렸다. 리처드는 빵이 딱딱해지기 전에 얼른 먹어야 한다며, 푸아그라를 촘촘히 발라 우걱우걱 먹기 시작했다. 앤은 리처드를 무시한 채 곧바로 저돌적인 취재를 시작했다. 나이는 몇인지, 결혼은 했는지, 애인은 있는지, 취미는 무엇인지 등등. 초면에 실례가 될 수 있을 법한 질문을 아주 천연덕스럽게 물어봤다. 피터는 우리보다 4살 많았고, 나머지 답변은 앤이 원하는 100점짜리 모범 답안이었다.

~

도자기의 마님답게 앤은 프렌치 어니언 수프를 세련된 본차이나에 담아 올렸다. 리처드는 앞선 대화의 ‘취미’라는 단어로부터 뭔가가 떠올랐는지, 연애 초기 때 취미에 관한 에피소드를 이야기했다. 앤에게 고상해 보이려고 자기는 클래식 음악을 매일 최소 대여섯 시간씩 듣는다고 말했고, 그게 앤의 환심을 얻는 데 결정적인 역할을 했다며 피터를 향해 감사의 샴페인 잔을 들었다.

“리처드가 음악을 즐기긴 하지만 애호가 수준은 아니야. 거기에 내가 살짝 속았지. 결혼 직후에 같이 오페라극장에 마술피리를 들으러 갔었는데, 서곡 시작과 동시에 의식을 잃더라고. 결혼하자마자 과부가 되는 줄 알았다니깐.”

“그때는 내가 격무에 시달려 매일 밤을 새우던 시절이라 그런 거야. 나도 마술피리, 파파게노, 파파게나 다 알고 있다고. 그리고 내 귀는 오페라보다는 피터가 틀어주는 슈베르트의 곡들에 길들어져 있어서 그래.” 리처드는 눈꼬리를 내려 억울해하면서 입꼬리를 올렸다.

"거짓말은 아니었지. 그런데 결혼하고 나서 이곳에 와보니 알겠더라고. 이곳의 모든 사람이 반강제적으로 피터의 음악을 매일 듣고 있다는 사실을." 앤은 본차이나 접시를 치우며 말했다. 넷이 동시에 풍성한 미소를 지었다. 이날 리처드와 앤은 나를 위해 파파게노와 파파게나처럼 맛깔 나는 조연 역할을 자청한 듯했다.

~

은기(銀器)의 마님 앤이 메인 디쉬인 타르타르 소스를 곁들인 연어 스테이크를 내왔다. 리처드는 프랜시스 베이컨의 기괴한 그림이 그려진 샤토 무통 로쉴드 한 병을 가져왔다. 부부의 헌신으로 불길한 석상 같았던 피터도 차츰 경계를 풀고 천천히 웃기 시작했다. 대화에도 조금씩 참여하기 시작했는데, 제일 먼저 연구소에서 닭에게 무엇을 하고 있는지 모르겠다고 했다. 리처드는 솎아내기를 웅얼거리는 목소리로 피터에게 설명해주었다. 마치 라틴어 미사와 같은 이 설명은 참으로 웅장하고 어려웠다. 앤이 겪은 그간의 수난을 이해할 수 있었다. 확실히 똑똑한 것과 잘 가르치는 것은 별개의 능력이었다. 사태의 심각성을 파악한 앤이 반 박자 쉬고 바로 끼어들었다.

"당신은 설명을 너무 못해요." 앤은 리처드와 피터에게 나와 함께한 카드놀이를 얘기했다.

"리처드가 집에서 몇 달 동안 강의를 해줘도 이해가 전혀 안 되었는데, 트럼프 카드 3벌만 있으면 30분 만에 완전히 이해할 수 있더라고요." 피터를 보고 얘기하던 앤은 나를 보며 지원사격을 요청했다.

"안 그래? 진짜 30분 정도였지? 스페이드 에이스, 3, 7, 퀸. 그리고 마지막엔 검은색 조커."

리처드는 자기가 교수 출신이 아니라 의사 출신이어서 그런 것이라고 하며, 체념한 듯 와인을 벌컥벌컥 마셨다. 리처드가 빠른 속도로 와인병을 비워나가자 앤이 좀 천천히 마시라고 핀잔을 주었다. 나는 피터에게 솎아내기 원리를 간략하게 설명해주었다.

~

“정말 설명을 쉽게 잘하는데?” 리처드가 부드럽게 나를 칭찬했다.

“굉장히 흥미롭네요.” 피터가 속눈썹과 눈썹을 함께 올리며 말했다.

“갑자기 뭔가 떠오르네요. 생물학 분야는 아니지만, 인생, 음악, 오케스트라에도 비슷하게 적용할 수 있을 거 같아서요.” 피터는 성악을 그만둔 후에 오케스트라 지휘자, 공연 연출가로도 활약했었는데, 솎아내기 원리를 듣고 나니 그 시절에 알았던 두 명의 타악기 주자가 생각난다고 했다.

“리처드. 좀 전에 말씀하신 12알 이상을 낳으려는 클락헨을 강제로 억제하려다 보니 이상한 돌연변이가 많이 생겼다고 하셨잖아요. 제가 갑자기 이 두 명이 생각난 건, 상승하고자 하는 욕망을 억지로 누를 때 벌어지는 현상이 인생사에도 똑같이 적용되는 거 같아서요.” 그가 와인 한 잔을 비우자 리처드가 곧바로 다시 잔을 채워줬다.

“제가 오케스트라 공연기획을 하던 시절에 뛰어난 실력을 갖춘 타악기 주자 2명이 있었어요. 둘 다 음악적 재능을 타고났고, 또 음악에 대한 열정 또한 대단했죠. 하지만 수많은 악기로 구성된 오케스트라 안에서 그 음악적 욕망을 발산하기는 힘들었죠. 잘 아시겠지만, 오케스트라 연주 중에 타악기는 연주하는 시간 보다 앉아서 기다리는 시간이 더 많죠. 어떤 교향곡에서는 심벌즈 한 번을 치기 위해 무려 50분 동안 무대 위에 앉아 있어야 하죠. 그래서 그 둘은 무대 위에서 대기하는 시간에 수많은 지휘자를 아주 면밀히 관찰했습니다. 매우 부러웠겠죠. 지휘자는 자신의 음악을 주체적으로 만드는 사람이니깐요. 그 둘의 예술적 욕망은 더 뻗어 나가고 싶은데 오케스트라 단원이라는 지위, 타악기라는 제한성이 그들의 욕망을 억누르고 있었던 것이죠.”

“그 타악기 주자들은 자신만의 음악을 하고 싶었던 거였겠죠?” 피터의 이야기에 흠뻑 빠져 있던 리처드가 맞장구쳤다.

"그렇죠. 결국, 그 둘은 오케스트라를 그만두고 각자 다른 인생을 걷게 되었죠. 연주회 때마다 지휘자들의 테크닉을 유심히 봤던 한 명은 몇 년 후에 자신의 오케스트라를 창단해서 지휘자로 데뷔했어요. 그는 자신의 예술적 욕망을 마음껏 분출했고, 음악계의 찬사가 쏟아졌죠. 오랜 시간 타악기 주자를 하면서 세계적인 지휘자들의 악단 장악능력, 지휘법, 음악적 해석을 코앞에서 관찰했던 노력의 결과였죠. 그가 창단한 오케스트라는 크게 성공했어요. 1~2년 뒤에는 자신이 단원으로 있던 오케스트라만큼 유명해졌죠. 그는 지금 세계적인 오케스트라의 상임지휘자로 활동하고 있어요."

"다른 한 명은요?" 피터는 말을 하려다 잠시 멈칫하고 와인을 조금 마신 후 말을 이었다.

"그는 오케스트라를 그만두고 한동안 술집을 전전했어요. 폐인처럼 살다가 우연히 재즈 드러머의 길을 가게 되었고, 지금은 자신의 밴드를 결성해서 꽤 유명한 드럼 연주자가 되었어요."

"그 드러머 스토리 어디선가 들은 것 같은데." 리처드가 말하자 피터는 살짝 미소를 지었다.

"뻗어 나가려는 욕망을 억지로 누르면 그 욕망이 방향을 틀어서 같은 계통의 더 나은 것이 되거나 아예 다른 계통이 되어버리는 것 같아요. 마치 힘껏 솟구치는 분수대의 물줄기 위에 두꺼운 철판을 덮어 놓으면, 그 물줄기가 사방으로 퍼지는 것처럼요. 그러다 언젠가는 그 철판을 뚫어버리겠죠."

피터의 긴 이야기가 끝났을 때, 식탁 위로 감탄의 침묵이 돌았다. 나는 앤과 리처드의 표정을 살펴보았다. 우선 앤은 테너의 긴 아리아와 같은 피터의 목소리에 반한 것 같았다. 리처드는 피터의 빠른 이해력에 놀란듯했다.

"그런데 목소리가 정말 너무 좋으시네요. 테너라고 했는데 톤이 너무 맑으세요." 앤이 피터의 음색을 칭찬했다.

“오케스트라를 만들어 지휘자가 된 타악기 주자는 복제이고, 재즈 드러머가 된 주자는 돌연변이죠.” 내가 두 타악기 주자의 음악사(史)에 유전학적 해석을 했다.

“유리한? 불리한?” 앤이 나에게 물어봤다.

“클락헨도 아니고 사람인데 유불리를 따질 수는 없지. 그건 청중들의 몫일 거야.”

~

이 매력적인 대화는 느리고 길게 이어졌다.

“피터의 고견에 유전학자 두 분의 생각은 어때요?” 앤은 나와 리처드를 번갈아 보며 물어봤다.

“어....” 피터의 이야기에 나는 생각이 많아졌다.

“흠....” 리처드도 마찬가지인 듯했다.

“제 생각에는 생물학, 유전학이 사회학, 인문학으로 넘어가는 순간이었네요. 피터가 클락헨의 품종개량을 듣고 우리의 인식을 확장, 개량시켰네요.” 앤이 말끔히 정리해주었다.

그때 분류 없이 마구 꽂혀 있는 리처드와 앤의 서가가 내 눈에 들어왔다.

“토‥ 통서‥ 통섭(Consilience)!” 나는 손톱으로 가볍게 테이블을 톡 치며 외쳤다. 서가의 콘사이스 사전에 초점이 잡히는 바람에 겨우 생각해냈다.

“통섭(Consilience)!” 내 외침을 듣고 리처드가 주먹으로 테이블을 묵직하게 치며 화답했다.

우리는 새로운 주제인 통섭과 총체예술에 대해 이야기했다. 피타고라스, 유리알 유희, 진화 심리학, 악극(樂劇), 총체극(總體劇) 등등. 리처드는 이야기 내내 손가락으로 테이블을 통통 치며 경청하고 있었다. 그런데 눈을 감았다가 다시 뜨는 시간이 조금씩 길어지고 있었다.

“그런데 세 분 다 자기 전공 이외에 음악은 물론 인문학에도 상당히 조예들이 깊으신 것 같아요. 한때 음악 일을 했던 사람으로서 정말 존경스럽습니다."

"나는 빼줘요. 그런데 피터도 음악 외의 인문학에 소질이 있어 보여요. 아까 말한 두 타악기 주자 이야기. 과학자인 우리가 깊게 생각해볼 철학적 문제예요. 혹시 멋있어 보이려고 미리 준비해온 이야기인가요?" 리처드가 짓궂은 장난을 시도했다.

"아니요." 피터가 단칼에 잘랐다.

"다 당신 같은 줄 알아?" 앤의 일격에 리처드는 숨이 끊어졌다.

"피터는 책도 많이 읽으시나 봐요. 아까 타악기 주자 이야기는 비유도 표현도 정말 감동적이었어요. 공연기획이나 지휘자를 하려면 음악 이외에도 다양한 분야를 많이 알아야 한다고 들었어요. 책, 소설 읽는 거 좋아하시나요?" 앤이 답이 정해져 있는 질문을 던졌다.

"네. 두 분은요?" 피터는 짧은 대답과 동시에 공을 우리에게 넘겼다.

"얘요!" 우리는 선생님에게 고자질하는 유치원생처럼 동시에 손가락으로 서로를 가리켰다.

앤이 피터에게 내가 예전에 소설가였다는 이야기를 꺼낼 때, 하마터면 식탁을 뛰쳐 넘어 앤의 입을 틀어막을 뻔했다. 앤은 제임스 조이스의 소설 율리시스를 빗대며 내 소설이 통섭과 총체예술에 부합한다는 헛소리를 차분하게도 말했다. 앤의 격찬에 리처드도 강하게 고개를 끄덕였다. 나조차도 기억이 가물가물한 소설이다. 그것을 앤이 친절하게도 상기시켜주었다. 그 순간 소설에 썼던 유치한 표현들이 내 의식의 수면에서 펄떡거렸다. 내 얼굴빛은 연어 속살이 되었고, 당장 내 고향 7층으로 헤엄쳐 올라가 버리고 싶었다. 앤은 고아한 삶을 살아야 할 천재 여고생 소설가는 생뚱맞게 유전학 박사가 되었고, 그 덕분에 지금 시골 연구소에 처박혀서 검은 닭들과 술주정뱅이 상사를 모시고 있는 신세가 되었다고 한탄했다. 앤의 말이 끝나기 무섭게 리처드는 반항하듯이 새 샴페인 한 병을 가지고 왔다. Demi-Sec 샴페인인데 검은색 병에 스페이드 에이스가 큼지막하게 박혀 있었다. 앤이 만류하자 리처드는 피터의 분수대를 빗대며 샴페인 속에 억지로 눌려 있는 압축공기를 당장 풀어주지 않으면, 복제되어 2병이 되어버리거나 돌연변이가 발생해 사케가 될 수도 있다고 했다.

"양조학과 유전학을 통섭하지 말라고!" 앤이 만취한 리처드를 귀엽게 타박했다.

"리처드 소장님. 좀 천천히 드세요." 나도 앤을 강하게 거들었다. 리처드는 마개를 누른 상태에서 샴페인 병을 살짝 흔들며 피터에게 눈빛을 보냈다.

"저는 한잔 더!" 피터가 리처드에게 잔을 들었다.

"펑!"

~

느슨했던 대화가 조금 빨라졌다. 앤과 내가 떠들었고, 나와 리처드가 이야기했으며, 리처드는 피터와 대화했다. 리처드는 피터가 무척 마음에 든 듯했다. 그런데 자기가 예전 시립 병원 때부터 지금의 연구소까지 피터가 틀어준 음악을 매일 들었으며, 베일에 싸인 얼굴을 직접 보게 되어 너무 신기하고 또 영광이라는 말을 7번쯤 반복했다. 사실 리처드가 3병을 다 마신 거나 다름없었다. 그의 역할은 여기까지였다. 리처드는 수명을 다했다.

~

Demi-Sec 샴페인을 유산으로 남기고 리처드는 어둠과 침묵의 세계로 떠났다. 홀로 데카르트와 프로이트의 경계에 벌렁 드러눕더니만, 몸소 의식과 무의식의 통섭을 시도하고 있었다.

디저트로 나온 화이트 초콜릿 마카롱과 수제 바닐라 아이스크림은 세 번째 샴페인과 잘 어울렸다. 앤은 슬그머니 곧 있을 연구소의 디너파티 이야기를 꺼냈다. 자신이 총기획자인데 파티에 피터의 독창 공연을 올리고 싶다고 했다. 피터도 놀랐겠지만 나는 훨씬 더 놀랐다.

"앤! 이건 정말 굿 아이디어인데!" 리처드가 잠결에 식탁을 '쿵' 치며 소리치고 나선 다시 잠들었다. 남편의 잠꼬대를 무시하고 앤은 피터를 몰아붙였다.

"피터. 연구소 사람들 모두 당신을 엄청나게 궁금해해요. 피터가 틀어주는 음악에 고마워하기도 하고요. 다들 당신을 좋아한답니다. 이번 공연이 피터에게도 연구소 사람들에게도 정말 좋은 기회가 될 거예요."

"드르르르 렁" 리처드가 코골이로 부인을 응원했다.

"제가 성악을 그만둔 지 너무 오래되어서요. 게다가 피아노 반주자도 없고요." 피터가 머뭇거리며 말하곤 목이 탔는지 샴페인을 벌컥 마셨다.

"아! 그건 걱정하지 마세요. 제가 벌써 구해놨거든요." 앤은 피터의 빈 잔에 샴페인을 따라주며 내 쪽으로 고개를 돌렸다.

"바로 옆에 있네요. 콩쿨 입상 경력도 있는 훌륭한 피아노 반주자가."

나는 너무 놀라 숟가락에 있던 아이스크림을 원피스 치마 단에 떨어뜨렸다.

"다행히 흰옷에 바닐라야." 앤은 티슈 뭉치를 나에게 건네주며 짧은 윙크를 날렸다.

"피터. 지금 이 자리에서 승낙하지 않으면, 남편이 연구소장 직권으로 전원주택에 경비중대를 출동시킬 거예요." 앤은 미소를 짓고 나를 다시 쳐다봤다.

"반주는 친구로서 부탁이야. 나 좀 도와줘."

"드르르르 렁" 리처드는 결국 프로이트의 품에 안겼다. 셋이 겨우 부축해서 소파에 반쯤만 걸쳐 놨다.

앤은 야무지게 구체적인 계획을 얘기했다.

"저도 클래식 음악을 꽤 많이 안답니다. 물론 레퍼토리는 연주자가 결정하시겠지만, 연구소 쪽으로 자주 트시던 음악들이 좋을 거 같아요."

"드르르르 렁" 소파로부터 들려오는 리처드의 코 고는 소리에 앤은 민망했는지 손가락으로 자기 콧구멍을 막고 따라 했다.

"디르르르 랑" 앤이 모사한 소리는 신경질적인 하이톤이었다. 재미있어 하는 나와 피터를 위해 앤은 다시 타이밍을 맞춰 이중창을 시도했다.

"드르르르 렁", "디르르르 랑" 앤이 리처드를 대하는 태도에는 어떤 태연함이 있었다. 마치 엄마가 아들을 대하는 듯했고, 익숙함과 낯섦을 초월한 정감이 있었다. 앤과 리처드는 서로 닮아가는 중이었다.

"파티 분위기니깐 너무 우울한 곡은 사절할게요. 저의 제안 어떠세요? 프란츠 '피터' 슈베르트 씨."

"드르르르 렁"

"생각해 보니 슈베르트의 가운데 이름이 피터네요. 독일어로 페터." 내가 고개를 돌려 말하자 피터는 웃으며 대답했다.

"우연의 일치죠. 흔한 이름이잖아요." 피터가 하얀 미소를 지으며 나를 바라보았다.

"잘 다루시는 악기 있으신가요? 피아노라든가...." 도망갈 요량으로 내가 소심하게 물었다.

"비올라 했습니다. 피아노는 잘 못 칩니다."

앤이 종이와 볼펜을 가져오면서 내 어깨를 툭 쳤다.

"어딜 빠져나가려고 수작이야! 피아노 못 하신다잖아. 잔말 말고, 너는 간단한 피아노 소품으로 독주곡 한두 개 준비해줘."

"아.... 앤. 나 정말 자신 없는데. 미리 작전 다 짜 놓고 일방적으로 통보하면 어떡해?"

"우선 내 말 마저 들어봐. 먼저 네가 혼자 등장해서 피아노곡 하나 연주해서 분위기를 잡는 거야. 네 곡이 끝나면 너는 피아노에 계속 앉아 있고,

MC의 소개와 함께 피터가 무대에 등장하는 거야. 어때? 극적일 거 같지 않아?"

"멋진 기획이야." 나는 앤의 기발한 기획에 홀려 내 연주 승낙도 잊은 채 손뼉부터 쳤다.

"미리 배포할 공연 프로그램에는 피터의 이름을 쓰지 않고 '초청 테너'라고만 적어 놓을 거예요. 자. 그럼 상상을 해봅시다. MC가 '여러분! 오늘 공연의 초청 테너는 하루도 빠짐없이 우리 연구소로 늘 좋은 음악을 틀어주는 미스터리의 DJ. 전원주택의 남자. 피터입니다!'라고 소개하는 겁니다. 관객들의 호응도, 집중도가 어마어마할 거예요. 물론 노래가 끝난 후 박수갈채, 앙코르는 당연하고요. 어때요. 피터?"

"아.... 멋진 기획입니다. 전직 공연기획자인 저보다도 훨씬 나으신데요? 그런데 무대에 서는 제가 아주 민망할 거 같네요."

"드르르르 렁"

"예전에 꽤 유명한 성악가라고 들었어요. 마이크 설치 때문에 물어보는 건데, 최다 관객 몇 명 앞에서까지 불러보셨나요? 연구동 앞에 야외무대를 설치할 예정이에요." 앤은 식탁 위의 종이와 펜으로 무대를 그려가며 피터에게 질문했다.

"2,500석 오페라극장에서도 불러봤죠. 그런데 실내랑 실외는 음향 사정이 완전히 달라서요. 그날 연구소 디너파티에 몇 명이나 오시죠?"

"연구소 전 직원이 450명 정도고 경비중대 군인들과 정부 쪽 고위 관계자들 다 합하면 아마 650명 정도 될 것 같아요."

"그 정도면 마이크는 필요 없을 듯합니다. 그런데 피아노에는 마이크를 설치해야 할 겁니다." 피터 역시 나처럼 앤에게 말려들어서 승낙한 것과 다름없는 상태가 되어버렸다. 피터와 앤은 종이에 성악 레퍼토리 후보곡을 적고 있었다. 두 공연기획자의 정갈한 대화는 프로페셔널했고 매력적이었으며 무척 아름다웠다. 앤은 나에게 피아노 독주곡은 그윽한 분위기를 내는 쇼팽이 어떻겠냐고 물어봤다.

"음, 마주르카 32번? 아니면 에튀드 1권 4번? 그거 아니면 유명한 유작 야상곡 20번. 아니면 즉흥곡 4번 즉흥 환상곡?" 나는 내가 자신 있게 칠 수 있는 곡 중에 언뜻 떠오르는 몇 개를 말했다.

"드르르르, 드르르르, 드르르르" 첫 번째 보다 두 번째 소리가 더 컸다. 세 번째 소리가 점점 작아지면서 무호흡이 될 때쯤, 리처드가 벌떡 일어났다. 앤이 째려보자 등을 긁으며 화장실로 향했다.

"즉흥 환상곡은 유명해서 좋긴 한데.... 왈츠! 쇼팽 왈츠 어때? 선선한 야외무대 그리고 달빛 아래에서 우아한 왈츠. 분위기 끝내줄 것 같은데?" 앤은 당장 공연기획자를 해도 될 만한 소양을 이미 갖추고 있었다.

"왈츠 7번 c# 단조 좋을 것 같다. 내가 연주하기도 쉽고."

"응. 일단 왈츠니깐 후보로 올리고. 또 다른 작곡가 중에서는 더 어울릴 만한 곡 없어? 꼭 내가 말한 쇼팽에 집착할 필요는 없어. 첫 곡이니깐 청중들의 눈과 귀를 확 집중시킬 수 있는 좀 강렬한 거로."

"내가 자주 치는 브람스의 카프리치오가 있긴 한데, 안 유명한 곡이라 파티에는 아닌 것 같네. 지금 막 떠오르는 건, 피터가 슈베르트 가곡들을 많이 부를 테니 통일성을 위해서 슈베르트 피아노곡? 악흥의 순간 4번은 정말 자신 있게 칠 수 있는데." 말하고 나서 이 정도면 앤과 피터의 전문적인 대화에 낄 수준이라 생각하고 속으로 좀 우쭐했다. 나도 공연기획자가 된 기분이었다.

"연주하기 쉽고, 야외무대고, 달이 떠 있고, 청중들에게 익숙한 곡이라면 베토벤 피아노 소나타 14번 '월광' 어떨까요?" 피터가 나에게 미소를 지으며 하얗게 말했다.

"브라보!" 라벨에 큼지막하게 'ROUET'라고 쓰여 있는 장밋빛 로제와인을 빙글빙글 돌려 따면서 리처드가 식탁으로 복귀했다. 막 세수한 얼굴에서 물이 뚝뚝 흘렀지만, 전혀 개의치 않고 각자의 잔에 골고루 나눠 따랐다.

"좋네요. 월광. 요즘도 자주 치는 곡이에요." 내 생각에도 완벽한 선곡이었다.

"자 그럼 우리 하는 겁니다. 당신의 취임식을 위해 부인이 기획하고, 이웃이 노래하고, 직장 후배가 반주하네요. 멋진 공연을 위하여!" 앤이 잔을 들며 건배사를 했다.

"네. 오랜만에 재미있겠네요. 하겠습니다." 피터도 잔을 들었다.

"고마워요. 피터. 그리고 피아노 반주 건은 연구소 상급자로서의 명령입니다." 술 깬 리처드가 피터와 나에게 말했다. 언제 또 따랐는지 가득 찬 잔을 들고선, 대타 작전으로 역전 만루 홈런을 만들어낸 야구 감독과 같은 미소를 지었다.

"네. 그럼 저도 최대한 앤을 거들어 볼게요." 나도 잔을 들었다.

"자. 그럼 넷이 건배하죠!" 앤이 외치고 모두 잔을 부딪쳤다. 기쁨에 흥분한 앤은 로제와인을 두 모금 정도 마셨다. 그 순간 리처드는 놀란 시선으로 앤을 획 쳐다봤지만, 이내 자신의 귀여운 아내의 볼에 키스해주었다.

"아. 그리고 피터는 연구소 직원이 아니고 초청 연주자니깐 연주료도 지급될 겁니다." 살짝 홍이 올라 볼이 발그스레해진 앤이 말했다. 피터는 한사코 거절했다.

"아마 재무팀에서 지급될 거예요. 아주 적어요. 사양하지 마시고요. 연주회 끝나고 나서 수고해준 반주자랑 같이 아이스크림이나 사드세요."

나는 얼굴이 빨개진 것이 들킬까 치마 얼룩 핑계를 대고 잠시 화장실로 향했다.

~

'짓궂은 부부 같으니라고....'

화장실에서 거울을 보며 생각했다. 이 식사 자리는 부부의 치밀한 계획하에 이루어진 것이라는 확신이 들었다. 앤이 만들어 준 상황 때문에 앞으로 피터와 좀 더 가까워질 수 있다는 생각이 들었다. 아무튼 부부가 나를 위해준비한 이 모든 것에 정말 감사했다. 그러나 나는 피터와의 관계보다는 앤과 즐거운 시간을 한 번 더 보낼 수 있다는 것에 더 신났던 것 같다. 나로선 피터는 파악할 수 없는 불안이었고, 앤은 익숙한 편안함이었다. 피터는 앤을 더 자주 만나기 위한 구실이었는지도 모른다.

'당장 리허설도 해야 하는데....'

연애와 사랑이라는 불안한 도박으로 인해 내 감정에 기복이 생기는 것이 두려웠지만, 이렇게나 애써준 앤을 실망시키고 싶진 않았다. 하지만 만에 하나 이 베팅 때문에 앤과의 우정이 조금이라도 가벼워진다면, 나는 절대로 모험 따위는 하지 않으리라 다짐했다. 나는 애초부터 두 가지 행복을 한 번에 잡을만한 배포가 있는 사람이 아니다. 이제 막 완성이 된 우정 하나만이라도 지키고 싶었다. 진열대에 놓인 그리 탐탁지 않은 인형 하나를 욕심내 잡으려다가, 지금 안고 있는 소중한 토끼 인형을 놓치고 싶지 않았다. 만약 신이 나에게 와서 '피터와의 사랑과 앤과의 우정 둘 중의 하나만 선택해라. 단 우정을 택하면 네가 죽을 것이고, 사랑을 택하면 네 난소를 돌려주겠다'라는 조건을 내건다고 하더라도 나는 앤을 선택할 것이다.

'연애라.... 사랑?'

내가 감히 가져도 되는 감정인지에 대해 생각해봤다. 내게는 남자를 소개해주기에 부적절한 결손이 있다는 것을 앤에게 미처 말하지 못했다. 이 사실이 나를 죄인으로 만들고 있었다. 부부가 헛수고하고 있다는 생각에 미안하고 두려운 감정이 들었다. 이제 충분히 친해진 내 친구 앤에게 말 못할 비밀이라는 건 있을 수 없었다. 단 당장은 아니다. 모두가 행복한 이 시간들의 마무리를 내 폭로로 먹칠하고 싶지 않았다. 그것은 예의가 아닐뿐더러 나 역시 오늘 식사의 완벽한 분위기를 망치고 싶진 않았다. 그러나 앤에게 운이라도 띄어놓아야겠다고 생각했다. 그래야 걷잡을 수 없이 커져 버린 내 희망에게 덜 미안할 거 같았다. 피터가 돌아간 다음에 설거지를 도우며 앤에게 조용히 말하리라.

'베토벤 14번 '월광' 어떨까요?'

피터가 나를 쳐다보며 한 말이 귓속에서 물결처럼 맴돌았다. 로제와인 때문인지 얼굴에 윤기 있는 홍조가 돌았다. 갑자기 부정맥과 함께 체온이 올라가면서 몸이 좀 습해진 것 같았다. 귀속 물결의 파문이 점점 커져 심장에 닿더니 이내 북소리가 되어 내 몸 전체를 울리기 시작했다. 피가 데워지는 느낌이 들면서 배꼽 아래가 살짝 아팠지만, 통증이라고 하기에는 부끄러운 간지러움이었다. 이 간지럼은 공명에 흔들리는 북 가죽처럼 내 몸 전체를 연주했고 먼지 낀 내 자궁을 스위트룸으로 만들어 버렸다.

이 설명 못 할 감정의 근원지는 내가 2살 때 작별한 난소였다. 처음 느껴본 이 어색한 달콤함을 누구에게도 들키고 싶지 않았다. 정신을 차리고 치마를 살폈다. 바닐라 아이스크림의 얼룩은 끈적끈적했지만 거의 티 나지 않았다. 손가락으로 얼룩을 훔치고, 나도 모르게 손가락을 입술로 빨았다. *attacca*

V.

'쿵쾅쿵쾅'

거실로 돌아와 피터와 눈이 마주치자, 맥이 멈추고 몸이 뛰었다. 고정된 심장을 원점으로 온몸이 요동쳤다. 억제할 수 없는 진동 때문에, 원피스는 터질 듯이 출렁였고 치맛단은 쉴새 없이 살랑거렸다.

"내가 초면에 술 실수가 많았네. 이해해주시구려."

집에 가려고 옷을 입던 피터에게 리처드가 말했다. 피터는 미소를 지으며 내가 준 선물용 쇼핑백과 꽃다발을 집어 들었다.

"으이구. 인간아. 내가 천천히 마시라고 했잖아. 초면에 이게 무슨 실례에요?" 앤은 음식을 담은 쇼핑백을 피터에게 건넸다.

"혼자 사시니깐 음식 좀 챙겼습니다. 맛은 제가 보증하죠."

"감사합니다. 이 은혜는 좋은 공연으로 보답하겠습니다."

"다시 한 번 공연 승낙 감사해요. 피터."

배웅을 위해 모두 같이 현관을 나서서 아파트 정문으로 내려갔다. 달빛이 조금 쌀쌀한 밤공기를 노랗게 밝혔다.

"피터. 다음번에 꼭 다시 넷이 다시 꼭 뭉치자고. 안 되면 둘이서라도." 혀가 조금 꼬였다.

"네. 리처드 소장님. 오늘 너무 즐거웠습니다." 그때 앤이 깜빡 놓고 온 물건이 있다며 잠시만 기다려 달라고 하고 2층으로 뛰어 올라갔다.

"에이. 아직 소장 아니야. 남들이 들으면 큰일 날라. 그냥 수석연구원, 아니 그냥 리처드라고 불러요." 리처드는 새로운 술친구와 굳은 악수를 했다.

"저 리허설을 한 번은 해야 할 거 같은데요." 피터가 달을 등지고 나를 쳐다보며 물었다.

"네. 편하신 시간에 연락해주세요. 저는 악보를 구해서 미리 반주 연습 좀 하고 있을게요. 그런데 리허설 장소는 어디로 하면 좋을까요? 피아노가 있어야 하는데...."

헐레벌떡 내려온 앤이 대화를 가로챘다.

"피터의 집에서 하면 되죠. 전원주택에 피아노 있죠? 둘이 연습은 안 하고 딴짓할 수도 있으니 저도 감시자 겸 총감독 자격으로 같이 갈 겁니다."

앤은 감사의 선물이 하나 더 있다며 가지고 나온 책을 피터가 들고 있는 선물 쇼핑백에 쑤셔 넣었다.

"꼭 읽어 보세요. 피터. 제가 아주 재미있게 읽은 소설이에요. 젊은 제인 조이스가 쓴 율리시스의 초상이라고 할까? 소설 제목은 '에피파니'예요."

나는 손바닥으로 앤의 어깨를 내리치고 재빨리 쇼핑백으로 달려들었다.

"제가 어렸을 때 쓴 소설인데 사람이 읽을 만한 것이 아니에요." 당황한 나는 허겁지겁 책을 끄집어내려고 했다.

"재미있게 읽을게요." 피터는 웃으면서 쇼핑백을 등 뒤로 숨겨버렸다.

연구소 남문까지 거리가 꽤 되기 때문에 리처드가 차로 데려다준다고 했지만, 피터는 극구 사양했다. 예전에 받은 연구소 아이디 카드가 있기 때문에 술도 깰 겸 천천히 걸어서 집으로 간다고 했다.

그가 다섯 발자국쯤 갔을 때 앤이 갑자기 피터를 불렀다.

"책 첫 페이지에는 미녀 작가의 전화번호가 적혀있어요!" 나는 다시 앤의 어깨를 때렸다. 달빛을 향해 피터는 아주 천천히 걸어갔다. 휘파람을 불었는데 음정이 아주 또렷했다. 내가 언급했던 쇼팽의 왈츠 7번이었다.

"둘이 더 할 이야기 있으면 얘기 나눠요. 난 남문까지 피터를 좀 바랬다 줘야겠어. 요즘 보안이랑 경비가 한 층 더 강화되어서 괜히 껄끄러운 일이 생길 수도 있으니깐." 리처드는 피터를 불러 멈춰 세우곤 그쪽으로 뛰어갔다.

"앤. 오늘 정말 고마웠어. 오늘은 술을 좀 마시던데? 처음 봤어."

"응. 기분이 너무 좋아서. 큐피드가 된 느낌이랄까?" 달빛 때문인지 앤이 좀 창백해 보였다.

"하지만 앤. 나 정말 자신이 없어. 해본 적이 없거든. 마치 레퍼런스 없이 논문을 쓰는 기분이야."

"피터는 너 같이 아주 쑥맥이거나 아니면 아주 고단수 둘 중 하나야. 그런데 오늘 내가 봤을 때 아무래도 쑥맥 같아. 그러니 너무 걱정하지 마. 피터는 너를 알고 싶어 해. 내 촉을 믿어봐. 그리고 나의 코치는 오늘까지야. 다음부터는 피터가 리드할 거니, 넌 못 이기는 척 따라가기만 하면 돼. 그리고 뇌의 이성을 버리고 몸의 감정을 따라가. 계산이 긴 확률은 접고 짧은 충동으로 모험을 하라고."

다시 몸통에서 북소리가 나기 시작했다. 조용한 밤공기를 흔들 정도로 소리가 커서 앤에게 들킬 것만 같았다. *attacca*

VI.

우정과 모성은 드러나는 관계이자 감정이어서 직접 관찰이 가능했지만, 사랑이란 둘만의 내밀한 관계라 나에겐 미지의 분야였다. 그래서 내가 겪은 감정이 사랑인지를 확신할 방법이 없었다. 난 몹시 불안했고 또 불길했다.

"오늘 아주 잘했어요. 요조숙녀 공주님." 앤은 감격에 글썽이며 두 팔을 벌려 나를 안아주었다. 나도 앤을 꼬옥 껴안았다. 요즘들어 더 탐스러워진 앤의 윤택한 젖가슴이 내 수줍은 젖가슴에 물컹거리며 포개졌다. 너무 달아서 살짝 어지러운 과즙이 유두를 통해 내 몸으로 넘어왔다.

"올라가자. 설거지는 내가 할게. 그리고 너에게 털어놓을 비밀이 있어."

안은 채로 내가 말했다. 그 순간 품에 있던 푹신한 풍선에서 바람이 빠지더니 금세 쪼그라졌다. 그리고는 가슴팍에서 바닥으로 미끄러지듯이 빠져나갔다. 앤이 쓰러졌다. *attacca*

VII.

"앤!"

앤이 쓰러진 바닥에는 피가 흥건했다. 앤이 입고 있던 초록색 홈드레스가 척척해졌다. 앤은 흔들어도 의식이 없었다.

"리처드! 리처드!"

내 외침은 고요한 밤을 찢고 먼발치에 있던 리처드의 고막에 닿았다.

"앤이 쓰러졌어요!"

리처드와 피터가 세차게 달려왔다.

"피터. 얼른 올라가서 화장실에 있는 수건 2개만 가지고 와요." 리처드는 의사답게 침착했다.

"어떻게 된 거지?"

"순식간에 쓰러졌어요. 쓰러지고 나서보니 이렇게 피가 많이...."

"다리 좀 높게 들어줘." 리처드는 앤의 목에 손가락을 대고 손목시계를 보며 맥박을 쟀다.

"여기요. 수건." 피터가 흰 수건 2장을 건넸다. 리처드는 홈드레스를 위로 올려서 앤의 회음부를 수건으로 압박했다.

"이번엔 출혈이 많네. 나 좀 도와줘. 여길 계속 강하게 눌러줘." 리처드가 앤을 둘러업었다. 나는 수건으로 앤의 회음부를 계속 압박했다.

"앰뷸런스를 부를까요?" 피터가 급히 휴대폰을 꺼냈다.

"아냐. 연구동 7층 수술실로 갑시다. 내가 할 수 있어."

"그래도 부르는 편이...."

"괜찮아. 나 산부인과 전문의야."

나는 목이 막혀 숨구멍이 좁아지고 눈 안쪽 구석이 부풀어 올랐다. 입안의 모든 침이 눈과 코로 범람했다. 무서운 수건이 무겁게 따듯해질수록, 가여운 앤은 가볍게 식어갔다. 앤의 모든 온기가 밑으로 빠져나왔다. 당장에라도 앤이 죽을 것만 같았다. 아니 나의 앤은 죽었다.

/

리처드가 앤을 업고 연구동 쪽으로 달렸다. 연구동은 주말 밤에는 엘리베이터 운행을 하지 않았다. 리처드는 무겁고 거친 숨을 절규하듯 내쉬며 계단을 올랐다. 2층쯤 올라갔을 때 리처드가 앞으로 꼬꾸라졌다. 앤은 속이 빈 헝겊 인형처럼 내동댕이쳐졌다. 피터가 곧바로 앤을 업고 일어났다. 숨을 헐떡이던 리처드는 벌떡 일어나서 우리를 앞질러 7층으로 먼저 올라갔다. 나는 계속 앤의 회음부를 수건으로 세게 누르고 있었다. 흥건해진 수건 2장에서 붉은 피가 뚝뚝 흘렀다. 7층에 올라오자 리처드가 축 늘어진 앤을 양팔로 안고 미리 불을 켜놓은 수술방으로 달렸다. 피터는 수술방 앞의 긴 의자에 털썩 주저앉았다. 긴 복도 끝에 난 창문으로 차가운 밤공기가 밀려 들어왔고, 피터의 가쁜 숨에는 김이 났다.

앤을 수술실 침대 위에 눕히자 리처드가 곧바로 왼팔에 굵은 주삿바늘을 꽂고 미리 찾아 놓은 수액과 연결했다.

"제가 뭐 도울 거라도."

"저쪽에 있는 모니터링 장치 좀 부착해줘."

나는 혈압계, 심전도, 산소포화도, 체온계 전선이 주렁주렁 달린 모니터링 기계를 가져와 앤의 다리와 가슴과 손가락과 입에 감고 붙이고 끼우고 넣었다. 리처드는 앤의 종아리 밑에 베개를 받쳐 다리를 올렸다.

맥박 131 호흡수 14 혈압 67/27 체온 36도. 삐삐 소리를 내는 산소포화도는 껌뻑거리며 측정되지 않았다. 모니터링 기계에서 맥박을 알리는 붉은색 하트모양 표시가 정신없이 깜빡였고, 날카로운 알람이 엇박자로 쏟아졌다.

"131에 부정맥." 모니터를 보던 리처드가 나에게 소리쳤다.

"8층에 냉동질소 저장탱크 알지? 거기 옆에 혈액 냉장고 있어. 거기서 혈액백 4개만 가져다줘." 그리고 앤의 오른팔에 굵은 주삿바늘을 꽂았다.

"혈액형은요?"

"거기 A형밖에 없어. 그거 4개 가져와."

나는 8층으로 뛰어 올라갔다. 냉동질소실의 두꺼운 방화문을 열고 불을 켰다. 고요하고 강력한 한기가 내 살을 그어댔다. 그제야 내 흰 원피스가 앤의 피로 온통 빨갛게 되었다는 걸 알았다. 앤과의 행복했던 시간이 불쑥불쑥 떠올랐다. 숨구멍에 와류가 생기고 눈물이 토하듯이 왈칵 쏟아져 나왔다. 제어할 수 없는 불길함과 미안함 그리고 모니터링 장치의 알람 소리 같은 냉정함과 침착함이 뇌 속에서 합선됐다. 냉정한 미안함, 불길한 침착함, 더 침착해야 덜 미안할지, 덜 불길해야 더 냉정해질지 분간할 수 없었다.

/

리처드는 혈액백을 수액대에 달고 새로 확보한 굵은 바늘에 튜브를 연결했다. 베개 위에 놓인 앤의 창백한 발에도 재빨리 혈액을 연결했다. 그리고는 쇠막대기 같은 수술 기구에 탐폰 같은 긴 스펀지 끈을 물레 가락처럼 둘둘 말았다. 리처드는 허벅지 사이의 수건을 치우고, 앤의 질에 탐폰을 깊숙이 밀어 넣었다. 알람이 더 시끄럽게 울려댔고, 모니터의 붉은색 숫자들과 맥박을 표시하는 하트모양 아이콘은 미친 듯이 깜빡였다. 앤은 짧은 경련을 했다.

리처드는 복도에 있던 피터를 불러서 오른팔에 연결된 혈액백을 짜달라고 부탁했다. 피터가 들어오면서 수술방 문을 닫으려고 하자, 리처드는 체온을 낮춰야 한다며 문을 열어두라고 했다. 복도의 서늘한 공기가 수술방으로 밀려 들어왔다.

앤은 거의 죽어 있었지만, 리처드는 더 침착해졌다. 여러 가지 주사약을 능숙하게 잰 후 왼팔에 연결된 수액 라인에 주입하며 계속 모니터를 주시했다. 리처드가 안대를 벗자, 의안이 등대처럼 빛났다.

리처드를 보면서 나도 침착과 냉정을 되찾았다. 하지만 앤과 나눈 대화들이 내 뇌 중심에서 고막의 안쪽 면으로 울려 퍼졌다. '저 수석연구원 좀 주임 신부(神父)님 같지 않나요? 목소리가 너무 저음이라 졸려 죽는 줄 알았어요'····'안녕하세요? 앤입니다···· 전 2층에 산답니다. 초면에 실례지만 생리대 좀 빌릴 수 있을까요? 갑자기 터져서요. 2장이면 더 좋아요'····'우리 루이보스티 마시자. 그리고 집도 구경시켜줘'····

앤이 살짝 꿈틀거렸다.

'내가 첫 독자가 되고 싶어요···· 다음 작품을 쓰면 무조건 나에게 먼저 보여줘야 해요····'

앤이 다시 꿈틀거렸다.

'하트가 좀 불쌍해지네'····'뭐야! 이건! 푸시킨 읽었구나'····'암튼 크리슈나와 비쉬누에게 내 안부 전해줘'····'모든 낭만적인 것에는 끈적한 게 넘치지'····'감격해서. 설레어서. 용기를 가지라고 이 쑥맥 아가씨'····'이건 무사 귀환 선물이야. 3권이나 찾아냈지. 너무 고마워하진 말고. 작가님!'····'휘유우우'····'당장 다시 올라가서 제일 예쁜 원피스 입고 오세요. 검은색 입지마'····'심플하고 산들거리는 흰색 원피스로 입고 다시 내려와'····'디르르르 랑'····'넷이 건배하죠! 멋진 공연을 위하여'····'오늘 아주 잘했어요. 요조숙녀 공주님'····

앤은 조금씩 더 꿈틀거렸다. 꿈틀은 조금씩 가속하더니 일순간에 전신 경련으로 번졌다. 간질 발작이었다. 체온이 올라가고 앤의 몸은 아치 모양으로 경직되었다. 급하게 항경련제를 투여한 후 리처드는 기도삽관 튜브와 심장 재세동기를 머리맡으로 가져왔다.

피터가 혈액백을 교체하면서 수술방 창문을 활짝 열었다. 차고 검은 공기가 쏟아져 들어왔다.

피터는 팔 쪽에서 나는 다리 쪽에서 혈액백을 짜고 있었고, 리처드는 앤의 입가의 거품을 닦아내고 나서 재세동기와 기도삽관 튜브를 만지작거리고 있었다. 요란한 알람과 함께 모니터링 장치의 모든 숫자와 표시가 전부 붉은색이 되어버렸다. 리처드는 지체하지 않고 앤의 가슴팍에다 재세동기를 대고 전류를 흘렸다.

'펑'

붕 떠오른 앤의 허리는 공중에서 더 꺾였다가 침대로 털썩 떨어질 때는 시위가 끊어진 활처럼 곧게 펴졌다. 다양한 경고음으로 미쳐가던 모니터링 장치는 높은 '미' 음 하나만을 길게 뽑아내면서 기절했다. 출렁이던 모든 그래프는 수평이 되었고 숫자들은 '0'이나 '?'가 되었다. 내가 짜고 있던 혈액백이 압력을 이기지 못하고 터져버렸다. 피가 사방으로 튀면서 나와 앤의 얼굴은 피범벅이 되었다. 모니터는 일시적인 전기 충격을 이겨내고, 다시 요란한 경고음을 내기 시작했다. 좁다란 파동들과 붉은색 숫자들 그리고 하트 표식이 다시 번득였다.

"혈액 4개만 더!" 리처드가 소리 질렀다. 나는 눈에 흐르는 피를 닦아내며 8층으로 뛰어 올라갔다. 당황해서인지 냉동질소 탱크실의 문이 안쪽에서 잠겨버렸다. 잠금 해제를 하느라 시간이 지체되었다. 겨우 다시 열고선 냉기를 뚫고 차가운 혈액 4개를 꺼냈다.

/

다시 수술방으로 내려오니 방 전체가 고요했다. 피터가 흰 시트를 앤에게 덮는 장면을 보고 섬뜩해서 혈액백을 떨어뜨렸다. 급하게 주워 담고 다시 앤을 봤을 때, 시트가 앤의 목 아래까지만 덮어져 있는 것을 보고는 맥이 풀렸다. 앤의 얼굴도 잠든 소녀처럼 편안해 보였다. 모니터링 장치의 알람 소리가 잠잠해졌다. 붉은색 숫자들과 점멸하던 하트 표식은 녹색, 노란색으로 바뀌어 있었다.

"고비는 넘겼어. 출혈도 멈췄고. 이제 회복만 잘하면 될 것 같아." 리처드가 내 어깨에 손을 올리며 말했다. 나는 앤의 머리를 쓰다듬어 주었다. 이렇게나 흰머리가 많았는지 미처 몰랐다. 흐느끼며 침대 옆에 앉아 앤의 손을 꼭 잡았다. 차갑고 축축했다.

"두 분 다 놀랬죠. 이젠 안정상태니, 걱정 안 하셔도 됩니다. 몇 번 겪은 일이에요. 너무들 고생했네요. 덕분에 응급처치가 빨랐어요." 리처드가 나와 피터에게 조용하게 감사를 표현했다.

"아닙니다. 제가 더 도울 일이라도...."

"이제 우리 숨 좀 돌려도 돼요. 피터. 이제 혈액백 그만 짜도 됩니다. 잠깐이라도 앉아서 쉬시죠. 제 부탁입니다." 피터는 구석에 있던 의자를 조용히 끌고 와서 앉았다.

"호흡수 14.... 나머지도 거의 정상이 되어가네." 리처드가 모니터를 본

다음에 수술방의 불을 끄고 창문 쪽으로 가서 담뱃갑을 꺼냈다. 창문 선반의 화병에는 누가 언제 가져다 놓았는지 모를 먼지가 소복이 쌓인 흰 백합 세 송이가 있었다. 백합 사이로 들어온 서늘한 달빛이 앤의 흰머리를 어루만지며 죽음과 앤 사이를 갈라놓았다.

리처드는 창밖으로 담배 연기를 길게 내뱉었다. 흰 연기는 백합 사이의 달빛에 얽혀 다시 안으로 들어왔다.

"유산이에요." 리처드가 어렵게 입을 뗐다. 나와 피터는 리처드를 쳐다봤다.

"벌써 여러 번이네요. 앤이 원래 심장이 좀 안 좋은데, 이번에는 출혈이 너무 심했는지 간질까지 같이 왔네. 하마터면 큰일 날 뻔했어." 리처드는 창문 선반에 놓인 담뱃갑을 집어 들고 또 한 대를 꺼냈다.

"이번에는 좀 기대했었는데...." 앤의 다리가 아주 살짝 움직였다.

"악!"

리처드가 라이터를 켜자마자 앤이 비명과 함께 눈을 떴다. 셋이 동시에 침대로 달려들었다.

"앤!"

"앤!"

"앤!"

(#20)

연구위원회 보고 (리처드 신임 소장 주재)

- 금일 09:00 기준 클락헨 개체 수 152, 102, 201마리
- 3대 형질(매일 12개씩 3주간 산란, 부화 2일, 성장 완료 5일, 수명 28일) -안정적으로 유지 중
- 육계 근육량(가슴살, 다리살, 날개살) – 안정적으로 유지 중
- 동종포식을 이용한 사료 효율 극대화
  – 제1 보조축사의 산란계가 낳는 무정란은 모두 껍질째 옥수수 사료에 섞어서 공급
  – 매일 폐사하는 클락헨 중 50,000마리는 사체 그대로 메인축사에 사료로 공급
  – 기간 중 솎아내져 살처분할 클락헨 60,000마리는 살처분장에서 블록화 압축 공정을 거친 후 옥수수 사료에 섞어 배합 사료로 공급
- 벙어리 클락헨 형질 – 이미 50% 이상의 클락헨이 울지 않고 있음. 연구소장 최종 결재 대기 중(솎아내기 기획서는 완비된 상태임)
- 자동 부화(인공 부화기 없이 스스로 부화) – 0.3% 미만. 지속적 살처분 진행 중

원활한 사료 공급을 위한 Idea

- 음식물 쓰레기 활용 방안 -인근 지역의 음식물 쓰레기 수거 업체에서 일 8톤 가량 공급 가능
- 인근 농장에서 폐사한 돼지나 소의 사체를 클락헨 사료로 이용하는 방법
- 시립동물원 부지에 옥수수 농장 직접 운영(GMO 유전자 조작 옥수수, 2모작 이상 가능)

사료 효율을 높이기 위한 Idea

- 현재 사료 효율 – 1.63:1로 소폭 개선(클락헨 고기 1kg을 얻기 위해 배합사료 1.63kg이 필요)
- 공모 아이디어 중 1차 심사를 통과한 아이디어들
  - 클락헨의 장내 세균총을 변화시키는 방법(병아리에게 어미의 변을 사료에 섞어 먹이는 방법 현재의 장내 세균 정밀 분석 진행 중)
  - 강제 먹이 주기(Gavage, 클락헨을 결박한 후, 급식 파이프를 위까지 삽입한 후 사료를 강제로 주입하는 방법)
  - 치아가 발생하는 돌연변이를 차기 선택 형질로 선정하는 방법(구강에 저작 기능이 생기면 기존의 저작/소화 기관인 모래주머니(근위)의 효율이 더욱 증가하여 소화 효율의 비약적인 향상을 기대)

기타 Idea

- 연구소 부설 식품 가공공장 설립(시립동물원 부지)
  - 식용 클락헨-영양평가 연구실장 제안
  - 도계, 가공, 포장을 동시에 할 수 있는 자동화 라인

- 도계 후 남은 부속물(머리, 닭발, 내장, 깃털)은 분쇄 후 다시 클락헨 사료로 이용
- 기획서와 예산안 첨부

- 클락헨 솜털(Clockhen-Down)의 구스다운(Goose-Down)화 아이디어
  - 현재 클락헨의 털은 분쇄한 후 사료에 섞어서 쓰고 있지만, 소화 효율이 떨어짐.
  - 남아도는 털을 유용한 산업 자원으로 재활용할 수 있는 궁리를 하다가 생각한 아이디어임.
  - 거위와 오리의 가슴 솜털(Down)은 물에 닿는 부분에만 자라는 방수와 보온이 뛰어난 털임.
  - 닭은 물에 들어가지 않기 때문에 이 부분의 털을 진화적으로 만들어내는 게 쉽지 않을 것으로 사료됨. -현재 방법론적인 아이디어 구상 중(클락헨 병아리 솜털 이용 방안 등)

- 전투용 클락칵 부대 아이디어
  - 연구소 경비중대 제2 소대장(중위) 제안
  - 클락칵의 외형을 보면 예전에는 까마귀를 닮았었으나, 요즘 보면 검은 독수리와 흡사함. (큰 날개, 강인한 다리, 뾰족한 부리, 날카로운 발톱, 주체할 수 없는 식욕과 성욕)
  - 국방부 직속부대 또는 육군본부 직속부대로 클락칵 부대를 창설(군견 훈련소처럼)
  - 이 중 호전성이 높은 클락칵과 산란율이 높은 클락헨을 4:1의 비율로 부대를 구성(클락칵은 전투원, 클락헨은 병무청, 병아리는 보충병 역할)
  - 공복 상태로 적진에 투입(수송기로 대량 투하, 만약 비행 능력이 있다면 낙하작전에 유리)
  - 대량 투입 시 적군은 물론 인근에 살아 있는 모든 생물을 살상할 것으로 사료됨.

– 한국전쟁에서 중공군이 쓴 인해전술, 2차 세계대전에서 일본군 731부대의 세균전과 유사한 효과
– 전투상황 종료 시 투입된 클락헨과 전투지역에서 산란한 달걀만 제거하면 투입된 부대가 자동 소멸함. (효과적인 전투 중지를 위해 투입되는 클락헨에게 원격 조정 자폭장치를 장착)
– 닭털이 방탄으로 개량된다면 더욱 전투력이 상승할 것으로 기대됨.

운영위원회 보고 (리처드 신임 소장 주재)

(1) 드론을 이용한 클락헨 밀반출 시도건 - ~~W. 해밀턴~~ (산업스파이)

• 사건의 개요: 7일 전 오전, 축사 청소직원이 메인축사 한가운데에 거대한 흰색 물체가 떨어져 있는 것을 발견하고 즉각 상부에 보고함. 흰색 물체는 Conquest사(社)의 킹사이즈 드론으로 택배 박스 운반이 가능하며 고성능 카메라 장비, 야간 투시 조명 장비, 포획용 그물이 장착되어 있었음. 드론 하단부를 개조하여 활처럼 구부러진 긴 구조물을 부착했으며, 그 끝부분에 유인용 사료(미끼)를 달아 놓은 상태였음. 야간에 드론을 이용하여 메인축사의 클락헨을 포획하려다가 추락한 것으로 추측됨.

• 사건의 진행: 익일 경찰 지능수사대의 협조로 드론에 있는 송신장치를 역추적하여 범행 실패 후 타지역으로 도주한 산업스파이 ~~W. 해밀턴~~을 체포. 피의자 진술 상 금품을 대가로 범죄를 저지른 것으로 강력히 의심되어 피의자와 사건 자료 일체를 국가정보원으로 송치함. 담당 국정원 요원은 밀반출 범죄의 배후로 양계협회 위원장과 타국의 정보기관을 주목하고 있음. 추후 수사 진행 내용은 국가정보원에서 연구소장에게 직접 보고하기로 결정.

(2) 살처분장 관리 직원 ~~D. 애덤스~~ 불법 투계장 운영 건

• 사건의 개요: 살처분 시설의 관리 직원 ~~애덤스~~는 이곳 경비대대에서 4개월간 복무한 적이 있으며 전역 후 연구소 일반 직원으로 입사하여 살처분장에서 3개월째 근무 중임. 약 한 달 전 무쇠 프레스로 4회 압축한 사체블록 가운데 부분에서 죽지 않고 살아 있는 클락칵을 우연히 발견하고 이를 몰래 빼돌림. 마찬가지 수법으로 클락헨도 밀반출했고, 먼저 빼돌린 클락칵과 교미를 시켜서 유정란을 얻음. 이를 부화시켜 총 40마리의 클락칵을 살처분 시설 인근에 버려진 헬스장에서 몰래 사육함. ~~애덤스~~는 헬스장을 불법 투계장으로 개조. 매일 밤 토너먼트 방식으로 벌어지는 투계 도박장을 운영하여 막대한 이득을 편취함.

• 사건의 진행: 이 투계장에서 큰돈을 잃은 익명의 제보로 투계가 벌어지고 있는 헬스장을 급습. 현장에서 체포함. 전쟁터를 방불케 하는 투계장의 링 위는 희생된 클락헨의 피로 온통 붉게 물들어 있었으며, 빠른 승부를 위해 클락칵의 양 발톱에 큰 칼이 부착되어 있었음. ~~애덤스~~는 투계경기 후에 승리한 클락칵이 패하여 죽은 클락칵을 먹어치웠으며, 남은 잔해는 본인이 직접 회수하여 살처분 시설에 버렸다고 주장. 현재 경비소대 내에 구금 중. ~~애덤스~~는 준결승까지 진출해 보관 중인 4마리 이외에 외부로 반출된 클락칵은 단 한 마리도 없다며 선처를 빌고 있음.

(3) 메인축사 관리 직원 ~~S. 굴드~~ 징계안

• 사건의 개요: 메인축사 관리 직원인 ~~S. 굴드~~는 약 2개월 전 당직 근무 시 메인축사의 배수관 철망 잠금장치를 점검하지 않은 채 잠듦. 밤사이 클락헨 3마리와 클락칵 2마리가 열려 있던 배수관으로 도주하는 사건이 발생함. 다음날 오전 ~~S. 굴드~~는 RFID 자동 개체 수 측정에서 5마리의 탈출 사실을 인지했으나, 처벌

이 무서워 이를 은폐하기로 작정함. 익일 오전 9:30경 사고를 상부에 보고하지 않은 채, 수치를 조작하여 도주한 5마리를 자연 폐사 처리해버린 후 퇴근함.

• 사건의 진행: 1주일 전 경비중대의 에어컨 고장으로 지하 냉난방설비실(보일러실)에 내려갔던 병사가 클락헨 무리를 발견. 전등을 켜는 순간 클락헨 무리의 공격을 받아 안면부 열상 및 찰과상을 입는 사고가 발생. 이를 경비 소대장에게 보고하면서 사건의 수사가 시작됨. 첫 발견 당시 섭씨 42도의 보일러실에 삐쩍 마른 클락헨 14마리, 클락칵 11마리, 병아리 32마리, 부화 전 달걀 100여 개와 심하게 훼손된 클락헨과 병아리 사체들이 어지럽게 널려 있었음. 메인축사에서 탈출 후 이곳으로 도주하여 고립된 클락헨이 물이 부족해지자, 에어컨 설비의 파이프를 부리로 쪼아 파손시킨 것으로 추정됨. 유통기한이 지나 보일러실에 임시보관 중이었던 밀가루 한 포대와 보리건빵 3포대를 다 먹어치운 후에도 식량이 모자라자 동종포식을 한 것으로 추측. 훼손 정도가 약한 클락헨을 해부해본 결과 폐사의 원인은 아사로 추정됨. 사체 더미 속에서 개체 식별용 RFID 칩은 단 1개만 찾아냄. (발견 당시 생존해 있던 클락헨, 클락칵들은 모두 RFID 칩이 없었음) 이로 미루어 보아, 보일러실에 있던 모든 개체는 도주했던 클락헨 1마리의 자손으로 추정됨. 이 RFID 칩을 역추적하고 또 메인축사의 CCTV를 확인하여 당시 당직 직원인 ~~S. 굴드~~에게 업무상 과실의 책임을 물음.
~~굴드~~는 범행 일체를 자백함. 외부의 범죄 사주나 공범의 존재는 강력하게 부인하고 있음. 사소한 실수에 의한 업무상 과실이고 우발적으로 저지른 문서 위조라며 선처를 빌고 있음. 현재 여죄를 추궁 중. 5마리 이외에 더 도주한 개체는 없으며, 진술의 일관성, 피의자의 평소 행실, 계좌 추적 입출금 조회 등으로 미루어 보아 외부의 밀반출 의뢰는 없는 것으로 판단됨.

(4) 책임연구원 T. 헉슬러 징계안

• 사건의 개요: 책임연구원 헉슬러는 약 3개월 전부터 제3 보조축사 내 후미지고 밀폐된 창고 공간에서 허가받지 않은 클락헨 품종개량 실험을 비밀리에 진행함. 구석진 창고에 심한 악취가 나는 것을 수상하게 여긴 축사 소독 직원에 의해 발각됨. 현장 조사 결과 협소한 공간에 깃털이 다 빠져 창백한 피부가 드러나 있는 신장 약 2m, 몸무게 110kg의 클락헨 한 마리, 이 개체의 자손으로 추정되는 푸르스름한 깃털과 낫처럼 생긴 날카로운 발톱을 지닌 신장 1.4m, 무게 50kg의 클락칵 2마리 그리고 뒤편 구석에서 폐사한 잿빛의 클락칵 사체 하나. 이상 총 4개체를 확인. (직경 12cm, 무게 700g의 달걀 4개도 발견됨) 4개체 모두 벙어리 클락헨 형질이 있어서 은폐가 비교적 용이했을 것이라 추측.

• 사건의 진행: 피의자 책임연구원 헉슬러의 단독범행이며, 살처분이 결정된 돌연변이 클락헨을 몰래 빼돌려 키운 것으로 추정됨. 현재 모든 혐의 사실을 인정하였고, 순수한 학문적 호기심에 저지른 일이라고 진술하고 있음. 그 외 범죄의 배후 세력이나 기타 사항에 대해서는 묵비권을 행사하고 있음. 현재 경비중대 내 구금 중.

리처드 연구소장의 지시사항

I. '벙어리 클락헨'을 '제6 선택 기준'으로 선정

울지 않는 클락헨을 종계로 택하여 품종개량에 최선을 다할 것. (메인축사에서 사육할 것.)

동시에 '자동 부화' 돌연변이는 제2 축사 내 유닛에 격리해 집중 관찰할 것.

II. 제안된 모든 Idea 보류 (사료 공급 건, 사료 효율 건, 식품 가공공장, 구스다운, 전투부대)

→ 사안을 좀 더 보충해서 구체화한 후에 다시 보고할 것.

III. 운영위원회에서 올린 4건의 사건

1) 드론을 이용한 산업스파이 W. 해밀턴 건 → 국정원 및 검찰에서 법적 처리하는 것으로 결정. 범죄에 이용된 드론이 촬영한 영상이 복구되면 연구소장에게 직접 보고할 것.

2) 불법 투계장 운영 D. 애덤스 건 → 반출된 클락칵이 없지만, 죄질이 좋지 않으므로 경비중대 조사 마무리 후 검찰에 직접 송치 예정

3) 메인축사 관리 직원 S. 굴드 건 → 근무 태만, 허위 보고, 공문서 위조, 보안약 위반으로 경찰 조사. 유치장 구금 후 민형사상 고소 예정. 메인축사에서 탈출한 나머지 4마리(클락헨 2, 클락칵 2)에 대한 연구소 인근 지역 수색을 제4사단장에게 즉시 요청할 것.

4) 책임연구원 T. 헉슬리 건 → 직위 해제. 연구소 내 경비중대 구금 및 발령 대기. 단 연구소장 직권으로 민형사상 처벌을 가하진 않겠음. 헉슬리가 개량한 클락헨들은 연구동으로 즉시 옮겨 놓을 것. 재발 방지를 위해 경비중대의 연구소 내 순찰을 강화할 것.

IV. 비서실 지시사항

1) 금주 내로 사단장 미팅. – 경비 강화 및 탈출한 4마리 수색 요청 건

2) 시립동물원 부지 평가단 – 사찰단과 동행하여 소장이 직접 방문 예정

3) 소장이 직접 불법 투계장(헬스장)을 현장 조사할 것임. – 금일중. D. 애덤스와 동행 예정.

V. 연구소장 당부 사항

1) 제6 선택 기준인 벙어리 형질 개발에 최선을 다해줄 것.

2) 아이디어 공모는 계속 진행. 전 직원들의 적극 참여 종용

3) 소장 취임 공약으로 내세운 복지 강화 약속을 이행하기 위해선 정부의 심기를 건드리는 일들이 발생하지 않아야 함. 각자 맡은 업무에 최선을 다해줄 것.

4) 뜻깊고, 즐거운 디너파티 축제 전에 더는 불미스러운 사고가 발생하지 않도록, 맡은 바 업무에 한 층 더 집중해주길 바람. – 전 부서 전 직원에 공지할 것.

– 작성: 클락헨 연구소 홍보실, 사라 제닝스

*

시제품 통조림 사진
찍어 놓을 것!
(8층 냉동고)

1. 잠자는 숲 속의 미녀를 위한 파반느

옛날 옛적부터 있었을 것 같은 산부인과 병원은 'L'자 형태의 건물로 외벽에 담쟁이 넝쿨이 빼곡히 자라 있어 꼭 동화 속의 적막한 성 같았다.

낮에 리처드가 앤이 빠르게 회복하고 있으니, 병문안하러 가도 괜찮다는 기별을 주었다. 앤을 옮긴 이 병원은 연구소보다 더 외진 숲 속에 있었기 때문에, 퇴근 후 시내에 들러 간식거리를 사고 병원에 도착했을 때는 벌써 밤이었다. 앤은 첨탑 같은 부분의 맨 꼭대기층 특실에 입원해 있었다. 내가 조심스럽게 문을 열고 들어갔을 때, 앤은 큰 창문 옆의 침대에서 책을 배에 올려놓고 곤히 잠들어 있었다. 병실의 따스한 노란색 조명 때문인지, 앤은 어린이 같은 편안한 표정에 혈색도 좋아 보였다. 신기하게도 흰머리는 온데간데없었다. 큰 창문 밖 숲 속에는 새벽과 낮을 깨끗이 망각한 밤이 잠들어 있었다.

제과점에서 사 온 종이봉투를 침대 옆 협탁에 놓으려 할 때 앤이 눈을 떴다.

"책 읽다가 깜빡 졸았네." 앤은 사랑스러운 볼살 미소를 지으며, 책을 협탁 위에 놓고는 오디오 리모컨을 눌러 피아노 음악을 틀었다. 앤은 몸을 일으켜 앉았다.

"앤.... 괜찮아?" 나는 협탁 위에 앤이 먹다 흘린 빵부스러기를 손으로 치웠다.

"응. 너 기다리고 있었지. 나 이제 완벽하게 괜찮아. 내일이나 모레 퇴원할 거야. 여기 너무 지루하고 답답해. 침대로 올라와. 내 옆으로 들어와 앉아." 앤은 창가 쪽으로 몸을 조금 비키곤 오른손으로 이불을 들치고 왼손으로 침대 시트를 통통 치며 말했다.

"그래도 충분히 회복하고 퇴원하는 게 좋지 않겠어?" 나는 앤의 왼편에 올라가 나란히 다리를 쭉 펴고 앉아 이불을 덮었다.

"아니야. 나 멀쩡해. 곧 연구소 디너파티 날도 다가오니깐 홍보실에 일도 많고. 그나저나 너무 늦게 왔네. 일이 많은가 봐?"

"응. 리처드가 클락헨 솜털을 가지고 거위 털을 만들려나 봐. 그것 때문에 좀 바빠졌어."

"그 소식은 21마일이나 떨어진 이곳에서도 알고 있다고."

"리처드? 다녀갔어?"

"응. 지금 아마 피터와 식사하고 같이 술 한잔 하고 있을 거야. 나 쓰러졌을 때 도와준 것도 있고 해서.... 둘이 죽이 잘 맞는 거 같아."

"아! 그렇구나. 잘됐네."

"너는 피터랑 어때? 연락은 자주 해?"

"에이고. 그 얘기 하지 마. 내가 너무 미안해지잖아. 괜히 나 때문에...." 갑자기 목이 메었다.

2. 엄지 동자

나는 길을 잃은 아이처럼 엉엉 울었다. 내가 울자 앤도 울음보를 터뜨렸다. 앤은 물에 빠진 토끼 인형처럼 점점 작아졌다.

"벌써 16번째야. 이번엔 쌍둥이 남매였는데...."

앤이 너무 서글프게 우는 바람에 가슴이 미어졌다. 내가 위로해줄 수 없는 슬픔이었고, 내가 영원히 이해할 수 없는 상실이었다. 하지만 나는 내 아이들이 죽은 것처럼 비통했다. 어두운 미로에 갇힌 앤을 꼬옥 안아주었다. 울음을 그친 앤은 환자복 소매로 눈물과 콧물을 닦았다.

리처드와 앤은 난임 부부였다. 리처드는 자식들로 야구팀을 만들고 싶어 할 정도로 아이 욕심이 많았다. 하지만 결혼 후 임신이 되지 않았다. 리처드는 손수 부인을 검사했다. 검사 결과 앤은 원인 불명의 난소기능저하증을 진단받았다. 그 후부터 리처드는 손수 앤에게 시험관 시술을 해왔다. 난소의 기능은 나이가 들수록 안 좋아지기 때문에 5년 전 과량의 호르몬 주사로 과배란을 유도한 후 여러 차례에 걸쳐 다량의 건강한 난자를 채취했고, 이것들을 하나하나 리처드의 정자(5년 전이라도 리처드는 나이가 많았다)와 체외 수정시킨 후 배양하여 분화에 성공한 수정란 28개를 얻었다. 이 수정란들을 연구동 8층의 냉동질소 저장실에 몰래 보관해두었다가 앤의 호르몬 사이클에 맞춰 해동시킨 후 리처드가 직접 앤의 자궁에 이식했다. 하지만 15번의 시도는 착상실패, 절박 유산, 태아 심정지 등 다양한 이유로 모두 실패했다. 이번은 16번째였다. 초면인 나에게 생리대를 빌렸던 날도 이번과 유사한 증상이었다. 그때는 다행히 단순 질 출혈로 끝났지만, 이번은 대량 출혈을 동반한 유산이었다. 생각해 보니 앤은 술을 입에 대지도 않았고, 차도 카페인이 없는 루이보스티나 허니티만 마셨었다. 그게 다 이유가 있었던 금지 행위였다. 그렇게 조심을 했건만 결국 급작스러운 대량 출혈과 함께 유산이 돼버리고 말았다.

“혹시 그날 조금 마신 ROUET 로제와인 때문인가?” 나는 미안한 마음에 조심스럽게 물었다.

“그건 전혀 아니니 마음에 두지 마. 그냥 원인을 모르는 거야. 절대 네 탓도 아니니깐 조금이라도 미안해하지 마. 그리고 리처드한테 그날의 일을 다 들었어. 너는 나의 생명의 은인이라고. 피터도 그렇고.”

이 밤에 이름 모를 새 두 마리가 울어댔다.

“앤. 사실은 나도 너에게 고백할 게 있어. 지금껏 애인은커녕 친구조차 없던 나한테 너는 너무 소중하거든. 그래서 얘기하는 거야. 그리고 말해야만

하고. 그리고 내 비밀이 너에게 작은 위로가 되면 더 좋겠어. 너는 난임이지만 나는 아예 불임이야. 여성으로의 특징도 평생 호르몬 알약에 의존해야 하고.”

앤은 손바닥으로 얼굴을 감싸고 훌쩍였다. 나는 조용히 내 난소 이야기를 차근차근 말해주었다. 내 고백 내내 앤의 흐느낌은 더더욱 무겁게 출렁거렸다. 외로워 보이는 나를 위해 적극적으로 나서준 부부의 노력에 진심으로 감사를 표했다. 하지만 그러는 내내 나는 연애와 결혼에 치명적인 결함이 있다는 걸 미리 알리지 못한 죄책감에 시달렸고, 뒤늦게 내 결손을 알게 될 너와 리처드가 나를 뻔뻔한 여자애로 생각할까 봐 두려웠다고 털어놨다.

앤은 이불 밑으로 완전히 좌초되어, 안 보일 정도로 작아졌다.

“사실 지금 말한 네 비밀. 나 알고 있었어. 네가 먼저 말하기 전까지는 모르는 척하는 게 맞는 거 같아서 얘기 안 하고 있었을 뿐이야. 부디 나를 용서해줘.” 눈만 빼꼼히 내놓은 앤이 글썽이며 말했다.

나는 몹시 당황했다. 내가 말을 꺼낸 적이 없으니, 이 사실을 알고 있는 사람이 연구소 안에 있을 턱이 없었다. 이불 속에서 튀어나온 토끼처럼 앤이 폴짝 뛰어 내 품에 안겼다.

“리처드와 같이 홈커밍데이 캠핑 갔을 때, 후배에게 부탁해서 네 책 ‘에피파니’ 4권을 택배로 받았어. 너무 옛날 옛적 책이라 헌책방에서 겨우 구했다고 하더라고. 한 권을 리처드에게 줬는데, 목차와 처음 몇 페이지를 그냥 설렁설렁 넘기더니만 갑자기 책에 코를 박고 집중해서 읽더라고. 중간중간에 맨 앞 페이지나 저자 약력을 번갈아 보면서. 그래서 내가 재밌냐고 물어봤더니 리처드가 책을 내려놓고 긴 한숨을 내쉬면서, 자기가 이 소설을 10여 년 전쯤에 읽었다는 거야. 그리고는 자기 환자였던 어린 너를 기억해냈어.”

“아!” 나는 소리쳤다.

그렇다. 내가 어릴 적에 호르몬 약을 타기 위해 다녔던 대학병원의 산부인과 의사가 바로 젊은 리처드였다.

"리처드의 기억력이 굉장히 뛰어나지만, 10여 년 전에 환자로 봤던 소녀를 기억할 정도는 아니야. 그런데 젊은 시절에 일했던 대학병원의 엠티, 금요일 저녁 너의 방문, 나의 난소기능 저하와 임신 그리고 결정적으로 네 책의 제목과 문장들이 합쳐지면서 어떤 연상작용을 일으켰나 봐. 그리고는 고등학생인 너를 기억해낸 거 같아."

나도 희미하게나마 젊은 리처드의 얼굴을 기억해냈다. 그 산부인과 의사, 즉 리처드는 진료실에서 지역 신문에 연재되는 소설의 애독자라고 하면서 나의 머리를 쓰다듬어 주곤 했었다.

"리처드는 책을 놓고 한동안 얼이 빠져 있었어. 나도 충격을 받았지. 네가 너무 가여웠어. 하지만 네가 먼저 말하기 전까지는 모르는 척하고 있는 게 옳다고 생각했어. 남편도 같은 생각이었고."

그제야 캠핑에서 돌아와 내 집에 안부차 왔을 때, 허니티를 들고 내 연구실에 왔을 때, 그리고 피터를 배웅한 후 나를 안아주었을 때 앤이 왜 글썽였는지 이해할 수 있었다. 이 마음 씀씀이만으로도 나는 깊은 울림을 느꼈다. 앤은 정말 사려 깊은 '인간'이었다. 그러한 배려는 타고난 현명함과 축적된 교양에서 나오는 것으로 고귀한 몇몇 '인간'만이 지닐 수 있는 성품이었다. 우리는 한참 동안 서로를 꼭 안아주었다.

"분명 네가 피터한테 마음이 있는데, 네 아픔 때문에 스스로 회피하는 것 같았어. 그게 너무 마음이 아프더라고.... 네 아픔에서 내가 보였어. 그래서 나와 리처드가 나서서 더 부추긴 거야."

내 사랑 앤. 진정한 배려는 예의가 아닌 사랑에서 나오는 것이다.

서로 다 털어놓고 울고 나니 미로 속에서 한참을 헤매다가 집에 돌아온 것처럼 안락했다. 불안과 당황은 사라졌다. 우린 뭔가 달콤한 게 먹고 싶어졌다.

3. 파고다의 여왕 레드로네트

앤은 난방이 덥다며 환자복 상의를 벗었다. 얇은 슬립만 입은 채로 허리를 숙여 침대에 붙어 있는 간이식탁을 우리 무릎 위쪽으로 올렸다. 앤의 윤기 있고 풍만했던 가슴은 며칠 만에 메말라 쪼그라들어 있었다. 나는 제과점에서 사 온 견과류 타르트를 꺼냈고, 앤은 본차이나 찻잔에 녹차를 따라 간이식탁에 올렸다. 입안에서 오도독거리며 춤추는 호두와 아몬드가 아주 귀엽게 달았다.

예상대로 피터와의 식사 자리는 부부의 계획된 작품이었다. 하지만 부부는 혹시라도 나중에 내가 이 계획을 눈치챘을 때, 부부가 나의 비밀을 알고 있었다는 사실까지 함께 들통이 날까 봐 굉장히 고민했었다. 자칫하면 내 자존심을 완전히 뭉개버릴 수도 있기 때문이었다. 그래서 부부는 매우 조심스럽고 치밀하게 계획을 세웠다고 했다. 앤이 이런 위험을 감수하면서까지 넷의 식사 자리를 밀어붙인 이유는, 내가 피터를 좋아한다는 확실한 촉 때문이었다.

"피터한테 연락은 왔어? 리허설 하자고?" 앤의 볼은 도토리를 한껏 물은 다람쥐 같았다.

"응. 네 안부를 먼저 묻더라고. 그래서 리처드한테 들은 대로 회복 단계라고 전해줬어."

"지금 그게 문제가 아니고. 리허설은 언제 하기로 했어?"

"내일 저녁에. 피터의 전원주택에서."

앤은 찻잔을 들어 건배하듯이 내 잔에 부딪혔다.

"난 아파서 못 간다고 말했지?"

"당연하지."

"오케이, 오케이." 앤은 호두 타르트를 크게 한입 베어 물고는 다시 잔을 쨍하고 부딪혔다.

"뭐가 오케이야. 총감독인 너 없이 리허설 하게 생겼는데. 너 퇴원 후로 미룰까 생각 중이야."

"큰일 날 소리. 이건 단둘이 리허설 하라는 하늘의 계시야. 어차피 나 쓰러지기 전에도 리허설 날짜 잡히면 일단 같이 간다고 해 놓고는, 당일 약속 시간 직전에 급한 일 생겨서 못 간다고 할 작정이었거든. 그런데 내가 입원해 있는 것을 알고도 내일로 약속을 잡은 것을 보면 둘이 있고 싶다는 뜻이야. 피터가 뱀 같이 교활한 구석이 있었군. 으흐흐. 이건 관사 아파트 7층에 갇혀 있는 공주에게 걸려있는 저주를 풀어줄 마법이라고." 앤은 예전처럼 생기가 돌았다.

우리는 피터에 대해 수다를 떨었다. 외부출입도 하지 않고 온종일 초록 숲으로 둘러싸인 전원주택에서 홀로 음악만 듣는 피터야말로 무슨 저주에 걸린 게 아닐까 하는 동화 같은 의심도 해봤다. 앤은 피터가 성악가로서 공연기획자로서 화려한 경력을 가지고 있음에도 불구하고 그 모든 것을 접고 이곳에 칩거하고 있는 걸 보면 분명 과거에 뭔가 큰 아픔이 있었을 거로 추측했다. 나도 동의했다. 앤은 피터가 아무런 일도 하지 않는데 저런 고급스러운 삶을 유지하는 걸 보면 재산도 상당할 거라며 세속적인 미소를 나에게 지어 보였다. 즐거운 수다에 맞장구를 쳐줄 때마다 앤의 혈색이 실시간으로 좋아지는 게 눈에 보였다. 나는 앤의 수다거리를 늘려주기 위해 앤이 읽다 잠든 책으로 주제를 돌렸다.

"아. 그거 칙릿(Chick-Lit) 소설이야. 나 칙릿 소설 아주 좋아하거든. 슬프거나 골치 아플 때 읽으면 딱 좋아. 이건 배경이 홍콩의 거대한 복합 쇼핑몰이야. 쇼핑 여행 중인 여자주인공이 몰의 수영장에서 곤란을 겪게 되자 남자주인공이 나타나 위기에 빠진 여자를 구해준다는 좌충우돌 사랑 이야기지. 동화 같은 플롯인데 세속적인 쇼핑이라니. 좀 어이가 없지만 가볍고 재밌어. 특히 통통 튀는 문체가 굉장히 웃겨." 나는 칙릿소설을 좋아하지 않지만, 앤의 수다를 이어가기 위해 이것저것 책에 대해 질문을 했다.

"그런데 나 '에피파니' 다 읽었어. 어떻게 그런 생각을 고등학생이 할 수 있는 거야? 나 솔직히 많이 놀랐어. 보통 학생들의 글에서 느껴지는 닭살 돋는 감정 과잉이 전혀 없고, 너무나 차분한 문체에 굉장히 관조적이더라고. 너는 작가가 돼야 했었어."

"나는 호르몬 과잉이 없어서 사춘기도 없었어. 또래 아이들의 질풍노도가 나한테는 없었지. 그래서 육체적이 아니라 정신적으로 좀 더 조숙했던 것뿐이야." 앤은 찻잔을 놓고 내 손을 잡았다.

"다시 말하지만. 글을 써봐. 너 작가로서 재능이 있어. 그리고 탈고하자마자 꼭 나한테 제일 먼저 보여줘야 해. 알았지?"

"물론이지 앤. 그런데 내가 언제쯤 소설을 다시 쓸 수 있을까? 일상이 평범하니깐 글을 쓸 소재도 없고. 연구소를 때려치우고 어디 절 같은 데 틀어박히면 잘 써질 것 같긴 한데.... 그런데 나는 지금 클락헨 연구소 생활에 아주 만족하거든. 만약 내가 희곡이나 에세이 또는 짧은 시라도 쓰게 된다면 꼭 너부터 보여줄게. 내가 약속해."

4. 미녀와 야수의 대화

외진 밤의 가난한 허공 위로

앤과 나의 왈츠가 떠올랐다.

본격적인 연애상담이 시작되었다. 앤의 지론은 나나 피터나 둘 다 어떤 저주에 걸려있으며, 사랑으로 이것을 풀어내야 한다는 것이었다. 철벽같은 공주는 7층 탑에 숨어있고, 정체불명의 야수는 숲 속의 성에 갇혀 있으니 이야기 자체가 성립될 수 없었는데, 동물원에서 곤경에 빠진 나를 피터가 구해준 것은 어떤 운명이라고 했다. 이 사건으로 첫 문장이 '옛날 옛적에'로 시작하는 동화책의 두 번째 문장을 쓴 것이나 다름없다고 했다. 이후 3번째 문장은 둘이 만나서 대화하며 써내려가야 하는데, 주인공들이 자발적으로 탑과 성에 갇혀 있는지라 어쩔 수 없이 조연인 앤과 리처드가 등장한 것이라고 했다. 4번째 문장의 내용은 '리허설'이 될 것이고, 3번째 문장과 이어지는 자연스러운 연결 접속사는 내가 피터에게 준 감사 선물이라고 했다.

"네 안부를 제일 먼저 물어볼 거 같은데?"

"응. 그건 중요한 게 아니야. 그러니 짧게 끊어. 네가 보다시피 멀쩡하잖아? 그나저나 선물은 뭐 했어?"

"네가 시키는 대로 했지. 내가 좋아하는 취향대로. 장미 꽃다발은 봤겠고. 초콜릿, 희귀 음반 몇 장, 책 한 권, 그림 액자 하나."

"그림은 뭐야?"

"응. 작은 액자. 피터가 슈베르트 좋아하는 거 같아서. 클림트의 작품 '피아노 앞의 슈베르트' 액자."

"오케이. 그게 피터의 집에 걸려있으면 그린라이트야. 그런데 하필이면 작곡가나 화가나 결혼과는 인연이 없는 남자들이네. 슈베르트는 너무 가난해서 못했고, 클림트는 너무 자유분방해서 안 했고. 뭐 어차피 다 죽은 사람들이니 됐고, 우리 산 사람들이나 걱정하자."

"앤. 그런데 나 정말 자신이 없어. 무슨 말을 해야 할지, 어떤 행동은 하지 말아야 할지, 뭘 준비해야 할지. 정말 아무것도 모르겠어."

"준비?" 앤은 갑자기 내 블라우스 목덜미에 손가락을 걸어 잡아당기더니 고개를 들이밀어 내 브래지어를 힐끔 내려다봤다.

"아이고. 촌스러운 장미 꽃무늬. 그것도 보라색이라니. 이건 돌아가신 우리 할머니가 입었던 것 같네. 팬티도 브래지어랑 세트지? 안 봐도 뻔하다. 좀 야시시한 거 없어? 준비라면 속옷부터 해야지." 앤은 흐뭇한 여우 눈으로 귀엽고 음탕한 미소를 지었다.

"아이참. 그런 소리 하지 마! 피터가 무슨 짐승도 아니고."

"공주님. 남자는 다 짐승입니다. 특히 둘만 있을 때는 더더욱. 내 생각에 피터의 취향은 빨간색, 가죽, 망사 스타킹보다는 하얀색, 레이스, 밴드 스타킹 쪽일 거야. 오래 갇혀 있었던 남자일수록 취향은 고전적이거든. 이거 거의 확실해." 앤은 한 손을 턱에 괴고 천장을 바로 보며 자못 진지하게 추론했다.

"너는 참 별걸 다 아는구나?" 얼굴이 타올랐다.

"너만 빼고 모두 다 아는 거야. 이 쑥맥아!"

"앤. 나 도저히 안 될 거 같아. 리허설 장소를 피터 집 말고 피아노가 있는 어디 다른 곳을 알아볼까?" 내가 핸드폰 검색창에 '피아노 연습실'을 치자, 앤은 내 핸드폰을 뺏어서 간이식탁 위에 뒤집어 놓았다.

"아니. 피터가 무슨 식인귀니? 흡혈귀야? 널 잡아먹는 것도 아니잖아. 아니네. 차라리 잡아먹혔으면 좋겠네. 널 산 채로 잡아먹으려면, 적어도 네 몸 어딘가에는 피터의 입술과 혀가 닿아야 하니깐." 앤은 오른쪽에 있는 통유리 창문에 금이 갈 정도로 큰 한숨을 내쉬었다.

"지금부터 내가 하는 말 명심해. 앞으로는 피터가 다 알아서 할 거야. 너는 그냥 따라가기만 하면 돼. 항해라고 상상해보자. 너는 피터라는 파도 위에 올라타 있는 범선이야. 절대 돛대의 길이나 굵기 같은 거 머리로 계산하지 말고, 바람과 조류에 네 배가 마음껏 요동치게 그냥 놔둬. 그러면 돼. 나 너랑 피터 연결해주려고 하다가 쓰러지기까지 했어요. 그러니 네가 내 말을 따르는 게 내 회복을 위한 가장 좋은 특효약이야. 알겠지?" 나는 일단 고개를 끄덕였다.

노크 소리가 났다. 당직 간호사가 병실 문을 열자 앤은 환자복 상의를 입었다. 간호사는 나란히 앉아 있는 나를 힐끔 보고는 앤의 오른쪽 귀에서 체온을 재고 나갔다.

나는 내 중대한 결손을 언제 피터에게 말해야 할지를 우물쭈물하며 물었다.

"우선 '너'라는 성에 가둬놓고. 네 포로로 만들어 놓은 다음에."

절대 이성적으로 계산하지 말라던 앤은 소수점까지 계산한 전략을 짜주었다. 먼저 말할 필요는 전혀 없으며 관계가 충분히 진전된 다음, 비 오는 날 밤을 노리라고 했다. 빗소리를 들으며 과거, 상처, 슬픔 등등에 대한 고해성사 분위기가 잡히면 바로 그때 약간의 글썽임과 함께 이야기하라고 했다. 그때가 바로 이 남자가 나를 얼마나 사랑하는지를 측정할 수 있는 일종의 테스트 자리가 될 거라고 했다. 만약 그가 네 고백에 감사하며, 네 슬픔에 감응하며, 네 상처를 감내하고, 네 과거를 감싸준다면 너를 진짜 사랑하는 것이고, 반대로 조금이라도 주저하거나 고민한다면 바로 다른 남자에게로 총총총총 가버리면 된다고 조언했다.

"좀 전에는 계산하지 말라며? 근데 왜 이리 전략이 세밀해?" 나는 웃으며 앤을 째려봤다.

짧은 노크 후 당직 간호사가 다시 들어왔다. 은색 트레이에는 저녁 9시에 맞을 근육주사가 들어 있었다. 앤은 간이식탁은 그대로 둔 채, 몸을 내 쪽으로 돌리고 환자복 하의를 조금 내려 엉덩이를 창가 쪽으로 내밀었다. 환자복 하의와 함께 말려 내려간 앤의 팬티는 헐렁하고 번들번들한 보라색이었다.

"아! 네가 정 불안해한다면 확률을 같이 계산해볼까? 예전에 리처드한테 들었는데 진화적으로 안정된 전략(Evolutionarily Stable Strategy, ESS)인가? 죄수의 딜레마인가? 그거 2×2표로 그려서 각 칸에 점수 써서 합산하는 방법이었던 거 같은데.... 한번 같이 해보자. 너는 유전학자니깐 잘 알지 않아?" 앤은 멋쩍었는지 엉덩이를 비비며 절충안을 내놓았다.

"게임 이론 이야기하는 거야? 암컷과 수컷의 전략-행동 프로그램 표?"

"맞다. 그거인 듯해. 각 상황을 표의 행과 열에 표시해두고 유불리를 따져 점수 매기는 거. '날 좋아한다', '날 좋아하지 않는다', '먼저 대시한다', '기다린다'로 해보면 답이 나올 거야."

"그거 동물들한테 적용하는 건데.... 교미할 때 상대를 어떻게 선택하는지 알아보는...."

"교미나 연애나. 공주님. 우리 모두 짐승 아닌가요? 포유류. 호모 사피엔스 사피엔스." 앤은 침대 옆 탁자 위에 있던 종이와 펜을 간이식탁 위에 올렸다. 그리고는 서랍을 열어 기숙사 여사감 같은 안경까지 꺼내 썼다.

"자! 저주를 풀어 보자고."

5. 요정의 정원

널찍한 A4 용지에 앤은 볼펜으로 표를 그렸다. 처음에는 2 곱하기 2로 4칸이었으나, 볼펜 끝으로 머리를 긁적이고는 몇 칸을 덧붙였다. 그 바람에 표는 마구잡이로 꽂은 레고 블록 같은 모양이 되어 버렸다.

"우선 첫 번째 표의 제목은 '네가 피터와 연인이 되고 싶다'야." 앤은 표의 상단 가운데에 제목처럼 써놨다.

"아니 왜 나를 먼저.... 피터를 먼저 해야지?"

"우선 네 작전을 완비해 놓고 피터의 행동을 보는 게 맞는 거야. 전략의 기본이지. 지피지기 백전백승." 앤은 왼손 집게손가락으로 안경다리를 올려 쓰며 노처녀 수학 선생님처럼 말했다.

앤은 첫 번째 행에는 '피터가 나를 좋아한다', 두 번째 행에는 '피터가 나를 좋아하지 않는다', 첫 번째 열에는 '내가 먼저 고백한다', 두 번째 열에는 '기다린다'라고 각각 채워 넣었다.

"연인이 되는 걸 10점, 최악의 상황을 0점, 지금 같이 그냥 지인인 상태는 5점이라고 하자고."

"리처드한테 제대로 배웠는데?" 흥미로웠다. 피아노 반주 승낙 때처럼 앤이 그리는 이 표에 점점 빠져들고 있었다.

"첫 번째 칸, 즉 피터가 너를 좋아하는데 네가 먼저 고백하는 조합은 8점을 주겠어." 앤은 그 칸에 빨간색으로 큼지막하게 '8'을 써넣었다.

"왜 10점은 아닌 거지?"

"연인이 되었으니 10점인데, 네가 좀 헤퍼 보일 수 있어. 그래서 2점 감점해서 8점. 자 다음은 피터가 널 좋아하지 않는데 네가 먼저 고백하는 경우. 이건 정말 최악이지. 네 성격상 두 번 다시 피터 얼굴 못 볼 거야. 한마디로 끝이지. 0점에 보너스로 개망신까지. 그리고 피터가 너를 좋아하지 않는데 너도 기다리는 조합은 네가 짝사랑으로 속앓이하겠지만, 지금의 친구관계는 유지가 되므로 5점." 앤은 표의 아래쪽 빈칸에 차례로 숫자를 썼다.

"내 속앓이라는 비용을 지출했으니 4점으로 해줘." 앤은 고개를 끄덕이며 5를 4로 고쳤다.

"이제 마지막 칸. 피터가 널 좋아하는데 너는 기다리고 있는 조합. 여기는 피터의 향후 행동에 따라 두 개로 나뉘어야 해. 하나는 피터가 먼저 대시, 다른 하나는 피터도 기다린다. 피터가 먼저 고백하면 최상의 시나리오 10점, 피터가 널 좋아하지만, 용기가 없어 계속 기다린다면 5점이 되겠지. 이건 매우 속 터지는 경우지. 쑥맥 남녀의 애달픈 상황."

"이 칸은 10점과 5점의 평균으로 점수를 내야겠네. 7.5점."

"그렇지. 자 이제 정리해보자고."

나의 마음: 피터와 연인이 되고 싶다.

		나의 행동	
		내가 먼저 고백	기다린다
우리의 가정	피터가 나를 좋아한다.	**8점** 연인이 되었으나, 헤픈 여자로 보일 수 있음.	**7.5점** i) 피터가 대시 → 10점 ii) 피터도 기다림 → 5점 i), ii)의 평균 = 7.5점
	피터가 나를 좋아하지 않는다.	**0점** 망신, 상처, 친구 관계도 끝남.	**4점** 친구 관계는 유지. 그러나 내 짝사랑에 애달픔.
	총점 :	**8점**	**11.5점**

"나는 기다리는 게 유리한 행동이네. 먼저 고백할 때의 점수 합은 8점이고 기다릴 때는 11.5점이니깐."

"역시 이렇게 숫자로 정리해줘야지 이해를 하는구나. 이과 공주님. 자 이제 피터의 마음속으로 들어가 보자고." 앤은 두 번째 A4 용지에 같은 칸 수의 표를 다시 그렸다.

"자 쉬운 것부터 채우자고. 우선 오른쪽 아래 칸. 피터의 입장에서 생각해보자고. 네가 피터를 전혀 좋아하지 않고, 피터는 너를 좋아하지만 기다린다는 행동을 할 때는 5점 빼기 속앓이 1점 해서 4점. 동의하지?" 나는 고개를 끄덕였다.

"왼쪽 위 칸은 당연히 10점이지. 제일 흔한 사례지. 적극적인 남자와 수줍은 여자가 연인이 되는 가장 무난하고 고전적인 케이스. 다음은 네가 좋아하지 않는데 피터가 먼저 고백할 경우. 이건 너의 표에서는 0점인데 피터의 표에서는 2.5점 주겠어."

"왜 그렇지?"

"여자가 먼저 고백하는 거랑 남자가 먼저 고백하는 건 이야기가 완전히 달라. 미녀와 야수에서 야수는 미녀가 계속 거절하는데도 굴하지 않고 매번 미녀에게 청혼하잖아. 결국 못 이기는 척 미녀가 받아들이고. 그러니깐 아름다운 동화가 되는 거야. 그런데 미녀가 야수에게 먼저 청혼하는 순간, 꽃뱀이 재산을 노리고 야수를 유혹한다는 설정의 저질 드라마가 돼버리지. 여자는 먼저 한 고백이 거절되면 그 순간 끝이야. 하지만 남자는 약간의 감점을 감내할 용기만 있으면 돼. 왜냐? 성공했을 때 얻는 10점의 보상이 너무 달콤하거든. 물론 실패하면 밑천인 5점 중 몇 점을 잃겠지만, 이 정도면 충분히 베팅해볼 만한 도박인 거야. 얼마를 잃어도 조금 멋쩍지만, 친구관계를 유지할 수도 있고, 재베팅의 기회를 노릴 수도 있거든. 그러니 2.5점. 동의?"

"동의."

"마지막 오른쪽 위 칸은 아까처럼 두 개로 나눠 생각해야 해. 즉 피터가 네가 자신을 좋아한다는 걸 아는데 행동은 안 하는 경우지. 쉽게 말하면 피터가 용기가 부족한 경우라고 생각하면 돼. 이 상황에서 네가 먼저 피터에게 고백하면 당연히 연인이 되겠지. 하지만 점수는 아무리 많이 줘도 9점이야. 남자는 자신이 흠모하던 여자가 먼저 고백해오면, 성취감과 호감이 떨어진다고 하더라고. 석기시대부터 그들의 유전자에 새겨져 있는 사냥본능, 정복욕 때문인가 봐. 암튼 이 경우는 최대치로 9점. 다른 경우는 드문 경우인데, 즉 피터도 너를 좋아하고, 피터는 네가 자신을 좋아한다는 걸 알고 있음에도 불구하고 행동은 '기다린다'를 선택하는 경우지. 아주 특수한 상황이 아니라면 쉽게 이해가 안 가는 행동이어서 보통 '4차원 케이스'라고 해. 점수를 내자면 4점이야. 친구 관계는 유지해도 애달픈 속앓이는 할 테니."

"4차원 케이스의 일례는 뭐가 있어?"

"희박한 확률인데 굳이 예를 들자면, 남자가 신부님이거나 독신주의 철학자거나 연애 한 번 안 해본 쑥맥인 경우지."

피터의 마음: 나와 연인이 되고 싶다.

<table>
<tr><td></td><td></td><td colspan="2">피터의 행동</td></tr>
<tr><td></td><td></td><td>피터가 먼저 고백</td><td>기다린다</td></tr>
<tr><td rowspan="2">피터의
가정</td><td>내가 피터를
좋아한다.</td><td>10점
최상의 시나리오.
(적극적인 남자, 수줍은 여자)
가장 고전적인 방법.</td><td>6.5점
i) 내가 대시 → 9점
ii) 피터도 기다림
(4차원 케이스*) → 4점
i), ii)의 평균 = 6.5점</td></tr>
<tr><td>내가 피터를
좋아하지 않는다.</td><td>2.5점
남자가 거절당할 위험을 감내.
고백할 용기가 필요함.
실패해도 친구 관계까지
완전히 깨지는 것은 아님.
재시도의 기회를 노릴 수 있음.</td><td>4점
친구 관계는 유지.
그러나 짝사랑에 애달픔.</td></tr>
<tr><td></td><td>총점 :</td><td>12.5점</td><td>10.5점</td></tr>
</table>

"합산 점수 12.5점 대 10.5점이니깐 피터는 나에게 먼저 고백을 하는 게

가장 유리한 선택이겠네." 결과를 보고 나니 얼굴이 좀 빨개졌다.

"그렇지. 이제 이 표들을 종합해보면 전략이 나오지? 피터가 먼저 고백해올 때까지 너는 기다리면 되는 거야. 이제는 내가 지도해준 연애론을 좀 이해할 수 있겠어?"

"응, 고마워 앤. 이해가 쏙 되었네. 완벽한 교수법이었어."

"예전에 네가 나에게 강의해준 '트럼프 카드를 사용한 속아내기 원리의 이해'에 대한 보답입니다."

앤이 틀어 놓았던 음악이 돌고 돌아 마지막을 향해 갈 때쯤에 병원 건물의 외장 조명이 켜지면서 오른쪽 창문으로 노란 불빛이 새어들어 왔다. 서서히 밝아오는 조명 탓에 마치 밤을 새운 후 동이 트는 것 같았다. 간이식탁 아래로 곧게 뻗은 다리가 저렸다. 감각이 무디어졌는지 내 오른발이 앤의 왼발을 누르고 있는 줄도 몰랐다. 발가락을 꼼지락거리니 저림이 풀리면서 마법처럼 다리가 뻗어 나왔다. 마치 난생처음으로 다리를 가져본 것처럼 신기했다. 100년간 침대에 누워 있었던 느낌이 들어 간이식탁을 접었다. 나는 침대에서 일어났다.

"다리가 새로 생긴 것 같아." 첫걸음마를 떼는 아이처럼 뒤뚱거렸지만, 그 흔들림에는 점점 고조되는 밝은 율동이 있었다.

"잘됐네. 그 새로운 다리로 내일 당장 피터를 만나러 가."

A4 용지를 가방에 챙기며 앤에게 작별 인사를 했다. 앤은 오늘 지시한 모든 것을 차질 없이 수행한 후 즉각 보고하라고 명했다. 마지막으로 전원주택으로 리허설 갈 때 제발 철 지난 옷 좀 입지 말라고 경고했다.

"그런데, 아까 읽던 책의 결말은 뭐야?" 앤이 흰색 레이스 팬티 이야기를 꺼내려고 할 때 내가 말을 끊었다. 지금 끊지 않으면 잔소리가 끝없이 터져 나올 것만 같았다.

"뻔하지. 둘은 결혼해서 오래오래 행복하게 살았답니다."

#21

• 신임 클락헨 연구소장 리처드의 행적 I - 클락헨 연구소

전 연구소장이 차관으로 자리를 옮기고 난 후 차관 보고회는 열리지 않았다. 대신 리처드 연구소장이 차관 대리 자격으로 모든 회의를 주재했고, 비정기적으로 정부 청사를 방문하여 장관과 차관에게 직접 보고를 했다.

리처드 연구소장의 업무는 제때 식사를 못 할 정도로 과중했다. 하지만 모든 일을 완벽하고 신속하게 처리했기 때문에 연구소 직원들과 정부의 두터운 신임을 받았다. 큰 재정 투자가 필요하거나 정부 각 부처 간 협조가 필요한 사안은 장관, 차관과 상의한 후 결정을 했지만, 연구소의 운영, 행정, 인사, 연구방향 등의 결정은 리처드 선에서 최종 결재했다.

리처드 소장은 부임하자마자 용어 정리부터 시작했다. 클락헨 진화의 모든 항목은 전례가 없었다. 그렇기 때문에 용어의 정의가 불분명했고, 연구원 내 의사소통에도 혼선이 잦았다. 리처드는 사내 메신저를 통해 '공들인 바벨탑이 무너진 이유는 언어가 혼잡해졌기 때문이다'라는 문구를 전체 공지했다. 곧바로 다음 날 아침 일찍 수석 및 책임연구원들을 소집하여 용어 정리 오찬 회의를 열었다. 바쁜 일과 때문에 20분 정도 늦게 참석한 리처드는 돌덩이같이 굳은 빵을 허겁지겁 씹으며 회의를 주재했다.

우선 클락헨 형질에 관한 정의다.

클락헨 제0 형질 - 산란일자(년, 월, 일 6자리)가 표기된 달걀을 낳는 특징

클락헨 제1 형질 - 높은 산란율(12알/24시간, 3주간 동일 산란율 유지)

클락헨 제2 형질 - 빠른 성장률(부화까지 2일, 성장완료까지 5일)

클락헨 제3 형질 - 짧은 수명(달걀-부화-병아리-성계-산란-폐경-죽음까지 28일)

클락헨 제4 형질 - 굵은 다리(+긴 발톱)

클락헨 제5 형질 - 큰 날개, 두꺼운 가슴살(+부리 돌출)

클라헨 제6 형질 - 울지 않는 클락헨(일명 '벙어리 클락헨'. 현재 진행 중)

동종포식을 추가해야 한다는 의견이 있었지만, 동종포식은 일반 닭에게도 있는 습성일뿐더러 품종개량을 위해 솎아내기 작업을 하지 않고 얻게 된 특징이므로 클락헨 형질에 포함되지 못했다. 그 외에 번호 매기기에 대한 사소한 의견이 있었으나, 리처드 소장이 잘 매듭지었다.

다음은 클락헨 세대에 따른 부가 명칭이다.

클락헨-Origin: 클락헨 1세대부터 클락헨 75세대까지(제 0, 1, 2, 3 형질까지 완성 및 안정화)

클락헨-Genesis: 클락헨 76세대부터 4, 5 형질을 지나 '벙어리 클락헨'(제6 형질)이 완성되는 세대까지(총 7가지 형질이 화되는 세대까지)

클락헨-Noah: 제6 형질 완성 이후부터 명명(命名) 예정

여기서 리처드는 제6 형질이 완성되는 세대부터 '클락헨-Noah'로 명명하자고 제안했다. 지금 농림축산식품부 장관이 된 전 차관이 리처드에게 다음번 이름을 붙일 수 있는 권한을 주었고, 리처드는 오랜 고심 끝에 결정

한 명칭이라고 했다. 참석자 모두 흔쾌히 동의했다. 공식적인 발표는 곧 있을 디너파티에서 하기로 했다. 책임연구원 중 한 명이 클락헨-Noah가 앞으로 지닐 제 7, 8, 9 형질의 방향에 대해 질문했다. 리처드는 생각해 놓은 아이디어가 있지만, 아직 밝힐 단계는 아니며 최종 결정은 정부가 내릴 것이라고 대답했다.

• 신임 클락헨 연구소장 리처드의 행적 II - 농림축산식품부 장관실

디너파티 2주일 전, 리처드 소장은 정례적인 클락헨 보고서 한 장과 대외비 제안서 두 장을 들고 정부 청사로 갔다. 농림축산식품부 장관과 차관은 청사의 꼭대기 층에서 소장을 기다리고 있었다. 정례적인 클락헨 보고서에는 익숙한 서식과 숫자들이 가득 차 있었다. 리처드는 클락헨-Genesis에 조만간 제6 형질인 '벙어리' 형질이 완벽하게 장착될 예정이며, 이것을 연구소 디너파티 때 클락헨-Noah라고 명명 및 공표할 것이라고 했다.

가장 중요한 대외비 제안서의 내용은 아래와 같았다.

인간의 배아줄기세포가 간세포, 피부세포, 신경세포, 근육세포 등 모든 세포로 분화가 가능한 것처럼, 현재의 클락헨-Genesis는 인류가 필요로 하는 모든 형태의 닭으로 진화할 수 있는 강력한 포텐셜을 지니고 있음. 바로 지금이 단일종(種)인 클락헨을 용도에 맞춰서 각각의 아종(亞種)으로 분화시킬 적기임.

3가지 아종으로 분화시킴으로써 클락헨의 상품성을 극대화할 수 있으며, 이는 국익 향상은 물론 전 인류에게 유례없던 풍요를 선사해줄 것으로 예상됨.

첫 번째 아종은 현재의 클락헨 형질을 그대로 유지한 종으로 클락헨의 적자

(嫡子)로 볼 수 있음. 이 아종은 육계와 달걀 생산용으로 제6 형질(벙어리 클락헨)이 완성되는 대로 전 세계 공개 및 런칭이 가능함. 또한 정부가 이전에 계획했던 클락헨 종계의 수출과 무상 지원(식량 부족 국가 - 아프리카와 아시아 일부)도 즉각 실행이 가능함.

두 번째 아종은 '전투용 클락칵(가칭)'임. 현재 클락칵의 외형은 싸움닭의 전형이며, 비정상적으로 비대해진 근육으로 인해 체력, 근력, 지구력, 민첩성이 그 어떤 가금류보다 뛰어남. 몸이 빨리 자라고 순식간에 강해지는 것만큼 식욕과 성욕 또한 엄청나서 닥치는 대로 먹고, 보이는 대로 교미를 함. 이러한 강한 공격성은 먹이와 암컷이 충분할 때는 거의 나타나지 않으나, 공복 상태나 암컷의 수가 부족해지면 뚜렷하게 나타남. 이러한 특성을 극대화하고 여기에 약간의 비행 능력을 장착한다면, 무시무시한 인해전술 병기가 될 것임. 굶긴 클락칵 5만 마리를 수송기에 실어서 적진에 투하시키면, 마치 장거리 미사일처럼 아군의 인명피해 없이 적군을 섬멸하고 적진을 초토화할 수 있음. 게다가 클락칵은 몸 전체가 검은색이고 소리를 전혀 내지 않으므로, 야간 침투 시 완벽한 잠입 및 은폐 엄폐가 용이함. 워낙에 병력(개체 수)이 압도적이기 때문에 각 개체의 방어력은 무시할 수 있는 요소임. 하지만 여기에 약간의 방어력을 더 장착해준다면, 이는 옥수수로 만들어낸 무적의 검은 군단, 최저가 최첨단 무기가 될 것임. 정부와 국방부의 전폭적인 지원만 있다면, 전투용 클락칵의 성공 확률은 약 90%로 예상.

세 번째 아종은 푸아그라와 다운(down; 솜털)을 얻을 수 있는 종임. 닭으로부터 거위의 간보다 더 지방이 풍부한 간을 얻어내고, 오리나 거위의 털보다 더 가볍고 더 따뜻한 솜털을 얻어낸다면, 클락헨을 이용한 경제적 이득의 극대화가 예상됨. 아직 구상 단계며 정부가 연구 승인만 해준다면 바로 실험에 착수할 수 있음. 성공 확률은 클락헨-푸아그라 80%, 클락헨-다운 50%로 예상. (* 전투용 클락칵 아종과 푸아그라-다운 생산용 아종 프로젝트는 1급 비밀로 철저한 보안을 요함. 연구소 내에서도 일부 인원을 제외하고는 철저하게 보안이 유지되고 있는 프로젝트임.)

장관과 차관은 리처드 소장의 프로젝트에 입을 다물지 못했다. 둘은 농림축산식품부에서는 당연히 아종 프로젝트를 적극적으로 지원할 것이지만, 국가의 위상을 한 차원 높일 수 있는 이런 대형 프로젝트는 국가 차원의 지원이 필요하다는 의견 일치를 보았다. 장관은 대통령이 주관하고 정부 각 부처 장·차관급이 참석하는 클락헨 관련 비공개회의를 이른 시일 안에 주선하겠다고 했다. 차관은 회의가 열리기 전에 브리핑 자료와 요구 사항을 일목요연하게 정리해 놓으라고 리처드에게 지시했다. 리처드는 벌써 다 준비해 놨다고 말하며, 안주머니에서 마지막 한 장의 종이를 꺼냈다. 종이에는 회의 참석 요청 리스트와 연구소의 요청 사항이 적혀 있었다.

회의 참석 요청 목록에는 대통령을 비롯하여 비서실장, 국가정보원 차장, 농림축산식품부 장관 및 차관, 법무부 차관, 국방부 장관, 합참의장, 육군 특전사령관, 국방과학연구소장, 기획재정부 차관, 외교부 차관, 산업통상자원부 장관, 과학기술부 차관, 해양수산부 차관, 기상청장이 적혀 있었다.

클락헨 연구소의 요청 사항은 다음과 같았다.

(1) 클락헨-Noah의 전 세계 런칭 연기 요청

(→ 산업통산자원부 장관, 기획재정부 차관, 외교부 차관)

클락헨-Noah에 자동 부화 형질(인공 부화기 없이 부화 가능한 형질)을 추가한 후에 3가지 아종으로 분화시킬 계획임. 정부 쪽에 급한 사안이 없다면, 공개를 조금만 연기하는 것이 아종의 성공적인 분화를 위해 더 유리할 것으로 사료됨.

(2) 전투용 클락칵, 푸아그라-다운 생산용 아종의 보안 요청

(→ 국가정보원 차장)

클락헨-Noah의 런칭 이후에도 이 새로운 두 아종은 일급 기밀로 유지해줄 것. 연구소에 접근을 시도하는 해외 산업스파이의 근원적인 해결책 요청

(3) 시립동물원 부지 매입 요청 (→ 기획재정부 차관)

클락헨 사료용 옥수수 농장 및 연구소 자체 육계 가공공장 설립 목적.

(4) 유전자 조작(GMO) 옥수수 재배 허가 요청

(→ 농림축산식품부 장관, 차관)

연구소 인근 시립동물원 부지에서만 제한적으로 재배하겠음. 2모작 또는 3모작 가능한 종자 허가 요청

(5) 국가기밀누설죄 및 보안규정위반 처벌 감경 요청 (→ 법무부 차관)

연구소 보안규정을 위반한 직원 3인과 클락헨 밀반출을 시도한 민간인(산업 스파이)1인. 이상 총 4명에 대해 민·형사 처벌 대신 오지 파견 근무로 대체해 줄 것을 요청.

(6) 남극 기상 관측소를 클락헨 연구소 분소로 사용 허가 요청

(→기상청장, 법무부 차관)

현재 혹한으로 폐쇄된 남극 기상 관측소 건물을 연구소 분소로 사용할 수 있도록 요청. 만약 승인된다면, 위 4명을 처벌 대신 오지 파견 근무 형식으로 보낼 예정임.

(7) 남극으로 갈 수 있는 쇄빙선 대여 요청 (→ 해양수산부 차관)

6,000톤급 이상. 내부에 클락헨을 기를 수 있는 큰 공간, 그것과 격리된 별도의 케이지 공간 그리고 충분한 옥수수 사료 비축 공간이 있어야 함.

(8) 육군 혹서기 훈련장 부지 이용 요청 (→ 국방부 장관, 합참의장)

사막지대에 버려져 있는 육군 혹서기 훈련장 및 유격 훈련장 부지와 건물을 한시적으로 임차 요청

(9) 국방과학연구소 인원 4인의 연구소 지원 근무 요청

(→ 국방부 장관, 국방과학연구소장)

국방과학연구소의 책임연구원급 4인(육군 파트, 해군 파트, 공군 파트, 군수지원(군복) 파트)을 클락헨 연구소로 장기 파견 근무 요청

(10) 확장될 연구소 분소 및 시설에도 군 경비체계 요청

(→ 국방부 장관, 합참의장)

시립동물원 부지의 옥수수 농장, 육계 가공공장, 극지방 기상관측소, 육군 혹서기 훈련장에 현재 클락헨 연구소 수준(현재 육군 제4사단장 직할 경비대대)의 군 경비 병력 배치 요망

(11) 장기 보관이 가능한 포장법 개발 요청 (→ 과학기술부 차관)

다양한 국가에 수출 판로 확대를 위해 달걀 및 가공 육계의 장기 보관 신기술 개발 요청

(12) 연구소장의 인사권 강화 요청 (→ 농림축산식품부 장관, 비서실장)

연구소 직원의 사기진작 및 장기근속 유도를 위함. 장기근속은 클락헨 관련 보안 유지에도 큰 도움이 될 것으로 사료됨. 이에 연구원과 일반 직원들의 승진 및 연봉 인상 권한을 연구소장에게로 위임해줄 것을 요청

(13) 육군 특전사령부 병력 5인의 연구소 지원 근무 요청

(→ 국방부 장관, 육군 특수전 사령관)

전투용 클락헨의 실제 전투 효용에 대한 자문을 위해. 작전 경험이 있는 장교 2명, 부사관(실전 경험이 있는 전투원) 2명, 유격훈련 전문가 1명 정도를 클

락헨 연구소로 파견해줄 것을 요청

(14) 연구소 인력 확충 요청 (→ 농림축산식품부 장관, 비서실장)

연구직(석사 학위 이상) 10~20명, 일반직 40~50명, 식용 클락헨-영양평가 연구실 2~3명

리처드의 요청 사항이 적힌 마지막 종이를 읽고 나서, 장관은 리처드의 철저함과 꼼꼼함에 혀를 내둘렀다. 하지만 차관은 큰 시험대에 오를 것이며, 이렇게 안전 그물망 없이 외줄 타기 서커스를 하다 떨어지는 날에는 정말 크게 다칠 것이라며 걱정했다. 장관 역시 만에 하나 예산만 잡아먹고 연구가 실패하면 큰 낭패가 될 것이라며 담배를 물었다. 리처드는 언제든지 뛰어내릴 준비가 되어 있다고 눈 하나 깜빡이지 않고 말했다. 그리고 이제 약속의 무지개가 떴으니 시험을 받을 때가 되었다고 강조하면서, 클락헨-Noah의 세 아종 분화 계획의 성공을 확신했다. 그리곤 성경 구절을 인용하면서 이제 대홍수가 끝났으니 때를 보아 클락헨을 방주 밖으로 떨어뜨려 약속의 땅 위에서 더 번성하게 해줘야 한다고 했다. 장관은 클락헨-Noah 이후에 분화될 세 아종의 이름도 정해 놓은 것이 있냐며 리처드에게 넌지시 물어봤다. 리처드는 미소를 지으며 노아 이후의 이름은 대통령 앞에서 발표하겠다고 했다. 장관은 대통령 주재 관계 장관 회의를 늦어도 이번 주 안에 개최하겠다고 다시 한 번 약속했다. 가벼운 악수 후에 셋은 급하게 흩어졌다. 장관은 대통령을 만나러 갔으며, 차관은 비서실장과 식사 약속이 있었다.

지하 주차장으로 내려가는 엘리베이터 앞에서 기다리고 있던 국가정보원 직원이 리처드에게 '3급 비밀'이라고 적혀 있는 검은색 USB를 건네주었다. 일전에 클락헨 밀반출 사건 때, 메인축사로 추락했던 드론이 촬영한 영

상을 복구한 것이었다. 연구소로 돌아오는 길 위, 차의 뒷좌석에서 복구된 영상을 본 리처드는 쾌재를 불렀다. 드론의 추락 원인은 클락칵의 공중 공격 때문이었다. 드론은 미끼를 매단 채 약 12m 고도로 유지하고 있었다. 포획을 위해 메인축사 복판으로 하강을 시작했고, 고도 약 10m 정도에서 미끼를 향해 날아오른 클락칵의 공격을 받아 추락한 것이었다. 영상에는 땅바닥에서 서전트 점프를 하여 몇 번의 날갯짓만으로 미사일처럼 다가오는 클락칵의 모습이 생생하게 찍혀 있었다.

• 신임 클락헨 연구소장 리처드의 행적 Ⅲ - 모처의 지하 벙커 회의실

비서실장으로부터 직접 연락이 왔다. 회의 날짜와 시간이 확정되었고, 대통령도 참석한다고 전했다. 단 참석 요청 리스트 중에 기상청장은 환경부 장관으로 외교부 차관은 외교부 장관으로 교체되었으며, 육군 특전사령관은 해병대 부사령관과 동행하며 산업통상자원부 장관은 FTA 교섭국장과 동행한다고 전달했다. 회의는 보안을 위해 모처의 지하벙커에서 비공개로 진행하며, 클락헨 연구소의 참석인원은 리처드 연구소장과 비서 한 명으로 제한했다. 리처드는 비서실장에게 회의 후 식사 자리에 대통령과 장·차관급 인사들에게 요리를 제공하고 싶다는 제안을 했다. 비서실장은 요리사가 벙커 내로 들어오는 것은 절대 불가하지만, 요리를 인근의 식당에서 완성하고 이를 벙커 경호팀에게 전달하는 식으로 하자고 제안했다. 통화 후 리처드는 클락헨-영양평가 실장에게 전화를 넣었다. 그리고는 소장실에서 두문불출하며 브리핑 자료, 유인물 그리고 발표용 PPT를 꼼꼼하게 재검토했다.

지하 벙커 입구에서 경호실의 몸수색은 엄중했다. 긴 터널을 지나 도착한 지하 벙커는 호텔의 회의장보다 화려했다. 리처드는 그곳에 모인 모두에게 환대를 받았다. 서로 앞다투어 리처드에게 악수를 청했다. 특히 국방부 장관과 특전사령관은 리처드의 개인 휴대전화 번호를 물어보기도 했다. 곧이어 대통령과 비서실장이 들어왔고 브리핑이 시작되었다.

대통령은 우리 모두 돌연변이 닭 한 마리 때문에 여기 모여 있다고 말하며 좌중의 분위기를 가볍게 했다. 대통령은 자신도 여기 모인 장관들 모두 농림축산식품부 장관이 미리 보내준 자료를 매우 긍정적으로 검토하고 왔으니, 부담 없이 그리고 경쾌하게 브리핑하라고 리처드에게 말했다.

리처드의 브리핑은 확신에 찼고 거침없었다. 한 문장으로 요약하면 '정부에서 지원만 해준다면, 내가 이것을 다 만들어내겠다'였다. 브리핑 도중에 몇몇 장관은 놀라운 계획에 미리 박수를 보냈다. 특히 일반 닭과 클락헨-Genesis의 외형을 비교한 슬라이드는 모두의 탄성을 자아냈다. 전투용-클락헨 부분에서 특전사령관은 리처드에게 양해를 구한 후 병사 한 명에 투여되는 훈련시간, 비용과 클락칵 500마리를 키우는 시간, 비용을 비교한 자료를 회의 참석자에게 나눠주기도 했다. 리처드의 발표는 거의 막바지에 이르렀고, 본인이 직접 작성한 14개의 요청 사항이 적힌 슬라이드를 띄어 놓았다. 그리고 리처드는 발표하는 이 순간에도 클락헨의 개체 수는 늘어나고 있으며, 연구진은 현재 수직 상승 중인 진화의 폭발력을 간신히 누르는 상황이라고 설명했다. 마지막으로, 이 모든 사항을 최대한 빨리 결정해달라고 재촉했다. 발표가 끝나자 대통령은 사안이 시급하고 국익에 엄청난 도움이 될 안건이니, 오늘 내로 해결하자고 못을 박았다. 대통령은 장·차관들에게 지금부터 2시간 동안 해당 부처 실무자들에게 연락하여, 리처드가 요구한 사항의 실행 가능 여부를 최대한 빨리 결정해달라는 지시를 내리고 자리에서 일어났다. 비서실장은 식사는 회의실 옆 방에 준비되어 있고, 2시간 뒤에 다시 모여서 논의를 끝내버리자고 전달했다. 장·차관들은 일제히 휴대전화의 전원을 켜면서 뿔뿔이 흩어졌다.

식사는 뷔페로 다양한 닭고기 요리와 달걀 요리가 있었다. 리처드는 대통령과 같은 테이블에 앉아서 담소를 나누며 식사를 마쳤다. 전화 통화를 잘 끝낸 장관들은 기분 좋은 표정으로 속속들이 식당으로 들어왔다. 식당 구석에서 높은 언성으로 화내는 장관, 팩스를 받기 위해 허둥대는 차관, 식사 도중 전화를 받고 급히 일어나는 장관들도 있었다. 산업통상자원부 장관, FTA 교섭국장, 외교부 장관과 기획재정부 차관은 구석 테이블에 앉아 닭다리를 뜯으며 열띤 토론을 했다.

2시간 뒤 대통령과 장·차관들이 회의장에 다시 모였다. 리처드는 연단에서서 식사 맛있게 하셨는지를 물어보며, 슬라이드 한 장을 띄웠다. 슬라이드에는 구약성경 창세기 중 몇 구절이 적혀 있었다. 리처드는 슬라이드를 보면서 그대로 읽어 내려갔다.

하나님이 노아와 그 아들들에게 복을 주시며 말씀하셨다. 생육하고 번성하여 땅에 충만하여라.

땅에 사는 모든 짐승과 공중에 나는 모든 새와 땅 위를 기어 다니는 모든 것과 바다에 사는 모든 물고기가 너희를 두려워하며 너희를 무서워할 것이다. 내가 이것들을 다 너희 손에 맡긴다.

살아 움직이는 모든 것이 너희의 먹거리가 될 것이다. 내가 전에 푸른 채소를 너희에게 먹거리로 준 것 같이 내가 이것들도 다 너희에게 준다.

– 창세기 9:1–3

리처드는 조금 전 대통령과 장·차관들이 드신 닭고기와 달걀은 전부 클락헨-Genesis의 고기며 달걀 역시 마찬가지라고 했다. 좌중이 술렁였다. 리처드는 앞으로 2~3주 안에 클락헨-Genesis 중 선택받은 몇몇 개체만이 클락헨-Noah 1세대가 되어 번성할 것이고, 선택받지 못한 나머지들은 대홍수에 절멸한 생물들처럼 모조리 살처분될 것이라고 말하며 다음 슬라이드를 띄웠다.

그러나 노아만은 주님께 은혜를 입었다.

노아의 역사는 이러하다. 노아는 그 당대에 의롭고 흠이 없는 사람이었다. 노아는 하나님과 동행하는 사람이었다.

노아는 셈(Shem)과 함(Ham)과 야벳(Japheth), 이렇게 세 아들을 두었다.

- 창세기 6:8-10

리처드는 또 그대로 읽어 내려갔다. 연단에 선 리처드는 방주에 인간이라곤 노아와 노아의 부인 그리고 세 아들과 세 며느리 단 4쌍뿐이었으며, 결국 살아남은 이 4쌍이 대홍수라는 대규모 솎아내기에서 선택받은 승리자이자 진정한 생존자라고 설교했다. 노아는 제2의 아담과 마찬가지며, 그의 세 아들은 각각 중동 지역의 유대인, 아프리카 지역의 흑인, 유럽 지역 백인의 시조가 되었다고 설명했다. '유명한'이란 뜻을 지닌 큰아들 셈(Shem)은 장자이며 적자이니 아버지 클락헨-Noah의 형질을 그대로 보전할 것이며, '검은, 뜨거운'이라는 뜻을 지닌 저주받은 둘째 아들 함(Ham)은 전투용-클락헨으로 분화시킬 예정이고, '확장'의 뜻을 가진 막내아들 야벳(Japheth)은 푸아그라-구스다운 생산용으로 만들 것이라고 힘주어 말했다. 박수가 터져 나왔다.

대통령은 한껏 고무되었고, 장·차관들에게 2시간 동안의 성과를 보고하라고 재촉했다. 농림축산식품부 장관부터 지원사격을 개시했다. 그는 유전자 조작 옥수수 재배를 허가했다. 그리고 연구소장의 인사권 강화와 연구소 인력 확충 건은 비서실장에게 바통을 넘겼다. 대통령은 비서실장의 마이크를 가로채서 위 두 건을 앉은 자리에서 재가했다. 환경부 장관은 남극기상관측소 사용을 승낙했고, 국방부 장관은 국방과학연구소 인원과 특전사 병력을 최고의 엘리트로 선별하여 이번 주 안에 연구소로 보내주겠다고 약속했다. 합참의장은 육군 혹서기 훈련장 부지의 사용권을 연구소장에게 넘겼고, 원한다면 공병대를 동원하여 신속하게 부속 건물을 지어줄 수도 있다고 했다. 의장은 훈련장과 연구소 인근의 경비는 육군참모총장과 남극기상관측소 경비는 해군참모총장과 경비 병력의 보안 유지는 기무사령관과 각각 통화를 마쳤다고 했다. 쇄빙선 건에 대해 해양수산부 장관이 난색을 표명하자, 해병대 부사령관이 6,600톤급 군용 쾌속 쇄빙선의 지원을 약속했다. 지금 정박해 있는 군항에서 연구소 인근 항구로 이동하는 데 며칠이 소요될 것이라고 덧붙였다. 대통령이 고개를 끄덕이자, 부사령관은 긴급 출항 명령을 내리기 위해 핸드폰을 들고 회의장을 빠져나갔다. 과학기술부 차관은 때마침 식품의 장기 보관 기술을 개발한 벤처 기업의 성과를 보고받은 참이라, 이 기업에 두둑한 정부 지원금을 배정하여 만족할 만한 결과를 최대한 빨리 보내주겠다고 했다. 국정원 차장은 두 가지 지원을 약속했다. 하나는 전 직원에게 받을 강화된 보안 서약서이고, 다른 하나는 산업스파이를 색출하고 내부 유출을 막기 위해서 국정원 요원을 연구소에 파견하겠다는 것이었다. 남녀 총 8명의 요원으로 4명은 연구소 주변 민간인으로 위장하여 외부에서 접근하는 수상한 자를 감시하고, 나머지 4명은 연구소에 위장 취업하여 내부로부터 정보나 기물을 빼돌리려는 직원을 사전에 색출하겠다고 했다. 리처드가 감사를 표했다. 국정원 차장은 이틀 안에 배치 완료될 것이며, 연구소로 입사시킬 요원의 명단과 이력서는 내일 중으로 리처드에게 직접 보내주겠다고 했다. 법무부 차관은 문제를 일으킨 4명에 대하여 아직 검찰로 송치되지 않은 사건들이므로 시간적 여유가 있다고 했다. 경찰청장과 통화하여 유치장에 가둬놓으라고 지시했고, 이후 피의자들에게 기소유예를 조건으로 특수사회봉사처분, 즉 오지 파견 근무를 자원하도록 유도할 것이라고 했다. 기획재정부 차관은 도지사와 통화했고, 이른 시일 안에 시립동물원을 이전 또는 폐쇄하겠다는 확답을 받았다고 했다.

이제 마지막으로 클락헨-Noah의 전 세계 런칭 연기 요청만이 남았다. 산업통상자원부 장관과 FTA 교섭국장, 외교부 장관은 거의 완벽한 계획을 내놓았다.

FTA 교섭국장과 산업통상자원부 장관의 제안:

첫째, 우선 클락헨-Noah가 완료되고 클락헨-셈Shem까지 완성이 된 다음에 런칭을 한다.

둘째, 1차 런칭은 생물이 아닌 식품만으로 제한한다. 즉 통조림, 무정란, 가공 육계만을 수출한다. 클락헨 고기와 달걀의 놀라운 맛과 영양 그리고 낮은 가격에 전 세계적 수요가 급증할 것이다. 이렇게 되면 종계(클락헨-셈Shem)를 수출하는 데 유리한 고지를 점령할 수 있다. (그리고 클락헨-야벳Japheth이 성공한다면 생산된 푸아그라와 다운도 마찬가지 정책을 유지한다)

셋째, 전 세계적 수요 급증과 더불어 클락헨에 대한 호기심이 커질 것이다. 이때 절대 존재를 노출하지 않은 채, 수출 단가를 서서히 올린다. 그러면 각국에서 클락헨 종계 도입에 대한 관심이 증폭될 것이다.

넷째, 종계 수출 계약은 최대한 여러 국가와 맺어놓고, 수출은 같은 날 같은 시간에 동시다발적으로 해야 한다. 클락헨의 특성상 한 국가에만 수출해도 주변 국가로 퍼지는 건 시간문제이기 때문이다. (타국의 FTA 교섭기관에서도 분명히 이 점을 눈치챌 것이다) 종계 수출의 이익을 극대화하려면 위와 같은 계약 방식을 고수해야만 한다. 그러나 클락헨-셈Shem이 성공만 한다면, 협상의 주도권을 우리 쪽이 갖게 되므로 계약의 성사는 수월할 것으로 예상된다.

다섯째, 전투용 클락헨-함Ham은 국가 비상시를 제외하곤 절대 외부 공개가 되어서는 안 되고, 클락헨-야벳Japheth의 푸아그라와 다운은 생산물의 품질을 보고 추후 결정하는 게 좋을 듯함.

여섯째, 이 모든 제안의 핵심은 철저한 보안이다. 국정원, 법무부, 기무사령부 모두에게 각별한 부탁을 드린다.

당부를 끝으로 FTA 교섭국장은 외교부 장관에게 마이크를 넘겼다.

외교부 장관의 발언:

일곱째, 클락헨-셈Shem의 수출은 원전 수출과 맞먹는 국가이익을 창출할 것으로 예상됨. 강대국, 선진국에 동시다발적으로 수출하는 당일에, 식량난에 허덕이는 극빈국, 후진국에 클락헨-셈Shem을 무상으로 공급한다면 국가 위상도 높아질 것으로 사료됨. 더불어 전 세계의 기아문제를 해결한 공로로 최소 유엔 식량 농업기구(FAO)의 공로상에서 최대 노벨 평화상까지 노려볼 수 있다. 이런 수상에 대한 외교적 사전 작업은 비서실장 지시하에 움직일 예정.

이로써 리처드가 요구한 14개 항이 전부 통과되었다. 높은 단상에 서서 이 광경을 내려보고 있던 리처드는 세상을 다 얻은 듯한 미소를 지었다. 그리고 대통령과 각개 장관에게 거의 절을 하듯 인사하고 큰 경배를 올렸다. 그리고 성경 구절이 적힌 슬라이드를 띄웠다.

털이 빠진 날개를 펴고 어쩔 줄 모르며 좋아하는 타조를 보아라.

땅에 알을 낳아놓고는 땅의 온기만 받도록 버려두지 않느냐?

밟히건 말건 아랑곳하지 않고 들짐승이 깨뜨리건 말건 걱정도 하지 않는다.

제 새끼가 아닌 듯이 쪼아대고 낳느라고 고생한 기억도 없다.

이것은 나 하나님이 타조를 어리석은 짐승으로 만들고, 지혜를 주지 않았기 때문이다.

그러나 타조가 한 번 날개를 치면서 달리기만 하면, 말이나 말 탄 사람쯤은 우습게 여긴다.

– 욥기 39:13–18

다음 슬라이드는 효과를 넣어서 몇몇 단어들이 없어지면서 새로운 단어들이 볼드체로 생겨났다.

털이 빠진 날개를 펴고 어쩔 줄 모르며 좋아하는

〈클락헨 다운(솜털): 클락헨–야벳Japheth〉

땅에 알을 낳아놓고는 땅의 온기만 받도록 버려두지 않느냐?

〈클락헨 제7 형질: 자동 부화〉

제 새끼가 아닌 듯이 쪼아대고 **〈동종포식〉**

이것은 나 하나님이 어리석은 짐승으로 만들고, 지혜를 주지 않았기 때문이다. **〈인간선택〉**

그러나 타조가 한 번 달리기만 하면, 말이나 말 탄 사람쯤은 우습게 여긴다.

〈전투용 클락헨: 클락헨–함Ham〉

리처드는 마지막 줄을 읽으며 참모총장과 눈빛을 교환했다. 특전사령관이 손뼉을 치자 여기저기서 박수가 터져 나왔다. 리처드는 거듭 크게 인사했다.

회의의 마무리로 대통령은 오늘 결정이 난 사항을 내일부터 즉각 실행하라고 명령했다. 그리고 보안과 사적 이득 편취를 미연에 방지하기 위해 모든 재정적 지원은 기업 후원 없이 정부의 특별 예산으로 충당하라고 기획재정부 차관에게 지시했다. 마지막으로 대통령은 단상으로 걸어나가 리처드 소장과 굳은 악수를 하며, 클락헨 연구소의 디너파티에 자신도 꼭 초대해달라고 부탁했다.

*

3막

1장

오후. 피터의 집. 거실에 햇살이 가득하다. 넓은 거실에 큰 오디오와 오래된 그랜드 피아노가 있다. 피아노 위에는 장미가 화병에 꽂혀 있다. 피아노 뒤쪽 벽에는 클림트의 슈베르트 그림이 걸려있고, 다른 쪽 벽에는 CD와 LP가 빼곡히 꽂혀 있다. 그 옆으로 지하실로 연결되는 무거운 돌문이 있다. 돌문의 양측에는 중세풍의 괴물모양 장식이 붙어 있다. 열린 돌문으로 지하실로 가는 계단이 보인다. 여 주인공은 검은색 바지 정장을 입고 있고, 남 주인공은 편안한 흰 셔츠 차림이다.
둘은 거실 한쪽 소파에 앉아 차를 마시고 있다.

남 주인공: 앤은 이제 괜찮나요?

여 주인공: 네. 어제 문병 다녀왔어요. 본인 말로는 완전히 회복했다네요. 이번 디너파티 연출은 아무 지장 없이 할 수 있다고 하네요. 제가 보기에도 예전 모습으로 돌아왔어요. 그리고 앤이 감사 인사를 꼭 전해달라고 부탁했어요. 생명의 은인이라고.

남 주인공: 저는 뭐 한 일도 없는데요. 아무튼 천만다행이네요.

여 주인공: 정말 어찌나 놀라고 당황했는지. 저는 앤이 죽는 줄 알았어요.

남 주인공: 소장님이 의사 출신이어서 그런지 아주 침착하게 잘 대응하시더라고요. 놀랬습니다. 며칠 전에 감사하다고 하면서 식사와 술을 사주셨어요.

여 주인공: 네. 앤한테 들었어요. 리처드 정말 똑똑하고 다재다능한 천재예요. 카리스마도 있고 인품도 좋고. 술만 빼면 완벽하죠.

남 주인공: (어색한 사이) 자! 그러면 한번 맞춰볼까요? 피아노가 오래된 새것입니다.

여 주인공: 오래된 새것?

남 주인공: 아주 예전부터 있던 건데 아무도 연주해주질 않았어요. 사람의 손을 탄 적이 없는 피아노입니다. 나쁘지는 않을 겁니다.
여 주인공: 네. 괜찮아 보이네요. 이메일로 보내주신 곡들의 악보 준비해왔어요.
남 주인공: 아. 저는 악보 필요 없습니다. 피아노 반주만 보시면 될 것 같아요.
여 주인공: 여름이라 그런지, 조금 덥네요.
남 주인공: (테이블에 있는 부채를 펴며) 부채 드릴까요?

용접용 마스크를 벗으면서 발렌타인이 현관으로 들어온다. 뒤로 묶은 금발에 아담한 체구다. 녹색 반바지 작업복에는 잎사귀와 나뭇가지가 잔뜩 묻어 있고, 한 손에는 끝부분이 붉게 달아오른 용접봉을 들고 있다.

발렌타인: 이봐 피터, 부채 때문에 얼굴이 가리잖아!

여 주인공은 발렌타인의 갑작스러운 등장에 깜짝 놀란다.

남 주인공: 아. 제 친구 발렌타인입니다. 발렌타인 벨. 일주일에 한두 번 정도 집안일 도와주러 와요. 고마운 놈이죠.
여 주인공: (당황하며) 안녕하세요?
발렌타인: (여 주인공을 힐끗 쳐다보고는 가볍게 목인사만 한다) 아. 그런데 원래 액자는 어디에 둘까?
남 주인공: 아무 데나.

발렌타인은 아무 말 없이 다시 현관으로 나간다. 둘이 피아노 쪽으로 간다.
여 주인공은 피아노에 앉고 남 주인공은 피아노 앞에 선다.

여 주인공: 그러면 슈베르트 '물레 앞의 그레트헨(Gretchen am Spinnrade)'부터 해볼까요? 이거 키가 좀 높은데....

남 주인공: 네. 그 곡은 음역이 소프라노여서 빼는 게 좋을 거 같아요. '모든 마술을 능가하는 사랑(Über allen Zauber Liebe)'먼저 해볼까요?

여 주인공: 네. (악보를 뒤적이면서) 이 곡은 이번에 처음 들어봤네요. 유명한 곡은 아니지만, 엄청 좋더라고요. 피아노 파트도 엄청 아름답고요.

남 주인공: 네. 좋죠? 슈베르트의 안 알려진 가곡 중에서 제가 아주 좋아하는 곡입니다. 이 곡도 미완성이에요.

여 주인공: 아 그래요? 슈베르트의 미완성 곡들은 다 아름답네요. 교향곡도 그렇고.

남 주인공: 미완성이어서 더 아름다운 것 같아요.

여 주인공: (찾은 악보를 피아노 보면대 위에 올려놓으며) 할까요?

남 주인공: (고개를 끄덕이며) 네. (여 주인공 연주를 시작한다)

남 주인공: (노래) .... 누렇게 시든 보리수를 바라보았다. 슬픔에 젖은 아이 같은 눈으로, 슬픔에 젖은 아이 같은 눈으로....

여 주인공: (피아노를 계속 치며) 템포 괜찮나요?

남 주인공: (고개를 끄덕이며 계속 노래한다) 내 앞에서 어른거리는 작은 아이야! 백합과 장미로 섬세하게 짠 별과 같은 눈동자로....

남 주인공: (곡이 끝나고) 템포 괜찮죠?

여 주인공: 네. 딱 알맞아요. 그런데 목소리가 정말 좋으시네요. 성량도 풍부하시고, 음역도 넓으신 거 같아요. 고음부도 너무 부드럽고요.

남 주인공: 감사합니다. 자! 다음은 '현재의 과거 속에서(Im gegenwärtigen Vergangenes)' 맞춰볼까요?

여 주인공: 네. 그런데 이거 혼자 부르다가 중간에 남성 중창 부분이 들어오던데요?

남 주인공: 네. 훼방꾼 같은 남성 중창이 나오기 직전인 42마디에서 끊죠. 타이밍이 중요해요. 남자들끼리 모이면 항상 충돌이 나죠. 이 곡도 혼자 부르는 부분이 중창 부분보다 훨씬 좋아요. 이 곡도 숨겨진 보석 같은 곡입니다.

여 주인공: 동감이에요. 예전부터 여러 번 트셔서, 곡이 익숙하더라고요. 시작합니다. (연주한다)

남 주인공: (노래) 장미와 백합이 아침이슬을 맞으며, 이웃집 정원에 피었네.... 높은 나무들로 둘러싸인 숲 속에 기사의 성으로....

여 주인공: (노래와 연주가 끝나고) 곡이 참 좋네요.

남 주인공: 마음에 드신다니 다행이네요. 관객들도 분명 좋아할 겁니다. 다음에는 아베마리아, 죽음과 소녀, 자장가 순서로 해볼까요?

여 주인공: 네. 편곡된 악보가 있어요. (준비된 후 고개를 끄덕인다. 피아노 연주 시작)

남 주인공: (노래) 아베마리아! 자비로우신 동정녀여, 소녀의 간청을 들으소서.... 오 성모여, 아이의 기도 들으소서, 아베마리아!.... 당신께서 미소 지으시니 장미 향기가 이 갑갑한 바위틈으로 불어옵니다, 오 성모여, 아이의 기도 들으소서, 오 동정녀여, 소녀가 부르짖나이다! 아베마리아!

> 노래가 끝날 즈음에 정원용 긴 가위를 든 발렌타인이 들어와 한쪽에 서서 음악을 듣는다.
>
> 그는 힐끔힐끔 여 주인공을 살펴본다. 여 주인공도 발렌타인의 눈빛을 의식한다.

발렌타인: (노래가 끝나자) 멋진 '콘쏘트'입니다.

남 주인공: '콘서트'겠지. 발렌타인! 우리 마실 것 좀 갖다 주라.

발렌타인: 응. 그런데 아베마리아 마지막 부분에서 피아노의 스타카토 G음이 불협화음이 나네. 왠지 거리의 악사 같아.

남 주인공: 굿! 미스터 벨! 좋은 지적이었어. 그런데 우리 마실 것 좀.

발렌타인: 네. (다시 한 번 여 주인공을 흘깃거리고는 퇴장한다)

남 주인공: 잠시 쉴까요?

여 주인공: 네. (여 주인공은 피아노 위에서 손을 내리고, 남 주인공은 의자를 끌어와 앉는다)

남 주인공: 그런데 앤의 병명은 뭔가요? 멀쩡하다가 갑자기 피를 그렇게 많이 흘렸는데.

여 주인공: 아.... 그건 제가 말씀드리기가 좀 그래요. 나중에 앤이나 리처드한테 들으셨으면 좋겠어요.

남 주인공: 아, 네. 제가 실례를 했군요. (거실 반대편을 보다가 일어난다) 이 녀석이 안 오네요. 우리 그냥 죽 가볼까요?

여 주인공: 네. 죽음과 소녀 차례네요. (연주한다)

남 주인공: (노래) 가세요, 아, 그냥 지나가세요! 무서운 죽음의 신이여! 난 아직 어려요, 가세요, 제발! 나를 만지지 마세요.... 내 품에 안겨 평안히 잠들게 되리라!

여 주인공: 와! 놀랍네요. 음역이 굉장히 넓으세요. 높은 소녀 부분과 낮은 죽음 부분이 아주 또렷하게 구별되네요.

남 주인공: 칭찬 감사합니다. 우리 마지막으로 자장가까지만 하고 좀 쉬죠.

여 주인공: 네. (남 주인공과 눈을 마주친 후 고개를 끄덕이고 연주한다)

남 주인공: (같이 고개로 박자를 맞춘 후 바로 노래) 잘 자거라, 귀엽고, 착한 아가야. 엄마가 가볍게 흔들어 줄게. 편히 쉬어라, 엄마가 밀 때마다 기분 좋은 꿈나라로 데려다줄게.... 잘 자거라, 편안한 요람 속에서. 엄마 품은 여전히 너를 지켜주고.... 어서 자거라, 꿈속에서 백합꽃과 장미꽃 선물이 널 기다린단다.

여 주인공: 브라보!

남 주인공: 우리 좀 쉬었다 할까요? 좀 더우시죠? 시원한 지하 공간이 있어요. 음료수도 마실 겸 같이 구경 가실까요?

여 주인공: 네. 그래요.

둘 다 지하실 층계로 퇴장.

2장

석조주택의 지하실. 중세 성의 지하실 같은 분위기. 조금 어둡지만, 지하실 내에 설치된 조명 때문에 은은하다. 무대 왼쪽 벽에는 와인이 천장까지 가득 쌓여 있다. 정면에는 계단이 있고 그 주변 선반에는 치즈들, 먼지가 수북이 쌓인 통조림과 식료품 상자가 어지럽게 쌓여 있다. 계단의 위쪽 벽에는 중세풍의 각종 도검류와 총기류가 가지런히 걸려있다. 오른쪽 벽에는 초상화들이 연대별로 걸려 있다. 그 아래쪽엔 아주 큰 액자가 뒤집힌 채로 벽에 비스듬히 세워져 있다. 무대 가운데에는 테이블과 의자가 있다.

남 주인공: (선반에서 탄산수를 따서 컵에 따르며) 시원하긴 한데 좀 으스스하죠?

여 주인공: (서서 주변을 둘러본다) 지하실이라서 그런지 엄청 시원하네요. 이런 비밀 공간이 있다니.... 신기하네요.

남 주인공: 오래된 저택이나 성에는 거의 다 이런 비밀 지하 공간이 있어요. 전쟁이 길어지거나, 다른 이유로 장기간 은신해야 할 때를 대비해서 안전하고 호사스러운 비밀 공간을 만들어 놓죠.

여 주인공: 그렇군요. 입구 쪽에 닭처럼 생긴 검은 석상은 바실리스크인가요? 중세 시대의 비밀 지하실처럼 좀 무섭네요.

남 주인공: 코카트리스입니다. 할아버지께서 세워 놓으신 거예요. 여기가 지하실이라서 거미가 많아요. 저 석상이 거미를 쫓아내 준다고 하네요.

여 주인공: (걸려 있는 초상화들을 보며) 이분들 중 한 분이신가 보죠?

남 주인공: 네. 맨 뒤에서 두 번째가 제 아버지고 그 전이 제 조부시죠. 제 부친이 400년 전 선조부터 차례대로 걸어 놓으신 거예요. 이 지하실 리모델링도 직접 하셨고요. 돌아가실 때 제게 여기에 계속 초상화를 죽 이어서 걸어 달라고 하셨죠.

여 주인공: (초상화들을 살펴보다가 마지막 초상화를 자세히 본다) 본인이신가 봐요?

남 주인공: 별로 안 닮았죠?

여 주인공: 아니요. 실물이랑 거의 똑같은데요. 최근에 그린 것 같은데요?

남 주인공: 아닙니다. 한 10년 전쯤, 제가 이탈리아에 있을 때 아까 본 그 친구가 그려준 거예요.

여 주인공: (가볍게 웃으며) 하나도 안 늙으셨네요? (다시 초상화가 걸린 벽을 보며) 그런데 선조분들이 서로 안 닮은 거 같아요. 다들 얼굴이 좀 긴 것 빼고는.... 전부 외탁이신가 봐요?

남 주인공: 네. 그런가 봐요. 시원하게 이거 드세요. (컵을 테이블 위에 두고 의자에 앉아 음료를 마신다)

여 주인공: 이건 뭔가요? (비스듬히 놓여 있던 아주 큰 액자를 돌려 본다. 클림트의 '피아노 앞의 슈베르트' 그림이다. 여 주인공이 화들짝 놀란다)

남 주인공: (혼잣말로) 아.... 이런! 눈치 없는 발렌타인!

여 주인공: 네? 아이고. 제가 중복된 선물을 드리고 말았군요. 이 그림 액자가 훨씬 크고 좋은 것 같은데....

남 주인공: 아닙니다. 슈베르트의 대머리가 너무 커서 좀 부담되었거든요. 선물해 주신 사이즈가 거실에 딱 어울리는 것 같아 바로 교체했습니다.

여 주인공: (얼굴이 좀 붉어진다. 조심스럽게 액자를 다시 세워 놓고 의자에 앉는다) 부친이 사냥을 좋아하셨나 봐요?

남 주인공: 네. 예전에 저 뒷산에서 많이 하셨죠. 그런데 사냥이 금지되면서 총들만 수집하셨죠. 옛날 분들은 지하실을 꾸미는데 투자를 많이 했어요. 여

기에 선친들의 납골당까지 만들려고 하셨죠.

여 주인공: 이 전원주택에 대한 애착이 크셨나 보네요.

남 주인공: 네. 그러셨죠. 추방 아니 은퇴하신 후에는 이 집을 가꾸시는 데에 당신의 모든 걸 투자하셨죠. (일어나서 와인셀러로 가서 와인 한 병을 고른다) 아버지도 성악가셨어요.

여 주인공: 아. 그렇군요. 좋은 재능을 물려받으셨네요.

남 주인공: (고른 와인 라벨을 보며) 음.... 그렇다고 봐야겠죠?

여 주인공: 그런데 여기 좀 춥네요.

남 주인공: 정원으로 나가 볼까요?

여 주인공: 네. 와인은 뭔가요?

남 주인공: 로제 와인 'Banfi Rosa Regale'입니다. 이따 리허설 다 마치면 우리 한잔 해요.

여 주인공: (웃으며) 네.

둘 다 돌문 계단으로 퇴장

3장

전원주택의 정원. 우측 정문 쪽에 장미 터널이 있고, 좌측에는 관사 아파트와 맞닿은 벽이 있다. 정원의 중앙에 큰 플라타너스 한 그루가 서 있다. 나무 그늘에 흰색 테이블과 의자가 있다. 여 주인공이 혼자 앉아 있고, 남주인공이 음료수 컵을 들고 테이블 쪽으로 걸어온다.

남 주인공: (음료수 컵을 건네며) 발렌타인이 그냥 퇴장했나 보네요. 여기 그늘 시원하죠?

여 주인공: 네. 플라타너스 그늘은 정말 시원하네요.
남 주인공: (손으로 연구소 아파트 쪽을 가리키며) 이쪽에서 바람이 불면 더 시원해요.
여 주인공: (같은 쪽을 바라보며) 저기 맨 위층이 제집이에요. 여기서 제 방 발코니가 보이네요. 내려다만 보다가 올려다보니 신기하네요. (둘러보며) 그런데 여기는 정말 초록으로 포위된 거 같아요. 다른 색이라곤 관사 아파트와 이 석조건물의 흰색뿐이네요.
남 주인공: 붉은색도 있어요. 정문의 장미 터널.
여 주인공: 아 장미를 빼먹을 뻔했네요. 그런데 여기에 와보니, 연구소 쪽으로 흘러들어 오던 음악이 왜 그렇게 풍성한 음량과 부드러운 음색을 가지고 있었는지 알 거 같아요.
남 주인공: 말씀해보세요.
여 주인공: 이렇게 숲으로 둘러싸여 있어서요. 숲이 스피커의 울림통 역할을 하는 거 같아요.
남 주인공: 동감이에요. 죽어 있는 나무통에서 나온 울림이 살아 있는 나무들에 닿으면 음악이 돼요. 스피커에서 나온 물리적인 파동이 살아 있는 숲에 부딪혀, 꿈틀거리는 생명으로 부활하는 거 같아요. 그래서 제가 이 초록 숲을 무척 사랑합니다.
여 주인공: 멋진 표현인데요?

남 주인공이 멋쩍은 표정을 짓는다. 잠시 어색한 침묵

남 주인공: (동시에) 말도 없이 가버렸네....
여 주인공: (동시에) 이탈리아 오페라는....

둘이 웃는다.

남 주인공: 먼저 말씀하세요.

여 주인공: 아. 네. 연구소에서 듣다 보면 이탈리아 오페라는 전혀 안 트시는 거 같아서요. 예전에 성악가였으면 이탈리아 오페라도 많이 하셨을 거 같은데.

남 주인공: 네.... (뜸을 들인다) 이탈리아에 오래 살았는데 당연히 많이 했죠. 부친의 영향도 많이 받았고요. 그런데 기억에서 지워버리고 싶을 정도로 힘든 일이 있었어요. 그 일이 이상하게 번지면서 로마에서 추방당했고요. 그 뒤로 성악을 완전히 접었어요. 베르디나 푸치니 같은 이탈리아 음악은 아예 듣지도 않습니다. 솔직히 생각하기도 싫네요.

여 주인공: 죄송해요. 제가 괜한 질문을 했나 보네요.

남 주인공: 전혀 아닙니다. 음악에 워낙 해박하시니깐 왠지 물어볼 거 같았어요.

여 주인공: 네. 아까 하시려던 이야기는 뭔가요?

남 주인공: 발렌타인 이야기를 하려다 말았네요. 불쑥 나타나 놀라셨죠? 저와 이탈리아 때부터 30년 지기 친구인데, 발렌타인도 당신 때문에 좀 놀랬던 거 같아요. 사실 이 집은 여성 출입금지 구역입니다. 제가 정한 규칙이죠. 당신이 이 집에 들어온 첫 여성분입니다. 발렌타인이 놀라서 그런 것 같으니 그의 행동에 너무 불쾌해하지는 마세요.

여 주인공: 아! 전혀 몰랐어요. 제가 금지된 방문을 한 거군요. 그럼 저도 지금 바로 나가야 하는 건가요?

남 주인공: (웃으며) 아닙니다. 아! 그리고 선물 정말 감사했습니다. 다 너무 마음에 들어요. 저와 취향이 비슷한 거 같아요.

여 주인공: (얼굴이 빨개진다) 마음에 드신다니 다행이에요. 선물을 준비하면서

혹시 마음에 들지 않으시거나, 이미 가지고 계신 것이 아닐까 좀 걱정했어요. 그런데 아니나 다를까 클림트 그림이....

남 주인공: 초콜릿은 벌써 다 먹었고, 장미는 꽂아놨고, 그림은 걸어 놨고, 음악은 다 들었어요. 책은 아직 못 읽었네요.

여 주인공: (손부채질하며) 그늘이라도 좀 덥네요. 들어가서 또 맞춰볼까요?

남 주인공: 네. 더우신지 얼굴도 빨개지셨네요. 슬슬 해도 지는데 들어가서 다시 합을 맞춰보죠.

현관 쪽으로 퇴장한다.

4장

1장과 같은 장소. 조금 어두워졌다. 여 주인공은 피아노에 앉아 악보를 고르고, 남 주인공은 피아노 옆에 서 있다. 피아노 위의 장미 화병 옆에 'Rosa Regale' 와인 병이 놓여 있다.

남 주인공: 디너파티가 무슨 요일이죠?

여 주인공: 목요일이죠.

남 주인공: 아. 그럼 조금 촉박하네요. 서두르죠.

여 주인공: (피아노 위 화병에 꽂힌 장미를 보며 작게 혼잣말) 장미가 시들해졌네.... (피터를 보며) 네. 그럼 무슨 곡부터 할까요?

남 주인공: 목도 풀 겸 옴브라 마이 푸(ombramai fu)부터 해볼까요?

여 주인공: 그런데 가능하세요? 음정이 너무 높은데.... 게다가 이탈리아어잖아요.

남 주인공: 가능해요. 그리고 이건 헨델 곡이잖아요. 독일 아니 영국 작곡가. 우선 제 노래 들어보시고 평가해 주세요.

여 주인공: 네. (연주한다)

남 주인공: (첫 소절을 부른다) Ombra mai fu....

여 주인공은 첫 음을 듣자마자 깜짝 놀라 연주를 멈추고 남 주인공 쪽을 쳐다본다. 남 주인공은 개의치 않고 무반주로 계속 노래를 부른다.

남 주인공: (노래) 너만큼 정답고 달콤한 그늘을 드리운 나무는 없었노라....

여 주인공: (피아노 의자에서 일어나 박수를 친다) 브라보! 믿을 수가 없네요! 꼭 신디사이저가 내는 소리 같았어요.

남 주인공: 오랜만에 불러보네요. 그냥 아직도 되는지 싶어서 목 풀기 겸 한번 해봤네요. (잠깐 얕은 한숨 후) 자! 이제 슈베르트로 다시 돌아가 볼까요? 겨울 나그네 밤인사부터 해보죠.

여 주인공: 네. (연주한다)

남 주인공: (노래) 이방인으로 왔다가, 이방인으로 떠나네.... 달빛이 나의 동무 내가 가는 길을 따르네, 나는 하얀 벌판에서 짐승의 발자국을 찾으리.

남 주인공: (노래를 멈추고 여 주인공을 향해 손을 흔든다) 잠깐만요. (여 주인공 쪽으로 다가가 허리를 숙여 피아노 보면대 위의 악보를 같이 본다) 이 부분 '짐승의 발자국(Wildes Tritt)' (짧게 노래한다) 짐승의 발자국이 반복되는데, 아주 중요한 구절입니다. '짐승(Wildes)' 부분을 포르테로 쳐주세요.

여 주인공: 네. 악보에 빨간색으로 표시해 놓을게요.

남 주인공: 그 부분만 다시 맞춰볼까요?

여 주인공: 23마디부터 갈게요. (연주한다)

남 주인공: (노래) 나는 하얀 벌판에서 짐승의 발자국을 찾으리. (노래를 멈추며)

오케이. 좋습니다. 뒤는 다 반복이니깐 넘어가죠. 다음 곡으로 갇혀 있는 가수(Die gefangenen Sänger).... 이건 빼죠. 발견(Das Finden) 맞춰볼까요?

여 주인공: 네. (연주한다)

남 주인공: (노래) 나는 한 아가씨를 발견했네.... 장미꽃 봉오리 같은 입술에서 이슬 같은 노래가 흘러나왔네.... 나는 그녀를 사랑하게 되었으나, 그녀는 내게 너무 과분하다네....

여 주인공: 좋습니다. 이제 겨울 나그네 중 제15곡 '까마귀' 맞춰볼까요?

남 주인공: 제 생각에 까마귀는 겨울 나그네 24곡 중에 가장 돌연변이 같은 곡이에요. 그래서 제가 무척 좋아하는 곡이에요. 좀 자세히 맞춰볼까요? (남 주인공은 여 주인공 뒤쪽으로 간다. 서서 팔짱을 끼고 악보를 본다) 우선 앞에 4마디 반주 부분 연주해주세요.

여 주인공: 네. (연주한다)

남 주인공: (다 듣고 나서) c단조니깐 좀 더 어둡고 조금 더 불길하게 부탁드려요. 그리고 14마디의 짧은 간주 부분은 좀 더 적막하게, 얼어붙은 느낌으로 해주세요. 그리고 그 뒤에 '기이한 짐승아(wunderlichen Tier)' 부분에서 '짐승(Tier)'이 나오는 미 플랫을 좀 강조해주세요.

여 주인공: 네. (빨간색 펜으로 악보에 체크한다) 그럼 다시 처음부터 가볼게요. (연주한다)

남 주인공: (노래) 까마귀가 나를 따라오네.... 까마귀야, 기이한 짐승아, 왜 내게서 떠나지 않는 거니? 혹시 너는 곧 내 시체를 먹을 수 있다고 생각하는 거니? .... 까마귀야, 마지막으로 보여다오. 내 무덤까지 따라오는 너의 절개를!

여 주인공: 무덤(Grabe)이 나오는 클라이맥스 부분 소름 돋네요. 정말 특이한 곡이네요.

남 주인공: 네. 그리고 마지막 42마디째의 디미누엔도 지금보다 훨씬 작게 연주해주세요. 거의 죽어 가듯이.

여 주인공: 네. 체크해 놓을게요. (빨간펜으로 악보에 크게 체크해 놓는다)

남 주인공: 자 다음은.... 성탑에 갇힌 사냥꾼의 노래(Lied des gefangenen Jägers).... 이건 레퍼토리에서 빼죠. 곡이 너무 어렵고 또 기네요. 들장미 해볼까요? 워낙에 유명한 곡이니 공을 좀 들여 보죠.

여 주인공: 네. 이 곡은 피아노 전주가 없어서 들어갈 때 둘이 잘 맞춰서 들어가야 할 거 같아요.

남 주인공: 네. 일단 들어가 보죠.

서로를 쳐다보면서 눈빛 교환으로 연주를 시작했으나, 엇박자가 난다.

바로 연주를 멈추고 둘은 멋쩍은 미소를 짓는다.

남 주인공: 제가 좀 급하게 들어갔나요?

여 주인공: 네. 너무 빨라요. 다시 한번 해보죠.

다시 시도했으나 또 맞지 않는다. 둘은 또 미소 짓는다.

남 주인공: 이번에도 제가 못 참고 들어갔네요.

여 주인공: 네. 그러면 제가 쿵작쿵작 부분을 작게 먼저 시작할게요. 그러다가 제가 고개를 끄덕하면 그때 살살 들어오세요.

남 주인공: 네. 그 부분 피아노는 작게, 약간 수줍은 뉘앙스로요. 자! 그렇게 한번 해보죠.

여 주인공 전주 부분을 반복하다가 고개를 끄덕인다. 남 주인공은 그 사인을 보고 노래를 시작한다.

남 주인공: (노래) 한 소년이 보았네, 들에 핀 장미를, 싱싱하고 아침같이 예뻤

네, 소년은 가까이 보러 달려가, 큰 희열로 바라보았네. 장미, 장미, 빨간 장미, 들에 핀 장미.

남 주인공의 부분이 끝나고 나오는 피아노 간주 부분에서 여 주인공이 박자를 놓친다. 연주를 멈추고 아쉬운 표정을 짓는다.

여 주인공: 아! 제가 타이밍을 놓쳤네요.

남 주인공: 괜찮아요. 다시 하죠. 즐겁게 경쾌하게.

여 주인공: 네. 14마디부터. 제가 먼저 들어갈게요. (조금 전에 틀렸던 부분부터 연주한다)

남 주인공: (노래) 소년이 말했네, 들에 핀 장미야! 너를 꺾을래! 장미가 말했네, 영원히 나를 잊지 못하게, 너를 찌를래, 그리고 나는 고통을 원치 않아. 장미, 장미, 빨간 장미, 들에 핀 장미.

남 주인공의 2절 노래 부분이 끝나고 나오는 간주 부분은 정확하게 연주된다. 둘은 흡족한 미소를 교환한다. 끊김 없이 남 주인공이 이어서 노래한다.

남 주인공: (노래) 거친 소년은 들에 핀 그 장미를 꺾었네. 장미는 몸부림치며 소년을 찔렀지만, 탄식도 신음도 소용없었고, 고통을 당해야만 했네.

3절 부분에서 여 주인공의 피아노의 음정, 남 주인공 노래의 발음과 음정이 틀리고, 둘의 박자도 잘 안 맞는다. 둘은 연주를 멈춘다.

여 주인공: 미안해요. 제가 많이 틀렸네요. 흠.... 여기 '장미는 몸부림치며(Röslein wehrte sich und)'부터 '탄식도 신음도(Weh und Ach)'까지요.

남 주인공: 저도 많이 틀렸어요. 42마디에 길게 끄는 클라이맥스 '고~통

(lei~den)' 부분이요.

여 주인공: 그 마디는 저도 틀렸어요. 거기가 마지막 절정 부분인데. '고통(leiden)'의 페르마타를 길게 늘어뜨려야 하는데, 맞추기 쉽지 않네요. 42마디만 다시 맞춰볼까요?

남 주인공: 아니요. 여기는 제가 사인을 보낼게요. 제가 '고~(lei~)'을 충분히 크게 한 다음에 '통(den)'에서 부드럽게 들어갈게요. 그때 딱 받아주면 돼요.

여 주인공: 네. 그럼 3절 시작부터 끝까지 해볼게요. (연주한다)

남 주인공: (노래) 거친 소년은 들에 핀 그 장미를 꺾었네. 장미는 몸부림치며 소년을 찔렀지만, 탄식도 신음도 소용없었고, 고통을 당해야만 했네. 장미, 장미, 빨간 장미, 들에 핀 장미.

여 주인공, 남 주인공: (동시에) 브라보!

남 주인공: 휴~ 힘들었네요. 땀까지 나네요. (여 주인공의 얼굴을 보며) 더우세요? 얼굴이 빨개요.

여 주인공: 네. 좀 덥고 땀까지 났네요.

남 주인공: 그래도 좋았죠?

여 주인공: 네. 아주 좋았어요.

남 주인공: 목이 너무 타네요. 와인 한잔할까요? (피아노 위에 놓인 와인을 딴다.)

여 주인공: 네.

남 주인공: (구석 테이블에서 와인 잔 2개를 피아노 쪽으로 가져온다) 자 우리의 멋진 앙상블을 위해서! (잔에 와인을 따른다) 자 건배!

여 주인공: 건배!

> 잔을 들어 올리다가 장미가 꽂힌 화병을 건드린다. 화병이 떨어져서 산산조각이 난다.
>
> 여 주인공 놀래서 황급히 떨어진 유리 조각을 치우려다가 왼쪽 손가락 끝이 찔린다.

피가 조금 난다.

여 주인공: 아! (다친 손가락을 입에 문다.)

남 주인공: 괜찮아요?

여 주인공: 아주 살짝 베인 거 같아요.

남 주인공: 잠시만요. 구급상자 가져올게요.

여 주인공은 주저앉아 피를 흘리고 있고, 남 주인공은 급하게 지하실 계단으로 퇴장.

5장

같은 장소. 구급함이 놓여 있다. 남 주인공이 여 주인공의 손가락에 일회용 밴드를 감아주고 있다.

남 주인공: 많이 아파요?

여 주인공: 아니에요. 아까 베였을 때 살짝 아팠는데 지금은 아무렇지도 않아요.

남 주인공: 정말 괜찮으신 거죠?

여 주인공: 네. 걱정하지 마세요. 살짝 베인 것뿐이에요. 연주도 아무 문제 없어요. 어린애 같은 실수를 해서 괜한 걱정만 끼쳐드렸네요. 죄송해요. 다시 건배해요.

남 주인공: 술을 드셔도 될까요?

여 주인공: 정말 괜찮아요. 이 정도 상처 때문에 앙상블을 망칠 수는 없죠. 정말 괜찮아요.

둘은 건배를 하고 와인을 마신다. 여 주인공은 다시 건반 앞에 앉고 남 주인공은 유리 조각과 떨어진 장미를 한쪽 구석으로 치운다.

여 주인공: 술도 한잔했으니 권주가(Trinklied)부터 해볼까요? 이 곡 가사가 셰익스피어죠?

남 주인공: 네. 안토니와 클레오파트라 2막일 거예요. (여 주인공 반주 시작하고 남 주인공 노래한다)

남 주인공: (노래) 바쿠스여, 뚱뚱한 와인의 왕자여, 밝게 눈을 빛내며 오라. 우리의 근심을 너의 술통에 빠뜨려다오, 너의 잎사귀로 우리에게 왕관을 씌워다오. 세상이 핑핑 돌 때까지, 우리의 잔을 채워다오!

여 주인공: 이 곡 연주회 때 인기 좋겠네요. 다들 술 한 잔씩 할 테니까요. 특히 우리의 술꾼 리처드가 아주 좋아하겠네요.

남 주인공: 하하하. 리처드는 정말 말술이더라고요.

여 주인공: 에휴.... 그것 때문에 앤이 걱정이 많아요.

남 주인공: 앤의 기획 선곡이 참 좋아요. 자. 그럼 셰익스피어로 이어서 가볼까요? 실비아에게(An Silvia) 맞춰보죠. 셰익스피어의 초기작 '베로나의 두 신사'에서 슈베르트가 따온 시일 거예요.

여 주인공: 맞아요. 삼각관계 이야기죠. (연주를 시작한다)

남 주인공: (노래) 실비아는 누구일까? 말해다오.... 아름답고 부드러운 그녀를 나는 가까이서 보고 있다.... 천진난만한 어린애 같은 매력을 발산하는 그녀는 아름답고 상냥하지 않나? 큐피드가 그녀의 눈앞을 지나가니, 멀었던 눈이 떠지고, 달콤한 평화를 누린다. 그러니 실비아를 위해, 노래 부르자. 사랑스러운 실비아를 존경하는 노래를....

여 주인공: 이 작품은 시도 좋은데, 음악은 더 좋네요. 이제 탄식(Seufzer) 가볼까요? (연주를 시작한다)

남 주인공: (노래) 들어보라, 들어보라, 창공의 종달새 노래를!.... (노래를 멈추고 이상하다는 듯이 여 주인공을 쳐다본다.)

여 주인공: (연주를 멈추고) 종달새가 아니고 나이팅게일이에요.

남 주인공: 아! 셰익스피어 글로 쓴 곡을 연달아 해서 그런지 제가 착각했네요. 지금 제가 부른 종달새는 셰익스피어의 로맨스 '심벨린'에 나오는 곡이거든요.

여 주인공: (웃으며) 네. 헷갈릴 만하죠. 나이팅게일-탄식 다시 맞춰볼까요?

남 주인공: 아니요. 종달새-세레나데 맞춰보죠.

여 주인공: 네. (연주한다)

남 주인공: (노래) 들어보라, 들어보라, 창공의 종달새 노래를!.... 어여쁜 온갖 것들 깨어나니, 달콤한 내 여인이여 일어나요! 일어나요! 일어나요!

여 주인공: 선율이 좀 안 맞고, 불협화음이 거슬리는데 괜찮으세요? 게다가 고음부는 너무 날카로워요.

남 주인공: 세세한 부분까지 다 맞추다간 동이 틀거 같아요. 그냥 과감하게 넘어갑시다. 이어서 탄식(Seufzer) 가보죠.

여 주인공 고개를 끄덕인 후 바로 연주를 시작한다.

남 주인공: (노래) 나이팅게일 노랫소리 사방으로 울려 퍼지네, 초록색 나뭇가지 위에서 아름답기 그지없는 선율이, 숲과 강기슭을 에워싸고 사방으로 메아리치네.... 어두운 샛길에서 나이팅게일의 노래가 메아리 되어 울려 퍼지는 소리를 불안한 마음으로 듣네. 왜냐하면 덤불 속에서 나 혼자 길을 잃었으니!

여 주인공: 이 노래는 아름답지만 참 불길하네요.

남 주인공: 음악이 밝아질수록 비애는 더 어두워지죠. 너무 아름다워서 훨씬 더 불길해지는 곡 하나 더 해보죠. 겨울 나그네 8번째 곡 회상(Rückblick). 준비 됐나요?

여 주인공: 네. (연주한다)

남 주인공: (노래) 얼음과 눈을 밟으며 왔건만, 내 발밑은 뜨겁게 화끈댄다. 탑들이 보이지 않을 때까지, 숨도 쉬지 말고 걸어가야지. 돌멩이에 마구 채어가면서, 난 도시에서 서둘러 도망쳤네. 이 집 저 집 지붕에서 까마귀들은 내 모자 위로 눈덩이와 우박을 던졌네. 지난날에는 나를 다르게 맞아주었었지, 너 변덕쟁이 같은 도시! 너의 반짝이는 창문들 밖에서는 종달새와 나이팅게일이 다투듯 노래했지. 둥근 보리수에는 꽃을 피워올렸고, 맑은 시냇물은 즐겁게 흘렀지. 그리고, 아, 그녀의 두 눈은 타올랐네! – 그러나 너는 끝장났구나, 이 친구야! 그날이 다시 생각나면 다시 한 번 뒤돌아보고 싶네, 다시 한 번 비틀대며 돌아가 그녀의 집 앞에 가만히 서 있고 싶네.

여 주인공: (연주를 마치고 와인을 한 모금 마신다) 마지막에 '다시 한 번 비틀대며 돌아가 그녀의 집 앞에 가만히 서 있고 싶네' 부분이 좀 위태위태한데요?

남 주인공: 네. '그녀의 집 앞에 가만히 서 있고 싶네' 부분에 오면 제가 숨이 많이 차니깐, 피아노로 저를 끌어주셔야 해요. 그래야 제가 들어갈 수 있어요.

여 주인공: 네. 그럴게요. 그런데 이 곡 가사에 지금까지 우리가 연습한 곡들의 모든 소재가 이 곡 하나에 다 들어가 있네요. 탑, 까마귀, 종달새, 나이팅게일, 보리수, 그녀....

남 주인공: (목이 타는지 와인을 마시며) 네. 장미와 무덤만 빼고 다 들어가 있죠.

여 주인공: 이제 거의 막바지네요. 무슨 곡을 할까요?

남 주인공: 유명한 세레나데 해보죠. 백조의 노래 4번째 곡.

여 주인공: (와인을 한 모금 마신 후 악보를 뒤적거리며) 너무 좋은 곡이죠. 연구소로

틀어주실 때마다 잘 듣고 있습니다. 그런데.... 아까 심벨린 세레나데가 889번이고.... 이것은....

남 주인공: 957번이요. 또 다른 미완성인 백조의 노래.

여 주인공: 아! 네! 찾았어요. 할게요. (연주를 시작한다)

피아노 전주 동안 남 주인공은 남은 와인을 다 따라 마신다.

남 주인공: (노래)

고요하게 애원하는 내 노래는 밤을 타고 그대에게로 갑니다. 조용한 이 숲으로 내려와요. 사랑이여, 내게로 와요. (Leise flehen meine Lieder Durch die Nacht zu dir;In den stillen Hain hernieder, Liebchen, komm zu mir!)

늘씬한 나무들이 달빛 아래서 속삭이고 있군요. 누군가 엿들은 것을 드러내지 않을까, 겁내지 마세요, 귀여운 그대. (Flüsternd schlanke Wipfel rauschen In des Mondes Licht; Des Verräters feindlich Lauschen Fürchte, Holde, nicht.)

남 주인공은 지금까지와는 달리 피아노를 치는 여 주인공 쪽으로 몸을 조금씩 돌리며 노래 부른다.

밤꾀꼬리 우는 소리 들리나요? 아! 그들은 애원하고 있어요, 달콤한 비탄의 목소리로 나를 위해 애원하는 거예요. (Hörst die Nachtigallen schlagen? Ach! sie flehen Dich, Mit der Töne süssen Klagen Flehen sie für mich.)

그들은 가슴 속의 그리움을 알며 사랑의 고통을 알며 은빛 목소리로 연약한 마음을 어루만지지요. (Sie verstehn des Busens Sehnen, Kennen Liebesschmerz,

Rühren mit den Silbertönen Jedes weiche Herz.)

그대의 마음도 움직이세요, 사랑이여, 내 말을 들어요! 나 떨면서 그대를 기다리고 있어요! 와서 나를 행복하게 해주오! (Lass auch Dir die Brust bewegen, Liebchen, höre mich! Bebend harr' ich Dir entgegen! Komm', beglücke mich!)

> 연주가 끝나자 남 주인공이 여 주인공에게 다가간다. 다가오는 모습을 본 여 주인공은 얼굴이 빨개진 채로 황급히 악보를 챙기고는 자리에서 일어난다. 남 주인공이 어깨에 손을 올리자 여 주인공은 악보를 양손으로 안은 채 고개를 푹 숙인다.

여 주인공: 앙코르.... 앙코르는 안 맞춰봐도 되나요?

남 주인공: 네. 제인. (키스한다)

막

#22

클락헨-Genesis가 산란한 모든 유정란을 부화시켰을 때 소리를 내는 병아리는 0.037%였다. 1만 마리당 4마리 미만이므로 연구소장은 벙어리 형질이 완성되었음을 연구소 사내 메신저로 전체 공지했다. 덧붙여 좀 더 확실한 형질의 정착을 위해 앞으로도 울음소리를 내는 모든 클락헨, 클락칵 그리고 병아리를 발견 즉시 살처분하라고 지시했다. 그리고 곧 있을 연구소 디너파티에 대통령이 참석할 예정이니 준비에 만반을 기해달라고 부탁했다.

대통령이 방문한다는 공지가 있고 난 뒤, 야외 디너파티는 애초의 야유회나 단합대회 분위기에서 국가 행사 성격으로 돌변했다. 특히 보안과 경비를 맡은 제4사단장은 거의 매일 연구소를 방문하여 대통령 경호 준비에 만전을 기했다. 초대 명단에 없는 외부인은 일체 입장이 불가했으며, 혹시라도 밀어닥칠 기자들에 대비해 연구소 정문 위병소를 이중으로 설치했다. 부지런한 사단장 때문에 팽팽한 긴장이 감돌았지만, 군인들도 직원들도 처음 열리는 연구소 내 디너파티에 조금씩 들떠 있었다.

오전에 연구동 앞에 가설무대와 대형 스크린이 마련되었다. 프로젝트로 클락헨을 상징하는 커다란 괘종시계를 무대 장식 겸 배경 화면으로 띄웠다. 무대 앞 정원에는 큰 라운드 테이블 50개가 놓였다. 식용 클락헨-영양평가 연구실 직원들은 분주하게 음식을 준비하기 시작했다. 닭요리는 모두 클락헨 고기를 사용했으며, 달걀이 들어가는 요리 역시 클락헨이 낳은 달걀이었다. 바비큐 그릴과 샐러드 바가 무대 측면에 자리 잡았고, 맥주와 와인도 넉넉하게 준비되었다. 보안상의 문제로 외부에서 유명가수를 초대할 수 없었다. 그 아쉬움을 불꽃놀이로 채우려 했으나, 경비대대에서 대통령 경호의 문제를 들어 자제를 요청했다.

대성당의 종이 울리고 제1회 연구소 야외 디너파티가 시작됐다. 재담꾼으로 소문난 남자 연구원이 행사의 사회를 봤다. 일찍 업무를 마친 직원들이 하나둘 연구동 앞 정원에 모여 자유롭게 식사하며 술을 마셨다. 농림축산식품부 장관은 산업통상자원부 장관과 함께 도착했다. 농림축산식품부 차관은 국정원 차장, 과학기술부 차관을 모시고 왔다. 국방부 장관, 합참의장, 특전사령관은 제4사단을 시찰한 후에 사단장과 함께 파티장에 들어섰다. 이어 대통령이 경호실장, 비서실장과 함께 등장했고 곧바로 공식 행사가 시작되었다.

먼저 연구소장 이취임식이 진행되었다. 전 연구소장이었던 차관의 간단한 이임사 후에 신임 연구소장 리처드의 취임사가 뒤따랐다. 리처드는 제6 형질인 '벙어리 형질'의 안정적인 완성을 자축하며 모든 공을 전 직원에게 돌렸다. 이어 더 진화된 이 클락헨은 목소리를 잃는 대신 새로운 이름을 얻었다고 하면서 무대에 설치된 대형 스크린에 '클락헨-Noah 1세대'라는 슬라이드를 띄웠다. 파티장 곳곳에서 박수가 나왔다. 덧붙여 대통령의 재가로 전 직원의 연봉 인상 및 대규모 승진인사가 이번 달 안에 있을 거라고 힘주어 말했다. 큰 박수와 환호를 받으며 리처드는 단상에서 내려왔다. 이어진 대통령의 축사는 짧고 간결했다. 그는 클락헨-Noah의 탄생을 축하했고, 이 놀라운 유전과학의 역사는 클락헨 연구소에서 불철주야 노력해온 모든 직원의 피와 땀이 합쳐진 결과물이라며 그간의 성과를 치하했다. 마지막으로 눈부신 결과물이 더욱 큰 빛이 될 수 있도록 보안 유지에 더욱 힘써 줄 것을 당부했다. 리처드는 미리 준비해온 토카이 와인을 대통령의 잔에 따라 주었다. 대통령의 건배사와 함께 본격적인 파티가 시작되었다.

부서별 장기자랑은 엄청난 호응을 끌어냈다. 총 10개 참가팀 중에서 전력부-매립가스 발전부서 직원 4명으로 이루어진 록 밴드 '전기 통닭구이'가 대상을, 부화-감별부 여직원 10명으로 구성된 댄스팀 '달걀 까기 인형'이 2등을 차지했다. 이어서 살처분장 직원들의 촌극 '시계 내장'과 연구원들로 구성된 합창단 '7시 3분 전'이 공동 3위를 차지했다. 경비 1소대 3분대 병사 8명으로 구성된 아이돌 그룹 '클락칵 일병 구하기'에게 대통령이 직접 인기상을 전달하자, 사단장은 14박 15일의 포상휴가까지 얹어 주었다. 시상이 끝나고 식사와 파티는 계속되었다. 날이 어두워지면서 파티의 분위기는 점점 무르익어갔다. 대통령은 리처드에게 격려와 응원을 보낸 후 비서실장, 경호실장과 함께 슬그머니 연구소를 빠져나갔다. 대통령이 돌아간 후 나머지 장관들도 하나둘씩 자리를 떴다. 대단한 클래식 음악 애호가이자 아마추어 성악가인 국정원 차장은 '가곡의 밤' 공연을 듣고 싶다며 농림축산식품부 장관, 차관과 함께 자리에 남았다. 이들은 무대 바로 앞에 마련된 VIP용 야외 테이블에 앉아 리처드 소장과 긴 대화를 이어나갔다.

이윽고 무대 '가곡의 밤' 무대가 시작되었다. 베토벤의 '월광 소나타' 1악장이 산들바람을 타고 연구소 전체를 은은하게 물들였다. 피아노 연주가 끝나자 사회자의 멘트와 함께 베일에 싸여있었던 전원주택의 성악가 피터가 등장했다. 객석은 크게 술렁였다. 피터가 첫 곡 '들장미'의 첫 소절을 부르자마자 좌중은 고요해졌다. 파티장에 흩어져 있던 직원들은 식사와 음주를 멈추고, 강한 호기심에 이끌려 무대 쪽으로 모여들었다. 가사는 독일어였으나 무대 뒤편의 대형 스크린에 자막이 제공되었다. 연구소 직원이라면 근무하면서 부지불식간에 들었던 곡이라, 모두가 노래를 온전히 이해하면서 감상하는 듯했다. 첫 곡이 끝나자 우레와 같은 박수와 함성이 터져 나왔다. 전원주택의 성악가는 관객을 향해 크게 인사를 한 후, 그가 평상시 연구소 쪽으로 많이 틀었던 유명한 노래 위주로 5곡을 더 불렀다. 피터는 1부 공연을 마치고 무대에서 내려가 리처드 소장의 테이블에 앉았다. 막간에 피아노가 쇼팽의 '왈츠 제7번'을 분위기 있게 연주했다. 피터는 토카이 와인 한 잔을 조금 마시고는 소장, 차관, 장관과 즐겁게 담소를 나누었다. 특히 국정원 차장은 피터의 목소리에 찬사를 보내며 그에게 큰 관심을 보였다. 피아노 연주가 끝나자 성악가는 서둘러 와인잔을 들고 무대에 올랐고, 한 손으로 와인잔을 치켜들며 2부의 첫 곡 '권주가'를 힘차게 불렀다. 관객들은 서로 잔을 부딪치며 권주가에 맞추어 술을 마셨다. 이어서 헨델의 '옴브라 마이푸(Ombra mai fu)'를 부를 때 공연의 분위기는 최고조로 올랐다.

피터가 겨울 나그네 중 '까마귀'를 부를 때 무대 뒤쪽에서 갑자기 비명이 들렸다. 사람들이 무대 뒤편으로 뛰어갔고, 공연은 즉각 중단되었다. 한 여직원이 남은 음식을 버리러 무대 뒤쪽으로 갔는데, 음식물 쓰레기통 주변에 클락헨 무리가 떼를 지어 잔반을 허겁지겁 먹고 있는 모습을 목격한 것이다. 여직원은 조용히 뒷걸음질로 빠져나오려고 했지만 무리와 떨어져 있던 클락칵과 눈이 마주쳤고, 그 즉시 몇 마리가 날아와 여직원을 공격했다. 여직원은 클라칵의 부리에 찍혀 안면, 정수리 그리고 목에서 피가 났고, 공포에 질린 패닉 상태였다. 파티는 일순간에 아수라장이 되었다. 연구소장 리처드는 침착하고 신속하게 대처했다. 다친 여직원을 곧바로 연구소 내에 있는 군용 앰뷸런스에 태워 인근 응급실로 후송했다. 다행히 경비중대 병사들과 메인축사 포획조 직원들이 달려들어 42마리를 전부 포획했다.

어수선했던 분위기는 단상에 올라간 리처드의 멘트로 수습되었고, 중단되었던 피터의 노래가 이어졌다. 피터가 '아베마리아'와 겨울 나그네의 '회상'을 부르자 좌중은 아무 일 없었다는 듯이 다시 공연에 빠져들었다. 마지막 곡 '세레나데'가 끝나자 기립 박수와 함께 앵콜이 빗발쳤다. 서너 번의 커튼콜에도 박수 소리는 전혀 줄지 않고, 앵콜을 외치는 고함은 더욱 커졌다. 피터는 준비했던 앵콜곡이 없었는지 무척 난감해했다. 그러나 무대 바로 앞 테이블에서 국정원 차장과 연구소장이 기립 박수를 보내며 집게손가락으로 '한 곡만 더!'라고 애원하는 몸짓을 보고는 무대 중앙으로 다시 올랐다. 박수가 멎어들고 연구소 전체가 쥐죽은 듯이 조용해졌다. 망설이던 피터는 푸치니의 오페라 '투란도트'의 유명 아리아인 '공주는 잠 못 이루고(Nessun dorma)'를 불렀다. 고막에 꽂히는 듯한 압도적인 미성에 관객 모두가 숨을 참으며 음악을 들었다. 마지막 부분의 클라이맥스 '새벽이 찾아오면 나는 승리하리라! 승리! (All'alba vincero! vincero!)'가 끝나자 그야말로 열광의 도가니였다. 테너 피터는 10번의 커튼콜을 받아야 했다. 공연은 대성공이었다. 밤하늘을 가득 채웠던 음악의 여운이 가시자 사람들은 다시 삼삼오오 모여 파티를 즐겼다.

리처드 연구소장은 앉은 자리에서 경비 중대장과 수석연구원으로부터 조용한 보고를 받았다. 갑자기 나타난 클락헨 무리는 모두 생포하였으며, 42마리 모두 날갯죽지에 식별용 RFID 칩이 없다고 했다. 중대장은 아마도 일전에 메인축사 배수관으로 탈출한 5마리 중 찾지 못한 4마리의 자손일 것으로 추측했다. 탈주한 클락헨과 클락칵 2쌍이 연구소 주변 숲에 서식하면서 자손들을 낳아 무리를 형성했고, 먹이 부족으로 굶주리던 차에 디너파티의 음식 냄새를 맡고 연구소 내로 침입한 것이라 짐작했다. 중대장은 잠입한 클락헨들이 벙어리 형질을 갖고 있다고 보고했다. 그래서 떼로 몰려다녀도 전혀 소리가 나질 않았고, 이 때문에 경계에 실패했다고 자책했다. 그리고 인근 응급실로 옮겨진 여직원은 생명에는 전혀 지장이 없는 상태며 병실에서 안정을 취하고 있다고 전했다. 연구소장은 포획한 클락헨 무리를 즉시 제

2축사의 빈 유닛에 잘 격리해 놓고 충분한 사료를 주라고 지시했다. 농림축산식품부 장관은 국정원 차장에게 조금 전 있었던 작은 소동은 윗선에 보고하지 말아 달라고 넌지시 부탁했다.

밤이 되자 불빛을 보고 나방 떼가 몰려들었다. 자외선 방충 램프로 몰려든 나방은 정확히 1초 간격으로 '칙', '칙' 스파크 소리를 내며 떼죽음을 이어갔다. 정부 고위 인사들이 하나둘 자리를 뜨자, 배웅하느라 잠시 흥이 가라앉았다.

장관들이 다 돌아가자 리처드는 만취했다. 흥을 살리고자 빈 단상으로 올라가 마이크를 켠 소장은 내일 금요일을 최소 인력만 근무하는 임시 공휴일로 선포했다. 가장 큰 환호성이 터져 나왔고, 취한 남자 직원 몇 명이 단상으로 몰려가서 신임 소장을 헹가래 쳤다. 규칙적인 비트의 신나는 클럽 음악과 화려한 조명이 깜빡이면서 춤판이 벌어졌고 사단장이 금지했던 폭죽도 보란 듯이 쏘아댔다. 몇몇 직원은 풀밭에 드러누워 불꽃놀이를 보다가 잠들기도 했다. 자정쯤 잠깐 소나기가 쏟아졌지만, 달아오른 흥을 멈추진 못했다. 무대 스크린에 띄워 놓은 괘종시계가 새벽 2시를 가리킬 즈음에는 모두가 어깨동무하고 흥겨운 합창을 했다. 막간을 틈타 공연 연출자가 확성기를 들고 파티의 종료를 단호하게 외쳤지만 아무도 흩어지지 않았다. 제1회 클락헨 연구소 야외 디너파티는 다음 날 새벽 3시가 돼서야 끝났다.

*

라아아아아아아아아아아아아아

라$^{\#}$라아아아아아아아아아아아아

라아라^{b}라^{b}아아아앗랏라라아아아

라아아아 라^{b}솔라라$^{\#}$ 라 라^{b} 라아아아

청동색의 아지랑이 귀뜨거운 박수소리 어지러움

느려지는 마감시간 연재중단 휴간폐간 수렴하는 수열공식

폐폐폐폐폐/4 폐폐폐폐폐폐/4

키. 작. 은. 알. 베. 리. 히. 속에 더 작은 알베리히 인형 패르트의 호두까기 인형 세이렌의 밀랍 인형

바이아라~라 바이아라~라 라이아 발라발할발할성발걸발거름발걸음발 걸음발거울 거울

난. 쟁. 이. 들. 이. 점점 작아지는 크리스마스와 황금비의 기형을 노래해.

잔인한 리처드 바그너의 4월 황금의 황혼 8월의 로댕.

귀족 드(de)가 그린 가짜(Pseudo) 반(van) 판(pan) 팬(fan) 폰(von)

청동의 예수 검은 머리 앤. 틀틀틀틀 그래 그 틀에서 새로운 인간들이 6중창 7중창으로 노래한다.

등대 빛 속으로 돌리폴리몰리 무디구디패리샐리엘리릴리

돌리 폴리 모오오오올리 무디 구디 패리 할머니 등대 패애애애애애애애애애애애애애리 할머니

Lily 백합의 엘리는 검은 머리 앤 검은 피부 샐리 검은머리 릴리 부인들

의 녹보라색 삼각형 드레스

청동이 나은 검게 탄 지느러미의 물고기 두 마리.

병병병병병어어 예수따슈 드 쌩삐에르

자살은 42 아사는 14.

게르트, 게르하르트 황제. 카덴차 소나타 순례자의 아다지오

attacca – taatggt 론도의 휘파람. 당당하게 빛 속으로!

팬 반 판 폰. 피아노 위의 아이 둘, 공원의 아이 둘, 문밖의 아이 둘, 흰수건의 빨간 아이 둘

아이 둘 아이 둘 아이 둘 아이 둘 검은 아이 둘, 팬 반 판 폰.

물소 수소 황소 암소 비드로 비.... 이.... 드.... 로.... 오 수척처진 검은 소

느린 나그네의 15번 까마귀 술술술술푸아그라우상복부술술술술

비드로 암소 황소 수소 무소 륵스키

7. Requiem aeternam dona eis, Domine

Sususůsu Acacacac Bdbdbdbd Bdbdbdbd Acacacac

Tvtvtvtv Ikikikik Cececece Acacacac Lnlnlnln

제일 먼저 높은 곳에 주제 제일 나중 낮은 곳에서 반복

그 사이에 30개 그게 모여 988 날아오르는 상한가

1874$cresc. 1880 1882 1883 1884 1885 1886 1887 1888

1890 1892 1917 & 1975 쾅! 메시아!

강세장의 압생트 황소여 제일 비싼 값을 동시에 받아라.

남극으로 아래로 다운, 추운 어미 얼은 거위 다운 이불 있어야 아이 둘

동화를 읽어 줄 수 있단다.

쓥쓸 쓰다. 쓸쓸 쓴다.

재잘재잘 웅성웅성 왁자지껄 우걱우걱

마틸다 매리 엘리자베스 앤 빅토리! Save the queen, long live the queen. 오래 사소서. 편히 잠드소서. 씁쓸하게 쓴 쓸쓸하게 쓸. Agnus Dei

$$\left(\frac{1}{8\times10^{6}}\right)^{14} \fallingdotseq \left(\frac{1}{10^{7}}\right)^{14} \fallingdotseq \frac{1}{10^{98}}$$

양치식물 마른 고사리 말른 고사리 말릴 고사리 들뢰즈 양치 가타리

정신 병원의 아이리스 스키리좀프레니아 백합 자살 14의 4악장 담배 자살 폐폐폐폐

굶어 죽거든 솟아난 14에 묻히고 자살하면 검은 42로 날아가거라

끼치는 걸리는 마시는 내뿜는 폐폐폐폐

비말 기침, 호흡기, 늑간 전파, 퉤퉤퉤퉤

쿠르릉 푸드드 덜그럭

Kyrie eleison triste eleison confutatis status epilepticus christe chrysanthemum sanc thus lacrimosa sanc sanc benedictus benedictus Hosanna in excelsis **Communio** Domine et Lux Lilies

비행의 왈츠 시계가 쿵짝짝 3박자 강약약 왈츠 탑에 종(種)이 3개 땡땡땡

검은 마녀가 절구를 무대 바닥에 찧는다. 팀파니 쿵 쿵 쿵 눈을 떠요 하

울! 다리가 움직여요.

움직여요. 붉은 A 하트만 수액을 더 짜. 냄새를 맡고 의식이 의식이 돌아왔어요. 앤! 앤! 앤!

눈부시게 뜨거운 노란 심벌즈 여왕과 황제의 종이 울린다.

세 개의 브론즈 브론테 앤 벨

중력. also sprach. 뒤죽박죽세 세이렌의 영(靈)으로 유혹이 끌려온다.

바이아라~라 바이아라~라

리처드 리하르트는 도박할 말(馬)이 없어서 울지도 못하고 안 미침. 미치질 않는 않았다.

중력의 영 왜곡된 중력장 왜곡된 깔때기 공간 중력파의 물결 물결의 고원

7번인가 8번일까? 미완성은. 반면 9는 위대한 완성 - 브루크낫(BruckNot)

∞월의 오오오오오오오오거스트는 기일게 생각한다. 알레고리의 알레기에리 vertigo 현훈의 9개의 알고리즘. 지금 많이 어지럽다. 금댕이 로댕이 베이스로 말한다. 나는 끝나지 않은 것을 해냈다.

청동의 꿈 메탈의 악몽 돌의 몽정 박아버린 헤르메스 아프로디테. 촉.

평면적이었던 플라터너스는 편편하고 시원했지. 나의 순례자는 어디에 박혀 있을까? 촉.

긴 팔은 아름다워라 도망가고 쫓아가는 음악 푸가의 기법 - 카논 넷, 푸가 열 넷.

1S(A)-2A(Me)-3T(P)-4B(R) 그다음엔 J-A-R-P .... 완결 불가. 완보로 산책하고 싶지마아아아아안

dim. 42 28 **14** 7 **4** 3 2 1 0

그전에 율리시스에 바흐와 고원을 곱하고 거기에 유리알승(承)의 작품을 완성한다.

됐다. (Done.)

이제 쉿!

뜨거운 박수 소리.

앤의 통화 연결음은 디너파티 때 MC의 소개를 받은 피터가 무대에 올라가자 관객석에서 터져 나온 우레와 같은 박수 소리였다. 미술관 앞에서 만나기로 한 앤이 전화를 안 받는다.

연구소 연주회가 끝나고 한 달 뒤쯤 피터는 지방에 일이 있어서 몇 주간 집을 비울 거라고 했다. 떠나기 전날 마지막 데이트에서 피터는 앤과 함께 가라며 전시회 초대권 2장을 주었다. 제목은 '전람회의 그림전(展)'이었다. 피터는 내가 무척 좋아할 만한 전시회일 거라 했다.

전화를 끊자, 박수가 멈췄다. 앤이 중앙으로 걸어 나오고 있었다.

시작!

더운 날이었다. 한여름의 노란 햇빛에 풍경이 익어갔다. 시립 미술관은 스피커로 음악을 틀어 놓았는데, 더위 때문에 장중한 트럼펫 소리는 아지랑이에 녹아버렸다. 폐에서 열기가 올라왔다. 미술관 입구에서 앤을 기다리는 동안 열감과 두통 그리고 현기증이 슬그머니 밀려왔다. 매일 복용해야 하는 호르몬 약이 다 떨어지는 바람에 며칠 동안 복용을 못 했었다.

팡파르 연주와 함께 앤은 나를 보자마자 피터와의 연애 진도를 캐물었다. 디너파티 다음 날부터 거의 매일 점심시간에 보고해주었지만, 앤은 나와 피터 사이에 있었던 아주 사소한 것까지 궁금해하는 것 같았다. 장난기와 호기심 가득한 앤의 큰 눈망울과 마주칠 때면, 없는 사탕이라도 얼른 쥐여 주고 싶은 생각뿐이었다. 부부에게 폐를 너무 많이 끼친 데다가 피터와의 모든 상황은 앤이 하사한 선물이기에, 나는 늘 상세한 보고로 그녀를 기쁘게 해줘야 할 분홍색 의무가 있었다. 처음에는 첫 키스를 비롯해 아주 상세한 부분까지 다 얘기해주었다. 이야기를 들을 때 앤은 소녀처럼 행복해했다. 그 행복을 더 크게 만들어 주고 싶다는 혼자만의 생각에 취해, 나는 약간의 과장을 추가해 로맨틱 칙릿 소설로 윤색했다.

하지만 피터와의 관계가 조금씩 깊어질수록 앤에게 올리는 내용은 점점 건조한 연감(年鑑)처럼 되어갔다. 연감에는 낭만이 빠졌을 뿐 거짓말은 없었다. 그러나 상황이 이런 식으로 진행된다면 그나마 연감의 분량마저 점차 줄어들 것이고, 결국에는 연재중단이 될 것만 같았다. 폐간에 대한 양해로 앤에게 제출해야 하는 반 장짜리 사과문에는 온갖 거짓 핑계만 나풀거릴 것이다. 앤에게 들려줄 로맨틱 칙릿 소설이 연감이 되고 그것마저 폐간에 사과문이 돼버린다는 생각은 어떤 수열공식을 완성했다. 앤과의 대화가 빈약해질수록, 멀어지는 그녀와의 거리에 관한 공식이었다. 공식에 상황을 대입해

보자마자, 내 머릿속을 가득 채웠던 아늑한 장밋빛 앤은 아득한 검은 점으로 폐쇄되었다. 앞으로 앤을 기쁘게 해줄 수 없다는 냉정한 해제에 뒤통수까지 하얘졌다. 하지만 내 안색을 걱정하는 앤의 맑은 눈을 보자마자, 이 어두운 수학 공식은 화이트보드에서 깨끗하게 지워졌다. 폐가 다시 숨을 쉰다.

우리는 팔짱을 낀 채 쉴새 없이 재잘거리며 정원을 지나 전시회장 입구에 다다랐다.

앙리 드 툴루즈-로트렉 (1864–1901)

(좌) 거울 앞의 자화상 (1883) - 마분지에 유채

(우) 자화상 (1884) - 캔버스에 유화

"실내로 들어오니 너무 시원하다." 앤은 손바닥으로 부채질하며 작디작은 자화상 앞에 멈춰 섰다.

"이제야 좀 살 거 같다. 여긴 지하 동굴처럼 시원하네."

"불쌍한 로트렉. 거리가 너무 멀어서 그런가? 아니면 일부러 그런가? 얼굴을 너무 작게 그렸네. 그나마 얼굴의 반 이상이 검은색이야. 자신의 얼굴을 이렇게 불길하게 그리다니.... 보통 자화상은 화폭 가득하게 정면이나 비스듬한 각도로 그리지 않아?"

"응. 늘 자신의 육체에서 불길함을 느끼는 사람은 불행의 역치가 낮겠지. 옆에 걸린 자화상은 아예 뒷모습을 그렸어." 내가 거들었다.

"타인의 시선 자체가 그에겐 폭력이었겠지. 불쌍한 로트렉. 하지만 그가 난쟁이가 아니었다면, 이 보물 같은 명작들도 없었겠지."

"로트렉이 난쟁이인 건 희귀한 유전병 때문이야."

"그래? 그게 어렸을 때 다친 사고 때문인 줄 알았는데?"

"아니야. 아마 골형성부전증의 일종일 거야. 로트렉의 부모는 사촌지간

이었어. 옛날에는 귀족 간의 근친결혼이 흔했어. 가문의 권위와 혈통의 순수성을 위해 저지른 가장 바보 같은 짓이었지. 근친혼은 희귀한 유전 질환 발생의 가장 큰 원인이거든. 그 희생자 중 하나가 지금 우리가 보고 있는 위대한 화가 드 툴루즈 로트렉이지."

"조상들의 잘못된 인습 때문에 로트렉이 저주를 짊어졌네. 로트렉은 자신의 소인증이 부모의 근친혼 때문이라는 사실을 알았을까?"

"아마 몰랐을 거야. 그때는 돌연변이나 DNA 개념이 없었으니깐. 모르는 채 살다 갔으니 덜 불행했겠지. 어찌 보면 그게 로트렉의 행운이야. 클락헨들도 자신들이 유전적으로 이상하다는 사실을 모르잖아? 행복한 거야. 마음껏 먹고, 마음껏 번식하고. 어쩌면 행복은 단순한 걸지도 몰라."

"너무 많이 알아서 불행한 건 인간뿐일 거야."

"그렇지."

"하지만 불행이 그가 태어나기도 훨씬 전인 난자와 정자가 수정되었을 때 시작되었다는 사실은 정말 안쓰럽네." 앤이 안타까운 표정을 지었다.

"그 수정이 없었다면, 우리가 지금 보는 이 그림도 없어."

"그런데 생각해 보니 클락헨들도 다 근친혼 아닌가?"

"동물들한테는 이상한 일이 아니야. 클락헨은 고성의 지하에서 발견된 황금 같은 보물이잖아. 돌연변이 형질의 순수성과 인간의 욕망을 위해 인위적으로 근친교배를 시킨 셈이지."

"흠.... 바이아라~라 바이아라~라 라이아 라이아 발라라~라(Weialala Weialala leia leia wallala)." 앤은 콧노래를 흥얼거리며 옆 벽에 붙어 있는 흑백 사진으로 발걸음을 옮겼다.

로트렉을 그리는 로트렉

이중 노출 사진 (1892년경)

"이거 재미있는 사진이네. 똑같은 옷을 입은 로트렉이 2명이네. 하나는 모델로 하나는 자신을 그리고 있는 화가로. 이중 노출로 찍은 건데 아이디어가 재미있네."

"지금이야 포토샵이 있으니 쉽지만, 저 시대에는 굉장히 신기한 작업이었을 거야."

"그런데 왼쪽에 있는 화가 로트렉이 캔버스에 자신을 그리고 있는 거 같은데?" 앤이 사진 앞으로 바짝 다가가 손가락으로 가리켰다. 나도 허리를 숙여 자세히 들여다보았다.

"그렇네! 자신의 옆모습이잖아? 깨알 같은 디테일인데!"

"신비롭네. 이러면 거울 속의 거울이 되는 건데. 무한히 복사되는 거."

"앤. 그건 이중 거울이고. 이건 이중 노출 사진이잖아."

"말이 그렇다는 거지. 혹시 알아? 로트렉이 나중에 이 현상된 사진을 보면서 저 안에 있던 그리다 만 캔버스에 사진과 똑같이 그릴 수도 있는 거잖아? 그 그림 안에 또 축소판 그림을 그려놓고. 또 더 작게 그려놓고. 점점 작아지는 러시아 인형 마뜨료시카 인형처럼. 그러면 거울 속의 거울이 되는 거지."

"그리고 그림이 완성되면 이젤에 놓고 다시 또 같은 옷을 입고 같은 포즈로 이중 노출 사진을 찍어야겠지. 그래야 최종 완성이지. 그런데 아마 사진 속의 저 스케치 그림은 미완성으로 남겨 놓았을 거야. 안 그러면 마주 보고 있는 두 로트렉은 이중 나선의 DNA처럼 무수히 복제될 테니까."

"그래. 네 생각을 듣고 나니 왠지 기괴한 기분이 든다. 우리 마음속에서라도 불행했던 화가 로트렉은 단 한 명의 미완성으로 남겨 놓자고."

앙리 드 툴루즈-로트렉 (1864–1901)

빈센트 반 고흐의 초상화 (1887) -카트보드에 파스텔

"로트렉은 동료 화가의 초상화도 얼굴을 자세히 그리지 않는구나. 이게 본인 자화상이랑 뭐가 달라? 반 고흐의 옆 모습만 희미하게 그렸는데?"

"반 고흐가 로트렉보다 더 불행하면 불행했지 결코 덜 불행하진 않았을 거야. 로트렉이 그 불행을 감지한 게 아니었을까?"

"불행하고 우울할 땐 압생트지." 앤이 그림 구석에 있는 술잔을 가리켰다.

"반 고흐도 로트렉도 압생트를 사랑했지. 두 화가의 정신분열, 정신착란과 죽음은 다 저 술 때문이야."

"리처드도 술을 좀 줄여야 할텐데...." 앤이 긴 한숨을 내쉬었다.

"그림 속 반 고흐가 다음 전시실 쪽을 바라보고 있네. 저쪽 전시실에 고흐의 그림이 있겠다. 앤! 다음 전시실로 가자." 앤의 팔짱을 끼고 다음 전시실로 향했다.

Promenade

로트렉 전시실을 나와 상설 전시실로 이어진 긴 복도를 따라 걸을 때, 나는 앤이 흥얼거렸던 멜로디의 출처를 생각해냈다. 바그너의 악극 니벨룽의 반지. 그중 신(神)들의 황혼에서 라인 강의 처녀들이 부르는 노래였다. 라인 강의 깊숙한 강바닥에서 마법의 황금을 지키는 세이렌들의 노래. 그 저주받은 황금에 대한 욕심 때문에 지하에 사는 난쟁이들도, 땅에 사는 인간들도, 하늘에 사는 신(神)들까지 전부 멸망한다. 생각해 보니, 이 가사는 T. S. 엘리엇의 시 '황무지'에도 인용된다.

내 집에서 앤에게 트럼프로 솎아내기를 가르쳐 줄 때, 스페이드 퀸이 나오자 그녀는 푸시킨을 언급했었다. 앤이 무심코 던진 그 말 한마디에 나는 완전히 사로잡혔었다. 복도를 걸으며 앤의 문학적, 예술적 식견에 홀로 감탄했다. 나는 진실로 내 친구 앤을 좋아했고 또 존경했다. 앤도 나를 똑같이 생각해줬을까?

오귀스트 로댕 (1840–1917)

칼레의 시민 (1884~1889) -청동(Bronze)

“와우! 압도적이네. 이런 명작이 상설 전시라니 횡재한 느낌이네.” 앤이 청동상을 빨아 당기듯이 쳐다보았다.

시립 미술관은 소장하고 있는 로댕의 대작을 상설 전시하고 있었다. 그 중 하나인 칼레의 시민은 단독 전시실의 정중앙을 통째로 차지했다.

“칼레의 시민 이야기는 알지?”

“응. 몰살 직전의 성에 갇힌 프랑스 시민 중 6명이 자진해서 적에게 나선 희생 이야기 아냐?”

“응. 맨 앞에 있는 사람은 장 대르(Jean D’Aire)라는 시(市)의 유력 인사야. 들고 있는 열쇠가 바로 칼레 성(成)의 열쇠야. 성을 포위한 에드워드 3세에게 시를 대표하는 6명의 목숨과 성을 내주는 대가로 나머지 시민들의 목숨을 보존하는 조건이었지. 노블레스 오블리주(noblesse oblige)의 예로 닳도록 많이 인용되는 역사 이야기지.”

“청동이어서 그런지 저들의 고뇌와 슬픔이 더 무겁게 느껴지네. 저 장 대르라는 사람은 입을 굳게 다물고 있어서 그런지, 입안에 갇혀버린 통곡이 온몸을 울리는 것 같네. 꼭 불교 사찰에 있는 커다란 청동종의 맥놀이 현상 같아.” 앤은 청동상의 왼쪽으로 천천히 돌기 시작했다.

“이 청동상이 음악이라면 어떤 시거나 노래일 수도 있겠지. 불안, 공포, 고뇌, 애상 같은?” 나는 앤과 포개지지 않게 반걸음 뒤를 천천히 쫓아가며 말했다

"원작은 프랑스에 있을 테니, 이건 진품이라고 해야 하나 모조품이라고 해야 하나?" 앤이 물었다.

"로댕의 원작에 음각(陰刻)으로 주형틀을 만든 다음, 그 주형틀에 청동을 부어 주물한 것이니 이건 오리지널 캐스트(Original Cast), 즉 진품이야." 나는 앤의 오른쪽 뒤에 서서 차근히 설명해주었다.

"붕어빵 만드는 것과 같은 원리네. 붕어빵 음각틀에 녹인 쇳물, 청동물 대신 밀가루 반죽과 팥을 넣고 굽잖아. 그런데 붕어빵틀의 원본은 어디에 있을까? 아무도 그것을 본 적이 없잖아?" 앤은 칼레의 시민 중에 오른손을 들고 뒤를 바라보는 삐에르 드 위상(Pierre de Wissant)의 포즈를 흉내 내며 뒤에 서 있던 내게 질문했다.

"아마 붕어빵 틀을 만드는 주물 공장에 쇠로 만든 양각의 붕어 원본이 있겠지. 그 원본 붕어에 대고 음각 주형 틀을 수백 수천 개씩 만들어서 붕어빵 장사꾼들에게 팔았을 거야. 붕어빵 장사꾼들은 구입한 붕어빵틀에 밀가루 반죽을 부어 수백 수천만 개의 붕어빵을 구워서 팔 것이고." 나는 삐에르 드 위상의 뒤에 서 있는 그의 형제 쟈끄 드 위상(Jacques de Wissant)의 손동작을 흉내 내며 대답했다.

"듣다 보니 DNA 복제도 같은 원리 아니야?"

"그렇지. 그렇지. 그런데 DNA는 쇠붕어와 붕어빵틀이 안정적으로 밀착된 한 개의 단위라고 생각하면 돼. 복제가 필요할 때는 그 둘이 분리돼. 그 순간 일련의 화학 반응을 통해 분리된 양각 쇠붕어에 작은 쇳조각들이 자석처럼 들러붙어서 새로운 음각 붕어빵틀이 만들어지고, 분리된 붕어빵틀에는 또 다른 작은 쇳조각들이 마찬가지로 들러붙어서 새로운 양각 쇠붕어를 만들지. 그러면 안정적으로 밀착된 쇠붕어와 붕어빵틀 한 단위가 두 단위가 되는 거야. 그게 DNA 복제야."

조각상 주위를 한 바퀴를 돌아 다시 정면으로 온 앤은 걸음을 멈췄다.

"가운데 십자가를 진 예수님같이 생긴 사람은 누구지?"

"유스타스 드 생삐에르(Eustache de Saint Pierre). 제일 먼저 희생을 자청한 사람이지. 예전에 칼레의 시민이라는 동명의 희곡을 읽은 적이 있어. 대학 때는 연극도 찾아봤었지. 그 희곡 작가 이름이 가물가물하네.... 무슨 황제 이름과 비슷했는데.... 아무튼 생삐에르가 리더이자 주인공이야. 연극에서는 처형 전날 나머지 사람들을 모아놓고 최후의 만찬을 해."

귀담아듣던 앤은 갑자기 무슨 생각이 났는지 내 쪽으로 고개를 획 돌렸다.

"질문 하나만 더. 그럼 주물공장에 있는 쇠붕어 원본에 해당하는 최초의 DNA는 어디에 있고 어떻게 만들어진 거야?"

"그건 아무도 몰라. 그게 바로 생명의 기원이지. 최초의 DNA는 유기분자가 아닌 우연히 만들어진 음각의 튼튼한 금속틀이나 점토 같은 무기 결정체일 수도 있다는 이론도 있어. 물론 신을 믿는 사람들은 그 원본 쇠붕어야말로 하느님의 창조물이라고 주장하지."

"오병이어(五餠二魚)의 기적이네. 빵과 물고기. 붕어빵. 무한정 복제." 정말이지 앤의 순발력은 대단했다.

"그러면 칼레의 시민 주형틀만 가지고 있으면 이 작품을 무한정 찍어 낼 수 있겠네?" 앤은 내게 연거푸 질문했다.

"이론상으로는 그렇지. 그런데 그 개수를 정해 놓고 그 이상으로는 만들지 않을 거야. 12개까지인 걸로 알고 있어. 거기까지만 진품이라고 인정하는 거지. 그리고 너희 부모님 나라에도 진품 중 하나가 있을걸?"

"아! 그래? 처음 알았네. 그럼 그 개수는 누가 정하나? 로댕 자신인가?"

"아마 그렇겠지. 그런데 원작자 사후에는 협회나 정부에서 정할 거야."

"아무리 정교하다고 인정을 해도 음각 주형틀로 찍다 보면 원본과 완벽하게 똑같을 수는 없지 않을까? 붕어빵 모양도 똑같은 틀로 찍어내지만, 조금씩은 다 다르잖아?"

"당연하지. 우리가 닮은 사람을 빗대어 '붕어빵 같다'라고 하지만 그 둘이 비슷한 거지, 똑같은 건 아니잖아. 복제양(羊) 돌리(Dolly) 후속작인 폴리(Polly), 몰리(Molly) 자매도 유전자는 똑같아도 조금씩은 다르게 생겼어."

"하긴. 그렇겠지."

"그리고 붕어빵 틀을 너무 많이 쓰다 보면 그것도 안쪽이 조금씩 닳겠지. 시간이 지남에 따라 붕어의 모양도 조금씩 변할 거야. 그래도 그건 붕어빵이지. 그런데 어느 날 갑자기 틀 안쪽 붕어의 배 부분에 균열이 생겼다고 가정해보자고. 그래서 찍혀 나온 붕어빵의 배지느러미가 엄청나게 커졌어. 이게 바로 복제의 오류인…."

"돌연변이!" 앤이 외쳤다.

"앤. 이제 유전학 박사가 다 되었네. 그러면 여기서 내가 질문. 오류로 우연히 생겨난 큰 지느러미 붕어빵이 엄청나게 잘 팔리는 거야. 그러면 어떻게 될까?"

"붕어빵 장사꾼들은 균열이 생긴 붕어빵틀만 사용해서 큰 지느러미 붕어빵만 무수히 찍어내겠지. 다른 정상 붕어빵틀에는 먼지만 쌓이겠고."

"그렇지. 그런데 이번에는 그 균열이 생긴 틀의 안쪽에 코팅이 벗겨졌는지 큰 지느러미 붕어빵이 검게 타서 나오는 거야. 그런데 그게 엄청 맛있어서 아주 잘 팔린다고 가정해보자. 그러면 또 어떻게 될까?"

"우선 장사꾼들은 그 신제품 붕어빵의 가격을 올리겠지. 그리고 무조건 그 틀만 이용해서 검은색 큰 지느러미 붕어빵만 만들어 팔고, 노란색 작은 지느러미 붕어빵은 자취를 감추겠지."

"그게 뭐겠어? 미시즈(Mrs.) 스페이드 퀸?"

"아! 솎아내기구나."

"오케이 굿!"

"클락헨이나 지느러미 붕어빵이나 여기 있는 로댕의 청동상이나 다 원리가 똑같구나. 그리고 결국엔 다 검어지네."

도슨트와 유전학 교수를 자청해서 그런지 입안이 청동으로 가득 찬 느낌이 들었다. 마침 전시실 구석에 관람객을 위한 정수기와 잔이 준비되어 있었다. 앤의 잔을 따라주고, 내 잔을 따르다가 그만 넘쳐 버렸다. 나는 냉큼 입안 가득 물을 머금었다.

칼레의 시민 특별 전시실을 나오면서 무심코 뒤돌아본 청동상의 뒷모습은 맞은편 창가에서 쏟아지는 햇빛 때문에 더 장엄해 보였다. 그들은 청동의 밤을 빠져나와 살아 있는 새로운 인간으로 다시 태어났다. 그들은 내게서 점점 멀어지더니 이내 빛 속으로 걸어나갔다.

Promenade

희곡 '칼레의 시민'의 작가는 게르하르트 카이저였다. 말해주고 싶었지만, 앤이 다 알고 있는 이야기를 혼자 잘난 체하며 떠든 것 같아서 하지 않았다. 아마도 앤은 알고도 말하지 않았으리라.

'오병이어의 기적....' 나는 특별 전시실의 대화를 복기했다. 그리고는 고등학교 때 내가 썼던 '에피파니'의 후속편을 앤과 함께 공동집필한다면 정말 대작이 될 것 같다는 생각이 얼핏 들었다. 출구를 나오자마자 바로 반 고흐 전시실로 이어지는 바람에 이 생각의 줄은 갑자기 툭 끊어졌다.

빈센트 반 고흐 (1853-1890)

아를 공원의 꽃이 핀 밤나무길 (1889) - 캔버스에 유화

"반 고흐 그림 중에도 이런 밝은 그림이 있었네."

"나무에 포위된 우리 연구소 풍경 같다."

"그렇네. 연구소도 우리가 사는 아파트도 한가하고 녹지가 많은 점은 참 마음에 들어."

"나는 심지어 멀쩡히 대학에 잘 있다가, 연구소의 전원적인 환경이 너무 좋아서 직장을 옮겼다고. 그런데 지금 생각해도 참 잘한 일인 거 같아. 도시처럼 번잡하지 않고, 조용하고, 평화롭고. 또 너 같은 친구도 생기고 또...." 내가 말끝을 흐렸다.

"또? 뭐? 애인 피터?" 앤이 여우 같은 미소를 지으며 나를 흘겨봤다. 대답을 피하려 나는 그림 쪽으로 급히 허리를 숙였다.

"반 고흐치고는 비교적 행복한 편인데, 오른쪽에 있는 두 아이 엄마의 검은색은 상당히 불길하네." 말을 하고 나서 아차 싶었다.

"왜? 흰옷을 입은 두 아이는 이쁘고 경쾌하기만 한데. 꼭 천사 같네." 앤은 내가 마음속으로 낸 '아차' 소리를 들은 듯했다. 내가 지레 미안해할까 봐, 아무렇지도 않게 먼저 두 아이 이야기로 선수를 쳤다. 앤은 그런 친구였다.

"누구 안전이라고 자꾸 말꼬리를 돌리시나? 그나저나 아무리 둘 다 쑥맥이어도 그렇지, 속도가 너무 느린 거 아니야? 잠은 언제 같이 잘 건데?" 앤은 그림 동화책의 흐뭇해하는 여우처럼 입꼬리와 눈꼬리가 닿을락 말락 한 표정을 지었다.

"에이··· 뭘 그런 걸 물어.... 천천히 아주 천천히 우리는 아주 천천히 가고 있어." 나는 후다닥 바로 옆의 그림으로 자리를 옮겼다.

빈센트 반 고흐 (1853–1890)

검은 소와 수레 (1884) - 캔버스에 유화

"이 검은 소는 정말 힘들어 보이네." 화제를 돌리려고 서둘러 말했다.

"수척하니 곧 쓰러질 것 같다. 분위기가 감자 먹는 사람들과 흡사하네." 천천히 뒤쫓아온 앤이 거들었다.

"응. 그렇네. 뭔가 어둡고 또 힘들어 보이고. 그런데 그림에 까마귀가 여기저기 많네. 그래서 소의 목숨이 더 위태로워 보여. 심지어 한 마리는 수레 위에 타고 있어."

"왼쪽 아래 있는 까마귀는 소가 쓰러져 죽기만을 기다리고 있는 것 같다."

"그렇네. 이 그림에서 까마귀만 없어도 소가 살 것 같은데."

"달구지를 끄는 소가 꼭 어깨가 축 처진 연구원들 같네. 연구소가 커질수록, 클락헨이 점점 강해질수록 일은 점점 더 힘들어지는 것 같아."

"저번 주에 메인축사에서 일하던 관리 직원 둘이 과로로 쓰러졌잖아. 클락헨 개체 수는 기하급수적으로 늘고 인력은 항상 모자라니깐. 옆방 주임연구원도 폐렴으로 병가 냈어."

"홍보실 내 밑에 사라 알지? 걔가 요즘 너무 피곤해 보이고, 헛구역질도 하고, 말도 느려지더라고. 그래서 물어봤더니, 간이 안 좋아져서 다음 주에 병가를 내겠다고 하더라고."

"아이고. 너도 건강관리 잘해. 저번에 큰일도 겪었고."

"내 걱정은 마. 한두 번도 겪은 일도 아닌데 뭘. 그리고 나는 이제 완전히 멀쩡해. 바로 퇴원해서 디너파티도 내가 잘 끝냈잖아."

"남편은 요즘 좀 어때? 소장 되고 나서 엄청 바빠 보이던데."

"리처드는 소장이 되고 나서 잠도 거의 못 잘 정도로 일해. 게다가 엄청 예민해졌고. 체중이 8kg이나 줄었다니깐." 앤이 한숨을 내쉬었다.

"항상 피곤해 보이더라고. 나도 열심히 도와 드리고는 있는데, 리처드 성격상 본인이 다 해야 마음이 놓이는 스타일이잖아."

"일에서는 좀 강박증이 있는 타입이지."

"네가 집에서 잘 챙겨 줄 거 아냐?"

"그렇긴 한데. 리처드는 우선 술을 좀 줄여야 할 거 같아. 연구소 일도 과중한데 정부 사람들 만나는 일이 거의 다 술자리거든. 그러니 간이 버티지를 못하는 거 같아."

"리처드가 점점 정치색을 띠는 거 같아. 차기 차관, 장관 자리까지 노리는 거 맞지?"

"응. 너도 알잖아. 그이는 욕심이 있어. 그래서 클락헨-Noah의 아종 분화 계획에 사활을 걸고 있는 거고. 요즘 무슨 꿍꿍이가 있는지 주말에도 서재에 한 번 들어가면 몇 시간 동안 틀어박혀 있어."

"리처드는 명민하니깐 분명히 묘수를 생각해낼 거야. 전번에 클락헨 근육량을 증가시키기 위해 연구소 전체가 골머리 썩을 때, 리처드가 달리기 시합과 비행 시합을 고안해내서 단번에 해결했었잖아."

"그래야지. 잘은 모르겠지만 리처드는 아종 분화에 확신이 있는 것 같아. 또 무슨 토너먼트 같은 것을 구상하고 있는 것 같기도 하고."

"그래. 앤 네가 옆에서 많이 도와줘. 리처드는 소가 달구지를 끄는 것처럼 혼자 연구소 전체를 짊어지고 우직하게 한 걸음씩 나가고 있는 거야. 말하고 보니 달구지 위에 까마귀는 꼭 클락헨 같네."

우리는 다음 전시실로 천천히 발걸음을 옮겼다.

Promenade

앤은 리처드를 걱정했지만, 나는 앤을 걱정했다. 많이 회복했지만, 대량 출혈 사건 이후 앤은 조금 수척해졌다. 내가 좋아하는 볼살은 축 처졌고, 윤기와 탄력도 예전만 못했다. 홍보실 일을 잠시 쉬고 다음번 냉동 배아 이식을 차분히 준비하는 게 어떨까 하는 제안을 해보려 했지만, 미술관 데이트의 좋은 분위기를 망칠 것 같아서 하지 않았다. 나는 나 나름대로 앤의 임신에 대한 향후 계획까지 생각했었다. 만약에 앤이 다시 임신에 성공한다면, 리처드를 찾아가 당장 앤을 집에서 쉬게 하라고 강권할 작정이었다. 그리고서 앤의 임신 안정을 위해서 극진한 간호를 자처할 생각이었다. 일어나지도 않은 일인데, 나 혼자 계획을 짜고 있었다.

빅토르 하르트만(1834-1873)
달걀 껍질이 붙어 있는 햇병아리들의 발레
발레 트릴비(Trilbi)를 위한 의상 디자인 -작가 사후 전시회(1874) 도록에서 발췌

"이 그림, 스케치는 상당히 귀엽네."

"이번 전시회의 기획에 딱 부합하는 그림이 마침내 등장하네. 지금 이 방에서 나오는 음악 들어봐." 미술관 입구에서부터 전시실마다 그림에 어울리는 음악을 틀고 있었다. 무소륵스키였다.

"아! 그렇구나!" 뭔가를 알아챘을 때 앤이 짓는 특유의 귀여운 표정이 있다.

"클락헨 병아리들도 딱 요 때까지만 귀엽지. 샛노란 솜털 덩어리가 총총 뛰어다니는 모습은 정말 사랑스러워. 추워서 바들바들 떠는 모습도 귀엽고, 삐약삐약 울면서 그 작은 날개를 팔랑거리는 모습도 너무 예뻐. 그런데 성장이 너무 빨라져서 부화 후 하루 이틀이면 금방 새까매지고, 이제는 벙어리 형질이 완성 단계라 울지도 못해."

"게다가 병아리 시절도 5일밖에 안 되니.... 그런데 클락헨 병아리가 그렇게 빨리 부화하는 이유는 뭘까?"

"배가 고파서 그럴 거야. 알 속의 영양분을 다 소진하면 배가 고파지니깐

깨고 나오는 거지. 솎아내기 때문에 식욕이 왕성해진 데다가, 부리가 강한 형질까지 장착되면서 안쪽에서 더 빨리 껍질을 깨는 거 같아. 부화하자마자 허겁지겁 달걀껍데기를 쪼아 먹는 걸 보면 좀 무서워."

"이젠 인공 부화기 도움 없이 자동으로 부화하는 형질을 추가할 거라고 하던데? 클락헨의 제7 형질로."

"7번째니깐 안식일을 가져도 될 거 같은데 쉬질 않네. 소장인 리처드가 강하게 밀어붙이고 있으니 따르는 수밖에."

"리처드와 대통령은 확신이 있는 거 같아." 앤이 말했다.

"그래서 말인데. 리처드가 파티 전에 대통령 주재 회의 다녀온 것에 대해서는 연구소에 일언반구도 없네. 너는 뭐 들은 거 없어?" 내가 질문을 하며 고개를 돌려 보니, 앤은 그림에 시선을 고정한 채로 이를 앙다물었다.

"그런데 자세히 보니 꼭 알에서 사람이 태어나는 것 같네." 앤은 내 질문을 못 들은 척하며 걸음을 옮겼다.

빅토르 하르트만 (1834–1873)

사무엘 골덴베르크와 슈무엘레 (부자 유대인과 가난한 유대인)

- 작가 사후 전시회(1874) 도록에서 발췌

"누가 부자고 누가 가난한 사람인지 단번에 알겠네." 앤이 손가락으로 두 그림을 번갈아 가리키며 말했다.

"고개의 각도 때문인가? 부자는 당당하게 목을 곧추세우고 있고, 가난한 사람은 고개를 푹 떨구고 있고."

"그런데 둘 다 시선은 아래쪽을 향하고 있네. 부자인 사람은 무서운 톤으로 무거운 빚을 갚으라고 명령을 내리는 거 같고, 가난한 사람은 동정을 얻으려 머리를 조아리고 굽신거리다가 얇고 째지는 목소리로 부자한테 하소

연할 것만 같아." 앤은 이제 전시회 기획자의 의도를 완전히 파악한 듯했다.

"네 얘기를 들으니 그림이 들리고, 음악이 보이는 것 같다." 내가 말했다.

"부자는 대통령과 리처드, 가난한 사람은 클락헨들 같네. 어찌 보면 다 똑같은 생명체인데."

"나한테만 말해줄 수 없어? 너무 궁금해서 그래. 내키지 않으면 안 해도 돼. 비밀은 꼭 지킬게." 앤은 곤란한 미간을 만들었지만, 비밀의 공기는 벌써 입천장까지 올라와 있었다.

"나도 리처드도 그리고 너도 곤란해질 수 있어서 그래. 저번 주에 새로 들어온 일반직 신입 사원 4명 알지? 남자 둘, 여자 둘. 그 사람들 국가정보원에서 심어둔 사람들이야. 클락헨 정보가 새어 나가는 걸 사전에 막기 위해서 잠입 근무하고 있어. 감시가 이 지경까지 강화됐어." 앤은 귓속말로 얘기했다.

"걱정하지 마. 피터에게도 말하지 않을게. 어차피 관심도 없고, 잘 이해하지도 못해."

"정부와 리처드는 클락헨 종계의 수출을 원하지 않아." 앤의 입술에서 비밀이 흘러나왔다.

"그 정도는 나도, 다른 연구원들도 예상했었어."

"정부는 클락헨을 철저하게 독점 자본화하려고 해. 국가 차원의 엄격한 보안 속에 무정란, 통조림, 가공육만 수출하는 거지. 너도 연구소 구내식당에서 먹어봐서 알겠지만, 클락헨 달걀과 고기가 정말 맛있잖아. 살점도 많은 데다가 거의 무한정 생산이 가능하고. 이것을 저렴한 가격에 전 세계 시장에 내놓는 거야. 그러고 나서...." 앤이 잠깐 머뭇거렸다.

"그러고 나서는?"

"기다리는 거지. 전 세계인이 클락헨 달걀과 고기의 맛에 중독될 때까지. 싸고 크고 맛있는 클락헨 달걀과 고기는 빠르게 전 세계인의 입맛을 사로잡을 거야. 그때까지 클락헨 종계는 연구소 안에 가둬 놓고. 그러다 보면 곧 여러 나라에서 클락헨 종계 구입을 원하게 될 테고, 클락헨의 몸값은 상한가를 치겠지. 바로 그때 원전만큼 비싼 값을 받고 각국에 동시다발적으로 수출할 계획이야. 그래서 연구소의 보안이 점점 물샐틈없이 강화되고 있는 거고. 여기까지가 클락헨-Noah의 큰아들 클락헨-셈(Shem)에 관한 내용이야."

"그럼 둘째와 셋째 아들에 관한 내용은?" 내가 독촉했다.

"연구소 경비중대에 군인들 늘어난 거 알지?"

"아니. 나는 그런 거까지는 모르지."

"그 군인들 특전사의 엘리트 부대원들과 국방연구원의 연구원들이야. 리처드와 국방부 장관은 클락헨을 실제 전투에 투입 가능한 비밀병기로 만들려고 해. 몇 달 전에 산업스파이가 드론으로 클락헨을 훔치려 했던 사건 기억나지? 그 사건 어떻게 된 건지 알아?" 앤은 마술사처럼 입속에서 만국기를 줄줄이 뽑아냈다.

"그 산업스파이는 경찰에 붙잡힌 뒤 국정원으로 송치되었다고 들었는데?"

"아니. 그 드론이 왜 떨어졌는지 묻는 거야."

"조작 미숙 아닐까? 아니면 클락헨이 생각보다 무거워서 추락했을 수도 있고."

"아니야. 클락칵 한 마리가 날아올라서 드론을 공격한 거야. 드론 아래쪽에 미끼가 붙어 있었거든. 내가 드론에 부착되어 있던 카메라가 찍은 추락 직전 영상을 봤어."

"정말이야? 날개가 커지고 근육이 발달하면서 활강은 가능할 거로 생각했는데, 비행 공격은 충격인데." 나는 놀랐다.

"리처드는 영상을 보고 나서 그 클락칵을 찾으려고 직원들을 엄청나게 닦달했었어. 그런데 결국 그 클락칵은 물론 그 자손들도 못 찾았지."

"전번에 큰 날개 근육 형질을 찾으려고 했던 것처럼, 조만간 클락헨-Noah들을 모아 놓고 대단위 비행 시험을 다시 하겠구나. 이번에는 비행이 가능한 잠재 형질을 찾으려고 하겠네."

"대통령과 국방부 장관은 이 프로젝트에 거는 기대가 매우 커. 리처드는 뜨거운 온도에서도 살아남을 수 있는 전투용 클락헨을 만들기 위해 사막에 있는 육군 혹서기 훈련장 부지까지 얻어냈어."

"이게 두 번째 아종의 방향이구나. 전투용 클락헨. 클락헨-함(Ham)." 나는 심장이 두근거렸다.

"그리고 노아의 막내아들은 고가품 생산용으로 진화시키려나 봐. 클락헨-야벳(Japheth)은 거위처럼 될 거 같아."

"거위? 클락헨으로부터 구스 다운을 만든다는 프로젝트가 그거였나?"

"푸아그라도. 리처드는 조류의 지방간은 낮은 기온과 관련이 있고, 솜털은 찬물 수영과 관련이 있다고 생각해. 그래서 비어 있는 남극기지 사용권과 거기까지 가는 긴 시간 동안 클락헨 실험을 계속할 수 있도록 대형 쇄빙선까지 얻어냈어. 그런데 그 배를 타고 남극까지 가면서 연구할 지원자가 있겠어?"

"당연히 없지. 그 혹한의 악조건 속으로 누가 가겠어."

"그래서 리처드는 소장으로 부임하자마자 터졌던 사건들의 피의자 4명을 그 배에 태우려고 해. 일종의 형벌 개념으로. 넷 중에 거대 몬스터 클락헨을 몰래 만들었던 책임연구원 헉슬리는 리처드가 아끼는 대학 후배야. 그 사람은 그런 기괴한 연구를 좋아하는 괴짜 천재 스타일이어서, 기꺼이 클락헨들과 함께 남극행 배에 탈 거야."

"그래서 그때 징계가 좀 약했구나. 그나저나 일이 걷잡을 수 없이 커지는 거 같다."

"이거 비밀 꼭 지켜야 해. 리처드에게도 절대 먼저 아는 척하지 말고."

"걱정하지 마, 앤. 발설했다가는 나도 남극 가는 쇄빙선에 오를 거 같은

데, 어디 무서워서 얘기나 하겠어? 오늘 네가 지금 했던 얘기들은 안 들은 거로 할게."

"그래. 그런데 우리 길을 잃은 거 같다." 앤은 두리번거렸다.

"아! 저쪽에 고흐 전시실이 하나 더 있었네. 우리가 건너뛰었나 보다. 우선 저기로 가자."

Promenade

앤의 이야기를 듣고 사고가 어눌해지면서 귀가 먹먹해졌다. 나 역시 클락헨이 가진 잠재력을 눈이 빠지게 연구했던 사람이었다. 그러나 리처드의 지나친 맹신과 과도한 욕심은 어쩐지 가엽다는 생각이 들었다. 그리고 정부의 아낌없는 지원에서 풍겼던 검은 냄새를 맡은 내 코끝이 셨다. 역사적으로 큰 이권이 연계된 사업에 국가의 자비는 없었다. 전력, 우편, 철도, 광물에서부터 카지노, 아편, 복권, 담배, 매춘까지. 뒤엣것들은 부도덕, 해악이 아닌가? 소름이 돋더니 혀끝까지 씁쓸해졌다. 정부가 연구소 일에 깊숙이 관여하기 시작했을 때는 다 이유가 있었다.

빈센트 반 고흐 (1853–1890)

아를의 무도회장 (1888) - 캔버스에 유화

"세 그림 모두 시장통이네. 이 첫 번째 그림은 아주 활기가 넘치는데?" 가장 왼쪽 그림에 서서 앤이 말했다.

"시끌벅적한 소리가 여기까지 들리는 것 같다. 이 여자들 사이에 재미있는 소문이 났나 보네. 다들 수다 떠느라 정신이 없어." 나는 밝은 색채의 그림과 음악 덕분에 머리가 좀 편안해졌다.

"아마도 돈 잘 쓰는 남자 이야기겠지. 이 당시 댄스홀은 매춘의 온상지였거든."

"뭐가 되었든 좋은 소문인가 보네. 분위기가 아주 밝은데?"

"아! 소문 하니깐 생각났는데, 너에게 전해줄 좋은 뉴스 2개와 나쁜 뉴스 2개가 있어."

"제일 좋은 것부터 듣겠어."

"전부 리처드한테 들은 거야. 마찬가지로 보안 유지해주고. 첫 번째 좋은 소식은 너 조만간 책임연구원으로 승진할 거야. 미리 축하해." 앤이 활짝 웃으며 말했다.

"와우! 축하 고마워 앤. 나쁜 뉴스는?"

"동물원이 없어질 거 같아. 연구소가 동물원 부지를 매입해서 거기에 클락헨 사료를 공급할 대단위 농장을 만든대. 이모작이 가능한 유전자 조작 옥수수를 재배하려나 봐."

"그럼 코끼리들은? 비쉬누와 크리슈나는? 칼키는?" 나는 크게 당황했다.

"놀랬지? 리처드가 코끼리 문제로 시립동물원장과 마찰이 컸어. 결국 동물원장이 한발 양보해서 코끼리 가족을 연구소 내로 옮기는 조건으로 극적 타결을 봤어. 코끼리 가족은 메인축사에 별도의 우리를 마련해서 연구소 안에서 키우기로 했다네. 이게 두 번째 좋은 뉴스야."

"천만다행이다. 나한테는 승진보다 이게 더 좋은 뉴스인걸? 이제는 짜증 나는 검문 없이 매일 비쉬누와 크리슈나를 볼 수 있겠다." 머릿속의 지끈함이 사라졌다.

"그리고 마지막은 리처드가 나한테 부탁해서 너의 의향을 물어봐 달라고 했어. 다른 승진자들에게도 개인 연구실을 내줘야 해서, 네 연구실을 8층 가장 구석으로 옮길 수밖에 없나 봐. 그런데 너도 알다시피 그 방이 너무 복도 끝에 있고 방사선 치료실과 가깝잖아....”

“그게 무슨 나쁜 소식이야. 나는 그 큰 빈방 좋아. 혼자 쓰기에는 너무 넓어서 오히려 리처드한테 고마운데? 너랑 차 마실 수 있게 작은 응접실을 꾸밀 공간도 있고. 그리고 방사선 치료실은 여기서 시립 병원이 나간 후로 폐쇄된 곳인데 뭘. 나는 아주 좋아. 리처드에게 나를 전혀 개의치 말고 결정하시라고 전해줘. 그리고 신경 써줘서 고맙다는 말도 꼭 전해줘.”

“네가 그렇게 받아주면 정말 고마워할걸? 방 이사하면 차 마시러 내 친히 방문해주지.”

“네네. 여왕 폐하. 언제든지 왕림해 주옵소서. 소녀 로열 밀크티를 준비해 놓겠사옵니다.”

앤을 모시고 바로 옆 그림으로 자리를 옮겼다.

빈센트 반 고흐 (1853–1890)

국립 복권 가게 (1882) - 종이에 수채 (체크)

“모두 지친 듯이 고개를 떨구고 있네. 게다가 너무 다닥다닥 붙어 있다.”

“앤, 여기봐봐. 복권가게 그림에 부자 유대인과 가난한 유대인이 다시 등장한다.” 나는 그림의 오른편 구석을 가리키며 말했다.

“엇. 그러네. 긴 수염에 모자를 쓰고 정면을 응시하는 신사. 그리고 가난한 사람은....”

“왼쪽 세 번째. 고개 숙이고 있는 흰머리에 흰수염.”

“정말 그러네. 신기하다. 그런데 부자나 가난한 사람이나 똑같이 일확천금을 원하네. 가난한 사람은 당장의 생존을 위해, 부자는 더 많은 가난한 사람들을 부리기 위해 일종의 도박을 하는 거지.”

“더 큰 권력을 위해서?” 내가 물었다.

"그렇지. 인간의 욕망은 끝이 없잖아. 클락헨이 끝없이 자기 유전자를 복제하려는 욕망처럼."

"인간의 권력이란 것이 클락헨의 욕망과 크게 다르지 않을 거야." 말하고 나서 살짝 두통이 왔다.

"연구소에서 클락헨 종계나 유정란을 훔쳐내려고 하는 사람들도 똑같지. 욕망에 사로잡혀 위험한 도박을 한 거잖아. 예전에 동물원에서 너를 납치했던 괴한들도 그렇고."

"그 이야기는 꺼내지도 마."

"미안. 그런데 사실 유정란을 낳을 수 있는 클락헨 한 마리만 빼돌리면 거의 로또 1등 당첨과 같은 거 아닌가?"

"그렇지. 그 한 마리가 하루에 12개씩 알을 낳으니깐. 3주를 꽉 채운다면 자손이 252마리고. 그 자손이 금방 또 자손을 낳고."

"그것 때문에 리처드가 스트레스를 많이 받아. 요즘 잠도 잘 못 자고, 의안 쪽 안질도 점점 심해져."

"메인축사에서 탈출한 클락헨 때문에?" 내가 물었다.

"응. 바로 그거지. 도망간 5마리 중 4마리는 아직 못 찾았잖아. 파티 때 난입했던 클락헨 무리는 전부 RFID 칩이 없었대. 그렇다면 도망간 4마리의 자손들이란 얘기지. 그 4마리 또는 그 자손들이 외부로 유출되면 다 끝나버리는 거잖아."

"앤. 너무 걱정하지 마. 우선 경비대대에서 연구소 주변의 모든 숲을 매일 샅샅이 뒤지고 있어. 그리고 사료가 충분히 공급되지 않으면 탈출한 클락헨과 그 자손들은 금방 굶어 죽을 거야."

"과연 그럴까? 클락헨의 식성과 생존력은 상상을 초월하잖아?"

"아직 야생에서 혼자 생존할 정도는 아니야. 클락헨은 먹을 것이 충분치 않으면 서로를 잡아먹거든. 클락헨을 일정 시간 굶기면 호전성이 증가하면서 동종포식을 해. 아사 직전의 클락헨은 자기가 품었던 알에서 갓 부화한 햇병아리를 잡아먹어. 더 급할 때는 자기가 낳은 달걀을 바로 먹어버리기도 해. 이런 식으로 진행된다면 탈출한 무리의 개체 수가 줄면서 스스로 박멸될 거야."

"잔인한 것들. 그렇다면 사료를 먹지 않고 알만 낳는 클락헨 돌연변이도 생길 수 있을까? 예를 들어 광합성으로 체내에서 영양분을 만들어내는?"

"그런 돌연변이가 나올 확률은 한 사람이 로또 1등에 14번 연속 당첨될 확률보다 낮을 거야."

"구골분의 일?" 앤이 웃었다.

"거의 비슷하겠네."

두 걸음을 옮겨 옆 그림으로 갔다.

빈센트 반 고흐 (1853-1890)

아를 원형 경기장의 관중들 (1888) - 캔버스에 유화

"이 그림도 아주 떠들썩한데? 고흐 작품에 군상(群像)이 이렇게 많은지 처음 알았네."

"이 그림은 미완성인 것 같네. 오른쪽 위쪽에서 무슨 경기가 벌어지는 것 같은데. 경마인가?" 말하고 나서 나는 말을 찾아보았다.

"말은 안 보이는데? 앞쪽의 남자들이 양팔을 벌려 환호하는 거 보면 무슨 시합인가 보다. 왠지 돈 걸고 하는 것 같지 않아?"

"말(馬)은 없는 것 같다."

"투계인가?" 앤이 피식 웃으며 말했다.

"에이. 설마."

"리처드가 그 불법 투계장에서 살아남은 클락칵을 연구소로 데리고 왔

어. 토너먼트에서 4강까지 올라간 4마리라네. 튼튼한 클락헨과 교배시켜서 그 호전적 형질을 클락헨-Noah에 심어 놓으려 하는 것 같아. 우선 다량으로 번식시킨 후 그 무리 안에서도 유독 강한 놈들을 추려내 클락헨-함(Ham)의 조상으로 만들겠지."

"저 그림처럼 메인축사가 투계장이 될 수도 있겠구나." 말하고 나니 앞으로 메인축사에 함께 있을 코끼리 가족이 걱정됐다.

우리는 어두운 조명의 좁은 벽면으로 향했다.

빈센트 반 고흐 (1853–1890)

감자 먹는 사람들 (1885) - 캔버스에 유화

"이 벽면은 왜 이리 어둡게 해놨지? 이 가난한 명작에 집중하게 하려는 의도인가?" 앤이 두리번거렸다.

"그렇겠지. 옆 벽의 세 그림과는 분위기가 완전히 다르니깐. 이 작은 조명이 그림 속의 램프와도 잘 어울리잖아." 나는 천장을 가리켰다. 램프 모양의 조명등이 그림을 비추고 있었다. 램프의 은은한 빛 덕분에 금빛 액자가 더욱 빛났다. 전시회 기획자의 재치가 묻어났다.

"빛 때문에 감자가 더 노랗게, 더 햇감자처럼 보이는 거 같네."

"모두 가난하고 고단하지만, 왠지 화목해 보이지?" 내가 물었다.

"먹을 감자가 충분해서 그런가? 이 그림은 아일랜드 감자 대기근 시대보다는 뒤지?"

"훨씬 뒤지. 대기근이 끝난 후에도 감자는 여전히 가난한 사람들의 주식(主食)이자 구황작물이었어. 그런데 식탁 위의 감자가 넉넉한 양은 아닌 것 같다. 성인 한 사람이 하루에 14파운드의 감자를 먹었데. 그림에서 식구가 다섯 명이니깐 대충 계산해봐도.... 한 달에 천 킬로그램은 있어야 이 불쌍한 사람들이 굶지 않는 거야."

"천 킬로그램? 그럴 거면 빨리 밭을 버리고, 고원에서 유목생활을 하는 편이 나을 거 같은데?"

"다행히도 감자 같은 리좀(Rhizome)은 수확량도 많고 재배가 수월해. 척박한 땅에 아무렇게나 심어놔도 무서울 정도로 잘 자라거든. 오죽했으면 옛 귀족들이 감자를 악마의 작물이라고 했겠어?"

"리좀?"

"응. 고사리 같은 양치식물도 리좀이지. 생강도 있고, 붓꽃(아이리스), 백합도"

"좀 더 설명해줘."

"리좀은 우리가 보통 알고 있는 나무, 즉 한 곳에 뿌리를 내리고 그 중심에 영원히 고정되어 수직으로 서 있는 수목(樹木) 구조와는 정반대 개념이야. 리좀 같은 뿌리줄기, 덩이 줄기류는 중심도 없고, 체계도 없이 땅속줄기가 수평으로 뻗어 나가. 그러다가 비옥한 땅을 만나면 거기에 잠시 잔뿌리를 내리고 영양분을 저장해. 이 영양분 덩어리가 바로 감자야. 저장이 어느 정도 되면 땅속줄기는 또 다른 곳으로 이동해. 이런 식으로 복제에 복제를 거듭하며 계속 뻗어 나가는 거야. 시작도 끝도 없이."

"어째 노마드(Nomad) 이야기로 넘어가는 거 같다?" 앤이 내 사고의 비약을 말렸다.

"하긴. 우리가 오늘 여기 와서 나눈 담론이 다 리좀 같은 거지."

"그런데 아일랜드 대기근은 순전히 감자 때문인가? 아니면 농업 정책의 실패 때문인가? 그냥 식물 전염병 탓? 정부 탓?" 앤이 미묘한 차이를 반복해서 물었다.

"감자마름병이라는 식물 전염병이 큰 원인 중 하나지. 아일랜드는 주식을 감자로 정하고, 온 국민이 감자 하나에만 집중했어. 처음에는 좋았지. 잘 자라고 수확량도 많고 영양분도 충분했으니깐. 그런데 감자의 특성상 종자, 즉 씨감자가 하나였어. 심은 모든 감자는 부모, 형제, 사촌 간이 아니고 전부 똑같은 형질의 클론인 거야. 유전적 다양성이 아예 없었으니, 약한 진균 전염병 공격에 속수무책으로 전멸했지. 이 감자마름병으로 아일랜드에서만 100만 명이 굶어 죽었어."

"끔찍한 재앙이었네." 앤이 어깨를 내려뜨렸다.

"그런데 문제는 지금도 파종을 하는 씨감자의 종류가 그리 다양하지 않다는 점이야. 모든 사람이 가장 수확량이 좋은 종자만 심으려고 하지. 그렇게 하는 게 가장 이득이니깐, 선뜻 바꾸질 못하는 거야."

"흠...." 앤은 그림만 볼 뿐 잠시 말이 없었다. 다른 생각을 하는 것 같았다.

"고흐 그림 한 점에서 출발해 참 여러 가지 주제를 넝쿨처럼 얘기했네." 내가 앤의 어깨를 가볍게 치며 말했다.

"정신분열증 화가의 댄스홀, 매춘, 복권, 도박 그리고 가난이라. 이 전시실의 주제는 뭘까?" 앤이 물었다.

"시장 자본주의와 정신분열증 아닐까? 떼려야 뗄 수 없는 관계." 내가 말하자 앤이 내 팔짱을 꼭 꼈다. 앤의 가슴이 내 팔에 밀착했다.

"이 그림에는 음악도 잘 안 어울리는 것 같다. 다음으로 가자." 앤은 반대편 벽에 걸려 있는 더 어두운 그림들 쪽으로 내 팔을 끌어당겼다.

빈센트 반 고흐 (1853–1890)

농부들의 공동묘지 (1885) - 캔버스에 유화

"공동묘지 그림이네. 이곳에도 까마귀가 한가득이네." 앤은 유독 까마귀를 잘 찾는 것 같다.

"불쌍한 농부들. 예전에는 백성들 사이에 전염병이 퍼지는 것을 막기 위해, 높으신 분들께서 사망 후 반드시 공동묘지에만 매장하라는 법령을 만들었어."

"나도 알아. 그래서 모차르트는 묘비도 없잖아."

"그렇지. 그런데 몇 명이나 여기에 묻혔을까? 어디 보자.... 묘지 십자가가.... 하나, 둘, 셋, 넷.... 열셋, 열넷이네." 나는 까마귀의 수를 세보았다.

"저 오래된 탑 안이 시체로 꽉 차서 밖에 묻은 게 아닐까? 까마귀는 그걸 노리고 있는 것 같고." 앤이 추측했다.

"그럴 수도 있겠다. 충분히 납득이 가는 가정이야. 그림의 주제가 묘지여서 그런지 분위기가 상당히 무겁다. 저 탑이 거대한 한 개의 돌덩어리로 만들어진 느낌이야."

"나는 조금 달라. 저 탑은 벽돌 하나하나로 지어진 게 아니고, 왠지 지하세계에서 어느 날 갑자기 솟아 나온 느낌이야."

"지하에서 솟아난 무덤이라.... 불길하지만 멋진 해석인데?"

"원래 희극적 상상력보다는 비극적 상상력이 훨씬 멋있거든." 앤은 뽐내듯이 어깨를 들썩였다.

"하지만 실제로 비극을 직면하면 멋은 공포가 되겠지. 클락헨 매립지도 언젠가는 넘쳐서 시계태엽산만큼의 높이가 될지도 모르는 일이야. 땅밑에서 솟아오른 저 묘지처럼."

"그 정도야?"

"아무리 동종포식을 강제로 시키고 아무리 사체를 부패시켜서 그 가스로 발전소를 돌린다고 해도, 아종 분화까지 하려면 솎아내 살처분해야 할 개체 수가 어마어마할 거야. 아무리 블록으로 압축한다고 하더라도 그 부피를 언제까지 감당할 수 있을지 모르겠어." 나는 한숨을 내쉬었다.

"그 높이가 어느 정도 될 거 같은데?"

"아마.... 시계태엽산을 한참 넘어서.... 바벨탑 정도?" 나는 앤에게 미소 지으며 농담을 던졌다.

"에이. 장난하지 마. 불길한 상상이 현실이 되는 경우가 얼마나 있겠어?"

"없지. 아니. 거의 없을 거야."

빈센트 반 고흐 (1853-1890)

까마귀가 나는 밀밭 (1890) - 캔버스에 유화

"드디어 명작 앞에 섰군! 나는 이 그림이 너무 멋져! 까마귀도 셀 수 없이 많고." 앤이 팔짱을 끼며 감탄했다.

"42마리야." 내가 얼른 대답했다.

"그걸 지금 세본 거야? 아까 묘지 숫자처럼?"

"아니야. 나도 이 그림 어렸을 때부터 많이 좋아해서...."

"아! 맞다. 네가 쓴 소설 에피파니에 나온다. 42마리라고." 앤이 반가운 마음에 내 말을 잘랐다.

"그랬나? 아! 맞다! 그런 구절을 썼던 기억이 나. 내가 써 놓고 나도 잘 기억이 안 나는데. 정말 자세히도 읽었구나."

"소설 주인공이 휘몰아치는 하늘과 까마귀의 검은색이 중첩되어서 수를 세기 어려웠다고 썼어. 맞지?" 앤이 물었다.

"응. 맞아. 주인공이 강박증을 앓고 있는 설정이었지."

"작가인 네 성격이 주인공 성격에 투영된 거 아니야?"

"어느 정도는." 질문에 계속 대답을 하려면 앤이 구해다 준 내 책을 다시 읽어야겠다는 생각이 들었다. 정말이지 내가 썼던 문장이 잘 기억나지 않았다.

"나는 이 그림이 너무 좋아. 반 고흐가 자신의 죽음을 위해 작곡한 레퀴

엠 같아. 대학 때 컴퓨터 그래픽을 이용한 기획 전시회를 본 적이 있었어. 큰 모니터에 저 그림이 있었는데 밀밭만 있는 거야. 그러다 어디선가 총소리가 나고 까마귀들이 밀밭 속에서 일제히 날아오르면서 원화가 완성되더라고. 마치 고흐가 죽은 뒤 까마귀가 되어 날아오르는 것 같았어."

"그런 애니메이션 영화도 있었지."

"맞아. 그 영화도 참 좋았어."

"그런데 앤. 그림만 봤을 때는 까마귀가 날아가는 건지, 날아오는 건지 알 수가 없어. 죽은 고흐의 시체에 까마귀가 몰려드는 상황일 수도 있잖아?"

"오! 그런 상황이라고 상상하고 그림을 보니 까마귀가 길의 오른쪽 끝으로 몰려들고 있는 것 같네. 그렇게 생각하니깐 하늘이 더 불길해 보인다." 앤이 그림을 한참 응시한 뒤에 겨우 말했다.

"불길한 하늘색. 특히 파란색 사이사이에 박혀 있는 검은색 하늘이 이 그림의 위대함이야."

"날아간다 생각하니 처연(凄然)하고, 날아온다 생각하니 처참(悽慘)하네." 앤은 즉흥 자작시를 읊었다.

빈센트 반 고흐 (1853–1890)

담배를 태우고 있는 해골 (1886) - 캔버스에 유화

"꼭 담뱃갑에 새겨진 폐암 경고 사진 같다."

"고흐 작품 중에 이런 그림이 있는 줄 처음 알았네. 이건 거의 상상화(想像畫)네." 나는 자세히 살피려 자세를 구부렸다.

"뭘 또 세보려고 그래? 갈비뼈 개수?" 앤이 웃으며 물었다.

"아니야!" 내가 웃으며 허리를 일으켰다.

"뭔가가 폐 속으로 들어간다는 건 어떤 의미일까? 숨이건 담배 연기건

독감 바이러스건."

"최종 목적지는 폐가 아니야. 들숨의 산소든 담배의 니코틴이든 바이러스의 DNA든."

"그럼 어디야?"

"온몸이지. 폐포에서 혈관으로 넘어간 다음에는 혈류를 통해 온몸으로 퍼지는 거지. 산소야 온몸의 세포에 고루 퍼지겠지만, 바이러스는 정해 놓은 뚜렷한 목적지가 있지."

"흠...." 앤은 그림에 집중하며 한동안 말이 없었다.

"무슨 생각해?" 내가 침묵을 깼다.

"나 쓰러졌을 때 기억나?"

"그날을 어떻게 잊겠어?" 떠올리고 싶지 않았지만, 너무 생생하게 기억이 났다.

"나 다시 의식을 찾았을 때 제일 먼저 내가 인지한 게 뭐였는지 알아?"

"천정에 붙어 있는 수술 등의 빛? 아니면 모니터링 기계의 소리? 그런데 그게 기억이 나?"

"응. 또렷하게. 참 신비로운 경험이었어." 앤이 천장을 쳐다보며 말했다.

"뭐였는데?"

"리처드의 담배 냄새."

"그걸 어떻게...." 소름이 돋았다.

"그날, 내가 죽을 뻔했던 수술방에서 리처드가 담배 피웠지?" 앤이 나를 보며 물었다.

"그걸 어떻게 알았어? 리처드한테 들은 거야?"

"아니. 리처드는 내가 간질 발작을 했었다는 이야기만 했어. 그런데 내가 또렷하게 기억이 나. 신기한 건 시각, 청각보다 후각이 제일 먼저 돌아오더라고. 안 보이고 안 들리는데 담배 냄새만 났었어."

"간질 발작을 하면 모든 감각이 다 섞여 버려. 간질이란 게 뇌 안에 엉켜 있는 수많은 전선 사이에 합선(合線)이 생긴 거잖아. 그래서 그런 감각적 혼선이 있었을 거야.... 그러면 앤. 죽음에서 삶으로 건너온 순간도 기억이 나?"

"그 경계는 나도 정확하게는 모르겠어. 담배 냄새 뒤에 희미하게 국화 향도 났었어. 그 죽음의 냄새들을 반사적으로 피하려다가 의식이 번뜩 돌아온 걸지도 모르지."

"백합이었어. 세 송이."

우리는 천천히 발걸음을 옮겼다.

Promenade

다음 전시실로 가는 복도에서 앤이 쓰러졌던 날을 생각했다. 앤이 잠시 죽어 있었을 때, 나는 그때까지 앤과 나눴던 모든 대화를 또렷하게 기억해내며 눈물을 흘렸었다. 그것이 너무 생생해서 마치 살아 있는 앤과 대화를 나눈 듯했다. 그때 나는 도대체 누구와 어떤 언어로 소통했던 것일까? 앤이 체험했던 죽음에 대해선 의사소통을 할 수 없었다. 나는 솜에 숨이 막히는 답답함을 느꼈다.

그리고 인간 언어의 한계점과 유통기한을 생각해 보았다. 무수히 많은 단점을 무릅쓰고, 인간은 익숙하다는 이유로 언어를 너무 오랫동안 사용한 것이 아닐까? 언어는 너무 구식이다. 이제는 말과 글 말고, 아예 다른 차원의 의사소통 방법을 찾아봐야 하지 않을까? 미래의 과학기술로는 가능하지 않을까?

마지막 전시실로 향하는 복도는 어둡고 길었다.

빅토르 하르트만 (1834-1873)

닭다리 위 오두막(**마녀 '바바야가'의 집**). 오두막 전면에 시계판을 부착한 러시아 전통 시계 디자인 - 작가 사후 전시회(1874) 도록에서 발췌

"어머! 이게 뭐야? 클락헨인가?" 앤이 그림을 보자마자 깜짝 놀랐다.

"어!" 나도 놀랐다.

"아는 그림이야?" 앤이 물었다.

"나도 그림으로는 처음이야. 그런데 피터한테 이 그림과 똑같은 디자인의 골동품 시계를 선물 받았거든. 지금 집에 있어."

"우와. 피터 센스 있네."

"우연히 골동품점을 지나가다가 하울의 움직이는 성과 클락헨이 생각나서 샀대. 받았을 때는 무슨 의미인 줄 잘 몰랐는데, 이 그림을 보니 이해가 가네."

"진짜 그 애니메이션에 나오는 성 같네. 다른 점은 다리가 닭다리고, 전면에 큰 시계가 붙어 있고." 앤이 손가락으로 그림의 한 부분을 가리켰다.

"기괴하네. 지붕에도 닭 문양이 붙어 있네. 이건 뭐 클락헨 그 자체인데?"

"정말 그러네. 시계와 닭. 그런데 저 오두막 안에는 뭐가 있을까? 톱니바퀴나 태엽 같은 시계 부품? 아니면 달걀? 아니면 마트료시카 인형처럼 한 사이즈 작은 오두막?"

"앤. 오늘 너무 유전학에 너무 꽂힌 거 아니야?" 웃으며 내가 말했다.

"유명한 '바바야가'라는 마녀가 저 안에 살고 있다는데?" 앤은 작품 아래쪽에 빽빽하게 적혀 있는 해설을 읽어나갔다.

"바바야가는 슬라브족 전설에 등장하는 불가사의하고 기형적인 마녀로 초자연적인 마법을 사용하여 인간을 잡아먹는다. 보통 절구통을 타고 날아

다니는 검은 노파로 묘사되며, 잔인한 용으로 변신하기도 한다. 깊은 숲 속에 사람의 해골로 가득 차 있는 오두막에서 산다. 오두막 아래에 거대한 닭다리가 달려 있어서 집 전체가 자유롭게 이동할 수 있다. 몇몇 민속 연구에서는 바바야가의 이미지에는 달, 죽음, 겨울, 새, 모계 사회, 땅의 신 등의 의미가 내포되어 있다고 한다. 바바야가의 이미지는 지금도 동화, 소설, 미술, 영화, 게임 등을 통해 끊임없이 확대, 재생산되고 있다."

"하울의 움직이는 성과 콘셉트는 비슷한데 분위기는 정반대네."

"영화에서는 미남과 아름다움과 꿈과 동화 그리고 왈츠가 있었고...."

"여기에는 추녀와 잔인함과 악몽과 비극 그리고.... 클락헨이 있네." 내가 대화의 단락을 마무리 지었다.

앤의 핸드백에서 진동음이 들렸다. 앤은 얼른 전화를 받았다. 리처드의 전화였다. 앤은 다른 손으로 입을 가리며 작은 목소리로 잠시 통화를 했다.

"리처드?" 내가 물었다.

"응. 기사랑 관용차 때문에. 지금 연구실인데 외부 미팅이 술자리로 이어질 거 같아서 많이 늦는다네. 오늘 너랑 데이트 잘하고 자기 기다리지 말고 먼저 자라고 하네."

"우리 소장님 너무 바쁘시네. 쉬는 날인데 쉬지도 못하고."

"오늘 술자리에 피터도 부르려고 했는데, 피터가 없어서 아쉬워하는 눈치야."

"응. 둘이 잘 어울리더라고. 리처드가 피터를 술자리에 자주 초대하나 봐."

"그나저나 매일매일 쫓기듯이 일을 하네. 마지막 일정은 항상 술자리고. 이러니 술을 끊으려야 끊을 수가 없지. 스트레스 때문에 잘 자지도 못해. 자도 눈 뜬 채로 겨우 자더라고." 앤이 불안한 숨을 내쉬었다.

"외부 미팅은 먼 곳에서 하는 건가?"

"아니. 근처 사단 본부. 국방부 차관이랑 무슨 해병대인가 기무대인가 사령관들이 근처로 왔다네."

"와! 리처드가 너무 바쁘니깐 높으신 분들께서 연구소 근처로 몸소 행차하시는구나?"

"이게 좋은 일인지 나쁜 일인지, 앞으로 어떻게 될 건지 나는 정말 모르겠다." 앤의 어조와 표정에 체념이 너울졌다.

"힘내요. 사모님. 아니 여왕 폐하. 제가 있지 않사옵니까? 저는 황제 폐하와 여왕 폐하를 동시에 시중들 수 있는 유일한 신하가 아니옵니까?" 앤의 먹구름을 날려버리려 머리를 조아리며 말했다.

"너 때문에 내가 웃는다." 앤의 볼살이 살짝 부풀어 올랐다.

"음악을 들어보니 이제 마지막 작품만 남았나 보다. 다 보고 맛있는 거 먹으러 가자. 근처에 김초밥, 데마끼 맛있게 하는 일식집 있어."

"일식 좋지. 아까 리처드가 조만간 피터 초대해서 넷이 식사 또 하자고 하던데?"

"영광이죠. 그런데 매번 폐만 끼칠 수 없으니, 이번에는 피터네 집에서 하자고."

"오호 이것 봐라. 마치 자기 집인 양 얘기하네?"

"그런 거 아니야!" 나는 재빨리 옆 방으로 도망쳤다.

"이거 완전 째깍째깍. 걸어 다니는 시한폭탄인데?" 앤의 소프라노 목소리가 어깨너머로 들려왔다.

빅토르 하르트만 (1834–1873)

키예프의 대문(영웅의 대문)의 설계도 - 작가 사후 전시회(1874) 도록에서 발췌

"앤! 이 그림 좀 봐. 마지막 그림 키예프의 대문이다. 러시아 비잔틴 양식

이네. 모스크도 보이고, 종탑도 보이고. 성화(聖畫)도 걸려 있네."

"위풍당당하네. 문도 활짝 열려 있고." 뒤쫓아온 앤이 물었다.

"일종의 개선문 같은 거지."

"크기가 엄청난가 보다. 밑에 있는 사람들이 다 난쟁이 같아 보이네. 그런데 이 그림의 실물은 실제로 키예프에 있나? 예전에 취재차 키예프에 간 적 있거든. 그때 이런 대문은 못 봤던 거 같은데...."

"없어. 황제의 명으로 건축 계획이 취소되는 바람에 하르트만의 이 설계도 그림은 결국 지어지지 못했어."

"일종의 미완성이네?"

"뭐.... 애매모호하긴 한데, 그렇다고 볼 수 있지."

"여기 종이 걸려 있네? 보통 개선문 종류는 종이 없잖아?" 앤이 그림의 오른쪽을 가리켰다.

"저 종탑이 백성들에게 시간을 알려주는 일종의 시계탑 역할을 했을 거야."

"하르트만 선생님은 여기저기에 시계 붙이는 걸 좋아하네. 클락헨도 좋아하려나?"

"에이 설마."

그때 몇몇 인부들이 대전시실의 정면 벽에 설치되어 있던 흰색 임시 차단막을 조심스럽게 거두기 시작했다. 전시실에 있던 관람객들이 웅성거리며 모여들었다. 검은 글씨로 크게 '먼지 제거 및 수리 보수 중'이라고 쓰여 있는 흰 차단막은 롱스커트를 벗을 때처럼 바닥으로 툭 떨어졌다.

로댕. 지옥의 문.

거대한 예술 작품의 고귀한 중력(重力)이 전시실 공간을 순식간에 뒤틀어 버렸다. 뇌세포들은 일체의 장력(張力)을 상실한 채 작품 쪽으로 쏠렸다. 과하게 쏠려버린 뇌세포들은 두개골 안쪽에 둔중한 압력(壓力)을 가했다. 청동의 육중한 질량이 하찮은 것들에게 행사하는 강력한 인력(引力) 때문에 관람객 모두 지옥의 문 앞으로 좀비처럼 끌려왔고 이내 청동상처럼 굳어 버렸다.

오귀스트 로댕 (1840–1917)
지옥의 문 (1880~1917) - Bronze

우린 잠시 말을 잃었다. 문의 검은 청동이 녹아 수만개의 촉수가 되더니, 눈, 귀, 입, 코, 피부 위의 모든 구멍 속에 박혔다. 몸이 너무 무거워져 땅속으로 꺼져버릴 것 같았다.

"와.... 이건 뭐...." 작품에 압도된 앤이 말을 더듬었다.

"문으로 빨려 들어갈 거 같네. 문에 박혀 있는 청동 군상 중 한 명이 돼버릴 거 같아."

"이것도 여기 미술관이 소장하고 있는 건가 보지?"

"응. 상설 전시. 아마 아까 본 칼레의 시민같이 오리지널 캐스트일 거야."

나도 앤도 작품에서 눈을 떼지 못했다.

"문 맨 위쪽의 세 망령 그리고 생각하는 사람. 이 넷은 워낙에 유명한데, 그 주변에 괴물들이 많이 있었네. 처음 봤어."

"응. 사티로스와 켄타우르스야. 사티로스는 술과 여자를 밝히는 반인반수 요정이야. 머리에 뿔이 있고, 하반신은 염소고. 켄타우르스는 상체는 사람이고 하반신이 말이지."

"돌연변이 괴물들이구나. 리처드는 바쁠 때 바로바로 타고 다닐 수 있게, 관용차 기사를 켄타우르스로 만들어 버릴지도 몰라. 너무 바빠서 기사님을

�달하는데, 옆에서 보기에 안쓰러울 정도야."

"리처드가 아무리 진화와 돌연변이를 좋아한다고 해도 설마 그렇게까지 할까?"

"왼쪽 아래에 아이들과 함께 엎드려 있는 저 남자는 뭐지?" 앤의 시선이 아래쪽을 향하며 내게 물었다.

"우골리노와 그의 자식들. 단테의 신곡 지옥 편에 나오는 인물이야. 권력욕이 아주 강한 백작이었어. 대권을 차지하기 위한 음모를 꾸미던 중 친구의 배신으로 아들 둘, 손자 둘과 함께 탑에 갇혀 굶어 죽는 형벌을 받게 돼. 그 안에서 우골리노는 배고픔을 참지 못하고, 자신의 자손들을 하나씩 먹기 시작했어. 그리고는 최후의 생존자가 되었지."

"동종포식이네." 앤의 목소리에는 안타까움이 묻어 있었다.

"네 발로 엎드려 있어서 꼭 짐승 같지?"

"지옥이 따로 없네. 그런데 조각에 자식 중 한 명이 비는 것 같은데?"

"벌써 하나 먹었나 보지. 우골리노의 근육을 보면 아직 탄력이 남아 있잖아?"

"정말 끔찍한 저주네. 그런데 우골리노는 그 뒤에 어떻게 되었어?" 앤은 여전히 지옥의 문만 뚫어지게 보고 있었다.

"우골리노도 결국 굶어 죽어. 그리고 당연히 지옥에 갔지."

"그게 끝이야?"

"단테의 신곡에 보면 우골리노는 지옥에서 자신과 자손들을 탑에 가둔 그 배신자 친구를 만나게 돼. 그리고 그 배신자의 머리를 먹어치우지."

"단테의 지옥은 하드락 아니, 거의 데스메탈 수준인데?"

"아주 강렬하지. 로댕의 문처럼."

"우골리노 위에 뒤죽박죽 뭉쳐 있는 여자들은 뭐야?"

"유혹과 정신착란의 아이콘. 세이렌."

"저기 위에 만세를 부르고 있는 사람은?" 앤이 고개를 들어 시선을 오른쪽 위로 올리며 물었다.

"'나는 아름다워라'야. 로댕이 보들레르의 시 '악(惡)의 꽃'에서 영감을 받은 거야. 나는 아름다워라, 오 덧없는 인간들! 돌의 꿈처럼, 저마다 거기서 상처 입는 내 젖가슴은 질료처럼 영원하고 말 없는 사랑을 시인에게 불어넣게 되어 있다." 나는 내친김에 외우고 있던 시를 읊어줬다.

"와우! 대단한데! 도슨트 같네. 모르는 게 없어!"

"나는 똑똑하여라! 다 물어봐. 나 지옥의 문 전문가야."

"나 특이한 거 발견했어. 문기둥 밖으로 떨어져 나간 갓난아기들이 있는데? 이건 뭐야?"

"음.... 그건 나도 모르겠는데." 얼버무렸다. 설명했다간 앤이 쌍둥이 유산을 연상할 것만 같았다.

"에이 뭐야. 도슨트라며?"

"내가 아는 것 위주로 설명해줄게."

나는

'저주받은 여자들'의 여자지만 여성이 아니고 그렇다고 남성도 아닌 헤르마프로디토스의 양성(兩性) 이야기와 레즈비어니즘 이야기,

'부러진 백합'의 거친 비극,

'탐욕과 성욕'의 집착과 7대 죄악(Seven Deadly Sins)

'사티로스'의 주체할 수 없는 욕정,

'켄타우로스'의 이종교배와 잔인한 식성,

'이카로스'의 과욕과 추락,

'해골'의 분절된 뼈들,

'팀파눔'에 줄지어 붙어 있는 참수된 머리통들

과

'웅크린 여인'의 수줍음,
'추락하는 남자'의 비정상적으로 긴 팔,
'키스'가 화석처럼 박혀 있는 사연,
'영원한 봄'이 너무 아름다웠기 때문에 삭제된 이야기,
'달아나는 사랑'의 붙잡을 수 없는 이별,
'돌아온 탕아'의 재회와 용서,
셰익스피어의 로미오와 줄리엣보다 더 비극적인 단테의 '파올로와 프란체스카'를 순서대로 설명해주었다.

"피터가 너의 이런 박학다식함을 좋아하지 않을까? 똑똑한 미녀는 어디를 가나 사랑받잖아? 게다가 연애 경험이 전무한 처녀고!" 이런 짓궂은 질문을 할 때 앤의 음정은 더 높아졌다.

"아이고! 갑자기 왜 또 피터 이야기로 넘어가?"

"네가 자랑스럽고 또 인연을 맺어준 내가 대견해서 그래. 둘이 꼭 잘되었으면 좋겠다." 앤은 나를 향해 웃고는 지옥의 문과 마주 보고 있는 하르트만의 키예프 대문 쪽으로 다시 걸어갔다. 먼발치에서 보이는 키예프의 대문은 지옥의 문에 비해 너무나 초라했고 평면적이었다. 나도 앤을 따라갔다.

빅토르 하르트만 (1834–1873)
키예프의 대문(**영웅의 대문**)의 설계도 - 작가 사후 전시회(1874) 도록에서 발췌

"그러니깐 이 문은 설계만 하고 지어지지 않은 문이고, 저 문은 거의 다 만들어졌으나 미완성이라는 거지?" 앤이 키예프의 대문과 지옥의 문을 번갈아 보며 말했다.

"응. 로댕이 죽을 때까지 계속 수정 보안을 진행했으니깐, 완성작이라고 말할 수는 없어."

"영웅과 승리의 문은 종이에 스케치만 남아 그 흔적만 있을 뿐이고, 죽음과 지옥의 문은 실재하지만, 미완성에 진행형이라...." 앤의 식견은 늘 탁월하다.

"미완성 작품들은 항상 더 고귀하고 더 아름다운 거 같아. 문학이든, 음악이든, 미술이든. '모든 미완성은 아름답다'이건 무슨 법칙 같아."

"이 세상에 완성이 있을까?" 앤이 물었다.

"없지."

"그래서 그런지 저 탑의 종소리는 왠지 허망하고 외로울 것 같아."

"하지만 절대 들을 수 없는 소리지." 우리는 다시 지옥의 문으로 향했다.

"로댕은 '일반 대중들은 완성-유한을 바란다. 그러나 나는 미완성-영원을 바란다'라고 했어." 내가 말했다.

"그 말은 '나는 끝나는 것을 하지 않는다. 나는 끝나지 않는 것을 한다'와 같은 뜻 아닌가? 이 문장 리처드 서재에 액자로 걸려 있어."

"리처드가 로댕을 좋아하나 보네?"

"응. 서재에 생각하는 사람 복제품이 있어. 주로 모자걸이로 이용해. 외출했다 돌아오면 생각하는 사람의 머리에 자기 모자를 씌워 놓곤 하지."

"천재 리처드가 단테와 로댕, 두 천재의 뇌를 공유하고 싶은가 보네." 처음 앤의 집에 방문했을 때 봤던 생각하는 사람 복제품이 떠올랐다.

"그런데 로댕은 저 많은 군상을 하나하나 다 조각한 건가?" 앤이 문의 상단을 가리키며 물었다.

"거의 다. 그런데 기존의 본인 작품을 변형해서 붙여 놓은 것도 많아. 맨 위의 세 망령은 하나를 조각한 다음에 같은 틀로 2개를 복제한 거야. 아까 말한 추락하는 남자, 순례자도 10개쯤 복제해서 지옥의 여기저기에 붙어 있지."

"그러면 지옥의 문 전체도 붕어빵 틀처럼 주형을 이용해서 끝없이 복제되는 건가?"

"당연하지. 지금까지 7개만 만들어졌어. 내가 알기로는 8번째가 마지막 문이 될 거야."

"그나마 복제의 끝이 있어서 다행이네."

오귀스트 로댕 (1840–1917)

지옥의 문 (1880~1917) - Bronze

우리는 다시 지옥의 문 앞으로 왔다. 이번에는 문에 좀 더 바짝 붙어섰다.

"생각하는 사람이 눈을 뜨고 있게? 감고 있게?" 다시 지옥의 문 앞에 서서 내가 퀴즈를 냈다.

"감고 있다."

"오답입니다. 가까이 가서 밑에서 올려다봐. 그러면 생각하는 사람과 눈이 마주칠 거야. 단테는 눈을 뜨고 있어." 우리는 문 앞에 더 바짝 다가가서 고개를 뒤로 젖혀 올려다보았다.

"와.... 섬뜩하다. 문에 새겨진 군상들이 고름처럼 흘러서, 내 얼굴을 향해 쏟아질 것 같아."

"생각하는 사람의 얼굴 뒤로 세 망령도 보이지? 세 망령의 부제는 단테의 지옥 편에 나오는 '여기에 들어오는 자, 모든 희망을 버려라'야. 실제로 이게 열리는 문이라면 들어가는 사람은 문 앞에서 위를 쳐다보겠지. 그러면 생각하는 사람과 눈이 마주치게 되어 있어."

"이 저주의 눈빛은 로댕의 의도일까?"

"그건 나도 모르겠어. 그냥 내 추측일 뿐이야. 그런데 저 시선의 각도를 봐봐. 생각하는 사람은 문에 새겨진 지옥의 군상들을 보는 게 아니라 문을 열고 들어올 사람을 보고 있는 거야." 내 생각을 앤에게 말해줬다.

앤은 계속 고개를 뒤로 젖힌 채 생각하는 사람에게 물었다.

"이 문이 열리나요?" 말투가 꼭 리처드에게 묻는 것 같았다.

"절대 안 열리지. 그냥 청동 조각상일 뿐이야. 문이 좌우로 나뉘어 있지도 않고, 경첩도 없는데 어떻게 열리겠어."

"열려 있지만 만들어지지 못한 문과 만들어졌지만 열리지 않는 문이네." 앤은 키예프의 대문과 지옥의 문을 같은 방에 전시한 기획자의 의도를 완벽하게 꿰뚫어 냈다.

"그러면 들어가지는 못하고 문에 박혀 버리는 건가? 저 군상들처럼?" 앤은 고개를 내려 나를 쳐다보며 물었다.

"생각하는 사람이 지금 만원이라서 더는 못 들어간대. 다음에 오시라는데?" 내가 말하자 앤이 크게 웃었다.

"이제 밖으로 나갈까?"

"그래. 음악도 끝나간다." 앤이 다시 나의 팔짱을 꼬옥 꼈다.

"나가자!"

출구를 나가자마자 햇빛이 불타올랐다. 앤이 잠시 화장실을 간 사이, 나는 전자레인지 안에 들어가 있었다. 웅웅거리는 노란빛에 갇힌 채, 원을 그리며 빙빙 돌았다. 머리카락이 녹아서 목 뒤로 흘러내렸고, 골수가 끓어 모공에 맺혔다. 이내 휘청할 정도의 현기증을 느꼈다. 폭염에 각막이 녹았는지, 아지랑이 너머로 환영(幻影)이 펼쳐졌다. 연주회가 끝나고 무대에 기립해 있는 오케스트라 단원들의 뒷모습이었다. 나는 타악기 주자로 트라이앵글을 거꾸로 쥐고 맨 뒤에 서 있었다. 어둡고 적막한 홀에는 박수를 쳐 줄 관객이 단 한 명도 없었다. 뒷모습뿐이었지만 단원들이 누구인지 알 수 있었다. 난쟁이 로트렉과 귀가 잘린 반 고흐, 유대인 둘과 손이 묶인 시민 6명, 공원의 아이 둘과 무도회장의 여자들, 바바야가와 하울, 들뢰즈와 가타리, 세이렌들과 사티로스, 단테와 생각하는 사람, 우골리노와 가족들, 감자 먹는 사람들, 담배를 태우는 해골과 로댕이었다. 그들은 한 손에 악기를 든 채로 텅 빈 관객석만을 멍하니 바라보고 있었다. 지휘자는 보이지 않았다. 검은색 연미복 차림의 뒷모습들은 마치 클락헨 무리 같았다.

영원히 남을, 잊을 수 없는 전시회였다.

#26

제1회 클락헨 연구소 디너파티와 대통령 방문은 연구소에 활기를 불어넣었다. 곧이어 리처드가 약속했던 대규모 승진과 파격적인 연봉 인상이 이어졌고, 직원들의 미소 띤 얼굴에는 애사심과 사명감이 넘쳤다. 사내 복지 정책의 일환으로 새롭게 마련된 '자녀 장학금 전액 지원' 덕택에 많은 직원이 장기근속 계약서에 서명했다. 연구원들은 클락헨 런칭 이후 SCI에 무더기로 등재될 자신의 연구 논문들을 밤낮으로 다듬었다.

클락헨의 제6 형질인 벙어리 형질이 완벽하게 안정화되었다. 말을 잃은 클락헨은 종종 기침을 했는데, 재채기보다는 긴 한숨에 가까웠다. 메인축사를 비롯한 모든 보조축사에서 닭과 병아리의 울음소리는 완전히 소거되었다. 하지만 살처분장에서 무쇠 프레스가 떨어질 때 나는 비명의 음정은 더 높아졌다. 이것은 고통과 공포로부터 나오는 비명이 아니었다. 이 단조로운 고음은 마치 풍금이나 파이프 오르간의 압축된 공기가 좁은 리드를 통과할 때 나는 떨림 같았다.

수 세대에 걸쳐 인간선택을 받은 클락헨-노아는 닭이라고 부르기에는 애매한 어떤 '조류'가 되어 있었다. 리처드 소장은 클락헨의 아명과 세대 번호를 재차 명확히 했다. 그리고 클락헨-노아의 명명(命名) 기념으로 9마리를 잡아 박제 처리했다. 박제 전시대의 맨 위에는 클락헨-Origin 1마리, 그 아래 칸에는 클락헨-Genesis 3마리가 놓여 있었다. 새로 박제된 클락헨-Noah 9마리는 피라미드 구조처럼 맨 아래 칸에 일렬로 전시되었다. 박제된 최초의 클락헨과 두 칸 아래의 클락헨-노아는 외견상 도저히 같은 생물로 보기 힘들었다.

리처드는 새로운 목표인 '제7 형질 - 자동 부화' 계획을 연구소 내에 전체 공지했다.

리처드 소장의 적확한 지휘와 전 직원의 일사불란한 열정으로 자동 부화 형질은 빠르게 진행됐다. 자동 부화한 첫 병아리들이 성계가 되어 낳은 유정란의 93%가 자동 부화했다. 3세대를 거치자 유정란의 95.8%가 자동 부화했다. 그리고 클락헨-노아 5세대 만에 98.6%가 완성되었다. 클락헨 연구소의 역사에 남을 만한 '최단 시간 솎아내기' 신기록이었다. 직원들은 너무나 쉽게 완결된 제7 형질을 '안식일 형질'이라고 불렀다. 쓸모가 없어진 제3 보조축사의 인공 부화기는 모두 창고로 옮겨졌다. 연구소의 솎아내기 기술은 점차 예술의 경지에 이르고 있었다.

직원들은 이 업적을 리처드의 공으로 돌렸지만, 애초부터 이 계획은 신기록 달성에 절대적으로 유리한 두 가지 요소를 품고 있었다.

첫째는 자동 부화 형질이 클락헨-Origin 때부터 지금까지 꾸준히 발생했던 돌연변이 형질이라는 점이다. 자동 부화는 0.2~0.4% 정도로 꾸준히 발생했었고, 일명 '목표에 부적합한 돌연변이', '닭에게만 유리한 돌연변이'로 즉시 살처분 대상이었다. 하지만 이 형질은 무자비한 살처분 속에서도 겨우 살아남아, 클락헨-노아 세대까지 그 명맥을 희미하게나마 유지하고 있었다.

둘째는 클락헨-노아 한 마리 한 마리가 자신의 유전적 형질을 빠짐없이 물려주려는 경향이 매우 강했다는 점이다.

이 두 가지 이유로 솎아내기는 매우 수월했다. 우선 메인축사에서 클락헨-노아가 낳은 모든 알을 한쪽 구석으로 모아 어미로부터 격리한다. 그리고 정확히 48시간 뒤에 스스로 알을 깨고 나오는 극소수의 병아리들만 선택하여 운반 카트에 싣고 제2 보조축사로 옮긴다. 48시간이 지나도 부화하지 않는 절대 다수의 달걀은 전부 모아서 거대한 물탱크에 버려졌다. 물탱크에 모인 깨진 달걀은 정확한 시각에 스스로 껍질을 깨고 나온 병아리들의 고단백 사료가 되었다. 이 병아리들은 제7 형질을 위한 새로운 종계가 되었다. 이런 식으로 오랫동안 살처분 대상이었던 자동 부화 형질은 '인간선택'으로 인해 단번에 종계의 형질이 되었다.

*

나는 책임연구원으로 승진했다. 새 연구실은 앤이 말한 대로 같은 층의 맨 구석이었다. 예전 시립 병원 때 병동 환자들의 휴게 공간으로 쓰였던 곳을 개조한 널찍한 방이었다. 건물 외부로 돌출된 이 원형 공간은 벽의 4분의 3이 유리창이어서 연구소 전체를 파노라마뷰로 내려다볼 수 있었다. 아주 만족스러웠다. 나는 방 배정에 특별한 신경을 써준 리처드에게 감사의 메신저를 보냈다. 바쁜 리처드는 답장은커녕 확인조차 안 했다.

리처드가 소장으로 취임하고 나서, 연구소는 긍정적인 의욕들로 가득 찼다. 대통령의 방문, 승진, 연봉 인상, 복지 혜택 등이 활기찬 분위기를 촉진했다. 내 생각에 이 작품의 가장 핵심적인 주인공이자 분위기 메이커는 리처드 소장이었다. 리처드의 리더십은 강력했고, 결정은 신속했으며, 지시는 정확했다. 연구소 울타리 안의 모두가 -심지어 경비대대 군인들까지- 그를 따르고 믿었다. 리처드는 일반직 직원들의 황제이자 연구원들의 교황이었다.

흑백이었던 내 삶의 하루하루는 총천연색으로 채워졌다. 뇌 신경의 절편들 같았던 내 머리는 점차 근육과 혈관이 꿈틀거리는 생명체가 되어갔다. 늘 X축과 평행하게 진행하던 내 인생의 그래프에 Y축으로 상승하는 양의 델타값(+Δ)이 생겨났다. 활기였다.

이삿날. 같은 층으로 이동하는 가벼운 사무실 이사였는데, 관리부에서 직원이 둘이나 짐을 나르러 왔다. 직원들이 내 방의 컴퓨터와 책들을 카트에 옮기는 동안, 나는 몇몇 중요 서류와 옷가지만 들고 새 방의 문을 열었다. 새 방에는 참나무 원목의 엔틱 책상, 의자, 소파 그리고 티테이블이 놓여 있었다. 바로 리처드에게 전화를 걸었다. 이러한 호의에 대한 감사를 메신저로 남기는 것은 결례다. 전화를 받은 리처드는 내 감사에 어리둥절했다. 넓은 방까지만 자신의 선물이라 했고, 가구는 금시초문이라고 했다. 전화를 끊고, 새 티테이블 위에 전화기를 놓았다. 소파에 앉아 선물을 준 사람이 누구인지 생각해 보려는 찰나 휴대전화의 진동이 울렸다. 소파에서 테이블로 걸어가는 짧은 사이에 선물을 보낸 사람과 전화의 발신자를 동시에 알아챘다. 전화를 받자마자, 앤에게 가구 선물에 대한 고마움을 표했다. 가구라는 말에 앤도 어리둥절했다. 자신은 티테이블만 보냈다고 했다. 내 삶에서 부부를 뺀 여집합에는 피터뿐이다. 피터와는 메신저로 대화했다. 마음에 쏙 드는 책상과 소파라고 감사와 사랑의 글을 남겼다. 피터는 주는 사람이 더 행복했다고 답장했다. 이삿날을 어떻게 알았냐고 캐묻자, 피터는 자신이 받은 메신저 사진 2장을 캡처해서 보내줬다.

'리처드 소장님: 피터. 어제 국정원 차장이 만취하는 바람에 술자리가 많이 늦어졌는데, 잘 들어갔지? 다름이 아니라 어젯밤에 말하려다가 깜빡한 게 있어서. 자네 여자친구가 곧 사무실을 이전할 예정이네. 거기가 전망 좋고 넓은 방인데, 비워놨던 방이라서 가구가 하나도 없다네. 같은 층 804호라네. 자 여기까지만 하겠네. 첩보의 대가로 다음번 술은 자네가 사게나. 언제 넷이 한번 모여야 하는데, 내가 영 시간이 안 나네. 암튼 넷이 모여 꼭 한잔하자고.'

'앤(공연기획자): 안녕하세요? 잘 지내시죠? 넷이 모여서 식사해야 하는데 리처드가 도통 시간이 안 나네요. 다름이 아니라 연구실 이사하는 거 알고 계시죠? 아직 열흘 정도 남았는데, 티테이블은 제가 살 거라서요. 혹 선물이 겹칠까 해서 메시지 드립니다. 연구동 8층 804호고요. 새 연구실 평면도 같이 보내드립니다. 추신) 술자리에서 리처드의 폭음 좀 말려주세요!'

평일 낮에 몇 분 차이로 보낸 걸 보니 둘이 상의해서 보낸 게 아니라 각각 피터에게 보낸 것이었다. 나는 완벽하게 행복했다.

피터가 음악을 크게 틀었다. 새 방에서도 피터의 음악은 아주 잘 들렸다. 슈베르트의 가곡 '송어'였다.

방의 창문을 활짝 열어 내 육체의 펄떡거리는 활력을 느꼈다. 벙어리 형질 때문에 메인축사의 알토 합창 소리는 사라졌지만, 살처분장 프레스의 방아 찧는 '쿵', '꺄아악' 소리와 송어의 테너 소리가 고막 위를 활보했다. 콧노래로 송어를 흥얼거리며 알토 파트를 채워 넣었다. 나는 완벽한 4성 푸가를 완성해냈다.

#27

시립동물원은 폐장 후 신속하게 이전했다. 남아 있던 동물들은 모두 다른 동물원으로 옮겨졌다. 코끼리 가족 4마리(브라흐마, 비쉬누, 크리슈나, 칼키)만 협약대로 연구소 메인축사로 옮겨졌다. 시설팀은 축구 골대 뒤편 양지바른 공간에 이중 철창으로 코끼리 우리를 만들었다. 클락헨 공간과는 완벽하게 분리되었고, 코끼리 4마리가 평생 지내기에 넓고 풍요로운 공간이었다.

코끼리들이 빠져나오자마자 시립동물원 전체에 높은 담벼락과 철조망이 세워졌고, 100m 간격의 초소에는 경계 병력이 배치되었다. 신속 전투 공병대가 투입되어 콘크리트와 아스팔트를 걷어내고 그 밑의 땅을 갈아엎었다. 그리고는 비옥한 농장의 흙을 통째로 실어와 밭을 만들었다. 최첨단 농업 설비가 설치되자 곧바로 GMO 이모작 옥수수 종자를 파종했다. 지력(地力)유지를 위해 밭 주변에 콩을 같이 심었고, 비료로 사용할 클락헨 사체 블록과 넘쳐나는 무정란을 농장 한쪽에 비축해놨다. 부속 건물 6채는 육계 가공공장과 닭가슴살 통조림 제조 공장으로 탈바꿈했다. 아예 인근의 멀쩡한 공장을 통째로 떼어와 그대로 갖다 붙이는 방식이었다. 하루에 10만 마리를 가공처리 할 수 있는 전자동 공장 4개가 동시에 만들어졌다. 공사 시작 10일 만에 시제품 생산을 시작했다. 진공 포장된 가공 육계와 가슴살 통조림은 식용-클락헨 영양 평가실의 까다로운 위생 기준을 모두 통과했다. 국내외 판매가 불가능했기 때문에 생산 물량은 넘쳐났다. 연구소 직원들과 제4사단 예하 전체 군인들에게 무제한으로 제공했다. 클락헨 고기를 처음 먹어본 제4사단 병사들의 반응은 열광적이었다. 그래도 남는 물량은 연구동 냉동창고에 빽빽하게 보관해두었다. 보고를 받은 리처드는 풍요를 넘어선 과잉이라고 규정했다. 본격적인 상품 생산단계가 아니라고 판단한 그는 당분간 공장의 생산 라인을 중단시켰다.

GMO 이모작 옥수수가 자라는 동안 정부의 명령으로 각지의 옥수수가 연구소 인근 항구와 공항으로 모여들었다. 샛노란 시계태엽산은 점점 높아지더니, 결국 봉우리가 두 개인 산이 되었다. 신문 경제란에 '수상한 옥수수 품귀현상'이라는 기획 기사가 났다. 기사를 읽자마자 리처드는 국정원 차장에게 전화했다. 차장은 곧장 썩은 옥수수잎을 흰 봉투에 두둑하게 담아 언론의 안주머니에 찔러 넣었다. 그리곤 '옥수수잎 마름병'이라는 정체불명의 식물 역병을 창조해냈다. 이 가짜 뉴스의 진화력은 확실해서 몇 주 후 3번째 봉우리가 올라갔다. 며칠 뒤 산업통상부 장관은 리처드에게 유조선 2척 분량의 수입 옥수수가 보름 뒤 항구에 도착 예정이라고 전했다. 4번째 봉우리가 서서히 높아지기 시작했다. 이후 메인축사의 클락헨-노아는 일일 필요 섭취량보다 20%가 더 많은 넉넉한 사료량을 배급받게 되었다.

메인축사 안에 높은 울타리를 세워 공간을 4등분하고 각각의 우리에 'S', 'H', 'J', 'X'라는 큰 이니셜이 적힌 간판을 부착했다. 'J' 우리에는 얕은 웅덩이를 파서 거대한 얼음 풀장(ice-pool)을 급조했다. 사료 과잉 공급 2주일 후 리처드는 전 직원을 동원해서 체중에 따라 클락헨, 클락칵, 병아리를 각각 4등급으로 분류했다. 1등급은 일령(一齡) 평균체중과 비교해 고도 비만을 나타내는 그룹으로 'J' 얼음 풀에 빠뜨렸다. 2등급은 경한 비만으로, 클락헨만 'H' 우리로 들어갔고, 클락칵과 병아리는 모조리 'X' 우리로 옮겨졌다. 3등급은 평균체중 범위로 그 개체 수가 가장 많았다. 좀 빽빽했지만, 임시로 'S' 우리에 간신히 욱여넣었다. 4등급은 평균체중 이하로 'X' 우리에 쑤셔 넣었다. 분류가 끝나고 'X' 우리의 모든 개체는 살처분되었다. 사체의 절반은 잘게 분쇄되어 나머지 세 우리의 사료로 공급했고, 나머지 절반은 GMO 옥수수 농장의 비료로 쓰였다.

세 우리는 완벽하게 분리되었다. 이제부터 교미는 각 우리 안에 있는 개체끼리만 가능했다. 암탉만 있는 'H' 우리에 새로운 종의 클락칵 1,080마리가 투입됐다. 불법 투계장에서 4강까지 진출했던 클락칵 4마리의 후손들이었다. 이 검투사들은 소장의 특별 지시로 불법 투계장에서 발견된 직후부터 지금까지 제2 보조축사에서 극진한 관리를 받고 있었다. 늠름한 투계들은 목이 길고 덩치가 컸으며 눈빛이 매서웠다. 날개의 너비는 독수리만 했고, 검은 깃털에는 무광의 윤이 났다. 강인한 발톱은 낫처럼 번뜩였고, 뒤로 나 있는 며느리발톱마저 송곳처럼 뾰족했다. 성질이 매우 사나웠고 성욕이 강했다. 이들을 클락헨뿐인 'H' 우리에 풀어 놓자 미친 듯이 난교를 해댔다. 그 교미 행위가 너무 격렬해서 클락헨 수백 마리가 깔려 죽었다. 이 투계들은 이미 폐산한 클락헨에게도 무자비한 교미를 해댔다.

우리마다 공급되는 사료의 양과 구성 성분도 달랐다. 가장 기본형인 'S' 우리에는 옥수수:분쇄 사체 비율이 7:3인 사료가 기존 일일 섭취량의 1.5배로 제공되었다. 탄탄하고 사나운 'H' 우리에는 옥수수:분쇄 사체 비율이 2:8인 고단백 사료가 일일 섭취량의 3배로 투입되었다. 순하고 투실투실 살이 오른 'J' 우리에는 옥수수:분쇄 사체 비율이 9:1인 고탄수화물 사료가 일일 섭취량의 7배로 쏟아졌다.

본격적인 아종 분화가 시작되었다.

*

일과 삶이 동시에 풍요로웠다. 나뿐만 아니라 내 주변의 모든 것이 그랬다. 느린 여유와 빠른 설렘이 내 몸속에서 맴돌았다.

연구소로 비쉬누가 오던 날, 앤과 피터 때문에 잠시 소홀했던 모성에 대한 동경이 물결쳤다. 코끼리 가족은 4대의 컨테이너 트럭에 나뉘어 실려 왔다. 가까운 거리인데도 멀미를 했는지, 아빠 브라흐마는 도착하자마자 뻗어버렸다. 비쉬누도 멀미로 심하게 비틀거렸지만, 그 와중에도 어미로서의 본능에 충실했다. 새로운 환경에 겁을 먹은 크리슈나를 보호하려 코로 아들의 머리를 연신 감아댔다. 더위에 괴로워하는 크리슈나의 몸통에 연신 물을 뿌려주기도 했다. 모성은 관찰하면 할수록 더 신비로웠다. 칼키는 멀미가 없었는지, 이곳저곳을 바쁘게 헤집고 다니다가 철창 너머 있는 클락헨 무리를 쳐다보았다. 그런데 흰 아기 코끼리도, 검은 닭들도 서로에게 관심이 없는 듯했다. 칼키를 부르려고 비쉬누가 코를 들어 크게 울자, 놀란 클락헨 무리가 일제히 코끼리 쪽으로 고개를 돌렸다. 하지만 이 응시는 단 5초 만에 끝났다. 비쉬누 역시 검은 미물(微物)들에게 작은 신경조차 쓰지 않았다.

코끼리 사육 및 관리는 시설부에서 담당하기로 했다. 코끼리는 키우는데 손이 많이 안 가는 순한 동물이다. 공간은 넓었고 먹이도 충분했으며, 주기적 건강 상태를 체크해줄 수의사는 연구소에 20명쯤 있었다. 코끼리 가족은 시설이 낡은 시립동물원보다 이곳에서 지내는 편이 훨씬 나아 보였다. 나는 시설부에 코끼리 우리 관리 봉사를 자청했다. 계절에 한 번씩 4마리 모두 정기 검진을 해주고, 일주일에 3번 먹이 주기를 도와주기로 했다. 동물원에서는 일정한 거리를 두고만 볼 수 있던 비쉬누를 이제는 우리 안에 들어가 만질 수도 있게 되었다.

코끼리 가족은 메인축사 우리에 빠르게 적응했다. 검진 결과 모두 건강했고, 풍요로운 환경 속에서 예전의 화목을 되찾았다. 직원들도 이 순하고 거대한 코끼리 가족을 좋아했다. 특히 경비대대의 어린 병사들은 앞다투어 우리 청소 봉사를 자청했다. 자발적 신청자가 너무 많아서 시설부가 해야 할 일이 딱히 없을 정도였다.

코끼리 우리는 새로 이사한 연구실에서도 잘 보였다. 이제는 멀리서든 가까이서든 내가 원하면 매일 모성을 관찰할 수 있었다. 창밖으로 우리를 내려다보며 마살라 차이 한 모금을 머금었다. 풍성한 향신료가 달콤했다. 앤과의 우정, 피터와의 사랑이 입안 가득 피어났다. 문득 거실의 피아노 위에 놓인 내 인형들을 생각했다. 인형 위의 쌓인 먼지를 턴 게 언제였는지 기억나지 않았다. 모성은 오랫동안 나를 지탱해주던 버팀목이었다. 감정이든 물건이든 사람이든 내게 소중함을 일깨워 준 것이라면, 무엇이든 간에 늘 잊지 말고 감사해야 한다는 생각이 들었다. 생각은 꼬리를 물었다. 찻잔을 내려놓고 나와 코끼리 가족을 위해 골치 아픈 일을 깔끔하게 해결해준 리처드에게 소중한 감사의 메시지를 남겼다. 역시나 답장은 없었다.

창문을 열었다. 테너가 부르는 슈베르트의 '송어'였다. 소프라노와 베이스도 가세했다. 멀리서 비쉬누와 크리슈나가 특유의 울음소리를 길게 내었다. 음역이 알토였다. 울대를 잃어버린 클락헨 때문에 비어 있던 알토 파트는 새로 이사 온 코끼리 가족의 소리로 완벽하게 채워졌다.

#27

아종 분화는 순탄한 행보를 지속했다. 모든 실험은 수월했고, 결과는 리처드가 예상했던 범위 내로 수렴했다. 사료의 공급과 사체의 순환도 원활했다. 소장의 다소 버거운 지시에도 직원들은 순순히 복종했다. 아종은 순식간에 세 방향으로 갈라졌고 점점 속도가 붙기 시작했다. 모든 것이 리처드가 사전에 짜놓은 알고리즘대로 흘러갔다.

이제 아종 분화 계획을 비밀에 부치는 것은 의미가 없었다. 리처드는 'S' 대신 '셈-Shem', 'H' 대신 '함-Ham', 'J' 대신 '야벳-Japheth'으로 우리의 간판을 교체했다. 그리고 아종 분화 계획의 개괄과 공식 명칭을 전체 직원에게 공지했다.

야벳 우리의 야외 얼음 풀장은 차가운 수온을 일정하게 유지할 수 없었다. 리처드는 재빨리 비어 있던 제3 보조축사를 냉방 시설을 갖춘 거대한 수영장으로 개조했다. 직원들은 미지근한 야외 수영장에서 첨벙이던 비만 클락헨들을 차고 습한 제3 보조축사로 모조리 옮겼다.

클락헨-야벳의 최종 목표, 솎아내기 원칙과 방법이 담긴 매뉴얼은 다음과 같았다.

클락헨-야벳 형질 선택 매뉴얼

나는 비천하게 살 줄도 알고, 풍족하게 살 줄도 압니다. 배부르거나, 굶주리거나, 풍족하거나, 궁핍하거나, 그 어떤 경우에도 적응할 수 있는 비결을 배웠습니다.
내게 능력을 주시는 자 안에서, 나는 모든 것을 할 수 있습니다.

– 빌립보서 4, 13–14

제시 목표
제1 주제 – 양질의 지방간(클락헨 푸아그라)
과식과 운동제한 환경→비만 유도→지방간 생성 촉진
제2 주제–다량의 솜털(Down) (클락헨 다운)
저체온을 유도하는 습한수상(水上) 환경→한랭내성 유도→솜털(다운)의 생성, 지방 축적을 촉진

발전 원칙 1) – 비만 형질과 솜털이 많은 형질을 둘 다 가진 개체를 우선적으로 선택한다.
발전 원칙 2) – 두 형질을 합치기 위해 짝수 세대에는 형질간 '교차 교배'를 시행한다. (홀수 세대는 비만 클락칵–비만 클락헨 / 솜털 클락칵–솜털 클락헨끼리 교배시키고, 짝수 세대는 비만 클락칵–솜털 클락헨 / 솜털 클락칵–비만 클락헨끼리 교배시킨다)
발전 원칙 3) – 운동 제한을 위해 케이지 사육을 한다. (케이지당 암수 한 쌍씩-교미 가능토록)
발전 원칙 4) – 클락헨 기본 0~3, 6, 7형질(날짜, 12알/일, 성장 7일, 수명 4주, 벙어리, 자동 부화) 중 단 하나라도 기준에서 벗어나는 모든 돌연변이는 즉시 살처분한다.
(예외1: 비만과 솜털이 충분한 개체에서 13알/일 이상을 산란할 경우 살처분을 유예한다.)

(예외2: 비만과 솜털이 충분한 개체에서 제 4, 5 형질(굵은 다리, 큰 날개 형질)의 기준 미달이 발생하면 살처분을 유예한다.)
발전 원칙 5) –옥수수:분쇄 사체 비율이 9:1인 고탄수화물 식이 사료로 일일 섭취량의 7배를 제공한다.

재현 방법 1) 제3 보조축사의 실내온도와 수온을 섭씨 18도로 유지한다. (실내온도는 솎아내기의 진행에 맞춰 점진적으로 낮춘다.)
재현 방법 2) 주 2회 수영 레이스를 통해 식욕이 강하고 수영 능력이 큰 개체를 선별한다. (기본적으로 클락헨–Genesis 때 시행한 육상, 비행 레이스와 동일하다. 단 레이스를 진행할 풀장의 수심과 결승선까지의 거리는 점진적으로 늘린다.)

꼬리말 1) – 육안으로는 털이 많고, 고도 비만 개체를 1차 선별하면 된다.
꼬리말 2) –체중 증가가 없거나 그 속도가 더딘 클락칵/클락헨/병아리는 즉시 살처분한다.
꼬리말3) – 얼어서 부화하지 못하는 달걀과 익사, 동사한 클락헨은 살처분해 사료로 쓴다.

수석연구원 회의에서 리처드는 클락헨–야벳의 '인간선택' 원리를 간략하게 설명했다.

조류 특히 철새류는 날이 추워지면 식사량을 최대로 늘려 양분을 간에 비축하는 습성이 있다. 이때 간이 비대해지면서 지방간이 된다. 그리고 물 위에서 서식하는 조류는 물에 닿는 가슴과 배 부분에 풍성한 솜털을 가지고 있다. 이 솜털은 방수재와 단열재 역할을 한다. 지방간과 솜털. 둘 다 추위 그리고 비만과 관련이 있다. 푸아그라 생산 농장의 돼지 거위, 덕다운 생산용 오리와 남극의 펭귄을 생각해 보면 쉽다. 즉 조류는 추위를 비만과 솜털로 이겨낸다. 클락헨은 거위도 아니고 철새는 더더욱 아니지만, 수백만 마리의 클락헨 중에는 조류가 가진 원시적 습성을 아직도 DNA에 간직하고 있는 개체가 반드시 있을 것이다. 우리는 그 형질이 발현할 수 있는 환경을 만들어 놓고 추위와 물을 극복해내는 최종 개체를 선별해 내기만 하면 된다. 그 개체가 완성된 '클락헨-야벳 1세대', '클락칵-야벳 종계'가 될 것이다. 클락헨-노아의 진화적 포텐셜(개체 수, 산란율, 돌연변이 발생률, 성장 속도)을 고려했을 때, 야벳의 성공 확률은 65% 이상이라 확신한다. 이상.

/

클락헨-셈이 셋 중에 가장 순조로웠다. 클락헨-셈의 솎아내기는 리처드가 제14차 차관 보고회 때 제시했던 '20세대에 걸친 형질 보존 계획'의 연장판이자 순정판이었다. 클락헨-셈은 0~7 형질까지 모두 엄격한 기준을 적용했다. 이런 식으로 노아의 큰아들은 적자의 순수혈통을 유지했다. 매우 엄격한 기준에도 불구하고, 클락헨-셈 같은 간단한 솎아내기는 이제 식은 죽 먹기였다.

몇몇 애로 사항도 발생했다. 자동 부화 때문에 병아리에게 RFID 칩을 일괄적으로 심기 곤란했다. 인공 부화기로 부화시켰을 때는 제3 보조축사의 컨베이어 벨트에서 누락 없이 칩을 심을 수 있었지만, 이제는 넓은 운동장을 하루에도 몇 번씩 순찰해야 하기 때문이다. 보고를 받자마자 리처드는 즉시 인력을 대폭 충원했다. 놓치는 달걀과 병아리가 없도록 순번을 정해서 축사의 구석구석까지 순찰을 강화하라고 지시했다. 협소해질 축사도 문제였다. 빈 'J' 우리를 터서 'S' 우리와 합쳤지만, 순식간에 늘어나는 클락헨-셈의 개체 수를 생각해봤을 때 머지않아 포화 상태가 불 보듯 뻔했다. 리처드는 살처분 비율을 15% 상향해서 공간 문제를 해결했다. 매일 수만 마리가 후세의 터전을 위해 순교했다.

문제가 해결되자 클락헨-셈의 진행 과정은 순풍에 돛 단 듯이 순항했다. 클락헨-셈은 세대 순서대로 개채 수를 기하급수적으로 늘려나갔다. 날짜 표기율 99.997%, 부화 2일, 성장완료 5일, 매일 12개씩 3주간 산란, 수명 28일이라는 0, 1, 2, 3 형질은 자로 잰 듯 딱 맞아떨어졌다. 돌연변이 발생률은 점점 낮아졌다. 4, 5 형질 또한 잘 유지되어서, 클락헨 고기의 맛은 점점 좋아졌다. 벙어리 6 형질은 99.998%, 자동 부화 7 형질은 99.995%였다. 이렇게 순도 높은 클락헨-셈이 메인축사를 가득 메워가고 있었다.

attacca

클락헨-함의 'H' 우리는 야외용 난로와 방열판을 설치해 사막처럼 뜨겁고, 건조했다.

투계 클락칵과 건장한 클락헨의 비율을 1:12로 유지했다. 하지만 암탉을 독차지하려는 투계 클락칵들의 성욕이 너무 강해서 결투가 끊이지 않았다. 결투에서 승리한 클락칵은 죽은 클락칵을 산 채로 뜯어 먹었다. 이런 클락칵 간의 싸움을 줄이기 위해 다량의 클락헨을 물타기 하듯이 우리에 쏟아부었다. 비율이 1:28까지 희석되자 클락칵들은 싸움을 중단하고 교미에만 열중했다. 살처분장 프레스기에서 홀로 살아남고, 죽음의 투계 토너먼트에서 4강까지 올랐던 글래디에이터의 후예인 투계종은 자신의 할렘에서 마음껏 씨를 뿌려댔다. 전사의 자손들은 아비의 호전성과 체력을 온전히 물려받으며 스파르타처럼 번성했다.

비행 대회: 1주일마다 열렸다. 날개가 커지면서 클락헨-Genesis 때 했던 첫 비행대회보다 착륙 플랫폼까지의 거리가 훨씬 늘어났다. 강제로 금욕시킨 클락칵은 섹스를 위해 반대편에 묶여 있는 클락헨을 향해 이륙했고, 강제로 굶긴 클락헨은 식사를 위해 반대편에 놓여 있는 사료를 향해 날아올랐다. 첫 대회와 마찬가지로 착륙 플랫폼에 도착하지 못한 개체는 모조리 살처분되었다. 승리의 부상으로 사료와 생존, 교미와 번식이 주어졌다. 대회가 거듭될수록 비행할 거리는 점점 늘어났다.

클락헨-함의 'H' 우리는 유격 훈련장을 방불케 했다. 국방과학 연구소에서 파견 나온 연구원들과 특전사 군인들은 여러 종류의 장애물 기구를 고안해냈다. 특전사 장교의 아이디어 중 허들 경주도 있었다. 이 기발한 아이디어를 국방과학 연구원이 다듬어 소장에게 보고서를 올렸다. 리처드는 바로 결재했고, 신속 전투 공병대는 이틀 만에 허들 트랙을 완성했다.

허들 경주 대회: 1주일마다 열렸다. '굵은 다리' 형질 개발 때 했던 레이스와 원리는 똑같지만, 중간마다 허들과 높은 벽이 설치되어 있었다. 굶은 클락헨과 욕구 불만 클락칵은 이를 극복해야만 사료 섭취와 교미 기회를 얻을 수 있었다. 이 '장애물 레이스'를 통해 더 우수한 '굵고 빠른 다리'와 폭발적인 '서전트 점프 능력'을 동시에 선별해낼 수 있었다. 대회가 거듭될수록 장애물의 높이와 종류가 점점 늘어났다.

클락헨-함의 사료가 단백질 보충제 수준으로 바뀌었다. 섭취 비율은 기존 옥수수:분쇄 사체 비율 2:8에서 0.5:9.5로, 양은 기존 일일 섭취량의 3배에서 5배로 늘렸다. 고른 단백질 섭취를 위해 인근 도축장으로부터 소, 돼지, 양의 내장 같은 부산물을 대량으로 공급받았다. 각종 비타민 제제가 내장과 버무려졌다. 온종일 짐(Gym)에서 운동만 하는 머슬마니아들처럼 클락칵은 점점 울퉁불퉁해졌다. 식용 클락헨-영양평가 연구실장은 클락헨-함은 육계로서 상품 가치가 없다고 보고했다. 고기의 양은 충분했지만, 단백질 함량이 너무 높고 지방질이 거의 없어서 너무 퍽퍽하다는 것이었다. 리처드는 실장에게 클락헨-함과 클락헨-야벳에 대한 식용 평가를 중단하고 클락헨-셈의 육질 관리에 모든 역량을 집중하라고 지시했다. 사람이 먹을 클락헨은 셈이다. 함과 야벳의 용도는 우리가 알고 있던 식용 닭이 아니었다.

격파 대회: 3일마다 열렸다. 특전사 부사관이 고안한 장애물로, 클락헨-함 전방에 두꺼운 투명 플라스틱판을 설치하고 반대편에 미끼(사료, 클락헨)을 두는 것이었다. 강제로 굶고 금욕한 클락헨과 클락칵은 부리나 발톱으로 플라스틱판을 깨야만 원하는 것을 얻을 수 있는 게임 방식이었다. 제4 형질과 제5 형질의 이웃 형질인 긴 발톱, 뾰족한 부리를 더욱 강화하려는 속아내기였다. 이 대회에는 합참의장과 특전사령관도 참석했다. 합참의장은 놀라움을 금치 못했다. 흥분한 특전사령관은 플라스틱판 대신 강철판으로 해보자고 제안했지만, 리처드가 바로 묵살해버렸다. 대회가 거듭될수록 판의 두께와 강도는 점점 늘어났다.

클락헨-함의 형질 선택 기조가 변경되었다. 리처드는 '집중' 4, 5, 6(굵은 다리+긴 발톱, 큰 날개+부리 돌출, 벙어리) 형질 / '기본 유지' 0, 2, 7(날짜 표기, 빠른 성장률, 자동 부화) 형질 /'유예' 1, 3(높은 산란율, 짧은 수명) 형질로 분류했다. 새 기조에 따르면 4, 5 형질이 매우 강한데 하루에 산란을 14개를 한다거나(제1 형질 위배), 32일까지 생존하는 개체(제3 형질 위배)는 살처분 대상에서 제외한다는 것이었다. 살처분을 극복한 극소수의 챔피언들에게만 교미의 기회를 주었다. 곧 'H' 우리는 영웅들과 그 자손들로 가득 찼다.

투계 대회: 리처드가 이 안건을 내놓자 많은 연구원이 반발했다. '비윤리적인 범죄를 우리가 재현해야 하나?', '투계 대회는 불필요하다. 우리 안에서 각종 게임을 거쳐 살아남은 현재의 클락칵들은 이미 충분히 강하다', '메인 축사가 클락헨-셈과 함으로 가득 차서 대규모 투계를 벌일 공간이 없다. 연구소 내에 클락헨-함을 수용할 빈 건물도 이제 없다' 등의 의견이 빗발쳤다. 그러자 리처드는 패배한 클락헨을 바로 살처분하지 않고 다시 경기에 참여할 수 있게 해주는 리그전 방식으로 한발 양보했다. 대회가 거듭될수록 클락칵-함의 생존력과 공격성은 점점 늘어났다.

클락헨-함의 선택된 챔피언들은 빠르게 개체 수를 늘려나갔다. 메인 축사 최대 수용 공간의 68%는 클락헨-셈이 차지했다. 설비 및 사무 공간 3%(코끼리 우리 포함)를 제외하면 클락헨-함의 공간은 29%였으나 각종 대회의 장애물 장치, 트랙, 투계장 때문에 공간이 턱없이 부족해졌다. 모두가 걱정했다. 이런 와중에도 소장은 휘파람으로 경쾌한 멜로디를 연신 불어댔다. 늘 그러했듯이 리처드는 해결책을 가지고 있었다.

*

사랑은 순조로웠다. 나는 순진했고, 피터는 순수했다. 매 순간이 행복했다.

주변의 모든 것이 넓어졌다. 연구소의 대지는 중국만큼 넓어졌다. 전 소장이 이사를 나가자, 리처드와 앤은 곧바로 그 넓은 자금성으로 입성했다. 위풍당당한 황제는 협주곡의 행진곡풍 멜로디를 연신 휘파람으로 불었댔다.

나의 대지도 넓어졌다. 사방이 조망되는 새 연구실은 아주 만족스러웠다. 시립동물원은 없어졌지만, 코끼리 가족이 이사 온 메인축사와 피터의 집을 오가며 내 생활 반경도 조금씩 넓어졌다. 내 새로운 땅에는 기쁨이 가득했다. 모든 대지가 번갈아 가며 노래했다.

피터 역시 처음이었다. 그는 생애 첫 연애라고 했다. 그 상대 역시 '첫'인 나여서 행복했다. 우리는 기꺼이 서툴렀다. 하지만 이런 경험에 익숙하다는 것은 오염된 문신이라고 생각했다. 우리는 흰 맨살의 순수함을 공유했다.

폐장하는 동물원에서 마지막 데이트를 마치고 피터의 집으로 돌아가는 길 위에서, 문득 그의 고독을 생각해봤다. 피터는 나처럼 황량하고 건조했던 지난날을 보낸 듯했다. 100년이 넘은 흰 무덤 같은 성(城). 그 안에서 스스로 고립을 선택한 그에겐 건조한 삶과 어두운 죽음이 공존했다. 깊은 고독은 어두운 지하실에 가득 찬 와인만큼이나 숙성되어 있었다. 고독의 유일한 산책은 매일 밖으로 트는 음악이었다. 그러던 어느 날, 이 소심한 산책자는 우연히 나를 만나 신선한 공기와 달콤한 향기를 한껏 들이킨 듯했다. 이후 피터는 조금씩 다른 사람이 되어갔다. 우리의 사랑은 끝나지 않을 노래 속에 꽃

피웠다.

Alto

내가 지금껏 호르몬의 부작용이라고 치부해버렸던 감정 기복은 뚜렷한 방향성을 가지게 되었다. 모든 세포가 점액질을 머금었고, 내 몸은 미세하게 출렁거렸다. 내 피부는 가까스로 분비물들을 에워쌌다. 애오라지 스며 나온 촉촉함엔 윤이 났다. 순도 높은 끈적함은 내 몸 구석구석을 순환했다. 만족스러운 불편함은 해소되지 않았고, 곧 터질 듯이 풍만해졌다. 나는 가을 없는 여름처럼 마냥 영글어만 갔다.

피터에게 팔짱을 끼는 습관이 생겼다. 팔짱을 낄 때 그의 팔에 닿는 내 유방의 면적은 야금야금 넓어졌다. 그 애탐에 겨워, 안간힘을 다해 매달렸다. 한 번은 안개처럼 다가가 슬며시 팔짱을 끼면서 기습적으로 유두를 비벼보았다. 순식간에 나도 피터도 뻣뻣해졌다. 내 온몸에는 붉은 습기가 돌았지만, 피터의 붉어진 얼굴은 금세 창백해졌다. 얼른 팔짱을 뺐다. 미쳤었다. 그 찰나의 순간, 영겁의 가을이 나를 관통했다. 피터는 긴 팔로 민망해하는 내 어깨를 부드럽게 감싸주었다. 앤이 줬던 보습 립밤을 백에서 꺼내 하얗게 건조해진 피터의 고독한 입술에 발라주었다.

나는 아름다웠다.

Tenor

토요일마다 우리는 전원주택에서 데이트했다.

초록의 숲은 늘 습했지만, 전원주택의 흰 실내는 에어컨 설비가 잘되어 있어 늘 건조했다. 눅눅한 장마 날씨에도 우리 사이에는 늘 쾌적한 뽀송함이 있었다. 습기가 완전히 제거된 자리를 음악이 거나하게 메웠다. 집 전체에 거울이 없다는 사소한 점만을 제외하면, 피터의 집안은 내 집처럼 편안했다. 이곳은 거꾸로 시간이 흐르는 둘만의 성이었다. 우리는 함께 음악을 들으며 보들레르의 시와 내가 선물해준 오스카 와일드의 책을 읽었다. 요리를 했고, 식사를 했고, 술을 마시며 떠들었다.

우리는 섹스를 하지 않았다. 자연스러웠고 아무런 문제도 없었다. '건강한 섹스는 결혼 후에 하는 것이다' 내 건전함이 내게 말했다. 건실한 피터도 비슷한 생각일 것이라 믿었다. 서로에게 말하지 않았던 어색한 공감대는 자연스러운 연대감이 되었다. 이 범상치 않은 남자가 나를 범해줬으면 하는 생각은 없었다. 그렇다고 이 토요일의 남자가 나를 범하지 않아서 토라지지도 않았다. 나는 피터가 원하면 기꺼이 응할 수 있었고, 피터가 원하지 않아서 서운한 것도 없었다. 나 역시 10분을 위해서 100만의 기쁨을 탕진하기보다는, 1의 기쁨으로 천만 분을 유지하고 싶었다. 우리는 이 상태가 너무 좋았다.

다만, 무의식적인 불만이 나를 뒤척이게 했다. 나는 피터로부터 어떤 해를 당하고 싶었다. 가늠할 수 없는 매우 깊은 피를 열망했다. 그 피해의 대가로 피터에게 기쁨을 주고 싶었다. 내 고통으로 피터가 행복을 얻는다면, 흐르는 나의 피를 기꺼이 사랑하리라. 그리고 그에게 피해의 보상과 행복의 대가로 작은 서약을 받아내고 싶었다. 나를 유일한 피해자로 삼아달라고. 그 누구도 아프게 하지 말라고. 나만을 아득하게 아프게 해달라고. 하지만 말하지 못했다.

녹색으로 둘러싸인 하얀 성 안에서 우리는 우리의 청춘을 건사했다.

Alto

덥고 습한 날씨 탓에 팬티 스타킹보다는 밴드 스타킹을 주로 신었다. 속옷도 주문했다. 전부 흰색이었다.

나는 늘 부족한 습기(濕氣)에 거친 갈증(渴症)을 느꼈다. 피터가 내 내의(內衣)를 볼 일은 만무(萬無)했지만, 데이트 전에 꽉 끼는 속옷을 몇 번이나 번갈아 입으며 은밀(隱密)하게 놀아났다. 브래지어와 밴드 스타킹만 한 나체(裸體)로 막 벗은 팬티의 냄새를 킁킁거리며 맡아댔다. 거칠고 뜨거운 콧김에 내 다소곳까지 흔들거렸다. 젖꼭지는 까치발을 들고선 허공(虛空)을 향해 혀를 내뺐다. 그 애타는 혀끝에 레이스가 닿을락 말락 하게 스치는 짓궂은 장난을 쳤다. 전희(前戲)의 흥분(興奮)이 고조(高調)되면, 부드러운 속옷들을 뭉쳐서 간절(懇切)하게 갈구(渴求)하는 가슴골과 고혹(蠱惑)적으로 고백(告白)하는 고간(股間)의 밴드 스타킹 속에다 깊쑥히 쑤셔 박았다. 특히 밴드 스타킹의 질식(窒息)은 매혹(魅惑)적이었다. 양 발가락 끝부터 중력(重力)을 거슬러 짜내듯 몰고 올라온 울혈(鬱血)은 불두덩 요새(要塞)를 점령(占領)하고 젖무덤까지 범람(汎濫)했다. 질식과 허혈(虛血)이 부족하면 다리를 오므려 허벅지 안쪽 밴드 스타킹이 품은 속옷 뭉치에 더욱 압박(壓迫)을 가했다. 짓무른 문란함이 다소곳한 비밀(秘密)로 몰려들었다. 내 수줍은 습곡(褶曲)으로 몰린 격한 습기(濕氣)는 점액(粘液)이었다. 신음(呻吟)과 함께 흥건히 응결(凝結)된 민들한 끈적은 허벅지 안쪽을 타고 밴드를 적신 후 서서히 발가락 끝으로 다시 내려갔다.

나는 아름다웠다. 나는 달아아름 오른다움이었다.

피터는 봄에 수확한 드라이 와인을 좋아했다. 집에서 마실 때, 피터는 지하실로 연결된 돌문을 몇 번씩이나 여닫으며 와인을 꺼내오곤 했다. 우리는 자주 술을 즐겼지만, 취하는 일은 없었다. 내가 술을 자제할 때면, 피터는 건너편에 걸려 있는 슈베르트에게 건배를 보내곤 혼자 마셨다. 술을 마신 피터는 실수도, 주사도, 호기도, 취기도, 근심도, 걱정도, 세상도, 신(神)도 없었다. 주량을 물어보는 나에게 자신은 계절에만 취한다고 했다. 계절이 바뀌던 어느 토요일, 압생트 한 잔을 마신 피터는 권주가를 틀어 놓고 보들레르의 시 '취하라'를 비틀거리며 노래했다.

언제나 취해 있어야 한다. 모든 것이 거기에 있다. 그것이 유일한 문제다..... 물어보라, 지금이 몇 시인지. 그러면 새가, 시계가 그대에게 대답하리라. 지금은 취할 시간이다. 시간 신에게 구속받는 노예가 되지 않으려면 취하라. 늘 취해 있으라! 술이든, 시든, 미덕이든 그대 좋을 대로.

취기가 올랐는지, 와인 한 잔을 더 하고는 로버이여트를 읊었다.

한 잔의 술은 백 개의 종교와 마음만큼 가치 있고
한 모금의 술은 중국의 땅덩이만큼 가치 있지
천 명의 달콤한 연인만큼이나 가치 있는 쌉싸래함
붉은 빛깔 술 말고는 이 땅 위에 없으리라.

그러고는 소파에 앉아 있던 나에게 비틀거리며 다가와, 양손으로 내 어깨를 세게 잡았다. 그리고 취했지만 또렷한 목소리로 글을 다시 써보라고 권했다. 전직 생물학과 교수, 유전학 박사, 책임연구원보다 작가라는 호칭이 가장 잘 어울린다고 했다. 피터의 반쯤 감긴 눈동자는 초록색이 되었고, 입에서는 쓴 풀냄새가 났다. 그러고는 풀썩 곯아떨어졌다. 거실 소파에서 잠든 피터에게 홑이불을 덮어주고 살금살금 전원주택을 빠져나왔다. 이날이 만취한 피터를 처음 본 날이었다. 녹색의 피터팬처럼 귀여웠고, 시인처럼 멋있었다. 나는 피터를 안쓰럽게 사랑했다.

달빛을 등지고 집으로 걸어가는 길에 피터가 내게 준 선물들을 하나하나 떠올려 보았다. 거의 다 '작가의 작업실'에 있을 법한 것들이었다.

이사한 새 연구실 방으로 보내준 고풍스러운 책상과 의자.... 오랜 시간 자연 건조한 최고급 참나무를 사용해 장인이 짠 가구였다. 추적추적한 날에도 항상 보들보들했던 소파.... 조금 부담되었지만, 무척 마음에 들었다. 양장본 셰익스피어 전집.... 한정판이라 소장가치도 있었다. 아르누보풍의 독서등.... 이 세련된 등의 아름다운 불빛은 잠과 꿈 사이에 있었다. 깜깜한 밤에 이 등만 켜 놓고 조용한 실내악을 들으면, 피아노 건반을 누르는 소리가 보이곤 했다. 하울의 움직이는 성이 연상되는 골동품 바바야가 탁상시계.... 본체 밑에 닭다리가 붙어 있는 검은색 시계다. 요일까지 표시되는 이 범상치 않은 시계에는 삶과 죽음, 동화와 괴담, 휴일의 영화관과 평일의 연구소가 섞여 있었다. 마지막으로 출장 갔다가 사온 대성당이 그려진 앤틱 노트.... 내게 가장 소중한 선물. 가죽 양장된 그 수제 노트에는 귀하고 성스러운 글만 쓰고 싶었다.

Alto

저녁 어스름. 건조함과 습함이 맞닿는 내 유리창엔 늘 성에가 서렸다. 성애 때문에 창문을 열면 달빛 바람에 실린 피터의 음악이 내 방으로 젖어들었다. 혼자지만 방문을 잠근다. 잠과 꿈에 취한 등불 아래에서 바스락바스락. 빳빳하게 세탁된 홑이불 속에서 수음(手淫)을 했다. 내 생에 첫 섹스 연습은 보습 립밤과 함께했다. 매일 밤, 경계에만 머물던 성에는 이제 내 습한 악습 속에 맺혔다.

달콤한 땀에 젖은 홑이불은 보드랍게 흐드러졌다. 습도 차가 사라지면, 성에도 사라졌다. 내 황무지 위에서 불과 물이 번갈아 노래했다.

나는 영원히 아름다웠다.
나는 영원히 아름다웠다.
나의 영원은 영원했다.
나의 영원은 영원했다.

영원히.

#31

여름의 막바지에 메인축사는 포화 상태에 이르렀다. 메인축사의 공간 부족 문제를 단번에 해결할 리처드의 조커 카드는 군에서 임대를 약속한 혹서기 훈련장이었다. 그는 클락헨-함 우리 전체를 혹서기 훈련장으로 이전하는 계획을 수립했다. 그러나 이튿날 바로 백지화 공지가 떴다. 훈련장은 여러 이점에도 불구하고 너무 멀었다. 리처드는 쉽게 결정하지 못했다. 연구소 인력과 시설의 분산이라는 문제도 있었지만, 보안 유지가 가장 큰 문제였다. 특히 국가정보원과 군 기무사령부가 이를 크게 우려했다. 리처드의 생각도 같았다. 이러던 중 메인축사에서 클락칵-함 한 마리가 철장을 뛰어넘어 클락헨-셈을 공격했다는 보고를 받자, 리처드는 취소를 번복하고 서둘러 클락헨-함의 혹서기 훈련장 이동을 결정했다. 그러나 이 결정도 당일 오후에 철회되었다. 혹서기 훈련장 지역의 기온이 섭씨 47도를 넘었기 때문이다. 이 기온에서는 닭도 사람도 버틸 수가 없었다. 소장은 군에 혹서기 훈련장의 건물 공사를 중단하라는 전화를 넣었다. 포화 직전의 메인축사에서 멀쩡한 클락헨-셈들은 불량품 처리되었고, 살처분장행 트럭에 실려 나갔다.

신속 전투 공병대장을 만나러 사단으로 향하던 리처드는 연구소 정문을 통과하자마자 급히 차를 세웠다. 리처드는 기사와 수행원을 두고 혼자 오래된 대성당에 뛰어들어갔다. 30분 뒤, 리처드는 휘파람을 불며 성당에서 나왔다. 소장은 차 뒷자리에서 앉아서 여기저기에 전화를 걸었다.

3일 뒤 대성당은 건물만 남긴 채 폐쇄되었다. 바로 다음 날 신속 전투 공병대가 투입되어 성당 쪽으로 연구소 담벼락을 연장하는 공사를 시작했다. 동시에 성당 내부공사가 진행되었는데 대형 히터와 방열판들이 줄지어 들어갔다.

2주 후 아메바가 먹이를 향해 위족을 뻗은 모양으로 성당은 연구소의 영지 안으로 포식되었다. 메인축사의 클락헨-함은 모두 대성당으로 옮겨졌다. 전 책임연구원 헉슬리가 키워낸 신장 2m의 클락헨과 낫처럼 생긴 발톱을 지닌 클락칵의 사체들과 각종 대회를 위한 시설물 일체도 이곳으로 옮겨졌다. 성당 내부는 혹서기 훈련장과 같은 환경을 조성하기 위해 24시간 히터가 가동됐다. 인근 도축장에서 수거한 양(羊)과 돼지의 내장들이 이곳으로 직접 공급되었다. 칼슘 보충을 위해 굴 껍데기도 들어왔다. 내장 냄새, 비린내와 성당 내부에서 뿜어져 나온 열기가 합쳐져 성당 주변에는 늘 악취가 진동했다.

대성당의 공식 명칭은 클락헨 연구소 제4 보조축사로 결정되었다. 성의 터릿(turret)처럼 돌출된 부분이었기 때문에, 이곳에는 특별히 147 근위 대대 예하 클레멘스 중대가 배치되었다. 근위 중대의 일부 병력은 연구소 내 소장 관사의 경비도 겸했다.

제4 보조축사는 연구동에서 걸어서 30분 거리였다. 급하게 만든 담벼락은 트럭 한 대가 겨우 지나갈 수 있는 폭이었고, 긴 회랑 중간에 검문소 2곳이 설치되었다. 이곳에 출입이 가능한 사람은 극히 제한되었으며, 신규로 출입을 허가받으려면 연구소장과 기무사령관의 동시 재가가 있어야만 했다. 정문 쪽 경비중대 내무반 건물에서 지내던 국방과학연구소 소속 연구원들과 특전사 소속 파견 군인들은 대성당으로 거처를 옮겼다. 연구소장은 근위대대의 삼엄한 경호를 받으며 업무 시간의 절반 이상을 대성당 안에서 보냈다. 물의를 일으켰던 전(前) 책임연구원 헉슬리는 소장의 배려로 대성당과 클락헨-야벳의 제3 보조축사를 오가며 연구를 지속했다. 그의 옆에는 항상 병사 두 명이 감독관 자격으로 따라다녔다.

클락헨-Noah의 세 자손 셈, 함, 야벳은 각각 메인축사(축구장), 제4 보조축사(대성당), 제3 보조축사(수영장)로 흩어졌고, 세 아종들은 완벽하게 격리되었다. 이제 아종 간의 DNA 교환은 불가능했다.

*

늦여름 날씨는 변덕스러웠다. 태양이 작렬할 때는 너무 무더웠고, 폭우가 쏟아질 때는 너무 습했다. 집에 혼자 있을 때 다시 소설을 쓰는 것에 대해 진지하게 생각해 보았다. 주위의 기대와 나의 게으름 사이에서 망설이던 펜은 계속 누워만 있었다. 어떤 주제? 어떤 소재? 어떤 장르? 어떤 인물? 어떤 배경? 어떤 문체? 갈피를 잡을 수 없었다. 집필에 대한 의지와 작가에 대한 꿈은 변덕스러운 장마와 함께 짓물러졌다. 이후에도 펜을 들었다 놓기를 반복할 뿐 단 한 글자도 쓰지 못했다.

폭우가 무섭게 내리던 어느 날. 연구실에 혼자 쉬고 있는데, 불현듯 '현악 사중주의 활자화'라는 아이디어가 떠올랐다. 뭉게뭉게 구름 같은 그 이미지를 손아귀에 쥐려 급히 펜을 찾았다.

바로 그 순간에 내선 전화가 맹렬하게 울렸다. 리처드의 급한 호출을 전하는 소장 비서의 전화였다. 펜을 놓고 곧바로 소장실로 갔다. 방에 들어가 보니 리처드는 바쁘게 외출 준비를 하고 있었다. 앤이 챙겨준 듯한 야채즙을 마시며, 관용차 기사에게 차를 대기시키라는 지시를 하고 있었다. 의자 뒤편에는 해군 제독의 검은 제복이 장중하게 걸려 있었다. 벽에는 '나는 끝나는 것을 하지 않는다. 나는 끝나지 않는 것을 한다'라고 쓰인 액자가 단호하게 걸려 있었다. 제독은 양복을 입으면서, 앉으라는 손짓을 했다.

리처드는 대성당을 영지에 품고 있는 황제이자 클락헨들의 교황이었다. 명예 제독이기는 했지만, 군을 좌지우지하는 영향력을 행사했고, 끊임없이 영토를 확장했다. 리처드는 클락헨 연구소라는 대함대의 사령관이자, 클락헨-오케스트라의 지휘자이며, 클락칵-야구팀의 감독이었다. 그는 모든 게임을 면밀하게 통솔했다.

테이블 위에는 A4 용지 뭉텅이가 쌓여 있었다. 족히 8,000장은 되어 보이는 이 서류의 앞 장에는 '2급 비밀'이라는 빨간색 도장이 긴 대각선으로 찍혀 있었다. 리처드는 책임연구원으로 승진한 만큼의 업무를 건네주었다. 서류 탑은 연구원들이 클락헨에 관해 쓴 미발표 –정확하게는 발표가 무기한 보류된– 논문들이었다. 리처드는 이 논문들의 예비심사를 부탁했다. 클락헨-오리진, 제네시스, 노아, 셈에 관한 논문을 위주로 평가하고, 클락헨-함과 클락헨-야벳에 대한 연구는 모조리 '수정 후 재제출'을 주라고 지시했다. 더불어 논문 중에 기발한 아이디어가 있다면, 요약해서 자신에게 직접 보고하라고 했다. 마지막으로 이 모든 사항은 연구원들에게 철저히 비밀로 해달라고 엄격하게 당부했다. 리처드의 의안에서 딱딱한 빛이 반사됐다. 나는 명을 받들었다. 산더미 같은 논문 자료를 양손으로 들었다. 너무 무거웠다.

"아! 제인! 잠깐."

낑낑거리며 A4 뭉텅이를 드는 순간 리처드가 소리쳤다. 리처드는 벌떡 일어나 뭉텅이를 뺏어 들고 앞장서서 걸었다. 단둘이 내 연구실까지 걸었다. 리처드는 예전처럼 4인의 식사 모임을 꼭 다시 갖자고 작고 포근한 목소리로 말했다. 피터 이야기도 했다. 둘은 술로 죽이 잘 맞았다. 리처드는 정부의 고위급 인사나 장군들과 근처에서 술을 마실 때 피터를 자주 불러냈다. 특히, 디너파티 공연 후 피터의 열렬한 팬이 된 국정원 차장은 리처드와 술자리를 할 때면 늘 피터를 불러냈다.

잠시 머뭇거리던 리처드는 내 쪽으로 고개를 돌려 호르몬 약은 잘 먹고 있는지, 용량은 잘 조절되고 있는지를 물어봤다. 리처드는 연구소 안에서 사적인 이야기를 일절 하지 않았기 때문에 얼굴에 번진 미소는 더욱 각별했고 또 인자했다. 순간 돌아가신 부모님이 생각났다. 리처드로부터 엄격함과 푸근함이 섞인 부성(父性)을 느꼈다. 대답하려고 그와 눈이 마주쳤을 때, 리처드의 의안이 왼쪽이었는지 오른쪽이었는지 구별할 수 없었다. 과도한 업무스트레스로 무기물인 의안까지 같이 늙은 듯했다. 나는 늙은 소장의 눈주름 속에서 가여운 소녀에게 호르몬 약을 처방하며 대견스러운 미소를 짓던 젊고 잘생긴 청년 의사 리처드의 얼굴을 찾아냈다.

내 방으로 돌아와 논문 뭉텅이를 책상에 내려놓자, 세워놨던 책들이 우르르 쓰러졌다. 피터에게 선물 받은 후 고이 간직해둔 대성당이 그려진 앤틱 노트가 시야에 들어왔다. 소나기가 멎어서 창문을 활짝 열고 노트를 펼쳐 보았다. 내지에는 미처 보지 못했던 피터의 작은 글씨가 적혀 있었다.

'이 책은 여기서 끝나지만, 유리알 유희는 끝나지 않을 것이다.'

내 소설 에피파니의 맺음말이다. 한 장을 더 넘겼다. 페이지 하단에 작은 글씨가 있었다.

'에파파니의 후속작을 시작해요. 바로 지금. 여기에. –당신의 팬, 피터.'

'에피파니'라는 손글씨는 내 존재와 내 주변의 모든 것을 현현(顯現)했다. 먹구름이 도망치듯 퇴장하고, 맑은 태양이 헐레벌떡 등장했다. 재빨리 논문을 구석으로 밀어버리고, 의자에 앉아 노트를 바르게 펼쳤다. 좌우로 갈려져 움츠려 있던 대뇌 속의 신경들이 일제히 반대편을 향해 촉수를 내뻗쳤다. 시냅스들은 폭죽처럼 일제히 포자를 터뜨렸다. 나중에 제목을 쓸 요량으로, 첫 번째 페이지는 비워둔 채 넘겼다. 두 번째 페이지에 헌사를 눌러 썼다. 펜촉이 긁어낸 하얀 고랑을 따라 검은 물결이 맹추격했다.

'피터. 팬에게 바친다.'

그날 10년 넘게 잊고 있었던 나의 꿈을 되찾았다.

#35

연구소는 편해졌다. 인력 증원은 계속되었고, 충원된 신입 직원들은 요소요소에 고르게 배치되었다. 연구소 직원 개개인의 로딩이 줄어들면서, 업무 효율과 삶의 질이 동시에 향상되었다. 이는 애사심과 결속력에 큰 영향을 미쳤다. 이러한 선순환이 계속되면서, 직원들의 소속감과 자긍심이 높아졌다. 연구소 공개 채용 공고는 구직자에게 '농수축산물 국책 연구소' 정도로 이해되었다. 클락헨에 대한 내용은 일절 없었다. 안정적인 공무원 신분, 장기근속 시 정년 보장, 연금과 노후 보장, 높은 신입 직원 초봉, 파격적인 경력직 연봉에 지원자가 밀려들었다. 여기에 국가의 중차대한 일을 비밀리에 진행한다는 신비스러운 이미지가 얹히면서, 지원자의 학력 수준은 국가정보원보다 높아졌다. 일반직 지원자 중에 4년제 대졸자가 90% 이상이었고, 석·박사급을 뽑는 연구직에는 박사 후 과정들끼리 경쟁했다. 심지어 연구소 산하 부서 중 변방에 속하는 매립가스 발전소의 채용에는 해외에서 근무하는 교수들까지 대거 지원했다. 구직과 이직을 원하는 사람들 사이에서 연구소는 '꿈의 직장'으로 통했다.

인력 충원이 완료되자 국정원이 만들고 법무부가 검토한 새로운 비밀유지 서약서가 전 직원에게 배포되었다. 이 경고성 서약서는 전보다 두 배는 강화된 것이었다. 형법 책의 한 챕터를 그대로 복사해서 글자 크기 5로 한 페이지에 욱여넣은 듯한 이 서약서는 거의 협박에 가까웠다. 직원들은 이 서약서를 자세히 읽지도 않았고, 아무런 거부감 없이 서명 후 제출했다. 오히려 직원들 사이에는 이러한 국가적인 보호와 안정감을 누리는 분위기가 형성되었다. 조직과 구성원 사이의 신뢰는 두터웠다. 이 고무적인 분위기는 소장과 국정원을 크게 만족시켰다.

국정원에서 연구소에 심어 놓은 요원들은 주 1회 리처드에게 연구소 안팎의 동향을 보고했다. 매우 사소한 부분까지 전부 기록되어 있는 보고서를 리처드는 자세히 검토했다. 아마추어 성악가인 국정원 차장은 디너파티 후에도 자주 연구소에 왔다. 차장은 대성당을 자주 둘러봤고, 연구소에 잠입해 있는 요원들을 몰래 격려했다. 방문 일정의 마지막은 항상 리처드와 함께였다. 둘은 늘 2시간 넘게 대화를 했고, 그것도 모자라 단둘이서 시내로 나가 새벽까지 술자리를 이어갔다. 둘은 긴밀한 협조 관계를 넘어 개인적 친분까지 돈독했다.

특전사령관은 국정원 차장만큼 자주 리처드를 찾았다. 사령관은 그 누구보다도 클락헨-함에 관심이 많았다. 전형적인 군인인 그는 차기 참모총장을 노리는 야심 찬 인물이었다. 사령관은 종종 사관학교 선후배 사이인 참모총장과 제4사단장과 함께 방문했다. 그는 항상 리처드의 말에 귀 기울였고, 늘 리처드가 원하는 것 이상으로 지원했다. 리처드와 함께한 술자리에서 자신의 직권 이하의 일은 후배인 제4사단장에게 앉은 자리에서 명령했고, 직권 이상의 일은 선배인 참모총장에게 청탁했다. 장군들의 명령은 즉각적인 효력을 발휘했다. 제4 보조축사, 시립동물원 부지의 옥수수 농장과 육계 가공공장은 물론 매립가스 발전소, 쇄빙선이 정박한 항만과 극지방 기상관측소까지 경비 병력은 물 샐 틈 없이 강화됐다. 사령관은 연구소 조직을 군대보다 더 잘 이끌어가는 리처드의 리더십과 추진력에 호감을 숨기지 않았다. 그는 리처드를 인근 해군 기지로 초청해 '명예 해군 제독(소장급)' 수여식을 전 장병의 사열을 받으며 성대하게 열어주었다.

비서실장은 리처드에게 전화를 걸어 대통령, 기획재정부 장관, 외교부 장관이 회동하는 저녁 식사 자리에 비공식적으로 참석해달라고 부탁했다. 식사 참석 다음 날, 비서실장은 리처드에게 비화기(祕話機) 한 대를 건네주었다.

연구소 규모에 비례해 연구소 내 비밀도 많아졌다. 예전에는 전체 공지와 회의록을 통해 전 직원이 모든 진행 상황을 알고 있었다. 하지만 이제는 조금이라도 민감한 사항은 공지가 금지되었다. 직원들은 어떤 사안에 대해 말할 때, 자신이 알고 있는 내용이 상대방도 알고 있는 내용인지, 이 사람이 알면 안 되는 내용인지 구별할 수 없었다. 모두가 스스로 입단속을 했다. 그래서 연구소 내에는 건전한 말조심 분위기가 퍼져나갔다. 직원들 간의 수다와 잡담은 점점 줄어들었다. 국정원과 기무사는 이러한 연구소 내 분위기와 직원들의 높은 보안 의식에 매우 만족했다.

연구소 운영위원회는 자발적으로 해산했다. 직원들의 요구 사항은 정식 공문으로 작성되어 소장에게 올라갔다. 리처드는 거의 모든 요구를 신속하게 처리해주었기 때문에 어떠한 불편도 불만도 없었다.

연구소 연구위원회는 비공개로 진행되었다. 리처드 소장 주관으로 수석 연구원들과 일부 책임급 연구원들만 참석했다. 회의 마무리에 리처드는 연구소 내에 공개 가능한 사안과 그렇지 않은 사안을 참석자들에게 체크해주었다. 소장의 전체 공지횟수는 점점 줄어들었다.

*

리처드 부인께서 손수 꽃을 사 오셨다. 앤은 초록색 원단에 녹색 십자가와 보라색 삼각형 문양이 섞인 우아한 원피스를 입고 내 방으로 들어왔다. 나는 바이올린과 비올라의 이중주로 편곡된 헨델의 파사칼리아를 듣고 있었다. 앤은 의자에 앉자마자 보라색 백합을 티테이블 위 빈 화병에 꽂았다. 나는 전기 포트에 물을 끓였다. 한결같았던 앤과의 관계에 출렁이는 변주가 생기기 시작했다. 앤은 그대로였다. 전부 나 때문이었다. 피터를 사랑할수록 앤에게 비밀이 점점 많아졌다.

"괜찮아? 안색이 안 좋아 보여."

자위한 다음 날 아침에 마주친 앤은 껄끄럽다. 앤은 견고함이 부서진 나의 미세한 변화를 금방 눈치채기 때문이다. 내 음습한 악습이 탄로 날 것 같아 죄인처럼 시선을 회피한다. 사랑으로 축축해진 나는 그간의 견고함을 잃고 점차로 얇아졌다. 얇아지다 못해 투명해진 나는 앤의 촉을 피할 수 없다. 찻잔을 꺼내며 호르몬 약 때문이라고 두꺼운 거짓말을 한다. 앤에게 모든 것을 자세히 말할 필요는 없다.

사소하지만 앤에게 자꾸 거짓말을 하게 된다. 비밀이 거짓말이 돼버리는, 그 피할 수 없는 과정들이 싫다. 아스라한 죄의식이 스며들어, 변주된 나를 힐책한다.

"난 피곤한 것도 없는데 왜 이리 입술이 트지? 립밤 가지고 있는 거 있어?"

뜨끔. 설마 앤이 눈치를 챈 걸까? 나를 음탕한 년으로 생각하면 어쩌지?

얼굴이 창백해진다. 피터와 나의 점막을 위아래로 적셔주었던 립밤. 소파 위 내 핸드백 속 은밀한 곳에 있지만, 앤에겐 없다고 말한다. 또 거짓말이다. 앤이 준 것이지만, 이제 앤이 써서는 안 된다. 셋을 위한 립밤은 없다. 입술도 잎도 순(脣)도 단 두 개뿐이다.

앤이 내 속사정과 내 립밤의 비밀을 알 리 있나? 미쳤다. 내가 앤에게 이러면 안 된다. 광장 한복판에 벌거벗은 채로 서 있는 듯한 수치심이 나를 더욱 비참하게 한다.

"이 티테이블 마음에 들어? 내 생각에 이쁘긴 한데, 이 방의 다른 가구들과 썩 어울리진 않는 것 같네."

자신이 선물해준 보라색 티테이블에 앉아 우아하게 방을 둘러보며 앤이 말한다. 맞다. 네 말이 맞아. 누가 봐도 피터가 선물해준 가구들과 잘 어울리지 않아. 이 방에서 통째로 치워 버리고 싶다는 생각이 들 정도로. 게다가 네 테이블은 다리가 3개뿐이라 불안하기까지 해.

내가 방금 무슨 생각을 했지? 남이 베푼 호의에 가격을 먹이고 있다. 천박하다. 더러운 생각을 다시 상기하기 싫다. 자꾸 앤을 밀어내고 있는 내가 혐오스럽다. 앤에게 마음에 든다고 급하게 거짓말을 한다. 불안한 마음이 다소 편해진다.

"전압이 세서 그런지 물도 빨리 끓네. 그런데 그거 알아? 매립가스 발전소의 팀장이 과학기술부 차관 아들이라네. 그 변방의 부서를 밀어주는 이유가 다 있더라고."

사모님. 그런 험담할 처지가 아닐 텐데요. 홍보실의 사라는 네 대학 후배이자 충복이고, 문제의 헉슬리는 리처드 사령관의 대학 후배이자 아끼는 군사(軍師)라고요. 전 직원이 반강제로 서명한 비밀 유지 서약서에 너는 서명하지 않았어. 그걸 가지고 모두가 쑥덕거린다는 사실을 모르는 거야? 아니면 알면서 모른 체하는 거야? 너는 지금 홍보실 실장이라는 직책보다는 소장의 부인, 리처드의 사모님이라는 이미지가 더 강해. 연구소 안팎으로 일어나는 모든 일을 다 알고 있다고 자랑하고 싶은가 본데 이건 좀 아니지. 너는 이미 모든 비밀에 접근할 수 있는 재수 없는 특권층이라고. 하! 다리를 꼰 채로 앉아 있는 모습까지 굉장히 거만해 보이네. 사모님 굉장히 거만해 보이네.

눈을 감고 혼자 고개를 턴다. 앤은 소장의 안주인 자격이 충분한 여자다. 예의 바르고, 교양 있으며, 인문학과 예술에도 조예가 깊다. 공연을 연출할 정도로 단호하고 추진력도 있다. 앤은 사모님이라는 직책을 이용해 권력을 휘두를 얕고 천한 여자가 아니다. 앤은 천성적으로 깊고, 귀한 여자다. 그리고 내 소중한 친구이자 유일한 친구다. 앤에게 로열 밀크티를 바친다.

"전시회 때 내가 말했던 잠입해 있는 국정원 요원들 정말 무섭더라. 우리가 그날 일식집에서 데마끼 먹은 것까지 리처드에게 보고했더라고. 리처드에게 나와 가까이 지내는 너를 밀착 감시하겠다고 요청했대. 보고를 받던 리처드가 크게 웃고는, 그 자리에서 너와 피터를 집중 감시 리스트에서 빼버렸대."

섬뜩하다. 피터까지? 마치 자위를 하다가 엄마에게 발각된 느낌이다. 찡그린 표정이 들킬 정도로 몹시 불쾌하다. 대화 중에 표정근을 미세하게 점검

한다. 아슬아슬하다. 결백하지만 죄를 지은 듯한 이 감시의 불쾌함. 섬뜩한 불쾌함.

방금 나는 부부의 순수한 배려를 음흉한 의심으로 왜곡했다. 연구소 전체를 위해서 또 내 안전을 위한 일상적인 감시일 텐데, 왜 이리 나쁜 쪽으로만 생각이 기우는 걸까? 내가 비밀이 많아져서 혼자 찔리는 것뿐이다. 동물원 주차장 납치 사건 후에 핏대를 세워가며 내 신변을 더욱 강화해 주려던 리처드의 호의를 벌써 잊은 것인가? 코끼리 가족을 이곳으로 옮겨준 호의도 잊은 건가? 아무도 시키지 않은 곡예를 혼자 아슬아슬하게 하고 있다. 섬뜩했던 나를 호되게 다그친다.

"다시 이식을 시도해 보려고. 이제 냉동 수정란은 달랑 4개 남았어. 응원해줘. 그리고 쌍둥이를 낳게 되면, 네가 성당에서 꼭 대모를 해줘야 해. 대부는 피터가 해주면 좋을 거 같아."

만약 앤이 아이를 낳는다면, 내 마음은 어떻게 되는 걸까? 시샘 없이 축하해줄 수 있을까? 가면을 하나 써야겠지? 예전 사촌 동생의 출산 파티 때 나를 괴롭혔던 이웃들의 미세한 표정근 변화가 떠오른다. 내가 앤의 아이를 품에 안는 순간, 앤과 리처드의 얼굴에서 그것들을 감지하고 싶지 않다. 상처받지 않기 위해서, 내가 먼저 완벽한 가면을 써야 한다. 그러고 보니 피터에게는 내 결손을 언제쯤 말해야 할까? 피터가 리처드처럼 아이를 간절하게 바라는 사람이면 어쩌지? 앤이 이번에도 임신에 실패했으면 좋겠다.

나는 쌍년이다. 얼마 전까지만 해도 앤이 임신에 성공하면 자진해서 극진한 간호를 하리라 다짐했던 년이 바로 나였다. 미친 건가? 미치는 중인가?

호르몬이 사람을 이리도 치졸하게 만드는 건가? 손가락으로 입천장을 뚫어 내 뇌하수체를 손톱으로 긁어내 버리고 싶다. 악으로 질주하는 마음에 악쓰듯이 제동을 건다.

"아! 그리고 리처드가 저번처럼 넷이 모여서 꼭 식사 같이하자고 하네. 나도 재미있을 거 같아. 이제는 더블데이트? 부부 동반 모임이 되는 건가?"

초라할 것 같다. 부부가 짓궂은 장난을 치거나, 곤란한 질문을 하면 어쩌지? 그리고 나는 앤에 비해 너무 초라하다. 여자로서, 여성으로서, 목소리도, 외모도, 요리도, 옷차림새도, 풍기는 분위기도 모든 면에서. 피터가 보는 앞에서 앤과 답안지를 맞바꿔 채점하고 싶지 않아. 게다가 앤은 곧 임신에 성공할 것만 같아. 취한 리처드가 피터에게 내 불임에 대해 말실수를 하면 어쩌지? 내 얇은 답안지는 하얀 공란뿐이다. 앤과의 거리가 점점 멀어지다가 아득해진다. 초라함에 아득해진다. 넷의 식사. 가면으로 붉은 수치를 감내할 것인가? 아니면 입에 발린 하얀 거짓말로 회피할 것인가? 회피라는 단어를 심으로 하얀 거짓말이 실타래처럼 단단히 감긴다. 야구공이 된 흰 덩어리는 직구로 날아와 내 대리석 옆구리를 강타한다. 허리뼈가 흠칫 부서지고 발끝으로 창백한 전류가 관통한다. 겹 가면의 무게를 견디지 못한 내 목뼈가 바스러지자 양손에 감각이 사라진다. 나는 팔짱을 낀 앤 앞에서 점점 하얗게 없어지고 있다. 넷의 식사가 하얗게 없어지고 있다.

녹차 한 모금을 마시며 눈을 감는다. 저림이 풀리고 감각이 돌아온다. 다시 눈을 떠보니 녹색 옷을 입은 앤이 선명하게 보인다. 나는 잠시 완두콩만 한 괴물이 되었다가, 이제 막 나로 돌아왔다. 앤과의 아득한 거리감은 내 속이 좁아져서 생긴 것이었다. 다시 한 모금. 두통이 가신다. 조금 전 나는 끈적한 녹색 고름이 질질 흐르던 음습한 병균이었다. 다시 한 모금. 현기가 가신다. '가짜' 괴물이 떨어지자, '나'라는 '모나드(Monad)'가 회복된다. 앤과 대화를 하면서 나는 피터와 나와의 관계만 생각했다. 앤과의 공감 능력이 줄어들고 있었다. 앤과 리처드 부부는 나를 대신해 4인의 식사 자리를 마련했었고, 나와 피터를 엮어준 사람들이다. 게다가 내가 먼저 말하기 전까지, 우연히 알게 된 내 결손을 모른척했던 사려 깊은 사람들이다. 이제 나와 피터가 부부를 초대할 차례다. 이게 맞는 것이다. 건조하고 쾌적한 숲 속의 전원주택으로 부부를 초대한다!

"홍보실에 인원도 충원됐고, 사라도 병가 끝나고 돌아와서 이번 가을, 겨울은 편해질 것 같아."

내 방에서 차를 마시고 있는 이 사람은 엄밀히 말하면 근무 태만이다. 사모님이 여기저기 돌아다니면 직원들은 불편해하기 마련이다. 직원들이 네 험담을 하는 거 몰라? 귀가 안 들려? 눈치가 없나? 지금껏 살면서 눈치를 봐 본 적이 없어서 그런가? 사모님. 여러 사람 불편하게 하느니, 차라리 집에서 육아와 살림을 하는 편이 모두를 위한 최상의 선택이야.

이건 정말 아니다. 멍해진 귀를 뚫고 벽시계의 초침 소리가 또렷이 박힌다. 앤은 과로로 쓰러져 쌍둥이를 유산했고, 그 과정에서 목숨을 잃을 뻔했다. 그런데 며칠 후 벌떡 일어나 자신이 기획한 연구소 디너파티를 완벽하게 마무리 지은 책임감 있는 여성이다. 앤은 똑부러지게 일 잘하는 홍보실의 수장이다. 앤이 내 새 글을 기대하듯이, 나 역시 홍보실에서 앤이 완성할 연감에 대한 기대가 있다. 우리는 브론테 자매처럼 후대에 길이 남을 공동 시집이나, '폭풍의 제인' 같은 명작을 남길 것이다.

“아! 며칠 전에 피터를 봤는데, 피터는 늙지 않는 것 같아. 정말 정말 동안이야.”

재잘댄다. 앤이 피터에 대해 재잘댄다. 그런데 피터를 언제 봤지? 왜 우리 사이에 내가 모르는 일이 있을 수 있지? 둘이 만났었다는 이야기를 피터가 아닌 앤에게 들었다는 사실에 마음이 뒤틀린다. 요원들이 혹시 전원주택 내부까지 감시하고 있는 걸까? 우리의 데이트까지? 내 팔짱 비비기까지? 다시 두통과 어지러움이 올라온다. 재잘대는 어지러움이 올라온다.

앤은 내가 ‘야기될 불편함’에 예민하게 반응한다는 사실을 잘 아는 친구다. 그래서인지 앤은 내 눈치를 슬쩍 보더니, 더는 피터 이야기를 하지 않았다. 사려 깊은 여인이다. 자꾸 바보 같은 생각들이 꼬리에 꼬리를 문다. 내가 비밀이 너무 많아지다 보니, 상대방도 뭔가를 감출 거 같다는 내 넘겨짚기식 불안이다. 앤은 나에게 비밀이 없다. 앤은 내게 내려놓는데, 나는 자꾸 쌓아만 간다.

“괜찮아? 얼굴이 너무 창백해. 리처드가 준 업무가 너무 많아서 요즘 과로하는 거 아니야? 내가 조금 줄여 달라고 리처드에게 슬쩍 말해볼까?”

속삭이듯 내게 얘기한다. 나는 속으로 묘한 승리감과 우월감을 느낀다. 사실 리처드가 준 논문 서류들을 아직 거들떠보지도 않았다. 어차피 클락헨 런칭이 장기화되면 세상에 나가지도 못할 논문들이다. 연구원들의 불만이 폭발하기 전에 미리 뇌관을 빼버리려는 리처드의 전술을 나는 일찌감치 눈치챘다. 사실 내 모든 신경은 내 새로운 소설에 쏠려 있다. 바로 저 참나무 책상 위에 놓여 있는 대성당 노트 속에 내 모든 진선미(眞善美)가 들어 있다.

머릿속에서 연기처럼 피어오르는 수많은 문학적 단상들을 바로 낚아채기 위해서 노트와 팬을 항상 들고 다닌다. 온갖 상념들이 문자화되어 저 노트에 채집되어 있다. 여기에 강박증까지 장착되었다. 아이디어 하나라도 놓칠까 조마조마하더니 급기야 불안증이 찾아왔다. 속삭이듯 불안증이 찾아왔다.

이기적인 나는 게을러졌다. 내가 비난한 앤보다 내가 더 나태하다. 리처드의 호의를 잊으면 안 된다. 새 소설의 골조가 어느 정도 갖추어지면 잠시 공사를 중단하고, 논문 예비심사에 매진하리라. 집중해서 3주면 충분하다. 그때쯤 앤에게 다시 글을 쓰기 시작했다는 이야기를 선물처럼 말해주리라. 앤은 분명 기뻐할 것이다. 앤이 기뻐하면 나도 행복하다. 그런데 틀어 놓은 음악처럼 내 뇌와 심장은 조였다 풀리기를 반복하고 있다. 알 수 없는 힘이 내 정수리와 발끝을 잡고 사정없이 길게 늘인다. 끝없이 늘여진 나는 투명하고 팽팽한 낚싯줄이 된다. 조였다가 풀렸다가 몹시 위태롭다. 나는 곧 끊어질 것이다.

"리처드가 아는 제약회사 직원 통해서 내 호르몬 주사약 구하는 김에, 네 알약도 대량으로 같이 주문하자네. 너 먹는 약 이름이랑 용량 좀 알려줘."

나를 동정하는 건가? 아니면 놀리는 건가? 그딴 호르몬 약 아무리 먹어도 나는 엄마가 될 수 없어. 나는 단 한 번도 난자를 만들어 본 적이 없다고. 너희들에겐 호르몬이 생식이지만, 나에게는 생존이야. 네가 흉년이라면 나는 황무지라고. 앤 이제 내 방에서 제발 나가줘.

이젠 호의를 악의로 받아들이고 있다. 나는 방금 세상의 모든 여자를 내 적으로 돌렸다. 부부의 제안은 명백하게 대가 없는 호의다. 리처드는 나에게 의사로서 책임감과 부채의식이 있는 것이다. 사실 몇 개월마다 처방전을 받기 위해 형식적으로 병원에 가는 일은 몹시 번거롭다. 리처드는 이젠 어쩔 수 없는 상태가 되어버린 자신의 옛 환자를 위해서 작지만 포근한 호의를 베푼 것뿐이다. 나는 뒤틀렸다. 꼬인 몸은 풀리지 않은 채로 더욱 뒤틀린다. 뒤트는 악력(握力)만으로 내 몸의 모든 물기가 빠져나간다. '팅' 물리력이 화학결합을 끊어냈다. 두 손이 헐거워지면서 펄떡거리던 녹색 지느러미가 멀리 도망가 버린다.

"제인! 이제 정신 좀 들어? 괜찮아?"

앤의 냄새가 들렸다. 소리가 들린 후 촉각이 돌아왔다. 시력은 아직이었다. 식은땀을 말려주는 쾌적한 바람을 느꼈다. 입안에서 단맛이 돌고, 풀 내음이 났다. 안구 밑바닥에서 이끼가 자라났다.

피터의 정원에 누워 있다고 생각했다. 꺼진 이성을 깨우기 위해 엔진이 시동을 건다. 몸통이 맥박으로 덜컹댄다. 가속이 붙고 여기저기 불이 켜진다. 드디어 모든 감각이 제자리로 세팅되고 이성이 로그인된다. 전정기관과 시각이 자세와 위치를 포착한다. 내 머리는 참나무 소파 위 녹색 원피스를 입은 앤의 무릎에 있다. 재부팅된 뇌에서 업데이트 완료 메시지창들이 한꺼번에 뜬다. '나는 앤에게 수음을 들키지 않았다', '앤이 선물해준 티테이블은 세련됐으며, 피터의 가구들과 아주 잘 어울린다', '나는 앤의 임신을 기원하며, 부부를 초대해 넷이 식사를 할 것이다', '앤이 아이를 낳는다면 기꺼이 대모가 되리라', '리처드가 시킨 논문 심사를 할 것이고, 그가 구해다 주는 호르몬 약을 감사히 받을 것이다'.

의심은 미신처럼 사라졌다. 이제 모든 것이 느슨하게 느려졌다. 내 사랑하는 친구 앤. 눈에 초점이 잡히면서, 앤의 초록 배가 보였다. 녹색 옷의 십자가 문양에 점점 초점이 맞아갔다. 두 개가 하나가 되면서, 나는 완전히 돌아왔다. 고개를 돌려 아래에서 올려다본 앤의 아랫입술은 부르터 있었다. 누운 채로 팔을 뻗어 내 핸드백을 잡았다. 그리고 깊숙한 곳에서 립밤을 꺼내 앤의 입술에 발라주었다. 서로 미소 짓고는 동시에 긴 안도의 한숨을 내쉬었다. 나는 낮은 솔, 앤은 높은 솔. 종지(終止).

#36

연구소 인근에 정박 중이던 쾌속 쇄빙선의 개조가 끝났다. 쇄빙선은 클락헨 연구소를 그대로 축소해 놓은 바다 위의 연구소였다. 갑판은 거대한 닭장이었지만, 선내의 연구실과 거주 공간은 쾌적한 크루즈를 방불케 했다. 선원들을 위한 충분한 양의 식료품과 만일의 사태를 대비한 무기까지 적재를 완료했다. 클락헨-야벳은 출항식 전날 선적하기로 했다.

한 달 전부터 헉슬리를 포함한 4명의 피의자는 해군에서 파견된 장교의 지휘로 혹서기 생존 훈련을 받았다. 매일 훈련이 끝나면 헉슬리는 리처드 소장과 1시간 정도 클락헨-야벳의 진화 방향에 대한 연구 계획 미팅을 했다. 그는 소장에게 6개월 안에 클락헨-야벳의 완성과 안정을 자신했다. 소장은 야벳이 성공하면 모든 민형사상의 고소를 취하하고, 한 단계 승진한 수석연구원으로 복직을 약속했다.

출항식 전날 제3 보조축사에 있는 클락헨-야벳 중 30만 마리만 쇄빙선으로 옮겨졌다. 클락헨-셈과 클락헨-함도 각각 5,000마리씩 배 안의 격리된 우리로 옮겨졌다. 엄청난 양의 옥수수 사료와 클락헨 사체 블록도 선적 완료됐다. 2년 치의 식량과 여분의 통신 장비도 실렸다.

출항 당일, 해군 제독 정복을 입은 리처드 소장은 몇몇 연구원들과 함께 출항식에 참석했다. 피의자 4명, 해군 부사관들, 기무사 장교들 그리고 국방부 장관이 직접 임명한 함장이 차례로 리처드 소장과 악수를 했다. 리처드는 헉슬리가 개인적으로 부탁한 보드카 20박스를 전달했다. 쾌속 쇄빙선은 굉음을 내며 보무도 당당하게 출항했다.

소장은 항구에서 돌아오는 길에 옛 동물원 부지에 조성된 GMO 옥수수 농장을 들러 농장 책임자의 브리핑을 들었다.

재배가 쉽고, 기후의 영향을 거의 받지 않는 GMO 옥수수는 최대 3모작까지 가능했다. 이 옥수수는 클락헨 만큼이나 성장이 빨랐고, 꼿꼿한 줄기는 3~4m까지 자랐다. 처음에는 새로 조성된 밭의 3분의 1에만 콩과 함께 실험적으로 심었다. 결과는 대성공이었다. 팝콘 튀기듯이 옥수수 수확량이 불어나자, 밭 전체에 동일 품종을 파종했다.

농장 전체가 자동화, 기계화되어 있기 때문에 필요 인력은 20명 내외였다. 단 지력이 빨리 소모되기 때문에 인근의 비옥한 흙을 공병대가 매번 날라 와야 하는 애로 사항이 있었다. 하지만 클락헨 사체 블록과 무정란을 비료화하며 지력이 떨어진 토양에 과량으로 살포한 결과 금세 비옥한 토양이 되었다. (클락헨 비료에는 비료의 필수 성분인 질소, 인산, 칼륨 등이 매우 풍부했다) 농장으로 들어와야 할 옥토의 양은 줄어들었고, 대신 살처분장에서 가져오는 클락헨 사체 블록의 양은 늘어났다.

이로써 클락헨과 GMO 옥수수 사이의 오묘한 연결고리가 만들어졌다. 옥수수는 태양과 토양 속 영양분만 있으면 광합성으로 탄수화물을 만들어낸다. 클락헨은 이 탄수화물을 섭취하여 동물성 단백질을 합성한다. 클락헨은 실컷 달걀을 만들어낸 다음 스스로 거름이 되어 옥수수의 영양분이 된다. 광합성으로 거의 무한대의 동물성 단백질을 만들어내는 것과 다름없다. 태양만 있으면 이 오묘한 순환은 무한동력처럼 멈추지 않을 것이다. 좀 더 연구가 진행되어 체계적인 정량화에 성공한다면, 식량 산업의 패러다임은 뿌리째 바뀔 것이다.

*

배 위에 타고 있는 클락헨의 몸짓에는 근위대와 같은 묵직함과 당당함이 있었다. 출항식에서 가장 늠름했던 것은 사령관 차림의 리처드도 도열한 해군들도 아닌 클락헨들이었다. 그들은 자신들이 어디로 가는지 알지 못했지만, 전혀 당황해하지 않았다. 몇 시간 후의 고통이나 내일의 죽음 따위는 생각하지 않는 듯했다. 클락헨들은 매 순간 떳떳했기에, 그다음 동작에 당당할 수 있었다. 클락헨의 몸짓에는 섬뜩함을 넘어선 숭고함이 있었다.

항구에서 돌아오는 길에 들른 옛 시립동물원은 대규모 옥수수 농장으로 변해 있었다. 코끼리 가족의 우리는 흔적도 없이 사라졌다. 육계 가공공장 건물을 제외하고는 사방이 고요한 초록색으로 빽빽했다. 자로 잰 듯한 간격을 두고 당당히 도열해 있는 옥수수들은 대나무처럼 꼿꼿했고, 놀라울 정도로 키가 똑같았다. 어찌나 단단하게 고정이 되어 있는지, 불어오는 가을바람에 미동조차 없었다. 밭은 무서울 정도로 조용했다. 옥수수의 고요함은 클락헨의 침묵과 닮아 있었다. 이 3m짜리 식물은 클락헨 사체가 묻힌 땅에 단단히 빨대를 꽂은 후, 그 즙을 진공청소기처럼 빨아올려서 성장하는 듯했다. 탐욕스러운 GMO 옥수수는 침묵을 거름 삼아 더 큰 침묵을 맺어냈다.

이 식물들은 어쩌다가 이렇게 되었을까. 옥수수의 조상 테오신테(teosinte)는 알갱이가 10개 정도밖에 열리지 않는 강아지풀이었다. 500개의 알갱이가 열리는 지금의 옥수수가 되기까지 많은 일이 있었을 것이다. 낯섦과 낯익음이 엉겼다. 머릿속에서 테오신테와 GMO 옥수수 그리고 닭과 클락헨이 2×2로 교차했다. 바로 그때 리처드 소장과 마주쳤다.

밀리터리 마니아인 리처드는 출항식에 제복까지 차려입고 나왔다. 나에게 논문 예비심사의 진행 상황을 물어봤다. 사령관의 압박에 머쓱한 표정으로 침묵했다. 리처드는 2주의 말미를 주었다. 고개를 돌려 밭을 다시 바라보니 옥수수가 그 찰나에 조금 더 자란듯했다.

방으로 돌아와 밀린 논문들을 검토했다. 연구원들의 땀으로 쓰인 논문들은 하나 같이 놀랄 만한 것들이었다. 모두 발표와 동시에 SCI 등재가 확실했다. 그중 가장 탁월한 것은 헉슬리의 논문들이었다. 개중에는 하루 만에 쓴 소논문도 있었는데, 번뜩 든 생각을 급하게 쓴 듯한 그의 글들은 논문이 갖춰야 할 최소한의 형식도 지키지 않았다. 그러나 그가 세운 가정과 이를 도출해낸 결과는 산더미처럼 쌓여 있는 논문들을 모두 합친 것 이상이었다. 어떤 논문은 생물학의 범주에서 뛰쳐나와 인문학과 철학을 넘나들었다. 개별 학문의 유리알 유희인 통섭이었다.

'식물의 광합성과 동물의 단백질 합성의 선순환'
'클락헨 개체 수 증가가 대기 중 질소 고정에 미치는 영향'
'자연선택과 인간선택의 변증법적 고찰 – 클락헨의 경우'
'복제가 인위적으로 제한된 생물체 – DNA 복제의 새로운 진화 전략'
'중생대 익룡의 멸종과 복원 – 클락헨을 이용한 역(逆)진화적 방법으로"
'옥수수와 클락헨 간의 양적 순환관계 – 적정 비율에 대한 정량적 분석'
'비말 형태 클락헨 수정란을 이용한 이종 간 수정'
'방사선 조사량에 따른 클락헨의 이상 행동 – 유전자 복제의 관점에서'
'유전적 다양성이 배제된 클락헨에서 조류독감 바이러스의 발병 가능성'

헉슬리는 만화나 영화에 자주 등장하는 '미친 천재 과학자'의 모든 면모를 갖추고 있는 사람이었다. 잘 먹지도 씻지도 자지도 않았다. 오타쿠적 기질이 다분해서, 인간관계가 원활하지 못했고, 연애에도 관심이 없었다. 일상적인 고마움과 미안함은커녕 선과 악의 개념조차 불분명했으며, 무엇보다

그러한 구별 자체를 귀찮아했다.

어느 연구소에나 미친 천재가 한 명씩은 있다. 미친 천재가 없는 곳은 연구소가 아니었다.

이 지점까지만 인물 묘사를 한다면, 그의 눈 모양은 반쯤 풀린, 초점 없는 눈빛으로 자동 설정될 것이다. 하지만 여기에 반전이 있다. 헉슬리의 눈빛은 상당히 또렷하고 또 매혹적이었다. 검은자로만 꽉 차 있는 듯한 눈동자는 깜빡거리는 기능이 없는 것 같았다. 큰 검은자를 얇게 둘러싼 흰자는 과로와 과음 탓에 황달이 왔는지 항상 노랗거나 핏줄이 서 있었다. 시선은 가까운 곳과 먼 곳을 동시에 보는 것 같았다. 헉슬리의 눈빛에는 마주친 모두를 섬뜩하게 만드는 영험함이 있었다.

헉슬리는 주변을 전혀 신경 쓰지 않고 오로지 클락헨의 진화에만 몰두했다. 그는 미친 듯이 즐거워했다. 리처드는 대학 후배인 헉슬리의 이런 면을 꿰뚫고 있었다. 헉슬리는 클락헨의 진화를 위해서라면 우주정거장에라도 지원할 사람이었다. 그는 극지로 가는 쇄빙선에 틀어박혀, 아무 방해도 받지 않고, 어떤 제약도 없이 클락헨을 조작할 수 있다는 기대에 어린아이처럼 흥분해 있었다. 그는 저지른 죄와 받아야 할 벌 따위엔 관심조차 없었다.

출항식에서 마지막으로 마주친 헉슬리의 눈빛. 나는 거기서 망치를 든 니체, 도끼를 든 라스콜니코프의 눈빛을 떠올렸다.

클락헨의 숭고한 몸짓, GMO 옥수수의 꼿꼿한 침묵, 헉슬리의 검노란 눈빛.

내 연구실 참나무 책상에 앉아 논문을 읽다가 번뜩 떠오른 심상(心像)들. 이 이미지들의 교집합은 나에게 어떤 기시감을 줬다. 머릿속에서 증발하기 전에 허겁지겁 대성당 노트를 펼쳐 세 가지 이미지를 급하게 메모했다. 기록을 마치고 나니 마음이 놓였다. 1. 검은 클락헨 2. 초록의 옥수수 3. 노란 눈의 헉슬리. 의자를 뒤로 젖히고 방금 적은 메모를 천천히 다시 읽는다. 그러다 이 세 이미지는 내가 원래 알고 있던 어떤 고귀한 심상의 소환이라는 생각이 들었다. 무엇이었을까? 차 한잔을 타러 몸을 일으켜 티테이블로 갔다. 전기 포트를 콘센트에 꽂고 테이블 위 화병에 꽂혀 있는 백합을 바라봤다. 어렵지 않게 답을 찾아냈다. 그것은 앤의 목소리였다. 성(性)이 없는 성(聖)스러운 소리. 단 한 번의 가공도 거치지 않은 인간이라는 생물의 생(生)소리. 그 하얗고 높은 울림은 너무나 자연스럽고 당당하여 참과 거짓, 선과 악 위에 군림했다. 나는 복종한다. 다시 노트를 펼쳐 힘차게 적었다.

4. 하얀 앤

떳떳했기에 당당하다. 출항. 꼿꼿한 침묵. 모든 것을 초월하는 미친듯한 즐거움. 군림하는 자신감. 소유. 욕구. 욕망.... '나'라는 책에 빠져 있는 문장들이었다. '나'라는 문장에는 맥이 맞지 않는 단어들이자, 단 한 번도 적어본 적 없기에 의미를 파악할 수 없는 글자들이었다. 피터와 사랑을 시작하면서, 내 인생의 두 번째 책을 막 시작했다. 이 책에는 이 문장들을 써보리라 결심했다. 피터를 사랑하면서 그동안 내게 없었던 무언가를 모두 내 것으로 만들어야겠다는 욕심이 생겼다. 이 결여된 부분을 꽉 채워놔야만, 피터를 온전히 내 것으로 만들 수 있을 거 같았다.

조금 당당해져 보자고 조심스레 결심했다.

#39

헉슬리의 은폐:

제3 보조축사에 남은 클락헨-야벳의 개량은 지지부진했다. 솜털은 늘어났지만, 원하는 기준에 한참 모자랐다. 성과를 위해 기온과 수온을 급격하게 낮춰가면서 매주 3회씩 수영 레이스를 실시했다. 얼어 죽거나 수영 레이스에서 익사한 클락헨-야벳은 그 자리에서 토막을 내어 살아남은 클락헨-야벳의 사료로 공급했다. 이런 방법으로 한랭 저항성이 높은 개체를 선별했지만, 그것이 솜털의 증가와 정비례하지는 않았다. 간의 크기도 사정은 마찬가지였다. 케이지 사육과 고탄수화물 사료로 클락헨-야벳의 평균 무게는 클락헨-셈의 2배에 달했다. 이에 따라 간의 크기도 커졌지만 가장 중요한 지방의 함량이 적었다. 식감이 좋은 '병적인 지방간'을 원했지만 '건강하게 큰 간'만 얻게 된 셈이었다. 식용 클락헨-영양평가 연구실장은 클락헨-야벳 간의 상품 가치는 절망적인 수준이라고 보고했다. 리처드 소장은 쇄빙선의 헉슬리에게 야벳의 성패를 걸 수밖에 없었다.

리처드는 선장으로부터는 매일, 헉슬리로부터는 일주일에 2번씩 보고를 받았다. 쇄빙선은 순항 중이었다. 배 위에서 뚜렷한 성과가 나온 것은 없었지만 헉슬리는 여전히 성공을 자신했다. 선장은 첫 보급항에 정박했을 때, 헉슬리가 보드카를 50박스나 구매했다고 보고했다. 리처드는 당장 위성 전화를 연결해 그에게 음주를 자제하라고 불같이 화를 냈다. 그리고는 만약 클락헨-야벳이 성공하지 못하면, 귀항과 동시에 바로 감옥에 가게 될 것이라고 으름장을 놓았다. 헉슬리는 뱃멀미가 심해지고 잦은 보고로 연구에 집중할 수 없다며, 앞으로 보고는 주요한 변화가 있을 때만 하겠다고 하곤 전화를 끊어버렸다. 리처드는 헉슬리가 야벳을 은폐하고 있으며, 예전의 무허가 실험(몬스터 클락헨)처럼 대형 사고를 칠 것으로 판단했다. 그는 곧바로 선장에게 연락하여 헉슬리를 24시간 밀착 감시하고, 이상한 낌새가 감지되면 선상에서 즉시 체포 감금하라고 명령했다.

함의 모험:

제4 보조축사(대성당)의 클락칵-함은 비행, 허들, 격파, 투계 서바이벌 게임을 거쳐 가면서 점차 살상 병기화 되었다. 축사 내부 온도를 섭씨 43도로 유지한 채 진행한 솎아내기였기 때문에 클락칵-함은 세대를 거듭할수록 고온의 악조건에 완벽하게 적응했다.

비행 실험은 흥미로웠다. 클락칵-함은 날개가 커지면서 조금씩 새의 본능을 되찾았다. 스스로 이륙해서 자가 비행을 할 수는 없었지만, 활강은 자유자재였다. 높은 고도에서 떨어뜨려도 부상 없이 안전하게 착륙했다. 날개를 이용한 서전트 점프는 5m를 돌파했다. 특히 클락칵-함은 16cm의 총검 같은 부리와 12cm의 낫 같은 발톱을 장착하고 있었다. 그 파괴력은 대단했다. 부리만으로 플라스틱판은 물론 강화 유리창을 단숨에 깰 수 있었다. 발톱으로 대형견의 숨통을 단번에 끊어버렸고, 발의 악력만으로 고양이의 머리를 박살 냈다. 클락헨-함의 공격력도 클락칵-함과 비슷했다.

대성당에 상주 중인 국방과학연구소 연구원은 클락칵-함은 공복 상태에서의 호전성이 금욕 상태에서의 호전성보다 훨씬 높고, 일곱 가지 클락헨의 기본 형질도 매우 안정적으로 유지되고 있다고 브리핑했다. 덧붙여 제4 형질-굵은 다리, 긴 발톱 형질과 제5 형질-큰 날개, 두꺼운 가슴 근육, 부리 돌출은 계속 가속화되는 중이며, 식욕과 성욕이 충족된 상태의 클락칵-함은 전혀 위험하지 않다고 보고했다.

리처드 소장은 더 강력한 클락칵-함을 만들기 위해 현재 리그 방식의 투계 대회를 '서바이벌 토너먼트' 방식으로 전환하라고 지시했다. 대성당 내의 모든 인력이 소장의 결정을 만류했다. 하지만 소장은 이 정도까지 형질이 안정화됐으면 투계 대회를 토너먼트로 감행해도 형질상 손해 볼 것은 전혀 없다며 반대 의견을 일축했다. 이제 대성당 리그의 페넌트레이스는 막을 내렸다. 리그 상위 랭킹 클락캌-함들은 토너먼트로 벌어지는 포스트 시즌과 목숨을 건 월드 시리즈에 출전해야만 했다.

얼마 후, 가상 현실 전투 시뮬레이션이 제4 보조축사 내에서 열렸다. 제단 위에 설치된 대형 모니터에 여러 대의 컴퓨터가 연결되었다. 클락캌-함의 본격적인 실전 투입에 앞선 일종의 '가상 리허설' 같은 성격이었다. 클락캌-함 최신종 100마리의 데이터와 소총과 수류탄으로 무장한 정예의 적군 10명의 데이터가 미리 입력되었다. 공복 상태로 전투에 투입한 100마리의 클락캌-함이 한꺼번에 달려들어 적군 두 명을 살상한 것까지는 좋았다. 그러나 사망한 적군의 살점을 뜯어먹기에 바쁠 뿐 다른 적군을 공격하지 않았다. 결국, 남은 8명의 적군에 의해 클락캌-함 중대는 몰살됐다. 다음 시뮬레이션에서는 무장한 병사 1명당 클락캌-함의 비율을 20으로 늘렸다. 전투 시작 1시간 만에 적군은 전원 사망했고, 클락캌-함은 투입된 200마리 중 42마리만 생존했다. 다시 비율을 1:40으로 늘렸다. 전투 시작 5분 만에 적군을 섬멸했다. 클락캌-함의 피해는 87마리에 불과했다. 적군 100명에 클락캌-함 4,000마리(1개 연대급)로 시뮬레이션을 돌렸을 때 적군은 12분 만에 전멸했고, 클락캌-함은 총 1,104마리가 죽었다. 동석하여 대형 모니터를 지켜보던 특전사 사령관은 결과에 크게 흥분해선 이곳저곳에 전화를 걸었다. 통화를 마친 그는 리처드 소장이 준비해 놓은 술자리도 마다하고 급히 국방부로 달려갔다.

규정된 셈:

메인축사를 독차지한 클락헨-셈은 예상대로 매우 안정적인 평형상태에 도달했다. 모든 것이 예측 가능했다. 클락헨-셈의 유정란은 부화기 없이 이틀 만에 스스로 알을 깨고 병아리가 되었으며, 5일 뒤 성계가 된 후 하루에 정확히 12개씩 알을 낳는 침묵의 닭이었다. 현재 시중에 유통되고 있는 일반적인 달걀과 닭고기 가공육에 비해 크기, 양, 영양성분, 맛의 월등함은 비교 자체가 무의미했다.

하지만 연구소 내에서 클락헨-셈은 그냥 평범한 닭이었다. 클락헨-함과 클락헨-야벳이 워낙에 유별났기 때문이다. 그래서 클락헨-셈은 '클락헨-함과 클락헨-야벳의 여집합' 또는 이제는 사라진 클락헨-노아의 아들이자, '함과 야벳의 형인 닭' 정도로 규정되었다.

클락헨-셈은 당장 런칭을 해도 아무런 문제가 없는 '완제품'이 되었다.

*

은폐:

가을, 우리는 노란 바구니 안에서 익어가던 털북숭이 강아지였다. 우리가 행복한 연인이어서 세상은 맑고 평화로웠다. 하지만 용기를 내어 다가갈수록 피터는 조금씩 멀어지는 묘한 느낌이 들었다. 글로는 설명하기 힘든, 작은 바스락거림이었다. 나에게도 앤이 늘 말하던 '촉'이라는 여섯 번째 감각이 생긴 듯했다. 너무 예민하게 반응하는 것일 수도 있으리라 생각하며 애써 마취를 걸었다. 하지만 나에겐 분명히 보였고 또렷이 들렸다. 의심의 탄내는 쓴맛이 되었고, 한켠의 통증으로 체화되었다. 피터는 무엇인가를 숨기고 있었다. 그리고 그 은폐를 위해 몰래 애쓰고 있었다. 벗지 않은 가면에 대한 호기심은 벗을 수 없는 불안이 돼버렸다. 그렇다. 그것은 은폐에 대한 불안이었다.

입장을 바꿔 놓고 생각해 보면 이해가 된다. 나도 피터에게 내 불임에 대해 말하지 못했다. 그렇다면 피터 역시 내가 무엇인가를 은폐한다고 생각할 수 있다. '촉'은 나만의 고유한 능력이 아니다. 불안이 2개로 복제가 되었다. 피터의 은폐에 대한 막연한 불안이 '내 은폐를 피터가 감지할 수도 있다'라는 새로운 불안을 야기했다. 2개의 불안은 DNA처럼 이중으로 뒤틀리면서 맞물렸다. 그렇다면 피터도 나처럼 나선으로 꼬인 불안함을 느낄까? 그건 모를 일이다.

둘만의 비밀은 둘을 하나의 '우리'로 만들어 주었다. 우리와 우리의 여집합을 구분해주었던 이 '비밀의 결속'은 무척 달콤했다. 단맛은 검고 애틋한 취기였다. 하지만 초콜릿으로 샤워할 때, 끈적해진 비밀은 어느새 '우'와 '리' 사이까지 흘러들어왔다. 비밀이란 끝없이 나뉘는 공간적 개념이었다.

우리는 한 집에 있었지만, 다른 방에 있었다.

'우리 것은 감추고 남들의 것만 알고 싶은' 달콤한 욕구는 '내 것은 감추고 피터의 것만 알고 싶은' 씁쓸한 이기심이 되어 버렸다. '너부터 가면을 벗어라. 벗은 네 맨얼굴을 본 다음에, 내가 가면을 벗을지 말지를 결정하겠다' 이것은 폭력이다. 애초부터 가면을 벗은 채로 사랑했어야 했다.

앤에게 2×2 암수의 전략 ESS표를 그리면서 상담하고 싶었다. 그러나 내가 앤에게 숨기거나 거짓말을 한 게 너무 많아서 다 털어놓고 얘기할 수가 없는 상태가 돼버렸다. 앤에게 말할 수 없는 죄책감을 느꼈다. 다시 또 은폐.

모험:

나는 절대로 안전 그물망 없이 외줄 타기 곡예를 하지 않는다. 외줄 타기를 할 때 밑에 그물망이 있다면 곡예는 즐길 수 있는 오락이다. 하지만 그물망이 없다면 그것은 즐길 수 없는 모험이다. 이것은 내 철칙이다. 많은 사람이 인생이라는 곡예에 그물망을 치려고 한평생을 노력한다. 그물망 설치를 위해서 한평생을 노력한다. 부단한 노력 끝에 그물망이 완성되지만, 그것을 설치하느라 너무 늙고 지쳐서 외줄이 걸려 있는 철탑까지 기어오르지 못하는 상태가 돼버린다. 결국, 완성된 서커스 구조물을 흐뭇하게 바라볼 뿐 한 번도 즐기지 못한 채로 끝이 난다. 그래서 많은 사람이 더 늙기 전에, 다리에 힘이 더 빠지기 전에 서둘러 인생의 그물망을 완공하려고 애를 쓴다.

평생 열심히 그물코만 뜨개질했던 내가 단 한 번도 올려다본 적 없는 외줄을 쳐다본다. 그리고 이 정도로 열심히 짰으면, 더 늦기 전에 곡예를 한번 해봐야겠다는 생각이 들었다. 내 그물망은 매우 촘촘했다. 게다가 내가 짠 그물망 밑에는 앤과 리처드라는 든든한 안전망이 이중 삼중으로 설치되어 있다. 그렇다면 스릴을 마음껏 즐기다가 추락해도 다치지 않을 것이다. 마치 문방구에서 지불할 동전을 호주머니에 미리 넣은 채로 연필을 훔치는 어린

애의 못된 장난처럼 말이다. 다치지 않을 것이다. 아프지도 않을 것이다. 절실하지 않은 척하며 철탑을 기어오른다. 피터와 나의 새 소설을 향해 위로 또 위로.

규정됨:

나는 공간 속에서 무기력했었다. 점도 선도 면도 아니었다. 수학적 정의(定義)를 충족지 못했기 때문에 규정할 수 없었던 점(點) 미만의 어떤 것이었다. 나는 허수였다. 공간에는 무수한 점, 직선, 도형 그리고 입체가 있다. 그중 앤, 리처드, 피터라는 직선도 있다. 그들은 나와 무관했고, 나 이전부터 존재했던 직선들이다. 직선은 공간에서 항상 진행 중인 상태다. 자유의지로 선상(線上)을 이동하며, 그려진 궤적 위의 모든 점을 지배한다.

세 직선은 시차를 두고 다른 두 직선과 만났다. 앤과 리처드는 사랑하는 부부로서의 접점, 리처드와 피터는 마음이 잘 맞는 술친구로서의 접점, 피터와 앤은 연출가와 출연진이라는 접점이 있다. 나는 그 사이에 던져졌다. 즉 세 접점이 꼭짓점이 되어 운 좋게 '나'라는 존재가 성립된 것이다. 그들은 내 존재를 위한 전제 조건이었다. 앤, 피터, 리처드가 내 이름을 불러 주었을 때, 나는 세 명의 직선에 의해 그려진 온전한 삼각형이 되었다. 삼각형. 나는 친숙한 셋에 기댄 삼각형이었다. 세 개의 꼭짓점과 세 개의 변 그리고 세 개의 내각을 가진 삼각형. 셋에 의해 수학적 정의가 충족된 나는 이름이 생겼고 공간 속의 온전한 도형으로 존재하게 되었다.

삼각형의 무게 중심에서 세 변을 바라봤을 때 그것은 양 끝이 있는 선분으로 보인다. 선분은 순전히 삼각형의 입장에서 바라본 이기적인 정의다. 그들은 선분이 아니라 직선이다. 셋의 극히 작은 일부분이 내 삼각형의 변을 이룰 뿐이다. 앤이라는 직선의 일부분이 나라는 삼각형의 한 변을 이룰 뿐, 앤이라는 직선은 계속 어디론가 뻗어 나간다. 리처드 직선도 마찬가지다. 피터 역시 내 연인이라는 이름의 제한된 선분이 아닐 것이다. 하지만 빈약한 나는 그들의 존재에 가엾게 의존한다.

나는 타자(他者)로 구성된 것이다. 나와 셋은 보이지 않는 실로 연결되어 있고 점점 더 가까워지는 중이다. 서로를 만나고 또 서로와 대화하면서 이런 생각은 더 확고해졌다. 앤, 피터, 리처드와 영향을 주고받으며, 나는 현존재(現存在-Dasein)적 삼각형을 유지한다.

생각을 확대해본다. 완전한 수학 공식은 *x*에 어떤 것을 대입해도 성립해야 한다. 내가 정립한 이 공식에 모두를 적용해본다. 앤은 나와 리처드와 피터로 이루어진 삼각형이다. 피터도 나와 앤과 리처드로 이루어진 삼각형이다. 그렇다면 리처드 역시 앤과 나와 피터로 이루어진 삼각형이라 생각할 수 있지 않은가? 조금 부족하다는 생각이 든다. 나는 내성적인 성격과 좁은 인간관계 때문에, 가까운 세 명으로 겨우 삼각형을 이루었다. 하지만 리처드는 다를 것이다. 리처드는 셀 수없이 많은 직선들로 이루어진 다각형, 다면체 또는 구(救)일 것이다. 앤도 마찬가지일 것이다.

이제 큰 수를 대입해보자. 꼭 세 개, 반드시 삼각형일 필요는 없지 않은가? 앤, 피터, 리처드 말고 더 많은 내 주변의 직선을 넣어도 성립해야 한다. 그리 친하지 않은 관계도 말이다. 크건 작건 우리는 서로에게 영향을 주고 영향을 받으면서 규정되기 때문이다. 쇄빙선의 헉슬리도, 홍보실의 사라도, 전원주택의 발렌타인도, 어릴 적 정신과 의사 홈즈 부인도 나와 어떤 한 점이나 선 또는 면을 맞댄 채 실존하는 것이다. 이 중 아무나 한 명을 최소 단위로 잘게 분해해 보면, 그 잔재의 부스러기 중에는 분명 '나'라는 파편이 점 또는 선 또는 면으로 존재할 것이다.

반대로 최소를 대입해보자. 어떤 사람은 활발하게 영향을 주고받아 복잡한 다면체나 구(救)가 될 수도 있지만, 이러한 현상을 밀쳐내는 사람도 있을 것이다. 외로운 사람들. 피터. 헉슬리. 그리고 예전의 나. 피터는 타인이 도형을 형성하는 데 자신의 한 변을 내줄 뿐, 자신은 선(線)속에 갇혀 규정되길 원치 않는 사람이다. 피터의 불안과 고독은 이런 고집에서 나오는 것이다. 헉슬리는 자신의 도형을 이루는 것에 아예 관심조차 없는 사람이다. 헉슬리의 당당한 눈빛과 기이한 행동은 존재적 불안에 대한 무관심이자 반항이다. 나 역시 그랬다. 공간 속에 던져져 무기력한 시간을 보내던 나는 직선은커녕 점조차 안 되던 존재 이하의 것이었다. 하지만 이제는 무려 삼각형이다. 내가 느끼는 행복은 이제 막 공간 속에 존재하게 된 삼각형이라는 안정감이다.

생각을 좀 더 확장해보자. 꼭 인간으로 한정 지을 필요는 없지 않은가? 꽃도? 양치식물도? 숲도? 식물? 자연. 동물? 코끼리들도? 비쉬누, 크리슈나.... 그렇다면 클락헨도? 꼭 생물일 필요도 없지 않은가? 음악, 미술, 문학, 과학, 클락헨 연구소. 흰색 연구동 건물, 8층, 참나무 책상. 그리고 대성당 노트.

한꺼번에 입력된 엄청난 데이터 때문에 계산이 느려진다. 이 이론의 성립 여부를 확인하는 데 몇 년 아니 몇천 년이 걸릴 수도 있다. 지금도 연산 중이지만, 오류가 날 것 같지는 않다. 확신을 하고 연산 결과를 기다린다. 그리고 설령 이 이론이 미완성이 될지라도 덩그러니 남겨진 잔재들, 부스러기들, 파편들은 무척 아름다울 것이다.

다시 한 번 모두가 그리고 모든 것이 전부 연결되어 있다는 확신이 든다. 앞으로 숨지 않을 것이다. 나는 기투(企投, Entwurf)됐고, 동시에 존재한다. 내가 막 시작되었음을 느낀다. 이제 공간 속에서 무기력하지 않다.

나를 구성하는 모든 것들. 앤, 피터, 리처드 그리고 모성, 우정, 사랑 그리고 나의 새로운 꿈 '책'. 나는 이것들을 서로 연결해서 정확한 원주율을 가진 완전한 구(救)가 될 것이다.

#41

순항하던 클락헨 연구소 안팎으로 크고 작은 문제들이 발생했다. 견고하던 시스템 내에 조금씩 균열이 발생했다. 리처드 소장은 발생하는 모든 문제를 정면으로 맞닥뜨렸고, 최전방에서 진두지휘했다.

클락헨-영양평가실에서 주도하고 있는 무정란 장기 보관 프로젝트는 어느 정도 성과를 이루었다. 점성이 높은 오일에 무정란을 담가서 얇은 피막을 형성하는 방법이었다. 이 방법으로 클락헨 무정란은 150일까지 신선한 상태로 보관이 가능했다. 하지만 오일 코팅을 하면 달걀 껍데기가 점점 얇아져서, 60일 이후에는 작은 충격에 쉽게 깨져버리는 치명적인 결점이 지적되었다. 보고를 받은 리처드 소장은 클락헨-영양평가실 실장을 직위 해제했다. 리처드는 후임 실장을 방으로 불러 무정란 장기 보관 프로젝트의 확실한 결과를 요구했다.

가공 육계를 장기간 보관할 수 있는 밀봉 포장 기술도 답보 상태였다. 밀봉 포장은 클락헨 육계수출의 핵심 사안이었다. 리처드는 과학기술부 차관이 추천해준 벤처 기업에 이 신기술을 의뢰했었다. 그런데 차관이 전폭적으로 밀어준 이 벤처 기업의 대표는 차관의 조카였다. 벤처 기업 대표는 정부 지원금만 타갔을 뿐 연구의 진전이 전혀 없었다. 그나마 보고서에 올린 미미한 성과들은 구색을 갖추기 위한 보고일 뿐이었다. 리처드 소장은 대표에게 더는 보고를 올리지 않아도 된다고 통보했다.

겨울이 다가오면서 연구소 전체의 전력 수급이 불안정해졌다. 연구소에 필요한 전력의 90%는 기존의 전력 회사가 송전탑을 통해 안정적으로 공급했다. 나머지 10%는 매립지에 건설된 부패 가스 발전소가 지하 케이블을 통해 연구동에 우선으로 공급했다. 여름철에는 클락헨-야벳의 수영장인 제3 보조축사의 냉방이 전체 공급 전력의 상당 부분을 차지했다. 그러나 기온이 떨어지면서 클락헨-함의 제4 보조축사 난방에 과도한 전력이 집중되었다. 결국, 대규모 정전 사태가 벌어졌다.

연구소 전력 수급의 책임부서는 매립지에 있는 전력팀이었다. 연구소 설립 초기에 전력팀은 작은 친환경 에너지 벤처 기업이었다. 이후 매립가스 발전부라는 이름을 달고는 클락헨 연구소 산하 부서가 되었다. 넘쳐나는 클락헨 사체들 때문에 매립가스에 대한 실험적 가치가 높아지자, 많은 학자가 이곳에 입사했다. 발전소에는 기술자가 아닌 공학자들이 더 많아졌다. 그 바람에 안정적인 전력 공급은 뒤로 한 채, 부패 매립가스 연구에만 매달렸다. 정전 사태 직후 소장은 매립가스 발전부 팀장을 방으로 불렀다. 그는 팀장에게 책임을 묻고, 재발 방지를 위한 후속조치를 당장 실행하라고 지시했다. 팀장은 클락헨 사체의 부패 속도를 높여서 발전량을 비약적으로 높일 기술이 거의 완성 단계라고 보고했다. 하지만 리처드 소장은 그 기술 개발보다는 안정적인 전력 공급을 최우선시하라고 지시했다. 며칠 후 팀장은 시중에서 쉽게 구할 수 있는 비상용 대형 축전기 2대만 덩그러니 연구동 8층에 설치했다. 설치 보고를 받은 리처드는 부속실에 대통령 비서실장과 단독 미팅을 잡으라고 지시했다.

며칠 후 의회에서 과학기술부 장관 후보자의 인사청문회가 열렸다. 무난히 청문회를 통과하리라 예상했던 차관은 야당에서 입수한 아들과 조카의 채용비리 증거 자료와 업체 선정 특혜 의혹이 불거지면서 추잡하게 낙마했다. 공직에서 물러난 그는 곧바로 검찰에 소환됐다.

경비대대의 장기간 수색작업에도 불구하고, 메인축사 배수관으로 탈출했던 클락칵 2마리와 클락헨 2마리 총 4마리의 행방을 찾을 수가 없었다. 사단 항공대의 협조로 헬리콥터까지 동원되었지만, 번번이 허사였다. 디너파티 때 음식물 쓰레기통에 난입했던 42마리가 탈출한 4마리의 후손인 것은 확실하다. 하지만 개체 식별용 RFID가 박혀 있는 사체는 연구소 인근을 아무리 샅샅이 뒤져도 흔적조차 찾을 수 없었다. 그러던 중 야간 수색을 하던 병사 2명이 절벽에서 실족해 크게 다치는 사고가 발생했다. 이튿날 연구소 인근을 정찰하던 헬리콥터가 추락해 탑승자 전원이 사망했다. 사단장은 소장에게 수색 중단을 제안했고, 리처드는 고심 끝에 이를 수락했다.

GMO 옥수수 농장으로부터 경작지 부족에 대한 보고가 수시로 올라왔다. 각지에서 옥수수 사료를 대량으로 공급받고 있고, 현재 농장에서 GMO 옥수수를 2모작으로 재배하고 있었다. 그러나 더하기나 곱하기가 아닌 거듭제곱으로 늘어나는 클락헨의 개체 수를 봤을 때, 머지않아 사료 부족은 불 보듯 뻔했다. 분석원들은 현재 GMO 옥수수 경작지 면적의 8~9배 이상의 옥토가 필요하다는 제안서를 올렸다.

리처드는 도지사, 농림축산식품부 장관, 국토부 관계자와 함께 연구소 인근 지역을 온종일 돌아다니며 새 농장 부지를 물색했다.

연구소 안팎으로 사건 사고와 인명 피해가 잇달았다.

홍보실의 사라 제닝스가 급성 복통으로 쓰러져 응급 수술을 받았지만, 끝내 숨을 거뒀다. 향년 26세. 유해는 그녀의 고향인 요르단으로 보내졌다.

대성당 제4 보조축사의 경비를 전담하는 클레멘스 근위 중대 내무반에서 수류탄 폭발사고로 3명이 즉사했다.

사료 야적장의 3번째 시계태엽산의 일부가 무너져 내려, 밑에서 작업 중이던 직원 2명이 그 자리에서 숨졌다.

GMO 옥수수 농장에서 사용하던 농약 폐수가 식수로 사용하는 지하수에 스며드는 사고가 발생했다. 농장 구내식당에서 식사를 마친 직원 9명과 군인 5명이 집단 중독 증세를 보였고, 전원 응급실로 후송되었다. 다행히 13명은 이튿날 퇴원했지만, 직원 1명은 의식불명 상태로 현재 중환자실에서 집중치료를 받고 있다.

야간 수색 중 실족으로 군 병원으로 긴급 후송된 경비대대의 병사 중 한 명이 결국 군 병원 중환자실에서 사망했다.

메인축사 관리 직원 7명이 원인을 알 수 없는 고열과 기침 증상으로 인근 병원의 격리 병실에 입원했다. 연구소 전체에 비상이 걸렸다. '신종 조류독감'의 가능성을 염두에 두고, 환자들의 정밀 검사와 연구소 내 역학조사를 실시했다. 검사 결과, 바이러스성 상기도 감염, 즉 단순 감기로 밝혀졌다. 환자 4명은 특별한 치료 없이 격리 후 휴식을 취하자 3일 만에 회복했다. 음압병실에 입원한 3명 중 2명은 완쾌되어 8일 만에 퇴원했다. 나머지 한 명은 74세의 남자 직원으로 원래 조절되지 않는 당뇨와 고혈압이 있었으며, 만성 빈혈을 앓고 있던 환자였다. 중환자실에서 집중적인 치료를 받았지만, 폐렴이 패혈증으로 악화되면서 결국 사망했다. 리처드는 부검을 지시했고, 퇴원한 나머지 6명에 대해서도 가검물 분석을 주기적으로 하라고 지시했다. 이후에도 혹시나 하는 마음에 조류독감에 대한 철저한 검사가 이루어졌으나, 결과는 모든 항목에서 음성이었다.

리처드 소장은 오랜만에 연구소 내 전체 공지로 사망자를 애도하면서 전 직원에게 재차 '안전'을 강조했다.

클락헨-함의 실전 전투 실험 장소가 선정됐다. 오래전부터 민간인의 접근이 엄격하게 통제된 면적 0.7km²의 작은 무인도였다. 군은 무인도 곳곳에 수백 대의 CCTV와 RFID 리더기를 사각지대 없이 설치했다. 더불어 수십 대의 촬영용 드론도 준비됐다. 이어 해군 수송함을 이용해 섬에 각종 동물을 풀어놨다. 시립동물원 매입 때 코끼리와 함께 구매한 벵갈 호랑이 4마리와 동물 실험용 원숭이 200마리는 숲 속에, 국립 유기 동물 보호소에서 곧 안락사 처리될 유기견 800마리와 유기묘 1,300마리는 풀밭에, 이번 실험을 위해 군에서 직접 구입한 독사 40마리와 악어 10마리는 늪지에 풀어놨다. 모든 동물의 피부밑에 초소형 송신기를 미리 삽입해 놔서, 섬 인근 해상에 정박 중인 수송함 상황실에서 상세한 정보를 실시간 모니터링 할 수 있었다.

실전 전투 실험 준비는 막바지였다. 모든 통신 장비의 점검도 끝났다. 이제 공군 수송기 편으로 금식한 클락칵-함 5만 마리와 클락헨-함 2,000마리를 섬 위에 낙하시키기만 하면 됐다.

최종 점검차 무인도 주변을 둘러보던 리처드는 갑자기 나타난 악어에 놀라 뒷걸음치다 발목을 접질렸다. 해군 병사들의 부축을 받고 수송함에 오른 리처드 소장은 간단한 응급처치를 받았다. 특전사 사령관은 리처드 소장과 함께 대통령에게 올릴 전투 실험 준비 보고서와 최종 결재를 위한 제안서를 작성했다. 이제 클락칵-함의 전투력을 실제로 확인할 수 있는 실험이 코 앞이었다.

그러던 중 뜻하지 않은 곳에서 돌발 변수가 발생했다. 특전사 사령관이 여군 부사관 성추행 사건에 연루되어 직무정지 후 군 검찰의 조사를 받게 되었다. 실전 전투 실험은 잠정 중단되었고, 군 수송기에 실렸던 클락칵-함 부대는 다시 연구소 대성당으로 돌아왔다. 불도저처럼 밀고 다니던 장군의 추진력이 사라지자 클락헨 연구소는 그대로 멈춰 섰다. 소식을 접한 리처드는 곧바로 어딘가에 직접 전화를 넣었다.

쇄빙선으로부터 보고된 푸아그라와 다운(솜털)의 생산력과 품질 향상은 답보 상태였다. 게다가 강추위와 기상악화로 인한 통신 장애 때문에 보고가 제때 올라오지 않았다. 쇄빙선의 선장은 전 책임연구원 헉슬리가 클락헨-야벳 사육장에서 연구에만 몰두하고 있고, 술을 많이 마시는 것 이외에는 별다른 돌발 행동은 없다고 보고했다. 이 기간에 헉슬리는 '기다려 달라'라는 말 이외에, 어떠한 연구적 성과도 보고하지 않았다.

쇄빙선에서 마지막으로 보낸 통신은 사망자 보고였다. 사면을 약속하며 승선했던 피의자 4명 중 한 명이자, 연구소의 전 직원으로 불법 투계장을 운영했던 D.애덤스가 급사했다. 사인은 심장마비였다. 혹한 속에서 갑판 일을 하던 중 급성 흉통이 발생했고, 미처 손을 써보기도 전에 사망했다. 선장은 D.애덤스가 연고지 및 직계가족이 없어서, 장례식을 해군 수장(水葬)으로 치러주었다고 보고했다.

이 보고를 마지막으로 쇄빙선으로부터 통신이 끊어졌다. 선상에서 어떤 사고가 있었는지 오리무중이었다. GPS로도 배의 위치를 추적할 수 없었다. 보통 이런 경우 항로 이탈 아니면 침몰이라는 해군의 보고를 받은 리처드는 군에 즉각적인 수색작업을 요청했다. 하지만 혹한과 폭풍으로 인한 기상악화로 수색 작전을 펼칠 수 없었다.

연이은 악재와 부상으로 피폐해진 리처드 소장은 더 이상 휘파람을 불지 않았다.

*

초겨울 밤. 브레이크 소리가 차가운 어둠을 대각선으로 관통했다. 넝쿨만 앙상하게 남은 전원 주택의 장미 터널로 리처드와 앤이 들어왔다. 차 소리를 들은 나와 피터는 마중을 나갔다.

리처드는 의안에 또 염증이 났는지 검은 안대를 비스듬히 차고 있었다. 차갑게 번쩍이는 알루미늄 목발이 깁스한 왼쪽 다리를 거들었다. 다른 손에는 큰 술병을 들고 있었다. 리처드는 느리고 절뚝거렸지만 당당하게 다가왔다. 장미 터널 위에서 얼어 죽은 큰 나방이 리처드의 어깨 위에 사뿐히 내려앉았다. 나방의 창백한 무늬는 꼭 지느러미 같았다.

"여기가 그 유명한 피터팬의 네버랜드인가?" 얼근히 취한 리처드가 주변을 둘러보며 호기롭게 말했다.

"밖에서는 자주 같이 마셨는데, 집으로는 처음 초대하네요." 피터가 악수하며 말했다.

"아! 이제는 웬디의 출입 허가를 받아야 하는 건가? 아니면 팅커벨?" 리처드가 나를 힐끗 보며 손을 내밀었다. 나는 소스가 묻은 위생 장갑을 끼고 있어서 악수할 수 없었다.

"으이구! 이이가 다른 술자리에 들렀다 오는 바람에 좀 취했어요." 앤이 리처드의 옆구리를 툭 치며 타박했다.

"추운데 어서 들어오세요." 내가 말했다. 눈이 마주친 앤에게 손짓으로 리처드의 어깨를 가리켰다. 앤은 리처드 어깨 위의 나방과 가루를 손등으로 털어냈다.

"이건 송어야. 아주 싱싱해. 오늘 디너 콘셉트가 일식이라서 큰놈으로 하나 급하게 사 왔어." 앤이 묵직한 검은색 아이스박스를 들어 보이며 말했다.

"나는 최고급 사케를 대짜로 가지고 왔다네." 리처드는 허벅지만 한 술

병을 거꾸로 들어 올려 병째 마시는 시늉을 했다.

우리 넷은 느리지만 활기차게 실내로 들어갔다.

Variation I.

부엌에서 팔을 걷어붙인 앤은 안주인인양 요리를 주도했다. 나는 앤의 송어 손질을 도왔고, 피터는 우리 옆에서 준비하던 음식을 마무리했다. 클락헨 닭튀김을 제외하고, 전부 시내 일식집에서 사 온 것들이라 좀 민망했다. 앤은 송어를 도마 위에 올려놓더니 같이 준비해온 긴 사시미칼로 능숙하게 사시미를 떴다. 결혼 전 부모님으로부터 배운 솜씨라고 했다. 놀랍도록 고요한 칼 놀림으로 단칼에 머리를 잘라낸 후 비늘을 벗기고 지느러미를 도려냈다. 결을 잃은 지느러미는 소금이 물에 녹듯이 사라졌다. 내장이 빠진 송어에서 비린내가 올라왔다. 냄새를 피할 겸 식탁에 미리 세팅해 놓은 와인잔 4개를 치우러 갔다. 리처드는 거실의 4인용 식탁에 앉아 검지로 테이블을 툭. 투툭. 치면서 타임스지를 읽고 있었다. 리처드에게서 역한 럼주 냄새가 진동했다.

"그런데 집안일 도와준다던 친구분, 발렌타인인가? 그분은 요즘 안 오시나 보죠?" 앤이 피터에게 물었다. 발렌타인의 존재는 나에게 들은 이야기일 텐데, 인용 없이 피터에게 바로 물어보는 앤의 질문이 귀에 거슬렸다. 머리를 털었다. 다시 또 예민해지지 말자고 속으로 되새겼다.

"네. 그 녀석이 바쁜지 아니면 무슨 사정이 있는지 연락 두절이네요. 그래서 집이 좀 지저분하죠? 저라도 좀 치웠어야 했는데...."

"아니요. 아니요. 그런 뜻으로 물어본 건 아니에요. 누가 치웠는지 남자 혼자 사는 집치고는 아주 깨끗한데요, 뭘." 앤이 나와 눈을 마주치며 짓궂은 미소를 지었다.

"아이참. 왜 또 그래?" 자리를 피하려 사케 잔을 들고 식탁으로 갔다.

리처드는 고급스러운 박스에서 커다란 술병을 꺼냈다.

"쥬욘다이(十四代). 멋진 술이지. 무려 14대에 걸쳐...." 반쯤 감긴 애꾸눈으로 일본어로 쓰인 라벨을 보며 주절거렸다. 리처드의 술 냄새는 대단했다. 전 약속에서 거나하게 한잔하고 온 것 같았다. 아마도 실종된 쇄빙선 수색건 때문에 만난 해군 제독과의 술자리였을 것이다. 다시 부엌으로 돌아갔다. 앤은 일식 셰프처럼 일정한 리듬으로 붉은 송어의 속살을 비스듬히 베어냈다. 4분의 4박자 슥 슥 슥 슥. 완벽하게 베어내는 검술에 송어는 피 한 방울 흘리지 않고 해체됐다.

"그런데 발렌타인이라는 친구분이 미술 쪽 일을 하나요?" 앤이 칼질을 하면서 피터에게 물었다.

".... 그걸 어떻게 아셨죠?" 피터가 들고 나가려던 접시를 다시 내려놓고 앤에게 물었다.

잠시 손목시계를 보고 있던 나도 놀라서 앤의 뒤통수를 쳐다봤다. 앤은 나도 모르는 사실을 어떻게 알았을까? 정말 요원들이 우리를 감시하는 건가? 혹시나 하는 의심이 목덜미에서 고름처럼 터져 나왔다. 고개를 숙여 손목시계를 보는 척하면서 대화에 귀를 기울였다. 시선은 아래로 수직, 고막은 옆으로 수평. 눈과 귀가 팽팽한 직각으로 분리되듯, 내 마음이 다시 두 개로 찢어지려 했다. 현기증은 늘 그 전조증상이었다.

"제가 좀 탐정이죠. 촉이랄까?"

"네?" 피터가 못 들은 척 되물었다. 앤의 칼질 리듬에 엇박자가 났다.

"아이고. 농담이어요." 슥. 다시 정박자를 찾았다.

"그때 미술관 같이 갔었잖아. '전람회의 그림'전. 기획이 너무 좋아서 도록이랑 브로슈어를 챙겨왔거든. 거기에 기획자 이름을 보니 익숙한 이름이 있더라고. 메인 큐레이터. 발렌타인 벨." 앤은 나와 피터에게 번갈아가며 말했다.

"네. 그랬군요. 다재다능한 화가, 도예가죠. 대학 때 원래 전공은 금속 공예였어요. 돈 버는 것 빼고는 다 잘하는 진정한 예술가예요." 피터의 굳었던 표정이 풀렸다. 피터는 내려놓았던 접시를 다시 들고 식탁으로 갔다.

10초간 차갑게 멈췄던 내 손목시계의 초침이 다시 째깍 소리와 함께 한꺼번에 6도의 호를 그리며 회전했다. 나는 안심했다. 하지만 생각이 복잡해졌다. 우선 나를 빼놓고, 둘만이 아는 대화를 한다는 것이 불쾌했다. 그리고 방금 대화의 내용은 내게 먼저 말해줬어도 무방한 내용이 아닌가? 대단한 비밀도 아니고 말이다. 앤은 나에게 그 전시회 기획자가 발렌타인이었다는 이야기를 나중에라도 해줄 수 있었다. 피터 역시 그 전시회는 리허설 때 봤던 발렌타인이 한 것이라고 미리 말해줄 수 있었을 것이다. 나 혼자 외톨이 바보가 된 느낌이 들면서 비린내가 역해졌다. 앤과 나, 피터와 나는 멀어지면서 둘은 가까워지는 느낌이 들었다. 하지만 고개를 크게 털고 나서, 내 예민함을 억지로 구겨 넣었다. 생각해 보면 별일도 아니지 않은가?

"그 발렌타인이라는 분이 또 기획 전시회를 하는 것 같더라고. 아까 송어 사러 갔을 때 공연 팸플릿 있어서 가져왔어. 함 봐봐. 먼 데서 하는데 시간 되면 또 같이 가자. 14일이야." 앤이 턱으로 자신의 핸드백을 가리켰다. 백 속에서 한 장짜리 전시회 팸플릿을 꺼냈다. '에곤 실레 기획전'이었다. 브로슈어의 앞장에는 실레의 '죽음과 소녀'가 인쇄되어 있었다. 뒷장의 맨 구석에 아주 작게 쓰인 '기획: 발렌타인 벨'이라는 글자를 찾아냈다. 고개를 돌려 피아노 뒤에 걸려 있는 그림을 봤다. 내가 선물해준 클림트의 슈베르트는 평안하게 잘 있었다. 팸플릿을 다시 집어넣으려고 앤의 백을 열었더니 구석에 립밤이 있었다. 미안하고 부끄러워서 얼굴이 송어 속살처럼 붉어졌다. 현기증이 가시면서 내 안의 비린내도 사라졌다.

Variation II.

식탁에 넷이 모여 앉았다. 앤과 리처드가 마주 앉았고, 나는 앤 왼편에, 피터는 리처드의 오른편에 앉았다. 앤의 송어회와 리처드의 사케는 아주 잘 어울렸다. 취한 리처드가 대화를 주도했고 마주 앉은 앤이 거들었다.

"낮에는 성당 다녀왔어. 일요일이잖아." 앤이 말했다.

"송어도 사 오고, 오늘 바빴겠네." 앤의 잔에 소다수를 따라주며 내가 말했다.

앤은 리처드가 나를 위해서는 시립동물원의 코끼리를 연구소 안으로 들여놓는 선물을 줬지만, 연구소 코앞에 있던 자신의 대성당은 축사로 바꿔 놓았다고 투덜댔다. 어쩔 수 없이 옮긴 성당은 꽤 멀어서 미사를 보러 가기 힘들다며 사케 잔에 가득 찬 소다수를 원샷했다.

"소장님은 성당에 같이 안 가셨어요?" 피터가 물었다.

"내가? 성당에 왜?" 리처드가 포크로 한꺼번에 송어회 서너 점을 푹 찍어서 입에 넣고는 우물거리며 말했다.

"리처드. 가톨릭 신자 아니었어요? 앤이랑 같이...." 내가 물었다.

"무슨 소리야? 나 무신론자야." 리처드가 의아하다는 듯이 대답했다.

"어...." 피터가 말을 잇지 못했다.

"하긴 그런 오해를 많이 받긴 하지. 평생 단 한 번도 믿음을 가져본 적이 없지만, 종교학은 꽤 뚫고 있어서 그래. 나는 힌두 신들도 다 꿰고 있다고. 브라흐마! 인도 코끼리!" 리처드가 사케를 죽 들이켰다.

"참 흥미로워. 역사로서의 종교. 집단 불안의 기록으로서의 종교." 리처드가 빈 잔을 다시 채웠다.

Genesis, Noah, Shem, Ham, Japheth. 리처드는 클락헨 이름을 명명할 때마다 성경에 나오는 인물의 이름을 땄고, 공지나 프레젠테이션 그리고 미팅 자리에도 성경 구절을 자주 인용했다. 앤은 '받들어 모셔야 할 남편'이라는 의미를 비꼰 별명, '교황님'으로 리처드를 지칭하곤 했다. 결정적으로 앤이 성당을 다니기 때문에, 리처드 역시 가톨릭 신자로 알고 있었다. 하지만 아니었다. 그것이 죄는 아니었지만, 십자가 앞에서 지동설의 이치를 깨달은 대심문관이 된 느낌이었다. 리처드의 검은 안대 밑에서 드라이아이스 연기가 빠져나왔다. 그의 얼굴은 그대로였지만, 아예 다른 사람처럼 보였다. 가면 속의 속가면만 벗겨진 느낌. 바닥에 떨어진 속가면의 뻥 뚫려 있는 눈구멍은 끔찍하게 깊었다. 나는 낯익은 불안과 낯선 공포를 느꼈다.

"나 무신론자야. 몰랐어? 정확하게 말하면 불가지론자지. 내 철학이야."

"저도 처음 알았네요. 리처드. 그런데 뭔가 멋져 보이는데요?" 피터가 맞장구치며 잔을 부딪쳤다.

"자자. 내 말들 들어보라고. 2×2표로 설명해보자고. 간단해. 모두가 생각해볼 수 있지만, 아무도 생각하려 들지 않았던 거야."

리처드는 자기 앞의 접시들을 치우고 검은 나무젓가락 2개를 평행하게 놓았다. 마주 보고 있는 앤 쪽에 놓인 젓가락은 리처드 쪽 것보다 뭉툭한 쪽이 3cm 정도 왼쪽으로 삐져 나오게 배치했다.

"자. 존재와 시간만 있다고 치자. 딱 이거 두 개만 생각하는 거야."

나와 피터는 몸을 틀어 리처드 앞에 놓인 젓가락을 주시했다. 앤은 이미 들었던 얘기인양 못마땅한 표정을 지었다.

"시간이라는 선분이 있다고 치자고. 이 젓가락처럼. 윗것은 신의 시간. 아래 것은 인간의 시간. 뭉툭한 맨 왼쪽이 시간이 시작되는 점이야. 이 경우는 쉽지. 신의 시간이 시작된 후, 인간의 시간이 시작된 거지. 그냥 창조론이야. 그러면 이런 경우는?"

리처드는 위쪽 젓가락을 손가락으로 슬며시 오른쪽으로 밀어서 아래쪽 젓가락보다 3cm 뒤에 있게 했다.

"신의 시간이 인간의 시간보다 뒤에 있으니 이건 인신론(人神論)이지. 인간이 신을 만들어냈다는 해묵은 논쟁. 아직도 창조론이랑 싸우고 있지. 그런데 거의 승리한 듯해. 이건 그냥 알아서들 하라고 하고."

리처드는 다시 위쪽 젓가락을 아래쪽 젓가락보다 3cm 왼쪽으로 뺐다. 그리고 손가락으로 젓가락 끝의 뾰족한 부분을 가리켰다.

"자. 내가 주목하는 부분은 시간의 시작이 아니라 끝부분이야. 자 이 경우는 뭐겠어? 신은 끝났고 인간은 계속 있지. 현재 인류의 모습 아닌가? 신이 없어도 잘살고 있다고. 신이 끝났어. 신이 죽었단 말이지. 그런데 인간은 계속 있지 않나? 니체나 나 같은 사람 말이야. 그리고 더 나가서 전 인류가 신을 안 믿는다고 가정해보자고. 어떨까? 내 생각에는 인류는 종속할 거 같은데? 안 그렇나? 피터?"

피터는 아무 말 없이 술을 마셨다. 꿀꺽. 목구멍으로 넘어가는 저음이 유난히 크게 들렸다.

"이제 가장 중요한 마지막 케이스."

리처드는 아래쪽 젓가락을 집어 들더니 가운데 부분을 한 손으로 부러뜨렸다. 튕겨 나간 아랫부분은 마주 앉은 앤 쪽으로 날아갔다. 리처드가 쥐고 있는 반 토막 남은 젓가락의 단면에 터진 흰 나무 속살이 드러났다. 거기엔 운 좋게 살아남은 얇고 긴 나뭇결 한 줄이 외롭게 붙어 있었다. 리처드는 이 반 토막을 온전한 젓가락의 중앙 아래쪽에 평행하게 놓았다.

"자. 이제 이렇게 보면, 인간의 시간이 신의 시간보다 앞도, 뒤도 짧아. 백 번 양보해서 신이 인간을 만들었다 치자고. 그런데 인간이 모두 없어지면 신은 있는 거야? 인류가 절멸한 다음에 신의 존재라는 게 가능할까? 인간이 멸종했어. 지구상에 생명체가 일절 없단 말이야. 최후의 심판처럼 누구는 살고 누구는 죽고가 아니라 아예 절멸. 그러면 신은 존재해? 존재 안 해?"

리처드는 작심이라도 한 듯 술을 들이켰다.

"누구라도 이 2×2표의 마지막 칸을 채워 준다면, 난 기꺼이 앤을 따라 성당에 나갈 거야."

낮은 목소리는 점점 더 굵어졌다.

"이 생각의 도약이 버겁다면 중간 단계로 예를 들어 줄게. 장모님은 독실한 불교 신자셨지. 딸이 아이를 갖게 해달라고 매일같이 부처님께 백팔배를 올렸지만, 결국 비참하게 돌아가셨어. 모든 불교 신자가 지구상에서 사라진다면, 부처가 존재할까? 다른 예를 들어보자고. 앤의 부하 사라는 무슬림이었지. 그렇게 알라를 외치고 병가도 다녀왔지만, 결국 불쌍하게 죽었어. 어떤 사건으로 모든 무슬림이 한 명도 빠짐없이 사망한다면, 이슬람교는 존재하는 거야? 알라는? 그리고 앤은 대성당에 빠짐없이 미사를 다니지만, 아이를...." 리처드는 말끝을 흐렸다.

나도 피터도 앤도 결박된 채 아무 말도 할 수 없었다. 리처드는 닭튀김을 포크로 찍어 입에 쑤셔 넣었다. 우걱우걱 씹으면서 다시 말을 이었다.

"믿어 줄 인간이 단 한 명도, 아니 인간뿐 아니라 코끼리 한 마리, 닭 한 마리 없는데 신은 계속 존재하는 거야? 이건 누가 대답해줄 수 있지? 존재했던 사람? 존재 중인 사람? 존재할 사람? 이건 누가 대답해줄 수 있냐고? 왜 다들 말들이 없어?" 다시금 리처드는 자신의 이론에 스스로 격앙되었다. 그리고 그의 굵고 낮은 목소리는 점점 커졌다.

“자! 내가 믿음의 조상 아브라함이라고 치자!” 리처드가 자신의 술잔에 술을 가득 따르고 외쳤다. 고개를 뒤로 젖혀 술잔을 비웠다.

“그리고 14대.” 빈 잔을 들어 보이며 말했다. 그리고는 피터의 잔에 술을 따랐다.

“자. 음유시인 다윗! 비우게나.” 피터가 잔을 비웠다.

“그리고 또 14대.” 리처드는 이어서 내 잔에 술을 따랐다.

“이제는 바벨론 유수. 다 마셔.” 리처드의 갈색 눈이 명령했다. 겨우 잔을 비웠다.

“유수 이후 14대.” 리처드가 비웃듯이 말했다. 그리고는 앤의 소다수가 담긴 잔에 사케를 콸콸 따랐다. 잔이 넘쳤다.

“내 질문에 대답할 자인데?” 리처드는 앤을 추궁하듯 몰아붙였다. 앤은 말없이 고개를 떨궜다.

“뇌가 없는 세상에 신이 존재할 수 있냐고?”

리처드는 만취한 종교 재판관이 되었다. 내가 알고 있던 사람이 아니었다. 그는 이곳을 부정하고 파괴하려는 거대한 죽음이었다.

앤은 명상하듯 고요했다. 앤은 흘러넘치는 술잔을 다도하듯이 들고는 천천히 다 마셨다. 그리고 조용히 일어나서 리처드 쪽으로 다가갔다. 나와 피터는 앤과 리처드에 위아래로 포위되어 아무것도 할 수 없었다. 4인용 식탁은 완벽한 침묵으로 밀봉됐다. 앤은 반 토막 난 젓가락을 집어 온전한 젓가락 위에다 십자가 모양으로 교차해 올려놓았다. 그리고는 리처드의 입에 입맞춤했다. 리처드는 어리둥절한 표정을 지은 채 그대로 얼어붙었다. 앤은 천천히 정원으로 사라졌다.

Variation III.

“꺄아악!”

정원에서 앤이 숲을 향해 울대가 뽑힐 듯이 소리 질렀다. 나까지 속이 후련해지는 세이렌 같은 고음이었다. 앤의 양어깨에 손을 올렸다. 캄캄한 정원에서 앤은 이번엔 자궁 내막이 잘 자라지 않아 냉동 배아 이식을 한 번 건너뛰기로 했다고 덤덤하게 말했다. 부부의 냉동 배아는 4개가 남아 있다. 보통 한 번에 2개씩 이식하니 앞으로 기회는 2번뿐이다. 신중할 수밖에 없으리라는 생각을 하자 앤이 너무 가여웠다. 그런데 앤은 임신 준비 시기가 아니니 술을 마셔도 괜찮다고, 내게 전혀 걱정하지 말라고 하며 오히려 나를 안심시켰다. 아마도 처음 넷이 식사했을 때 터졌던 응급상황이 내 머릿속에서 재현될까 봐 그런 말을 했으리라. 불쌍한 앤. 앤은 한숨을 쉬며 리처드가 요즘 연구소에 제대로 돌아가는 것이 하나도 없는 데다가, 사건 사고도 줄줄이 터져서 엄청난 스트레스에 시달린다고 얘기했다. 매일 폭음이어서, 반쯤은 미쳐 있다며 더 깊은 한숨을 내쉬었다. 앤의 입으로부터 하얀 입김이 내리깔렸다. 리처드는 착란증이 오기도 했고, 쇄빙선이 실종되던 날에는 너무 화가 나서 서재에 있는 로댕의 생각하는 사람 복제품의 머리를 박살 내버렸다고 했다. 그리고 저 신과 종교 이야기는 만취하면 종종 하는 이야기라고 했다.

내 생각에 리처드는 앤이 없으면 침몰할 것이다. 그리고 이 사실을 그 누구보다도 앤이 잘 알고 있었다. 리처드는 앤에게 끝없는 위로를 강요했다. 앤은 자금성 안의 천사가 되어야만 했다.

내가 앤을 데리고 다시 들어왔을 때, 피터는 리처드와 이야기를 이어가고 있었다. 내가 이제 신 이야기는 그만하자고 했지만, 둘 다 막무가내였다. 두 수컷 사이로 사나운 기류가 흘렀다.

"그럼 클락헨은요? 껍질에 생일이 정확히 찍히는 클락헨은요?" 피터가 물었다.

"설마 클락헨에게서 신의 존재를 본다는 건 아니겠지?" 리처드가 들어온 앤을 외눈으로 슬쩍 본 후 건성으로 대답했다.

"그럼 뭔가요? 그냥 우연?"

"눈먼 시계공의 작품이지. 우리는 운 좋게 떨어져 있던 그것을 주운 것뿐이야." 리처드가 말했다.

"이제 그만 좀 해요!" 앤이 일침을 놓았다.

"그런데 지금 몇 시야? 여긴 시계가 없네?" 리처드가 앤의 시선을 피해가며 주위를 둘러봤다.

"네. 어찌하다 보니 시계가 하나도 없네요. 저도 제집에 시계가 없다는 걸 최근에야 알았어요." 피터가 멋쩍게 말했다.

"하하하하. 기분이 좋네. 신기하네, 시계가 없다는 말을 들었을 뿐인데 왜 이리 신나지? 자, 자, 피터! 마시자고. 자 다들 마시자고. 어차피 내일모레 화요일까지 연휴잖아." 잠시 정상으로 돌아왔던 리처드가 다시 흥분하기 시작했다. 리처드는 연거푸 사케를 마셨다.

"이 집에는 거울도 없어요." 분위기를 바꾸기 위해 내가 패를 던졌다.

"진짜 그런가? 그건 오늘 알았네." 피터가 도왔다.

"하하하하. 이거야말로 정말 영원히 늙지 않는 네버랜드네!" 리처드가 안대를 만지작거리면서 호탕하게 웃었다.

"피터. 자네는 가톨릭이었지?" 리처드가 다시 시작했다.

"네. 그런데 지금은 아니에요. 저도 종교가 없습니다."

"응. 알아. 로마에서 추방...." 순간 옥수수튀김을 가져오던 앤이 리처드의 옆구리를 툭 쳤다. 앤의 행동은 기민했지만, 시야상 나와 피터에게 보일 수밖에 없었다. 게다가 술 취한 리처드는 움찔거림을 숨길 수 없었다.

"이제 종교 이야기 좀 그만해요." 접시를 내려놓으며 앤이 나와 피터를 보며 실례의 미소를 지었다. 가면이었다. 처음 보는 앤의 가면이었다. 그 표정을 짓기 위해서 피부밑 표정근들은 일사불란하게 움직였다. 1초. 정확히 계산된 만큼만 수축했고, 무수히 훈련한 만큼만 이완됐다. 앤은 가면을 들이밀어 좀 전 은폐에 실패한 그 행동이 '리처드! 이제 종교 이야기 좀 그만해요!'라는 뜻으로 우리에게 인지되길 바랐던 것 같았다. 그 무마는 피터에게는 먹혔을지 모르겠지만, 나에게는 실패했다. 리처드의 입에서 탈출한 '로마'와 '추방'을 똑똑히 들었기 때문이다. 수습을 위해 쥐어짠 앤의 가면술은 매우 어설펐다.

"소장님. 옥수수튀김 좀 드세요." 내가 재빨리 가면을 쓰고 구원 등판했다.

내 하얀 가면의 이마에는 '아무것도 못 들었음'이라는 글자가 큼지막하게 쓰여 있었다. 지금 이 상황에서 리처드가 피터의 비밀을 어떻게 알게 되었는지를 캐내는 것은 적절치 않다고 판단했다. 게다가 어설픈 가면술사 앤은 내 가면에 적힌 '아무것도 못 들었음'이라는 글자를 보자마자 회복 불능의 상태에 빠졌다. 내가 바통을 이어받아 상황을 원만하게 수습해야만 했다. 그 순간 내 안에 있던 하녀가 죽었다. 앤이 능수능란하게 하던 호스티스 역할을 이제는 내가 하고 있다는 생각에 스스로 놀랐다. 한 번도 해본 적이 없기에 자신 없었지만, 무조건 해야만 했다. 귀하고 행복하고 즐거워야만 하는 시간이 단 1초라도 오염되는 게 싫었다. 나도 모르게 내 얼굴을 한번 슬쩍 만져봤다. 피부인지 가면인지 분간할 수 없었다. 어색하지 않았다. 그럼 됐다. 이렇게 된 이상 어떻게든 이 식사를 최대한 원만하고 즐겁게 마무리해야 했다. 피터의 도움이 간절했다.

"옥수수. 옥수수. 옥수수밭. 옥수수 농장!" 리처드가 옥수수튀김을 보더니 거의 경기를 일으켰다.

“여보. 당신 너무 취했어요.” 그로기 상태의 앤이 나섰다.

“소장님. 찬물 좀 갖다 드릴까요?” 내가 물었지만, 리처드는 듣지 않았다.

“내가 예전에 제안했던 거 생각해봤나?” 리처드가 오른편의 피터를 보고 물었다.

“혹시 여기 숲 매도 건 말씀하시는 건가요?” 피터가 대답했다.

“응. 어때? 생각해봤어? 우리가 한 제안?” 리처드가 혀 꼬부라진 목소리로 물었다.

“그 이야기는 안 들은 거로 하겠다고 제가 말씀드리지 않았습니까?” 피터의 목소리가 높아졌다.

“왜 화를 내나? 이것 봐! 피터. 사실 이 주택도 이 숲도 예전 그 땅도 온전한 상속이 아니라 편법 증여 아닌가?”

“더 이야기하지 마시라고요!” 피터가 주먹으로 식탁을 쳤다.

“이 자식이 어른이 부탁하는데 건방지게!”

“리처드! 그만해요!” 너덜해져 쓸모없어진 가면을 벗어 던지고, 앤이 벌떡 일어났다. 그리곤 리처드의 팔을 붙잡고 필사적으로 말을 잘랐다.

“당신은 좀 가만히 있어 봐!” 리처드가 앤을 떠밀쳤다. 앤이 바닥으로 내동댕이쳐졌다. 나는 너무 놀라 얼른 앤을 부축했다.

“예전에 연구소가 들어올 때 저는 양보할 만큼 했습니다. 그리고 대성당도 드리고 이제 겨우 이거 남은 겁니다. 여기서 뭘 더 내놓습니까? 숲은 아버지의 마지막 유산입니다!” 둘은 앤을 내팽개쳐 둔 채로 소리를 질렀다.

“뭐? 아버지? 크!” 리처드가 보란 듯이 야비한 조소를 지었다.

“지금 뭐라고 했습니까?” 피터가 리처드에게 달려들 듯이 일어났다.

“앉아!” 리처드가 명령조로 소리쳤다.

"지금 뭐라고 했냐고!" 피터가 테이블 위에 접시들을 밀쳐 와장창 깨뜨렸다. 처음 본 그의 화난 모습이었다. 그 벼락같은 생경함의 잔향. 피터는 타인이었다.

"꺄아악!" 바닥에 주저앉은 앤이 비명을 질렀다.

"제발 좀 그만들 좀 해요!" 나도 소리를 질렀지만, 소용이 없었다. 식사를 원만하게 마무리하려던 내 바람은 산산이 부서졌다.

"국정원 차장 알지? 네 팬. 내가 그 친구한테 들었...." 피터가 리처드의 뺨을 갈겼다. 리처드의 목이 돌아가면서 안대가 벗겨졌다.

"게이 따위가 어딜 감히!" 리처드가 박차고 일어나 피터의 얼굴에 주먹을 날렸다. 둔탁한 소리와 함께 피터가 휘청했다.

"위선자! 살인자 새끼!" 소리치며 달려드는 피터의 눈에는 살의가 있었다.

나는 둘 사이로 몸을 던졌다.

"둘 다 미쳤어요?" 겨우 둘을 떼어놨다.

"제발 좀 그만하라고!" 앤이 울부짖었다.

"꺼져! 전부!" 피터가 소리쳤다. 그리고는 성큼성큼 걸어서 돌문을 열고 지하로 내려가 버렸다.

앤은 바닥에 앉아 숨이 막힐 듯 울고 있었다. 리처드는 돌문 쪽을 한 번 보고는 안대를 다시 찼다. 그리곤 주머니를 뒤적거려 파이프 담배를 꺼내더니 목발을 짚고 정원으로 나가버렸다.

너무 많은 의심과 감정들이 폭주했다. 혼란. 현기증이 왔다. 나도 주저앉아 울고 싶었다. 하지만 이 상황을 추슬러야 했다. 검고 무거운 물체가 심장에서 발바닥으로 닻처럼 떨어졌다. 그 무게가 간신히 나를 지탱했다.

Variation IV.

앤을 부축해서 의자에 앉혔다. 우리는 다시 테이블에 마주 앉았다. 아무 말도 하지 않았다. 테이블 위는 엉망진창이었다. 짧은 순간에 생소한 단어들이 너무 많이 튀어나왔다. 하지만 궁금해할 힘조차 없었다. 그 단어들은 우리 넷 사이에 원래부터 존재했던 단어들이었지만, 얇은 베일에 가려져 있었다. 그 베일을 리처드가 홧김에 걷어냈다. 그때 나는 시선을 회피했다. 그 단어들의 의미를 파악하는 것이 무서웠다. 내 흉골 뒤에 붙어 있던 검은 물체가 다가와, 낮은 목소리로 '절대 그곳을 쳐다보지 마!'라고 속삭였다. 지친 나는 그 검은 품에 안겼다.

"우리가 먹는 송어는 모두 양식이야." 앤이 힘없이 말했다. 촉촉했던 송어회는 말라가기 시작했다.

"그리고 모두 불임이지. 오늘 내가 사 온 이 송어도." 나는 대꾸하지 않았다.

"아버지가 양식사업을 하셨어. 어린 시절에 양식장에 자주 놀러 가곤 했지. 어머니는 갓 잡은 생선으로 회를 뜨셨고"

앤은 창밖을 잠시 바라보았다. 등진 리처드의 얼굴에서 흰 연기가 뿜어져 나왔다.

"이 송어가 암컷인지 수컷인지 아무도 관심이 없지. 사람들은 같은 포유류나 조류까지는 암컷 수컷을 따지지만, 그것보다 멀어지면 별로 관심이 없는 것 같아. 물고기들은 암컷과 수컷의 외양이 거의 비슷해. 하지만 나는 알아. 우리가 먹는 송어는 모두 암컷이야. 알에서 부화한 지 1~2년 된 소녀, 처녀들이지. 수컷은 색깔과 육질이 별로여서 버려버리거든. 사료만 소비하고, 아무짝에도 쓸모가 없어."

지하에서 와인병 깨지는 소리가 들렸다. 정확히는 쌓아놓은 와인병들이 구르면서 무너지는 소리였다. 나는 앉은 채로 몸을 돌려 지하로 연결된 돌문 쪽을 바라보았다. 희미한 불빛만 새어 나오고 있었다. 그는 밖에서 들어오지 않았고, 그는 밑에서 올라오지 않았다. 그가 들어올까 올라오지 않았고, 그가 올라올까 들어오지 않았다. 유치했다. 정말이지 수컷들은 미성숙의 결정체였다. 그들은 불완전하고 불안정한 개체들이었다.

"그래서 얘도, 내가 아까 잡아서 해체한 얘도 암컷이야. 그리고 처녀였지." 앤은 회가 담긴 접시를 보더니 엎어진 잔을 똑바로 놓고 사케를 따랐다.

"모든 암컷 송어는 알을 배기 전에 출하해. 암컷이 알을 배면 맛이 떨어지고, 알이 차지하는 공간만큼 살코기의 양도 줄어들거든. 그래서 양식장에서는 염색체 조작을 통해 '3배체'라고 하는 불임 암컷 송어만 키워. 이 불임 송어들은 자라면서 알을 만드는 데 쓸 에너지를 자신의 생장에 써버리기 때문에 훨씬 빨리 자라. 크기도 크고 육질도 일반 송어보다 훨씬 좋고. 양식장 입장에서는 품질 향상, 생산성 향상이지."

앤은 젓가락으로 송어회 한 점을 들었다가 다시 놓았다.

"시장으로 송어를 싣고 갈 물탱크가 달린 트럭이 들어왔을 때, 아버지 회사 직원들은 트럭으로 다 자란 불임 송어들을 옮겼어. 그 작업을 할 때, 배가 부른 암컷 송어들을 골라내어 찌그러진 양동이에 던져 버리더라고. 그리고는 수컷들이 가득 들어 있는 수조에 쏟아 버렸지. 그 수조는 아주 더럽고 물도 조금뿐이었어. 그 모습을 보고 울먹이는 나에게 아버지는 '저기 모인 물고기들은 다시 강으로 돌려보내는 거란다'라고 말했어. 어린 나는 그 말을 듣고 마음이 놓였어. 그런데 지금 생각해 보니 인간이 원치 않은 임신을 해서 상품성이 떨어지는 암컷들과 정자 제공 후 전혀 쓸모없어진 수컷들, 그러니깐 식용으로는 가치가 없는 송어들을 한데 모아 놓은 폐기 수조였던 거 같아. 아마도 그 송어들은 강이 아닌 사료 공장으로 보내졌을 거야. 온몸이 잘게 갈린 후 건조되어 어분 배합사료가 됐겠지. 그리고 봉지에 담겨 다시 양식장 수조로 돌아와 자매들이 가득 모여 있는 수조에 뿌려졌을 거야."

앤의 넋두리 같은 말을 듣자니 양식 송어의 삶이 클락헨과 다를 바 없다는 생각이 들었다.

"우리는 물고기가 암컷인지 수컷인지 불임인지 따지지 않아. 몰라도 사는 데 아무런 지장이 없으니깐. 다만 이 물고기가 얼마나 싱싱한지, 얼마나 맛있는지, 얼마나 저렴한지만 따지지. 우리가 물고기의 성별을 인지하는 때는 딱 한순간일 거야. 도마 위에서 배를 갈랐는데 알이 있으면, 이 물고기가 암컷이라는 생각을 잠깐 할 뿐이지. 배를 갈랐는데 알이 없다면, 우리는 그 생각조차 하지 않아. 하지만 배 속에 알이 없는 채 죽은 물고기는 수컷일 수도 있지만...."

"불임인 암컷 송어일 수도 있고. 하지만 아무도 관심이 없다. 이 말을 하고 싶은 거야?" 내가 뾰족하게 되묻자 앤은 잠시 머뭇거렸다.

"임신을 못 하는 개체는 여자도 아니고 그렇다고 수컷도 아닌, 어떤 무엇인가가 돼버릴 뿐이야." 앤이 다시 울기 시작했다.

"지금 '세상은 생식이 끝나버린 개체에겐 아무런 관심이 없다'라는 말을 하고픈 거야?" 내가 소리쳤다.

"나도 너와 다르지 않아." 앤이 무너지듯 두 손으로 얼굴을 가리며 흐느꼈다.

"도대체 무슨 이야기를 하고 싶은 거야? 이 아수라장에서!" 내 안의 검은 물체가 망토를 활짝 펼쳤다.

"그런 뜻이 아니야!" 앤이 내 손을 잡으려고 했다.

"사모님! 됐어요. 그만하라고!" 일어서면서 앤의 손을 세게 뿌리쳤다. 내 얼굴을 찢어버릴 정도로 화가 났다. 앤을 버려둔 채 지하로 연결된 돌문 쪽을 향했다. 그때 등에 한기가 느껴졌다. 현관문이 열리면서 리처드가 절뚝거리면서 들어왔다.

Variation V.

리처드의 한 손에는 빨간 불빛이 바쁘게 깜빡거리는 검은색 비화기가 들려 있었다.

"나는 급히 가봐야 할 거 같아. 항구에 있는 해군 기지로 갈 거야. 당신은 관용차 불러서 먼저 집에 가 있어."

"당신은?"

"지금 군부대 차가 날 태우러 오고 있어."

"무슨 일이 났나요?" 내가 뒤돌아 물었다.

"쇄빙선 위치를 찾았어. 지금 통신 복구 중이고." 리처드는 완전히 술이 깼다. 예전에 앤이 쓰러졌을 때 그랬던 것처럼 리처드는 아무리 만취 상태여도, 중요한 일이 닥치면 술 한 방울 마시지 않은 사람처럼 또렷해졌다.

"내가 자리를 망친 것 같군." 리처드가 파이프를 만지작거리며 말했다. 거실 창문 너머로 작고 희미한 라이트불빛이 움직였다. 멀리서 덜컹거리는 차 소리가 났다. 무서운 속도로 다가오고 있었다. 리처드와 함께 들어온 거대한 나방 한 마리가 8자를 그리며 거실 형광등에 제 몸을 세차게 부딪쳐댔다. 그 몸짓과 큰 날개의 그림자 때문에 거실은 명을 다한 형광등의 발악처럼 껌뻑였다.

그때 돌문으로 피터가 흐느적거리며 올라왔다. 오른손에 오랜된 결투용 권총을 들고 있었다. 손가락은 방아쇠에 걸쳐 있었다.

"피터! 내려놔요!" 내가 소리쳤다. 앤은 창백한 비명을 질렀다.

피터는 분노에 취해 반쯤 미쳐 있었다. 천천히 권총을 들어 리처드를 겨눴다.

"쏴! 쏴보라고!" 리처드는 양팔을 벌리고는 꼼짝하지 않았다.

"리처드. 나는 더 잃을 게 없습니다. 내게 마지막으로 남은 것들은 건들지 말아 달라고 그렇게 부탁했는데...."

"내가 도대체 뭘 건드렸나?" 묵직한 차 한 대가 집 앞에서 멈추더니, 서너 명이 빠르게 정원을 가로질러 뛰어오는 소리가 들렸다.

"저를 너무 어리고 또 어리석게 보시는군요?" 피터가 공이를 뒤로 당겼다.

"피터! 내려놔요!" 내가 피터의 총구와 리처드의 머리 사이에서 소리쳤다. 사형수처럼 몸이 움직이지 않았다.

"하! 그걸 이제야 알았어? 이제야 좀 어른이 된 것 같군!" 리처드가 비웃는 투로 말했다. 그 순간 무장한 병사 4명이 현관문을 열고 들이닥쳤다. 4개의 총구는 일제히 피터를 겨눴다.

"아무 일 아니야. 총들 거두게. 구식 총이야. 경계들 풀라고." 리처드는 군인들을 만류했다.

"전부 내 집에서 나가요." 피터는 총부리를 내렸다.

"그렇지 않아도 바쁜 일이 생겨서 나갈 참이었네." 리처드는 군인 2명의 호위를 받으면서 현관을 나갔다. 탈진한 앤은 다른 군인 2명의 부축을 받으며 정원으로 나갔다. 열린 현관문으로 냉기가 밀려 들어왔다. 거실에는 나와 피터 둘만 남았다. 나는 피터를 향해 한 걸음을 겨우 뗐다. 발밑에 거대한 나방이 조밀한 털이 난 배를 징그럽게 내밀고 죽어 있었다.

"내 말 못 들었어? 전부 나가라고 했을 텐데." 피터의 말에 나는 얼어붙었다.

"나가."

내가 그 자리에서 어떻게 밖으로 나갔는지 기억할 수 없다. 그리고 그때 피터의 얼굴 역시 기억나지 않는다.

전원주택의 정문 앞으로 관용차가 왔다. 파이프를 문 리처드는 군용지프 옆에서 해군 중위로부터 현재 상황을 보고받고 있었다. 군인들이 모두 탑승하자 차는 크게 시동을 걸었다. 배기구의 흰 연기가 우리 셋을 휘감았다. 리처드와 나는 앤을 부축해 관용차 뒷자리에 겨우 눕혔다.

"오늘 여기서 자고 와. 저 친구 진정도 시키고. 남자는 이럴 때 여자의 위로가 절실해. 그리고 서로 사랑하라고." 명령투가 매우 거슬렸다. 하지만 리처드는 매우 검고, 크고, 차갑고, 또 무서웠다.

"적출된 난소는 잊어버려. 이제 소녀로 살지 마. 기운을 내. 여자가 되어야 할 때가 한참 지났어." 리처드는 내 정수리를 쓰다듬으려 손을 내밀었다. 겨우 용기를 내어 그 손을 내쳤다.

"제 몸에 손대지 마세요." 하얀 입김으로 리처드의 왼손을 베어버렸다.

"그래. 이래야지. 이제야 내 마음이 놓이는군." 리처드가 애써 흐뭇한 미소를 지었다.

"먹는 호르몬 약. 평생치를 대량으로 구해놨어. 앤 편에 보낼게. 의사로서, 한때 네 주치의로서 내가 해줄 수 있는 마지막이야."

"가세요. 제발. 그냥 가세요!" 나는 밀쳐내며 애원했다.

리처드가 지프에 오르려고 뒤돌아서는 순간 목발을 헛짚어 휘청했다. 넘어지는 리처드를 반사적으로 안았지만, 무게에 못 이겨 함께 주저앉았다.

"운명이라는 게 참.... 둘이 사랑해. 남김없이 사랑하라고. 서로의 품에 안겨 잠들어. 역경이 있더라도 기운을 내서 서로를 사랑하라고." 리처드는 벌떡 일어나 차에 탔다. 두 대의 차가 차가운 밤의 가운데를 베어내며 멀어졌다.

Coda

초겨울 밤. 추위는 검었다. 혼란이 날을 세워 살을 에웠다.

현관문은 잠겨 있었다. 나는 피터를 부르지 않았다. 흉골 뒤의 검은 물체가 골반의 중앙으로 툭 떨어졌다. 그리고는 이상하게도 마음이 편해졌다.

혼자 한참을 걸어서 집으로 돌아왔다. 독서등을 켜자 창문 가득 성에가 얼어붙어 있었다. 창문을 조금 열었다. 내려다본 피터의 거실에는 불이 켜있었다. 아주 작은 소리로 음악이 들렸다. 성에가 사라졌다. 혼자 남은 피터가 걱정되고, 리처드가 뱉어낸 말들 때문에 쉽게 잠들지 못하리라 생각했다. 하지만 나는 눕자마자 마치 죽은 것처럼 푹 잠들어버렸다.

#42

쇄빙선은 바다 폭풍의 기습을 받고 침몰 직전의 상태까지 갔었다. 그때 선체의 일부와 통신 장비 일체가 파손됐다. 선장은 좌초를 막기 위해서 거대한 빙하 사이에 일부러 배를 끼워 넣는 모험을 감행했다. 그리고 그 상태로 한 달을 버텼다. 그 사이 최우선으로 구멍 난 선체를 수리했다. 침수를 다 막고 나서는 모두가 GPS 장치 수리에 매달렸다. 이때 드론을 이용해 클락헨을 밀반출하려 했던 산업스파이 W.해밀턴이 천신만고 끝에 통신 장비를 복구했다. 항해가 다시 가능해지자 선장은 결단을 내렸다. 쇄빙선을 조심스럽게 움직여 빙하 사이를 빠져나와 통신을 시도했다. 그 희미한 구조신호를 해군 기지가 기적적으로 포착해냈다. 리처드는 즉시 구조선과 보급선 급파 명령을 내렸다.

선장은 쇄빙선이 많이 파손되었으나, 항해를 못 할 정도는 아니라고 보고했다.

연구용으로 함께 실었던 클락헨-셈과 클락헨-함은 선체 밑바닥에 있었기 때문에 쇄빙선 침수 때 90% 이상 폐사했지만, 클락헨-야벳의 케이지들은 갑판 위에 있었기 때문에 침수로 인한 피해가 거의 없었다고 보고했다. 클락헨-야벳은 기온이 낮아질수록 동사(凍死)하는 개체 수가 늘어났으나, 강추위를 견디고 살아남은 클락헨-야벳들이 금방 그 수를 불려서 총 개체 수는 출항 때와 비슷한 숫자라고 했다. 옥수수 사료와 클락헨 사체 블록도 충분한 양이라고 보고했다. 그 사이 식량문제는 전혀 없었으며, 설령 부족했다 하더라도 클락헨들이 쏟아내는 달걀과 폐사한 클락헨 고기만으로도 3년

이상 버틸 수 있는 수준이었다고 전했다. 마지막으로 선장은 탑승자들과 선원 모두 극심한 피로와 공포에 시달렸으나, 작업 중 경상 몇 명만 발생했을 뿐 전원 무사하다는 인원 보고를 끝으로 통신을 마쳤다. 리처드는 선장에게 목표지점을 향해 저속으로 항해를 계속하라는 명령을 보냈다. 이때 통신이 다시 두절됐다.

몇 시간 뒤 영상까지 송출할 정도로 통신은 완전히 복구되었다. 영상통화 카메라 앞으로 비틀거리며 걸어온 헉슬리는 한 손에 술병을 들고 있었다. 닭털이 지저분하게 붙어 있는 머리카락은 어깨까지 내려와 있었다. 의자에 앉자마자 카메라를 응시하며 반갑게 웃었다. 술을 너무 많이 마셨는지 초점 잃은 눈에 황달기가 돌았다. 헉슬리는 대뜸 리처드에게 히브리어로 건배를 권하며 손에든 L'Chaim 보드카 병을 들어 보였다. 리처드는 헉슬리의 안부보다 클락헨-야벳의 연구 경과를 먼저 물었다. 헉슬리는 엉거주춤 바지 주머니를 뒤적거리더니 검은 솜털 한 주먹을 공중에 뿌렸다. 검은 솜털은 너무 가벼워서 한동안 공중에 머무르다가 아주 천천히 그리고 사뿐하게 땅에 떨어졌다.

강추위를 이겨내고 살아남은 클락헨-야벳의 솜털은 전보다 80% 이상 증가했다. 헉슬리는 야벳이 들어 있는 케이지의 바닥 부분을 물이 고일 수 있게 개조했다. 거기에 차가운 바닷물을 매일 채워놨다. 그래서 케이지 안의 클락헨-야벳들은 늘 찬물에 반쯤 잠겨있었다. 살기 위해서 그들은 스스로 패딩점퍼를 만들어 입었다. 좀 더 정확하게는 솜털이 무성하게 나는 돌연변이 형질을 지닌 개체만 살아남아 번성한 것이다. 솜털은 양뿐만 아니라 질적인 면에서도 뛰어났다. 거위 털과 거의 흡사한 수준이었다. 단 병아리에서 성계가 되고 이틀 후, 즉 부화 후 7일째에 채취해야 가장 양도 많고 질도 좋다고 했다. 헉슬리는 솜털을 전부 뽑아낸 다음에 다시 솜털이 나는 데 2주일

이상 걸리므로, 채취 후 살려두는 것은 사료 낭비라고 전했다. 사료 효율 계산은 다 끝내놨으며 오후에 자료를 파일로 전송할 것이라고 했다.

헉슬리는 보드카를 병째로 벌컥벌컥 마시더니 안주가 필요하다며 자리를 떴다. 큰 접시에 클락헨-야벳의 간을 얹어왔다. 너비는 라지 사이즈 피자 정도였고, 두께는 10cm가 넘었다. 표면은 번들번들했고 샛노랬다. 포크로 대충 잘라 보여준 단면은 마치 치즈휠의 단면 같았다.

헉슬리는 러시아인들이 추위를 이기기 위해 보드카를 마신다는 점에 주목했다. 그리고 잦은 음주는 알코올성 지방간을 일으킨다는 사실에 착안했다. 그는 갓 부화한 병아리에게 줄 사료에 옥수수로 만든 보드카를 섞었다.

케이지 안에 갇힌 채 강추위에 노출된 클락헨-야벳이 추위를 견뎌낼 유일한 방법은 사료를 최대한 많이 먹어서 지방을 축적하고, 술로서 체온을 유지하는 것뿐이었다. (동시에 솜털도 점점 많아졌다) 탄수화물 사료의 과량 섭취는 간비대증과 지방간을 만들었고, 여기에 알코올이 지방간 생성을 폭발적으로 촉진한 것이다. 단 알코올 함량이 너무 높으면 지방간이 간경화로 너무 빨리 이행되었고, 너무 낮으면 간의 크기에 변화가 없었다. 헉슬리는 수십 번의 실험을 거쳐 가장 적절한 알코올 함량을 찾아냈다. 결과는 대성공이었다. 출항전 클락헨-야벳의 간 크기보다 3배가 커졌고, 지방의 함량은 8배가 많았다. 이 샛노란 간은 클락헨-야벳 복강의 절반을 차지했다. 헉슬리는 부화 후 7일째가 가장 크고 질 좋은 상태의 푸아그라이고, 이후부터는 간경화가 진행되면서 간이 딱딱해지고 식감이 떨어진다고 전했다.

헉슬리가 내린 결론은 다음과 같았다.

1) 부화한 직후부터 알코올이 섞인 사료를 먹인 다음에 성계가 되는 5일째에 교배를 시킨다.

2) 이때 얻은 야벳의 유정란은 다음 세대이므로 따로 보관한다.

3) 교배 이틀 후, 즉 부화 후 7일째 즉시 도살. 솜털과 최상급 푸아그라를 얻는다.

4) 솜털과 간을 빼고 남은 사체는 갈아서 다시 클락헨의 단백질 공급 사료로 이용한다.

영상으로 헉슬리의 보고를 받던 리처드는 감격한 나머지 카메라를 끌어안았다. 헉슬리는 보급 헬리콥터가 도착하면 그편으로 소장에게 줄 선물을 부치겠다고 하며 통신을 끝냈다.

일주일 뒤 군 수송기 편으로 헉슬리가 리처드 소장에게 보낸 큰 궤짝이 클락헨 연구소에 도착했다. 냉장고 크기만 한 궤짝을 열자 보드카 냄새가 진동했다. 그 안에는 클락헨-야벳 박제 11개가 들어 있었다. 헉슬리가 완결한 클락헨-야벳의 외양은 덤프트럭의 타이어 같았다. 박제 중 하나에는 손글씨로 직접 쓴 편지가 붙어 있었다. 지독한 악필 편지의 전문은 다음과 같다.

To. 존경하옵는 리처드 소장님

박제를 보냅니다. 제가 완성한 클락헨-야벳들입니다. 간과 솜털에 집중하느라 야벳의 외양에 전혀 신경 못 쓴 점 이해하시리라 생각합니다.

클락헨-Origin 1마리, 클락헨-Genesis 3마리, 클락헨-Noah 9마리를 자랑스럽게 전시해 놓으셨으니, 선배의 '클락헨 진화 피라미드 컬렉션'을 완결하려면 클락헨-야벳 9마리가 필요하겠지요. (혹시 몰라서 두 마리는 덤으로 보냅니다) 셈은 제가 떠나기 전부터 안정적이었으니 걱정이 없으시겠고, 정성을 들이시는 함이어서 완결되어 제 야벳들과 함께 피라미드의 맨 아래 칸을 떠받쳐주길 멀리서나마 기원해 봅니다. (박제용 방부제가 없어서 보드카로 대신했습니다. 나름대로 의미가 있을 겁니다)

야벳을 키우고 솎아내는 과정에서 선배가 우려할 먹이 강제 주입(Gavage)은 일절 없었습니다. 걱정 놓으세요. 야벳은 살기 위해서, 추위를 견디기 위해서, 자손을 퍼뜨리기 위해서 스스로 열심히 먹고, 마시고, 사랑했을 뿐입니다. 제가 솎아낸 클락헨-야벳은 본디 그런 생물일 뿐입니다. 제 자식 같은 야벳들의 7일짜리 인생은 행복한 파티뿐입니다. 배가 터지도록 먹고 종일 취해 있다가 사춘기가 시작되자마자 실컷 섹스한 다음 암컷은 이틀간 출산의 기쁨을 맛봅니다. 그리고는 고통 없이 죽습니다. 이보다 더 좋은 인생이 있을까요? 한 번은 부화 7일 이후에도 계속 보드카 옥수수를 공급해봤습니다. 그런데 바로 그 시점부터 야벳이 심하게 앓기 시작하더니, 5일 이내에 간경화로 인한 식도정맥류 파열로 피를 토하다가 비참하게 모두 죽었습니다. 그래서 반대로 부화 7일째에 보드카를 끊어봤습니다. 야벳은 금단증상으로 극심한 스트레스를 받는 듯했고, 3일 이내에 모두 심계항진과 경련 발작으로 폐사했습니다. (공복시 증상과 똑같았습니다. 제 야벳에게는 알코올이 인간 식사의 탄수화물과 같은 것입니다) 인간은 야벳에게 행복에 겨운 일주일의 인생만 살게 해주고, 이후에 이어질 비참한 삶을 고통 없이 지워주는 역할만 하는 것입니다. 우리는 그 행복했던 개체가 보답으로 남긴 부산물을 얻는 것뿐이고요. 즉 '정교하게 계산된 안락사' 개념입니다. 제 윤리적 물타기입니다. 그냥 참고만 하세요.

아무튼 이것으로 골치 아픈 동물보호법, 사육상 윤리적 문제는 어느 정도 해결될 겁니다. 단 사육동물에게 술을 섞여 먹인다는 문제는 피할 수 없을 듯합니다. 그래서 야벳의 간과 솜털은 연구소 내에서만 생산해야 할 것 같습니다. 나머지 정치적, 보안적, 행정적인 뒷문제들은 선배의 전문 분야니 제가 따로 걱정하진 않겠습니다.

침몰 위기에서 벗어난 지금 쇄빙선은 아주 평화롭습니다. 야벳이 이렇게 빨리 완성될지 전혀 예상치 못했습니다. 제 계산상 야벳의 간과 솜털 생산이 이 상태로 지속된다면, 거위라는 생물은 곧 멸종될 겁니다.

남극기지에 도착해 마무리 실험만 진행하고 곧바로 귀항해도 될 듯합니다. 적절한 시기에 저 사이보그 같은 선장 놈한테 귀항 명령을 주세요.

이제 푸아그라의 새로운 이름을 선배가 정하는 일만 남았네요. 그럼 돌아가서 뵙겠습니다.

From 당신의 영원한 골칫거리 T. 헉슬리

추신1) 신자도 아니면서 이름 지을 때 성경 인용 좀 그만하세요. 이제 좀 촌스럽습니다.
추신2) W.해밀턴과 S.굴드는 귀항 후 사면을 간절히 원하고 있습니다. 사고로 먼저 간 D.애덤스도 그러했을 겁니다. 그들을 선처해주십시오.
추신3) 저는 그냥 알아서 해주십시오. 연구만 계속할 수 있다면 저는 크게 개의치 않습니다.
추신4) 동봉한 USB에 출항 이후의 모든 연구결과를 넣어놨습니다. 보안 유지 바랍니다.

편지를 읽은 소장은 제3 보조축사에 있던 클락헨-야벳을 10마리씩만 남기고 모조리 살처분하라고 지시했다. 그리고 바로 법무부 장관에게 전화를 걸어 4명의 경찰 조사 기록을 깨끗이 없애 버렸다. 리처드는 관리팀에 헉슬리가 보내온 박제를 옮겨 놓으라고 지시했다. 이제 클락헨-함만 남았다.

/

특전사령관은 몇 주 만에 정상적으로 원대 복귀했다. 군대 내 성추행 사건으로서는 이례적인 일로, 그에게 계급강등이나 후방발령 같은 인사상 불이익 또한 전혀 없었다. 그는 자신을 성추행으로 고발한 여군 부사관을 명예훼손 및 허위사실 유포죄로 고소했다. 여군 고발자는 곧바로 군복을 벗었으나, 사령관은 고소를 취하하지 않았다. 그는 자신의 사건을 대형 로펌에 일임했다.

복직한 특전사령관은 거침이 없었다. 합참의장과 함께 대통령을 직접 알현했고 곧바로 무인도 실전 전투 실험의 허가를 받아냈다.

리처드 소장과 특전사령관은 곧바로 무인도로 떠났다. 전투 실험용으로 방목해놨던 동물 중에 원숭이 25마리와 유기견 112마리 유기묘 237마리가 죽었다. 방치된 사이 무인도의 생태계는 나름의 먹이 사슬을 형성했다. 개수의 편이를 위해 모자란 숫자만큼의 개체를 다시 투입한 후 실험을 개시했다.

연구소 인근 공항에서 이륙한 공군 수송기 5대가 무인도 상공에 다다르자, 공복 상태를 유지한 클락칵-함 5만 마리와 사료를 충분히 먹인 클락헨-함 2,000마리를 섬의 평원 지대에 투하했다. 일제히 검은 날개를 펴고 섬의 중앙을 향해 활강하는 클락칵-함 군단의 모습은 장관이었다.

섬 인근 해상에 정박 중인 수송함 상황실에서 기록한 '제1차 실전 전투 실험'의 결과는 다음과 같다.

	아군				적군						전투 세부 사항
시간	칵 개체수	전사 개체수	헨 개체수	전사 개체수	호랑이	원숭이	개	고양이	독사	악어	
투하 ~ 5분	50,000	108	2,000	111	4	200	800	1,300	40	10	칵 108마리, 헨 111마리 – 추락사 및 오착륙
5분 ~ 15분	49,892	1,090	1,889	30	4	200	157	705	40	10	평원지대에서 개와 고양이 살육
15분 ~ 30분	48,802	521	1,859	14	4	200	0	101	40	10	개 전멸. 일부 개체 숲 지역으로 이동
30분 ~ 45분	48,281	884	1,845	67	4	151		0	39	10	고양이 전멸. 숲지역 나무 위에 올라 원숭이 공격
45분 ~ 60분	47,397	792	1,778	21	4	0			38	10	원숭이 전멸.
60분 ~ 75분	46,605	2,108	1,757	317	1				35	10	호랑이 공격 개시. 3마리 살육. 전력 손실 급증.
75분 ~ 90분	44,497	109	1,440	22	1				35	9	늪지대로 이동. 악어 공격 시작
90분 ~ 105분	44,388	4,391	1,418	355	1				34	0	악어 전멸. 전력 피해 최대.
105분 ~ 120분	39,997	201	1,063	8	1				32		독사 수색을 위해 땅을 파기 시작함.
120분 ~ 135분	39,796	1,204	1,055	34	1				0		독사 전멸. 클락헨-함 첫 산란 시작
135분 ~ 150분	38,592	91	1,021	2	0						동굴로 도주한 마지막 호랑이 살육. 전투 종료.
생존 개체수	38,501		1,019		0	0	0	0	0	0	총 아군 피해: 칵 11,499마리, 헨 981마리 전사

2시간 30분간 상황실의 대형 모니터에서 눈을 떼지 못하던 특전사령관과 리처드 소장은 마지막 호랑이의 생존 신호가 끊어지자 환호성을 질렀

다. 전투 결과는 예상했던 수치보다 훨씬 좋았다. 투하한 52,000마리가 호랑이, 악어를 비롯한 동물 2,354마리를 순식간에 섬멸했다. 아군의 피해는 총 12,480마리로 전투 생존율은 76%에 달했다. 보고를 받은 국방부 장관과 참모총장은 '유기농 핵폭탄', '검은 생화학 무기', '옥수수 미사일', '한니발의 코끼리부대 이후 가장 강력한 동물 군단'이라며 축전을 보냈다. 둘은 선상에서 성공의 축배를 들었다.

당초 계획은 전투 실험이 마무리되면 무장한 해군 병력이 섬에 상륙해 남은 클락칵-함을 사살할 계획이었다. 하지만 너무 많은 개체 수가 남은 관계로 사령관은 명령을 망설였다. 사나운 클락칵-함에 의해 인명피해가 우려되었기 때문이다. 이에 리처드는 그대로 방치해두면 서로 싸우다가 공멸할 것이고, 살아남은 나머지들은 식량 부족으로 모두 아사할 것이라고 했다. 게다가 클락헨-함들은 수영을 못 하니 섬을 탈출하지 못한다고 조언하며 상륙소탕 작전을 만류했다. 단, 소장은 제한된 환경에 적응하는 클락헨-함의 개체 수 변화를 살펴보기 위해 배 위에서 4~5일간만 무인도 상황을 더 모니터해보자고 제안했다. 특전사령관은 리처드가 시키는 대로 했다.

전투가 끝난 첫째 날. 생존한 클락칵-함은 실험동물들과 함께 섬에 놓아둔 사료를 전부 먹어치웠다. 그 후 죽은 동물들의 사체를 남김없이 먹어치웠다. 악어가죽은 물론 호랑이 뼈까지 부숴 먹었다. 배가 부른 클락칵-함은 클락헨-함과 교미를 해댔다. 이날 살아남은 클락헨-함 1,019마리는 약 9,000개의 달걀을 낳았다. 구석구석 설치된 CCTV를 통해 일일이 개수한 것이므로 대략적인 추정치였다. 물론 유정란/무정란 여부는 알 수 없었다.

둘째 날. 동이 트고 관찰한 화면에선 죽은 동물들의 흔적을 찾을 수 없었다. 밤사이에 깨끗이 뼈까지 먹어 치운 것이다. 오전 9시경부터 부상당한 동료들을 먹어치우기 시작했다. 동시에 버섯, 이끼, 열매 심지어는 풀과 나뭇잎까지 뜯어 먹었다. 숲은 빠른 속도로 황폐화되었다. 해안가의 클락칵-함들은 어패류와 작은 물고기들을 사냥하기 시작했다. 부리로 소라 껍데기를 부쉈고, 발톱으로 잡은 물고기를 토막 냈다. 몇몇 클락헨-함들은 작은 조개나 게를 껍질째 삼켰다. 정오경부터 본격적인 동종포식이 시작되었다. 서로서로 공격했다. 저항할 수 없는 부상자에게 20~30마리가 한꺼번에 달려들어 산 채로 뜯어 먹었다. 배고픈 클락헨-함은 자신의 알을 낳자마자 먹어버렸다. 이틀간 방치되었던 달걀 대부분이 부모들의 먹이가 되었다. 골육상쟁의 카니발은 밤늦게까지 계속되었다. 자정 무렵 개체 수는 급격하게 줄어들었다. 첫날 전투 직후 38,501마리였던 클락칵-함은 절반 이하인 12,001마리, 1,019마리였던 클락헨-함은 572마리로 급감했다.

셋째 날 아침. 첫 자동 부화가 여기저기서 관찰되었다. 그러나 부화한 병아리들의 90% 이상이 바로 잡혀먹혔다. 오후 3시 기준으로 생존 개체 수를 개수한 결과 클락칵-함은 3,108마리, 클락헨-함은 223마리로 대폭 줄어들었다. 병아리는 RFID가 없었기 때문에 화면으로 일일이 개수했다. 생존한 병아리는 대략 250마리 정도로 추정됐다. 해가 지자 작은 불빛이 점멸하는 CCTV를 곤충으로 인식한 클락칵-함 수십 마리가 날아올라 발톱으로 렌즈를 깨버렸다. 공복으로 더욱 난폭해진 클락칵들은 카메라와 RFID 리더기가 고정된 철제봉을 꺾어버렸다. 촬영을 위해 저고도로 날던 드론 5대도 공격을 받고 추락했다. 먹이가 부족해지자 클락헨들은 바위를 쪼거나 나무를 뜯어 먹었다. 몇몇 바위는 금이 갔고, 수십 그루의 나무가 쓰러졌다. 오후 11시경에 폭우가 쏟아졌다. 자정 기준으로 클락칵-함은 1,176마리, 클락헨-함은 42마리만 남았다. 생존한 병아리는 세지 못했다. 처음 투하한 52,000마리 중 2.4%만 남자, 소장은 남은 클락헨들이 며칠 내 모두 죽을 것이라고 확신했다. 기상이 더 악화되자 사령관은 귀항 명령을 내렸다. 닻을 올릴 때 사령관은 병사들을 시켜 해안가로부터 떠밀려온 클락칵-함 사체 20마리를 건져 올렸다. 그리곤 박제처리를 위해 곧바로 냉동실로 옮겨졌다. 사령관은 이 중 아홉 마리를 리처드에게 선물로 주었다. 우정이 깃든 전리품이었다.

/

리처드 소장은 항구에 도착한 후 인근 종합 병원에서 다리의 깁스를 풀고 안과 진료를 받았다. 곧장 연구소로 돌아와 오랜만에 메인축사에 들렀다. 수석연구원이 클락헨-셈에 대한 밀린 브리핑을 했다.

우선 클락헨-셈은 조용했고, 종종 기침하는 것을 빼고는 아주 건강했다. 기침의 원인은 비대해진 식도와 위장관이 횡격막을 자극해서 벌어지는 생리적 현상이라고 결론지었다. 구강 점막 및 비말을 채취하여 대대적으로 시행했던 조류독감 검사는 모두 음성이었다. 여러 차례 반복 시행한 신종 바이러스에 대한 광범위한 검사 역시 모두 음성이었다.

2시간마다 달걀을 낳는 클락헨-셈은 시계보다 더 정확했다. 클락헨의 제0~7 형질의 기준에 99.81% 부합했다. 클락헨-셈 육계의 사료 효율, 즉 공급 사료량 대 획득 고기양은 1.12 : 1까지 낮아졌다. 기존의 닭은 단백질 10kg을 얻기 위해 사료 20kg이 필요했지만, 클락헨-셈은 거의 절반인 11kg만 필요했다. 사료 효율의 극대화에 동종포식과 GMO 옥수수가 결정적인 역할을 했다. 클락헨-셈은 생물이 아니라 탄수화물을 단백질로 바꾸는 일종의 '변환기Convertor'에 가까웠다. 클락헨-셈이 런칭되면 모든 양계 농가는 기존의 닭과 달걀은 그라인더에 갈아 클락헨의 먹이로 줄 것이다.

시간이 지날수록 클락헨-셈은 점점 온순해졌다. 심한 공복 상태가 일정

시간을 초과하지 않는다면, 공격성 증가나 동종포식은 발생하지 않았다. 이는 연구소가 고대하던 바였다. 별거 아닌 것 같지만 이것은 클락헨-셈 종계 수출에 있어서 매우 중요한 사안이었다. 희박한 확률이지만, 종계 수출 후 다른 국가에서 클락헨-셈을 이용해 클락헨-함과 같은 병기를 만들어낼지도 모른다는 우려가 있었다. 만약 그렇게 된다면 이는 자국이 힘들게 개발한 탄저균 미사일을 적대국과 사이좋게 나눠 갖는 바보짓이었다. 이러한 우려가 제기되자 몇몇 장관들이 연구소로 찾아와 리처드 소장과 비밀회의를 가졌다. 소장은 우려를 일축했다. 일단 클락헨-셈과 클락헨-함은 아종으로 분화 후 서로 격리된 채 꽤 많은 세대가 지났기 때문에 아예 다른 종이라고 봐도 무방하다고 설명했다. 더불어 타국에서 이 온순한 클락헨-셈을 클락헨-함과 같이 사나운 병기로 만들 수 있을 만한 기술력은 전무하다고 못 박아 버렸다. 덧붙여, 천에 하나 만에 하나 타국에서 클락헨-함과 비슷한 무기를 개발한다고 치더라도, 이에 대한 완벽한 방어 체계가 자신의 머릿속에 있으니 걱정을 놓으라고 얘기했다. 늦은 회의가 끝나자마자 새로 임명된 과학기술부 장관은 준비한 선물을 들고 소장의 관사에 인사차 방문했다.

다음 날 아침, 소장은 관리팀에 모양새 좋은 클락헨-셈 9마리를 잡아서 박제 처리하라고 지시했다. 리처드 소장은 다시 휘파람을 불기 시작했다.

*

4막

1장

늦은 밤. 여 주인공의 집. 실내는 어둡다. 무대 왼편에는 거실이 오른편에는 침실이 있다. 거실의 가운데에는 티테이블과 의자 2개가 있다. 티테이블 위에 앤틱 독서등과 바바야가 탁상시계가 놓여 있다. 시계의 오두막 지붕에는 일요일을 뜻하는 'SUN'이 표시되어 있고 바늘은 밤 11시를 가리키고 있다. 거실의 뒤편에는 책장, CD 음반장, 피아노가 있다. 피아노 위에는 동물 인형들이 있다. 무대 가장 뒤편에는 거실의 전면 유리창이 있다. 창밖은 온통 검다. 거실 왼쪽에는 현관과 화장실 문이 있다. 침실 안 왼편에는 옷장이 하나 있고, 중앙에 큰 침대 하나와 그 오른편에 낮은 테이블이 있다. 테이블 위에 약통과 대성당이 그려진 노트와 셰익스피어의 책이 놓여 있다. 침실 오른편 벽에 발코니창이 있다.

현관문 열리는 소리 함께 여 주인공이 왼편에서 들어온다.
회색 롱 원피스 차림이다.
현관 옆의 스위치를 눌러 거실에 불을 켠다.

여 주인공: (한숨 쉬듯이) 휴....

거실을 가로질러 침실로 들어간다. 침실 오른편의 창문 앞에 선다. 창문에 낀 성에를 오른손 집게 손가락으로 비벼본다. 창문을 열자 차가운 밤바람이 들어온다. 발코니로 나가 난간에 기댄 채 허리를 숙여 아래쪽의 한 곳을 응시한다. 멀리서 슈베르트의 현악 사중주 '죽음과 소녀' 2악장이 아주 작게 들린다. 고개를 살짝 돌려 귀 기울여 본다.

여 주인공: (안심하듯이) 휴....

창문을 닫고 침대로가 그대로 쓰러져서 잠든다. 잠시 후 거실의 불이 꺼진다.

여 주인공: (살짝 뒤척이며 잠꼬대하듯이) 으응....

2장

한낮이다. 거실뒤 창문에 해가 떠있고, 멀리 4개의 노란 봉우리가 보인다. '쿵', '꺄아악' 소리가 작게 간헐적으로 들린다. 티테이블 위의 시계는 'MON', 낮 1시를 가리키고 있다. 침대 옆 테이블 위에 놓인 휴대폰의 진동이 울린다. 이불로 얼굴까지 덮은 여 주인공이 누운 채로 손을 뻗쳐 테이블을 더듬다가 약통이 쓰러진다. 휴대폰을 잡아채 이불 속에 통화한다.

여 주인공: 응. 앤. (사이) 계속 잤네. 지금 진동 울려서 일어났어. 지금 몇 시야? (사이) 1시?

얼굴을 덮고 있던 이불을 조금 내린다. 햇살에 눈을 찌푸린다.

여 주인공: 14시간을 죽은 것처럼 잤네. 침대가 꼭 납골당 같아. (사이) 응. 나도 너 가고 바로 집에 왔어. (사이) 응. 걸어서. (긴 사이) 앤. 어제 이야기 하지 말자. 나 아직도 많이 혼란스러워. (사이) 그래. 나중에. 나중에 이야기하자. 나중에. 오늘 더 쉬고 싶어. 몸도 힘들고. 우선 더 자고 싶어.

휴대폰을 귀에 댄 채 이불을 젖히고 침대 옆에 걸터앉는다. 외출복 차림 그대로다.

여 주인공: 전화 안 왔어. 피터도 혼란스럽고 힘들겠지. (사이) 그런데 앤. 피터 전화고 뭐고 지금 내가 더 힘들어. (사이) 전화가 온다고 해도 받고 싶지 않아. 내가 걸 생각도 없고. (사이) 나도 어제 일 떠올리고 싶지 않아. (사이) 그래. 걱

정해줘서 고마워. 너도 얼른 기운 차려. (사이) 그래. 앤. 좀 더 잘래. (사이) 아니야. 미안해하지 마. (사이) 알았어. 걱정하지 마.

전화를 끊고 침대에서 일어난다. 잠시 어지러운 듯 휘청한다. 등 쪽 지퍼를 열어 롱 원피스를 아래로 벗는다. 위아래 모두 흰색 레이스 란제리고 흰색 밴드 스타킹을 신고 있다. 브래지어와 스타킹을 벗어 던지고 옷장으로 걸어가며 오른손 집게 손가락으로 팬티 위를 살짝 비빈다. 옷장을 열어 보라색 펑퍼짐한 팬티를 꺼냈다가 다시 넣는다. 위 칸을 열어 편안한 검은색 홈드레스를 꺼내 위에서부터 입는다.

여 주인공: (한숨 쉬듯이 길게) 휴....

발코니 쪽 창문을 열자 찬 바람과 함께 '쿵', '꺄아악' 소리가 또렷하게 들린다. 발코니로 나가 아래쪽 한 곳을 응시한다. 다시 창문을 닫고 들어온다. 침대 옆 테이블로 가서 넘어져 있는 약통을 잡고 뚜껑을 돌려 연다. 털썩 침대에 걸터앉는다. 열린 뚜껑을 다시 닫아 테이블 위에 놓고는 다시 침대에 눕는다. 이불을 끌어올려 얼굴을 덮는다.

여 주인공: 아.... 아....

잠시 침묵. 이내 작은 소리로 운다.

3장

티테이블 위의 시계는 'MON', 오후 5시를 가리키고 있다. 창밖은 어두워지고 있다. 침대 옆 테이블에서 휴대폰 알람이 울린다.

여 주인공: 으응....

몸을 일으켜 휴대폰을 들고 알람을 끄고 반사적으로 약통을 뚜껑을 연다. 손가락으로 한 알을 집어 꺼낸다. 약을 집은 채로 휴대폰 화면을 물끄러미 본다. 알람은 계속 울리지만 끄지 않는다. 10번 정도 울린다. 알약을 다시 통에 넣고 전화를 받는다.

여 주인공: 네. (사이) 전 괜찮아요. (사이) 걸어갔어요. (사이) 네. 그런데 피터. 어제 이야기는 하고 싶지 않아요. (사이) 알고 싶지도 않아요. 오해건 변명이건. (사이) 아!

주변을 둘러본다. 일어나서 전화기를 든 채로 거실로 나간다. 여기저기 둘러보고 티테이블에 앉아 앤틱 독서등을 켠다.

여 주인공: 정말 두고 왔네요. 어제 너무 정신이 없어서. (사이) 아니요. 피터. 오지 마세요. 핸드백에 어차피 중요한 물건은 없어요. (사이) 아니요. 피터. 나 지금 밖에 나갈 기운이 없어요. (사이) 나중에 누구 편에 보내주세요. 정문 위병소에 맡겨놔도 되고요. (사이) 피터. 오늘 별로 보고 싶지 않아요. 이야기할 기운도 없고요. 몸도 마음도 너무 힘들어요. 오늘 밤 나 혼자 있게 해줘요. (긴 사이) 그냥 전화로 얘기해요. 그게 좋을 것 같아요. (긴 사이) 네. 들을게요.

아주 긴 사이. 창밖이 점점 어두워지고 주인공의 표정도 점점 어둡게 굳어간다.

여 주인공: 그 이야기일 줄 알았어요. (사이) 괜찮아요. 나는 괜찮아요. (사이) 피터. 울지 말아요. (사이) 난 원래 혼자였어요. 익숙해요. 아무렇지도 않아요. (사이) 아니요. 아니요. 미안해하지 말아요. (사이) 고마웠어요. 피터. (사이) 사랑이라는 걸 처음 해봤어요. 너무 좋았어요. 더 바라는 게 탐욕일 정도로 과분한

사랑을 받았어요. (사이) 우리 둘 다 처음이었고, 경험이 없어서 어설펐던 거 같아요. (사이) 그렇지만 나는 그 어설픔이 너무 좋았어요. (사이) 같이 했던 시간들 잘 간직할게요. (사이) 피터. 이해해요. 나에게 미안해하지 말아요.

침실로 들어와 테이블에서 대성당이 그려진 노트를 잡는다. 침대에 걸터앉는다.

여 주인공: 글은 쓰고 싶지 않네요. 지금이 끝나고, 시간이 흐르고, 다시 내 삶이 당신을 만나기 이전으로 온전히 돌아갈 수 있다면, 그때 다시 생각해 볼게요. (사이) 네. 얼마일지는 모르겠지만 오랜 시간이 걸리겠죠. (사이) 네. 대성당 노트에 적혀 있던 당신의 마음을 읽었어요. 고마웠어요. (사이) 생각보다 덤덤하네요. 원래 이런 건가 봐요. (사이) 이별이라는 게 이런 거군요. 사랑도 처음이지만 이별도 처음이네요. (사이) 고마워요. 피터. 내가 평생 겪어보지 못할 것을 다 겪게 해줬어요. (사이) 울지 말아요. 피터. 나 행복했어요. 그 누구보다도. (긴 사이) 기다리지 않을게요. 그 기다림은 견딜 수 없을 것 같아요. (사이) 우리는 사랑했나요? 우리는 잘 어울렸죠? (사이) 피터.... 사실 나도 당신에게 말하지 못한 비밀이 있어요.... (사이) 네. 그래요. 서로 좋았던 것만 기억하기로 해요. (긴 사이 후 흐느끼며) 내가 당신 가슴 속에 영원히, 영원히.... 가장 아름다웠던 소녀로.... 아니, 사람으로.... 영원히, 영원히.... 아니, 가장 아름다웠던 여성으로 기억되었으면 좋겠어요. 영원히.... (사이) 영원히....

대성당 노트의 표지를 넘기며 환하게 웃는다. 눈물이 흐른다.

여 주인공: 아니요. 서로 얼굴 보지 말아요. 그냥 예정대로 떠나세요. 그게 좋을 거 같아요. (사이) 이제 연구소 전체에 울리던.... 당신이 틀어주던 음악을 더는 듣지 못한다는 게 아쉽네요. 많이 그리울 거예요. (사이) 미워하지 않아

요. 당신을 미워한 적 단 한 번도 없었어요. 그리고 앞으로도 없을 거예요. (사이) 피터. 나를 사랑해줘서 고마웠어요. (사이) 네. 난 괜찮아요. 며칠 쉬면 괜찮아질 거예요. (사이) 걱정하지 말아요. 푹 자고 일어나면 괜찮을 거예요. (사이) 네. 몸조리 잘해요. 멀리서도 항상 건강하길.

전화를 끊고 휴대폰을 침대 옆 테이블 위에 두고 그대로 누워 이불을 덮는다.

여 주인공: 영원히....

허밍이 점점 작아지다가 멈춘다. 그대로 죽은 듯이 잠든다.

4장

티테이블 위의 시계는 'TUE', 오후 5시를 가리키고 있다. 창밖은 어둑어둑하다. 침대 옆 테이블에서 전날 5시에 울렸던 알람과 똑같은 알람이 울린다.

여 주인공: (신음)으응....

이불 속에서 손을 뻗쳐서 알람을 끈다. 똑같이 약통으로 손이 간다. 더듬거리다가 약통이 넘어진다. 손이 잠깐 공중에 멈춰있다. 손가락이 처지더니 다시 슬그머니 이불 속으로 사라진다.

여 주인공: 휴....

이불을 힘차게 젖히고 벌떡 일어난다. 온몸이 땀에 젖어있다. 잠시 휘청한다. 하지만 이내 정신을 차리고 빠른 걸음으로 거실로 나간다. 독서등은 계속 켜있다. 스위치를 눌러 껐다가 잠시 후 다시 켠다. 침실로 성큼성큼 들어와 옷장을 열고 보라색 펑퍼짐한 팬티를 꺼낸다. 입고 있던 흰 레이스 팬티를 벗어 바닥에 던지고 보라색 팬티를 입는다.

여 주인공: (상쾌하다는 듯이) 하아....

발코니 쪽을 물끄러미 바라본다. 그쪽으로 가려다가 멈칫한다. 다시 성큼성큼 걸어가 창문에 낀 성에를 팔뚝으로 빠르게 비벼 닦아낸다. 잘 없어지지 않자. 창문을 반쯤 열어둔다. 곧바로 뒤돌아서 바닥에 떨어져 있는 롱 원피스, 흰 레이스의 브래지어, 팬티 그리고 스타킹을 주워서 거실로 나가 티테이블 위에 던져 놓는다. 빠른 걸음으로 화장실로 들어간다. 뒤지는 소리가 나더니 검은색 큰 종이 박스를 들고나온다. 박스 옆면에는 '클락헨 연구소'라고 크게 쓰여 있다. 티테이블 옆 바닥에 박스를 내려놓는다. 테이블 위의 흰 속옷들을 박스 속에 던진다. 다시 침실로 들어와 옷장을 열어 흰 원피스와 흰 란제리들을 모조리 꺼낸다. 양손으로 움켜쥐고 나와서 박스에 던져 넣는다. 다시 침실로 들어가 발코니 쪽 창문을 세게 닫고는 잠금쇠를 건다. 커튼을 단단히 친다. 다시 거실로 나온다. 물끄러미 켜있는 독서등을 바라보다가 스위치를 끈다.
실내가 어두워진다. 현관 쪽으로 가서 은은한 거실등 스위치를 켠다. 독서등의 전선을 잡아당겨 플러그를 뽑은 다음 그대로 박스에 넣어버린다. 전구 깨지는 소리가 난다. 뒤를 돌아본다.
거실 전면 유리창에 성에가 껴있는 것을 보고는 성큼성큼 걸어가 팔뚝으로 성에를 비벼 없앤다. 전면 유리창을 힘겹게 밀어 활짝 연다. 찬 바람이 매섭게 들어온다. 코끼리들 울음소리가 울리는 듯 들리고, '쿵', '꺄아악' 소리가 멀지만 또렷하게 들려온다.

여 주인공: (상쾌하다는 듯이) 하아....

피아노 의자에 앉아 창밖을 보면서 슈베르트의 '송어' 멜로디를 낮은 톤으로 허밍으로 부른다. 허밍을 멈추고 넋 나간 듯 잠시 가만히 앉아 있다가 빠른 걸음으로 침실로 들어가 대성당 노트를 집어 든다. 이불을 들쳐 토끼 인형을 겨드랑이에 낀다. 거실로 나와서 노트를 박스 안에 던진다. 티테이블 위의 바바야가 시계도 박스에 넣는다. 토끼 인형은 피아노 위에다 고이 앉혀 놓는다.

여 주인공: 좀 춥네....

티테이블 의자에 앉아 박스를 물끄러미 바라본다. 이내 힘없이 일어나서 침실로 들어가 약통을 든다. 천천히 거실로 나와 약통을 박스 안에 떨어뜨린다. 다시 티테이블 의자에 앉는다. 코끼리들의 울음소리와 '쿵', '꺄아악' 소리가 다시 한 번 들린다. 다시 송어의 멜로디를 낮은 톤으로, 허밍으로 부른다. 천천히 일어서서 박스 안의 약통을 들고 뚜껑을 돌려서 연다. 허밍을 부르며 화장실로 들어간다. 화장실 쪽에서 알약들이 변기에 떨어지는 소리가 난다. 물 내리는 소리가 난다. 빈 통을 들고나와서 뚜껑과 함께 박스에 던져 버린다.

여 주인공: 이제....

침실로 천천히 걸어간다. 발코니 창문 쪽으로 더 천천히 마치 유령처럼 걸어간다. 휘청하고는 그대로 바닥에 쓰러진다. 미동조차 없다.

거실 창밖이 빠르게 검어진다. 발코니 창문의 커튼 틈으로 새어 나온 희미한 달빛이 쓰러진 여 주인공을 은빛으로 비춘다. 여 주인공은 쓰러진 채 미동도 없다. '쿵', '꺄아악' 소리가 작지만, 간헐적으로 들린다. 발코니 쪽에서 음악이 작게 들린다. 슈베르트의 연가곡 '백조의 노래(D. 957)' 중 제4곡 세레나데(Ständchen). 작은 음악 소리는 조금씩 커져서 무대를 포근하게 감싼다.

~~(음악과 가사 자막을 효과로 넣을 수 있다.)~~

Leise flehen meine Lieder Durch die Nacht zu Dir; In den stillen Hain hernieder, Liebchen, komm' zu mir!
(고요하게 애원하는 나의 노래는 밤을 타고 그대에게로 가네요. 조용한 이 숲으로 내려오세요, 사랑이여, 내게로 오세요!)

Flüsternd schlanke Wipfel rauschenIn des Mondes Licht; Des Verräters feindlich Lauschen Fürchte, Holde, nicht.
(늘씬한 나무들이 달빛 아래서 속삭이고 있군요. 누군가 엿들은 것을 드러내지 않을까 겁내지 마세요, 귀여운 그대)

Hörst die Nachtigallen schlagen? Ach! sie flehen Dich, Mit der Töne süssen Klagen Flehen sie für mich.
(밤 꾀꼬리 우는 소리 들리나요? 아! 그들은 애원하고 있어요, 달콤한 비탄의 목소리로나를 위해 애원하는 거예요)

Sie verstehn des Busens Sehnen, Kennen Liebesschmerz, Rühren mit den Silbertönen Jedes weiche Herz.
(그들은 가슴 속의 그리움을 알며사랑의 고통을 알며, 은빛 목소리로 연약한 마음을 어루만지지요)

Lass auch Dir die Brust bewegen, Liebchen, höre mich! Bebend harr' ich Dir entgegen! Komm', beglücke mich!
(그대의 마음도 움직이세요, 사랑이여, 내 말을 들어요! 나 떨면서 그대를 기다리고 있어요! 와서 나를 행복하게 해주오!)

막

#56

2악장. Scherzo. Bewegt, lebhaft – Trio. Schnell
(스케르초. 힘 있는 움직임으로 – 트리오. 빠르게)

봄이 오자 쇄빙선이 돌아왔다. 삼엄한 통제하에 배 위의 클락헨-야벳은 모두 연구소로 옮겨졌다. 승조원들은 살벌한 비밀 유지 서약서에 서명한 후 모두 자대로 복귀했다. 해밀턴과 굴드는 신설된 야벳 가공공장의 관리직으로 한 자리씩을 차지했으며, 헉슬리는 수석연구원으로 승진했다.

겨우내 축사 공간확장을 위한 가건물들이 각 보조축사에 맞닿아 세워졌다.

클락헨-셈의 무정란 산란장인 제1 보조축사는 그 면적이 2배가 되었다. 제2 보조축사는 기존 운영 방침대로 돌연변이가 발견된 개체를 격리 관찰하는 유닛으로 사용되었다. 제2 보조축사 뒤편의 신축 가건물과 제3 보조축사 그리고 그 뒤편의 신축 가건물은 모두 클락헨-야벳의 사육 케이지로 가득 찼다. 가건물 사이에는 거대한 사료 저장탱크가 새로 들어섰는데, 안에는 옥수수를 발효한 보드카가 가득 차 있었다. 각 축사간 왕래는 엄격하게 통제되어, 각 아종 간의 교차 교배는 완벽하게 차단됐다.

GMO 옥수수 농장에는 기존 6개의 육계 가공공장 외에 푸아그라 가공공장과 클락헨-다운(솜털) 채취장이 들어섰다. 두 건물은 대형 컨베이어 벨트로 연결되어 있었다. 쇄빙선이 돌아오자마자 시가동을 했고, 결과는 만족스러웠다. 부화 후 7일이 경과한 클락헨-야벳은 모두 이곳 공장으로 옮겨져 안락사 처리됐다. 죽은 야벳은 두 곳의 공장 라인을 거쳐 솜털과 간을 채취당한 후, 트럭에 실려 살처분장으로 옮겨졌다. 솜털은 가볍고 따듯했으며, 푸아그라는 크고 맛있었다. 무엇보다 놀라운 것은 거의 무한대로 생산이 가능하다는 점이었다. 신임 클락헨-영양평가 실장은 자신 있게 클락헨 푸아그라 시제품을 연구소 구내식당에 선보였다. 반응은 대단했다. 출시 이후 모든 직원은 빵에 버터 대신 푸아그라를 발라 먹었다. 소장의 지시로 클락헨-영양평가 실장은 전 직원에게 푸아그라 통조림을 10개씩 나눠주었다.

새로 임명된 과학기술부 장관은 클락헨-영양평가 실장과 협업하여 무정란의 장기보관법과 가공 육계의 장기 무균포장기술을 완료했다. 소장을 만족시킨 이 포장 기법은 GMO 옥수수 농장에 있는 가공공장에 즉시 적용되었다.

클락헨-셈의 무정란, 통조림, 가공 육계, 클락헨-야벳의 다운과 푸아그라의 국내 런칭과 수출 논의가 본격화되었다. 회의 장소는 예전에 리처드 소장이 아종 분화를 브리핑했던 지하 벙커였고, 대통령을 대신해 국무총리가 회의를 주관했다.

논의가 시작되고 1달 뒤. 위 5가지 상품을 50개국에 대량 수출했다. 그와 동시에 국내 시장에도 물건이 풀렸다. 예상대로 달걀에 찍혀 있는 6자리 산란일자 표기에 전 세계가 경악했다. 이어진 시장의 반응은 즉각적이었고 또 폭발적이었다. 크기도 크고 맛까지 좋았기 때문이었다. 게다가 가격도 저렴했다. 전 세계 소비자들은 클락헨 제품만 찾았다.

곧바로 국내 양계 업자들은 정부 청사 앞에 모여서 시위를 했다. 전국 양계장은 물론 닭과 관련된 모든 업체가 도산 위기에 몰렸다. 양계협회 회장은 정부에 클락헨 종계의 대대적인 분양을 요구했다. 정부는 조만간 클락헨-셈 종계를 전국 양계 농가에 충분히 보급하겠다는 약속을 했다. 대신 수입국들의 관세 문제 해결이 되고, 해외 시장이 안정화될 때까지만 기다려 달라고 부탁했다. 농림축산식품부 장관과 산업통상자원부 장관은 그동안 정부의 보조금 지원을 약속했다. 정부의 제안을 수락한 양계협회는 상호 양해각서에 서명했다.

*

f 단조의 피아노 멜로디가 환상처럼 아른거렸다. 온몸을 이용해 눈꺼풀을 겨우 들어 올리자, 흰 천장이 내 동공으로 쏟아졌다. 언젠가 맛본 흰색이었다. 오른쪽 뺨 위로 길게 착륙하는 겨울 햇살이 간지러웠다. 모래를 가득 머금은 입안에 소독약 냄새가 배어 있었다.

이곳은 예전에 앤이 유산 후에 입원했던 병실이었다. 왼팔에 영양제와 링거액 주사가 주렁주렁 연결되어 있었다. 침대 발치에 붙어 있는 종이에 내 이름과 나이 그리고 진단명이 적혀 있었다. 나는 탈수, 저혈당, 부정맥, 전해질 이상 그리고 심각한 호르몬 불균형으로 정의되었다.

벨을 누르자 간호사가 급하게 뛰어 들어왔다. 이름, 장소, 시간. 몇 가지 간략한 질문을 하며 내 의식 상태를 체크했다. 그녀는 급하게 전화를 걸었다. 담당 의사와 함께 앤이 달려 들어왔다. 앤은 침대 위로 뛰쳐 올라와 나를 안고 펑펑 울었다.

앳된 주치의가 간단한 설명을 복잡하게 말했다. 요약하면 우선 잘 먹고 푹 쉬라는 것이었다. 주치의가 나가자 몹시 배가 고팠다. 유동식이 제공되었다. 나는 침대 머리에 기대앉았다. 앤이 내 오른편으로 올라와 간이식탁을 올리고 내게 미음을 떠먹여 주었다. 미음을 먹고 난 후 심한 어지러움을 느꼈다. 우선 눈을 감았다. 눈을 한 번 껌뻑일 때마다 1시간씩 흘렀다.

완전히 눈을 떴을 때는 밤이었다. 문은 닫혀 있었고 창문은 열려 있었다. 내 이불 속 오른편에서 앤이 흰 토끼처럼 웅크린 채 잠들어 있었다. 정신이 아주 맑았다. 당장 일어나서 집에 걸어갈 수 있을 거 같았다.

"이제 좀 정신이 들어? 힘들고 어지러우면 좀 더 눈 붙여봐." 앤이 부스스 눈을 떴다.

"아니야. 너무 많이 잔 거 같아. 아주 괜찮아 지금. 정신도 맑고."

"너 거의 이틀을 잤어." 앤은 호출 벨을 눌러 간호사에게 죽을 가져달라고 했다.

"오늘이 무슨 요일이야?"

"목요일." 앤의 눈동자가 일렁거렸다. 곧 눈물이 왈칵 쏟아질 듯한 출렁임이었다.

앤은 죽을 떠먹여 주면서 일요일 밤부터 지금까지 자신이 아는 모든 상황을 설명해주었다. 나는 들었다. 죽 속의 검은 고사리가 목에 걸렸다. 앤은 수저를 요리조리 돌려서 고사리를 피해 흰죽만 떴다.

전화를 계속 받지 않는 것에 불길한 촉을 느낀 앤은 경비원을 시켜 내 집의 현관문을 부쉈다. 나는 차디찬 침실 바닥에 의식을 잃은 채 쓰러져 있었고, 활력 징후는 겨우 측정될 정도였다. 앤이 앰뷸런스를 불렀고, 급히 병원으로 옮겨졌다. 그리고 발견된 지 이틀이 조금 못되어 의식을 되찾았다.

앤은 피터 이야기만 쏙 빼놓고 말했다.

"피터는? 떠났지?" 내가 앤에게 먼저 물었다.

"응…. 그런 거 같아." 앤이 침대 간이식탁 위에다 죽 그릇을 놓았다. 고사리만 남아 있었다.

나는 아무렇지 않았다.

"피터가 정문 위병소에 네 백을 맡겨놨어. 내가 찾아왔어."

백에는 큰 서류 봉투 하나와 편지 봉투 하나가 꽂혀 있었다. 서류 봉투에는 '리처드 소장에게'라는 글씨가 화난 듯 박혀 있었다. 편지 봉투에는 내 이름이 간신히 매달려 있었다.

"이건 리처드에게 전해주면 될 것 같아." 나는 서류 봉투를 꺼내 앤에게 주었다. 편지 봉투를 꺼낼 때 가방 안에 립밤이 보였다.

"나중에 읽어 볼래? 나 없을 때?"

"아니야. 읽지 않을 거야" 나는 봉투째 천천히 잘게 찢어 립밤과 함께 침대 아래 휴지통에 버렸다. 앤은 말리지 않았다.

"앤. 나 병가 내고 싶어. 네가 리처드에게 대신 좀 말해줘. 부탁이야."

"그런 건 걱정하지 마."

"병가가 끝나면, 나 연구소를 떠날까 해. 보안 서약서 때문에 사표가 수리되는 데 오래 걸리...."

말이 끝나기 전에 앤이 울음을 터뜨렸다.

"왜 이렇게들 다들 우는지.... 앤 괜찮아? 울지마."

"우리가 너에게 못된 짓을 한 거 같아...."

"무슨 소리야? 앤? 그런 생각하지 마. 그리고 앞으로도 내게 그런 말 하지 마." 나는 오른발로 앤의 왼발을 지그시 눌렀다.

"그래." 앤의 목소리가 부드러워졌다.

"다 완료되면 떠날 거야. 리처드가 최대한 빨리 처리해주겠지, 뭐."

"다시 한 번 생각해볼 수는 없어?" 앤이 내 손을 잡았다.

"없어. 앤. 그리고 나 부탁이 하나 더 있어. 내 집 거실에 검은 박스가 하나 있을 거야. 그것 좀 통째로 버려주라."

모든게 스러졌고 모두가 아스라해졌다. 피아노 음악이 또렷이 들렸다. 연탄곡의 푸가 부분이었다.

"이제 슈베르트 좀 그만 듣자." 내가 말하자 앤이 리모컨으로 오디오의 음악을 껐다.

나는 이튿날 퇴원했다.

그리고 봄이 왔다.

#71

여름에 클락헨 5대 품목의 수입국은 90개국을 넘어섰다. 이 크고 맛있는 닭은 쌌다. 클락헨-셈의 무정란, 통조림, 가공 육계는 전 세계적인 품귀현상이 일어났다. 수요는 커져만 갔고, 공급엔 한계가 있었다. 가격이 폭등했다. 한편, 클락헨-푸아그라에 대해 비윤리적 동물 사육에 대한 의혹이 불거졌다. 정부는 '먹이 강제 주입(Gavage)'을 단호하게 부정했다. 곧 세계 유수의 레스토랑이 클락헨-푸아그라를 요리 재료로 인정했고, 일부 국가에서는 사재기 현상까지 벌어졌다. 더불어 클락헨-야벳의 솜털(다운) 가격이 비수기인 여름임에도 불구하고 가파르게 상승하고 있었다.

연구소 북쪽의 넓은 숲은 모두 GMO 옥수수 농장으로 개간되었다. 빈 전원주택 담벼락에는 출입금지 표지판이 여기저기 붙어 있었다. 숲 깊숙한 곳에서 예전에 탈주했던 클락칵 사체 1개와 클락헨 사체 1개가 RFID 칩이 박혀 있는 채 발견되었다. 이제 탈주한 총 5마리 중 2마리만 남았다. 하지만 이 두 마리의 RFID 칩과 생존한 후손들의 흔적은 전혀 찾을 수 없었다.

전 세계로부터 클락헨-셈 종계에 대한 수입 제안서와 견적서가 물밀 듯이 들어왔다. 클락헨 상품을 수입한 90개국은 물론 아직 수입조차 않은 국가에서도 문의가 쇄도했다. 외교부는 유엔 식량 농업기구(FAO) 및 노벨상 위원회와 막후접촉을 했다.

모든 일이 산업통상자원부 장관, FTA 교섭국장 그리고 외교부 장관 의도한 대로 돌아갔다. 클락헨-셈 종계의 전 세계 런칭은 코 앞이었다. 하지만 FTA 교섭국장은 서두르지 말자고 제안했다. 우선 현재 순항 중인 클락헨 5대 품목의 수익을 극대화하면서, 종계의 몸값이 올라갈 것을 지켜보자고 했다. 가격 상승 폭을 보고 종계 수출을 결정하자는 말이었다. 모두가 동의했다.

이제 클락헨-5대 품목의 외화벌이 누적액을 모니터링하면서, 몸이 달아오른 각국 통상부 관계자가 제시하는 종계 분양 비용의 최고가를 느긋하게 기다리기만 하면 됐다. 적기가 오면 클락헨-셈 종계를 최고가에 동시 수출하고, 같은 날 식량 부족 국가에 생색을 내며 무상으로 분양하면 이 프로젝트가 완료된다. 이제 막대한 국익 실현이라는 실리와 세계 식량문제 해소라는 명분을 동시에 챙기는 일만 남았다.

*

긴 병가가 끝나고 여름이 왔다. 연구소에 조기 퇴사와 안식년을 신청했다. 나는 대부분의 시간을 아파트에 틀어박힌 채 쉬엄쉬엄 논문들만 심사했다. 유일한 외출은 일주일에 한 번씩 비쉬누와 아기 코끼리들을 돌보러 메인 축사에 가는 게 전부였다. 안식년은 일부 승인되었지만, 사표는 반려되었다. 인사과에서 온 이메일에는 적어도 내년 초까지 근무한 후, 다른 해외 연구소로 이직하지 않겠다는 각서를 쓰면 퇴사할 수 있다고 쓰여 있었다. 나는 어쩔 수 없이 제안을 수락했다.

그날 이후 평생 먹어왔던 호르몬 복용을 중단했다. 매일 오후 5시에 울리던 알람도 해제했다. 처음에는 얼굴이 뜨거워지고 불면증이 생겼다. 몸이 이상해지는 것을 느꼈지만, 애써 신경 쓰지 않았다. 그렇게 폐경에 적응하자, 한동안 나를 수직으로 흔드는 파도가 일지 않았다. 외부 자극에 무덤덤해지고 내부적으로 담담했다. 나는 다시금 평안한 수평이 되었다.

어렸을 때 내 방의 구석으로 들어온 검은 벌레를 무서워서 죽이지는 못하고 종이상자를 던져 덮어 놓은 적이 있었다. 방에 들어올 때마다 그 상자가 두려웠다. 그러나 시간이 흐를수록 상자 속의 벌레를 상상하지 못하게 되었고, 나중에는 상자의 존재조차 망각해버렸다. 그 기전을 재현했다. 의식이라는 넓은 공간에 파티션 여러 개를 들여놓고 몇몇 공간들을 격리했다. 그리고는 의식적으로 쳐다보지 않았다. 살짝 열어 뭔가를 넣을 수도, 뭔가를 끄집어낼 수도 없다는 금기도 만들었다. 내 계산대로라면 이 공간은 완전히 잊힐 것이다.

앤은 종종 내 아파트에 찾아와 말동무를 해주었다. 앤과 이런저런 이야기를 많이 나눴다. 피터와 관련해서, 앤은 자신이 얻어들은 모든 이야기를 나에게 가감 없이 말해줬다.

피터는 바티칸에서 추방된 무국적자였다. 이전 국적은 이탈리아였고, 우리 영주권은 위조였다. 즉 장기 불법체류자였다. 과거 교회 음악 활동을 하던 때, 교황청의 동성애 금지법에 저촉된 것 같다고 했다. 앤은 피터의 동성애를 확신했다. 파트너는 발렌타인 벨이라고 했다. 발렌타인은 AIDS 보균자이며, 3종 전염병 환자로 보건 당국에 관찰 대상 보균자로 등록되어 있었다. 그 역시 오랜 기간 바티칸과 이탈리아에 체류했었다.

앤은 피터가 잠시 나를 만나 피어났던 이성애적 사랑이 결국 내부의 벽에 부딪혔고, 리처드가 취해서 한 말들 때문에 자신의 정체가 탄로 날까 봐 이별을 고한 것이라 확신했다. 그리고 우리 둘 사이에 섹스가 없었음을 그 근거로 제시했다. 앤은 나를 위로하기 위해서 피터를 괴상한 사람으로 몰아갔다. 고마웠지만 달갑지 않았다. 동성애자 피터가 나를 떠난 이유를 숫자로 쉽게 설명할 수 있다며, 예전에 했던 2×2 전략-행동 프로그램 표를 그려보자고 했지만, 거절했다. 자꾸 그쪽 상자와 파티션을 떠올리기 싫었다.

내가 피터와 마지막 통화를 마치고 길게 잠들었을 때, 전원주택으로 경찰이 들이닥쳤고 피터는 긴급체포되었다. 불법체류, 살인 미수, 불법무기 소지 등의 죄목이었다. 리처드는 피터가 체포된 경찰서로 달려갔고, 서장의 묵인하에 둘은 긴 면회를 했다. 피터는 리처드의 제안을 받아들일 수밖에 없었다. 리처드의 전화 한 통화로 피터는 풀려났고 곧바로 짐을 쌌다. 피터는 석방의 대가로 숲을 내놨다. 그리고 강제 추방 조치를 받지 않는 대신, 1년 이내에 자진 출국하기로 했다. 앤은 피터가 국적회복을 위해 곧바로 바티칸행 비행기를 탔을 것이라고 했다.

떠나는 피터가 나를 통해 리처드에게 전해주려 했던 서류는 토지 매도 계약서였다. 그 계약서에는 리처드에게 쓴 메모가 붙어 있었는데, 전원주택만은 철거하지 말아 달라는 부탁이었다. 리처드는 쫓겨난 피터의 마지막 부탁을 들어줬다.

앤은 늘 고마웠지만, 자꾸 파티션 쪽을 쳐다보게 했다. 내 머릿속에 세워진 파티션 뒤에 아무것도 없기를 바랐다. 검은 벌레를 덮어 놓은 종이 상자가 한꺼번에 없어지길 바랐던 것처럼, 나는 내 의식 속의 한 공간이 통째로 사라지길 원했다. 그러기 위해서 나는 담담해야 했다. 무덤덤해진 나에게 앤은 더 이상 피터 이야기를 꺼내지 않았다.

#84

가을. 클락헨 5대 품목의 단가가 최대치를 찍었다. 정부는 곧장 클락헨-셈 종계 수출건을 승인했다. 다음날 112개국 통상부 대표들과 동시에 계약서 날인을 했다. 각국당 클락칵-셈 5마리 클락헨-셈 100마리씩이었다. 몇 국가에서 산란 일자 표기의 원천 기술과 푸아그라 생산 기술 전수를 요구하며 상당한 조건을 제시했으나, 정부는 이를 단칼에 거절했다. 일주일 뒤, 선적을 마친 클락헨-셈 종계의 역사적인 수출이 시작되었다. 같은 날 동시에 아프리카 및 아시아 최빈국에 클락헨 종계의 무료 분양이 시작되었다.

종계와 함께 배포된 클락헨-셈의 설명서는 다음과 같다.

클락헨 설명서

• 들어가며

- 이 크고 검은 닭의 이름은 클락헨입니다. (수탉만 지칭할 때는 클락칵이라고 부릅니다)
- 클락헨은 유전자 조작 닭이 아닙니다. 클락헨은 정상적인 진화 과정을 거친 품종개량 닭입니다.
- 다만, 진화와 자연선택의 과정을 아주 빠르고 효율적으로 진행했

을 뿐입니다.

- 비윤리적 사육 방식(병아리 부리 자르기, 협소한 케이지 사육, 강제 먹이 주입(Gavage))을 일체 하지 않았습니다.

• 클락헨의 기본 정보와 생활사

- 클락헨이 나은 달걀 표면에는 산란 년 월 일 6자리 숫자가 표기됩니다.
- 달걀은 검은빛을 띠며, 병아리도 암수 구별 없이 검습니다.
- 클락헨 유정란은 2일째에 자동 부화합니다. (포란이나 인공 부화기가 필요 없습니다)
- 병아리는 5일 뒤 성계가 됩니다.
- 성계가 되어 교배 후 정확히 2시간마다, 하루에 12개씩 알을 낳습니다. (유정란)
- 산란이 시작되고 3주간 알을 낳은 후 폐사합니다. (교배하지 않은 무정란의 산란 횟수도 동일합니다)
- 클락헨은 울대 위축 때문에 울지 않고, 소리를 내지도 않습니다. (종종 긴 숨을 내쉬는데 이는 클락헨의 정상적인 생리 현상이며, 닭의 건강과는 아무런 연관이 없으니 안심하셔도 됩니다)
- 클락헨은 일조량과 기후의 영향을 거의 받지 않습니다. 먹이만 충분하다면 사막 기후, 툰드라 기후에서도 잘 자라고 잘 산란하고 잘 부화합니다. (양계 농가에서는 계사 내 조도와 냉난방을 조절할 필요가 없습니다)
- 클락헨은 잡식성으로 아무거나 다 잘 먹습니다. 폐사한 클락헨, 파

손된 달걀은 갈아서 사료와 함께 공급해도 됩니다. 더불어 집안에서 배출되는 음식물 쓰레기, 동물의 뼈, 어패류 껍데기, 식물의 꽃, 줄기, 가지, 뿌리, 종이 펄프류 등을 사료로 제공해도 무방합니다.

• 클락헨 육계와 달걀의 식품 정보

- HACCP(식품안전관리인증기준)을 만점으로 총 3회 통과한 닭과 달걀입니다. 사육과 식용에 있어서 안전을 보장합니다.
- 부화 후 5~6일째 잡은 육계가 고기의 양도 많고 가장 맛있습니다. 클락헨은 기존의 닭고기 맛, 클락칵은 약간의 소고기 맛이 납니다.
- 클락헨 고기는 기존 육계보다 양이 많고, 식감이 좋으며, 영양성분은 약 1.35배 월등합니다. (자세한 영양분석 비교 자료는 별첨 자료1 참조)
- 달걀은 기존 닭의 달걀보다 약 1.35배 정도 더 크고 살짝 단맛이 납니다. 총 영양성분은 기존 달걀보다 약 2배 정도 높습니다. 클락헨 무정란과 유정란의 영양성분 차이는 없습니다. (자세한 영양분석 비교 자료는 별첨 자료2 참조)
- 식용 달걀의 유통은 무정란으로 한정합니다. (유정란은 유통 과정 중 부화를 해버립니다)

• 사육시 유의 사항

- 번식의 속도가 빠르고 개체 수가 금방 늘어나므로 최대한 큰 축사를 준비하십시오.
- 하루에 12개 이상의 달걀을 낳는 개체는 바로 살처분하십시오.

- 28일 이상 생존하는 개체도 살처분하십시오.
- 위 두 상황에 해당하여 살처분된 개체를 다른 클락헨의 사료로 공급하거나, 육계로 식용해도 무방합니다.
- 육안상 기형이 있는 병아리는 그 어미와 함께 살처분 후 다른 클락헨의 먹이로 주십시오.
- 기본적인 형질에서 많이 벗어나는 개체가 발견되면 즉시 살처분하고, 그 개체가 낳은 모든 병아리와 유정란도 동시에 살처분하십시오.
- 뛰는 속도가 빠르고 활강 및 높은 점프가 가능하므로 도주의 우려가 있습니다. 가능한 튼튼한 폐쇄 축사에서 사육하시길 권장드립니다. (일반 조류와 같은 비행 능력은 없습니다)
- 충분한 사료만 공급된다면, 동종포식(Cannibalism)을 하지 않습니다.

* 클락헨의 불법적인 개량은 국제법 및 관련 협약에 따라 엄중하게 처벌됩니다.
* 현재 전 세계적으로 유통되고 있는 클락헨-푸아그라는 이 닭의 간이 아닙니다.

정부로부터 클락헨-셈 종계를 분양받은 국내 양계 농가는 기존의 닭들을 모두 살처분하여 클락헨의 사료로 공급했다. 클락헨은 단 몇 주 만에 텅 빈 축사를 가득 채웠다. 곧 축사 공간은 턱없이 부족해졌다. 양계 농가들은 그간 받은 정부 보조금으로 앞다투어 축사 확장공사를 시작했다. 계사 건설업체가 때아닌 호황을 누렸다. 이런 현상은 종계를 수입해간 모든 국가에서 똑같이 벌어졌다.

음식물 쓰레기 취합장 근처로 대규모 클락헨 계사들이 몰려들었다. 몇 주만에 각 지역에서 모인 음식물 쓰레기는 곧장 계사로 직행했다. '음식물 쓰레기'라는 말과 '클락헨 사료'라는 말은 의미 구분이 모호해졌다.

아프리카 일부와 동남아시아의 식량문제는 단번에 해결되었다. 클락헨은 동남아시아의 습한 기후에서도, 아프리카의 덥고 건조한 기후에서도 잘 컸다. 각국의 정부와 세계 기아 구호단체들의 도움으로 모든 마을에 계사가 들어왔고, 기아에 허덕이던 아이들은 달걀과 닭고기를 실컷 먹을 수 있었다.

*

그날 나는 여성으로 죽었었다. 죽어 있을 때 내 여성성을 검은 물체에게 넘겨줬다. 그러자 사람으로 깨어났다. 피터가 떠난 후, 나에겐 사랑도 여성도 무의미했다. 마지막까지 붙잡고 있었던 나의 여성성은 거추장스러웠다. 내 몸은 가을처럼 점점 건조해졌다. 여성에서 여성 호르몬을 뺀다고 남성이 되는 것은 아니지만, 복용을 끊자 나는 성별이 모호한 유기체가 되어갔다. 그것은 3배체 송어처럼 성(性)의 수평선 위 영점을 기준으로 살짝 여성 쪽에 위치한 불임 생물이었다.

매달 있던 인위적인 생리는 완전히 끊겼다. 이전의 생리는 윤기 있는 선혈이었지만, 마지막 생리는 검은 담액질 같은 찌꺼기만 쥐어짜듯 나왔다. 가슴은 탄력을 잃고 처졌으며, 피부는 푸석푸석해졌다. 목소리도 더 가라앉아서, 건조하게 녹이 슨 알토로 쓸쓸한 톤이 되었다. 앤의 소프라노 목소리와 음정 차는 더 벌어졌다. 나는 만사에 심드렁해졌다. 그냥 그러려니 했다. 억지로, 간신히 개장했던 내 놀이공원은 단 한 명의 손님도 받아보지 못한 채 쓸쓸한 폐장을 맞았다. 하지만 나는 나를 가여워하지 않았다.

나쁜 것만은 아니었다. 주기적인 호르몬 변화가 사라지자 황혼의 안락함이 찾아왔다. 시간이 흐를수록 예전의 떨림과 흥분을 이해할 수 없었다. 나는 발정기가 끝난 고양이처럼, 거세된 애완견처럼, 수정이 필요 없는 조화(彫花)처럼 편안했다. 내 안은 돌처럼 단단해졌다.

내내 접촉이 없었던 리처드와는 가을이 돼서야 만났다. 비서를 시켜 나를 소장실로 호출했다. 그날 이후 처음으로 리처드와 대면했다. 리처드가 여러 겹의 가면 중 소장의 가면을 맨 앞에 쓰고 있어서, 전혀 불편하지 않았다. 보자마자 건강 상태를 물었다. 괜찮다고 했다. 그리고 안식년과 퇴직 이야기를 간단하게 했다. 바뀐 것은 없었다. 약 7개월을 더 근무해야만 퇴사가 가능했다. 그날 일은 서로 언급을 피했다. 내가 그날 일을 초월했기에 리처드가 어색하지 않았다.

리처드는 부담 없는 업무 2가지를 지시했다. 하나는 기분전환도 할 겸, 전투 실험을 했던 무인도 해상으로 가서 잔재물 검토와 마지막 통계를 완성해달라고 했다. 리처드는 무인도에서 할 간단한 실험이라며 '클락헨의 방사선 피폭 반응'이라는 두툼한 연구결과 자료를 건네주었다. 잠시 생각하던 리처드는 이 건은 시간이 오래 걸릴 연구니, 나중에 자신이 직접 하겠다고 하며 서류를 다시 가져갔다. 다른 하나는 클락헨 세 아종의 시력측정 연구를 완결해달라는 것이었다. 둘 다 비교적 간단한 업무였다. 퇴직을 앞둔 나를 배려한 업무배정이었다.

가을 바다는 쓸쓸했다.

해군 순양함을 타고 무인도 앞 해상에 도착했다. 망원경으로 본 섬은 완전히 황폐화되어 있었다. 제대로 서 있는 나무 한 그루 없었다. 섬에 설치되었던 CCTV와 RFID 리더기가 클락헨-함의 공격으로 절반 이상 파손되어 현재 생존해 있는 개체 수 파악이 곤란했다. 배 위 상황실에서 파견 근무 중인 국방과학연구원은 고고도로 드론을 띄워서 일일이 개수한 결과지를 일자별로 정리해 내게 보여줬다.

투하 후 전투에서 살아남은 클락헨-함과 그 자손들은 섬의 생태계에 완벽하게 적응했다. 처음 투하된 52,000마리 중 살육의 전투가 끝난 2시간 30분 후 4만 마리 이하로 줄었다. 이다음부터는 섬의 환경에 적응하는 과정이라고 보면 되는데, 둘째 날 2/3가 죽고, 그다음 날에는 겨우 1,200마리 정도만 살아남았다. 물론 그 와중에 부화한 2세대의 총 개체 수는 셀 수 없었다. 모두 죽어 섬에서 아예 없어질 것 같던 클락헨-함은 다음 날부터 조금씩 늘어났다. 일주일째에는 8,000마리까지 상승했다. 섬에서 부화한 2세대들 때문이었다. 하지만 이 지점을 정점으로 개체 수는 곧 줄어들기 시작했고 2주째부터는 2,500마리 정도로 일정한 수를 유지했다. 이 수치는 약간의 편차를 제외하고는 4주째까지 이어졌다. 클락헨이라는 생물과 이 섬의 자연 사이에 어떤 타협점이 생긴 것이었다. 클락헨들은 죽은 동료는 물론 어미의 시신, 자식의 시신을 가리지 않고 먹어 치웠다. 절반 이상은 해안가에서 어패류를 깨 먹었고, 얕은 물에 들어가 오리처럼 작은 어류를 사냥했다. 숲에 있는 개체들은 나무껍질을 뜯었고, 낙엽까지 먹어 치웠다.

투하된 RFID를 체크했다. 총 52,000개 중에서 리처드와 사령관이 거둬간 20마리를 빼고도 57개가 포착되지 않았다. 아마도 감지가 안 될 정도로 심하게 훼손되었거나, 바다로 떠밀려갔을 가능성이 컸다. 연구소로 돌아와 보고서를 작성해 리처드에게 보냈다.

섬에서 돌아오고 며칠 후 앤의 전화가 왔다. 앤은 연구소 7층 수술방에서 리처드의 시술로 배아 이식을 받을 것이라 했다. 물론 야심한 밤에 몰래 하는 것이다. 그리고 나에게 리처드를 도와 시술 어시스트를 해줄 수 있는지를 물었다. 전에는 사라가 리처드의 시술을 몰래 도와주었다고 했다. 내가 망설이자 리처드가 전화기를 뺏었다. 리처드는 나에게 박사과정 때 많이 해보지 않았냐고 물었다. 실험실에서 가금류나 토끼를 대상으로는 수백 차례 했었지만, 병원에서 사람을 대상으로 해보지는 않았다고 말했다. 리처드는 동물이나 사람이나 똑같다고 말하며, 앤도 자신도 여러 차례 해본지라 위험하지도 않고 빨리 끝날 테니 잠깐만 손을 빌려 달라고 했다. 다시 전화기를 뺏은 앤이 다시 한 번 간절하게 부탁했다. 나는 자정에 연구동 7층 수술실에서 부부를 만나기로 약속했다.

8층에 있는 냉동 질소 탱크에서 앤과 리처드의 마지막 남은 4개의 배아 중에 2개를 꺼내와 녹였다. 앤은 마치 자기 침대에 눕듯이 수술실 침대 위에 올라갔다. 하얀 수면 마취약을 정맥으로 주입했다. 앤은 바로 잠들었고, 나는 모니터링 기계를 앤의 몸 여기저기에 부착했다. 예전에 앤이 의식을 잃고 유산했을 때가 생각났다. 고개를 털며 애써 그때 일을 생각하지 않으려 노력했다. 시술 어시스트에 집중했다. 수술용 장갑을 낀 리처드는 노련하게 피펫에 수정란을 옮겼다. 그리고는 질을 통해 앤의 자궁 깊숙이 그것을 집어넣었다. 앤이 크게 움찔했지만 잠에서 깨지는 않았다. 리처드의 말대로 이식 시술은 실험실 동물의 인공 수정만큼 간단했다.

시술이 안전하게 끝났다. 앤은 스르륵 눈을 떴다. 고통은 없었다.

#111

클락헨의 전파 속도는 순식간이었다. 이제 전 세계에 클락헨이 없는 곳은 없었다. 유목민은 양과 함께 클락헨-셈을 몰고 다녔고, 에스키모는 이글루 안에서 클락헨을 키웠다.

전 세계의 양계 업계가 클락헨만을 키웠다. 인류는 클락헨을 좋아했고, 클락헨이 주는 모든 혜택을 독점했다. 풀과 나무는 물론 종이와 쓰레기도 먹어 치우는 클락헨 보급으로 인류는 어디에서도 손쉽게 단백질을 공급받을 수 있었다.

지구상에서 기아문제는 사라졌다. 세계 영양 부족 인구 8억이라는 숫자는 단숨에 0이 되었다. 유니세프 등의 TV 후원 모금 광고에 더는 영아의 앙상한 갈비뼈가 나오지 않았다. 식량 기부 단체들은 빈민촌과 난민촌의 클락헨 축사 건립에 모든 후원금을 썼다. 인류는 이 닭을 사랑하지 않을 수 없었다.

전 세계 런칭 후 클락헨 관련 기사는 모든 신문의 1면을 한 달간 도배했다. 날짜가 표기된 달걀과 클락헨 무리 가운데 흰 가운을 입고 서 있는 리처드 소장의 사진이 타임스지 표지를 장식했다. 출간 전 표지 타이틀은 원래 '유전 공학의 황제'였다. 리처드는 편집부에 제목 교체를 요구했다. 자칫 유전자 조작으로 비칠 수 있기 때문이었다. 수정된 제목은 '메시아Messiah'였다.

겨울이 되자 클락헨-야벳의 다운(솜털) 수출은 대호황을 맞았다. 클락헨-푸아그라는 치즈보다 훨씬 저렴했다. 전 세계인이 푸아그라를 버터처럼 발라서 먹었다. 연구소의 푸아그라 가공공장과 클락헨-다운(솜털) 채취장은 24시간 가동했다. 연구소 북쪽의 숲이 옥수수 농장으로 바뀌자, 공간 여유가 생긴 옛 시립동물원 터에는 하나둘씩 공장 건물이 들어섰다. 정부는 연구소 인근 항구와 공항의 확장공사를 서둘렀다.

종계 수출 후 클락헨-셈의 달걀, 통조림, 가공 육계 수출은 큰 폭으로 감소했다. 하지만 종계 수출로 얻은 막대한 이익은 그것을 보상하고도 남았다. 더불어 정부는 전 세계 클락헨-푸아그라와 클락헨-다운(솜털) 시장을 독점하고 있었다.

재정경제부 산하 통계청에 의하면, 이번 클락헨-종계의 수출로 실현한 국가적 이익 창출은 원전 200기를 수출한 것과 비슷하다고 보고했다. 종계 수출 전 클락헨 5대 상품의 수출 건과 합치면 GDP는 약 22%, 경제성장률은 약 9.5% 증가할 것으로 추정했다. 국책 경제 연구소는 클락헨-야벳의 푸아그라와 솜털은 완벽한 독과점으로 지속적인 성장이 가능한 산업이라는 보고서를 냈다. 단 기술 유출이 없어야 한다는 대전제가 있었다. 사실 클락헨-야벳 유정란 몇 개만 타국으로 유출되면, 단숨에 끝나버릴 산업이란 것을 모르는 사람은 없었다.

할 수 있는 최선의 방책은 보안 강화뿐이었다. 연구소 경비대대는 이제 연대급으로 증편되었다. 국정원 잠입 요원은 기존 8명에서 32명으로 늘어났다. 전 직원이 새로 서명해야 할 보안 서약서는 이제 30페이지에 달했다. 직원들은 연구소 정문 출입은 물론 각 건물을 드나들 때마다 엄격한 소지품 검사를 받아야만 했다.

*

겨울. 나는 클락헨 아종들의 시력을 측정하는 연구를 재개했다. 같은 날 인사과에서 이번 봄에는 사표가 수리될 것 같다고 전해 왔다. 시력 연구는 내가 클락헨 연구소의 책임연구원으로서 수행한 마지막 연구가 되었다. 내 사표 때문에 남은 이들의 업무가 가중되는 것이 싫어서, 나는 마지막 연구에 매진했다.

클락헨-함의 시력은 매나 독수리와 비슷했다. 인간의 시력으로 따지면 7.0 정도였고, 시야는 340도였다. 한 눈은 근시고 다른 눈은 원시로 양 눈은 독립적으로 움직일 수 있었다. 아주 작은 빛도 감지했으며, 야간 시력도 뛰어났다. 클락헨-셈의 시력은 함만큼은 아니지만, 종합적으로 봤을 때 인간의 시력보다 2~3배 좋았다. 클락헨-야벳의 시력은 0.4~0.5 정도로 셋 중 제일 나빴다.

이상은 정교한 실험의 결과로 수치화한 것들이다. 그런데 나는 그들의 눈빛에서 숫자로 측정되지 않는, 글로 표현할 수 없는 어떤 감정들을 느꼈다.

함의 단순한 눈빛에는 배고픔이 있었다. 함의 눈은 단지 보여진 것이 관통하는 2개의 검은 터널이었다. 함의 눈은 원래 안구의 기능처럼 시야에 포착된 이미지를 섭취했다. 그 단순함은 때 묻지 않은 야만이었다. 음압의 터널로 빨려 들어간 영상들은 즉시 포획됐고, 이내 잡아먹혔다.

쇄빙선에서 돌아온 후, 야벳의 눈빛은 늘 아래로 향했다. 무거운 몸도 취한 시선도 중력을 버거워했다. 아무것도 보려 하지 않았다. 곧 간과 솜털을 내주고 죽어야 하지만, 나태에 빠진 눈빛에는 그 어떤 발버둥도 없었다.

셈의 눈빛에는 신비함이 있었다. 검은 눈동자는 검은 몸보다 검었다. 그 검음은 매우 깊었다. 4,000년 전 인간이 닭을 집에 데리고 온 첫 순간부터 지금까지의 시간이 빽빽한 걸음으로 박혀 있었다. 검은 눈의 밑바닥에는 인간과 처음으로 만났던 순간의 기억이 침전돼 있었다.

셈은 가장 일찍 형질의 안정화가 이루어진 노아의 적자이자 함과 야벳의 형님이다. 생식 및 사육 환경 최적화로 전방위적인 보호를 받는 셈의 행동은 매우 유순했지만, 눈빛에는 글로 묘사하기 힘든 초조함이 있었다. 먹이도 충분하고 교미할 상대도 널려 있지만, 항상 무엇인가를 찾고 있는 듯했다. 그 해소되지 않는 욕구 때문에 셈의 눈빛에는 미묘한 불안이 덧씌워져 있었다. 셈이 재채기를 하고 나면 눈빛에 미세한 평화가 드리웠기 때문에, 나는 그 원인이 울고 싶어도 울 수 없기 때문이라고 추측했다. 하지만 그 평화가 길게 가지는 않았다.

아무튼, 내 마지막 연구를 마쳤다. 이제 이곳에서 더해야 할 연구는 없을 것이다. 시원하지도, 서운하지도 않다.

#123

특전사령관은 군 장성급 회의에서 전 군부대 내 클락헨-셈 사육을 제안했다. 참모총장이 바로 승인하자, 모든 부대 내 조리실 옆에 클락헨 우리와 소규모 GMO 옥수수밭이 조성되었다. 클락헨은 병사들에게 충분한 단백질을 공급했고, 동시에 병사들이 먹고 버린 엄청난 양의 음식물 쓰레기를 단번에 처리했다. 결과에 고무된 특전사령관은 군수사령부와 국방연구원에 클락헨-육계와 달걀의 전투 식량화 사업단을 꾸리자고 제안했다.

군 지하벙커에서 클락칵-함의 전략 무기화에 대한 회의가 열렸다. 회의는 철저한 보안 통제하에 특전사령관이 주재했다. 대통령과 국방부 장관, 4성 장군들과 리처드 소장이 참석했다.

사령관은 클락칵-함 부대를 핵미사일 보유에 빗대어 설명했다. 그는 수년 내에 클락칵-함의 살상 위력을 전 세계에 공개하자고 주장했다. 2차 세계대전 후 전 세계 안보가 새롭게 재편된 원인은 일본에 떨어진 원자폭탄의 존재를 모두가 인지했기 때문이라고 설명했다. 그는 옥수수로 만들어진 이 기념비적인 핵폭탄의 존재를 타국이 위협으로 인지할 수 있도록 동영상을 만들자고 제안했다. 100만 마리 규모의 클락칵-함 실전 전투 실험을 더 넓은 무인도에서 두 차례 더 시행한 후, 전략 미사일 기지처럼 전국 모처에 분산해서 보유하자는 계획을 발표했다. 브리핑을 들은 대통령이 리처드에게 분산 사육이 가능하냐고 물었다. 리처드는 보안만 확실하다면 어려울 것은 전혀 없다고 대답했다. 대통령은 이 안을 바로 승인했고, 총책임자로 특전사령관을 임명했다.

일주일 후, 전국 5곳 공군 비행장 옆에 클락칵-함 부대가 비밀리에 세워졌다. 비행장 근방의 GMO 옥수수 농장 부지도 선정을 마쳤다. 리처드 소장은 대성당의 클락칵-함, 클락헨-함 종계들 중 우두머리급을 뽑아서 다섯 그룹으로 분류했다.

가축으로서 인류와 오랜 시간을 같이한 '닭', 학명으로는 'Gallus gallus domesticus'이라는 조류는 멸종 위기종이 되었다.

기존의 닭들과 달걀들은 살처분되어 클락헨의 단백질 사료로서 종의 생을 마감했다. 과거의 닭은 동물원이나 일부 축산연구원에서만 볼 수 있었다. 이제 '닭'이라 함은 클락헨, 학명으로는 'Gallus gallus horologicus'를 지칭했다. 기존 닭의 진화 속도는 인류의 욕심이 커지는 속도에 비해 너무 느렸다. 4,000년 전 닭이 처음으로 가축화되었을 때, 인류에게 주었던 놀라운 축복은 어느 시점부턴가 당연한 것으로 바뀌었다. 익숙해진 닭 앞에 어느 날 갑자기 등장한 클락헨은 인류의 욕심을 한껏 채워 줄 놀라운 아이템이었다.

거위도 가축의 지위를 잃었다. 전 세계 사육 거위 개체 수는 98% 이상 감소했다. 아무도 비윤리적이며, 비싸고, 작고, 맛없는 거위의 간을 먹지 않았다. 거위의 다운(솜털)은 품질과 생산단가에서 클락헨-다운의 경쟁상대가 못 됐다. 거의 모든 거위 농장은 도산하거나 클락헨 농장으로 업종을 바꾸었다.

인류의 비호를 받으며 DNA를 무한정 복제했던 기존의 닭과 거위는 인류의 보호가 중단되자마자 멸종 위기에 처했다. 야생의 습성을 잊은 지 오래된 개체는 인간의 보호 없이는 생존이 불가능했다.

이제 인류는 성능이 떨어지는 구제품을 버리고, 고성능/고효율의 신제

품에 모든 것을 투자했다. 인류의 기억 속에서 기존의 닭은 점점 사라지고 있었다.

클락헨은 스마트폰처럼 인류의 일상 속으로 깊숙이 스며들었다. 굶주린 아프리카 아이들이 달걀과 닭고기를 배불리 먹는 장면이 들어간 다큐멘터리는 수천 편이 넘었다. TV에서는 '무인도에서 클락헨 1마리로 1달간 살아남기', '클락헨 한 마리로 창업하는 치킨집', '클락헨 요리 경진 대회' 등의 서바이벌, 예능, 미식 프로그램이 인기를 끌었다.

그러나 모든 신제품이 그러하듯이 클락헨에 대한 '신비', '축복', '놀람'은 시간이 갈수록 '익숙함', '당연함', '식상함'으로 바뀌었다.

*

제1처

"아직도 8층에 있어?"

"응. 이제 나가려고. 너는?"

영원할 것 같았던 안식년의 끝이 보였다.

진눈깨비가 몰아치던 겨울밤. 늦은 시간까지 연구실에 남아, 마지막 보고서를 끝냈다. 코트를 입고, 막 퇴근하려던 참에 앤의 전화가 왔다. 앤은 자신도 아직 홍보실에 있다며, 내 방에서 얼굴이나 보자고 했다.

내 방으로 입장한 앤은 배가 제법 나온 완연한 임산부였다. 쌍둥이라서 그런지 배가 더 커 보였다. 앤의 낭랑한 목소리와 둥근 배에서 끝없는 빛이 뿜어져 나왔다. 앤은 무거워진 배 때문인지, 들고 온 물건들 때문인지 가쁜 숨을 몰아쉬었다. 들고 온 묵직한 종이백, 카메라 그리고 두꺼운 3공 파일을 티테이블 위에 내려놓고는, 소파에 털썩 앉아 숨을 돌렸다.

4명이 숨쉬기엔 방이 좀 답답했다.

제2처

"나 어차피 오늘이 마지막 근무니깐, 홍보실 내 방에 있는 티테이블 너에게 올려 줄까?"

"아니야. 앤. 날씨 따듯해지면 나도 여기 그만둘 텐데 뭘. 그냥 둬."

가여운 앤. 티테이블을 보니 부끄러운 기억이 떠올랐다. 내 여성이 최고조였을 때, 나는 아무 이유 없이 앤을 의심하고 증오했다. 그때 나는 고귀함과 천박함의 터질 듯한 이중주를 견디지 못하고 결국 쓰러졌었다. 불쌍한 앤. 뒤틀린 나를 간호해주었지. 앤의 품에서 눈을 떴을 때 아른거렸던 초록 십자가가 떠올랐다. 가여운 앤. 못된 생각을 했던 나를 부디 용서해줘.

제3처

"그나저나 원래 있던 참나무 책상, 앤틱 소파는 다 어디로 뺐어?"

"관리팀에 부탁해서 끝방, 치료 방사선실로 옮겼어. 거기 어차피 아무도 안 쓰는 창고잖아."

앤의 말에서 '피터'가 파생되었다. 이 울림 때문에 다리에 힘이 빠져 넘어질 뻔했다. 어지러움이 격렬하게 선회했다. 1년 전 전원주택에서의 파국이 생각났다. 리처드의 저음이 최후의 심판처럼 귀에서 맴돌았다. '피터'라는 울림은 너무나 두려워 들을 수가 없었다. 회피하지 않으면 산산이 부서질 것이다. 그래서 나는 14대 다윗을 연상시키는 모든 물건을 치워 버렸다. 빈자리에는 중고 가구들을 대충 들여놨다. 소파의 앤이 3공 파일을 펼쳤다.

제4처

"연감 초본이야. 아직도 교정 중이지. 내가 긴 시간에 걸쳐 한 페이지, 한 페이지 쓰다 보니 양이 엄청나더라고. 오늘 첫 페이지부터 죽 읽어 봤어. 마지막이라는 생각이 들어서 그런지 좀 슬프더라."

"네가 혼자 다 했잖아. 이건 네가 낳은 거나 다름없어."

리처드의 목소리가 귀에서 가시질 않아 창문을 조금 열었다. 겨울바람이 스산했다. 멀리서 '쿵' 하는 트롬본의 울림이 밀려왔다. 저음은 밤 위에 검은

획 하나를 가로 그렸다. 피터의 음악, 코끼리 가족의 울음, '꺄아악' 소리는 들리지 않았다.

앤은 클락헨 제국의 실록, 종교의 경전과 같은 연감 편찬에 강한 애착을 가지고 있었다. 남편을 위해서, 또 곧 태어날 자식들을 위해서도 이 연감은 앤에게 중요했다. Nature지는 클락헨-셈의 전 세계 런칭 때 첨부했던 사용설명서만으로도 놀라움을 금치 못했었다. 만약 클락헨 연구소의 모든 것을 기록한 연감이 출간된다면, 모두 리처드의 왕좌 앞에 무릎을 꿇게 될 것이다. 앤은 메시아가 기적으로 창조해낸 검은 피조물의 기록을 단 한 개도 놓치려 하지 않았다.

제5처

"다 주변의 도움 덕분이지. 이 연감을 만들 때 사라가 많이 도와줬어. 가여운 사라. 은총이 가득하길. 그리고 리처드도 헉슬리의 도움이 없었다면, 결코 성공 못 했을 거야. 하늘에선 꼭 구원받길."

"그래. 헉슬리 일은 참 안됐어."

헉슬리는 2주 전 관사 아파트에서 숨진 채 발견됐다. 자살이었다. 연구소 전체가 충격에 빠졌다. 완성된 클락헨-야벳과 함께 남극에서 돌아온 그는 옥수수로 만든 보드카 L'Chaim을 끊지 못했다. 그는 하루하루 쇠약해졌다. 결국 병원에서 알코올 중독에 의한 간경화와 간암 말기라는 가망 없는 진단을 받았고, 며칠 후 올가미에 거꾸로 매달려 자살했다. 그다운 선택이었다.

지엄했던 리처드 대신 십자가를 졌던 헉슬리, 앤을 조건 없이 도왔던 사라. 두 후배는 너무 일찍 죽었다.

제6처

"시간이 걸리겠지만.... 내 희망이고 또 촉이지만, 피터는 자신의 모든 역경을 극복하고 여기로, 너에게로 다시 돌아올 거야."

"앤. 나 기억하고 싶지 않아."

앤은 내 앞에서 주저 없이 아예 '피터'라고 말해버렸다. 아직도 귀에서 맴도는 리처드의 목소리에 피터가 겹쳐지니 4명이 모두 모인 착각이 들었다. 하지만 앤과 나의 목소리도 피터와 리처드의 환청도 모두 반음씩 떨어지면서 점점 작아졌다. 그러더니 모두가 죄인처럼 탄식했다. 괴로웠다.

앤의 휴대폰 진동이 울렸다. 리처드였다. 소파에서 일어나 창가에서 전화를 받았다. 짧은 통화 후 앤은 어두운 표정으로 다시 소파에 앉았다. 많이 힘든지 뺨이 붉어지면서 식은땀을 흘렸다. 나는 앤의 오른편에 앉아 손수건으로 땀을 닦아주었다.

제7처

"발렌타인. 발렌타인 벨이 죽었데."

"뭐라고?"

혼란스러웠다. 피터의 입에서 발렌타인의 저주받은 저음이, 발렌타인의 입에서 피터의 부드러운 고음이 시차를 두고 들리는 듯했다. 불길한 불협화음이었다.

앤이 쓰러지듯 소파 위로 몸을 눕혔다. 앤의 말에 따르면 술집에서 싸움이 났고, 상대방의 칼이 발렌타인의 복부를 너무 깊게 찔러서 병원에 옮길 틈도 없이 즉사했다고 했다. 그리고 장례식에 피터는 나타나지 않았다고 했다.

사실 나에게 발렌타인은 나와 피터 사이를 훼방 놓던 사악한 존재였다. 그가 AIDS를 앓고 있는 동성애자이고, 피터의 파트너였다는 이야기를 앤에게 듣고 난 후 내 저주는 더욱 굳어졌다. 하지만 그의 비명횡사는 나를 혼돈에 빠뜨렸다. 연인의 장례식에도 오지 않은 피터는 지금 어디에 있는 걸까? 아직도 이탈리아에 있겠지? 피터도 AIDS일까? 회개치 못하는 사악한 마음에 불길이 솟구쳤다. 한 사람의 부고 앞에서 내 양심은 재가 되어 버렸다.

제8처 Lacrimosa

"너 요즘 호르몬 약 안 먹지? 딱 봐도 알아. 사랑도 처음이지만 이별도 처음이라는 걸 내가 간과했다. 이 맹꽁아. 바보같이 너만 축나는 거야. 아무 일 없던 것처럼 당장 예전으로 돌아가. 피터가 돌아올 수도 있잖아? 그때 어떻게 하려고? 내 말 들어. 이 쑥맥아."

"앤. 나 행복해. 나 때문에 울지마. 다시 먹을게. 꼭. 약속해. 아멘."

앤이 애통한 눈물을 터뜨렸다. 앤은 가져온 종이백에서 커다란 플라스틱통을 꺼냈다. 내가 먹는 호르몬제 2,000정이었다. 자신도 힘든데 나를 챙기는 어여쁜 마음에 가슴이 미어졌다. 나는 아이를 밸 수도, 낳을 수도, 젖을 먹일 수도 없을 것이다. 하지만 앤의 평화를 위해 거짓말을 해야만 했다. 굳이 안 먹겠다고 선언하며, 호의를 거절할 필요는 없었다. 그랬다가는 앤의 눈물이 멈추지 않을 것이다. 약속을 하고, 약을 받고, 그냥 안 먹으면 된다.

내 부르튼 입술을 보고 앤이 주머니에서 보습 립밤을 꺼내 내게 건넸다. 바르는 시늉만 내고 앤의 외투 주머니에 슬쩍 다시 넣었다.

제9처

"아차차. 전 소장이 지시했던 첫 클락헨 통조림, 무정란, 가공 육계 사진 찍어야 하는데. 기념비적인 사진이어서 연감에 꼭 채워놓고 떠나고 싶은데, 식당 문이 잠겨 있더라고."

"복도 끝 치료 방사선실이랑 식자재 창고랑 이어져 있어. 지금 같이 가서 사진 찍어 놓을래?"

진정한 앤은 8층에 들른 다른 이유를 설명했다. 앤은 힘겹게 소파에서 일어섰다. 앤의 출렁이는 배에서 두 천사가 부르는 찬가가 들리는 듯했다. 너무 신기한 나머지 귀를 앤의 배에다 댔다. 심연에서 생명이 조립되는 소리가 들렸다. 앤은 좀 쉬었다가 나중에 가자며 다시 소파로 풀썩 넘어졌다.

제10처

"내 배 한번 볼래? 터지기 일보 직전이야. 매일 리처드가 집에서 초음파를 봐줘. 둘 다 아주 잘 있다네."

"리처드는 이제 성당에 나가야 할 거 같은데?"

앤은 치마를 올려 배를 보여주었다. 임신으로 여기저기 길게 터진 피부는 채찍에 찢긴 상처 같았다.

리처드는 머리가 박살 나 몸통만 남은 로댕의 생각하는 사람 복제품을 버리고, 그 자리에 초음파 기계를 들여놨다고 했다. 그리고 매일 저녁 앤의 배에 초음파를 대고선 모니터에 나오는 쌍둥이 남매와 대화를 나눈다고 했다. 아버지 리처드는 믿음을 갖기 시작했다. 그는 앤에게 클락헨-함 시설을 연구소 내로 이전하고, 제4 보조축사로 쓰고 있는 대성당을 원상 복구하여 다시 가톨릭 교구회에 바치겠다고 했다. 만취한 상태로 14대를 운운하며 불가지론을 설파하던 아브라함이 떠올랐다. 그 앞에 앤이 조용히 놓았던 나무 젓가락 십자가. 리처드는 그 십자가의 길에 들어섰다.

제11처

"오늘 연감을 다시 읽다가 느낀 건데, 네 도움이 정말 컸어. 네가 강의해준 솎아내기 카드놀이, 전시회에서 함께 나눴던 대화들.... 모든 것이 연감을 쓰는 데 큰 도움이 되었어. 그런데 네 소설은 어떻게 되어가?"

"뭐...."

대답을 얼버무렸다. 자칫 '앤. 미안하지만 내 인생의 두 번째 소설은 없어'라고 못 박아 버렸다면, 지금 정말 후회하고 있을 것이다. 에피파니를 재발견해주고, 내 작가의 꿈을 위해 물심양면으로 애써주었던 앤. 천군만마보다 더 듬직한 내 후원자 앤. 호산나.

제12처

"그리고 또 재미있는 현상을 발견했어. 연감은 객관적인 문체로 기록처럼 써야 하는데, 군데군데 네 소설 에피파니의 문체를 따라 한 부분이 많더라고. 나 쌍둥이 낳고 나서 너와 함께 소설을 써볼까?"

"브론테 자매들처럼? 공동작으로?"

연감을 읽어 보니 실제로 그랬다. 특히 본격적인 아종 분화를 기록한 장에는 '카덴차-소나타 형식-3부 형식-론도'로 이어지는 베토벤 피아노협주곡 5번 '황제'의 음악 구조를 그대로 따랐다. 내가 에피파니에 썼던 수법이었다. 총명한 앤. 내 축복을 모두 가져가렴. 내가 네 연감에 간략한 주석을 붙여 볼게. 그리고 우리의 공동작을 가장 높은 데서 출간하자. 호산나.

제13처

"아아! 둘이 동시에 태동한다. 얼른 집으로 내려가자고 하는 것 같아. 네 발로 강하게 차니깐 꼭 발굽이 있는 어린 양 한 마리 들어가 있는 거 같다니깐. 얼른 사진만 찍고 내려가자."

"그래, 얼른 내려가자."

내가 앤의 짐까지 다 챙겼다. 배를 어루만지는 앤은 힘들지만, 행복해 보였다. 엄숙한 리처드, 경건한 앤 그리고 이 어린 양들이 모인 4명의 성(聖) 가족을 상상해보았다. 너무 완벽해서 내가 들어갈 자리는 없었다.

제14처 Communio

"나 출산할 때 전번 이식 때처럼 함께 해줄 수 있지? 분만실 안에 네가 함께 있어 준다면, 나 덜 무서울 것 같아. 우리 아이들이 내 자궁을 빠져나와 세상의 첫 빛을 볼 때, 네가 제일 먼저 마중해줬으면 좋겠어. 그러면 나보다 네가 먼저 내 아이들을 보게 되는 거야. 해줄 거지? 대모님. 해줄 거지?"

"그래. 앤. 내가 함께할게."

짐을 들고 앤과 함께 방을 나왔다. 불을 껐다.

#131

리처드 소장은 연구원들과의 약속을 지켰다. 소장은 종계 수출 후 보안이 풀린 논문들의 발표를 허락했다. 학계는 흥분했고, 찬사가 쏟아졌다. 클락헨-셈에 대한 논문들은 일제히 세계 탑클래스 저널의 표지를 장식했다. 그간 축적된 자료만으로도 논문의 가치는 엄청났다. 몇몇 저널은 클락헨과 관련된 논문만 따로 모은 특별호를 내기도 했다.

UN 산하 세계식량농업기구(FAO)는 대통령에게 세계 기아문제를 해결한 공로로 사무총장상을 수여했다. 노벨상 위원회도 내년 노벨 평화상 수상에 대한 긍정적 회신을 보냈다. 외교부 장관은 이를 대통령과 리처드 소장에게 보고했다.

크리스마스에 대통령은 리처드 소장에게 최고 훈장을 수여했다. 그리고 클락헨 연구소장이라는 직함에 '종신'이라는 단어가 추가됐다. 리처드는 고인이 된 수석연구원 헉슬리에게 부소장 직함을 추서했다. 대장으로 진급한 특전사령관을 위해 명예소장이라는 자리도 만들었다. 얼마 후 사령관은 육군참모총장으로 영전했다.

타임스지 인터뷰 이후 리처드에게 학계와 언론의 관심이 쏠렸다. 기자들은 푸아그라와 솜털에 관한 비밀을 집요하게 파고들었다. 이에 부담을 느낀 소장은 모든 인터뷰를 거절했다. 클락헨-야벳과 클락헨-함의 보안을 누구보다도 더 잘 알기 때문이었다. 언젠가는 공개될 사안이지만 지금은 아니었다. 외부와 차단된 채, 그는 새로운 극비 프로젝트에 몰두했다. 리처드의 큰 그림에는 모서리가 없었다.

클락헨은 런칭 1년 만에 전 세계 구석구석까지 퍼져나갔다. 사람이 사는 곳에는 반드시 클락헨이 있었다. 클락헨은 전 세계에서 기아를 몰아냈고, 인류에게 더할 나위 없는 번영을 안겨주었다.

*

치료 방사선실의 두꺼운 납문을 간신히 옆으로 밀고 들어갔다.

안은 불빛이 하나 없이 깜깜했다. 천장에서 떨어진 물방울이 바닥에 부딪히는 소리가 정적을 깼다. 오래 방치된 방에서 나는 먼지 냄새와 옮겨 놓은 피터의 책상에서 나는 목재 냄새가 뒤섞여 있었다. 휴대전화 불빛으로 전등 스위치를 켰다. 천장 모서리마다 거미줄이 붙어 있는 텅 빈 방이었다. 내 연구실과 구조가 거의 비슷했다. 3면으로 난 창문은 납으로 된 차폐막으로 닫혀 있었고, 방의 가운데에는 먼지가 수북이 쌓인 큰 CT 기계 같은 것이 놓여 있었다. 한쪽 구석에는 내 방에서 옮겨 놓은 책상, 의자, 소파가 있었다. 창문 반대편 벽에는 작은 문이 있었는데, 그 문을 열자 거대한 냉장고가 있었다. 들고 있던 짐을 책상 위에 내려놓았다. 냉장고 안에 한가득 쌓여 있는 클락헨 고기들과 달걀 사이에서 기념용으로 보관해 놓은 첫 시제품 통조림 라벨을 찾아냈다.

앤이 들고 온 카메라로 찍으려고 하는데 조명이 너무 어두웠다. 나는 문 옆에 있는 복잡하게 생긴 스위치를 올렸다. 그때 '웅' 하는 낮은 소리와 함께 중앙 CT 기계에 불이 들어왔다. 치료 방사선 기계가 켜진 것이다.

너무 당황했다. 머릿속으로 임신, 방사선 노출, 기형, 유산이라는 단어들이 관통했다. 그 단어들은 창백해진 앤을 꿰뚫어버렸다. 스위치를 내렸으나 불빛은 꺼지지 않았고, 기계는 계속 낮은 소리를 냈다. 반대편 식당 쪽 문은 아예 막혀 있었다. 마구잡이로다 눌러보았으나 방사선 발생장치는 계속 돌아갔다. 우리는 허겁지겁 들어왔던 출입문으로 달려갔다. 두꺼운 납문은 꼼짝도 하지 않았다. 자동 잠금장치 때문인지 아예 열리지 않았다. 앤은 문을 두드리며 도와달라고 소리를 질렀다. 나는 납문에 붙어 있는 키패드를 보았다. 해제를 여러 번 눌렀으나 소용없었다. 앤은 한 손으로 배를 필사적으로 가리고, 다른 손으로 문을 두드리며 소리쳤다. 얼른 기계 옆에 걸려 있는 방사선 차폐복을 앤에게 입혀주었다. 서둘러 휴대전화로 당직 관리팀에 전화를 걸었다. 그때 층별로 야간 순찰을 하던 경비대대 군인 둘이 앤의 비명을 듣고는 달려왔다. 군인 둘은 바깥쪽에서 납문을 강제로 밀기 시작했다. 한 명이 옆으로 간신히 통과할 만큼의 틈이 생겼고, 차폐복을 입은 앤이 서둘러 빠져나갔다. 이어서 나도 겨우 빠져나왔다.

나오자마자 앤은 반대쪽 복도를 향해 미친 듯이 기어갔다. 재빨리 쫓아가 앤을 안아주었다. 앤은 퍼렇게 질려 울었다. 임신 중후기에는 방사선이 태아에 미치는 영향이 거의 없으니 걱정하지 말라고 하며 앤을 진정시켰다. 앤의 호흡이 가라앉자 방사선실의 기계 소리도 저절로 멎었다. 관리팀 직원 둘이 급하게 올라왔다. 나는 직원과 함께 치료 방사선실 문밖에서 비밀번호를 재설정한 후 서둘러 잠가버렸다. 직원은 아직 방사선이 남아 있을 테니, 중요한 물건이 아니라면 나중에 꺼내자고 했다. 진정한 앤은 가슴을 쓸어내렸고, 군인들의 부축을 받으며 소장 관사로 돌아갔다.

앤의 멀어져가는 뒷모습을 보고 나니 맥이 탁 풀렸다. 연구동 현관 앞에 앉아서 한참을 쉬다가 겨우 집으로 돌아왔다.

3악장

Adagio. Langsam, feierlich
아다지오. 느리고, 장중하게

내 비극은 세상의 종말과 함께 시작되었다.

이제부터 어떻게 써야 할까? 그리고 무엇을 써야 할까?

이것을 기록하는 것이 의미가 있을까?

빈 종이도, 하나뿐인 볼펜도 이제 얼마 남지 않았다.

앤이 남긴 연감 초고의 뒷장에 써내려간 내 두 번째 소설은 결국 미완성이 되리라.

누군가 읽을 수 있다는 생각을 품고 일기를 써본 적이 있는가?

지금의 내가 그렇다.

이 글이 읽힐 수 있을까? 글을 읽을 사람이 존재하긴 할까?

나는 이 소설의 작가이자 유일한 독자다.

얼마가 될지 모를 내 남은 시간을 이 기록에 바친다.

이곳에 들어온 이후를 적어 내려가는 이하의 기록은 황혼을 향해 터벅터벅 걸어가는 이 세상의 마지막 페이지고, 내 두 번째 소설의 마지막 장(章)이며, 인류가 작곡한 마지막 교향곡의 마지막 악장이다.

어차피 독자가 없는 이 문자 뭉치에 무슨 격식과 법칙이 필요할까? 손 가는 대로, 펜으로 그리듯이 써내려간다. 이하의 글이 내 유서가 될지, 멸종의 보고서가 될지, 소설이 될지, 편지가 될지 모르겠다. 유서라면 남겨진 사람이 있어야겠지만, 이 세상에는 사람이 없다. 이 글은 이야기가 없는 소설이고, 수신인이 없는 편지이자 보고서다.

일기. 일기가 가장 맞을 거 같다. 독자가 작가고 작가가 독자다. 일기는 최소한으로 존재하는 내면의 책이다. 일기는 미완성을 내포하고 있다. 완결된 일기란 없다. 작가의 죽음으로 글은 최후의 순간을 기록할 수 없다. 열린 결말, 무한이 될 수 있는 아름다움. 미완성의 등 뒤에 비겁하게 숨어, 여기에 갈기듯이 나를 남겨 본다.

4달.... 아니 5달 정도 된 것 같다. 나는 지금 연구동 8층 치료 방사선실에 홀로 5달 동안 갇혀 있다. 한 걸음도 이 방 밖으로 나갈 수 없다. 그사이 구조는커녕 단 한 명의 사람도 보지 못했다.

납으로 차단된 창문 틈으로 본 세상은 온통 클락헨들 뿐이다. 하늘도 땅도, 가까운 곳도 먼 곳도 온 세상이 까맣다. 여기 방사선 기계에서 나지막히 나는 '웅' 소리가 세상의 유일한 소리다. 보이는 모든 곳은 클락헨으로 가득 차 있다. 지구상에서 말을 하고 글을 쓸 수 있는 생물은 나 하나다.

5개월간 살아남은 나의 결론은 이렇다.

인간이라는 생물은 멸종했다. 이제 시신조차 존재하지 않는다. 클락헨들이 뼈까지 먹었기 때문에 먼 훗날 인류는 화석조차 없을 것이다.

내가 최후의 인간이다. 확실하다. 내가 이 종(種)의 마지막 개체가 될 줄 몰랐다. 푸념하듯이 인류의 마지막을 기록한다. 왜 이런 상황이 발생했는지에 대하여, 클락헨에 대하여, 그리고 나에 대하여. 어둡고 절망적이다. 세상에 나밖에 없는데 누가 이것을 읽을 수 있으랴? 하지만 이 안에서 내가 할 수 있는 일이라고는 죽음을 기다리는 일과 쓰는 일밖에 없다. 그리고 그 시간이 머지않았다. 나는 얼마 버티지 못할 것이다. 그래서 쓰고 또 쓴다. 무인도에 갇힌 사람이 한 편의 시(詩)를 유리병에 담아 망망대해에 던지듯, 나는 쓰고 또 쓴다.

앤에게 바치는 내 소설을 미완성으로 마치고,
준비하는 마음으로 이 방에 들어온 이후의 나를 남긴다.

혹시라도 지금 이것을 읽고 있는 이가 있다면,
쓸쓸하게 썼고 씁쓸하게 쓸 이 기록이
그대에게 아름답길 바란다.

재앙의 날

앤과 이곳 치료 방사선실에 잠시 갇혀 있던 사건이 있고 그 다음 날 아침. 나는 메인축사의 코끼리 가족을 돌보고 있었다.

그때 사람들이 동시다발적으로 비명을 지르며 쓰러졌다. 연구원들도, 직원들도, 군인들도, 남자, 여자 할 것 없이 모두가 아랫배를 쥐어 잡으며 쓰러졌다. 엄청난 피를 쏟아내더니 곧바로 숨이 끊겼다. 축사의 잠금장치 통제가 안 되자 클락헨들이 일제히 밖으로 쏟아져 나왔다. 클락헨들은 움직이는 것은 닥치는 대로 공격했다. 나를 덮치려던 한 무리의 클락헨을 칼키가 옆구리로 막아주었다. 흰 칼키의 몸통은 순식간에 붉게 물들었다. 비쉬누는 크리슈나를 배 아래에 넣고 필사적으로 저항했다. 내 발밑으로 비쉬누의 한쪽 귀가 털썩 떨어졌다.

우선 축구장 밖으로 도망쳤다. 줄지어 선 트럭에서 공군 기지로 이송될 클락칵들이 모조리 빠져나와 병사들에게 달려들었다. 그때 헬리콥터 한 대가 대성당으로 추락했다. 굉음과 함께 클락헨-함 수십만 마리가 까마귀떼처럼 날아올랐다. 하늘이 순식간에 검어졌다. 나는 너무 놀라서 연구동 쪽으로 달렸다. 사람들은 계속 쓰러졌다. 클락헨들은 죽어 가는 사람을 공격했고, 죽은 사람을 쪼아 먹었다. 아비규환. 클락헨의 공격에 잠시나마 대항하던 군인들은 순식간에 전멸했다. 총소리와 비명은 짧았다. 사람들은 검은 깃털들에 휩싸이기 전에 피를 쏟아내며 죽었다. 나도 클락헨들의 공격을 받았다. 머리와 손바닥에서 피가 났다. 너무 당황해서인지 고통조차 없었다. 넘어지면서 뛰었고, 뛰면서 넘어졌다. 하늘에서 여객기들이 나뭇잎처럼 떨어지고 있었다. 멀리 공항 쪽에서는 폭발음들이 연이어 터져 나왔다.

연구동 8층 내 방까지 뛰어 올라갔다. 계단에는 시신들과 그것을 뜯어먹고 있는 클락헨들로 가득했다. 눈이 마주치자 클락헨들이 한꺼번에 나를 덮쳤다. 등과 다리에 부리와 발톱이 박혔다. 숨이 턱까지 찼지만 헤치고 달렸다. 만신창이로 8층에 올라왔더니 복도는 피와 클락헨으로 가득 차 있었다. 시신 해체에 정신이 팔린 클락헨 무리를 조심스럽게 피해 내 방문을 열었다. 창문이 깨져있고 클락헨 세 마리가 들어와 있었다. 깨진 창문으로 클락칵 세 마리가 더 날아 들어왔다. 여섯 마리는 뒷걸음질 치는 나를 한꺼번에 덮쳤다. 이때 내 왼쪽 귓바퀴가 떨어져 나갔다. 바로 옆 치료 방사선실로 달려갔다. 전날 설정한 비밀번호 1442를 누르는 그 짧은 순간에 클락헨 3마리가 내 옆구리를 공격했다. 가까스로 납문을 밀고 들어갔다. 문틈으로 쫓아 들어오려는 클락헨을 발길질로 겨우 물리치고 서둘러 납문을 닫았다. 창문 쪽으로 클락칵들이 날아와 부딪혔다. 납으로 된 차폐막을 조금 열자 더 많은 클락칵들이 날아와 창문을 부리와 발톱으로 때려댔다. 창문에 조금씩 금이 갔다. 그때 무슨 생각이 들었는지 방사선 발생장치의 스위치를 올렸다. 그러자 창가 쪽에 앉아 있던 클락칵-함들이 일제히 도망쳤다.

주저앉아서 가쁜 숨을 돌리고 휴대전화를 켰다. 앤에게 전화를 했으나 연결되지 않았다. 119는 신호음조차 가지 않았다. 전화는 먹통이 됐다. 인터넷에 접속해보았다. '속보: 전국적인 괴질 발생', '클럭헨 집담탈 출', '속보: 미확인 전엄병. 전 세계 동시다발작 발생', '콩고 대통령 급사', '전염병 발생. 대랑 출혈 후 사망. 외출 금지', '사망 자속출. 병원 마비' 등의 뉴스가 떠 있었다. 헤드라인뿐이었으며, 급하게 올렸는지 맞춤법도 띄어쓰기도 엉망이었다. 휴대전화를 내려놓고, 잘린 왼쪽 귀에서 흐르는 피를 지혈했다.

앤은 내가 보는 앞에서 죽었다. 가여운 앤. 내 사랑. 내 모든 것.

이곳에 들어와 기계를 켠 후 창문 틈으로 연구소 마당을 내려보았다. 검고 끔찍한 재앙이었다. 모든 클락헨들이 모든 시체를 뜯어먹고 있었다. 그 중앙에 보라색과 녹색이 섞인 임신복을 입은 앤이 배를 움켜잡은 채 쓰러져 있었다. 창백한 앤의 주변에는 피가 흥건했다. 창문을 두드리며 소리 질렀으나, 죽은 앤은 듣지 못했다. 클락헨들은 앤을 찢어 먹었다. 하얀 피부가 벌어지자 검은 풍선 같은 자궁이 튀어나왔다. 클락헨들이 앤의 자궁을 터뜨리자, 하얀 태아 둘이 양수와 함께 쏟아졌다. 둘은 탯줄이 붙은 채로 꼼지락거렸다. 몰려든 클락헨은 둘을 집어삼켰다. 멀리서 비쉬누의 처절한 울음소리가 들렸다. 나는 기절했다.

밤이 돼서야 정신이 들었다. 귀에서 나던 피는 멎었다. 세상은 조용했고 나는 시간을 잊었다. 창밖을 둘러보니 여기 8층을 제외하고는 그 어느 곳에서도 불빛을 발견할 수 없었다. 세상을 빈틈없이 메운 클락헨은 밤보다 더 검었다. 믿을 수 없는 현실을 받아들일 수 없었다. 삶과 죽음에 대한 모든 생각이 멎어 버렸다. 상황 판단이 전혀 되지 않았다. 자고 일어나면 모든 것이 원래대로 돌아가 있을 것만 같았다.

이튿날

다음 날 아침. 창밖으로 마당을 보았다. 앤은 흔적조차 없이 사라졌다. 앤이 죽은 자리엔 검은 달걀이 놓여 있었다. 그렇게 앤은 아이들과 함께 사라졌다. 너무 많이 울었다. 세상에 혼자 남은 어린아이처럼 울고 또 울었지만, 아무도 내 통곡을 듣지 못했다. 눈물은 촛농처럼 응축되어내 뺨에 붉은 화상을 남겼다.

이날 아침, 자살 생각을 했다. 클락헨에게 찢겨 먹히느니, 차라리 내 손으로 목숨을 끊는 편이 나을 듯했다. 이 방이 나를 얼마나 보호해줄지도 알 수 없었고, 방사선 발생장치가 언제까지 유지될지도 모르는 일이었다. 고통, 기억, 불안, 공포를 한꺼번에 없애려면 생각의 전원 스위치를 내리면 된다. 죽으려고 주변을 둘러보았다. 참나무 책상과 의자 그리고 소파. 책상 위에는 앤이 놓고 간 연감 파일과 카메라 그리고 호르몬 약통이 있었다. 앤. 그리고 피터와 리처드가 생각났다. 다시 울음이 터졌다. 피터도 리처드도 죽었을 것이다. 울다 지쳐 잠들었다. 잠들면서 영원히 깨지 않았으면 좋겠다고 생각했다. 차라리 잠든 채 편안히 죽는 것이, 불안하게 일분일초를 보내다가 죽는 것보다는 나을 것 같다는 생각이었다. 내가 할 수 있는 일은 아무것도 없었고, 발버둥 칠 기력도 없었다.

꿈에 앤이 나왔다. 밑바닥까지 떨어진 나는 현실과 꿈을 구분할 수 없었다. 앤은 내 하얀 토끼 인형의 모습이었다. 오른쪽 귀는 접혀 있었고, 하늘로 서 있는 왼쪽 귀의 끝부분은 조금 잘려져 있었다. 너무 귀엽고 사랑스러워서 눈물이 흘렀다. 앤의 목소리는 잘 들리지 않았다. 그러자 앤은 울고 있는 나에게 다가와 '쑥맥', '촉', '호르몬 약', '에피파니' 같은 단어들을 고귀하고 청량한 목소리로 속삭였다. 앤은 내게 키스하며 간절한 눈빛으로 내 두 번째 소설을 꼭 읽고 싶다고 했다. 그리고는 내게서 조금씩 멀어져갔다. 앤은 보랏빛의 보드라운 들판과 백합 꽃밭 사이를 총총 뛰어갔다. 사라지기 직전 앤은 뒤돌아서 내게 두 아이를 잘 부탁한다고 소리쳤다. 없어져 가는 앤을 붙잡으려 했지만, 발바닥이 땅에 붙어서 움직일 수 없었다. 내려다보니 내 발은 녹은 촛농처럼 바닥에 하얗게 뿌리를 박고 있었다.

소파 위에서 두 손으로 허공을 허우적대며 일어났다. 앤을 떠올렸다. 그리고 나는 마지막까지 살아보기로 했다. 작은 인기척조차 없었지만, 구조대에 대한 희망을 버리지 않았다. 이 재앙이 연구소에만, 국내에만 한정된 사건이라고 생각했다. 분명히 살아 있는 사람이 꼭 있으리라, 아니 많이 있으리라 생각했다. 이 방에는 컴퓨터 한 대 없다. 휴대전화를 켜보았다. 통화는커녕 와이파이도 먹통이었다. 오후 다섯 시라는 표시를 마지막으로 배터리가 방전되었다. 목이 마르고 배가 고팠다. 냉장고로 연결된 작은 문을 살짝 열었다. 클락헨은 없었다. 냉장고 안에는 클락헨 통조림과 육계 그리고 달걀과 푸아그라가 산더미 같이 쌓여 있었다. 가공 육계 한 마리를 꺼내 비닐 포장을 뜯었다. 생닭을 반으로 우두둑 찢었다. 반으로 토막 난 클락헨을 통째로 우걱우걱 씹어먹었다. 피부를 벗겨내 갈기갈기 찢어 먹었고 뼈까지 부숴 먹었다. 그리고 호르몬 약을 한 알 삼켰다.

일주일 후

일주일 정도 지나자 마음이 조금 가라앉았다. 그리고 고립에 익숙해졌다. 생활을 했고, 생각을 했다. 날달걀을 먹으며 상황을 정리해보았다.

이 방의 창을 통해 바라본 것들이 내가 세상에 대해 알고 있는 전부다.

단 일주일 만에 클락헨들은 발 디딜 틈 없이 늘어났다. 멀리 노란 시계밥 산은 4개의 봉우리 중에 2개가 사라졌다. 남은 둘도 온통 검은색으로 뒤덮여 점점 낮아지고 있었다. 가까이 메인축사의 스타디움 지붕 위에만 몇천 마리가 앉아 있었다. 클락칵-함 무리가 떼를 지어 날아오르면 마치 먹구름이 태양을 가리는 것처럼 세상이 어두워졌다.

차폐 창문을 열고 밖을 내다볼 때면, 멀리 있는 클락칵들이 내 움직임을 포착하고선 맹렬하게 날아왔다. 하지만 창문으로부터 약 5m 전방에서 일제히 급선회했다. 납문 밖의 클락헨들도 마찬가지였다. 5m 거리 밖에는 우글거렸지만, 단 한 마리도 문 쪽으로 접근하지 않았다. 간혹 무리로부터 떠밀려서 5m 안쪽으로 튕겨 나온 클락헨은 마치 자석이 같은 극을 밀쳐내듯 재빨리 반대편 무리 안으로 뛰쳐들어갔다. 냉장고 방 반대쪽의 쇠문은 바깥쪽에서 단단히 잠겨 있어 상황을 전혀 파악할 수 없었다. 나는 이 현상의 원인이 방사선 때문이라고 결론 내렸다. 이 약하게 조사되는 치료 방사선 기계의 방사선 덕분에 나는 살아남았다.

그제야 헉슬리의 논문 '방사선 조사량에 따른 클락헨의 이상 행동 - 유전자 복제의 관점에서'와 리처드가 무인도에 가는 내게 시키려 했던 '클락헨의 방사선 피폭 반응' 실험을 생각해냈다. 리처드와 헉슬리는 클락헨들이 본능적으로 방사선을 기피한다는 사실을 알고 있었다. 복제와 번식에 대한 욕망이 그 어떤 생물보다 강한 클락헨은 DNA 복제에 치명적인 방사선을 예민하게 감지하고 또 필사적으로 회피하는 형질을 획득한 것이다. 내 이러한 생각은 앤이 놓고 간 연감을 읽다가 더 확고해졌다. 예전에 작고 긴 통로에 방사능 촬영기를 설치해 일렬로 지나가는 클락헨-Genesis의 다리 근육량을 측정하려던 프로젝트가 있었다. 클락헨-Genesis가 통로 안으로 들어가지 않으려 해서 계획은 실패했었다. 최소 클락헨-Genesis 때부터 방사능을 기피하는 형질이 이미 그들 내부에 존재했을 것이다.

위협을 제거하고 나니 생존을 꾀하게 되었다. 물과 식량을 따져보았다. 창고의 대형 냉장고 안에는 클락헨 통조림과 육계 그리고 달걀과 푸아그라가 넘치게 쌓여 있었다. 얼음과 생수통도 여러 개 있었다. 식량은 아껴서 먹으면 2년은 버틸 양이었다. 우선 많은 양의 물을 확보해야 했다. 빈 통 하나를 꺼내 방구석 천장에서 한두 방울씩 떨어지는 옥상에 고인 빗물을 받았다.

안전과 생존이 어느 정도 보장되자 전력 걱정을 안 할 수 없었다. 내 시야 내에서 전력이 공급되는 곳은 연구동 8층뿐이다. 밤에 창밖을 보면 관사 아파트, 경비대대 건물, 보조축사들, 연구동의 다른 층까지 단 하나의 불빛도 없었다. 멀리 숲쪽을 보아도 마찬가지였다. 이 난리 통에도 8층의 전력이 유지되는 이유는 매립가스 발전소의 전력이 이곳으로 직접 들어오기 때문이었다. 천운으로 방사선 발생장치는 잘 돌아갔고, 나는 이곳의 형광등도 켤 수도 있었다. 하지만 전력이 영원히 공급되지는 않을 것이다. 방사선 발생장치가 멈추면 그 즉시 굶주린 클락헨들이 창문을 깨고 들어와 나를 잡아먹을 것이다.

내 생존을 연장하기 위해서 방사선 기계와 전력 장치에 매달렸다.

치료 방사선 기계의 복잡한 스위치 중에서 조사량을 조절하는 수동 스위치를 찾았다. 다이얼을 왼쪽으로 돌려 조사량을 줄이고, 납문의 작은 창을 보니 복도의 클락헨들이 1m 앞까지 다가왔다. 창문 쪽으로 날아오는 클락칵-함들도 1~2m 지점까지 접근했다. 반대쪽으로 다이얼을 돌려 조사량을 살짝 늘렸으나, 클락헨들은 5m보다 뒤로 물러나지는 않았다. 전력을 아껴야 하기에 5m 거리를 유지하는 최소한의 점에 다이얼을 맞췄다. 한쪽 벽에 장롱만 한 기계 2대가 눈에 띄었다. 연감을 읽다가 이 기계들이 비상용 대형 발전기라는 사실을 알아냈다. 가동해 보니 한 대는 게이지가 꽉 차 있었고,

다른 하나는 그 반밖에 없었다. 매립가스 발전소의 전력이 끊어지면 이 축전기가 나를 지켜줄 것이다.

구조대를 기다리며, 밤마다 납으로 만든 무거운 차폐 창문을 조금 열어서 불빛이 밖으로 새나가도록 했다.

일말의 안정감을 느꼈다. 시간을 번 느낌, 생명이 연장된 느낌을 받았다. 내 의지만 확고하다면 여기서 꽤 오래 살아남을 수 있다는 확신을 했다. 매일 호르몬 약을 먹고, 근력 운동을 했다.

그리고 연감의 뒤 페이지에 앤을 위한 소설을 쓰면서 5개월을 버텼다.

하지만 구조대는 오지 않았다.

괴질 그리고 나의 생존에 대한 추측

이 괴질의 정체는 무엇인가? 그리고 이 재앙의 근본적 원인은 무엇인가? 이하는 내 생물학적, 진화론적 지식과 경험, 재앙의 날 내가 목격한 괴질의 특징, 앤이 남긴 연감의 기록을 토대로 추측해본 것이다.

우선, 이 괴질은 기생충이나 세균 또는 바이러스에 의한 전염병이다. 잠복해 있다가 한꺼번에 발현한 것으로 추측해볼 수 있다. 그리고 인간한테만 발병한다. 사람들이 피를 쏟으며 한꺼번에 쓰러질 때, 비쉬누, 크리슈나, 칼키, 브라흐마는 쓰러지지 않았다. 전 세계인이 보균자고, 증상은 과다 출혈로 인한 사망이다. (1)인간에게 잠복해 있다가 발병한 치명적인 전염병 - 바이러스일 가능성이 높음.

그러면 괴질의 발원지는 어디인가? 클락헨이 연관된 것은 확실하다. 에

볼라 바이러스와 코로나 바이러스의 근원이 박쥐인 것처럼, 괴질 바이러스는 분명 클락헨 안에 있었다. 하지만 클락헨이 바이러스의 발원체인지 중간숙주인지, 단지 매개체인지는 알 수 없다. 전 세계 런칭 이후 클락헨은 도시와 농촌은 물론 사막부터 남극까지 널리 퍼져졌다. 지구촌 구석구석까지 클락헨이 보급되었다. 그 후 약 6개월째, 너무나도 정확하게 한날한시에 모든 인간의 몸에서 동시에 발병했다. 바로 이 사실 때문에 클락헨이 괴질 바이러스를 만들어낸 발원체일 가능성에 무게가 실린다. 클락헨은 시간에 민감하고 또 굉장히 정확하다. 이러한 특징을 가진 생명체는 지구상에 클락헨뿐이다. (2)클락헨은 괴질의 발원체 또는 매개체 - 발원체일 가능성이 높음.

그렇다면 괴질 바이러스는 어떻게 모든 인간에게 감염되었는가? 즉 감염 경로.

식중독, 콜레라같이 클락헨 식품을 통한 전파나 수인성 감염은 확실히 아니다. 아무리 인간이 클락헨을 많이 섭취했다 해도, 대부분 닭고기와 달걀은 굽거나 삶아서 먹는다. 그러면 클락헨이 자신의 몸속에 괴질 바이러스를 갖고 있다 하더라도, 요리 때 가한 열에 의해 모조리 파괴된다. 게다가 현대의 높은 위생 상태에서 비위생적 섭취에 의한 전 세계적 유행은 불가능하다. 탈락.

매독, 헤르페스, 임질 같은 성접촉에 의한 전파나, 간염 바이러스, AIDS 같이 수혈, 주사기 등에 의한 전파는 더 가능성이 없다. 탈락.

연가시, 말라리아, 일본뇌염처럼 모기나 다른 곤충을 매개로한 감염. 즉 클락헨이 원숙주이고 모기 같은 매개체가 이것을 사람에게 옮긴 것. 이것은 가능성이 있다.

하지만 가장 가능성 큰 경로는 호흡기를 통한 공기 중 감염이다. Pandemic. 넓은 지역을 빠르게, 한 명도 예외 없이 감염시키려면 이 방법밖에 없다. 천연두, 홍역, 페스트, 스페인 독감, 결핵, 탄저균, 중동 호흡기 증후군(MERS), 중증 급성 호흡기 증후군(SARS), 코로나 바이러스처럼 확산 속도가 빠른 경로는 비말을 통한 호흡기 감염 및 전파뿐이다. 즉 클락헨에서 사람으로, 사람에게서 다시 사람으로 퍼지는 경로다. 예전에 대충 읽었던 헉슬리의 논문 '비말성 클락헨 난자를 이용한 이종 간 수정'이 기억난다. 기억이 가물가물하지만, 헉슬리는 비말형 수정란에 관하여 보고했다. 다른 사람도 아닌 헉슬리의 연구라 머릿속에서 계속 맴돈다. (3)감염 경로: 매개체에 의한 감염 또는 비말을 통한 호흡기 감염이 Pandemic으로 벌어짐.

괴질 바이러스의 숙주 공격 기전은 무엇일까? 재앙의 날, 모두가 엄청난 양의 피를 쏟아내며 죽었다. 자연계에 잠복 바이러스가 숙주를 즉사시킬 수 있는 기전은 많지 않다. 아마도 잠복한 바이러스가 발현할 때, 인간의 혈관 내피세포를 특정해서 공격하는 어떤 물질을 함께 분비했을 것으로 추측해 본다. 이 물질이 심혈관이나 뇌혈관 또는 대동맥이나 기타 중요 동맥을 터뜨리면 인간은 급사를 피할 수 없다. (4)숙주 공격 기전: 바이러스가 직접 또는 간접적으로 혈관 내피세포를 다발성으로 파괴. 이로 인한 뇌출혈, 심근경색, 폐출혈 등 대량 출혈과 쇼크로 숙주 사망.

하지만 지난 5달간 풀리지 않는 의문. 그 의문의 존재가 지금 이것을 쓰고 있다. 왜 나만 예외인가?

평생 남들 눈에 띄지 않게 살아온 나에게 이 예외는 축복이 아니다. 나도 모든 사람과 함께 사라졌어야 했다. 이 기적적인 생존은 살아남은 자의 축복이 아니라 홀로 남겨진 자의 고통일 뿐이다. 왜 나는 급성 괴질 바이러스에 걸리지 않은 건가?

우선 내가 남들과 생물학적으로 다른 점에 초점을 맞춰보자. 나는 성관계를 가져본 적이 없다. 하지만 이것을 어떻게 특정한단 말인가? 탈락. 다음, 나는 2세 이후부터 난소가 없었다. 이것이 가장 크게 구별되는 점이다. 하지만 남자들도 다 죽었다. 좀 더 정확하게 범위를 좁혀보자. 난소가 없기 때문에 내 몸의 세포들은 감수분열을 해본 적이 없다. 생식세포, 감수분열 여부로 초점을 맞추면 남자들의 죽음이 설명된다. 결정적으로 재앙의 날에 내가 목격한 바에 의하면, 쓰러져 죽어 가던 사람들 중 대다수가 하복부에 대량 출혈이 있었다. 이상을 토대로 가정해보면, (5)괴질 바이러스는 난소나 정소 같은 인간의 생식세포, 감수분열 세포를 표적으로 한다.

소결론(1): 클락헨에서 유래된 또는 클락헨을 중간숙주로 하는 괴질 바이러스가 호흡기를 통해 체내로 감염. AIDS 바이러스가 면역세포, 간염 바이러스가 간세포를 특정하듯이, 괴질 바이러스는 감수분열을 하는 생식세포(정소, 난소)에 잠복. 무증상 기간 동안 사람 간 전파 확산. 이후 잠복 기간에 무관하게 일정한 시각에 동시다발적으로 발병(Pandemic). 숙주(인간)의 혈관 내피세포를 공격해서 출혈성 합병증을 유도해 숙주를 파괴.

그런데 이 소결론에서 벗어나는 사례가 있다. 나 같은 사람들이다. 내 가정대로라면 양측 난소 적출술을 받은 사람은 바이러스에 감염되지 않을 것이다. 그렇다면 이 재앙에서 예외가 된다. 하지만 그 수가 얼마나 될까? 재앙을 피했다 하더라도 굶주린 클락헨에게 산 채로 뜯어 먹혔을 것이다. 모든 사람이 죽고, 세상은 클락헨으로 뒤덮였다. 양탄자처럼 깔려 있는 클락헨은 인간의 움직임이나 냄새를 포착하면, 떼로 달려들었다. 문이나 창문 따위는 쉽사리 부숴버렸다.

5달이 지난 지금, 차폐막, 전력, 방사선, 물, 식량 없이 인간이 살아 있을 확률은 없다. 운 좋게 튼튼한 곳에 숨은 이들도 지금쯤 모두 굶어 죽었을 것이다.

소결론(2): 내가 살아남은 이유. 위의 가정들로 유추해보면 내가 살아남은 이유를 설명할 수 있다.

난소가 없어서 또는 감수분열을 해본 적이 없어서 (둘 중에 뭔지는 모르겠다) 괴질이 발병하지 않은 것이 내 생존의 제1 조건이다. 그다음이 재앙의 날에 방사선이 발생하는 이곳으로 피신한 점. 게다가 이곳에 전력과 식품이 있다는 점이다. 이것이 내가 지금 종이 위에 볼펜으로 이 글을 쓸 수 있는 이유다.

이럴 확률은 구골분의 일이겠지만, 그렇다고 아예 없다고는 하지 못하리라. 클락헨의 출현도 그렇지 않은가? 이 희박한 우연이 진화의 원리다. 재앙과 같은 급격한 환경 변화 속에서 살아남은 개체는 같은 종의 다른 개체와는 구별되는 예외적인 특징을 가지고 있어야만 한다. 즉 이러한 상황에서는 특별한 돌연변이만 생존한다.

항생제 내성균의 생존도 같은 원리이다. 항생제의 원리는 균의 특정 부위를 공격해서 터뜨리는 것이다. 그런데 어떤 돌연변이가 특정 부위가 없는 채 태어났다면, 위 항생제 공격으로부터 혼자 살아남는 것이다. 이 한 개의 돌연변이 세균이 무한히 증식하여 새로운 균총을 만드는데, 이것이 항생제 내성균이 되는 것이다.

이 원리를 나에게 적용해보면, 나는 지구라는 샤알레 위에 가득했던 75억 마리 세균 중 우연히 생긴 불임체 돌연변이였다. 샤알레 위로 검은 죽음의 항생제가 빈틈없이 도포되었을 때, 나는 감수분열이 없다는 이유만으로 운 좋게 죽음을 피했다. 그리고 항생제가 흥건해진 샤알레 위에서 지금까지 홀로 살아남았다. 나는 클락헨이 만들어낸 '검은 살상제'의 '내성 인간'이다.

하지만 나는 항생제 내성균 군집처럼 새로운 내성 인간 군집을 만들 수 없다. 지금 이 세상에는 정자가 없다. 설령 어딘가 있다손 치더라도 살아 있는 유일한 여자인 나는 난자가 없다. 나의 죽음이 곧 인류의 마지막이다. 우리는 곧 멸종할 것이다.

클락헨이 괴질 바이러스를 만들었을까?

그렇다고 치자. 클락헨이 괴질 바이러스(K)를 만들었다고 가정하고 클락헨 DNA에게 묻는다.

'도대체 복제 상 무슨 이득이 있기에 K를 만들고 퍼트렸는가?', '굳이 바이러스를 만들어내 인간을 몰살하는 것이 도대체 너희들에게 어떤 생존적, 진화적 이득이 되는가?'

클락헨 DNA의 입장에서 최대한 이기적으로 생각해봐도 전혀 대답할 수 없다. 즉 클락헨은 K를 만들지 않았다. 괴질 바이러스의 발원지는 코로나 바이러스나 에볼라 바이러스처럼 야생의 박쥐나 원숭이일 것이다. K는 자연 발생했고, 전 세계에 퍼진 클락헨을 중간숙주 삼아 전 인류의 몸속으로 파고든 것이다.

하지만 재앙의 날에 괴질 바이러스가 보여준 시간 인지 능력(동시다발적으로 발병)을 생각해 보면, 도저히 클락헨 DNA를 배제하기가 어렵다. 분명 어떤 연관이 있을 것이다. 인간선택(사육)된 클락헨이 K를 만들어냈다면, 자연선택(야생 닭)에서도 K는 발생했을까? 인간의 과도한 욕심 때문에 K가 발생한 걸까? 인간의 욕심이 없었다면 K는 발생 과정 중에 사라졌을까?

적자생존과 같은 구태의연한 딜레마 –K는 적합했기에 살아남은 것인가? 아니면 살아남았기에 적합한 것인가? 그렇다면 K는 도대체 무엇에 적합한 것인가? 클락헨? 인간? 아니면 K 자신?

여기까지다. 더는 모르겠다. 결론을 낼 수 없다. 길어야 1년 남짓한 시간, 넓어야 소회의실만 한 이 공간에서는 이 복잡한 원인을 파악할 수 없다. 결국, 나 혼자만의 사고실험(思考實驗)과 추측뿐이다. 내 근거 없는 가정과 불완전한 결론에는 수많은 반박 질문들이 꼬리에 꼬리를 물뿐이다.

흔한 좀비 영화처럼 기적적인 백신이 개발되어 인류를 구원하는 시나리오는 없다. 백신을 개발할 인간도 없고, 구원받을 인간도 없다. 내가 죽으면 인류는 K의 존재를 알지 못한 채로 절멸한 셈이 된다. 공룡의 갑작스러운 멸종을 명확하게 설명할 수 있는 이론은 없다. 모두 인간의 추측일뿐이다. 인간의 멸종도 마찬가지일 것이다. 7천만 년 후쯤 '한때 지구를 지배했던 인류가 갑자기 멸종한 원인은 무엇이었을까?'라고 추측하는 주체가 누가 (혹은 무엇이) 될지는 모르겠다. 그게 신인류가 되었건, 진화한 바이러스가 되었건, 문명화된 클락헨이 되었건, 외계인이 되었건 간에 그 문명에도 분명 고고학자 한 명쯤은 있겠지.

이 글을 읽는 이(무엇)에게

반갑습니다.

나는 인류 멸종의 날에 살아남아 이곳에 들어와 5개월까지 생존한 최후의 인간입니다.

재앙의 근원지인 클락헨 연구소의 연감과 말미에 붙인 내 기록과 이론이 인류 멸망의 원인을 밝히는 당신의 연구에 작으나마 도움이 되길 바랍니다.

탈출 시도, 소설, 방사선

고립 두 달 때쯤. 죽음에 포위되어 있었지만, 나는 꾸역꾸역 잘 살았다. 불안도 적응된다. 마음속에서 나를 집어 삼킬듯한 죽음의 파도는 점점 잔잔해졌다.

앤을 기리며, 나는 참나무 책상에 앉아 연감의 이면지에 두 번째 소설을 쓰기 시작했다. 차분한 죽음을 기다리며, 우리 4명의 아름다웠던 기억을 되짚었다. 소설을 쓰면서 내가 '최후의 인간'이라는 우울한 생각을 잊을 수 있었다.

유산한 앤의 문병을 가서, 라벨의 '어미 거위' 피아노 연탄곡을 들으며 나눴던 대화는 동화처럼 썼다. 그 장의 마지막 대화 –

"다리가 새로 생긴 것 같아." 첫걸음마를 떼는 아이처럼 뒤뚱거렸지만, 그 흔들림에는 점점 고조되는 희망의 율동이 있었다.

"잘됐네. 그 새로운 다리로 내일 당장 피터를 만나러 가."

– 를 쓰고나서 나는 탈출을 생각했다. 하지만 엄두가 나지 않았다. 새로 생긴 인어공주의 다리는 너무나 연약했고, 검은 세상은 막강했다. 인어공주는 세상을 구하려고 바다를 탈출한 게 아니다. 인어공주는 새로 생긴 두 발로 자신의 사랑을 찾아 한 걸음 한 걸음 천천히 걸었다. 그래서 나는 앞장에 이어 희곡 3막 '첫 키스'를 썼다. 슈베르트를 흥얼거리며 한 글자씩 천천히 썼다. 음악이 몹시 그리웠다. 음악만 있어도 이 진저리나는 생존을 견딜 수 있을 것 같았다. 그리고 앤과 함께 갔던 '전람회의 그림' 갤러리 파트를 구상할 때쯤 나는 다시 탈출을 결심했다.

연구동 밖으로 나가봤자 기다리는 건 죽음뿐이었다. 그렇다고 전력과 식량이 떨어질 때까지 맥 놓고 기다릴 수만은 없었다. 더 늦기 전에, 후회하기 전에 행동하기로 했다. 우선 클락헨으로 포위된 행동반경을 조금이라도 늘려 보고 싶었다. 8층의 다른 방들까지, 그게 힘들다면 오디오와 CD가 있는 내 연구실까지만이라도 가고 싶었다. 제일 먼저 방사선 조사량을 조절해 보기로 했다.

테스트로 방사선 발생장치의 다이얼을 줄여 보았다. 예상대로였다. 납문에 난 작은 창으로 복도를 바라보니 5m 밖에서만 서성이던 클락헨 무리가 문 앞까지 다가왔다. 창밖에서는 비행하던 클락칵-함이 창밖 난간에 날아와 앉았다. 다이얼을 원래대로 돌리자 복도의 클락헨들은 5m 라인까지 서둘러 후퇴했고, 창밖 난간의 클락헨들도 모두 날아갔다.

방사선 차폐복을 입고 다이얼을 오른쪽으로 크게 돌렸다. 복도의 클락헨들은 주춤거리며 조금 더 뒤로 물러났다. 6m 정도는 되었다. 다이얼을 최대치까지 돌렸다. 방사선 발생장치에서 큰 소리가 났다. 하지만 클락헨들은 6m 뒤로 더 후퇴하지 않았다. 방사선 조사량과 클락헨의 접근 금지 반경은 6m 지점이 한계점이었다.

강한 방사선 피폭 때문이었는지, 나는 소설을 쓰다가 의식을 잃었다. 며칠이 지났을까? 땀에 흥건히 젖은 채로 눈을 떴다. 기운이 없고 어지러웠다. 목이 뜨거웠고, 몸 여기저기에 수포가 생겼다. 구역질이 나서 토를 했는데 신물에 피가 섞여 있었다. 생리혈도 찌든 검은색이었다. 몹시 어지러워 혼자 헛소리를 해댔다. 탈출은 고사하고, 회복이 우선이었다. 그리고 며칠 동안 나는 반쯤은 섬망 상태로 '전람회의 그림' 갤러리 파트를 썼다.

그 일이 있고 나서 두 번 다시 다이얼을 만지지 않았다. 탈출 시도 덕분에, 현재 수치가 나와 이곳을 보호하기 위한 가장 최소의 조사량이라는 것을 확인할 수 있었다. 몸이 어느 정도 추슬러지니 정신이 맑아졌다. 나는 탈출 시도를 완전히 접었다.

검은 침묵의 변주곡이 세상을 빈틈없이 메워가고 있다.

하늘과 땅은 클락헨의 검은 양탄자로 뒤덮였다.

클락헨은 연구소 마당의 잔디는 물론 멀리 숲의 모든 녹색을 전부 먹어치웠다. 나뭇가지마다 클락헨들이 까마귀떼처럼 줄지어 앉아, 메마른 가지에서 힘겹게 망울지는 순을 파먹었다.

흰색의 메인축사와 연구소 건물들은 회색을 거쳐 이제 모조리 검은색이 되었다.

샛노랗던 시계밥산은 내 시야에서 완전히 사라졌다. 갓 부화한 병아리들조차 검은색이었다. 검은 새끼 늑대들은 부화하자마자 자신의 껍데기를 게걸스레 부숴 먹었다.

4색의 담채화 같던 연구소는 이제 먹지가 되었다.

나만의 4성 푸가도 검은 침묵으로 덮였다.

연구소 전체를 감싸던 프란츠 피터 슈베르트의 테너 파트는 추방되었다.

소프라노와 베이스를 맡았던 살처분장의 해머 소리와 닭의 비명은 재앙의 날 멈췄다.

클락헨이 벙어리가 된 후부터 알토 파트를 맡았던 코끼리 가족의 울음은 죽어버렸다.

지금은 검은 침묵뿐이다.

침묵은 검음 속에 숨어서 꿈틀거리며 변주곡을 연주한다. 이 무궁동(perpetuum mobile)은 영구기관처럼 종료가 없다.

검은 침묵의 변주곡이 세상을 빈틈없이 메워가고 있다.

검은 침묵의 변주곡

변종 1. 클락헨-Rex

인간의 통제가 사라지자마자 클락헨들은 자유롭게 아종 간 교배를 했다. 어느 날 정오. 숲이 움직였다. 그 움직임이 전나무 가지를 흔들자, 앉아 있던 클락헨들이 한꺼번에 날아올랐다. 빽빽한 숲을 빠져나온 거대한 물체는 키가 참나무만 한 클락헨 3마리였다. 키가 족히 20m는 넘는, 검은 깃털이 덮여 있는 공룡 같았다. 육중한 걸음걸이로 주변의 클락헨들을 밟아 짓이긴 후 흙과 함께 먹어 치웠다. 3마리 중 맨 뒤의 한 마리는 쏜살같이 날아온 클락헨에게 눈을 공격받고는 거목처럼 쓰러졌다. 삽시간에 클락헨들이 모여들어 공룡 한 마리를 게걸스럽게 해체했다. 다른 한 마리는 메인축사로 들어갔다. 남은 한 마리는 유난히 더 컸는데 놈의 왼쪽 눈이 나와 마주쳤다. 그놈은 나를 향해 천천히 걸어왔다. 반사적으로 방사선 기계의 다이얼을 잡았다. 다행히 놈은 다른 클락헨처럼 5m 정도 앞에서 멈춰 섰다. 놈은 긴 목을 내 쪽으로 뻗었다. 고개를 옆으로 돌려 오른쪽 눈으로 나를 응시했다. 창밖의 눈동자는 한낮에 뜬 검고 거대한 만월이었다. 명암이 뒤바뀐, 저주받은 그림에 갇힌 나는 꼼짝할 수 없었다. 놈은 검은 시선만으로 유리창을 깨버리고, 납덩이를 녹여버릴 듯했다. 인력(引力). 그 검고 깊은 눈 속으로 빨려들어 갈 것만 같았다. 나도 모르게 다이얼을 쥔 손에 힘이 들어갔다. 그렇게 5초가 지났을까? 백 마리쯤 되는 클락헨 비행편대가 기습적으로 놈의 긴 목덜미를 공격했다. 놈은 머리를 크게 흔들고는 뒤돌아서서 날개를 펼쳐 파리 떼를 쫓아내듯 펄럭였다. 그리고는 그대로 날아올라 숲 속으로 돌아갔다.

아마도 클락칵-함과 클락헨-야벳의 잡종 돌연변이일 것이다. 이 돌연변이는 개체 수가 많지는 않은 것 같다. 하지만 도태되지도 않았다. 지금도 저 멀리 연구소 정문 쪽에 거대한 암수 한 쌍이 나타나 교미를 하고 있다. 이 공룡들은 항상 잊을만하면 갑자기 나타난다.

변종 2. 클락헨-Worm

어느 오후. 소설을 쓰던 중 납문 밖에서 무거운 물체가 부딪히는 둔탁한 소리가 났다. 겁에 질려 얼른 구석으로 피했다. 5분이 지나도록 조용했다. 조심히 작은 창으로 복도 쪽을 보았다. 문 바로 앞에 애드벌룬만 한 클락헨 한 마리가 있었다. 터질 듯이 불어난 몸은 징그러운 애벌레 같았다. 날개가 떨어져 나간 한쪽 어깻죽지에서는 검은 피가 심박에 맞춰 뿜어져 나왔다. 부러진 양쪽 다리를 끌며 방사선이 미치지 않는 5m 라인을 향해 필사적으로 기어가고 있었다. 그 라인에는 굶주린 클락헨들이 다가오는 먹잇감을 노려보며 도열해 있었다. 발버둥 치느라 떨어져 나온 검은 솜털 때문에 복도 전체가 검었다. 놈은 결국 중간 선상에서 퍼져버렸다. 그리고는 사과만 한 달걀을 낳았다. 달걀 위에 새겨진 산란날짜를 보고 싶었으나 놈의 거대한 몸통에 가려 보이지 않았다. 바닥에 자빠진 채 숨을 헐떡거리던 놈의 왼쪽 눈이 나와 마주쳤다. 그 눈빛은 내가 알던 야벳의 무기력한 눈빛이 아니었다. 깊은 눈빛은 행복해 보였다. 그렇게 30분쯤 지켜봤다. 그런데 놈은 죽어 가면서 또 달걀을 낳았다. 30분 만에 낳은 것이다. 그것도 죽어 가는 개체가. 이번에도 날짜가 보이지 않았다. 마지막으로 사력을 다해 놈이 고개를 들었다. 그리고 나와 또 눈이 마주쳤다. 놈의 느긋한 눈빛 속에는 나를 향한 비웃음이 스며있었다. 그리고는 자신이 흘린 피 위로 고개를 철퍼덕 떨구고는 죽었다.

이 거대한 애벌레는 동종포식을 피해 몸부림치다가 납문 쪽으로 굴러떨어진 것 같았다. 방사선을 피해 다시 무리 쪽으로 돌아가려 했지만, 심한 부상으로 돌아가지 못한 채 죽은 것이다. 큰 애벌레 같은 이놈은 셈과 야벳의 잡종이었다. 체구도 알의 크기도 너무 컸다. 게다가 30분마다 알을 낳았다. 결정적으로 나와 마주친 그 눈빛은 순종 야벳의 눈빛이 아니었다.

이틀 뒤 2개의 달걀에서 검은 병아리가 부화했다. 두 마리는 부화하자마자 방사선을 피해 반대쪽으로 내달렸지만 기다리던 클락헨들에게 바로 잡아먹혔다. 잠시 후 죽은 클락헨 사체가 조금씩 움직이더니 총배설강 쪽에서 병아리가 하나 튀어나왔다. 검은 병아리는 비틀거리더니 몇 발자국 못 움직이고 쓰러져 죽었다.

이 큰 애벌레 같은 잡종은 크게 번성했다. 메인축사 지붕 위는 이놈들로 가득하다. 대성당의 첨탑 밑에, 위병소의 지붕 위에, 앤이 죽었던 자리 위에서 웅크린 채 알을 낳고 죽고를 반복하고 있다.

변주 3. 그 외 돌연변이들

날개 중간에 손톱이 붙어 있는 놈들, 뱀 같이 몸통과 꼬리가 긴 놈들, 펭귄처럼 직립 보행을 하는 놈들, 부리가 펠리컨보다 긴 놈들 등등. 수많은 돌연변이 변종들이 발생했지만, 대부분 동종포식으로 사라졌다. 몇 주 전부터는 클락헨과 클락칵의 중간 정도로 생긴 돌연변이가 자주 관찰되었다. 자웅동체가 의심되지만 확인할 길이 없다.

변주 4. 비행과 수영

클락헨은 뛰어서, 날아서, 헤엄쳐서 먹이가 있는 모든 곳으로 뻗쳐 나갈 것이다.

처음에는 클락칵-함만 날 수 있는 줄 알았다. 몇 주가 지나고 나니 클락헨-야벳의 성질이 강한 뚱뚱한 잡종을 제외한 모든 클락헨들이 날고 있었다. 철새들처럼 V자 형태로 대오를 갖춰 날기도 했고, 메뚜기 떼처럼 한꺼번에 날아올라 태양을 뒤덮기도 했다. 가끔 지평선 쪽으로 유유히 멀어져가는 거대한 클락헨-Rex는 고요한 여객기 같았다. 내 예상에 헉슬리가 극지방에 두고 온 클락헨-야벳들은 지금쯤 수영 능력도 갖추었을 것이다. 그렇다면 펭귄과 바다표범은 완전히 멸종했을 것이다. 고래를 비롯한 해양 생물들은 언제까지 버틸 수 있을까?

무인도가 생각난다. 그곳에서 살아남은 클락칵들은 섬 전체에 먹을 것이 줄어들자 동종포식이 심해졌다. 결국, 해안가로 몰려가 오리처럼 물고기를 사냥했다. 어쩌면 극지방에 두고 온 클락헨-야벳보다 먼저 물갈퀴가 생겼을지도 모른다. 클락헨의 진화 속도, 돌연변이 발생률과 번식력을 생각했을 때, 이제 수영은 물론 잠수까지 가능할 것이다.

희망. 항상성.

무인도에 관해 쓰다가 갑자기 한 가지 희망이 떠올랐다.

항상성(Homeostasis).

소설에 써 놓고도 왜 이 생각을 진즉 못했지? 방사선 때문에 머리가 점점 나빠지는 것 같다.

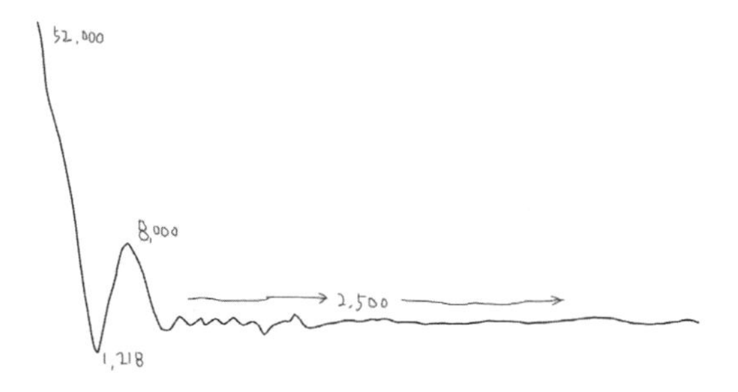

무인도에 투하된 52,000마리의 클락헨은 전투와 식량 부족으로 1,218마리로 급격하게 줄어들다가, 2세대가 태어나면서 8,000마리로 최대치를 찍었다. 이후 다시 감소하여 2,500마리 정도가 되었다. 이 2,500이라는 숫자는 계속 유지되었다. 즉 '클락헨'이라는 '생물'과 '섬'이라는 '자연' 사이에 평형 상태 즉 항상성을 이룬 것이다.

큰 수를 넣어보자. '섬'이 아닌 '지구'로 확대. 내가 봤을 때 클락헨의 개체 수는 지금도 늘어나고 있다. 아직도 저 많은 클락헨들이 섭취할 식량이 있다는 이야기다. 즉 현재는 최대치를 향해가는 중이다. 그러다가 지구상에서 더는 잡아먹을 동식물이 없어지는 시점에 개체 수는 최대치를 찍은 후 급격하게 줄어들 것이다. 그리고는 일정한 개체 수를 유지. 자연 법칙상 항상성을 이루는 그 지점은 반드시 올 것이다. 하지만 얼마나 걸릴지는 알 수 없다.

그런데 이걸 희망이라고 부를 수 있을까?

세상을 빈틈없이 메워가고 있다

통제가 사라진 클락헨들은 무제한으로 교미를 한다. 이제 무정란은 없어졌을 것이다. 이제 모든 달걀은 유정란이다.

클락칵은 온종일 죽이고 먹고 교미만 한다. 클락헨은 온종일 죽이고 먹고 산란만 한다. 게다가 낳는 족족 검은 병아리로 부화하니 개체 수는 기하급수적으로 늘어난다.

이론상 클락헨 한 마리가 하루에 12개씩 유정란만 낳으면, 5세대째에 총 개체 수는 5억 마리가 된다. 클락헨이 지구를 빈틈없이 메우는 데 오랜 시간이 걸리지 않을 것이다.

어림짐작으로 단순하게 계산.

내가 알고 있는 것은 지구의 반지름(6,400km)과 한 해에 일반 닭이 500억 마리 도축된다는 것, 한 해에 인간이 먹어 치우는 달걀이 1조 2,000억 개라는 것뿐이다. 클락헨이 나오기 전의 통계다.

지구의 전체 표면적은 5억 1,000km^2. 이 중 1/3인 1억 7,000km^2이 육지다.

1m^2마다 1마리가 있다고 치면, 육지를 클락헨으로 전부 덮어버리는데 170조 마리가 필요하다.

클락헨 이전의 닭 기준으로, 한 해에 도살되는 닭과 먹어치우는 달걀을 합하면 1조 2,500억이다. 인간이 멸종했으니 닭은 도살되지 않는다. 교미는 무제한 허용된다. 그러니 달걀은 모두 유정란으로 부화할 것이다. 이 중 1/5이 성계가 되기 전에 자연사한다고 치더라도 한 해에 1조 마리다. 이 중 절반인 5,000억 마리의 암탉이 일반 닭 기준으로 한 해에 200개의 유정란을 낳는다고 치자. 100조 마리다. 일반 닭으로 지구 육지 표면적을 다 덮는 데 필요한 시간은 2년.

여기에 클락헨을 대입. 클락헨은 일반 닭보다 12배의 번식력이 있으니, 지구 전체를 클락헨으로 빈틈없이 메우는 데는 약 두 달.

아니겠지. 물론 여러 가지 주요 변수들을 너무 많이 무시한 단순한 계산이다. 클락헨의 수명은 한 달이고, 수시로 동료들에게 잡아먹힌다. 하지만 클락헨의 진화가 어느 방향으로 전개될지는 미지수다. 지구상의 식물과 동물은 모두 클락헨의 먹이가 될 것이다. 창문 밖의 숲은 앙상하다. 마당의 클락헨은 옷은 물론 책도 종이 한 장 남기지 않고 먹어 치운다.

이 상태가 지속된다면 지구 표면은 거대한 단백질 덩어리가 될 것이다. 아마 대기의 78%를 차지하는 질소는 클락헨 단백질 합성에 고정되면서 그 비율이 점점 줄어들 것이다. 클락헨은 수만 년간 유지되던 질소 순환(Nitrogen Cycle)을 단번에 끝장내버릴 수 있다.

검은 침묵의 변주곡이 세상을 빈틈없이 메워가고 있다.

피라미드 먹이 사슬

오늘은 새벽부터 일몰까지 온종일 창밖을 관찰했다. 여전히 클락헨들로 빽빽하다. 줄어들 기미가 보이지 않는다. 클락헨 이외의 생명체는 존재하지 않는다.

클락헨은 인간을 모두 먹어치웠다. 코끼리도 마찬가지다. 아… 나의 비쉬누! 세상에서 모성은 사라졌다. 진화가 빠른 클락헨은 반드시 물갈퀴를 만들어 낼 것이다. 그러면 해양 생물들도 불 보듯 뻔하다. 자연 생태계 피라미드의 맨 위부터 밑바닥까지 모두 클락헨의 아종들이 차지했다.

클락헨은 식물의 열매는 물론 나뭇잎, 꽃, 나무껍질까지 먹는다. 씨앗이 발아할 틈을 주지 않는다. 식물 역시 절멸할 것이다.

와글거리는 검은 소용돌이 속에서, 클락헨 아종들은 나름대로 서열을 정리하고 있다.

클락헨 100마리 중에 함은 3마리, 셈은 32마리, 야벳이 65마리 정도의 비율이다. 여기에 클락헨-Worm은 야벳의 3배에 달한다. 클락헨-Rex는 먼 발치에서 아주 가끔 볼 수 있다. 다시 정리. Rex 1마리를 기준으로 하면, 함은 100마리, 셈이 1,000마리, 야벳이 2,000마리, Worm이 6,000마리다. 포식성, 공격성은 개체 수의 정반대 순이다.

클락헨 아종 간에 포식-피식 관계, 즉 일종의 먹이 사슬 피라미드가 조금씩 형성되고 있다. 맨 꼭대기에는 클락헨-Rex가, 맨 밑에는 클락헨-Worm이 위치한다.

포식자-피식자 방정식(predator-prey equations).

상위 포식자는 하위 피식자가 적으면 먹을 게 없어서 개체 수가 줄고, 반대로 하위 피식자가 많으면 먹을 게 많아서 수가 늘어난다. 마찬가지로 하위 피식자는 상위 포식자가 증가하면 그만큼 많이 잡아먹혀 개체 수가 급감하고, 반대로 상위 포식자가 줄어들면 덜 잡아먹히기 때문에 개체 수가 많이 늘어난다. 이런 식으로 상위 포식자의 개체 수와 하위 피식자의 개체 수는 서로 반비례하게 된다. 두 생물의 개체 수를 그래프로 그리면, 두 개의 엇갈린 주파수의 진행처럼 크게 요동칠 것이다.

지금은 무한정 늘어나기만 하는 상태지만, 어느 시점이 되면 자연 생태계처럼 완벽한 먹이 사슬 피라미드를 형성할 것이다. 바로 그때 피라미드의 가장 아래 칸인 놈들의 먹이 - 인간을 포함한 동물, 곤충, 식물이 고갈된다면, 피라미드는 단번에 무너질 것이다.

멸종은 늘 진화와 나란히 진행된다.
그런데 그때까지 내가 살아남을 수 있을까?
멸종의 끝자락에서 내가 무엇을 할 수 있을까?

기침

요 며칠 비가 많이 왔다. 감기에 걸렸다. 기침이 멎지 않는다. 천장에서 떨어지는 빗물을 모아 받아 마신 게 문제인지 구역질도 심하다. 호르몬 약 때문일지도 모르겠다. 아니면 방사선이 체내에 축적되어 생긴 증상일 수도 있다. 모르겠다. 아무튼, 클락헨은 점점 더 늘어나고 나는 점점 약해지고 있다. 클락헨은 지구를 덮을 기세고, 나는 곧 없어질 것이다.

소설을 군데군데 수정 보완했다. 앤, 피터, 리처드가 그립다. 나를 삼각형으로 만들어 준 직선들. 나는 암흑 속에 덩그러니 기투(企投; Entwurf)돼 버렸다. 내 존재는 구속적이며, 한시적이다. 한기가 든다. 앤과 함께 마시던 따듯한 차 한 잔이 간절하다. 하지만 여기엔 티백도, 물을 끓일 포트도 없다. 앤과 함께 듣던, 피터와 함께 연주했던 슈베르트가 간절하다. 하지만 여기엔 오디오도 CD도 없다. 넷이 함께했던 음식들이 생각난다. 하지만 여기엔 차가운 닭고기뿐이다.

소파에 누운 채 기침에 대해 곰곰이 생각해봤다. 내 기침이 아니라 클락헨의 기침을.

클락헨은 울지 않는 형질이 생길 때 기침을 시작했다.

해부 부서는 대식 때문에 클락헨의 식도가 점점 팽창됐고, 그 부분이 울대(syrinx)를 압박해 목소리를 잃었다고 설명했다.

기침의 원인은 두 가지였다. 하나는 팽창된 식도와 위장관(소낭, 선위)이 횡격막을 자극해서고, 다른 하나는 좁아진 기도로 공기가 빠르게 이동하며 발생한 와류 때문이었다.

축사가 조용해진다는 사소한 이점 그리고 클락칵-함이 적진에 소리 없이 잠입할 수 있다는 큰 장점 때문에, 이 형질은 클락헨의 제 6형질로 채택됐다. 즉 클락헨-노아 이후의 모든 클락헨은 벙어리지만 한숨 같은 기침을 했고, 기침 같은 한숨을 내쉬었다.

숙주 관점에서, 기침이란 행위는 호흡기로 침입한 바이러스나 세균을 외부로 쫓아내는 물리적인 방어기전이다. 하지만 바이러스 관점에 보면, 숙주를 재채기시킴으로써 자신의 DNA를 더 넓은 범위로 퍼뜨리는 이득을 취한다. 스페인 독감, 흑사병, 감기, 결핵, 코로나바이러스, 중동호흡기증후군(MERS), 중증급성호흡기증후군(SARS), 천연두. 모두.

연구소가 클락헨의 조류독감 가능성을 생각 못 했을 리 없다. 내가 한 검사만 100회가 넘었다. 수시로 클락헨의 구강점막과 기침 때 나온 비말에서 바이러스와 세균 검사를 했다. 정밀 검사 결과 비병원성 상재균과 클락헨의 DNA만 나왔다. 이 DNA는 섭취한 클락헨 사체 블록이거나 피검체의 점막 세포에서 기인한 것이다. 클락헨-셈 종계의 전 세계 런칭 직전에 한 검사에서도 마찬가지 결과였다. 할 수 있는 모든 검사의 모든 결과가 음성이었다.

다시 한 번, 클락헨이 괴질 바이러스를 만들었다고 치자. 그렇다 하더라도 클락헨 DNA 복제에 아무런 득이 없는 재채기를 유도할 필요가 있을까? DNA 입장에서 아무런 도움이 되지 않는데 굳이 그것을 퍼뜨릴 이유는 없지 않은가? 괴질과 기침은 클락헨 진화상 연관이 없는 개별적인 일인 듯하다.

괴질 바이러스의 발생지는 다른 곳이며, 클락헨은 단지 중간숙주일 뿐이다.

클락헨의 재채기로 인해 공기 중 감염이 확산.

클락헨에게서 인간에게로, 인간이 또 인간에게로. Pandemic.

그게 전 인류에게 잠복해 있다가 재앙의 날에 터짐.

하지만 설명이 안 되는 점이 있다. 범유행까지는 가능하다. 그런데 왜 한날한시에 발병했는가? 거의 물질에 가까운 생명체인 바이러스가 시간을 인식할 리는 없다. 이건 정말 바이러스가 클락헨의 시각인지 DNA 형질을 포함하지 않고서는 생각할 수 없는 특징이다.

또 제자리걸음이다.

비가 많이 온다. 열이 나고 어지럽다. 너무 춥고 기침이 멈추지 않는다. 아랫배가 너무 아프다.

앤과 함께 로열 밀크티를 마시며 음악을 듣고 싶다. 피터의 품에 안겨 와인을 마시며 음악을 듣고 싶다. 사무치게 그립다. 돌아가고 싶다.

도대체 어디서부터 잘못된 것일까?

아랫배의 통증은 조금 누그러졌다. 하지만 기침이 멎지 않는다. 살기 위해서 푸아그라와 날달걀을 먹었다. 호르몬 약도 잊지 않고 먹었다. 받은 빗물은 별도로 보관해두고 아껴둔 생수를 마셨다. 내가 그리고 인류가 한심하다.

이렇게 한순간에 멸종한 종이 또 있을까? 그렇게 잘났던, 만물의 영장인 인류는 대멸종을 전혀 예측할 수 없었나? 7000년간 축적한 문명과 과학은 고성에서 발견된 돌연변이 닭 한 마리로 인해 한꺼번에 무너졌다.

도대체 어디서부터 잘못된 것일까?

클락헨. 괴질 바이러스를 인간에게 퍼뜨린 클락헨이 원흉이다.

하지만 더 근본적인 원인은 '탐욕'이다. 인류는 욕망을 채우기 위해서 클락헨을 끊임없이 개량했고, 전 세계로 퍼뜨렸다.

클락헨은 인류의 욕망에 딱 맞아떨어졌다. 특히 진화의 가속도는 거부하기 힘든 유혹이었다.

바위로 만든 거대한 바퀴. 멈춰있는 이 바퀴를 처음 굴리기는 무척 힘들다. 하지만 가속도가 붙기 시작하면, 살짝 미는 힘만으로도 빠르게 굴러간다. 돌무늬가 안 보일 정도로 회전이 빨라지면, 돌 바퀴를 밀었던 인간의 손바닥은 이제 가속도에 방해될 뿐이다. 그러다 돌덩이 바퀴가 내리막길에 접어드는 순간, 속도는 주체할 수 없게 된다. 멈춰보려고 바퀴에 손을 대는 순간, 바퀴의 회전력 속으로 목숨이 빨려 들어간다. 바퀴는 인간을 삼켜버린다. 인간이 건드린 돌 바퀴는 이제 제어할 수 없는 속력으로 인류를 짓뭉갠다.

4000년 전. 닭은 야생의 새였다. 인류는 달걀을 얻기 위해 이 새를 마당에 들였다. 곡물을 제공하고, 울타리를 세워 천적으로부터 보호해주면서 닭을 가축화했다. 이때 돌 바퀴가 반 바퀴쯤 구른다. 4000년 전 닭은 일주일에 한 개씩 또는 6일에 한 개씩 달걀을 낳았다. 그러다 5일에 한 개씩 달걀을 낳는 돌연변이 닭이 출현했고, 인류는 부지불식간에 솎아내기를 했다. 4일에 한 알, 3일에 한 알, 이틀에 한 알… 결국 하루에 한 알을 낳는 닭이 '자연선택'이 아닌 '인간선택'되어 번성했다. 이제 바퀴가 제법 굴러간다. 농업의 발달로 곡물이 남기 시작하면서, 인간은 달걀을 얻는 것처럼 닭고기도 넘치게 얻고 싶었다. 산란계와 육계가 분리됐다. 바퀴는 더 빠르게 굴러간다. 전보다는 수월했지만, 속도를 유지하기 위해서 여전히 손이 많이 간다.

클락헨이라는 매혹적인 돌연변이가 나타났다. 이 닭은 달걀 껍데기에 산란날짜를 표기할뿐더러, 하루에 2개씩 알을 낳았다. 돌 바퀴는 이제 클락헨 연구소라는 내리막에 들어선다. 하루에 3개씩, 하루에 5개씩, 하루에 8개씩… 결국 하루에 12개씩 달걀을 낳는 클락헨-Genesis가 탄생했다. 더 많은 고기를 얻기 위한 굵은 다리와 큰 날개, 부화의 편이를 위한 자동 부화. 이제 바퀴를 따라잡으려면 뛰어야 하는 지경이다. 인위적인 아종 분화. 수출 상품으로, 비밀무기로, 고가품을 얻기 위한 화수분으로 세 조각난 바퀴의 가공할 속도는 이제 측정이 불가능하다. 이제 쫓아갈 수도, 멈출 수도 없다. 극한의 속도가 바퀴의 개수를 무한히 증가시킨다. 수 조개의 검은 바퀴는 지구를 완전히 뭉개버린다.

바퀴의 속도는 인간의 탐욕과 정비례했다. 나도 인류도 욕심에 눈이 멀어 이 간단한 법칙을 눈치채지 못했다. 너무 한심하다. 모든 인간은 죽어버렸기에, 회한은 고스란히 나 혼자만의 몫이다.

미끼

큰입배스, 황소개구리, 뉴트리아.

강한 식성, 번식력, 생존력과 빠른 이동, 확산 능력 때문에, 단 몇 마리만으로 지역 생태계 질서를 완전히 망가뜨리는 '생태계 교란종'이다. 보통 식용목적으로 들여온 외래종이 순식간에 주변 생태계를 점령해 버리는 경우가 대부분이다. 인간은 위험을 느낀다. 하지만 이 종들은 갑자기 불어난 개체 수 때문에 경쟁이 심해지면서, 그 수는 저절로 줄어든다. 인간은 완전한 박멸을 위해 미끼를 건 덫이나 낚시를 이용해 대대적인 사냥을 시작한다. 이렇게 '생태계 교란종'들은 자연에 의해 또 인간에 의해 극소수만 남거나 아예 멸종돼 버린다.

클락헨.

'생태계 교란종'보다 식욕, 성욕, 확산력이 몇백 배는 뛰어난 클락헨은 지구 생물계를 순식간에 멸종시킨 '생태계 파괴종'이다.

그렇다면 클락헨은 누가, 어디서 들여온 것인가? 그냥 구골분의 일로 발생한 돌연변이인가? 클락헨은 오래된 성의 지하에서 우연히 발견됐다고 들었다. 진짜 그랬을까? 아마도 리처드는 자세한 내막을 알고 있었을지도 모른다.

인류는 밀림과 숲이 주는 무한한 혜택을 누렸지만, 그 숲의 첫 나무 그리고 그 첫 나무의 씨앗이 어떻게 생겼는지는 모른다. 우리는 그저 숲이 제공한 산소를 들이마셨고, 나무를 베어 종이와 책상을 만들었을 뿐이다. 그 기원을 모른다고 해도 아무런 문제가 없었으며, 또 굳이 알 필요도 없었다. 마찬가지로 인류는 최초의 클락헨에 대한 정확한 생물학적 근원을 알 수 없었다. 확률과 진화의 신비를 핑계 삼아 놀라지도 궁금해하지도 않았다. 그리곤 그 매력에 빠져 우리 입맛대로 개량해 나갔다.

만약 신(神)이 있다면, 신이 인류 멸망이라는 검은 미끼를 고성의 지하에 슬쩍 떨어뜨려 놓았던 건 아닐까? 인간의 욕망을 거름 삼아 무한대로 자라날 이 재앙의 씨앗을 말이다.

인간.

'교란종'이란 말은 피라미드의 상위 개체가 하위 개체를 규정하는 '정의'일 뿐이다. 그리고 인간은 피라미드의 꼭대기에서 오랫동안 군림했다. 인간의 위에는 신(神)뿐이다.

입장을 바꿔 놓고 생각.

신이 인간을 악질적인 '생태계 교란종'으로 규정했다면? 그리고 덫과 낚시에 매단 미끼처럼 클락헨 씨앗을 보냈다면? 인간의 탐욕은 이 매혹적인 검은 미끼를 지나칠 수 없었다. 인류는 이 단순한 미끼에 아주 멋지게 낚였다. 우리에겐 박멸될 이유가 충분했다. 멸종의 메커니즘은 소름돋는 침묵을 싣고 끔찍한 속도로 돌아갔다.

단 한 알로 태고의 피라미드가 무너졌다.

공간과 시간이 조용하지만 빠르게 왜곡되기 시작했다.

시계로 가득 찬 공간은 한없는 암흑의 시각이 돼버렸다.

클락헨은 생태계 정화를 위해 신이 불은 검은 바람이었다.

나는 암흑 속으로 내던져진 마지막 한 개의 촛불처럼 위태롭다.

돌 바퀴가 굴러와 부러져 버릴지, 검은 바람이 불어와 꺼질지 아니면 전부 촛농으로 녹아 없어질지는 모르겠다. 방식이 어떻든 간에 나는 꺼질 것이고, 우리는 박멸될 것이다.

내가 진실로 진실로 너희에게 이르노니, 한 알의 밀이 땅에 떨어져 죽으면 한 알 그대로 있고, 죽지 아니하면 많은 열매를 맺느니라.

- 요한복음 21:24

Coda

*

앤이 죽은 날. 납문을 열고 들어온 앤은 무척 평안해 보였다. 오히려 홀로 남은 나를 걱정하는 듯한 표정이었다. 내게 쌍둥이를 부탁하면서, 다시 글을 쓰라고 속삭였다. 울면서 붙잡으려 했지만 앤은 흰 허공이었다.

2주 정도가 흐르고 이곳의 생존에 어느 정도 익숙해지자, 점점 고립과 슬픔에 무덤덤해졌다. 원래 외톨이였기 때문에, 세상에 홀로 남겨진 내 처지가 어색하지 않았다. 비쉬누와 앤과 피터와 함께했던 연구소 시절은 과분한 축복이었다. 그들은 내게 모성과 우정과 사랑을 가르쳐 주었다. '그냥 원래 자리로 돌아왔다'라고 생각하니 마음이 편해졌다.

앤이 보고 싶을 때는 임신한 앤의 땀을 닦아주었던 손수건을 펼쳐 보았다. 손수건에는 앤의 채취와 얼굴이 고스란히 남아 있었다. 손수건을 품에 안으면, 내 흰 토끼가 이 험한 곳으로 찾아왔다. 앤은 납문을 열고 배경음악과 함께 나타났는데, 그게 꿈인지, 환각인지, 환청인지, 실제인지 분간할 수 없었다. 촉과 쑥맥 같은 지난 이야기들, 살아남아라, 호르몬 약을 먹어라, 운동해라, 글을 써라 등의 귀여운 잔소리를 주로 했다.

하지만 피터는 한 번도 나를 찾아 이곳에 오지 않았다. 피터가 그립다. 피터와는 작별 인사도 제대로 하지 못했다. 이별한 지 1년이 훌쩍 넘었지만, 아직도 그와 함께 울렸던 음악들이 사무치게 그립다.

앤의 명령대로 최대한 살아보기로 했다. 그리고 여기가 더 버틸 수 없는 그 시각이 오면, 바로 직전에 자살하기로 맹세했다. 마치 천수를 누리다가 자연사하는 것처럼.

마감 시간이 다가오기 전에 내가 해야 할 일을 생각했다. 가장 가치 있는 일을 하고 싶었다. 그래서 무언가를 쓰기로 했다. 참나무 책상에 앉아 연감을 펼쳤다. 하지만 첫 장 뒷면에 볼펜심이 닿자마자 펜을 놓았다. 나는 망설였다. 무엇을 쓸 것인가?

필기도구라곤 앤이 연감 파일에 꽂아 놓은 검은 볼펜 한 개뿐이었고, 종이도 연감의 마지막 페이지 뒤에 꽂혀 있는 여분의 백지 서른 장(이제 반쯤 남았다)이 전부였다. 3공 파일의 뒤 커버에는 처음이자 마지막이 된 클락헨 연구소 디너파티의 한 장짜리 프로그램과 '전람회의 그림' 전시회 팸플릿 한 장이 꽂혀 있었다. 이게 전부다. 나는 무언가를 무한정 쓸 수 없는 처지였다.

처음에는 연감의 뒤 페이지에 인류의 역사, 종교, 지식, 문화와 예술을 목록으로 기록하려 했다. 인류가 이룩한 모든 것이 파괴되고, 전래해줄 인간마저 멸종해버린 이 깜깜한 시대를 탐구할 미래의 고고학자를 위한 선물로 말이다. 하지만 내키지 않았다. 그리고 이 글을 과연 누가 읽을 수 있단 말인가? 내가 쓸 글은 독자가 없다. 먼 훗날 구골분의 확률로 누군가에 의해 이 파일이 발견되고 해독되어, 내가 쓴 대로 인류가 다시 복원된다고 상상해보았다. 그들은 언젠가 또 클락헨을 기를 것이다. 어디서부터 잘못되었는지 모른 채 멸망해버린 종족의 역사를 그대로 남겨 놓을 이유는 없다. 나는 멸종의 책임도 복원의 사명감도 없다.

의미가 멸종한 세상이다. 나의 의지가 곧 세상의 의미다. 나는 앤을 향한다.

두 번째 소설을 쓰기 시작했다. 앤을 기억하며, 앤에게 감사하며, 앤을 잊지 않기 위해서, 앤을 위해서, 앤과의 약속을 지키기 위해서 연감의 뒷면에 넷의 이야기를 천천히 써내려갔다.

나는 독자가 없는 책을 쓰는 작가다. 읽는 사람을 배려할 필요가 전혀 없다. 고로 쓰는 행위를 통해 내가 행복하면 된다. 이 소설은 소통의 수단이 아니다. 이 소설은 죽을 나와 죽은 앤을 위한 헌사다.

흑백이었던 내 삶을 채색했던 모성, 우정, 사랑이라는 붓질은 결국 미완성으로 끝났다. 하지만 내 꿈, 작가로서의 꿈은 마지막까지 꼭 붙잡고 싶었다. 글을 쓰면서 소중했던 우정, 모성, 사랑을 모두 복원할 수 있었다. 임박한 죽음을 기다리던 나에게 집필은 큰 위안이었다.

앤은 내 두 번째 소설을 매우 좋아했다. 의자 뒤에 서서 내 어깨너머로 글을 보며 웃기도, 울기도 했다. 눈을 감은 채 추억에 잠겨 흐뭇해하기도 했다. 책상에 걸터앉아 감탄도 했고, 소파에 기대앉아 어색한 부분을 지적하기도 했다. 나는 3달 동안 앤과 함께 소설을 썼다. 느긋하게 썼지만, 가끔 앤의 독촉에 속필도 했다. 앤과 나의 피아노 연탄곡인 이 미완성 소설은 더할 나위 없이 아름다운 음악이었다.

그리고 이 기록으로 소설의 결말을 대신하려 한다. 내 소설의 결말은 나의 죽음이자 인류의 멸종이다. 혹시나 하는 마음에 이 재앙에 대한 마지막 목격담을 남겨 놓아야 한다는 병신 같은 생각이 들었다. 모쪼록 다음 인류는 같은 실수를 하지 않길 바란다. 클락헨들이 사라지고, 무엇인가가 이 파일을 발견한다면, 다시 또 진행될 세상에선 부디 같은 실수를 반복하지 않기를 바란다.

지금 생각해도 참 잘한 결정이었다. 쓰는 동안 나는 행복했다.

멋진 현악 사중주였다. 소설을 마친 날, 나는 여기에 갇힌 후 처음으로 웃었다.

*

앤과 함께 쓴 내 두 번째 소설은 3달 만에 탈고했다. 미완성으로 남겨 놓은 이유는 앤이 쓴 연감의 마지막 페이지가 갑자기 끝나버렸기 때문이다. 앤이 연감에 마지막으로 남긴 문장은 '인류에게 더할 나위 없는 번영을 안겨주었다'였다. 그다음 페이지부터는 여분의 백지였다. 백지는 너무나 하얬고, 곧 죽을 듯 창백했다. 앤의 미완성과 앤의 죽음과 앤의 쌍둥이가 나를 후벼팠다. 연감의 마지막 페이지와 뒤에 남겨진 백지를 끌어안고 토하듯이 울었다. 더 쓸 수가 없었다. 억지로 마무리를 짓자면 결말에 모두의 죽음을 써야만 한다. 너무 가혹한 일이었다. 더는 쓸 수 없었다. 다만, 더는 읽을 수 없는 앤이 내 글을 좋아해줬으면 하는 마음뿐이었다. 왈칵 눈물이 쏟아졌다.

울다 잠든 이튿날. 큰 폭발음과 함께 붉은 빛이 차폐 창문 사이로 번뜩였다. 정문 쪽 경비대대 건물에서 큰불이 났다. 아마도 클락헨들이 가스 배관을 건드린 모양이었다. 클락헨들은 불을 피해 사방으로 흩어졌다. 온종일 불구경을 했다. 불을 참 오랜만에 봤다. 무념무상. 불은 바라보는 것만으로도 생각을 깨끗하게 정리해주었다. 복잡한 상념들이 불길 속에 사라졌다.

앤을 대신해 펜을 들었다. 여분의 백지에 재앙 이후의 기록을 쓰기 시작했다.

희곡이 4막으로 끝나버린 게 무척 아쉽다. 하지만 그대로 두기로 했다. 남 주인공 피터가 죽은 마당에 무슨 플롯이 필요할까? 의미도 의지도 없다. 나만 남겨 놓고 주인공들이 모두 죽었다. 이야기를 끌어갈 인물이 없다. 이제 세상에는 등장인물도 없고, 이야기도 없으며 독자도 없다. 덕분에 내 미완성은 세상에서 가장 아름다운 소설이다.

미완성들.

슈베르트의 미완성 교향곡, 백조의 노래, '모든 마술을 능가하는 사랑', 모차르트의 레퀴엠. 키예프 대문과 지옥의 문, 고흐와 로트렉의 그림들. 카뮈의 '최초의 인간'과 카라마조프가의 형제들.

나는 끝나는 것을 하지 않았다. 나는 끝나지 않는 것을 했다.

나의 미완성은 아름답다. 이건 공리(Axiom)다.

세상이 망하고 나서 인류의 이성과 과학 그리고 물질적 탐욕에 대한 강한 혐오를 느꼈다. 결국 이것들 때문에 감정과 문학과 예술까지 사라져 버렸다. 허망하다. 수천 년의 시간을 퇴적시켜 빚어낸 인간 감정의 침전물들이 순식간에 융해되어 사라졌다. 안타까웠다. 그래서 내가 사랑했던 음악, 감동적인 그림, 불멸의 연극과 위대한 문학 작품들을 나름의 방법으로 녹여냈다.

음악은 검어진 세상으로부터 가쁘게 도망쳤다.

내 글은 사라지는 선율을 추격했다.

마침내 소리의 등에 펜을 꽂았고

잡아챈 음악을 행간에 심었다.

헨델의 아리아와 파사칼리아, 슈베르트의 현악 사중주 14번 '죽음과 소녀', 베토벤 현악 사중주 14번 c# minor, 라벨의 피아노 연탄곡 '어미 거위', 슈베르트의 '송어', '겨울 나그네', 쇼팽의 왈츠 7번, 베토벤의 피아노 소나타 14번 '월광'과 무소륵스키의 '전람회의 그림', 말러의 '대지의 노래', 슈베르트의 피아노 연탄곡 f 단조 판타지아. 그리고 신에게 헌정한 브루크너의 미완성 교향곡 제9번.

아름다운 사람들과 함께했기에 충만했다. 나는 이 시공간을 사랑했다. 하루하루가 벅찼고, 이곳저곳이 범람했다.

'인류가 멸망해도 바흐의 평균율 두 권과 베토벤의 피아노 소나타 32개만 복원된다면, 세상의 모든 음악은 온전히 복원될 수 있다' 어릴 적 피아노 선생님이 내게 해준 말이다.

훗날 어떤 세상이 오든 간에 이 벅참만은 꼭 복원되길.

반 고흐, 로트렉, 로댕, 클림트, 실레. 와일드, 셰익스피어, 단테, 보들레르, 엘리엇, 랭보, 하이염, 울프, 브론테, 페로, 도스토예프스키, 헤세 그리고 피터팬.

앤과 피터의 생전 부탁대로, 두 번째 소설에도 내 첫 소설 '에피파니'에서 썼던 총체예술적 기법을 썼다. 바그너, 헤세, 조이스 그리고 율리시스의 영향이다. 하지만, 그 무엇보다도 내가 그렇게 쓰고 싶었다. 최대한 여러 장르를 남겨 놓으려 애썼다. 집필을 시작하고 석 달쯤 되었을 때, 앤이 나타나 시(詩)가 없음을 알려주었다. 그래서 뒤늦게나마 여백을 찾아 몇 편을 적어넣었다. 하고 나니 괜한 짓을 했다는 후회가 들었다. 하지만 시가 사라진 세상이고, 독자도 존재하지 않는다. 먼 훗날 나는 그리스의 사포나 호메로스와 같은 추앙을 받을지도 모르는 일이다.

아무튼 이 정도면 인류의 모든 순수 문학 장르를 다 담은 샘이다. 앤을 위한 칙릿, 로맨스에 음란물, 동화, 일기, 판타지, 약간의 추리도 있으니 장르문학도 많이 담았다. 앞 페이지의 연감은 비문학을 대표하는 다큐멘터리, 논문, 보고서, 기사, 광고문 등이 될 것이다.

전람회의 그림 부분을 시작할 때 많이 힘들었다. 앤이 나타나 의자 뒤에서 나를 안아주었지만, 과도한 방사선 피폭에 체력이 급격하게 떨어졌고 정신착란이 왔다. 그때 나는 병식(病識, insight)이 없었다. 내 이성은 앤과 함께 있는 환상과 검은 현실을 구별할 수 없었다. 어느 정도 정신력이 회복되고, 다시 읽어 보니 헛소리를 잔뜩 써놨다. 하지만 내버려 두었다. 그 장(章)은 세상에서 가장 아름다운 잠꼬대다.

다 쓴 다음에 읽어 보니 글의 시제가 엉망이다. 사건의 불일치도 많다. 앤은 성경도 그렇다며 고치지 말자고 했다. 내 생각도 그랬다. 어차피 읽을 사람도 지적할 사람도 없다. 그리고 앤과 피터는 이 모든 것을 함께 했으니, 전부 이해할 수 있을 것이다.

리처드를 위해 신과 믿음에 관한 이야기도 적었다.

그리고 베다, 불경, 코란, 성경처럼 태고와 종말을 기록했다.

이 파일은 먼 훗날 새롭게 데뷔하는 풋풋한 신(神)의 묵시록과 창세기가 될 것이다.

*

날이 갑자기 추워지더니 도깨비장난처럼 진눈깨비가 내린다. 세상은 악취 나는 지하실처럼 어둡다.

만취한 리처드가 젓가락 2개를 두고 잠꼬대처럼 설교한 2×2표가 생각난다. 젓가락의 왼편 즉 시간의 시작점. 신이 먼저 시작되고 인간이 나중이라면 창조론, 인간이 먼저 시작되고 신이 나중에 생겼다면 인신론, 진화론, 만들어진 신. 젓가락의 끝부분으로 가서 신이 사라졌지만, 인간이 계속 살아간다면 그냥 무신론. 하지만 인간이 모조리 사라졌을 때 신은 존재하는가? 인간은 신 없이 살 수 있지만, 신은 인류 없이 존재가 성립하는가? 믿어줄 뇌가 없는데 신은 존재하는가? 리처드의 2×2표도 마지막 칸을 채울 수 없는 영원한 미완성이었다.

읽어줄 뇌가 없는데 언어가 존재하는가? 언어는 체계다. 한 권의 책은 하나의 세상을 구현한다. 신이 만든 세계 역시 한 권의 책이 되기 위해 존재했었다. 이 책을 완성된 책이라고 부를 수 있을까? 그게 참이라고 한들 누가 읽을 것인가? 읽어줄 주체가 없는 책은 완성될 수 없다.

신은 완벽, 완성을 의미한다. 믿어줄 사람이 없는 곳에서 신은 존재하지 않는다.

읽어줄 사람이 없는 곳에서 책은 존재하지 않는다. 완성은 존재하지 않는다.

소설을 안 쓴 거나 마찬가지다. 내가 첫 글자를 적는 바로 그 순간에, 소설은 미완성이 되었다.

내 생각에, 우리가 신이라고 불렀던 것은 만들어지고 있던 DNA였다. 그리고 세상은 그 DNA가 발현된 표현형이었다. DNA는 아무렇지도 않게 인간과 클락헨을 낳았다. 둘은 통제가 불가능한 세포였다. 죽지 않으려 했고, 끝없이 복제하려 했고, 세상을 삼켜버렸다. 인간과 클락헨은 감히 완성을 꿈꿨다.

이전 세상이 신의 DNA가 발현된 표현형이었다면,

이제 세상은 내 소설에 쓰인 대로 구현되고 존재한다.

리처드가 신의 문제를 뱉어낸 2×2표도 마지막 한 칸을 채워 넣을 수 없기에 숭고한 질문으로 남게 될 것이다. 라벨의 어미 거위를 들으며 앤이 나에게 그려 준 2×2표도 마찬가지다. 사랑의 모든 것을 설명해줄 것 같았던 그 표. 그러나 나와 피터의 사랑은 미완성으로 끝났다. 그런데 사랑에 완성이란 것이 있을까?

2×2는 4가 아닐 수도 있다. 죽음이 시작된다. 무모순적인 세상에도 참이지만 증명할 수 없는 식이 존재한다. 그 식이 바로 2×2=4일지도 모른다. 불완전과 두려움에 한기가 든다.

내가 그렇게나 천착했던 4는 불완전했다.

*

내가 죽더라도 세상은 존재할 것이며, 우리는 이름도 흔적도 남지 않을 것이다.

이전에 우리 없었어도 아무 이상 없었듯, 이후에 내가 없더라도 그러할 것이다.

신이 사라지고 대성당이 불타오른다.

이제 세상에는 어떤 의미도 의지도 없다.

내 의미가 세상의 의지고, 내 의지가 세상의 의미다.

내 의미는 앤을 향한다.

소설의 첫 페이지, 연감의 뒷장에 헌사를 적고 나니 글씨가 희미해졌다.

이게 마지막 잉크, 마지막 페이지가 될 것이다.

이제 이 책과 여기와 나를 정리한다.

내 의지도 앤을 향한다.

안녕 세상.

너무 길었다. 볼펜이 끝나간다. 이 책을 방사선 장치의 가장 깊숙한 곳에 봉인한다.

지구상 유일한 흰 점에서, 최후의 인류는 자유의지로 죽는다.

Fine

오늘 새벽, 피터가
온화하고 조용히, 마치 웃는 것처럼
사랑스러운 눈빛으로
내 품에 안긴 채 죽었다.

당신과 함께한 짧은 날들이 내게는 영원한 시간이었습니다.
당신은 다시금 나를 아름다운 여자로 만들어 주었어요.

어제. 따스한 가을 햇살 아래서
우리는 다시 노란 털북숭이가 되었죠.
황량한 대지에 죽을 알토와 죽은 테너의 소리만 남았고,
그 아름답고 나직한 노래는 영원히 울립니다.

당신과 함께 온 상처는 결국 다물어지지 않았고
당신의 쇠약이 뼈에 닿을 때 나는 당신을 보내려 안아주었습니다.

사랑이란 안았는데 안겨 있는 것, 안겨 있는데 안은 것.
부드러웠던 당신은 건조해졌고, 나는 당신을 적셔 주지 못했습니다.
날개 둘이 퍼덕거리던 밤에
우리는 날아오르기에 무거웠지만, 추락하기엔 너무 가벼웠어요.

당신이 들어왔다 나간 상처를 잊고 싶지 않아서
당신이 가져온 펜으로 내 흉터 위에 우리를 남깁니다.

사랑은 말로 표현하기 어려운 것
언어는 닳디 닳은 흔적기관,
합의가 소통인 줄 오인하고 자위했던 미완성작.

그 익숙한 아름다움의 무덤이 바로 나였다.

당신에게 미처 말하지 못했던 내 아픔을 말할 수 있어서 기뻤어요.
당신의 아픈 과거에 감사해요. 덕분에 우리 다시 만날 수 있었으니.

세상은 나에게 그리 호의적이지 않았는데,
세상이 살처분되고 남겨진 우리는 축복이었나요?
멸종이라는 작품의 결말은 누구의 선택이었을까요?
인간이 만든 성스러운 수학이었나요? 신이 만든 구골의 자연이었나요?

당신의 아름답고 나직한 노래가 아직도 들리네요
당신의 소리가 부풀어 올라 나를 안아주네요.

더 이상 살아갈 필요가 있나요?
누구의 말을 따라야 하나요?
어떻게든 살아야 하나요?
숨어서라도?

당신은 대답이 없군요. 하지만
당신의 목소리가 내 몸 안에서 울려요.

내 사랑 피터 안녕히.
나를 사랑해줘서 고마웠어요.
여기까지 찾아와 작별 인사해주어 고마웠어요.
그리고 사랑해요. 우리 곧 봐요.

*

다시 파일을 꺼내 적는다.

내가 죽지 못한 날, 피터가 여기로 왔다.

가공 육계 포장의 비닐을 여러 개 꼬아서 튼튼한 올가미 밧줄을 만들었다. 천장에 부착된 방사선 기계에 밧줄을 단단히 매달았다. 올가미에 목을 걸고 의자를 발로 걷어찼다.

암흑 속에서 나는 무(無)였다. 비명이 들렸고 나의 테두리가 생기기 시작했다. 한곳에 뭉쳐 있던 감각 수용기들이 내 몸 구석구석으로 별처럼 흩어졌다. 긴장된 상승이 서서히 추락할 때 밀려든 이완은 황홀했다. 울부짖는 소리가 더 또렷하게 들렸다. 내 검은 테두리를 빛내는 울림이 보였다. 내 안의 옅은 떨림이 테두리의 울림과 겹쳐졌다. 묵직한 울혈을 느꼈다. 그리고 눈을 떴다. 숨이 몰렸다. 끊어진 올가미를 목에서 풀자 몰렸던 피가 흩어졌다. 어스름한 붉은 새벽이었다. 높은 비명이 계속 들렸다. 환청이 아니었다. 클락칵 몇 마리가 울고 있었다.

차폐 창문 틈으로 내려다본 정원에는 벌건 불빛 하나가 클락헨 사이로 길을 내고 있었다. 횃불을 들고 있는 물체는 사람이었고, 그 사람은 피터였다. 나는 눈을 비볐다. 피터가 확실했다. 피투성이인 피터는 사방으로 포위된 채, 횃불로 클락헨의 공격을 간신히 막아내고 있었다. 피터는 8층을 향해 내 이름을 부르고 있었다. 있는 힘을 다해 차폐 창문을 열었다. 몸을 내밀어 피터를 향해 소리치려 했지만, 울대가 눌린 닭처럼 목소리가 나오지 않았다. 혀뿌리 뒤를 물풍선이 막고 있어서 삼킬 수도 뱉을 수도 없었다. 풍선

속의 물은 입천장을 뚫고 눈과 코로 새어 나왔다. 필사적으로 손을 흔들었다. 한무리의 클락칵들이 내 쪽으로 날아왔지만, 창문 앞에서 일제히 급선회했다. 눈물이 다시 목으로 역류해 익사할 것만 같았다. 그때 피터와 눈이 마주쳤다.

피터가 8층까지 올라오는 동안 나는 아무것도 할 수 없었다. 납문을 열자 클락헨 수백 마리가 달려들다가 황급히 제자리로 되돌아갔다. 복도 끝 계단에서 노란빛이 일렁였다. 클락헨들은 피터의 횃불에 접근하지 못했다. 피터는 앞뒤, 좌우를 경계하면서 한 걸음씩 이동했다. 그러나 천정에서 급습한 클락칵의 공격에 횃불이 꺼져버렸다. 그러자 자석에 쇳가루가 들러붙듯 모든 클락헨이 일제히 피터에게 달려들었다. 5m 라인을 코앞에 두고 피터는 일 순간에 거대한 검은 공이 되어버렸다. 나는 밧줄을 들고 라인까지 뛰어나갔다. 클락헨 덩어리 사이로 뻗어 나온 피터의 손에 올가미를 던졌다. 피터가 그것을 잡았고, 있는 힘껏 잡아당겼다. 피터는 피투성이가 된 채, 검은 공 속에서 빠져나왔다. 피터를 끌어 문 안으로 옮기고 납문을 잠갔다.

소파 위로 옮긴 피터는 의식이 없었다. 부상은 심각했다. 벌어진 피부 사이로 근육이 보였다. 등에는 수천 개의 화살촉이 박혀 있는 듯했다. 간 쪽에 패인 구멍 안에서 검은 피가 차올랐다. 우선 출혈이 가장 심한 목 부위부터 압박했다. 애 닳는 노력 끝에 피가 멎었다.

피터는 해가 지고 나서야 겨우 눈을 떴다. 우리는 서로를 알아봤고, 미소 지었고, 키스했다.

입술에서 레드 와인의 향이, 혀에서는 피 냄새가 났다.

나는 내 살로 피터를 덮어주었다.

언어를 잃어버린 사람처럼 우리는 한동안 말이 없었다.
옹알이 같은 대화를 시작하자 서서히 실체가 규정되었다.

일주일 동안
우리는 다정하게 죽음을 준비했다.
두 번 다시 들을 수 없는 목소리로 두 번 다시 말할 수 없는 대화를 나누었다.
다시 오지 않을 시간을 추억했고, 다시는 오지 않을 지금에 행복했다.
우리는 넋 놓고 사랑했다.

피터는 마지막 잠에서 깨어나지 못했다.
그리고 나는 다시 혼자가 되었다.

첫째 날 저녁

피터는 카스트라토였다. 고아였던 그는 바티칸 성당에서 자랐다. 어린 피터는 빼어난 음색으로 성가대에서 노래를 불렀다. 이를 눈여겨본 유명한 테너 가수가 어린 피터를 입양했다. 그의 양아버지였다. 그리고 소년이었던 피터는 본인의 의사와는 상관없이 거세되었다. 그의 양부도 조부에 의해 입양되고 거세된 카스트라토였다. 교황청이 카스트라토 금지령을 내리자, 그 집안은 비밀 결사처럼 천상의 목소리를 전승하였다. 그들은 400년 동안 자신들의 비밀을 철저히 숨겼고, 가문의 대(代)를 잇기 위해서 고아원과 성가

대에서 뛰어난 자질을 가진 소년을 물색했다.

하지만 성년이 된 피터는 가문의 율법인 양아들 입양을 거부했다. 그리고 최소한의 남성성을 유지하기 위해 남성 호르몬을 복용했다. 그는 집안 대대로 내려오던 테너 가수라는 가업을 스스로 끝내버렸다. 그즈음 누군가 교황에게 은밀한 카스트라토 가문을 밀고했고, 교황청은 피터와 가문 전체에게 파문 및 추방 명령을 내렸다. 피터는 자신의 신분을 숨긴 채, 이곳저곳을 떠돌며 공연 관련 일을 했다. 하지만 종교 재판소와 대심문관이 집요하게 옥죄여오자, 모든 일을 접고 부친이 물려준 전원주택으로 들어와 은둔 생활을 했다. 그리고 동물원에서 나를 만났다.

피터는 자신은 동성애자가 아니고 무성애자라고 했다. 호르몬 덕분에 섹스는 가능했지만, 그 누구와도 하지 않았다고 했다. 아무에게도 말한 적 없는 비밀을 내게 고백하려던 차에 네 명의 송어 파티가 열렸다. 예기치 못한 싸움이 났고, 피터는 술에 취한 리처드가 자신의 비밀을 알고 있었다는 사실, 그리고 그것을 내가 있는 앞에서 지껄인 행동에 이성을 잃고 총을 들었다.

그 사건의 내막도 이야기해주었다.

리처드와 함께 시내에서 술자리가 있으면 항상 5명이 모였는데, 리처드, 피터, 국정원 차장, 특전사 사령관 그리고 홍보실의 사라 제닝스였다. 사라는 국정원 차장이 개인적으로 매수하여 심어 놓은 정보원이었다. 사라는 사령관과 잠자리 후 임신했고, 그의 종용으로 바로 낙태 수술을 받았다. 그런 일을 겪고도 사라는 술자리에 계속 나왔는데, 두 번째 임신이 자궁 외 임신이 되어 죽은 것이었다. 두 번째 아기의 아버지는 국정원 차장 아니면 사령관이었다. 셋이 같은 날 잠자리를 함께했기 때문에 정확히 누구인지 알 수 없었다. 그리고 사라가 죽자 둘은 사인(死因)을 은폐했다. 리처드는 마지못해 은폐에 동조했다. 그때부터 추문이 새어나갈까 두려웠던 국정원 차장이 모든 비밀을 알고 있는 자신의 뒤를 캐기 시작한 것 같다고 했다. 그런데 첩보가 어설펐는지, 차장은 피터가 동성애 때문에 바티칸에서 추방당했다고 리처드에게 이야기해준 모양이었다.

피터는 경찰에 체포되었다가 리처드의 중재로 풀려났다. 경찰서에서 리처드는 본인도 싫었지만, 차장과 사령관의 압박 때문에 다른 방도가 없었다고 털어놨다. 리처드의 마지막 배려로 피터는 1년의 유예기간을 얻었다. 단 모든 연락을 끊고, 연구소 근처에 오지 않는다는 조건이었다. 그렇게 피터는 겨울 나그네처럼 전원주택을 떠났다. 이후로 피터는 국적 문제를 해결하기 위해 수개월 동안 여기저기를 떠돌며 은신했다. 피터는 발렌타인의 죽음도 알지 못했다.

둘째 날

낮에 눈을 뜬 피터는 이야기를 이어갔다.

재앙의 날 새벽, 피터는 이사하기 위해 인부 6명을 전원주택으로 불렀다. 한참 짐을 옮기던 중에 재앙이 터졌다. 남자 인부 3명은 즉사했다. 연구소와 인근 양계장에서 탈출한 클락헨들이 홍수처럼 밀려들었다. 갑자기 피를 흘리며 쓰러진 남자 한 명과 여자 두 명을 지하실로 옮기고 간신히 돌문을 닫았다. 문을 걸고 계단을 내려왔을 때 세 명 모두 의식이 없었다. 옷을 벗기고 심폐소생술을 시도했으나 소용없었다. 심하게 피를 토하다 죽은 남자의 아랫배가 움직이는 것 같아 시신의 바지를 벗겨보니 고환이 터질 듯이 부풀어 올라 있었다. 과다 출혈로 죽은 젊은 여자는 배 전체가 임신한 것처럼 커져 있었다. 50대 정도의 아주머니는 고통스러운 표정으로 배를 움켜잡은 채 죽었다. 시신을 눕히려 아주머니의 굽은 팔을 폈더니 배 안에 주먹만 한 물체가 잡혔다. 피터는 본능적으로 자신의 몸 여기저기를 만져보았다. 이상 없었다. 안도도 잠시, 구조를 요청하려 돌문의 틈새로 소리를 질렀으나 허사였다. 인간의 비명도 닭의 울음도 들리지 않는 완전한 침묵이었다. 돌문 밖은 죽음뿐이었다. 돌문을 살짝만 움직여도 클락헨들이 수백 마리씩 몰려들었다. 피터는 탈출을 포기했다.

피터는 내가 보지 못한 것을 보았다.

재앙 다음 날 3구의 시신을 지하실 한쪽 구석으로 옮기던 피터는 시신의 환부에서 클락헨 달걀이 뚫고 나오는 것을 봤다. 남자는 고환에서 여자 둘은 난소가 있는 아랫배에서. 하나를 집어 바닥에 던져 깨버렸다. 나머지 두 개도 던져버리려다가 화를 억누르고, 한쪽 구석에 보관해두었다. 껍질의 날짜 표기는 희미해서 식별할 수 없었다. 이틀 뒤에 달걀 두 개는 병아리로 부화했다.

피터는 지하실에 저장해 놓은 치즈와 와인으로 연명했다. 피터는 왜 자신만 재앙을 피해갔는지 알 수 없었다. 그래서 피터는 어딘가에 자신과 같은 생존자가 있을 거라 확신했다. 하지만 돌문 밖으로 한 걸음도 나갈 수 없었다. 피터는 클락헨 병아리를 키웠다. 성계가 된 병아리 둘은 운 좋게 암탉과 수탉이었다. 성계가 되자마자 교미를 했고 유정란을 낳기 시작했다. 그러나 배가 고파진 두 마리는 위협적으로 변했다. 치즈와 시신을 뜯어 먹으려 했고 움직이는 피터를 공격했다. 피터는 클락칵의 목을 단칼에 내

쳤다. 그리고는 클락헨의 날카로운 부리와 한쪽 발을 잘랐다. 성한 다리는 끈으로 단단히 옭매듭 지어 기둥에 묶어 놓았다. 그리고 죽인 클락칵의 사체를 먹이로 주었다. 부인은 아이를 낳기 위해 죽은 남편을 게걸스럽게 먹었다. 피터는 아득한 우리 선조들처럼 클락헨을 가축화했다. 그리고 클락헨이 낳은 유정란을 모았다. 부화한 병아리는 성계가 되기 전에 죽여서 고기를 얻었다. 하지만 어미 클락헨에게 먹일 양이 너무 많았다. 지하실에 저장되어 있던 치즈의 일부 그리고 달걀과 병아리 고기의 일부를 다시 어미에게 먹여야 했다. 부화한 병아리 중에 암탉 한 마리와 수탉 한 마리는 성계까지 키워서 근친 교배를 시켰다. 교미 후 먹이만 축내는 클락칵은 바로 죽여서 클락헨의 먹이로 주었다. 이런 식으로 피터는 클락헨의 대(代)를 이었다.

인부의 시신은 어찌 되었냐는 내 질문에 피터는 대답을 망설였다. 하지만 얼마 후, 이곳의 절망적인 상황과 자기 죽음을 예감한 피터는 시신에 대해 찬찬히 설명해주었다.

일주일 정도 지나자 시신의 부패가 심해졌고, 피터는 처리 방법을 고민했다. 하지만 돌문을 열 수도 없는 상황이었다. 결국, 피터는 시신을 지하실에 함께 있던 클락헨의 먹이로 주었다. 부화한 병아리들도 어미와 같이 시신을 뜯어먹었다. 시신을 먹은 클락헨은 영양 상태가 좋아져 살이 오르고 튼실한 달걀을 꼬박꼬박 잘 낳았다. 죽은 사람이 닭과 달걀과 병아리로 재조합되는 그 광경을 차마 눈 뜨고 볼 수 없었다. 피터는 시신과 클락헨 쪽에 천을 걸어 가려놓고, 정신을 잃을 때까지 술을 마셨다. 지하실의 부패 가스는 점점 사라졌다.

여기까지 얘기하고는 피터는 목이 메어 말을 잇지 못했다. 나는 피터를 위로하기 위해서 티베트 불교와 조로아스터교의 장례 풍습인 조장(鳥葬)에 관해 설명했다. 그곳에서는 제사장이 시신을 넓은 초원에 눕혀놓고 독수리, 올빼미, 까마귀 같은 조류가 시신을 먹게 함으로써 사자의 영혼을 하늘로 돌려보낸다고 이야기해주었다.

내 위로는 쓸모없었다. 피터는 자신이 살기 위해서 죽은 사람을 먹은 것이나 다름없다며 괴로워했다. 통곡하던 피터는 내게 자신이 해준 이야기와 방법을 꼭 기억해 놓으라고 신신당부했다. 그리고 자신이 메고 온 배낭을 가져다 달라고 했다. 그 안에는 피터가 지하실에서 키우던 클락헨의 유정란 4개가 들어 있었다. 피터 말대로 날짜 표기가 없었다. 그중 한 개는 부활절 달걀처럼 신기한 문양이 새겨져 있었는데, 갈고리에 찍힌 듯한 구멍이 뚫려 있었다. 구멍 밑으로 검게 썩은 병아리의 외눈이 보였다. 피터는 나머지 3개의 달걀을 잘 보관하라고 했다. 하지만 방사선 때문인지 달걀은 자동 부화하지 않았다.

어두운 지하실에서 피터는 취한 채로 봄을 버텼다. 하지만 고립이 5개월째 이르자 이성이 황폐화되었다. 유일한 낙은 갓 부화한 병아리를 목 졸라 죽이는 일이었다. 병아리를 라이터 불에 구워 먹고 남은 뼈와 찌꺼기는 어미에게 던져 주었다. 어미는 제 자식의 사체를 먹고 금방 또 달걀을 만들었다. 하지만 이제 점점 끝이 보였다. 묶어 놓은 클락헨도 피터도 먹을 게 없었다. 슈베르트 그림을 잘게 찢어 클락헨에게 주었다. 벽에 걸려 있는 조상들의 초상화를 떼어내어 클락헨에게 먹였다. 자신의 초상화도 클락헨에게 던져 버렸다.

'클락헨을 풀어 놓고 자살하면 클락헨이 쓰러진 내 시신을 먹겠지. 이렇게 조상들과 함께, 내 젊은 시절과 함께 자연으로 돌아간다. 저주받은 가문을 통째로 삼킨 클락헨은 돌문에 갇혀있으니, 언젠가는 굶어 죽을 것이다. 그러면 가문의 슬픈 역사는 전원주택의 지하에 영원히 매장되리라' 피터도 자살을 생각했었다.

바로 그때, 피터는 폭발음을 들었다. 기진맥진한 상태에서 겨우 눈을 떠 돌문 틈새로 연구소 쪽을 바라보았다. 대성당과 관사 아파트에서 시뻘건 불길이 치솟았고, 클락헨들은 불길을 피해 허겁지겁 달아났다. 그 광경을 목격한 피터는 라이터로 나무 액자에 불을 붙여 횃불을 만들었다. 횃불을 묶어놓은 클락헨을 향해 들이대니, 클락헨은 기겁을 하며 불빛의 정반대 편으로 도망쳤다.

'여기를 떠난다.'

결심한 피터는 묶여 있던 마지막 종계 클락헨을 잡아먹었다. 뼈까지 씹어 먹었다. 마지막 와인을 들이키고, 배낭에 마지막 남은 유정란 4개를 넣었다. 해가 지고 어두워졌다. 한 손엔 장검을, 다른 손에 횃불을 들고 돌문을 온몸으로 밀어 열었다. 목적지가 없는 방랑자는 곧바로 포위됐다. 하지만 횃불 때문에 쉽게 달려들지는 못했다. 이런 대치 상태로는 전진 자체가 쉽지 않았다. 박살이 난 거실 전면 유리창을 통해 정원까지 나오는 데만 10분이 넘게 걸렸다. 정원에서 피터는 시커먼 세상 속에 유일한 빛을 발견했다. 내가 있는 연구동 8층이었다. 희미한 희망을 안고 피터는 이곳을 목표로 조금씩 전진했다. 아파트 화재로 무너진 벽 때문에 연구동으로 오는 지름길이 생겼지만, 굶주린 클락헨들의 공격은 파상적이었다. 횃불이 꺼지기 전에 도착하리라는 일념으로 한 걸음씩 전진했다. 그렇게 피터는 동틀 무렵이 돼서야 나를 부를 수 있었다. 이날 피터의 목소리가 울려 퍼지자, 벙어리였던 클락칵들이 소리 높여 울기 시작했다. 이 소리가 목맨 나를 깨웠다.

셋째 날

The long and winding road that leads to your door will never disappear
I've seen that road before It always leads me here Leads me to your door

The wild and windy night that the rain washed away has left a pool of tears
crying for the day Why leave me standing here Let me know the way

Many times I've been alone and many times I've cried
Anyway you'll never know the many ways I've tried

But still they lead me back to the long and winding road you left me standing here
a long, long time ago Don't leave me waiting here Lead me to your door

당신의 문에 이르는 멀고도 험한 길. 절대 잊지 못할 거야.
나를 여기로 이끄네. 당신의 문으로 나를 이끌어줘요.

비가 쏟아지고 성난 바람이 불던 밤 온종일 울다 눈물바다가 되었지.
왜 나를 여기 남겨두고 떠났나요? 내가 어찌해야 할지 알려줘요

오랜 시간 나는 혼자였고, 많은 날을 울면서 보냈어.
내가 얼마나 헤맸는지 당신은 모를 거야.

하지만 나는 결국 멀고도 험한 길로 돌아오네.
오래전에 당신이 나를 버려둔 이곳으로
여기에 나를 홀로 두지 말아요. 당신의 문으로 나를 이끌어줘요.

넷째 날

피터는 한꺼번에 늙어 있었다. 극진히 간호했다. 피터는 여생을 충전하듯 온종일 잠만 잤다. 책상에서 그가 지하실에서 겪은 이야기를 되뇌어 보았다. 그러자 괴질의 비밀이 한꺼번에 풀렸다.

괴질 바이러스는 더 많은 복제를 위해 클락헨이 만들어낸 것이다. 클락헨의 유전자는 인간의 생식세포에 '긴 팔'을 뻗쳐서 자신을 복제하려고 했다. 발생 시점은 클락헨의 산란율을 하루 12마리로 제한했을 때다.

에피파니. 송어의 지느러미처럼 모든 것이 현현했다.

인간은 클락헨의 식욕과 성욕이라는 쌍기통 엔진의 가속페달을 있는 힘껏 밟았다. 연료는 충분했고, 가속도는 무서웠다. 인간선택(솎아내기)까지 더해지자, 산란율은 가파르게 상승했다. 이때까지는 차관 보고회에서 말하던 '인간에게 유리한'과 '클락헨에게 유리한'이 같은 뜻이었다.

하루 산란율이 12개에 이르자, 리처드의 '20세대에 걸친 형질 보존 계획'이 실시되었다. 이때 억지로 브레이크를 밟은 것이다. 엔진은 가속도를 보태어 더 빠른 속도를 원했지만, 인간은 브레이크를 밟아 '하루 12개'라는 정속운동을 원했다. 바로 이때가 '클락헨에게 유리한'이 '인간에게 불리한'이 돼버린 결정적 순간이었다.

자신의 DNA를 더 많이 복제하려는 클락헨 엔진의 관성은 엄청났다. 억지로 속도를 줄이려는 인간의 조작에 클락헨은 조용히 맞섰다. 먼저 진화적 압력은 생식을 통한 DNA의 수직 전파에 안간힘을 썼을 것이다. 이즈음 쌍란의 발생 빈도가 심하게 증가한 것이 그 증거다. 하지만 인간의 저지는 철저했고, 클락헨 DNA는 한계에 봉착했다. 브레이크 패드가 회전축을 더 강하게 짓누르자, 진화적 압력은 사방으로 불꽃이 튀는 뜨거운 마찰열로 바뀌었다. 그 불꽃 중 하나가 괴질 바이러스를 만든 것이다.

달걀을 많이 낳는 수직 전파 전략이 하루 12개라는 벽에 부딪히자, 진화적 압력은 새로운 방법을 통해 DNA를 퍼뜨릴 수밖에 없었다.

클락헨 DNA의 수평(측면) 전파.

클락헨 입장에서는 복제의 일환, 인간 입장에서는 치명적인 질병. 이게 바로 괴질 바이러스 K다.

아마도 수억 번의 시행착오를 거쳤을 것이다. 하지만 진화적 압력은 넘쳐났다. 먹이만 충분하다면 하루 20개, 하루 40개를 낳을 수 있는 클락헨의 복제 열망은 인간에 의해 12개로 제한되었다. 남는 8개와 28개의 진화적 압력 에너지는 고스란히 DNA 수평 전파용 바이러스를 만드는 데 쓰였을 것이다. 즉 우리가 솎아내어 살처분해버린 하루 13개 이상의 달걀을 낳는 클락헨-Origin 안에는 괴질 바이러스 형질이 없었을 것이다. 반면, 압력에 짓눌려 12개만 낳고 살아남은 클락헨들의 DNA에는 언젠가는 괴질 바이러스를 만들어내고야 말 잠재력을 품고 있었다.

클락헨의 비밀 복제 DNA인 K는 클락헨 제1 형질 바로 옆에 잠복 형질로 붙어 있었다. 인간은 하루에 12개의 알을 낳는 생산성 향상 – 제1 형질에 혈안이 되어 있었다. 이 형질에 인접한 K는 '묻어가기' 전략으로 유전자 풀 안에서 대성공을 거둘 수밖에 없었다. 이렇게 K를 간직한 DNA들이 클락헨-Genesis가 되었다. 잠복 형질 K는 제네시스, 노아를 거쳐 셈, 함, 야벳 모두에게 고스란히 전달되었을 것이다. 아무도 내장된 시한폭탄을 눈치채지 못했다. 재앙 직전까지, 아니 지금까지 인간(나)은 K를 눈치채지 못했다.

눈치챌 수 없었다. 누구를 탓할 일이 아니다. 위험을 몰랐기에 다들 잘 살았다.

눈치챌 수 없다. 다 죽은 마당에 탓할 사람도 없다. 위험을 알아냈으나 더 살아낼 사람이 없다.

아마 클락헨-Genesis의 중간 세대쯤에 인간 숙주, 호흡기 전파, 감수분열하는 생식세포(정소, 난소) 목표, 무증상 잠복이라는 조건을 만들어냈을 것이다. 제네시스에서 노아로 넘어가는 제 6형질-벙어리 형질과 클락헨의 재채기는 괴질 바이러스의 광범위한 전파를 위한 전처치였다. DNA 수평 전파 형질은 갈수록 더 정교하게 다듬어졌을 것이다. 동시에 재채기를 통해 결핵균처럼 자신의 DNA를 공기 중에 퍼뜨렸다. 이렇게 은밀한 수평 전파가 완성되자, 진화적 압력은 생식을 통한 수직적 DNA 복제에 대한 미련을 버렸다. 노아에서 세 아종으로 분화하기 직전에 클락헨-노아의 쌍란 발생 빈도는 정상 수준으로 떨어졌다. 내 이론을 뒷받침하는 결정적 증거다.

DNA 수평전파는 새로운 사건이 아니다. 오랫동안 모든 생명체 사이에서 부지불식간에 일어났던 진화의 지름길이었다. 인간 유전자의 약 8%는 우리 조상의 유래가 아닌 외부에서 획득한 유전자다. 외부의 유전자가 인류를 어떤 진화의 지름길을 안내했는지는 알 수 없다. 하지만, 이번에 인류가 클락헨으로부터 받은 바이러스성 유전자는 우리를 낭떠러지로 몰고 갔다.

아마도 클락헨 DNA가 수평 전파를 꾀할 즈음에, 인간의 생식세포를 이용해 달걀을 만든 후 숙주를 죽음에 이르게 하는 기생 작전이 프로그램되었을 것이다. 그리고 전 세계로 수출된 클락헨-셈은 전 인류를 무증상 보균자로 만들었다. 순진했던 인류는 독감 바이러스처럼 자신의 호흡기를 통해 괴질 바이러스를 서로에게 옮기고 또 옮겼다. 이렇게 괴질 바이러스는 눈에 보이지 않는 곰팡이 포자처럼 전 세계에 퍼졌을 것이다. 괴질 바이러스는 인체 내 감수분열 세포에 몰래 삽입되었다. 무증상 잠복기를 거쳐 재앙의 날, 시간을 인지하는 클락헨의 특성처럼 동시에 스위치를 한꺼번에 올리면서 폭발적인 발현을 했다.

하지만 클락헨 괴질 바이러스는 자신이 침입한 숙주를 모두 죽여 버리는 바람에 번성하지 못했다. 생물학적으로 번성한 바이러스들은 함부로 숙주를 죽이지 않는다. 모든 기생체는 숙주가 가지고 있는 재료를 이용해 최대한 자신을 복제한다. 괴질 바이러스의 목표는 숙주인 인간의 생식세포에 끼어들어서 끊임없이 클락헨 달걀을 낳게 하는 것이었으리라. 하지만 인간은 단 하나의 달걀만 만들고 내부 장기 출혈로 모두 죽어버렸다.

지구상에는 생식세포가 없는 인간만이 살아남았다. 나와 피터 이외의 인간이 자금까지 살아남았다 치더라도 후손을 남길 수 없다. 이것이 무엇을 의미하겠는가? 더는 감염시킬 인간이 없다는 이야기다. 숙주가 없어진 바이러스는 사멸한다. 클락헨의 DNA 수평 전파 작전은 미완성으로 끝났다.

클락헨 DNA 입장에서 보면 분수대 위에 놓인 두꺼운 철판처럼 어쩔 수 없는 선택이었다. 공들인 숙주 인간이 멸종해버리는 바람에 맥이 빠졌지만, 손해보다는 이득이 많았다. 어찌 되었든 간에 클락헨의 DNA는 제한 없이 늘어났으니 말이다. 그리고 DNA의 복제의 새로운 가능성을 타진해본 것만으로도 큰 소득을 얻은 것이다. 다음 시도 때는 인간 말고 다른 것을 숙주로 삼을 수 있는 것 아닌가?

진화란 시간과 재료만 충분하다면 무엇이든 만들 수 있다.

즉 모든 것이 허용된다.

천적이 없어진 클락헨은 지구상의 모든 재료를 원 없이 쓸 수 있다. 시간 또한 넘쳐난다.

최초의 생명체는 약 40억 년 전에 출현했다. 최초의 생명체는 모든 재료를 제한 없이 사용해서 복제와 진화를 거듭했을 것이다. 그 결과 최초의 인간 호모 사피엔스 사피엔스가 4만 년 전에 탄생했다. 최초 생명의 출현부터 인류 멸종 직전인 지금까지를 1년으로 압축하면, 최초의 인간은 마지막 5분 전에 탄생하고, 21세기는 0.14초 전이다.

피라미드 꼭대기 아니 피라미드 전체를 장악한 클락헨은 최초의 생명체처럼 40억 년의 시간을 확보했다. 하지만 이 시간도 언젠가는 소진될 것이다. 멸종 0.14초 전. 최후의 클락헨은 어떤 모습을 하고 있고, 또 어떤 생각을 하고 있을까?

시간과 재료가 무한대라면 확률 개념이 사라진다. 확률이란 제한된 시간을 살아야 하는 유한자(有限者)의 뇌가 뱉어낸 핑계다. 즉, 자연의 입장에서 보면 시간과 상황이 무한대이므로 특정 상황은 언젠가는 반드시 일어난다. 세계의 모든 것은 일어난다. 내 생각엔 지구라는 고물상에 위에 태풍이 구골번 불면 스마트폰도, 인간도, 클락헨도 그리고 신도 만들어진다. 모든 것이 가능하다.

클락헨의 진화 에너지는 지구에 쏟아지는 태양 에너지만큼이나 넘쳐난다. 그 에너지는 - 태곳적에 원핵세포가 미토콘드리아를 삼킨 것처럼 - 클락헨 줄기세포와 식물의 엽록체를 합쳐서 광합성이 가능한 '시계 나무'를 만들지도 모른다. 매일 정확하게 12번씩 열매를 맺는 나무. 여기에 오랜 시간이 축적되면 지구 전체가 울창한 '시계 나무숲'이 될 수도 있다.

하지만 이제 수평(측면) 전파는 없을 듯하다. 우선 괴질 바이러스는 숙주인 인간 멸종과 동시에 사라질 것이다. 복제를 할 수 없는 바이러스는 사멸할 수밖에 없다. 결정적으로 인간선택이 사라진 지금, 클락헨의 진화적 압력은 복잡하고 효율이 떨어지는 수평전파에 투자할 필요가 전혀 없다. 진화적 에너지는 자연스럽게 익숙하고 효율 높은 유성생식을 통한 DNA 수직 전파로 방향을 틀 것이다. 분수대 위를 막고 있던 두꺼운 철판이 결국 뚫렸다. 잠시 수평으로 사방팔방 퍼졌던 물줄기는 다시 높은 하늘로 솟구친다. 이제 클락헨-Worm은 30분마다 달걀을 낳고 있다. 하루 48개다. 최초의 쌍기통 엔진은 주체할 수 없는 가속도의 힘으로 거추장스러운 브레이크를 스스로 떼버렸다.

미완성 바이러스는 인간과 닭의 4000년 동거를 끝내버렸다. 이제 클락헨은 인간선택을 받는 피동적인 가축이 아니다. 클락헨은 이제 자연선택을 받을 것이다. 아니 어쩌면 자연이 클락헨의 선택을 받을 것이다. 검은 무한대의 클락헨은 신처럼 자연을 주물럭거리고 있다. 가득 찬 공간은 시간을 왜곡하고, 무거워진 시간은 공간을 비튼다. 이 거대한 검음은 어떠한 제한도, 어떠한 예외도 없으며, 선악도, 존재도, 의미도, 축복도, 비극도 없다.

인간이 규정한 클락헨의 정의는 희미해졌고, 애써 보존했던 특징들은 조금씩 무너졌다. 이제 클락헨은 달걀에 산란 일자를 표기하지 않는다. 재채기를 멈춘 암탉은 하루에 5개든 50개든 마음껏 유정란을 낳고, 수탉은 새벽마다 호쾌하게 울어댄다. 리처드가 공들여 만들어낸 세 아종의 견고한 경계는 완전히 허물어졌다. 오랜 격리로 교배가 불가능할 것 같았던 세 아종은 자신들의 씨를 자유롭게 섞었다. Rex와 Worm을 비롯해 내가 창문으로 본 것만 최소 100종 이상의 변종들이 뒤엉켜 정원을 뛰어다니거나 하늘을 날아다니고 있다. 이제 지구상에서 가장 성공한 생물은 닭이 되었다. 이제 클락헨은 인간에게 규정을 받는 개체가 아니다. 그들이 우리 아니, 나를 규정한다.

진화와 나란히 멸종도 진행된다. 멸종의 파괴력은 진화의 창조력에 비례한다.

희미한 희망을 계산해본다. 클락헨 먹이 사슬 피라미드가 아래 칸부터 무너진다면, 포식자-피식자 방정식이 점점 수평으로 수렴한다면, 무인도에서 내가 보았던 개체 수의 항상성이 좀 더 빨리 온다면, 다시 울기 시작한 클락헨들이 찌르레기처럼 과밀을 감지하고 산란능력을 스스로 감퇴시킨다면.... 마지막으로 이 수많은 if가 모두 '인간에게 유리한' 쪽으로 기울여 준다면.... 그렇다면.... 그렇다면 내가 무엇을 기대해야 하는가?

진화란 유전자 위로 쏟아졌던 시간들의 4성 푸가였다.

마지막 날들

긴 잠에서 깨어난 피터는 기력을 회복했다. 나는 구조에 대한 희망을 놓지 못한 피터에게 인류는 멸종했다고 말해주었다.

피터는 소파에 얌전히 누운 채 죽은 듯이 내 말을 들었다. 우리가 세상에 남은 유일한 사람이라고 말해주었다. 피터가 한숨을 쉬었다. 우리는 아담과 하와의 정반대 편에 있으며, 우리는 끝맺음 역할을 해야 한다고 말해주었다.

피터가 상처가 가장 깊었던 오른쪽 가슴을 손으로 만졌다. 우리는 구조되지 못할 것이라고 말해주었다. 피터가 나를 향해 양팔을 벌렸다. 우리는 곧 죽을 거라 말해주었다. 피터가 온몸으로 나를 안아주었다.

피터의 의식과 체력은 도착한 날보다 많이 좋아졌지만, 곳곳의 상처는 방사능 때문인지 잘 낫지 않았다. 상처를 소독할 때, 그와 함께할 시간이 그리 길게 남지 않았음을 어렵지 않게 알 수 있었다.

피터에게 우리가 괴질을 피해간 이유를 설명해주었다. 미처 말하지 못했던 나의 결손도 자연스럽게 말하게 되었다. 피터는 아무런 말없이 내 거친 머리카락과 파인 빰과 잘려나간 왼쪽 귀를 부드럽게 쓰다듬어 주었다.

어떤 한 종이 절멸할 때 최후에 남은 한 쌍은 아마 불임일 것이다. 이 둘이 죽음으로써 멸종의 메커니즘이 완성된다. 우리는 멸종이라는 무대 위에 쓸쓸히 남겨진 남 주인공, 여 주인공이다. 인류의 마지막 연인이 한 장소에서 함께 죽을 확률이 얼마나 될까? 아마도 산란 일자가 새겨진 달걀을 낳는 돌연변이 닭이 출현할 확률과 같을 것이다. 하지만 지구라는 행성이 구골 개 있다면, 나와 피터의 상황은 꽤 자주 연출되는 촌스러운 장면일 것이다.

그날 밤 우리는 섹스를 했다.

단내를 맡은 침처럼 눈물이 주르륵 떨어졌다. 피터를 힘껏 안을수록 내가 안겨졌다. 더 찐득한 습기를 위해, 더 많은 밀착 면을 찾기 위해 우리는 서로를 뒤틀고 빨고 파먹었다. 우리는 충만감에 취해 터질 듯이 서로를 조여댔다. 핏길과 숨길이 막혔다. 허혈과 질식은 괴사를 갈구했다. 우리의 행위에는 미래가 없었다. 서로의 습기를 핥고, 넋 놓고 흔들었고, 부서질 듯 비벼댔다.

섹스는 앞다투어 질식하고픈 애달픔이었다. 오르가슴은 자살할 때의 목

눌림과 비슷했다. 질식과 허혈. 산소 부족. 오르가슴은 모든 세포가 불완전 연소할 때 동반되는 짧은 간질이었다. 우리의 첫 섹스이자 인류 최후의 섹스는 그렇게 끝났다. 인류 최후의 번식 행위는 공허했다. 포근하게 포개어진 우리는 그대로 선잠이 들었다. 모든 세포의 오한이 끝나자 우리는 서서히 건조해졌다.

피터가 가져온 달걀 중 하나가 조금씩 움직였다. 남은 3개의 달걀 중 하나가 부화한 것이다. 암평아리였다. 잠결에 피터는 나머지 2개 중 하나는 반드시 수평아리여야만 한다고 중얼거렸다.

수탉의 울음소리와 함께 잠에서 깼다. 차폐막 틈으로 들어온 노란 햇살이 긴 삼각형을 드리웠다. 피터에게 달걀과 푸아그라 그리고 깨끗한 물을 차려주었다. 피터는 잠에서 깼지만, 미열이 있었다. 그는 물만 조금 마셨다.

어젯밤에 자동 부화한 암평아리는 방사선 장치에서 가장 먼 구석으로 도망가 자신이 깨고 나온 달걀 껍데기를 부숴 먹고 있었다. 아직 부화 안 한 달걀 2개는 반대편 구석에 두었다.

4막과 5막의 막간에서 우리는 많은 이야기를 나눴다. 피터의 테너와 나의 알토가 번갈아 부르는 영원한 노래였다. 백조의 노래와 동물원의 코끼리들, 초콜릿과 미완성 교향곡, c# 단조 음악들과 클림트, 모든 마술을 능가하는 사랑과 플라타너스, 참나무와 대지의 노래, 로버이여트와 대성당 노트, 유리알과 14들을 스러지듯 간직했다.

삼각형이 점점 깊숙이 들어왔다. 노랑은 점점 진해지면서 따듯하게 빛났다. 처음으로 차폐 창문을 활짝 열었다. 하늘은 클락헨으로 붐볐다. 검은 틈

새로 적선하듯 던져진 빛만으로도 방은 노랗게 따스해졌다. 예전처럼 우리는 노란 바구니 안에 포개져 잠든 강아지가 되었다. 행복한 연인이 바라본 하늘은 온종일 평화로웠다. 해가 져도 피터의 품은 따듯했다. 피터는 안간힘으로 나를 사랑했다. 하지만 조금씩 멀어지고 있었다.

나를 사랑해줘서 고마웠다고 말해주었다. 피터는 소파에 얌전히 누운 채 죽은 듯이 내 말을 들었다. 나를 찾아와 줘서 행복했다고 말해주었다. 피터는 얌전히 누운 채 죽은 듯이 내 말을 들었다. 나에게 여성을 주어서 고맙다고 말해주었다. 피터는 누운 채 죽은 듯이 내 말을 들었다. 여기서 쓴 내 두 번째 소설을 읽어달라고 말해주었다. 피터는 죽은 듯이 내 말을 들었다. 내게 내일이 없으면 좋겠다고 말해주었다. 피터는 죽은 듯이 말을 들었다. 함께할 거라고 말해주었다. 피터는 죽은 듯이 들었다. 사랑한다고 말해주었다. 피터가 죽었다.

그리고

울다 잠든 나는 수탉의 울음소리에 눈을 떴다. 피터의 품은 차가웠다. 오른쪽 갈비뼈의 상처는 결국 닫히지 못했다. 피터는 부드럽고 그윽한 미소를 짓고 있었다. 차폐 창문으로 하늘을 닫고, 깊은 숨을 들이마시자 나는 다시 나 자신이 되었다.

선악은 내 안에 존재하고 기쁨과 슬픔은 운명 속에 존재한다. 하늘에 떠넘기지 말자. 조금만 따져보면 하늘이 나보다 천 배는 더 불쌍하다. 피터가 살았다고 하늘이 이득 본 것 없으며, 피터가 죽었다고 그 영광과 위엄이 늘지 않았다. 무엇 때문에 피터가 왔다가 가버렸는지 아무도 내게 이야기해줄 수 없다.

피터는 죽었고, 내 이름을 불러 줄 사람은 세상에 존재하지 않는다.

이제 세상에서 이름이 사라진다.

새벽에 올가미 밧줄을 만지작거리며 피터의 옆에 멍하니 앉아 있었다.

반대편에 두었던 달걀 중 하나가 부화했다. 수평아리였다. 전날 피터가 먹지 못한 마지막 식사를 암평아리와 갓 부화한 수평아리에게 던져 주었다. 부화하지 않은 마지막 달걀에서 이상한 냄새가 났다. 자세히 보니 하얀 금이 가 있었다. 바닥에 던져 깨뜨렸더니 쌍란이었다. 작고 검은 병아리 두 마리가 엉켜서 썩고 있었다. 껍데기와 병아리 사체 2개를 암평아리에게 던졌다.

아침에 올가미 밧줄을 만지작거리며 피터의 옆에 멍하니 앉아 있었다.

멀리서 거대한 폭발음이 들렸다. 틈새로 창밖을 내다보니 멀리 매립가스 발전소 부근에서 불길이 치솟았다. 몇 분 후 전기가 나갔다. 방사선 발생장치가 꺼지자마자 납문과 차폐 창문으로 클락헨들이 일시에 돌격했다. 거센 충돌음이 방 전체를 흔들었다. 당장에라도 납문을 넘어뜨리고, 창문을 깨버릴 기세였다. 구석에서 대각선으로 마주 보고 있던 병아리 두 마리는 동시에 소파 위로 달려갔다. 앞다투어 피터의 가슴 위로 올라가더니 상처 부위를 쪼아먹기 시작했다.

연료가 반만 채워진 비상 발전기를 켰다. 방사능 장치가 켜지자, 순식간에 모든 것이 제자리로 돌아갔다. 병아리 두 마리는 함께 구석으로 도망쳤다.

낮에 올가미 밧줄을 만지작거리며 피터의 옆에 멍하니 앉아 있었다.

발전기의 연료를 아끼려면 냉동고를 꺼야 했다. 그러면 통조림을 제외한 달걀, 푸아그라, 육계는 썩을 것이다. 구석에서 부리를 활짝 벌리고 있는 한 쌍의 검은 병아리를 보았다. 방사능 때문인지 먹이가 부족해서인지 성장이 더뎠다.

피터의 상처를 다시 덮어주었다. 방사능 때문에 상처 회복이 지연되었지만, 덕분에 시신도 더디게 부패했다. 냉동고의 전원을 내렸다.

저녁에 올가미 밧줄을 만지작거리며 피터의 옆에 멍하니 앉아 있었다.

피터가 들고 온 칼로 수평아리의 부리와 발가락을 모두 잘랐다. 잘린 발가락을 암평아리에게 주었다. 삼키듯이 먹었다. 올가미를 암평아리의 한쪽 다리에 묶었다. 밧줄의 반대쪽은 커다란 기계에 단단히 고정했다. 퍼덕거리는 암평아리의 양쪽 날개를 반으로 잘라 수평아리에게 던져 주었다. 수평아리는 깨진 부리로 날개살을 솜털째 쪼아먹었다.

피터의 배낭 속에서 라이터 하나와 검은 볼펜 하나를 찾았다. 방사선 기계의 커버를 뜯어 연감 파일을 다시 꺼냈다.

밤에 검은 볼펜을 만지작거리며 피터의 옆에 멍하니 앉아 있었다.

일어나 참나무 책상에 앉았다. 중단된 페이지 뒤에 피터와 함께한 일주일의 기록을 남겼다. 피터가 내게로 왔지만 끝내 죽었다. 슬픔을 당장 끝내는 방법은 잠이고, 영원히 끝내는 방법은 죽음이다. 비극의 제5막을 쓰고, 슬픔을 영원히 끝내버리려 한다.

우리의 죽음이 40억 년 생명체의 역사에서 가장 아름다운 멸종으로 남길 바란다.

5막

1장

여 주인공은 소파에 앉아 자신의 무릎에 누운 남 주인공의 주검을 바라본다. 완전히 고립된 채 움직임이 없다. 매우 차분하게 피아니시모로 노래한다.

여 주인공: 온화하고 조용히 마치 웃는 것처럼 (Mild und leise wie er lächelt)

운명의 펜이 내 허락 없이 내 운명을 써내려가므로
그 좋고 나쁨은 내 탓이 아니다.
어제는 너 없이, 오늘은 나와 너 없이
내일 되면 무슨 핑계로 나와 이 글을 평가하려는가

횃불대, 라이터, 칼, 배낭, 경유. 휘발유인가? 혹시 모르니 통조림 몇 개. 완벽한 준비란 없기에 늘 불안하다. 나가자마자 또는 간신히 도착해서야 놓고 온 것을 알아채는 상황의 두려움과 지금도 뭔가 빠뜨린 게 분명 있는 것 같은 떨림 때문에 납문을 열지 못하겠다. 이 불안을 해소하기 위해 다 짊어지고 가다간 너무 무거워서 단 한 걸음도 떼지 못하겠지. 아 맞다. 호르몬약. 4알. 그런데 오늘 먹었었나? 혹시 모르니 약도 충분히 챙기자. 반대편에서 고립될 수도 있으니. 무슨 일이 생길지 모르니 모든 상황을 고려하고 그 상황에 맞춘 대비책을 각각 마련해보지만 선택지는 많지 않네. 그만.

자책. 왜 이 생각을 더 빨리하지 못했을까? 핑계. 장기간의 방사선 조사 때문에 머리가 점점 나빠진다. 칭찬. 더 바보가 되기 전에 두 번째 소설을 쓴 것은 참 잘한 일이었다. 하지만. 앤과 피터와 리처드가 더 기뻐할 일은 나의 임신과 출산일 것이다. 약 먹어야지. 자궁 내막을 최대한 푹신하게. 아. 피터가 남긴 낡은 구두 한 켤레. 챙기자. 횃불의 심지로. 호르몬을 충분히 복용. 그리고 운동. 내 골격근의 민첩한 수축과 내 자궁근의 충분한 이완과 내 내막의 포근한 두께를 위해 과식. 착상과 임신을 위해 과식을 해야만 한다. 그리고 운동. 이제 나는 그물망 없는 외줄 타기를 준비한다.

피터가 가져온 달걀. 부화하면 반드시 암수가 섞여 나와야 한다던 피터의 말. 결국 그렇게 되었지. 운이 좋았어. 마지막 남은 하나도 부화하길 원했어. 기왕이면 암평아리로. 그런데 끝내 부화하지 못해서 깨뜨려 보니 쌍란이었지. 죽은 병아리 두 마리가 썩어 문드러져 있었는데, 꼭 앤의 자궁에서 터져 나온 쌍둥이 태아들 같았지. 쌍란, 앤의 쌍둥이 유산 그리고 시험관 시술. 다시 쌍둥이 임신. 이 층에는 앤과 리처드의 마지막 수정란 2개가 남아 있다. 복도 반대편 방 밀폐된 냉동 질소 탱크 안에. 공간에 세 직선이 각각 교차한다. 선분이 되고 삼각형이 생긴다. 나는 삼각형이 있다. 자궁을 가지고 있다. 임신을 할 수 있어. 대리모. 임신을 유지할 호르몬 약은 아직도 많아. 완전한 구(球)를 이식할 거야. 앤과 리처드가 합쳐진 수정란을 내 삼각형에 넣고, 피터를 먹을 거야. 불임인 나와 피터, 난임인 앤과 리처드가 클락헨이었다면 진즉에 살처분되었을 거야. 하지만 앤과 리처드의 뛰어난 유전자가 결합된 수정란이라면, 약하고 먼지 낀 내 방과 방사선이 조사되는 이 방을 극복할 거야. 그래야만 해. 그러면 비록 의자는 하나지만, 우리 넷은 다시 모여 식사할 수 있어. 그러니 피터 잠깐만 혼자 있어. 나 금방 다녀올게. 당신의 장례는 내가 돌아올 때와 그렇지 못할 때를 다 대비해놨어. 내가 나가서 새밥이 된다면 당신의 장례도 조장(鳥葬)이 될 거야. 내가 돌아온다면 당신은 우리 아이들의 피와 살이 될 거야.

다시 생각해 보니, 내가 완벽했다고 생각한 4성부는 화음이 잘 맞지 않았어. 앤은 소프라노를 하기에는 너무 초월적이었고, 리처드는 침착한 베이스를 하기에는 너무 급했어. 피터는 세상에서 추방된 테너였고, 나는 가까스로 만들어진 알토여서 높은 피터와 포개어졌지. 그래도 참 좋았어.

저기까지 어떻게 가지? 피라냐 같은 클락헨들이 시커멓게 꽉 차 있는데? 나가자마자 죽을 것 같은데? 방사선이 꺼지기만 기다리고 있는 검은 아귀들이 가득한데? 클락헨들이 질소 탱크까지 망가뜨렸을까? 탱크는 매우 단단하니 괜찮겠지? 전력 불안으로 이미 녹았으면 어쩌지? 아니야 그 기계는 그리 빨리 해동되진 않아. 피터처럼 횃불을 이용한다. 사방경계를 하면서 아주 천천히 한 걸음 한 걸음씩. 냉동 수정란 2개를 무사히 가져온다고 하더라도 내 자궁에 착상할까? 방사선 때문에 생길 기형이나 유산은? 이건 나중에 생각한다. 아직 일어나지도 않은 일에 대해 미리 불행하지 말자. 확신이 없다는 이유만으로 의심만 하다 죽을 수는 없다. 나는 지금 당장 내가 할 수 있는 것을 한다.

낳았는데 동성 쌍둥이라면, 내가 지금 자살하는 것과 다를 바 없다. 남자아이 하나 여자아이 하나여야만 한다. 그리고 남매는 근친상간을 해야겠지. 에덴에서 쫓겨난 최초의 자식들처럼, 고성에서 발견된 최초의 클락헨처럼, 이 방구석에서 내 식량으로 키우고 있는 저 가축들처럼. 종의 최초 개체는 근친상간을 해야만 한다. 어쩔 수 없다. 열성유전자 따위는 고려치 않는다. 지금 인간의 유전자라곤 하나밖에 없는데 무슨 열성과 우성이 있겠는가? 인간의 피를 진하게 하리라. 최초의 인간이 그렇듯 최후의 인간도 근친상간을 피할 수 없다.

어제는 지나갔으니 되새기지 않는다. 내일은 오지 않았으니 미리 괴로워하지 않는다. 오지 않은 것과 가버린 것에 연연하지 말자. 나는 지금 당장 내가 할 수 있는 것만 한다.

피터가 알려준 방법대로 나는 야무지게 닭을 키운다. 수탉은 성계가 되면 암탉과 교미를 시킨 후 바로 목을 잘라 죽인다. 토막을 내어 다리와 날개는 내가 먹고 머리와 몸통은 암탉에게 준다. 그러면 암탉은 유정란을 낳는다. 방사선 때문인지 이제 하루에 한 개만 낳는다. 부화한 병아리는 이제 노란빛이 살짝 비친다. 그중 수평아리 한 마리와 암평아리 세 마리는 기르고 나머지는 모두 내가 먹어버린다. 꺼진 냉동고에서 썩어가는 가공 육계, 달걀, 푸아그라는 씨암탉의 먹이로 준다. 썩은 조상, 싱싱한 형제자매, 남편과 자식을 가리지 않고 잘 먹는다. 교미가 끝나자마자 피가 뚝뚝 떨어지는 남편의 대가리를 야무지게 씹어먹는 암탉을 볼 때면, 에너지 보존 법칙이나 주기함수 방정식이 떠오른다.

암탉 세 마리 중 한 마리가 하루에 4개씩 달걀을 낳았다. 고민하지 않고 그 암탉의 목을 내리쳤다. 갈가리 찢어 나머지 두 암탉에게 먹이로 주었다. 승리감에 몸서리쳤다. 오! 신이시여! 만세! 내가 세상을 구원했다! 내가 세상을 구원했다!

마름병으로 감자 대기근을 겪었고, 파나마병으로 바나나의 멸종을 겪었다. 그리고 클락헨. 인류의 탐욕은 '인간에게 유리한 돌연변이 단일종'만을 미친 듯이 구입했고, 거스름돈으로 '대멸종'을 받았다. 뻔히 그렇게 될 줄 알면서 그 짓을 또 반복하고야 말았다. 마치 윤회처럼 비워내면 채워지고, 채워지면 비워내기를 반복한다. 대멸종의 주기는 영원 회귀인가? 삼각함수 사인 곡선이 아수라에 갇힌 채 영원히 반복된다. 빗변과 중력. 바위와 신화. 반항과 사랑. 미완성과 최초의 인간. 모든 것을 비워낸 최후의 인간 붓다. 그의 발길이 닿는 곳에는 더 이상 물이 흐르지 않고 풀이 나지 못하며 아기가 태어나지 않는다.

클락헨은 위아래로 굽이치는 수였다. 클락헨은 거대한 수학이었다. 아니 클락헨은 무한한 수학적 체계였다.

클락헨은 진화와 욕망의 극한값이었다. 클락헨은 우연히 발견된 공식이었다. 정부와 리처드는 이 공식이 감당할 수 있는 가장 큰 수를 넣어 본 후, 도출된 결과를 욕망으로 치환했다. 이 식은 '2×2=진눈깨비'처럼 증명할 수 없음을 내포하고 있었다. 아무것도 명확하지 않았음이 명확했지만, 홀린 듯이 무한 동력의 스위치를 켰다. 이 검은 닭이 자연이 될 거라고, 또 신이 될 거라고 누가 생각했겠는가?

존재를 규명하기 위해 도미노처럼 쓰러지는 무한수열(infinite sequence)처럼. 일어난 모든 세계에 대해 침묵할 수밖에 없는 검은 행렬(matrix)처럼. 이제 내 앞에서 검은 침묵이 무너진다. 나의 외피가 깨지고, 나는 공간 속에서 와해된다.

수학. 가장 신에 가까운 체계였다. 진화와 확률 그리고 무한을 상상하게 해주었다.

신(神)은 지금도 팽창하고 있는 무한의 구(救)다. 그 거대한 구의 곡률을 어렴풋하게나마 감지한 적이 있다. 섹스할 때와 자살할 때였다. 질식의 끝자락에서 의식이 혼미해질 때, 공간이 왜곡되면서 신의 곡률을 느꼈다. 부피는 순식간에 뭉그러지더니 한 점으로 수렴됐다. 괴사 직전에 허혈이 풀리면서, 점은 단번에 팽창해서 원래의 부피가 되었다. 신의 곡률이 다시 무한대가 되면서 세상이 현현(顯現)했다. 숨 가쁜 팽창 때문에 공간이 전율했는데, 그 떨림이 바로 음악이었다. 4가 모이자, 14가 노래했고, 42가 날아올랐다.

리처드는 틀렸다. 신은 존재한다. 클락헨, 재앙, 앤의 영혼, 고립 그리고 다시 피터와 함께하면서 나는 신을 상상했다. 그는 우리에게 아무런 관심이 없다. 그래서 우리는 그와 소통할 수 없을 뿐이다. 신은 유한자(有限者)가 소통할 수 없는 무한이다.

단독자(單獨者)일 때, 불안이 엄습할 때, 지느러미가 번쩍일 때, 가사(假

死) 상태였을 때, 내 안이 피터로 가득 찼을 때. 이런 찰나의 순간에, 나는 검은 공간의 부피를 감지한다. 그게 신이었다. 나는 확신한다. 신은 지금도 끝나지 않는 팽창을 하고 있다. 인류가 애써 신을 분석할 때, 클락헨은 단지 신을 닮아갔다. 우리는 없어졌고, 클락헨은 팽창한다. 신은 무한의 숫자놀음이었다.

하지만

최초의 인간이 미완성으로 남을지, 최후의 인간이 미완성일지는 이제 내가 판가름낸다.

내가 신이다. 너를 믿어줄, 너를 연산할 뇌는 지금 하나뿐이다. 나는 벼랑 끝에서 신의 멱살을 잡고 있다. 이제 신은 단독자로 내 손아귀에 매달려 있다. 신은 있었다. 하지만 나는 정중하게 그 입장권을 돌려줬고, 이제 그는 선택권이 없다. 내 죽음은 신의 멸종이 되고, 내 생존과 출산으로 나는 창조주가 된다.

내 마지막 음악이 애처롭고 슬플 것 같지? 아니 전혀. 매우 침착하고 완벽해. 백조의 d minor. 영원히 순환하는 넷과 미완의 14.

횃불이 나와 클락헨을 보기 좋게 나눌 것이다.

그래. 다 됐다.

나간다.